七剑下天山

梁羽生作品集 03

梁羽生

上

朗声图书
中山大學出版社
SUN YAT-SEN UNIVERSITY PRESS

图书在版编目（CIP）数据

七剑下天山/梁羽生著. --广州：中山大学出版社，2012. 6
（梁羽生作品集）
ISBN 978-7-306-04189-0

Ⅰ. ①七…　Ⅱ. ①梁…　Ⅲ. ①侠义小说－中国－当代　Ⅳ. ①I247.5

中国版本图书馆CIP数据核字（2012）第113188号

广东省版权局版权合同登记图字：19－2012－065号、19－2012－064号

封面题字：黄苗子　书名篆刻：张贻来

七剑下天山

出 版 人　王天琪
策　　划　欧阳群
责任编辑　何　娴　熊锡源
文字编辑　林春光
内文插画　卢延光　蒙复旦
封面设计　王　强
出 版 社　中山大学出版社
（地址：广州市新港西路135号　邮政编码：510275）
电　　话　编辑部020-84111996　传真020-84036565
网　　址　http://www.zsup.com.cn　E-mail:zdcbs@mail.sysu.edu.cn
代理发行　广州市朗声图书有限公司（电话：020-34297719）
印　　刷　湛江南华印务有限公司
规　　格　880mm×1230mm　1/32　22.25印张　633千字　插图21幅
版次印次　2012年8月第1版　2023年5月第6次印刷
总 定 价　68.00元（全二册）

目 录

易蘭珠
凌未風
桂仲明
劉郁芳
飛紅巾
武瓊瑤
張華昭

七剑群像

楔子　一阕词来　南国清秋魂梦绕
　　　十年人散　绣房红烛剑光寒

笑江湖浪迹十年游，空负少年头。对铜驼巷陌，吟情渺渺，心事悠悠！酒冷诗残梦断，南国正清秋。把剑凄然望，无处招归舟。

明日天涯路远，问谁留楚珮，弄影中洲？数英雄儿女，俯仰古今愁。难消受灯昏罗帐，怅昙花一现恨难休！飘零惯，金戈铁马，拼葬荒丘！

——调寄《八声甘州》

南国清秋，夜凉如水，一轮皓月，将近中天。这时分，已是万籁俱寂，只杭州总兵的府第里，还是笑语喧喧，喜气洋洋。

这晚是杭州总兵小姐出阁的前夕，总兵是个旗人，复姓纳兰，双名秀吉，是清朝开国的功臣之一，当年跟随多尔衮入关，转战二十余年，才积功升至杭州总兵之职。他的女儿，芳名明慧，名实相副，以美艳聪慧饮誉于宗室之中。她的父亲膝下无儿，只此一女，宝贝得当真有如掌上明珠，自幼就请了两位教师教她，日间习武，晚上学文，端的是个文武皆能的才女。

纳兰秀吉升任总兵之后，皇室中的一位远支亲王，慕他女儿之名，替儿子前来求亲。这位亲王的儿子，叫做多铎，说起来鼎鼎有名，乃是旗人中数一数二的好汉，自小就能拉强弓，御劣马，骑术剑术在八旗军中首屈一指，二十二岁那年就随军西征，平定了准噶尔和大小金川，今年仅仅二十八岁，就被任为两江提督，可算是宗室中最年轻的一位将领。纳兰秀吉攀上这门亲家，真是锦上添花，喜上加喜。

可是就在这个出阁的前夕，纳兰小姐却泪珠莹然，拿着一纸词笺，低回捧读，读到“难消受灯昏罗帐，怅昙花一现恨难休”时，再也忍受不住，清泪夺眶而出，哭得像一枝带雨的梨花！良久、良久才挣扎起来，低低唤了一声“姆妈”。

这“姆妈”就是她的保姆，纳兰小姐自幼跟她长大，真是比父母还亲，这时正睡在外间套房，一闻呼唤，即刻进来，见她这个样子，不禁说道：“小姐，你这是何苦来！谁不说你嫁得好婆家，给夫人知道，可又得捶心气苦了。小姐，我还是劝你把往事忘记了吧……”

纳兰小姐截着她的话道：“姆妈，你别管我，我求求你把小宝珠抱来，我要再看她一眼！”保姆摇摇头，叹息了一声，终于应命出去了。

就在这个时候，只见窗前的红纱灯，烛光摇曳，微风过处，一条黑影，蓦地扑入窗来！

跳进来的是一个英俊少年，在烛光摇曳之中，可隐隐看见他的眼角眉梢含着一股幽愤之气。他看见纳兰小姐面前摊着的，正是他手写的词笺，词笺上有点点斑斑泪渍。他苦笑一声道：“妹妹，你大喜啊！”

纳兰小姐星眸微启，两颗滴溜溜的眼珠，如秋水如寒星，横扫了他一眼，道：“难道你也不能体会我的苦心，就这样地怨我？”

那少年袖子一拂，跨前一步，突急声说道：“难道我们不能出走，南下百越，北上天山，四海之大，岂无我们安身立命之处？”

纳兰小姐头也不抬，幽幽说道：“谁教你是汉人？”

少年面色一变，哈哈笑道：“我以为你是女中豪杰，原来你还是你们爱新觉罗氏皇朝的贤孝女儿！”

话犹未了，忽然听得号角齐鸣，园中响箭乱飞。少年虎目圆睁，蓦地双手低垂，交叉横过背后，冷然笑道：“你若要我性命，何必用这样诡计？我垂手给你绑吧，算是送给你新婚的一份大礼！”

纳兰小姐本来是低首哽咽着的，这时也急得跳了起来，满面花

纳兰小姐大吃一惊，本能地侧身躲闪，说时迟，那时快，手上抱着的女孩，已给少年抢去。纳兰小姐直跳起来，问道：“你，你这是干么？”少年一退身，贴近窗子，狠声说道：“从今天起，她不再是你的了，你不配问她！”

容失色，颤声说道：“你、你、你这是什么话！”

少年靠近窗子一看，只见园子里升起了数十盏孔明灯，照耀得如同白昼，人声喧噪，潮水似的，向东面角门涌出，却没有一个人朝着自己这面走来，显见并不是对付自己的，少年也颇感诧异了。不多时，人声渐寂，孔明灯也一个一个地熄灭了。

少年回过头来，正待发话，忽听门外有脚步声传来，他一旋身，躲在帐后，只见房门开处，纳兰小姐的保姆，背着孩子，气吁吁地走了进来，说道：“小姐，听说是总兵府大牢有人劫牢，今晚卫兵多数在这里办事，那边人手不够，已给逃脱了一些囚犯，所以刚才又急急在这里调人过去，小姐，你没吓着？”

纳兰小姐木然不答，一伸手就把保姆手上的孩子，接了过来。孩子哇声一哭，帐后的少年也蓦地跳了出来。

那保姆吓了一跳，看清楚了说道：“杨大爷，你饶了我们的小姐吧，明日是她大喜的日子了。”

那少年点了点头，说道：“我知道！”叹了口气，自顾自地吟哦道：“明日天涯路远，问谁留楚珮，弄影中洲？”吟声未断，忽然劈面一掌，向纳兰小姐打来！

纳兰小姐大吃一惊，本能地侧身躲闪，说时迟，那时快，手上抱着的女孩，已给少年抢去。纳兰小姐直跳起来，问道：“你，你这是干么？”少年一退身，贴近窗子，狠声说道：“从今天起，她不再是你的了，你不配问她！”那女孩子刚才哭喊了一阵，已倦极熟睡，经此一闹，两只小眼睛又睁开来，看见纳兰小姐披头散发，作势欲扑的样子，觉得很是可怕，小嘴巴一咧，小手儿向空乱抓，看看又是要哭的神气。少年忙把她转了半个身，轻轻地抚拍，瞧瞧窗外，只见银河耿耿，明月当空，满园子静悄悄的，他咬一咬牙，抱着孩子，蓦地穿出窗去，背后只听得纳兰小姐呼喊凄厉，他头也不回，施展轻功，穿枝拂叶，就像一只灰色的大鹤，在月色溶溶之中消失了。

园子里很静，外面大街却是闹成一片。少年举目一看，只见总兵府那边，火光冲天，满街上人群乱奔乱跑，携儿带女地哭哭喊喊，少年抱着孩子，混在人丛中，谁也不理会他。

少年知道是清兵镇压逃犯越狱，心中一动，不禁扭头回看，只见总兵府附近的几条街口，都有大队清兵锁住，囚犯似乎是向另外一边逃出，因此，有一队马队，正向那边冲去。少年见黑压压的，看也看不清，又瞧瞧自己手上的孩子，叹了口气，虽然那边兵刃交击之声，远远传来，他也只能自顾自地随着人流，逃出郊外去了。

出到郊外，人群渐渐四处流散，险境既离，大家也就各各觅地，或坐或卧，再也不愿走动了。只有那少年，还是抱着孩子，踽踽地在荒野独行。

折腾了半夜，月亮渐渐西移，孩子已熟睡了。少年正想找个地方歇歇，忽然听得蹄声得得，隐隐传来，大约是清兵追赶囚犯，追到这边来了。听蹄声急骤，似乎追得很紧！

少年所站之处，附近正有一座荒坟，坟上有一丛野草，高逾半身，少年抱着孩子，往坟后一躲，野草刚刚将他们掩蔽住。少年定眼看时，只见给两骑马追着的，却是两个大孩子，一男一女，看样子都不过十六七岁，不禁很是诧异。

那两个大孩子，跑到距离荒坟二十来步左右，忽然双双立定，各自拔出剑来。这时那两骑马已奔到，马上人往下一落，一个抖出铁链，一个亮起斫刀，两个魁梧奇伟的满洲大汉，双双扑上前来，喝令他们快快束手就绑。那两个孩子理也不理，双剑如流星赶月，和两条大汉血战起来！

那少女出手极为迅捷，霎地一伏身，剑尖登时疾如电闪，对准那个使斫刀的咽喉，直刺过去，那人退了一步，“铁锁横江”，用刀一封；少女霍地收招，剑诀一领，刷的又是一剑，探身直取，剑扎胸膛；那人往后又退了一步，蓦地将大斫刀一旋，逼起一圈银虹，使出关外独有的“绞刀法”，要将少女的剑绞断。少女却不收招，剑尖一沉，变为旋身刺扎，借着左臂回身之力，斜穿出去，剑招疾展，又是旋风一样地扫来。

那少男的剑招没有少女这样迅捷，斗法却又另是不同。只见他手上好像挽着重物一样，剑尖东一指，西一指，却是剑光缭绕，门户封得很是严密。对手一条铁链，舞得呼呼声响，兀是搭不上他的剑身。

伏在坟后的少年是个大行家，他十八岁起浪迹江湖，迄今已有十年，各家各派的招数，都曾见识。一见这对男女的剑法，就知他们年纪虽轻，却是得自名师传授。只是那少女，剑法虽然看来迅捷，力争先手，功力却是不够，对方和她游斗，时间一久，必定力倦神疲；而那少男，剑招虽然缓慢，却是颇得“无极剑法”的神髓，表面看来似处下风，倒是无碍。坟后少年，抱着孩子，目注斗场，掌心暗扣三粒铁菩提，准备若少女遇险，就出手相救。

斗了一会，那少女果然渐处下风，她使了一招“风卷落花”，剑尖斜沉，倒卷上去，想截敌人手腕。那使斫刀的突然大喝一声，一迈步，斜身现刀，展了一招“顺水行舟”，不但避开了少女的剑锋，反而进招来了一个“横斩”，刀光闪闪，向少女下三路滚斫而进。少女慌不迭地急斜身横窜，仗着身法轻灵，想避开对手这连环滚斫的招数。

但对手也似乎早已料到她有此一着，在进刀横斩时，两枝甩手箭也破空而出，而且在出手之后，刀尖趁势点地，倒翻起来，在空中打了一个筋斗，大斫刀以“独劈华山”之势，向少女头顶斫去。

就在这少女生死俄顷之际，坟后少年的三粒铁菩提已然出手。使斫刀的只见自己两枝甩手箭，刚到少女身后，忽然自落，方是一怔，手腕上又是一阵辣痛，这时他刚以饥鹰攫兔之势下落，大斫刀刚刚压下，就受了暗算，几乎把握不住，痛得大叫一声，手中刀仍是发狂一样斫去！但就在这个时候，背心又是骤地一凉，一把剑尖，已堪堪刺到，耳边只听得一声清叱：“休得伤我妹子！”未及回头，左肩已给削去一大片皮肉！

那少男的无极剑法，本来就高出对手许多，虽然火候未够，一时未能取胜，但已是占了上风，他一面打，一面留心旁边的少女，见少女吃紧，手中剑也突然急攻起来，刷，刷，刷，“抽撤连环”，一连几剑，点胸膛，挂两臂，又狠又准。那使铁链的被迫得连连后退，少男却不前追，脚跟一转，蓦地一个“怪蟒翻身”，身形疾转，手中剑反臂刺扎，一掠数丈，便径自向追击少女的那个大汉刺去。

这正是螳螂捕蝉，不知黄雀在后，使斫刀的大汉未及回头，肩上已给削去一大块皮肉，就在这一瞬间，那少女也已反转身来，凝身仗剑，狠狠地扑击过去。使斫刀的受伤之余，如何挡得住这疾风暴雨般的前后夹击，只见两道剑光，赛如利剪，那魁梧大汉，竟给斩成三截，血溅尘埃。

那使铁链的却是精灵，一见同伴毙命，立刻上马奔逃，另一骑无主的战马，也连连长嘶，径自逃跑了。

坟后少年目睹这一场恶斗，见这对男女竟未发现是自己发暗器相救，不禁心内暗笑："毕竟是初出道的雏儿。"

这时，这对男女利剑归鞘，双手紧握，似乎在喁喁细语，坟后少年只见他们嘴巴张动，也听不清楚是说什么。忽然间，那少女挣脱双手，高声问道："那么，是你说的了？"少男点点头，应了一声，坟后少年，虽听不清，但那显然是承认的神气。

这一声应后，那少女忽地跳开一步，似避开什么可怕的东西似的；忽地又跳上前来，扬手就是一巴掌，打在少男脸上，噼啪一声，清脆可听。少男的面孔正对着荒坟这面，坟后少年在月光下只见那少男的面孔惨白，动也不动，神气十分可怖！

那少女一掌打出后，见他这个样子，忽然双手掩面，痛哭起来，扭转身躯，竟边哭边跑了。那少男仍然僵立在那儿，直待少女的背影也消失了，这才一步一步，直走过来。坟后少年想呼唤他，但见他定着眼珠，木然地一步一步前走，就像荒野的游魂一样！少年不觉打了一个寒噤，叫也叫不出声，那少男已经自荒坟旁边走过，没入草丛之中，竟没注意到荒坟后面有人埋伏。

坟后少年看了这一场悲剧，联想起自己和纳兰小姐分别的情形，心中不禁又是一阵阵酸痛。这时他耳边听得"胡""胡"之声，似风声，却又不是风声。他看见月亮，记起这是中秋之后的第三个晚上，钱塘江的夜潮，正是在秋季大汛的时候。他茫然地站了起来，循着潮声，就向钱塘江边走去。

钱塘江数十里宽的江面，在月光下闪闪发光，这时潮还未来，放眼望去，但见天连水水连天，烟波浩淼，一望无涯。少年抱着孩子，踽踽独行，听潮音过耳，百喟交集，如醉如痴，直到耳边忽听得一声"杨云骢"！这才如梦初醒，扭过头来。

这一回头，人也立时惊醒，眼前站着的是一个鹰鼻深目的老者，身边还站着两个精壮少年。杨云骢认得这正是纳兰小姐未婚夫多铎的师叔，满洲武师“铁掌”纽祜卢，杨云骢初出师门，在回疆柴达木盆地，帮助哈萨克人抵御清兵，曾和他朝过相。

纽祜卢面挟严霜，冷冰冰地似笑非笑，神情很是可怕。他双掌交错，拦在杨云骢面前，说道：“杨云骢，别来无恙！你这几年所做的事情，瞒得了纳兰总兵，瞒得了多铎提督，可瞒不了老夫！多铎提督是天潢贵胄，纳兰小姐是俺们旗人第一美人，你不只是糟踏了纳兰小姐，简直是糟踏了俺们一族。俺不知则已，知道了须代多铎洗清这个耻辱！”

杨云骢左手抱着孩子，听了这一番话，仍是动也不动，面部毫无表情。这时纽祜卢身旁的两个少年，早已按捺不住，一左一右，双双扑上前来。杨云骢冷笑一声，脚跟一旋，转了半个圆圈，猛喝一声，右手接住右面少年攻来的双掌，一接一扭，扭着敌人右腕，轻轻一按，只听得杀猪一般大叫，这个少年已给杨云骢抛出数丈之外！这时左边少年方才攻到，杨云骢身子突地下煞，避过敌人的勾拳，猛地长身，劈面一掌，砰然一声，这人的面孔，立刻像开了五色颜料铺一样，乌黑的眼珠突出，鲜红的面血下流，登时晕倒地上。这时杨云骢手上的孩子，也早给震醒，哇哇地大哭起来。

纽祜卢见两个徒弟一出手就被打成这个样子，怒吼一声，横身一跃，右掌“直劈华山”，用足了十成力量，兜头就是一掌。杨云骢也不退避，右掌倏翻，也用足十成力量，向上打去。两掌相交，“蓬”然如巨木相撞，这时只听得孩子厉叫一声，竟自杨云骢的手中，震飞出去！杨云骢急掠数丈，如大雁斜飞，恰恰赶上去将孩子接住。

杨云骢这一掌受得不轻，但纽祜卢却受得更重。他给杨云骢一掌，震得站立不住，跌跌撞撞，直向后面翻出一二十步，这才止得住身形。他以一双铁掌闻名关外，竟吃不住敌人掌力，心中恼怒异常。他一长身，拿出一把精光闪闪的三角锉，这把锉乃是他独门的兵器，名唤“丧门锉”，可作匕首用，也可作短戟使，还能用以打穴，端的厉害非凡！这时杨云骢也已结束停当，将孩子用绣带缚在背上，也取出一把光芒闪闪的短剑。

纽祜卢的丧门锉，长仅二尺八寸，杨云骢的断玉剑比他的还要稍短几分。武家的兵器是“一寸短，一寸险”，剑锉交锋，不比长枪大戟，中间有那么一段距离，短兵相接，几如肉搏，精芒闪电，利刃就在面前晃来晃去，谁要是稍一疏神，便有血溅黄沙之险。

纽祜卢怒极猛搏，点扎戳刺，迅如怒狮，全是进手的招数。杨云骢背着孩子，孩子又哭个不停，他不敢跳跃，又要分神护着孩子，弄得满身大汗，非常吃力。只是他的剑术，乃是海内第一名手所授，端的非同小可。他兀立如山，见式破式，见招拆招，一口短剑，横扫直击，劈刺斩拦，竟是毫不退让！

两人越打越急，越斗越险，战到分际，那纽祜卢忽然身移步换，快若流星，一闪闪到杨云骢背后，竟然一锉向孩子插去。杨云骢这招本应纵身跃出，可是他怕惊坏孩子，只能平地一转，身子轻飘飘拔起，短剑“举火燎天”，搭着纽祜卢的丧门锉，往上一拨，借纽祜卢的势，夺他的兵器，只一撩，那口锉竟给撩出了手，飞堕尘埃。两人的身法都快，谁也收势不住，纽祜卢锉飞出手，人也扑了过来，杨云骢身形方才下落，离地还有少许，就给他撞个正着；这时背上的孩子又是一声厉叫，那声音也已经沙哑了。杨云骢心中一慌，未及躲避，胸口竟给击中一掌，而他的短剑也趁势一送，直插入纽祜卢胁下，插得只留下剑把。

这一下，两败俱伤，杨云骢一剑插出之后，人再也支持不住，只见眼前金星乱冒，地转天旋，他知道要糟，急急向地面一伏，免得向后跌倒，压坏了孩子。

那边纽祜卢也已重伤倒地，双眼血红地瞪着。两人相距不过四五尺之遥，可是大家都不能起来扑击了。两人就这样瞪眼望着，夜风中回荡着孩子沙哑的哭喊声，这景象，这气氛，的确令人惊心动魄。

过了片刻，纽祜卢挣扎着在地上蠕蠕而动，用手腕抵地，竟然慢慢地向杨云骢这边爬过来。杨云骢大吃一惊，也试着移动，可是全身绵软无力，才想用一点劲，喉头已是一阵阵腥气直冒，一口口鲜血直咯出来。纽祜卢号称“铁掌”，杨云骢给他打得正中心口，掌伤比剑伤更重。

杨云骢眼看着纽祜卢像临死前的狰狞野兽一样，蠕动移来，自己却是毫无办法，心中又气又急，不觉晕了过去，经过了好一会子，耳中忽听得有人反复呼叫："杨大侠！杨大侠！"这才悠悠地醒过来，只见面前站着的，正是那个在荒坟前面与满洲武士拼斗，后来给少女打了一个耳光的大孩子，他十分诧异，低声问道："你怎知道我是谁？你来这里做什么？"

那少男却并不答他前面的问题，两眼茫然无神，忽然大声说道："我想投河！"

杨云骢冷然问道："那你又为什么不投？"少男道："见着你这个样子，我如何能跳下去？杨大侠，我认识你，好多年前，你在我们舵主家里作客，我见过你。不过那时我还是个小孩子。"

杨云骢以手腕撑地，点了点头，说道："这就是了，你现在不能投河，将来更不能自寻短见。你受了委屈，跳水一了百了。但你的许多师友，他们为了光复汉族，受了更大的冤屈，或死或伤，你们年轻人不管，却为了点点小事，寻生觅死。如何对得住他们？"杨云骢这时，头微微上抬，凝视着少男，面容显得十分严肃。他的声音低沉嘶哑，但每一句都如暮鼓晨钟，震撼着少男的心。

少男看着面前的杨云骢，这位名震江湖的大侠已经是力竭声嘶，快死的人了。他微现愧怍之色，说道："我听大侠的吩咐。"

杨云骢挣扎着将自己的汗衫一扯，撕下了一大幅，突然将右手中指，送进嘴里一咬，鲜血直冒出来，他连哼也不哼一声，就在汗衫上振指直书，把少男看得呆了。

杨云骢写完后，叫少男过来将汗衫取去，断断续续说道："你把这幅血书拿去，并将我的短剑为凭，抱着这个孩子，上天山去见我的师父晦明禅师，他会教给你天下独步的剑法！"说完之后，好似大事已了，双目一合，就此再不言语。

这时残月西沉，曙色欲现，钱塘江远处现出了一条白线，轰轰之声远远传来，少男藏好血书，背着短剑，抱着女孩，凝望江潮，心中也说不出是个什么味儿。就在此时，远处又有蹄声传来，少男再一凝听，似是一个清脆的女声，在高叫着"大哥"！他突然长叹一声，把长衫除下，鞋子脱掉，往水面一扔，人也躲进了岸边的柳树丛中。

来的是两男一女，那女的正是刚才打他耳光的少女，她纵马驰来，不断地叫着："大哥，你躲在哪里？你出来啊！"那两个男的，却一路劝她。

这几个人一到江边，见尸横遍地，都呆着了。一个男的，忽然大声叫道："这不是杨大侠？哎哟！杨大侠，杨大侠，你怎么了？"他跑上前去抚视，见杨云骢鼻端已没有气息，不禁惊叫起来。心想：杨云骢是晦明禅师的衣钵传人，剑术武林罕见，怎的却会死得这样惨？

这时那女的却又是一声惨叫，朝沙滩便跑，好像要跳进钱塘江去。两个男的放眼一看，只见江面上漂着一件长衫，沙滩上有两只鞋子！

猛然间，钱塘江的怒潮骤起，轰隆轰隆之声响如雷鸣。白堤上浪花乱喷，怒潮如万马奔腾，一霎那间已涌到堤边。两个男的惊叫一声，飞掠而前，拉着少女便退。饶是他们退得这样快，还是给浪花溅了一身！

直到这些人完全退去后，少男方才从柳树丛中出来，一步一步，朝北方走去。

欲知这少男少女究是何人？杨大侠和纳兰小姐有何关系？请看正文分解。

第一回　一女独寻仇　十六年间经几劫
群雄齐出手　五台山上震三军

山西五台山是著名的佛教圣地，其上的清凉寺，据说是东汉时所建，千余年来，香火不衰。自清朝康熙皇帝登位以后，几次上五台山礼佛，重修古刹，再建金身，更把五台山的灵鹫峰下，变成了佛教最大的丛林。

这一年是康熙十三年，正巧碰上清凉寺文殊菩萨的开光大典，大典在三月二十九举行，可是方过了年，善男信女已自各地而来，山上的五个大铜塔，每层都嵌满佛灯，从新正起就昼夜通明，真是殿宇金碧，妙相庄严。

临到开光大典这天，这份热闹更不用提啦，一大清早，山岗、松林、峡谷、幽涧，都挤满了人，有的是佛教信徒，有的是专诚来观光看热闹的人。

在这些人中，有一个三绺长须、面色红润、儒冠儒服的老人，和他同来的是一个俊俏的美少年，说话却带着女音。这两个人说来大有来头，儒冠老者名叫傅青主，不但医术精妙，天下无匹；而且长于武功，在无极剑法上有精深造诣。除此之外，他还是书画名家，是明末清初的一位奇士。

那美少年却是一位女扮男装的小姐，名叫冒浣莲。她的父亲叫冒辟疆，也是明末清初的一位大名士，当时的名妓董小宛慕他之才，自愿做他的侍姬。董小宛也是诗词刺绣两俱精妙的才女。两人意气相投，十分亲爱。不料后来因董小宛艳名远播，竟给洪承畴抢进宫去，献给顺治皇帝，被封为贵妃。冒辟疆失去董小宛之后，终日书空咄咄，竟尔抑郁告终。

傅青主是冒辟疆生平挚友，冒辟疆死时，冒浣莲不过三岁，因为她的身世另有复杂之处，冒辟疆怕她受族人歧视，便托傅青主照料。因此冒浣莲自幼跟随这位世伯，倒也学了一身武艺。

这天清早，两人也随众观光。傅青主左顾右盼，好像兴趣很高；而冒浣莲则面容沉郁，好像有很大的心事。傅青主在顾盼之间，忽然微咦了一声道："莲儿，你看那两个人。"

冒浣莲抬头一看，不觉吓了一跳。原来前面的两人，一个活像吊死鬼，身长七尺来高，瘦削得像一枝修竹，面色又是白惨惨的，怪是吓人；另一个却肥肥矮矮，头大如斗，头顶却是光秃秃的。

冒浣莲本来很是沉郁，瞧见这两个人的怪相，一惊过后，不觉"哧"的一声，笑了出来。那两人听见笑声，回过身来，瞪眼待找，傅青主忙拉拉她的衣袖，在人丛中混过，然后低低地告诉她道："这两个人乃江湖上有名人物，高的那个叫丧门神常英，矮的那个叫铁塔程通。你有事要办，何必去惹这两个活宝？"

两人行了一会，忽然冒浣莲又是轻轻地怪叫一声，对傅青主说："伯伯，你看那个和尚！"傅青主依着所指方向看去，只见一个方面大耳的和尚站在人丛之中，周围的人虽然你推我拥，却总是挨不近那个和尚，他一走动，周围的人就似乎自动给他让路一样，总挪出一点空隙来。傅青主看了，不禁又是微"咦"一声，说道："怎么这个野和尚也来了。这个和尚从来不念经礼佛，也不戒荤腥，专一欢喜在江湖上管闲事，人称他为怪头陀通明和尚。"

这时东面山坳又过来一簇人，有几个汉子，牵着猴儿，背着刀枪，打锣打鼓的，似乎是卖解艺人。为首的一个妇人，虽然荆钗裙布，可是却仪态万端，容光逼人，很有点贵妇的风韵。傅青主瞧了一眼，悄悄地对冒浣莲道："这个妇人不是寻常的卖解女子，瞧她的眼神，足有二三十年的内家功力。"

傅青主和冒浣莲一路谈一路走，不觉越过了好几堆人。前面那个怪头陀也行行企企，东张西望。傅青主不愿和他朝相，正想拉冒浣莲从旁的路走，忽见一个少年，好像是发现那怪头陀的奇迹，不服气似的，故意向前撞去。傅青主暗暗说了一声："要糟！"只见通明和尚双肩一耸，那个少年趺趺撞撞地收不住脚步直撞出来，一连碰到了几个人，直撞到冒浣莲身上。那个少年似是给撞得发急了，不假思索地一手向冒浣莲抓来，想将身形定住。不料这一手抓去，正是朝着冒浣莲的胸部，冒浣莲满面通红，伸手就是一格，双臂相交，只觉来人气力甚大，自己本想用无极掌的擒拿法将他摔倒，却给他反手抓住手臂，羞得冒浣莲双臂一振，运用内力，将少年直逼出去。

那少年趁着一抓之力，已将身形定住，虽给冒浣莲逼退，却不再趺趺撞撞了。只是他刚才一手抓住冒浣莲的臂膀，感觉滑腻腻的，似乎是个女子，心中一惊，定住身形之后，急忙回过身来道歉，见冒浣莲是个少年，才放了心。冒浣莲这时看清楚这个少年，见他面如冠玉，温文之中带着英气，不由得又是满面飞红，见少年赔罪，没奈何只得还了一揖。

那个和尚这时转过头来，向少年哈哈笑道："撞你不倒，算你本事，咱们以后再见。"傅青主在和尚转头时，已把头别过一边，总算没有亮相。

风波过后，傅冒二人，又是边谈边行，不久就到了山上。只见寺前有大队旗兵，分列左右，寺前两三丈方圆之地，却是空荡荡的，一个人都没有。

冒浣莲正觉得惊异，只听得旁边的人也在吱吱喳喳地谈论。一个老者说道："看来这次皇上不会亲来了，既没有黄绫铺道，也没有仪仗队，连守卫在寺门的也只有这么寥寥几十个人。"另一个好像乡绅模样的人哼了一声道："这事要问我们才知道，皇上前几次来进香都是我们绅衿接驾。这次是鄂亲王多铎代表皇上来，鄂亲王一向不欢喜铺张，他出巡时，有时只带几个亲兵哩！"又一个带着江浙口音的商贾问道："你说的鄂亲王多铎，是不是十多年前做过两江提督的多铎？我记得他那时在杭州大婚，那才叫热闹哩。只是在大婚前夕，前朝的鲁王余部劫狱，闹得满城风雨，第二天大婚，老百姓们都不敢去看热闹。"那个乡绅笑道："你吹牛吹出破绽来了，既然都不敢去看，你又怎知他的大婚热闹？喂，他大婚前夕的劫狱事情是怎样的？你说说看。"那商人先是面红红地应了一声：

"是我胆大，在门缝里偷看哩。"跟着见乡绅对劫狱事情很有兴趣，也就得意洋洋地拉他过一旁哇啦哇啦地谈起来。

冒浣莲见他们谈论不相干的闲事，懒得注意。这时又听得旁边有两个秀才模样的人谈论道："不知何故当今皇上对五台山特别有兴趣，登位不久，就接连来了几次，这次开光大典却又不来。喂，听说大诗人吴梅村有一首诗就是咏皇上来五台山进香的，你记得么？"他的同伴说："我从京中来，怎会不知道。京中传遍这首诗，只是大家都解不通，觉得很奇怪。那首诗道：'双成明靓影徘徊，玉作屏风壁作台。薤露凋残千里草，清凉山下六龙来。'双成是古神话中西王母的侍女，这首诗咏进香，不知怎的会拉扯到美丽的仙女上去？不过吴梅村是先帝最宠爱的文学侍从之臣，这诗大约会有点道理。"

冒浣莲听他们这样说，心中一动，不觉呆呆地看住他们，那两个秀才发现了，微微一笑。冒浣莲搭讪问道："怎的那寺门现在还是紧紧关住，而且门前几丈方圆之地空荡荡的没一个人？"旁边一个老者插嘴答道："小哥大约是初次观光这类大典，不知道规矩。这庙门前的第一枝香要待鄂亲王来点，然后打开庙门，再由鄂亲王在文殊菩萨面前上第一炉香，然后才做法事，招待各方善男信女进去随喜。"

正谈论间，忽听得山下鸣锣开道，彩旗招展，一队旗兵拥着一乘八人大轿自山下上来，不多时已到清凉寺前，轿前有两个大灯笼，写着"鄂亲王府"四个大字。

这时半山腰处，又是一阵阵人声起哄，傅青主、冒浣莲回头一看，只见一个军官硬从人丛中闯过，飞步上山，背后还跟着一个披着大红僧袍的喇嘛僧。傅青主见了，眉头一皱，自言自语道："怎么这个魔头，也从万里之外赶来观光？"

冒浣莲见傅青主满面惊疑之色，问道："这是什么人，难道比通明和尚还厉害？"傅青主悄声道："你现在别问，过后再告诉你，今天准有热闹看哩！"

这时朝阳初上，五台山上空的云雾，像给一只巨手突然揭去一样，涌出金光万道，映起半天红霞。在变幻莫测的云彩中，现出血红色的日轮，照得满山满谷，都是春意，这时鄂亲王的绿呢翡翠大轿已停放在清凉寺前，在红日迫射下，泛出悦目的丽彩。

正在这个万人屏息、静待鄂亲王出来上第一炷香的时候，忽然从清凉寺侧，转出一个娉婷少女，面上披着轻纱，手里拿着一炷香火，在庙门前将香插下，旁若无人地径自礼拜起来。这一下突如其来，吓得亲兵们手忙脚乱，急急大声呼喝，赶上前去将少女两手捉着，少女也毫不反抗，让他们似捉小鸡似的，捉到鄂亲王的大轿前面。亲兵们似乎是要让鄂亲王亲自发落。

这突如其来的怪事，连傅青主也吓了一跳，正决不定应否出手援救之时，突见那少女双臂一振，两名亲兵，直给摔出一丈开外。说时迟，那时快，那少女嗖的一声，拔出一把精芒耀目的短剑，左手一掌把翡翠轿门震得碎片纷飞，右手一剑便插进去，大声喝道："多铎，今天是你的死期！"

轿子里的人微微哼了一声，一反手就将少女的手臂刁住，少女正待用力再插进去，睁目一看，忽然惊叫一声，慌不迭地抽出剑来往后便退。就在这个时候，忽地又是一个少年，自人丛中一掠数丈，三起三落，大鸟似的飞扑而来，人未到，镖先发，一出手就是三支连珠镖，径向轿中飞去！

那少女惊魂甫定，见飞镖联翩而来，忽然纵起用短剑便格，本来照她的武功，这几支飞镖，原不难尽数打落，只是她心灵刚刚受了震荡，神智未清，这一格一挡，只打落了两支飞镖，第三支还是射入轿中。

在场的江湖好汉见少女突然反敌为友，救援起多铎来，都大惑不解。又见第三支镖射入轿中，竟是毫无声息，就似泥牛入海一样。通明和尚这时已挤到人堆前面，突然振臂大呼一声："不要放走多铎！"那些卖解艺人和丧门神常英、铁塔程通等一干人众，便纷纷自人丛中跳了出来。

这时那发暗器的少年，也快跑到轿前，猛然间轿帘开处，一支飞镖似流星闪电般直射出来，那少年大叫一声，给飞镖打个正着！这时，几百名亲兵，一半围着轿门，一半拒敌，另有几个裨官牙将，武功较好的，便跑去要活捉这发暗器的少年。

冒浣莲在旁瞧得清楚，发暗器的少年正是刚才与自己相撞的那个人。再一看时，只见那披着面纱的少女，运剑如风，已杀入重围，将少年一把拉出。那少年左臂中了一镖，血流如注，幸好不是伤着要害，还能勉强支持。

这时清凉寺前已形成混战局面，观光人众四散奔逃，通明和尚一把戒刀舞得呼呼风响，锐不可当，只是那些亲兵们也是久经战阵的兵士，虽给他们打了进来，却并不显得慌乱。

丧门神常英和铁塔程通二人，一个使丧门棒，一个使五花斧，一面杀，一面喊："多铎贼子，还不出来纳命!"喊声未了，只见那乘绿呢大轿轿帘骤揭，走出一个风姿绰约、仪态万千的贵妇，只见她神气悠闲，轻移莲步，微启朱唇，问道："你们找鄂亲王有什么事?"

这一下大出意外，寺前骚动顿时平息下来，常英、程通不再吆喝，通明和尚垂下戒刀，亲兵们也横刀凝步停下手来。通明和尚等一干人众是鲁王旧部，此来为的是找多铎报仇。原来在满清入关之后，南明政权还继续了一些时候，抗清军民先后拥立过福王、鲁王、桂王等明朝宗室，鲁王就是东南志士张煌言、张名振等拥立的。鲁王建都浙江绍兴，自称"监国"，维持了五六年小朝廷的局面，后来给多铎麾下大将陈锦所平，鲁王余部在杭州密谋复国，又因秘密泄漏，数百人被擒，关在杭州总兵大牢，后来在多铎大婚前夕，越狱逃走，一场混战，又牺牲了许多人。因此鲁王旧部和多铎仇深如海，事过十六年，还聚集到五台山来，要把多铎生擒，活祭死者。

他们都是响当当的英雄儿女，冤有头，债有主，多铎的家属，他们是不愿残戮的。这番突然见多铎的大轿，走出的却是个贵妇，虽情知必是多铎的王妃，一时间也给窒住了。

两边僵持了片刻，情势很是尴尬。鄂王妃微微一笑，说道："若没有什么事，你们就散去吧。"说罢推开寺门，便待进去。常英抡起丧门棒，大叫一声道："镖伤张公子的就是这个贼婆娘，她既与我们为敌，众兄弟何必饶她?"一抖手，几枚丧门钉，直朝她背后打去，鄂王妃理也不理，听得脑后一响，一反手就把几枚丧门钉完全抄在手中，她接暗器的手法，竟是非常的纯熟！通明和尚等大怒，展开兵刃又冲杀起来，鄂王妃在鼓噪声中，已进入清凉寺去了！

这时山下又是金鼓齐鸣，一彪军马，急步赶上山来。

鼓角齐鸣，戈矛映日，在满山纷乱之中，这彪人马的先头部队已赶到灵鹫峰下清凉寺前。这彪人甲胄鲜明，右手持刀矛，左手持铁盾，碰到兵刃来袭，便举盾先迎，刀矛随出，只听得“当！当！”之声，震耳欲聋，不消片刻，便把清凉寺团团地围了起来。这彪人马是满清的禁卫军，专负皇宫和各亲王府的守卫之责，比御林军还要精选得多。

那披着面纱、手持短剑的少女，正掩护着那受伤少年，突围而出，她左边一兜，右边一绕，行前忽后，行左忽右，远施暗器，近用剑攻，迅如灵猿，滑如狸猫，专从缝隙里钻出来，看看就要突围，忽然迎面碰着这彪人马，正待绕道而行，蓦听得一声猛喝：“往哪里走！”一口长剑，疾如闪电地袭到！

披纱少女身躯一伏，右臂斜沉，长剑呼的一声从头上砍过，她猛地一长身躯，短剑倏然翻上，横截敌人手腕。这招使得十分险恶。不料敌人武功也极深湛，竟不撤剑回救，径自手腕一旋，也用剑把敲击少女手腕，两人一沾即走，各自以攻为守地避了险招，双方都暗暗惊诧。

少女抬头一看，只见和自己对敌的人气相轩昂，身材魁伟，料知不是寻常人物，正思疑间，猛听得一声大喝：“兀那不是多铎贼子！”少女大吃一惊，只听得对手傲然答道：“是又怎样？”

识破多铎，大声喝问的正是丧门神常英和铁塔程通二人，他们距离多铎较近，舍命地抢了过来。这时少女的短剑也越攻越紧，但多铎腕力沉雄，少女的剑一给碰着，手上就是一阵酸麻，而旁边那位受伤少年，又因失了自己掩护，竟给多铎的牙将击倒，横拖活拽去了。

这时常英、程通已然赶到，叫声：“姑娘稍退！”披纱少女狠狠地盯了多铎一眼，自知在如此形势下难于取胜，也便撤剑抽身，先去援救那少年同伴。

常英、程通来势十分凶猛，一连击倒了十几个禁卫军，多铎大怒，喝道："众将退后，待我独擒这两个贼人！"长剑一挡，火星蓬飞中，把常英的丧门棒削去了棒头，但多铎的铁盾也给程通一斧劈裂，多铎索性把铁盾抛掉，展开关外长白山派的风雷剑法和两人大战起来！

多铎出现后，形势大变，通明和尚等一干人众，纷纷向多铎这边杀来，禁卫军虽然厉害，可是在山地上到底不易阻拦，竟给他们渐渐杀近……

程通、常英二人是江湖上出名的猛汉，兵械既重，力气又大，和多铎打起来，正是半斤八两，酣斗起来，只见常英的丧门棒如怪蟒毒龙，横冲直扫；程通的两柄板斧如山移岳动，重重压来。但多铎的功力也非同小可，长剑展开，挟着风雷之声，吞吐抽撤，时如鹰隼飞天；击刺截斩，时如猛虎伏地，一道剑光，裹住两般兵器，竟是毫不退让。酣斗声中，猛听得程通大喝一声，双斧卷地斫去，多铎长啸一声，抡剑腾身而起，朝程通的秃头猛剁下来，常英急抖丧门棒，以"潜龙升天"之式，将棒一翘，斜斜往上一举，向多铎小腹下的丹田穴猛戳。多铎忽地在半空打个筋斗，怪叫一声，一口长剑竟自半空脱手而出，向常英面门掷去。常英从未见过这种招式，急急纵身跳避，那口剑如一道长虹，竟自穿过一个禁卫军的甲胄，自前心直透后心。

这时铁塔程通方才抡斧站起，觑个正着，一斧斫去，不料多铎身形迅疾，又兼常英已被吓退，减了后顾之忧，他倏地转身，双臂箕张，一把抓着程通右臂，向上一举，把程通水牛般的身躯，在半空作了一个旋风舞，狞笑一声，猛地似抛大铁球一般向上抛去。程通也好生了得，给他这一舞一抛，两柄板斧仍未出手，在半空一个"鲤鱼打挺"，安然落在地上。只吓得附近清兵，纷纷躲避。

通明和尚大怒，斜刺里挺刀扑上。多铎的牙将，也已将多铎的长剑捡起递上。多铎正杀得性起，劈面一剑，狠狠斩去。通明和尚横眉怒目，大喝一声，也举刀猛劈。长剑戒刀碰个正着，只听得一声巨响，火花蓬飞，两人都碰得虎口发热，通明和尚更不换招，欺身直进，顺手一刀，便切多铎脉门，多铎微微一闪，剑招倏变，反圈到通明和尚背后，举剑便搠，通明和尚头也不回，听风认招，反手一刀，便斩敌人手腕。多铎若不收招，定必两败俱伤。

多铎到底是个亲王，通明和尚敢拼性命走出险招，他却不敢。他急得“大弯腰，斜插柳”，躬身换步，把搠出的剑硬撤回来。他也微微有点胆怯了。

说时迟，那时快，两旁的禁卫军已是如潮涌来，替他挡住那班江湖好汉。这时多铎带来的人马，陆续上山，自山脚到半山，蜿蜒如长龙，密密麻麻，总有二三千人，金鼓齐鸣，满山呐喊，声势极盛，竟似冲锋打仗一样。

那卖解女人突然打出一枝袖箭，嗤的一声，发出一道蓝火，直上遥空。这火箭是个讯号，一发出后，鲁王余部连呼速退，分头杀出，爬上山去。

多铎扭头一看，和卖解女人对个正着，他本想拦截通明和尚去路的，这时也改变了主意，飞步便追那个卖解女人。

那卖解女人身法好快，多铎大步追去，禁卫军两边闪开，不知不觉给她引上了灵鹫峰险峻之处。多铎一看，只见奇岩怪石，突兀峥嵘，峰回路转，凹凸不平，禁卫军在山腰下追逐鲁王的旧部，高峰上只有自己和那卖解女人，心念一动，不禁踌躇。那卖解女人好像知道他的心意一样，回头一笑，扬手就是一枝蛇焰箭向他射来，多铎引身一闪，蓬的一声，一溜焰火就在他身旁掠过，把附近野草烧将起来，那女的止步凝眸，横剑睨视，好像很看不起多铎的神气。

多铎心中有气，心想自己大小数百战，战无不胜，难道怕一个女人，而且这个女人的相貌，很像浙南“女匪首”刘郁芳的模样，把她除掉，对朝廷大有好处。

多铎档案中的“浙南残匪”就是前明鲁王的余部。因为鲁王的小朝廷是多铎灭掉的，因此他后来虽然卸了两江提督之职，有关江浙鲁王旧部活动的情形，地方官吏送来的文书，兵部也总备一份副本给他，并征询他的意见。这个“女匪首”刘郁芳是最近几年才崛起的，以前的“匪首”刘精一是鲁王部下一员大将，刘郁芳是他的女儿，据地方官送来的文书报告，自刘精一死后，鲁王旧部就公推刘郁芳做首领，那时她还未满三十岁，年纪轻轻，可是鲁王余部对她都很服帖。多铎在档案中曾见过她的图像，因此一见便觉好生面熟。

这时多铎给她一逗，忍不住挺剑追去。刘郁芳横剑不动，待得多铎一剑劈来，她微一侧身，青钢剑向左一领，多铎欺身直进，用力一拍，想将刘郁芳的剑拍掉，不料这一剑拍去，反给刘郁芳的剑搭上剑身，轻轻一引，借力打力，多铎身子竟给带动，移了两步。多铎趁前倾之势，疾地翻剑倒绞，化了刘郁芳的内劲，一团寒光裹着了刘郁芳的兵刃。

刘郁芳的无极剑法，兼太极、武当两派之长，机灵到极，在多铎长剑翻绞时，也趁势一卷，“回风戏柳”，当的一声将多铎的长剑荡开。她又是撤剑抽身，未败先退。

多铎气往上冲，大踏步追去。忽然间，只见刘郁芳像飞鸟一样，跳在两峰之间相连的一个石梁上，这石梁宽不到三尺，约有十余丈长，两边是险峻奇峰，底下是百丈深谷。多铎追得很急，收势不住，想也不想便飘身跳落石梁。刘郁芳秀眉倒竖，青钢剑如银虹疾吐，和多铎就在这绝险的石梁上大战起来。

刘郁芳胜在身法轻灵，多铎胜在功力深厚。这一番交手，只听得剑风虎虎，两人都给精光冷电般的剑气罩住，斗了一百多招，兀是未分胜负。这时禁卫军和通明和尚等一干人众，也已经追逐到了灵鹫峰上，众人一见多铎和一个女人在绝险之地拼命斗剑，都不禁惊骇起来，两边的人都是一面混战，一面注视着石梁上舍死忘生的恶战！

傅青主、冒浣莲二人，这时也箕踞在一块岩石之上作壁上观，看了一会，冒浣莲道：“傅伯伯，你看那卖解女使的是不是我们本门的无极剑法？”

傅青主若有所思，半晌答道：“我想起来了，算起来她该是你的师姐。二十多年前，我的师兄单思南和鲁王部下的大将刘精一交情很好，认了刘精一的小女儿做干女，从六岁起就教她练功，单思南的剑法自成一派，以无极剑法糅合武当剑法，刚柔兼济，和天山晦明禅师并称当世两大剑术名家。这女人准是刘精一的女儿无疑了。可惜她的功力略逊于多铎，要不然只论剑法，早就该赢了。”

说话之间，下面两人越斗越急，猛然间刘郁芳剑交左手，虚晃一招，多铎一剑劈去，刘郁芳一个“细胸巧翻云”，倒翻出三丈开外，右手一扬，一件黑忽忽的东西当头罩下，这是她的奇门暗器锦云兜，用钢丝织网，网的周围是月牙形的倒须。多铎措手不及，肩头给锦云兜兜个正着，倒须扣着皮肉，刘郁芳用力一拉，鲜血缕缕汩汩而出。多铎微微哼了一声，仍是挺着，手中剑上遮下挡，把门户封得很严。

刘郁芳运剑如风，狠狠攻上。多铎正危急间，猛听得左面绝壁之上一声大叫：“我来也！”另有一声吆喝：“楚昭南，你干么？”语声未了，突有一人似流星飞堕，恰恰落在石梁之上，身形未定，便是一剑撩去，把锦云兜的百炼钢绳斩断，拦在多铎前面，便和刘郁芳交起手来。多铎把倒须拔出，正待后退，忽见石梁那端又是一个和尚笑嘻嘻地拦住去路。多铎一看，正是那个怪头陀通明和尚，心中又惊又怒，长剑一摆，只得再度和通明拼命恶战！

楚昭南突然现身，把在场的好汉都吓了一跳。傅青主也皱起眉头，对冒浣莲说：“我今晨说的魔头便是此人，他在江湖上被称为‘游龙剑’楚昭南，乃是晦明禅师的徒弟，二十年前和他的大师兄杨云骢并称天山二剑。可惜两人性格刚刚相反，杨云骢是豪气干云，终生为复国奔跑；而楚昭南却热中利禄，终于被大汉奸吴三桂网罗了去，做了他军中的总教头。杨云骢离奇死后，天山绝艺，只他一个传人，他更是横行无忌了。”

这时，在那两峰之间相连的石梁上，两对人斗剑，连转身也不可能，场面更是惊险无比。那楚昭南的剑法果然神奇，刘郁芳的青钢剑本来迅捷无比，旁观的看来，好像明明就要刺中楚昭南的要害了，可不知怎的，总给他把来势消于无形，连看也看不清楚他是怎么避开而又是怎样反攻的。傅青主看了一会，对冒浣莲说：“看来非我出手不行了！”话声未了，只见楚昭南剑招如长江大河，滚滚而上，刘郁芳招架已显得很是艰难。傅青主叮嘱了冒浣莲一声：“你别乱走！”双臂一振，就如大雁一般，往下飞去。

这时恰好楚昭南用了一招“极目沧波”，指向刘郁芳胸部，刘郁芳的青钢剑给他荡开，撤剑已来不及。傅青主到得恰是时候，右手无极剑凌空下击，左手一把抓住刘郁芳臂膀，运内家功力，向后一抛，刘郁芳借着这一抛之力，在半空中翻了个筋斗，轻飘飘的似羽毛一样落在那边的危崖之上。

楚昭南举剑一挡，觉来人内劲甚大，自己本想趁他身形未定，将他迫下深谷，不料双剑相击，只觉有一股大力推来，反给震退了两步，不禁心内暗惊，但自思天山剑法独步海内，来人纵是功力深厚，也难逃脱剑下。于是，更不思量，一口剑疾地施展开来，剑剑狠辣，全是指向敌人要害！

傅青主挟数十年内家功力，凌空下击，不能将楚昭南击倒，心中也是暗暗吃惊。瞬息之间，两人已斗了五七十招，双方全是毫不退让。两口剑闪电惊飙，越斗越急，远处望去，只见银光波涛之中裹着两条黑影，浮沉起伏，连通明和尚等一干好手，也自骇目惊心，紧张得连气也透不过来！

楚昭南越战越勇，剑招越来越快。傅青主却剑招倏变，越展越慢，但饶是楚昭南如何迅捷，却总是攻不进去，剑尖不论指到哪儿，都碰着一股回击之力。傅青主手上就像挽着千斤重物一样，剑尖东指西划，似乎甚为吃力，但却是剑光缭绕，好像在身子周围筑起了无形的铁壁铜墙。楚昭南是识货的人，知道这是最上乘的内家剑法，不禁倒吸了一口凉气。

楚昭南攻不进去，傅青主也杀不出来。两人都有点着急了。就在这僵持的时间，猛然间傅青主剑招一撤，门户大开。楚昭南一剑刺将入来，傅青主微微一闪，手中剑突然一闩，将楚昭南的剑锋锁住，左手闪电般地当头劈去。楚昭南猝不及防，右手剑一挺一卷，也以左掌迎击上去，只听得蓬然一声，接着满山惊呼，两人都似断线风筝一般，向石梁下的万丈深谷堕去！傅青主堕到半山，触着了崖石旁边伸出的虬松，一把拉住，就止了下堕之势，楚昭南却如弹丸一般，在半空中翻了几个筋斗，直落谷底！

这时多铎也给通明和尚步步进迫，一直迫到石梁的一端，再退就是绝险的危崖，而危崖上又有刘郁芳持剑守着！

这时多铎带来的禁卫军已全数登山，观光的善男信女哭号震天，鲁王的旧部也有许多还未突围。而禁卫军的神机营弓箭手也张强弓，飞羽箭，向刘郁芳等已突围的人射去。虽说危崖绝壁，弓箭很难瞄准，可是形势也很危险，刘郁芳目睹混战，耳听呼声，突然又发出一枝火箭，喝令通明和尚停手。

通明和尚愕然止步，正思疑间，只听得刘郁芳喝问道：“多铎，你还想不想活命？”多铎装出毫不在乎的神气说道：“想又怎样？不想又怎样？”刘郁芳道：“如果你想活命，你就叫禁卫军罢手，我们今日彼此不犯，同时你也不准滥捕一个老百姓。”多铎想了一下，问道：“以后又怎么样？”刘郁芳道：“以后是以后的事。你当然不会放过我们，我们也不会放过你！”多铎哈哈笑道：“这还公平，就这样办吧！”长剑一指，发出号令。

果然军令如山，传达下去，片刻之间，刀剑归鞘，强弓挂起，被围的鲁王旧部走出来，观光的人们也鱼贯下山了。

通明和尚横刀凝步，目送多铎大踏步走过石梁，恨得牙痒痒的，另一个更痛恨多铎的是那个披纱少女，她身倚石崖，手探怀中，似乎是想摸出暗器。丧门神常英在她背后，急忙拦阻道：“姑娘，可别胡来！我们首领已发下命令，不能失信于人。”

傅青主这时已爬了上来，刘郁芳重新以礼相见，谢过这位多年不见的师叔。待多铎走过石梁，她也率领一干人众，翻过灵鹫峰，从另一面下山了。披纱少女虽然不是她们一路，也给邀请同行。

一路上大家都很少作声。功败垂成，免不了有点丧气。可是大家也谅解刘郁芳的做法，轻重权衡，拿许多人的性命和多铎相换，也是不值得的。刘郁芳的兴致似乎还很不错，她见到冒浣莲明艳照人，举止娴雅，从心底里就欢喜她，一路逗她说话。只是冒浣莲却似乎郁闷未消，谈话之间，显得有点儿心神不属的样子。

这班人的脚程很快，翻过高峰，穿过幽谷，走了十余里的山径，也只不过花了一个时辰。不久就到了一个山庄，庄前已经有许多人相候。

刘郁芳对傅青主道：“这是江湖前辈武元英的庄子，我们此来，就是借他的庄子驻脚的。”傅青主问道：“你说的想是终南派的名宿武元英？我和他也是多年的朋友了。”刘郁芳应道：“正是此人。”

说时，庄子里已有人出来禀报，那人是留守的鲁王旧部，自在刘郁芳耳边说了几句，只见刘郁芳蹙起眉头，说道："我知道了！烦你先进去禀告庄主，我们在别院稍歇，料理一点事情。然后再拜见庄主和韩总舵主。"通明和尚问道："可是天地会的韩志邦总舵主来了？"刘郁芳说道："正是。"一班人都很高兴，可是却又像有些什么顾忌似的，不敢在刘郁芳面前谈论。

刘郁芳率领通明和尚等一班人众进去，傅青主、冒浣莲和披纱少女也一同行进，坐定之后，刘郁芳面容庄严，突然对披纱少女道："姑娘，你可别怪，我们素来恩怨分明，今天你护了多铎王妃，却又舍命救我们的张公子，我们实在莫测高深，不知姑娘你能否赐告来意？能否以真容相见？"披纱少女默不作声，慢慢除下轻纱，忽然间，全场目光都注意着她，有的人且发出了怪声！

那披纱少女缓缓除下轻纱之后，一霎那间众人都呆着了。她的面貌，竟然和多铎王妃一模一样，只差身上没有穿着旗装。通明和尚忍不住问道："你是旗人还是汉人？"少女横了通明和尚一眼道："我自然是汉人。"程通问道："姑娘的芳名、师门，能否见告？"少女笑道："每一个人都有一个名字，名字不过是个记号罢了，为了称呼方便起见，你们就叫我做易兰珠吧。至于师门，以我这样一个不成材的女人，可不愿亵渎他老人家的名字。"

易兰珠环扫了众人一眼，她自然看得出众人疑惑的神情，于是提高声音说道："至于问我为什么救护多铎王妃，我想各位都是英雄儿女，不用我说，也知道这个道理。我本意是要刺杀多铎，哪知却碰到了王妃。我自然不忍刺杀一个手无寸铁的女人！而她打伤张公子，却是以后的事。"

在少女侃侃而谈时，傅青主偷偷写了一张字条，叫冒浣莲递给刘郁芳看，上面写道："此女目光散乱，神态异常，定有非常之痛。"刘郁芳知道这位师叔医理精妙，和自己所测也不谋而合。于是一待少女说完，便温言安慰道："姑娘，你别多心！我们所问，也不过是想结纳姑娘这样一位朋友而已。姑娘，你如不嫌弃，我痴长几年，我可要叫你一声妹子。"于是亲自下去，将易兰珠拉着，叫她坐在自己的身边。易兰珠眼角微润，低声叫了一声："姐姐！"

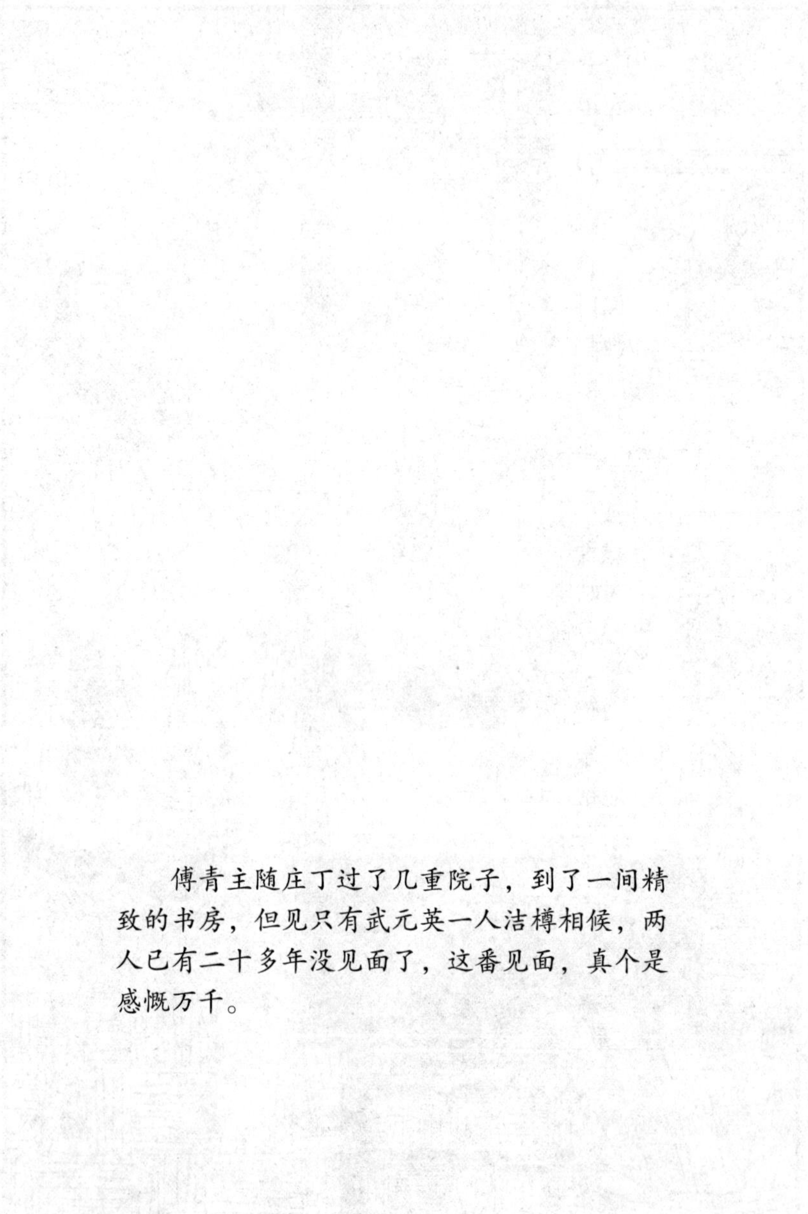

傅青主随庄丁过了几重院子，到了一间精致的书房，但见只有武元英一人洁樽相候，两人已有二十多年没见面了，这番见面，真个是感慨万千。

通明和尚等人见她这个样儿，也觉得好生过意不去。

这时，武庄主已知道傅青主也来了，高兴非常，特别派人来请傅青主过去，说道："刘姑娘有事情料理，那就请傅大爷先见见面吧。"

傅青主随庄丁过了几重院子，到了一间精致的书房，但见只有武元英一人洁樽相候，两人已有二十多年没见面了，这番见面，真个是感慨万千。两人谈了好一会子，武元英突然说道："傅大哥，我有事相托，你可得卖个面子。"傅青主说道："什么事？"武元英道："想托你做媒。"傅青主笑道："我可没认识什么女孩子。至于随我来的这位冒小姐，她年纪还小哩。"武元英也笑道："不是想打你这位冒小姐的主意，我说的是你的侄女刘郁芳姑娘。她的父母和师父都死了，你是她的师叔，可拿得一半主意。"傅青主问道："什么人托人做媒？"

武元英重重地喝了一口酒，捋着须子说道："大哥，这个人说起来也不辱没刘姑娘。他就是天地会的总舵主韩志邦。这人不但是豪侠心肠，而且人极忠厚。他本是一个马场场主，清兵来后，他集众创立了天地会，只因连年奔跑，近四十岁还没有成家。"武元英说着又叹了一口气道："我们老了，也不知道年轻人的想法了。刘姑娘样样都好，就只是脾气可有点怪僻，一和她提亲，她就不高兴。韩志邦以前帮过她不少忙，也曾托武林同道向她提过婚事，她只是一个劲儿不理，以她这样的人才，也弄到三十出头还未结婚，而且好像不愿意结婚，你说，这可不是怪事？"

傅青主听了，凝思半晌，说道："我可以代你问问刘姑娘的意思，但答不答应，可是她自己的事。"

两位老朋友又谈了一阵，武庄主道："我和你去见见韩总舵主如何？"傅青主欣然道："好。"两人走出客厅，只听得一阵孩子哗笑，有一个稚嫩的声音道："韩叔叔，你输了，可不许抵赖啦！我要骑马。"武元英推门进去，只见一个大汉爬在地上，膊头上骑着一个孩子，拍手哈哈大笑。武元英喝道："成化，不许闹！"

那孩子一跳落地，大汉也站了起来，紫面泛红，忸怩地笑着，粗豪中带着"妩媚"。武元英不禁笑道："韩大哥越来越孩子气了，可纵坏了成化这孩子。”说着替傅青主介绍道：“这位就是天地会的韩总舵主韩志邦，这是我的小儿子成化。喂，成化过来拜见傅伯伯，向他讨见面礼。”

武成化今年只有十一岁，是武元英五十大寿那年生的，宝贝得了不得。这时跳跳蹦蹦地过来，手里还拿着棋子，说道：“韩叔叔和我下象棋，连输三盘给我哩！”韩志邦道：“成化这孩子真厉害，我刚刚学了梅花谱，用屏风马来挡他的当头炮进七兵局，谁知这孩子根本不是照棋书行的，这个战法不合棋谱，我可抵御不了啦！”说罢哈哈大笑。

傅青主也笑道：“这叫做尽信书不如无书，墨守成规可不行啰。”说着，突然叫武成化道：“你把棋子完全握在手里，向我打来，伯伯教你变戏法！”成化看了父亲一眼，武元英笑道：“伯伯叫你打你就打嘛！”傅青主加上一句道：“而且要用打暗器的方法。尽量施展出来，让我看看你的功夫。”成化见父亲不骂他顽皮，还鼓励他打，心中大喜。于是握一大把棋子，双手一扬，用“满天花雨”的打金钱镖手法，向傅青主洒去。傅青主哈哈一笑，将手臂缩在袖里，只见棋子纷飞，落处无声，傅青主双袖一展，一枚枚棋子相继从他袖中落下。众人不禁大骇，他竟用京戏中水袖的功架，就能把暗器卷去。这种接暗器的功夫，真是闻所未闻，见所未见。

武成化这孩子可乐坏了，跑过来就磨傅青主教，傅青主笑着对武元英说道：“我就将这个水袖接暗器的手法，教给成化做见面礼，这份礼怎么样，你满意了吧？”武元英大喜，连说道：“求之不得，求之不得！”赶忙叫成化磕头。

这时，一个庄丁进来对武庄主说了几句，武庄主道：“刘姑娘既然有空了，就请他们进来吧。”不一会，客厅外人声嘈杂，通明和尚、常英、程通等纷纷嚷道：“韩大哥，你来了吗？可想死我们了。”说着就冲进来，将韩志邦一把拉着。在通明和尚等后面的，则是他们的女首领刘郁芳，刘郁芳也微微笑着，在落落大方中，显得尊贵矜持。

傅青主在旁看了，暗暗嗟叹。心想，男女之间的事情，真是奇妙。在自己眼中，韩志邦确是一个憨直的汉子，这次知道刘郁芳有事于五台山，又远远赶来，拔刀相助，这份情谊，又岂是普通可比。但看刘郁芳的神情，在尊重之中保持着距离，这头婚事，看来很难撮合。

这时外面又进来了两个人，一个短小精悍，两眼奕奕有神；一个紫铜肤色，长相很是威武。经韩志邦介绍，始知短小精悍的名杨一维，是天地会中的智囊，紫铜肤色的名华紫山，是天地会的副舵主，两人面色，都显得颇为紧张。

刘郁芳待两人坐定后，说道："以前韩总舵主和我谈过彼此合作之事。我想双方宗旨相同，复国之心，并无二致。我们鲁王旧部，就一齐加入你们的天地会好了。"

杨一维道："那好极了，总舵主和我们都很欢迎。"韩志邦急道："一维，不是这么说！"通明和尚讶道："总舵主的意思是——"韩志邦截着说道："不是我们欢迎你们或你们欢迎我们，彼此合作，就无主客之分。而且我的意思是：应该由刘姑娘做总舵主！我是一个粗人，嘿！嘿！"韩志邦笑了两声，还未想到怎样说下去，刘郁芳已接着说："还是韩舵主继任的好，天地会在西北已有基础，我们的人数也比较少。"杨一维道："是呀！我们都佩服刘姑娘，刘姑娘这番话是有道理。"韩志邦瞪了他一眼道："既然你们都佩服刘姑娘，那就更应该拥她做总舵主！"杨一维很是尴尬，口里说是，心里却巴望刘郁芳推让。

哪知刘郁芳自有打算，并不推让，说道："既然韩舵主如此推重，我只好不自量力了。"韩志邦大喜，通明和尚也很欣然。只有杨一维暗暗不悦。当下大家议定，择好吉日，再行开山立舵之礼。而且在立舵之前，韩志邦自愿通令各地天地会徒，受刘郁芳约束。

接着大家谈起五台山上大战多铎和楚昭南从滇边赶来的事。刘郁芳道："这个魔头，的确难于对付，除傅师叔外，我们都不是他对手！这次他给傅师叔震落深谷，我只望能就此除掉他。"傅青主道："我也制服不了他，我看你们别高兴，以他的功力，未必会跌死。"

韩志邦凝神静听，突然拍掌说道："我倒想起一个人，也许他制服得了这个魔头。”通明和尚忙问是谁，韩志邦道：“我也未见过他，只知道他叫做天山神芒凌未风。”刘郁芳道：“这个外号好怪！”韩志邦道：“这是一种形如短箭的芒刺，只生长在天山的。非常尖锐，坚如金铁，刺人很痛。他的剑法辛辣，说话又尖刻，所以得了这个外号。可是他在西北的名头可大哩！蒙藏回疆各地的部落都很佩服他，山民牧民和他的交情也很好。只是他总是独来独往，每到一处，就混在山民牧民之中，不容易找。我这次到山西之前，曾派了好几个认识他的弟兄到处找他。”众人听说有这样一个传奇人物，都很惊诧。

韩志邦又谈了一些“天山神芒”的传奇事迹，众人听得津津有味。傅青主问道：“这人剑法如此厉害，难道是晦明禅师的另一传人？怎的老朽从未听说过？”

刘郁芳轻轻拍掌，打断众人话柄，说道：“暂时不必理什么天山神芒吧，我们先谈谈正经事。第一是张公子今天失陷在五台山，若救不出来，须对不住他的父亲。第二是今天多铎带这么多禁卫军来，和他的平常行径不符，其中必有蹊跷。满清入关之后，至今三十一年，中原已定，只留下台湾与回疆蒙藏一带尚未收入版图。台湾孤悬海外，不成什么气候；西北与塞外各部落，若能联合抗清，再与台湾作桴鼓之应，或许尚有点作为。我风闻清廷正图经略西北，多铎此来，或许与此有关，我们倒不能不探探虚实。”

傅青主问道：“张公子是……”刘郁芳道：“是我们先大将军张煌言的公子，也是武庄主的师侄，终南派的第三代弟子。他初出师门，便失陷在敌人手里，非想法救出不可。”张煌言是抗清的名将，也是以前统率鲁王全军的主帅，大家听了都很歉然。

傅青主毅然起立道：“众英雄如不嫌弃老朽，我今晚愿与冒小姐探山！”傅青主武功超卓，自然是适当人选，只是大家不知道冒浣莲如何，一时都未作声。通明和尚嚷道：“不如我随傅前辈去？”冒浣莲微微一笑，说道：“我的武功虽然不济，与傅伯伯同去，或尚不会失陷。”这时院子外一阵鸦噪，傅青主笑道：“外面那棵槐树上有一只乌鸦，叫得令人烦躁，浣莲，你把它捉下来吧！”冒浣莲盈盈起立，忽地双臂一张，只一跃便到了庭心，更不作势，身子平地拔起，轻飘飘地直纵上槐树树梢，乌鸦“哑”的一声，振翅欲飞，冒浣莲足尖一点树梢，箭一般地直冲上数丈，乌鸦刚刚飞起，就给冒浣莲一把捞着，跳将下来，众人都看得呆了！通明和尚翘起大拇指道：“这样的轻功，去得！去得!”众人哈哈大笑。

当晚，傅青主与冒浣莲换了夜行衣，趁着月暗星稀，从五台山的北面，直上到山顶。五台山五峰如台，是有名的大山，多铎带来的几千禁卫军只能在清凉寺周围山岗警卫，哪里照顾得到全山，傅冒二人，迅如飘风，又是夜色如墨，竟自没人发现。

正当他们从山顶悄悄地降落下来，未到半山，忽地傅青主在冒浣莲耳边道：“小心!”身形一起，斜里窜出数丈，冒浣莲也跟纵而到。只见一条人影，戴着面罩，蓦地扭过头来。

欲知来者是谁，请听下回分解。

第二回　浪迹江湖　水尽萍枯风不语
隐身古刹　空灵幻灭色难留

黑夜中冒浣莲只见那披着面罩的少女，两只眼睛露在外面，顾盼之间，光彩照人，就如黑漆漆的天空嵌着一颗星星，又如白水银中包着黑水银。那少女见傅冒追上，灿然一笑，说道："各走各的吧！"从别的山径跑了。

这少女的声音好熟，冒浣莲正待追去看看是谁，傅青主一把拉着她道："别追她，她就是今天出场的披纱少女易兰珠，她一定另有事情，不愿和我们一路。"冒浣莲心想："怎的这少女行径如此神秘？"

傅冒二人展开绝顶轻功，片刻之间，已到清凉寺前。虽然夜色如墨，可是环绕着清凉寺的五个大铜塔，每个高十三层，每层外面都嵌着十八盏琉璃灯，将清凉寺附近照得通明。而寺前禁卫军巡逻来往，显见防守得很是严密。而当中的主塔前面，又排着一排弓箭手，而且每张弓都是箭在弦上，气氛很是紧张。傅冒二人伏在一块岩石后面，正想不出用什么方法混进去。正思量间，忽然刮过一阵狂风，砂石乱飞。就在这一刹那，那左面的大铜塔第三层正面的三盏琉璃灯，猛地熄灭！黑夜中好似有一条人影凌空飞上，禁卫军哗然大呼，弓箭纷纷向空射去。忙乱中又是一阵狂风刮过，当中主塔第三层正面的三盏琉璃灯又一齐熄灭。傅青主急拉着冒浣莲，喝一声："快起！"两人趁忙乱昏黑中闪身直出，轻轻一掠，跳上了主塔的第一层塔椽，将手一按，身子凭空弹起，越过了第二层就到了第三层，两人一闪，闪入塔内。傅青主悄悄对冒浣莲道："今夜有绝顶功夫的武林高手，那琉璃灯是被人以飞蝗石之类的暗器，用重手法打灭的！”外面的禁卫军，闹了一会，不见有人，疑是黑夜飞鸟掠过，又疑琉璃灯是狂风卷起的砂石偶然打熄的，他们索性点起松枝火把守卫，也不再查究了。

主塔内每一层都很广阔，除掉当中的大厅外，还间有几间房间。傅冒二人一闪入内，也以暗器将大厅的几盏灯打灭。不一会，有两个人拿着“气死风”（一种毫不透风的灯笼）出来，嘀嘀咕咕道：“怎的今晚山风这样厉害，外面的琉璃灯熄灭了，连里面的也吹熄了，真是邪门！”傅冒二人更不敢怠慢，一跃而起，闪电般地掠到两人面前，骈指一点，两人还未喊得出来，就被傅冒二人点了哑穴，一把拖出外面，站在塔檐之处，借第四层琉璃灯射下的光线一看，几乎叫出声来！

这两人不是禁卫军，也不是普通的人，从服饰上看，分明是两个太监。傅青主还不相信，伸手往下一掏，说：“是了！”冒浣莲羞得把头别过一面。傅青主猛地醒起冒浣莲乃是少女，也觉不好意思，伸手一点，把两人的哑穴解了过来，一手拉着一个，低声说道：“你们快说，皇上是不是来了？在哪一层？若敢不说，就把你们推下塔去！”

铜塔巍峨，下临无地，两个太监不由得震栗起来，结结巴巴地说道：“皇上，皇上在第六层。”傅青主一把将他们推进塔内，与冒浣莲腾身便起，连越过四五两层，到了第六层塔外，往里偷窥，果然见有几个太监在里面打盹，室中有一张黄绫帐盖着的大床。傅冒二人心想，帐里睡的一定是皇帝。傅冒二人托地跳将入去，太监们哗地惊叫起来，冒浣莲一把拉开黄帐，伸手便掏。不料帐中人一个鲤鱼打挺，跳将起来，一把精光闪目的匕首，向冒浣莲心窝猛插。冒浣莲身手矫捷，一反手就将那人手腕刁住，匕首只差半寸没有刺到。

那人的武功竟非泛泛，手腕骤地用力往下一沉，匕首虽掉在地上，手腕却已脱了出来，左掌“银虹疾吐”，倏地便挑冒浣莲右肘，冒浣莲用掌一格，竟给震退数步。那人大喝一声，抢将出来，不料傅青主身形奇快，飘风似的欺身直进，信手给了他两个嘴巴。那人正待还击，已给他用擒拿手拿着，用力一捏，全身软麻，再也动弹不得。那人嚷道："你们胆敢犯上吗？"

冒浣莲见那人身上穿的是"龙袍"，心想怎的皇帝也有这么好的武功。傅青主早笑道："你还装什么蒜？"他对冒浣莲道："这人不是皇帝！"原来康熙皇帝即位时，不过八岁，现在也只是二十多岁的少年，而帐中的人，却是三四十岁的汉子。

当下傅青主手持利剑，威胁太监说出皇帝所在，几个小黄门眼光光望着一个老太监，傅青主伸手在他身上轻轻一拍；那老太监痛彻心肺，忙道："我说，我说。"

这老太监是皇帝的近身内侍之一，说道："皇帝不在这里，他虽然是驻在这一层，但这座铜塔底下，有地道直通清凉寺老监寺和尚的禅房，他从地道看老和尚去了。"傅青主指着那帐中人问道："他是谁？"老太监道："他是宫中的巴图鲁（勇士之意，清朝官衔）。"

傅青主想了一下，说道："你们若想活命，须依我的摆布。"老太监急急点头，那个巴图鲁虽然强硬，但给傅青主制住，知道若不答应，必落残废，也只好答允了。

傅青主随手剥下一个小黄门的服饰，叫冒浣莲披上，装成太监。太监说话行动，本来就像女人，冒浣莲这一伪装，正好合适。傅青主道："你带我们从地道进去，若地道中把守的人问起，你就说我是皇上请来的太医。"说罢傅青主将室中的小太监一一点了哑穴，要待六个时辰之后，才能自解。料理完毕，傅青主傍着那个巴图鲁，冒浣莲傍着那个老太监，一人挟持一个，说声："走！"老太监默不作声，伸手在墙上一按，墙上开出了一扇活门，复壁里安有百几级梯子，直通到地道口。

地道中守卫森严，每隔十余步就有一个武士站岗。那个老太监大约是曾跟随皇上在这条地道进出过，武士们一点也不疑心，连问也不问，就让他们往里面直闯。不久，便到了地道的尽头。傅青主、冒浣莲挟持着老太监和巴图鲁，凝身止步，在地道的出口处停了下来。上面人声，透下地道，虽然不很清楚，可是却分辨得出那是"游龙剑"楚昭南的声音。傅冒二人吃了一惊，这家伙果然没有跌死！

上面的人似乎越说越大声，傅冒二人只听得一个少年的声音很威严地喝问道："吴三桂这厮真敢这样?"楚昭南战战兢兢的声音答道："奴婢不敢说谎。"说完之后，上面忽然静寂了好一会子，傅冒二人正惊疑间，忽地轰隆一声，地道两壁突然推出一道铁闸，傅冒二人愕然回顾，只见那道铁闸已把自己和两个站岗武士都封锁在这一段地道之内。上面楚昭南大声吆喝："什么人敢在底下偷听?"

原来楚昭南武功超卓，耳灵目聪，傅冒一行人虽然放轻脚步，可是到底还有声息，尤其那个老太监的脚步更重。楚昭南听得脚步声行近，却突然停了下来，久久不见声响，不禁起了疑心，悄悄地禀告皇帝。皇帝一想：下面站岗的武士，最近的这对，也距离地道口十丈，不会走近前来，若是主塔中的太监，他们没有自己吩咐，也不会来，而且就是来了，也不会停在门口，既不禀告，又迟迟不进。心中一疑，伸手就按机括，把近地道一段的铁闸开了出来，喝道："替我进去把偷听的人捉出来。"

地下的傅青主机伶到极，铁闸一开，他就将老太监和巴图鲁点倒，嗖的一声，拔出佩剑。这时那两个站岗武士也已惊觉，双双扑上前来，但怎禁得傅青主神技惊人，只三两个照面，便给傅青主刺着穴道。地道口的铁盖板突地掀起，傅青主喝声"小心"！外面暗器纷纷打了进来。

傅青主、冒浣莲展开剑法，浑身上下，卷起寒光，暗器打来，给撞得纷飞，碰在两边石壁上丁当作响。傅青主大叫一声："闯出去！"在暗器如雨中，硬钻出外。无极剑"迎风扫尘"，身随剑进，但见一圈银光，蓦地滚出，冒浣莲也紧跟着窜出了地道。

游龙剑楚昭南早已守在洞口，一见人出，当头一剑就劈将下来，傅青主横剑一扫，但听得剑尖上"嗡嗡"一阵啸声，两把剑都给对方荡了开去。楚昭南定睛一看，见来的正是对头傅青主，又气又怒，大喝一声："老匹夫，今日与你再决生死！"一口剑狠狠杀来。傅青主也豁出了性命与他恶斗。这时冒浣莲也已窜了出来，她见室中少年正在走避，立即一跃而前，一把抓去。

佛殿外的卫士在听得楚昭南吆喝时，已蜂涌入内，他们哪肯让冒浣莲抓着皇帝，霎时间，几般兵器，横里扫来，冒浣莲回剑一挡，缓得一缓，康熙皇帝已从侧门走进内室去了。

傅青主使出浑身绝技，剑招发出，直如风翻云涌，楚昭南连番扑击，连走险招，都未得手。但傅青主虽挡得住楚昭南，却吃亏在孤掌难鸣，他急中生智，猛地觑准当前一人，突地剑锋一转，剑招如电，霎地就将那人手腕截断。那人“啊呀”一声，滚倒地上，傅青主从缺口里便窜出去，一跳跳上了佛殿当中的神坛。

这神坛很是宽广，上面塑着六个尊者，十八罗汉。二十四尊大佛像都是生铁铸成，排列又不整齐。傅青主在神坛上借佛像作掩护，穿来插去。楚昭南和卫士们，无法围攻，只好和他似捉迷藏般的互相追逐。

这时冒浣莲也给卫士们狠狠追逐，幸好卫士中的高手，都协助楚昭南对付傅青主去了，而冒浣莲又最长于轻身功夫，在佛堂内窜来窜去，滑如游鱼，竟然没有给他们捉着。正在紧急之际，忽听得傅青主在神坛上扬声叫道：“莲儿，喂他们毒砂子！”

原来傅青主长于医术，他自己虽然不欢喜用暗器，但却给冒浣莲练了一种暗器——夺命神砂。这铁砂又分两种，一种是用毒药药液浸制过的，一种是无毒的。傅青主传她这种暗器时，谆谆告诫，非至极危险关头，不准用有毒的那种。这次由傅青主先叫她用，算得是破天荒的第一遭。

冒浣莲也是初次遭逢这样的大场面，忙乱中竟没记起自己怀中有这种厉害的暗器，给傅青主提起，心中大喜，左手戴起鹿皮手套，往暗器囊中一探，握了一把有毒的夺命神砂，把手一扬，神砂分成几条黑线向追来的敌人打去，立即有几人给打中了头面，虽然并不见痛，可是不久就觉得周身麻痒。这些卫士都是老于江湖的了，听得傅青主说“毒砂子”时已经留心，一旦感到异样，如何不慌？吓得他们都不敢迫近冒浣莲了。

可是神砂只能及近，不能及远，敌人距离两三丈外，便无办法。那些卫士离开了神砂的有效范围，又纷纷地向冒浣莲发射暗器。冒浣莲只剑单身，应付很是不易，忽听得傅青主又是一声喊道：“你不必顾我，你先闯出去！”

冒浣莲又是两把夺命神砂，在众卫士走避中，蓦地回身便走，箭一般地穿出窗户，随即施展“壁虎游墙”之技，闪电般地直上到大佛堂的瓦面之上。

清凉寺的大佛殿是用北京出产的琉璃瓦盖的，这种瓦光滑异常，难于驻足。冒浣莲索性左右两足交替滑行，霎时间就滑到了屋顶的中央。清凉寺各处的佛灯与五个大铜塔上所嵌的琉璃灯交相辉映，照耀得明如白昼。冒浣莲一人在瓦面上滑行，目标极显，地下的暗器又纷纷打来，比在佛堂中更难躲闪。

冒浣莲腾挪趋避，百忙中竟给一箭射飞了风帽，露出满头秀发，她心中一慌，猛然间地下又打上一个暗器，圆圆的带着啸声，劲道极大，她左足一滑，前面琉璃瓦砰然一声，竟给飞上来的铁球打裂了一个大洞。冒浣莲收势不住，整个人从洞中掉了下去！

这一掉下，恰好掉在十王殿的一个大佛像上，冒浣莲用力一扳佛像的大手，想把身形定住，不料那佛像竟是活动的，冒浣莲用力一扳，那佛像轧轧地转了半个圆圈，佛像背后现出了一扇活门。冒浣莲为避追兵，不假思索地就走了进去。

这一进去，直把冒浣莲吓了一跳。那是一间极为精致的僧舍，当中坐着一个老和尚，白须飘拂，旁边垂手立着一个少年。正是刚才在佛堂自己抓不住的康熙皇帝。那老和尚低眉合十，默不作声。康熙皇帝则嘴唇微微开阖，似乎在恳求什么似的。

冒浣莲心念一动，心想莫非自己听到的传说竟是真的。就在这一霎那，背后掌风飒然，迷茫中，冒浣莲欲避无从，竟给人一手扣住了臂膀，那人的五只手指就像铁钩一样，冒浣莲给他一把抓着，动弹不得。

那人把冒浣莲拖到了皇帝跟前，康熙认得这人正是刚才追拿自己的人，心中大怒。但见她头上满头秀发，分明是个少女，身上穿的却又是太监服装，不禁大为惊讶，喝问：“你到底是什么人？”

这时老和尚双眸已豁，猛然间好像触着什么似的，面色大变，露出又惊又喜的神情，双目炯炯放光，忽然接口说道：“这位女居士我认得！”接着曼声吟道：“悠悠生死别经年，魂魄不曾来入梦！”他注视冒浣莲许久许久，又喃喃自语地似问非问道：“到底是人还是精灵？哎，你真长得好像她呀！你不是她的魂魄，也定是她的化身！”

冒浣莲这时心中了了，又是悲痛，又是愤恨，冲口问道：“你就是顺治皇帝老儿了吧，我的母亲呢？她到底是生是死？是在这里还是在宫中？你要替我告诉她，她的莲儿来找她了！”

冒浣莲这么一闹，康熙皇帝震怒已极，面上一阵青一阵白，猛然发作道：“这是个疯女人，阎中天，把她拉下去！”阎中天就是刚才擒住冒浣莲的侍卫，也是康熙的心腹死士。他在老和尚发言时，已悄悄地避过一边，手扣暗器，远远站开，旨在避嫌。这时见康熙发作，瑟瑟缩缩地走了出来，他无意之中知道了这种宫中秘密，正不知是祸是福。

老和尚双眸炯炯，朝着康熙发话道：“你不要吓唬她，你小时候她的母亲也曾抱过你。”说罢，缓缓地把冒浣莲拉了起来，叹一口气道：“你的父亲失了她，我也没有得着她。她本来就不是这个尘世中人，你叫我到哪里去替你传话？”冒浣莲瞪大眼睛道：“那么是我的母亲死了？”老和尚道：“梦幻尘缘，电光石火，如水中月，如镜中影，如雾中花。董鄂妃偶然留下色相，到如今色空幻灭，人我俱忘，你又何必这样执着？”冒浣莲急道：“我不晓谈禅，你赶快告诉我她到底怎样？”老和尚道：“也罢，你既然这样思念母亲，我就带你去见她。”说罢，缓缓地站起来，拉着冒浣莲的手，往外就走。康熙和阎中天默默无言地跟在后面，面色尴尬之极。

老和尚拉着冒浣莲走出角门，经过大殿，只听得里面金铁交鸣，叱咤追逐。傅青主在佛像中间，绕来绕去，剑光如练，独战卫士。老和尚问冒浣莲道：“这人是谁，他是和你一同来的？”冒浣莲道：“他叫傅青主，是和我一同来的。”老和尚对康熙道：“玄烨（康熙名字），你叫他们都停手。傅青主是冒（辟疆）先生挚友，也是世外高人。不要与他为难。”康熙心虽不愿，但不敢违背，只好传令下去。傅青主长剑归鞘，拂一拂身上的灰尘，从神坛跳下来，向老和尚微一颔首，既不道谢，也不发言。

老和尚左手拉着冒浣莲，右手拉着康熙，背后跟着傅青主和阎中天，默默地缓步前行。一众侍卫诧异非常，大家都不敢作声，也不敢跟上前去，只有楚昭南远远地持剑随行。

这行人所到之处，卫士黄门都躬腰俯背，两面闪开，老和尚理也不理，仍是默默前行。不一会就走到了清凉寺中一个古槐覆荫的园子。其时残星明灭，曙色将开。五台山夜风呼呼，松涛山瀑，汇成音乐。老和尚指着园中一个青草离离的荒冢对冒浣莲说道："这里面埋的是你母亲的衣冠，至于你的母亲，她已经仙去了。"

这个老和尚正是顺治皇帝，他得了董小宛后十分宠爱，封她为鄂妃。只是董小宛既怀念冒辟疆，更怀念她遗下的女儿浣莲，心中郁郁，镇日无欢，顺治因此也是意兴萧索。太后闻知一个汉女受宠，已是不悦，更何况如此。当下大怒，命令宫女把董小宛乱棍打死，沉尸御河。顺治知道后，一痛欲绝，竟悄悄地走出宫门，到五台山做了和尚，在清凉寺中为董小宛立了个衣冠冢。

这时冒浣莲见了荒冢，悲痛欲绝，她顾不得风寒露重，在草地上就拜将下去。坟头两盏长明灯发着惨绿光华，照着白玉墓碑上的几个篆字："江南才女董小宛之墓"。冒浣莲见上面并没有写着"贵妃"之类的头衔，心中稍稍好过一点。她回眸一看，只见老和尚也跌坐在乱草丛中，面色惨白。康熙皇帝面容愠怒，把头别过一边。傅青主则抬眼望着黑夜的星空，好像以往思索医学难题一样，在思索着人生的秘密。

在清代的皇帝中，顺治虽然是"开国之君"，但也是冲龄（六岁）即位，大半生受着叔父多尔衮与母后的挟持，后来还弄出太后下嫁小叔的怪剧。这情形就有点似莎士比亚剧中的哈姆雷特一样，顺治精神上也是受着压抑而忧郁的，他在出家之后，自忏情缘。想自己君临天下，却得不到一个女人的心，对君王权力哑然失笑，也深悔自己拆散了冒辟疆的神仙眷属。这时他跌坐荒冢之旁，富贵荣华，恩恩怨怨，电光石火般的在心头掠过。

冒浣莲拜了几拜，站起身来，抚着剑鞘，看着顺治。她见这老和尚似化石一般跌坐地上，心中不觉一阵战栗，手不觉软了下来。傅青主长吁一声，说道："浣莲，我们走吧！"

叹声未已，脚步未移，忽见一群武士追着一个披面纱的少女，越追越近。冒浣莲一看，不觉失声叫道："兰珠姐姐！"

原来在冒浣莲碰见老和尚时，易兰珠也有奇遇。这要从多铎夫妻说起。

多铎受了刘郁芳暗器所伤，虽非致命，但也流血过多，回到清凉寺就躺在床上静养。鄂王妃纳兰明慧见丈夫这个样子，心中不无怜惜，亲自服侍他汤药，劝他安眠。多铎结婚后十六年来，妻子对他都是冷冷的，这时见她亲自服侍，心中非常酣畅，不一会就睡着了。鄂王妃待他睡后，独自倚栏凝思，愈想愈乱。这时侍女进来报道："纳兰公子前来看你！"

鄂王妃道："这么夜了，他还没睡？"说罢吩咐侍女开门。门开处，一个少年披着斗篷，兴冲冲地走进来，说道："姑母，我又得了一首新词。"

这位少年是鄂王妃纳兰明慧的堂侄，也是有清一代的第一位词人，名叫纳兰容若，他的父亲纳兰明珠，正是当朝的宰相（官号太傅）。纳兰容若才华绝代，词名震于全国。康熙皇帝非常宠爱他，不论到什么地方巡游都带他随行。但说也奇怪，纳兰容若虽然出身在贵族家庭，却是生性不喜拘束，爱好交游，他最讨厌宫廷中的刻板生活，却又不能摆脱，因此郁郁不欢，在贵族的血管中流着叛逆的血液。后世研究"红学"的人，有的说《红楼梦》中的贾宝玉便是纳兰容若的影子，其言虽未免附会，但也不无道理。

在宫廷和家族中，纳兰容若和他的姑姑最谈得来。纳兰明慧知道他的脾气，含笑道："听说你前几天写了一首新词，其中两句是'别有根芽、不是人间富贵花。'老爷子（皇帝）很不欢喜，今天又写了什么新词了？"

纳兰容若道："我弹给姑姑听。"说罢在斗篷里拿出一把"马头琴"，调好弦索，铮地弹奏起来，唱道：

"辛苦最怜天上月，一夕如环，夕夕长如玦！但似月轮终皎洁，不辞冰雪为卿热！　　无奈钟情容易绝，燕子依然，软踏帘钩说。唱罢秋坟愁未歇，春丛认取双栖蝶。"

琴声如泣如诉，纳兰明慧听得痴了，泪珠沿着面颊流了下来，泪光中摇晃着杨云骢的影子，她想起了十六年前的大婚前夕，那时她何尝不想像天空的鸟儿一样飞翔，然而现在还不是被关在狭窄的笼子里？凄迷中，琴声“划”然而止，余音缭绕中，突有一个少女的声音道：“好词！”

纳兰姑侄蓦然惊起，只见一个戴着面纱的少女，盈盈地立在堂中。纳兰明慧武功本来不错，只因为迷于琴声，竟自不觉这少女是什么时候来的。

纳兰明慧蓦然想起今天在五台山行刺的少女，瞿然问道：“你是什么人？”那少女咬着牙根说道：“我是一个罪人！”

这声音竟似在什么地方听过的，这少女的体态也好像是自己非常熟悉的人，纳兰明慧突然起了一种奇妙的感觉，记不起是在哪一个梦中曾和这位少女相逢。她是这样的亲近而又是这样的陌生……

纳兰容若瞧着这位少女，体态举止，竟然很像姑姑，也不觉奇怪起来，问道：“你犯了什么罪呢？”那少女道：“我也不知我犯了什么罪？我的母亲自小就抛弃了我。我想，这一定是前世的罪孽！”

鄂王妃蓦然跳了起来，想抓少女的手，少女退了几步，两只眼睛露出凛然的神情，冷冷地笑道：“你不要碰我，你是一个高贵的王妃，你又没有抛弃过你亲生的儿女，你要和我接近，不怕玷污了你吗？”

鄂王妃颓然地倒在靠椅上，双手捂住脸庞，三个人面面相觑，空气似死一样的沉寂，良久，良久，鄂王妃突然问道：“你可以告诉我，你叫什么名字吗？”少女答道：“我叫易兰珠。”鄂王妃松了一口气道：“你不姓杨？”少女道：“我为什么要姓杨？王妃对姓杨的很有好感吗？”

鄂王妃木然不答，口中喃喃地念道：“易兰珠，易兰珠……”蓦然想起“易”字是“杨”字的一半，“兰”字是自己复姓中的第二个字，而自己抛弃了的女儿，乳名正是叫做“宝珠”。

鄂王妃慢慢地站了起来，双手攀着椅子的靠背，只觉迷迷茫茫，浑身无力。这时门外又有侍女敲门，说道：“王爷醒来了，想请王妃进去。”鄂王妃如梦初醒，记起了自己的身份，隔门吩咐侍女道：“我知道了，你先进去服侍王爷，我随后就来。”说罢又坐了下去，问易兰珠道：“你有什么困难要我帮忙吗？”

易兰珠冷笑一声，说道：“我没有什么困难，所有的困难，我自己一个人都硬挺过去了。”鄂王妃道：“那么你到此间什么事情都没有吗？”易兰珠想了一想，忽然说道：“如果有的话，又怎么样？”鄂王妃答道：“只要是你的事情，我都会替你办！”

易兰珠向前走了两步，猛然说道：“那么，我请你把今日在清凉寺前捉到的少年放出来，交给我带走。”鄂王妃诧然问道：“就是今日行刺我的那位少年吗？”易兰珠道：“正是，王妃不愿意放他吗？我想告诉你，他也是死了父亲的孤儿。今日他不知道轿中是你。”鄂王妃想了半晌，毅然答道：“我放他走！”说罢，缓缓起来，走进了后堂。

纳兰容若睁大眼睛，看着这位奇怪的少女，只觉得她的目光，如利剪，如寒冰，不觉打了个寒噤，避开了她的眼光，说道：“姑娘，如果我们有什么罪孽的话，那也是与生而俱来。比如我，我就觉得生在皇家就是一种罪孽。”

正说着间，门外一阵步履声，鄂王妃已把今日行刺她的少年带来了。

那被擒的少年，是前明鲁王手下大将张煌言的儿子，名叫张华昭。他中了鄂王妃一镖，虽非致命，也是受伤颇重，被擒后，多铎本想即行审问，无奈多铎的伤比他更重，因此只好把他关在后堂，鄂王妃亲自去提，自然很快就提了出来。

张华昭被仇人提了出来，心中正自惊疑不定，忽见房中坐着那位披着面纱的少女，正是当日比自己赶先一步，想行刺多铎的人。这时见她安然坐在堂上，还和一位华服少年并坐闲谈，诧异之极，不觉“啊呀”一声，叫了出来。

易兰珠站了起来，说道：“张公子，你随我走吧！你还能够走动吗？”张华昭迟疑了一会，点点头道：“我还能够走动。”纳兰容若旁坐，见他面如金纸，却还昂首挺胸，分明是忍受着痛苦的神情，心中不忍，说道：“你们这样走未必走得了，我不揣冒昧，有个不情之请，想委屈这位兄台权充我的书童，待将息好后，再走不迟。”鄂王妃点点头道：“到底是你想得周到。”张华昭望了鄂王妃一眼，道：“我领公子的情，你们若不杀我，我自己会走！”说时神态，表现得很是倔强。

鄂王妃想了一下，对易兰珠说道："既然你们要走，我也不勉强你们。这里有一支令箭，你拿去吧，也许会给你减少一些麻烦。"说罢拿出翡翠雕成的短箭，箭上刻有"鄂亲王多铎"几个小字。

易兰珠并不推辞，接过令箭。张华昭白了她一眼，似有不满，但还是随着她走了。鄂王妃扭着双手，呼吸迫促，正如一个人受到肉体上莫大的痛苦一样。而这心灵的痛苦，更超过肉体的痛苦万倍。易兰珠身子微微颤动，露在面纱外的眼睛，有泪水滴下来。鄂王妃走上前两步，伸出手来，张华昭不耐道："怎么不走？"易兰珠如在恶梦中醒来，看见张华昭倔强的神气，蓦然回复了自制的能力。虽然鄂王妃看见她所佩的翠环，闪闪颤动，知道她还在发抖，但她已经转过身躯，抢在张华昭的前面，一步一步地走出去了。鄂王妃蓦地转过身来，就在堂上供着的一尊佛像面前，跪了下去。纳兰容若凝立在她的身旁，依稀听到她的哽咽。

易兰珠和张华昭走出了院子外，只见月暗星沉，夜鸦啼飞，远处铜塔上的琉璃灯，遥射下来，透过扶疏树叶，光线也很幽暗。沿路时不时有巡逻的禁卫军走过来，易兰珠将令箭一扬，果然卫兵都没有盘问。走了一会，忽然间，张华昭身子向侧一倾。

易兰珠吃了一惊，急忙扶住。原来石路苍苔，滑不留足。张华昭受伤之后，一不小心，就跌了下去。虽然易兰珠一把扶住，他胸口已碰到一株横出来的树桠，伤口又是发痛，他忍不住"哟"的一声叫了起来，易兰珠问道："紧要吗？"他挺着说了句"不紧要"，摆开了易兰珠扶他的手，在幽暗的灯光下，又摸索前行。

附近的几个禁卫军，闻声来到。易兰珠将令箭取出，满拟可以顺利通过，不料其中一个教头，精警非常。他在淡黄色的灯光下，瞧见易兰珠面色有异，再仔细一看，只见张华昭胸前的衣服，血染红了一大片。他蓦然喝道："抓起来！"一掌就向张华昭劈去。

张华昭人虽受伤，一到危急，力气就用出来了。他向后一纵，横跃出一丈左右。这时易兰珠已是拔剑出手，和禁卫军教头斗在一起。另有两三个禁卫军，跑上来捉拿张华昭，张华昭振腕打出几支瓦面透风镖，虽然伤后气力不加，准头还在，当堂有两个禁卫军给打个正着，退了下去。

这时附近号角呜呜地吹了起来，假山树林之间，人影绰绰。张华昭迷乱中发步奔跑，不知不觉离开了易兰珠，跑过几条幽暗的小径，背后吆喝声声，脚步迫近。慌乱中，不假思索，看见前面红墙绿瓦，砌成一座小小的精舍，他一推门就走了进去，这时气力用尽，百骸欲散，竟然一跤跌在地上，晕了过去！

易兰珠见张华昭慌忙乱跑，心里发急，想跑上去救援，无奈又给禁卫军缠着。她娇叱一声，运剑如风，登时卷起了几道闪电似的光彩。禁卫军教头虽然武功不弱，也给她的奇门剑法逼得耀眼欲花，连连后退。易兰珠急使个“乳燕穿帘”，飞身一纵跳出了圈子之外，急急前奔。背后追着四面八方赶过来的禁卫军。就在这个危急之际，她碰见傅青主和冒浣莲，正和顺治、康熙两个皇帝，立在董小宛的衣冠墓旁。

追来的禁卫军忽然发现康熙皇帝站在那里，而皇帝旁边的少女，又和他们所追的少女打起招呼，不禁大吃一惊，垂下手来，远远站定。

那老和尚慢慢地站了起来，对康熙皇帝说道：“不要难为他们，都放下山去。”康熙默然不答，老和尚挥手道：“你们都下去吧。”说罢从衣袖里摸出一串珍珠，宝光外映，递给冒浣莲道：“你拿去吧，这是你亡母的遗物。”

易兰珠这一惊讶，比刚才所遇更甚，今夜的事，就直如梦境一般。傅青主和冒浣莲，竟然会和皇帝站在一起，而最厉害的游龙剑楚昭南又和一个黑衣武士（阎中天）按剑站在背后。她定了定神，说道：“我还有一个同伴呢。”老和尚道：“你们一起走好了。”康熙忍不住怒目而视，说道：“难道要我给你们找寻同伴不成？”

老和尚面色微变，对康熙道：“你说什么？”康熙的心腹卫士阎中天大着胆子上前说道：“她的同伴也不知是给谁捉了，这间清凉寺又很大，一时间很难查出。皇上把这件事交给奴才办吧，查出后奴才把他送下山去。”康熙向阎中天使了一个眼色，大声吩咐道：“很好，就这样办，你带一百名宫廷侍卫去搜查，可要搜得仔细一点。”阎中天领旨待走，康熙忽然又将他唤住道：“且慢，你把朕的意思告诉禁卫军副统领张承斌好了，你还得赶回来见我。”阎中天“喳”的一声，领旨退下。傅青主鉴貌辨色，虽然情知有诈，但却无可奈何。看情形，自己不走，也将生变。他向老和尚再微微颔首，招呼冒浣莲和易兰珠道：“我们走吧！”老和尚惨然一笑，说道：“你们也该走了。”说罢，两只眼睛盯住康熙道：“传旨下去，让来人走！”康熙勉勉强强地跟着说道：“让来人走。”禁卫军“轰”的一声应道：“让来人走！”声音一个接着一个地传递下去，傅青主等一行三人，就在喊声中扬长而去。康熙绷着脸，楚昭南按着剑，望着他们大摇大摆地走出了寺门。

这时刻傅青主等平安下山，而清凉寺内却闹得天翻地覆。禁卫军的副统领张承斌，带着一百名宫廷侍卫，到处乱搜，捉拿陷在寺内的张华昭。

再说张华昭晕过去后，迷惘中忽然一阵冷气直透脑海。他睁眼一看，只见一个华服少年，拿着一杯冷水喷他，这少年正是纳兰容若。再看一看，自己竟然是在一间极雅致的书房之内，沉香缭绕，图书满壁。他想挣起身来，却是浑身无力。纳兰容若笑道：“好了，你醒过来了，别乱动，你流血过多，刚刚才止呢。”

张华昭瞧了一瞧纳兰容若，心内十分奇怪，只得向他道谢。这时门外忽然火把通明，火光直射进来，人声脚步声，嘈成一片。纳兰容若把一张鸭绒被，将张华昭蒙头盖过，倏地打开房门，喝问道：“什么事？”

张承斌一看，在这书房住的，竟是相国之子纳兰容若。他急忙垂下手道：“奴才奉旨搜拿逃犯，不想惊动了公子。”纳兰容若冷笑一声，把手摊开，连道：“请，请，我这里专门窝藏钦犯！你快进来搜查呀！”张华昭藏在鸭绒被内，吓出了一身冷汗。

欲知张华昭能否脱险，请听下回分解。

第三回　剑气珠光　不觉坐行皆梦梦
琴声笛韵　无端啼笑尽非非

张承斌任宫内侍卫多年，如何不知纳兰容若乃是当今皇上最欢喜的人，听纳兰容若这么一说，纵使有天大的胆，也不敢冒昧走进。纳兰容若又是一声冷笑道："你们怎么不进来呀？现刻躺在我床上的就是钦犯！"有一个卫士愣头愣脑地探首入内，说道："公子吩咐我们搜，我们就搜吧，我看床上躺的好像真有一个人。"纳兰容若面色一变，张承斌急赶上一步，扬手就是一巴掌，打在那个傻头傻脑的卫士脸上，喝道："你敢冒犯纳兰公子？你们通通给我滚出去！"那卫士嘀嘀咕咕地说道："滚出去就滚出去。"双手捧着脸，蹑手蹑脚地走出书房，纳兰容若砰的一声把房门关上，张承斌还在门外赔罪道歉。纳兰容若理也不理，揭开鸭绒被一看，只见张华昭满头大汗，神气却像清爽了许多。

张承斌四处乱搜，均无所获，只好回去复命。他到了皇上驻跸的殿外，想找阎中天代为禀奏，"行宫"外边，一个守卫都看不见，不觉大为诧异。

且说康熙皇帝和老和尚回来之后，心藏隐怒，懊恼异常。老和尚进了禅房，咳声不止，康熙屈膝请安，老和尚道："五台山上，风寒露冷，你陪我折腾了一个晚上，也该安歇了。"康熙装出笑容，说了句"父皇万安"，退了出去。

可是康熙皇帝并没有安歇，他在隔室走来走去，绕室彷徨。一时冷笑，一时摇头，一时叹息，猛然间一拳打在墙壁上，碰得他几乎叫起痛来。这时，门外有人轻轻敲门，康熙问道："是阎中天吗？”门外应了一声，康熙倏地打开房门，将阎中天拉了进去。又伸首向房外望了一望，说道：“有卫士们在门外守卫吗？”阎中天答道：“是奴婢斗胆，知道皇上喜欢安静，恐防他们脚步声惊动了圣驾，进来时已吩咐他们都在大殿之外防卫了。”康熙点了点头，微笑说道：“你很聪明。”

康熙关紧了房门，绷紧着脸低声对阎中天道：“你在宫内有多少年了？”阎中天屈指算道：“十五年了。”康熙道：“那么你也服侍过先皇三年。”阎中天道：“圣上明察，正是三年。”康熙突然板起面孔，杀气隐现。

阎中天一颗心突突跳动，康熙皇帝阴恻恻地问道：“那么，你认识这个清凉寺的监寺老和尚是什么人？”阎中天扑地跪在地上，回道：“奴婢不认识。”

康熙皇帝厉声叱道：“你说谎！”阎中天咚咚地一直叩头，大着胆子回道：“皇上恕臣无罪，这老和尚有点像先皇，只是他须眉已白，容颜已改，不是仔细分辨，已认不出来了。”

康熙皇帝笑了一声，说道：“起来，还是你对朕忠直。”阎中天瑟瑟缩缩地站了起来，康熙皇帝两道眼光，直盯在他的面上，说道：“这老和尚就是前皇，经今晚这么一闹，还用认识他的老臣子才看得出吗？”

阎中天垂手哈腰，不敢置答。康熙又道：“你抬起头来。”阎中天抬起了头，康熙猛然问道：“你知道吴梅村学士是怎样死的？”阎中天浑身战抖，回道：“奴婢不知。”康熙冷冷地笑道：“是饮了朕所赐的毒酒毒死的，他写了一首诗，暗示先皇在五台山上，还胡扯一顿，说董小宛那贱婢也在山上呢。这样胆大的奴才，你说该不该毒死？”阎中天吓得一身冷汗，连忙爬在地上，又是连连磕头，连连说道：“该毒死！该毒死！”康熙皇帝干笑几声，将他一把拉起，说道：“你很好，你很机伶，你可知道朕今晚深夜召见你的意思吗？”

阎中天通体流汗，心想：皇上今晚将秘密特别泄漏给他知道，这里面可含有深意，这是一个大好时机，弄得好，功名利禄什么都有，弄不好，也许就像吴梅村一样，不明不白地屈死。他横了心大着胆回道：“奴婢只知道效忠皇上一人，皇上吩咐的，奴婢万死不辞。”康熙杀气满面，说道：“这还用得着朕吩咐吗？”

这时隔邻的老和尚又是一阵大声咳嗽，敲着墙壁问道：“玄烨，你在和谁说话呀？这么晚了，为什么还不睡？”康熙柔声答道：“父皇不舒服吗？臣儿就过来看你。”老和尚又大声道：“你很孝顺，你不必惦记我，你睡吧！”康熙不答，一把拉着阎中天，说道：“我和你去看看他，你得好好服侍他。”

老和尚见康熙同阎中天进来，颇感讶异。康熙虽然几次来过五台山谒见，有时也会带心腹卫士在旁，可是从未在人前认过自己是父皇，今晚他的行为，可有点奇怪。

阎中天面色灰白，两手微微颤抖，老和尚看了他一眼，康熙道：“父皇，他是你的老卫士，臣儿特别带他来服侍你。”老和尚一阵咳嗽，侧转身躯问道：“你叫什么名字？”阎中天道：“奴婢叫阎中天，服侍过陛下三年。”老和尚依稀记得，微笑道：“很好，很好！你扶我起来坐坐吧！”

阎中天慢慢走过去，两手在老和尚胁下一架，老和尚抬起头来，忽见他满眼红丝，满面杀气，大吃一惊，喝道：“你干什么？”顺治到底是做过皇帝，虽然做了和尚，余威犹在，阎中天给他一喝，两手猛然一松，全身似患了发冷病一般，抖个不止，老和尚失了倚靠，一跤跌落床下。康熙急颤声厉叱道：“你，你，你还不好好服侍父皇？”阎中天定了定神，一弯腰将老和尚挟起，闭住眼睛，用力一挟，只听得老和尚惨叫一声：“玄烨，你好！”清代的开国君主，竟然不死在仇人剑下而死在儿子手上。

阎中天站起身来，只觉肌肉一阵阵痉挛，他看康熙皇帝，只见康熙也似大病初愈一样，面如死灰。良久良久，康熙吁了一口气道：“你办得很好，你随朕来吧！”

阎中天随康熙回到邻室，康熙随手拿起一个白玉雕成的酒壶，倒了一杯淡绿的酒，递过去道：“你先喝杯酒压压惊。”阎中天猛地记起了吴梅村，冷汗直流，迟迟疑疑，不敢骤接。康熙笑了一笑道：“大事已了，咱们君臣都该干一杯。”说罢将杯中的酒一饮而尽，将杯翻转来一照，随即又倒了一杯，笑道：“自此你乃是朕的最心腹之人，明天起你就做禁卫军的统领吧，外加太子少保衔，你好好干吧！”阎中天这一喜非同小可，马上精神大振，爬在地上叩了几个头，起身接过酒杯，也是一饮而尽。

暗室之中，君臣俩相视而笑。正在此时，忽然窗外也有一声冷笑传了进来，康熙面色大变，阎中天一跃而出，只见瓦背上一条灰色人影，在琉璃瓦上疾掠轻驰，捷如飞鸟。阎中天在大内卫士之中，功夫最好，功力不在楚昭南之下，一掖衣襟，也像燕子掠波一样，掠上琉璃瓦面。那人脚步突然放慢，似有意等他，阎中天振臂直上，伸手一抓，势如飞鹰，那人用手搭住便扭，阎中天只觉似给铁钳钳住一样，吃了一惊，自己几十年的鹰爪功夫，竟然施展不得。那人猛然喝道：“阎中天，你死在临头还不知道，还和我打什么？你喝了毒酒了！赶快停手，待我看看，还能不能解救？”阎中天心中一惊，只觉眼前金星乱冒，地转天旋，脚步虚浮，跌倒琉璃瓦面，直滚下去。

灰衣人身形如箭射出，一把抓住阎中天的衣带，将他捞了回来，按在瓦面，随手在怀里探出一支银针，向他的背脊天枢穴一扎。阎中天“哎哟”一声地喊了出来，灰衣人将他翻转身来，又是用力一捏，阎中天嘴巴张开，灰衣人未待他出声，已将三粒碧绿色的丹丸塞了进去，将他摇了几摇，问道：“怎样？”阎中天点了点头，说道：“谢谢！”他全身虽觉麻痒，神气却是清爽了些。灰衣人给他的丹丸乃是天山上亘古不化的寒冰所长出的雪莲，配上其他药物所炼成的，能解百毒。阎中天又仗着功力深厚，因此虽吃了最厉害的毒酒，暂时还能支持。

这时附近的卫士早给声响惊起，赶了过来。灰衣人向阎中天道：“你赶快随我下山，我再给你医治，不然性命不保！”阎中天忙不迭地答应，随着灰衣人双双跃落，喝道：“你们闹什么？贼人早已走了。我现在就要下山搜查。”卫士们都知阎中天是最得皇上宠信的卫士，在宫中的权力比禁卫军副统领张承斌还大。他们见着他和灰衣人在一起，虽感诧异，但也只道是他请来的奇才异能之士，谁都不敢诘问，让他们自行下山，阎中天临走前还吩咐他们不要惊动皇上。

再说武家庄中一众英雄，自傅青主和冒浣莲去探山后，心中悬悬，大家都不肯去睡。半夜时分，听说易兰珠也失了踪，更是挂心。大家索性坐着等待，可是等了一夜，还是不见他们回来。武庄主发下命令，叫庄丁们全都准备，并派出几个庄丁，乔装农夫，出去耕作，顺便巡风。

武家庄中人人都很焦急，只有武成化这个孩子却跳跳蹦蹦，高兴得很，他一早就起了身，缠着他的姐姐武琼瑶到后山去采杜鹃花。武琼瑶只有十六岁，也是一个淘气的小姑娘，那日天气晴朗，春风中送来新鲜泥土的气息，还夹着沁人的花香，是难得的好天气。她给弟弟一拉，也自心痒难熬，姐弟俩偷偷地就从后门溜出，走到山上去了。

武家庄的后山山谷，因有五台山挡住西北的寒风，气候较暖，暮春三月，杜鹃花已红遍山坡。清晨时分，草木凝着露珠，百鸟离巢歌唱，更兼花光潋滟，溪水清澄，武琼瑶非常高兴，一边给弟弟采花，一边就唱起了山歌：

“春日里来，满山是杜鹃花。
杜鹃花呀，开得像朝霞，
远方的客人，歇一歇吧，
带上一朵花，让花香伴你转回家……”

歌声未完，余音缭绕，忽然间武成化大声叫道：“姐姐！”

武琼瑶循声望去，只见山坳那边走过来一个穿着件大红僧袍的喇嘛，面如锅底，鼻孔朝天，相貌十分丑怪。武琼瑶道：“成化，不要理他。”她自己这样说，自己却先自噗哧一声，笑了起来。她从来未见过这样丑怪的人，觉得他的神情很是有趣。

那红衣喇嘛看见一个漂亮的小姑娘看着他笑，大踏步走来，叽哩咕噜讲了几句话，武琼瑶不懂藏语，摇了摇头，红衣喇嘛伸手向前一指，武琼瑶以为他要打她，往旁一纵，那喇嘛咧开大口，嘻嘻地笑，摆摆手，又赶上来。成化见他追自己的姐姐，心中有气，随手捏起一团泥土，啪的一声，就打在他的面上，红衣喇嘛哇哇大叫，武成化一不做二不休，两只小腿一弯，猛地似给弹簧弹起一样，在半空打了一个筋斗，一跳跳到喇嘛的头上，用手拉着喇嘛的衣领，往上一扯，那喇嘛大喊一声，将头向后一撞，武成化早已松了手跳落地上。红衣喇嘛伸开两只蒲扇般的大手，弯腰乱捞，武成化蹦蹦跳跳，滑似游鱼，红衣喇嘛兀是捞他不着。武琼瑶恐弟弟有失，也赶上去帮手，双掌一错，展开终南派游身掌法，穿花蝴蝶般地左一拳右一掌，打在喇嘛身上。那喇嘛铜筋铁骨，挨了许多拳脚，虽不觉痛，也气得叽哩咕噜地乱骂。

武琼瑶姐弟越打越精神，正在闹得不可开交，忽听得一声苍劲的声音喝道："成化，不许闹！"武成化一看，见是傅青主和冒浣莲、易兰珠正朝着自己走来，心中大喜，招呼了姐姐一声，两人托地跳将出去。红衣喇嘛没头没脑地追上前来，给傅青主一个"顺手牵羊"，将他两手拿着，动弹不得。红衣喇嘛张口又骂，易兰珠过来，也叽哩咕噜地讲了几句。红衣喇嘛马上满面堆了笑容，傅青主双手一松，他立即打了一个稽首，生生硬硬地讲了一句汉话："我找武家庄。"

原来易兰珠在漠外长大，懂得藏语。她见红衣喇嘛一面打一面骂武琼瑶姐弟："你这两个小娃娃怎的这样没家教？我好意问路，你们却打起我来，难道汉人都是这样不讲理？"她告诉傅青主知道，傅青主已看出这个喇嘛，正是昨日和楚昭南一起，同到五台山观光的喇嘛僧，听易兰珠说，他似乎又不含恶意，不知是敌是友，心中颇为疑惑，因此先上来将他擒下。

这时由易兰珠权充通译，只见他指一指傅青主道："昨天这位居士将楚昭南打落山谷，我下去找寻，几乎给楚昭南打死，幸得一位汉人搭救，只几个照面，就将楚昭南打跑，那位汉人叫我找武家庄。哪知却碰到这两个不讲理的娃娃。"傅青主听了大为奇怪，不解楚昭南和他一路，为何却打起他来？而且楚昭南的武功非同小可，又是何人有此功力，只几个照面，就打跑了他？

傅青主满怀疑惑，叫易兰珠问那喇嘛，问他所遇到的那个汉人是个怎样的人，喇嘛结结巴巴说得不清，忽然间，他用手一指，对易兰珠道："你们不必问了，你看，那不就是他来了！"话声未完，山坳处已转出两个异样装束的汉子，一个穿着灰扑扑的夜行衣，一个却是清宫卫士打扮。易兰珠一见，"哗"的一声叫了出来，满面笑容飞跑上去，好像碰到了亲人一样。

易兰珠快，傅青主比她更快，他袍袖一拂，宛如孤鹤掠空，飞越过易兰珠，轻飘飘地在两人面前一落，伸手向阁中天一抓，说道："大卫士，你也来了？"灰衣人抢在头里，伸手一架，说道："不必客气，不必客气！"傅青主的手，如触枯柴，他倏地骈指如戟，向灰衣人左肩井穴便点，灰衣人不躲不闪，反迎上去，傅青主双指点个正着，灰衣人似毫无所觉，闲闲地笑道："老前辈不要和我开玩笑！"他微微后退，双掌一揖，说道："晚辈这厢有礼了！"傅青主哪敢怠慢，也双掌合十，还他一揖，两边都是掌风飒然，无形中就似对撞一样，傅青主给震退出三四步，灰衣人也摇摇晃晃，几欲跌倒。

这时易兰珠已赶了上来，往两人中间一站，对傅青主道："傅伯伯，这位便是天山神芒凌未风！"又向凌未风说道："这位便是无极派老前辈傅青主！"凌未风"啊呀"一声，说道："原来是神医傅老先生在此，失敬！失敬！"急急重新施礼，这回可是真的施礼，没有掌风发出了。

傅青主见他称自己为"神医"，情知他只是佩服自己的医术，并不是佩服自己的武功，微微一笑，心想："你的武功是比我稍强一点，但若说三几个照面便能打败楚昭南，却难令人置信。"他不知凌未风与楚昭南另有渊源，楚昭南一见他出手的家数，便吓了一跳，一着慌就中了一掌，急急奔逃。因此傅青主昨晚夜探五台山，与楚昭南交手时发现楚昭南的功力似乎减退了许多，原因就是楚昭南刚刚吃了凌未风一掌。

当下傅青主也重新施礼，把凌未风看个清楚，这个大漠外的传奇人物，却是中等身材，并不魁梧，最特别的是，面上有两道刀痕，十分难看。凌未风见傅青主注视自己，笑道："傅老先生，还是先请你看看我这位朋友吧！"傅青主朝阁中天面上一看，禁不住失声叫了出来，拉着阁中天便跑，凌未风莫名其妙地跟在后面。傅青主将阁中天拉到了一个山溪旁边，叫阁中天道："你喝几口水，然后再喷一口水在杜鹃花上。"阁中天如言喷去，只见一丛生气勃勃的杜鹃花，给水一喷，登时枯萎下去，一瓣瓣零落地上。

凌未风矫舌难下，问道：“这是什么毒物，如此厉害？”傅青主看了一看被阎中天喷过的杜鹃花，已由鲜红变成白色，诧异非常，说道：“康熙好毒，这乃是西藏的孔雀粪和滇池的鹤顶红合成的毒药。吃了这种毒物，不需半个时辰，便形销骨毁，你怎么支持得这么些时候？”凌未风道：“是我给了他用天山雪莲炮制的碧灵丹。”傅青主点了点头，默默不语，拉着阎中天便走，可是却走得很慢，阎中天想施展轻功，也给他按住。

阎中天目睹杜鹃花变色，心中惶恐，问傅青主道：“可有解救？”傅青主道：“我尽我的力就是了。”凌未风道：“这毒酒既然如此厉害，何以康熙又先饮一杯？”傅青主道：“解孔雀粪和鹤顶红的毒，须用上好的长白山人参、天山雪莲、西藏的曼陀罗花这几味药，同和阗美玉一同捣碎，再用鹤涎溶化，炼成解药，而且须立即服下，你给他的天山雪莲，只是合成解药中的一味。康熙敢先饮毒酒，当然是他预先服下了解药。”阎中天忧形于色，说道：“这几味药，都是人世奇珍，除了大内具备，我们哪里去找？”傅青主笑道：“换了别人，喝下这种毒酒，定然无法解救，是你，也许还有办法，你不用问，随我来就是了。”

当下一行人缓缓走回武家，武琼瑶姐弟，知道红衣喇嘛并非恶人，都走上来赔罪，武成化笑嘻嘻地指着喇嘛，又指着自己的鼻子做着手势道：“这次我打了你一顿，你别见怪，下次你和别人打架，我必定帮你！”红衣喇嘛虽听不懂，也猜得到他的意思，张开大嘴巴赔笑。

傅青主等人回来，早已有人报讯，武庄主和韩志邦出来迎接，韩志邦瞧见凌未风，喜出望外，大叫：“稀客！稀客！”凌未风道：“韩总舵主，你派人来找我，我都知道，他们没找着我，我却先找到你了。”韩志邦笑嘻嘻地来拉他的手，说道：“我不是总舵主了，你该见见我们的新舵主。”说着拉他往里急走，嚷道：“刘大姐，我把天山神芒也请来了，你得出来见啊！”嚷罢又对凌未风道：“我们这位新舵主乃是女中豪杰，也是小弟除了兄长之外，生平最佩服的一人。”

话声未了，刘郁芳由通明和尚陪着，从里面走了出来，通明和尚大步冲上，嚷道："哪位是天山神芒？我先见见。"凌未风一笑伸出手来，通明和尚用力一握，心想："且试试你天山神芒的功力怎样？"凌未风好像知道他的意思，笑道："你别这样用力啊！"通明和尚握着凌未风的手，只觉柔若无骨，就像握着一团棉花一样，无处使劲。正惊疑间，"棉花"忽然变成"铁棒"，通明和尚指头疼痛，连忙放手，说道："真好功夫，我服你了！"

这时刘郁芳已走到跟前，微笑道："通明别胡闹！"声音仍是那样温柔，但这温柔的声音却好像投下凌未风心湖的石子。

凌未风心头一震，身躯微颤，故意作出懒洋洋的神气，说道："这位便是江湖上人称'云锦剑'的刘郁芳了吧？恭喜你做了总舵主。"随即又笑道："暮春三月，正是江南最好的季节，刘总舵主却从江南来到西北，难道就只为了多铎这个贼子吗？"刘郁芳怔了一怔，心想这人说话好没礼貌，勉强笑道："凌英雄的意思是我们不该来吗？"凌未风道："我怎敢这样说，只是若为了多铎一人，兴师动众实犯不着。要光复汉族河山，也不是暗杀一两人所能济事。"通明和尚大为不悦，说道："我们鲁王旧部在江南给官军围剿，立足不住了，我们这几个人才赶到西北来，欲在西北再创基业，多铎不过是偶尔碰着罢了。凌英雄因此便耻笑我们吗？"凌未风绞扭着双手，笑道："岂敢，岂敢！不过，欲图大事，我看还是要回到南方去。"傅青主听出话里有因，问道："这是怎么说？"凌未风指指红衣喇嘛道："他带来了绝大的机密消息，进去再谈吧。不过还是先请你治治这位朋友。"说罢指了一指阎中天。

刘郁芳见凌未风绞扭着双手，猛然触起心事，这人的神态好像自己少年时代的朋友，可是面貌却完全不同。那位朋友是个英俊少年，而凌未风却这样难看。她不禁连连看了凌未风几眼。

再说众人进了内厅之后，傅青主独自带阎中天到了一个静室，说道："别人饮了这种毒酒，的确无法解救。你幸在得了凌未风的天山雪莲，暂时可以撑着，而你又是练过内功的人，可以试用'气功疗法'，平心静气，意守丹田，在室内打坐二十四个时辰，把毒气逼在肠脏一隅，然后我再给你一剂泻药，把它宣泄出来，然后再用药固本培元，大约当可无事。"阎中天大喜谢过，问了傅青主

“气功疗法”的打坐姿势和呼吸方法，原来和他所学过的“坐功”也差不多，立即闭目盘膝，在静室内打起坐来。

傅青主料理完毕，走了出来，只见厅内群雄，鸦雀无声，面色很是紧张。凌未风笑道：“傅老前辈来了，可以商量商量。”傅青主问道：“什么事呀?”凌未风笑道：“傅先生昨晚和冒小姐探山，可听到楚昭南这厮和皇帝说了些什么来?”

傅青主想了半晌，说道：“好像听到他们谈起吴三桂，康熙似是很生气的样子。”说罢，忽然想起一事，问凌未风道：“昨晚用飞煌石打碎铜塔上琉璃灯的，想来就是你了。”凌未风点了点头道：“正是!”傅青主又问道：“你提起吴三桂，吴三桂和我们有什么关系呢?”

凌未风叠着两个手指笑道：“大有关系，吴三桂就要叛清了。”傅青主大吃一惊，将信将疑。

吴三桂是引清兵入关的大汉奸，当时官封“平西王”，开府昆明，领有云南、四川两省之地，正是清廷最倚重的藩王。凌未风说他要反叛朝廷，这消息实在来得突兀。

凌未风见傅青主将信将疑，笑道：“红衣喇嘛和阎中天都是证人!”原来清兵入关，得明朝叛臣吴三桂、尚可喜、耿仲明三人之力甚多，尤以吴三桂的“功劳”最大。满清入关后，除将吴三桂封为“平西王”外，并封尚可喜为“平南王”，领有广东，耿仲明为“靖南王”，领有福建，称为“三藩”。到康熙即位之后，中原大定，满清的统治，已经巩固。康熙是个雄才大略的君王，如何容得“三藩”拥兵自固，裂地为王？因此暗中叫人示意“三藩”，自请退休，吴三桂、耿精忠（耿仲明之孙，当时继承“靖南王”位）不理不睬，还不相信这是“朝廷”的意思。尚可喜却比较奸滑，在康熙十年，奏请将“藩王”之位让给儿子尚之信。不料奏折上后，康熙“御批”下来，不特“准予所请”，而且叫尚可喜率领藩属部将到辽东去“养老”。这个御批下来，吴三桂大感不安，深怕“削藩”成为事实，于是遂起了反叛清廷之心。

当时蒙藏一带，清廷势力尚所不及，吴三桂遂派遣心腹楚昭南深入西藏，谒见活佛，和他相约，若举事后吴三桂占上风时，则蒙藏也一同发难；若吴三桂占下风时，则请达赖活佛出来“调停”。这也是吴三桂预留“退步”的一条计策。他本来为的就不是要光复汉族河山，而是要保全自己的利禄。除了和达赖活佛联络外，吴三桂并另派有人和尚可喜、耿精忠联络。

楚昭南谒见达赖活佛后，谈得很是顺利。达赖派红衣喇嘛和他回滇复命。道经山西，顺便就上五台山观光文殊菩萨的开光典礼。不料楚昭南此人，也是利禄熏心之辈。他默察情势，知道吴三桂举事，定然失败，遂起了叛吴投清之心。因此在五台山上，他竟不惜和群雄相斗，拔剑救了多铎。红衣喇嘛见他突然出手，已瞧出了几分，后来楚昭南与傅青主同堕深谷，红衣喇嘛下去找寻，楚昭南一见他言语之间起了猜疑，立刻反颜相向，红衣喇嘛虽练有铁布衫的功夫，却挡不住楚昭南的内功精湛，若非刚好碰到凌未风，他几乎死在楚昭南掌下。

凌未风将救红衣喇嘛的经过原原本本说出，众人都作声不得。傅青主问道：“那么昨晚康熙和楚昭南谈起吴三桂，想必就是为此事了。”凌未风道：“正是。我听阎中天说，康熙已准备派遣心腹，赶赴广东和福建去监视尚可喜和耿精忠，另外派人去四川，叫川陕总督赵良栋防范吴三桂。”

刘郁芳沉思良久，缓缓说道：“若然如此，我们该比康熙所派的心腹先到一步。”正说话间，忽听得庄外人声喧腾，战马嘶鸣。

却说多铎在五台山被群雄打得大败，恼怒异常，当晚傅青主和冒浣莲探山，又把清凉寺闹得沸沸扬扬。多铎午夜闻报，更是愤怒，无奈身受重伤，不能起床，只好唤纳兰王妃来问，不料等了许久，王妃才来，一来就报说连当日擒住的张华昭也被人救走了。多铎心中大疑，张华昭关在后堂，被人救走，何以自己一点声息都没听到。纳兰王妃鉴貌辨色，知道丈夫起了猜疑，微笑说道：“瞧你，一点点小事情都要亲自操心，你现在应当静心养病嘛！来人虽是高手，但寺中卫士如云，也不怕他们走得了。你若为刺客逃掉而要责怪下人，那就责怪我好了，刺客是我督率卫士看管的！”多铎一见妻子轻嗔浅笑，哪里还发作得来。他连看管张华昭的卫士也不唤来问了，其实就是他唤来问也问不出，鄂王府的卫士，惧怕王妃更胜于惧怕王爷，人是王妃放的，卫士怎敢泄露。

可是多铎也另有打算，第二日一早就把禁卫军副统领张承斌唤来，叫他带三千禁卫军在附近村庄大索。多铎以亲王身份节制禁卫军，张承斌自然是唯唯听命。

武家庄是山下的一个大村庄，武庄主又是江湖上闻名的人物，张承斌也是出身江湖，与武庄主曾有一面之雅。张承斌一下山就先到了武家庄，那些乔装农夫在田间操作的庄丁，神色又慌慌张张，被禁卫军擒住盘问，有人熬不住打，便供出庄内来了不少客人。张承斌心中大喜，一声号令，数千禁卫军立刻摆开阵势，将武家庄围得密不通风。

庄内群雄闻报，跳了起来。通明和尚拔出戒刀道："咱们冲出去！"武元英拈须不语，刘郁芳看了通明和尚一眼道："如何应付，当请武老英雄作主。"她知今日之事，不比昨日的大闹五台山，今日被围，连武家庄的妇孺老弱都牵累在内，如何能够蛮干？武元英道："我且到围墙上去看看，一众英雄暂时可别出头。"

武元英登上围墙，只见庄外戈矛映日，三千禁卫军厚甲披身、强弓在手，作势欲射。张承斌一见武元英出来，大声说道："今日我们远来，武庄主你可该接待我们进去？"武元英神色自如，朗声答道："山庄简陋，难迎大军。官长驾到，我就请几位官长进去喝杯茶吧。"张承斌素来持重，见他如此神情，心中犹疑不决，想道："武元英总算是个绅士，又是武林前辈，若搜不出人，自己也受江湖人物耻笑。"但其势又不能罢休，心想进去也不妨事，于是高声答道："既然你怕接待大军，我就遣牙将带三百名军士进去好了，武庄主是武林前辈，谅不会使出诡计。"他令旗一摆，队伍忽地裂开，当中推出十尊土炮。

武元英原想哄张承斌进去，将他擒住，作为要挟。见此情形，知他有所准备，他只派牙将进来，就是将牙将捉住，也无济于事，而且跟着必是屠村之祸！

外面武庄主十分紧张，庄内群雄也很着急。刘郁芳道："事到临头，看来是非拼不可了！"她毅然起立，正待部署，却不见了韩志邦的副手华紫山和杨一维两个人，她眉头一皱，问起韩志邦，也不知道他们去了哪里。

再说阎中天在静室之内，做起傅青主教给他的“气功疗法”，打坐不久，果觉胸中舒畅许多。阎中天半生弓马，出生入死，为利禄奔波，从未试过静坐下来，好好思想。此刻静室打坐，起初像是脑子空荡荡的，什么都没有。猛然间，思潮纷起，想着帝皇人家的寡恩，江湖侠士的义气，再想想自己所干过的事情，不觉天良迸发，越想越觉得惭愧，自己这一生就好似帝皇鹰犬，专门替主人捕杀善良，而现在别人却不辞万死，要把自己救活。思想像一个波浪接着一个波浪，傅青主教他静坐，他的内心却好像一个战场。

正当阎中天静思冥想之际，隔壁忽然传来喁喁人语，话声虽然很低，在静室中却听得非常清楚。隔室有两个人在对话，一个说道：“外面的禁卫军已把庄子围得密不通风，杨大哥，你怎样打算？”另一个人答道：“我们有什么打算？还不是坐着等死！华大哥，死就死吧。可是，我却要怪你，怎想的净是自己的事情。我忧的是武家庄一千数百老幼男女，今天恐怕都逃不了这场浩劫！”那个被唤作华大哥的叹了一口气道：“武庄主一世好人，却不料落得这样结果！”

阎中天一字一句，听得分明，尤其在听到“不要净想自己的事情”这句话时，猛然间就如万箭穿心，十分难过。他猛地咬着牙根站了起来，再也顾不得傅青主叫他一定要静坐一天一夜的吩咐，旋风似的打开房门，径自朝庄外走去，这时庄丁们出出进进，忙乱中谁也没有注意他。

庄外，这时武元英正感为难，他无法拒绝张承斌的牙将进来，想了一想，只好硬着头皮打开庄门再算。

那牙将得意洋洋，高视阔步，带三百禁卫军一冲而入，不料刚入了庄门，忽听得有一个洪亮的声音喝道：“你们进来做什么？张承斌来了吗？叫他见我！”那牙将抬头一看，来人正是管辖宫中卫士、皇帝最宠信的阎中天，他这一吓非同小可，急忙答道：“小的不知你老在这里，张承斌就在外面。”阎中天道：“你们退出去，叫他进来！”牙将唯唯领命。

张承斌见牙将进而复退，十分惊讶。他策马上前，忽见墙头上现出一人微笑道：“张承斌，皇上昨夜叫我吩咐你的事情，你办得怎样了？你还未向我复命呢！”

张承斌见了阎中天，也是十分惊讶，见他问起，只得恭顺答道：“卑职昨夜搜查逃犯，没有搜着，想谒见皇上，皇上又没有工夫，今天一大清早，鄂亲王就差遣我来了。”阎中天微微一笑道：“皇上现在正在找你呢！我在这里拜会朋友，你不必进来了，还是赶快回去吧！”在宫廷中，阎中天无异张承斌的顶头上司，所传达的又是皇命，一比起来，张承斌只好把鄂亲王的命令放在后头，垂手“喳”的应了一声，拔起大军，便向后退！

阎中天兀立墙头，看着禁卫军退得干干净净之后，这才缓缓走下围墙。傅青主迎面走来，朝他面上一瞧，急急将他扶住。阎中天面色惨白如纸，摇摇晃晃，说道：“谢谢你，我不行了！”他这时只觉体内有千万条小蛇，到处乱咬，刚才他用尽精神，拼命挺着，现在是再也支撑不住了。

武元英见状大惊，走过来执着阎中天的手，含着眼泪说道：“阎大哥，我们都很感激你！”阎中天面上露出一丝微笑，说道：“这是我一生中所做的唯一好事，做了这件事，我死也死得瞑目了！”说罢，双目一闭，傅青主捏着他的手，只觉脉息已断，叹了一口气，默默无言地把他的尸体抱了起来。

韩志邦还不知阎中天已经断气，走过来问道：“还有得救么？”傅青主惨然答道：“纵有回天之术，也救不了！他吃了最厉害的毒药，当晚又奔跑半夜，虽有天山雪莲保着，毒气已散布体内。我教他的用气功疗法医治，最少要静坐一天一夜，他这一闹，精神气力已全耗尽了！”韩志邦皱着眉头道：“是谁说给他知道的？”杨一维和华紫山彼此对瞧，不敢作声。他们把阎中天激了出来，却没料到毒药这样厉害。

刘郁芳瞧在眼内，却不言语。她想：“这两人心地虽欠纯厚，但到底是为了救出大家。”因此不愿点破，累他们受责。当下说道：“阎中天这样的死，也算值得了。只是禁卫军虽给他喝退，也只是暂时缓兵之计，待他们弄清楚后，一定更大举而来，事不宜迟，我们也该早作打算了。”

当下众人商议了一会，决定弃庄远走，武家父女和一众庄丁，随华紫山、杨一维二人留在山西，主持西北的天地会；刘郁芳和韩志邦入云南，看吴三桂的情形，他们明知吴三桂只是为了个人利禄，但却想利用他和清廷的冲突，图谋复国；傅青主和冒浣莲入川，去看四川的形势；通明和尚和常英、程通赴粤，去截清廷的人。至于易兰珠，则自愿孤身进京，设法救张公子，众人觉得危险，正待拦阻，傅青主看了她一眼，想起昨夜许多离奇之事，说道："让她去吧，她去最为合适！"这一去，有分教：

英雄四散图豪举，江湖处处起风波。

欲知后事如何？请听下回分解。

第四回　比剑压凶人　同门决战
展图寻绮梦　旧侣重来

在山西大同附近，桑干河萦回如带，滔滔黄水不绝东流，河的两岸山峦起伏，更雄奇的是，临河是一片陡削绝壁，而绝壁上却布满了洞窟，这些洞窟都是古代佛教徒所开辟的。大同附近的这些洞窟，有一个总名叫做“云冈石窟”，大大小小，数达百余，里面的佛像雕刻，世界闻名。

这一天正是暮春时节，天气晴明，在山峦间，有两男一女，默默前行，两个男的是天山神芒凌未风和天地会副舵主韩志邦，女的是天地会的总舵主刘郁芳。

他们自五台山下与群雄分手以后，绕道西行入滇，走了三天，到了云冈，峻岭荒山，连居民都找不到，更不要说旅舍了。刘郁芳笑道：“看来今晚我们只好住石窟了！”凌未风道：“你不是最喜欢住开朗的地方吗？石窟怎住得惯？”刘郁芳诧然问道：“你怎么知道我的习惯？”原来刘郁芳小时，住在杭州，所住的地方，都是窗明几净。别的女孩儿家，都不大敢打开窗子，而她的房子，窗帘却总是卷起的。因为她喜爱阳光，憎恶阴暗。

凌未风见她反问，微微一笑道：“我是这样猜罢了，小姐们总是喜欢洁净的。”刘郁芳道：“我小时候是这样，现在浪迹江湖，什么地方都住得惯了。”

两人款款深谈，韩志邦瞧在眼内，心里不觉泛起一种异样的感情，他有心于刘郁芳已有十年了，可是她却毫无知觉似的，而对于凌未风，却似一见如故。虽然凌未风对她好像冷漠异常，而且有时还故意和她顶撞，但她也不以为意。

刘郁芳也看出了韩志邦的神情，笑道："韩大哥，怎么你几天来都很少说话呀？我们赶快去找一个石窟吧。"韩志邦应了一声，随手拾起山旁的枯枝，用火石擦燃起来，做成火把，指着绝壁上的一个大石窟道："这个最好！"刘郁芳一看，洞口凿有"佛转洞"三个大字。韩志邦道："我在西北多年，常常听佛徒谈起这个石窟，说是里面的佛像雕刻，鬼斧神工，可惜我是个老粗，什么也不懂。"

三人边谈边进入窟内，这石窟果然极为雄伟，当中的大坐佛高达三丈有多，它的一个手指头比成人的身体还长，四壁更刻满奇奇怪怪的壁画，风格与中土大不相侔。刘郁芳看着壁上所刻的"飞天"(仙女)，衣带飘举，好像空际回翔，破壁欲飞，不禁大为赞赏。凌未风也啧啧称奇，说道："我在西北多年，也未曾见过这样美妙的壁画！"

刘郁芳若有所触，接声问道："你到西北多少年了？"凌未风道："十六年了！"刘郁芳面色倏变，忽然在行囊中取出一卷图画，说道："你且看看这一幅吧！"一打开来，只见里面画的是一个丰神俊秀的少年男子。

在凌未风展开画图时，刘郁芳双眸闪闪放光，紧紧地盯着他。凌未风强力抑制着内心的激动，淡淡地笑道："画得真不错呀！脸上的稚气都生动地表现出来了！画中的少年，恐怕只有十五六岁吧？"刘郁芳深沉地望着他，问道："你不认识画中的人吗？"凌未风作出诧异的样子反问道："我怎么会认识他？"

韩志邦看着刘郁芳的神情，觉得非常奇怪，也凑上来问道："这是什么人？刘大姐为什么随身带着他的画像？是你失散了的兄弟还是亲朋？"

刘郁芳茫然起立，韩志邦在火把光中，看见她微微颤抖，问道："你怎么啦？"这时外面桑干河夜涛拍岸，通过幽深的石窟，四壁荡起回声，就像空山中响起千百面战鼓。刘郁芳缓缓说道："听这涛声倒很像在钱塘江听潮呢。"她吁了一口气，靠着石壁，神情很是疲倦。韩志邦心中一阵疼痛，走过去想扶她。刘郁芳摇摇头

凌未风绞扭着双手，带着刀痕的脸，冷冰冰的一点表情也没有。刘郁芳瞥了一眼，蓦地里惊叫起来，用手蒙着眼睛，喊道：“呀！我好像又看到他了……”韩志邦跑过去，用手轻轻扶着她……

道："不用你扶。韩大哥，这事情我早该对你说了。"她指着画中的少男说道："这幅画是我画的。画中的大孩子是我童年的好友。在钱塘江大潮之夜，我打了他一个耳光，他跳进钱塘江死了！"韩志邦问道："既然是好友，你为什么又打他耳光？"

刘郁芳面色惨白，哑声说道："这是我的错！那时我们的父亲都是前朝鲁王的部下，死在战场，我们和鲁王的旧部，隐居杭州。有一天，我们的人，有几个被当时镇守杭州的纳兰总兵所捕，我的朋友也在内。后来听说他供出鲁王在杭州的人，以致几乎被一网打尽。"韩志邦握着拳头，嘭的一声打在石壁上，说道："既然他是这样的人，不要说打他耳光，就是杀了也应该！"他说了之后，看见刘郁芳又摇了摇头，再问道："到底是不是真的他说了？"刘郁芳道："那晚我们的人越狱成功，他也跑了出来，我碰到他，问他到底说了没有？他说：'这完全是真的！'"韩志邦怒道："刘大姐，亏我一向敬佩你，这样的人，你不杀他已是差了，还要想念他！"

刘郁芳瞪了他一眼道："事情有时很复杂，在没有完全清楚之前，随便下判语，可能就铸成大错。我那位朋友，从小就是非常坚硬的小子。可是他被捕时，到底只是十六岁的大孩子哪！"韩志邦道："是孩子也不能原谅！"刘郁芳不理他插嘴，继续说下去道："他被捕后，受了各种毒刑，他一句话也没有说。后来敌人使用苦肉计，叫一个人乔装抗清义士，和他同关在一个牢房，提他出去打时，也把那个人拖去打，而且比他还打得厉害。他年纪轻就相信那人是自己人。那人说要越狱，但怕出狱后无处躲藏，他就将我们总部的地址说给那人知道。这件事是我们的人越狱后，擒着狱卒，详细查问才查出来的！"

韩志邦听了这话，登时呆住，颤声说道："刘大姐，恕我大胆，我想问你一句话……"

刘郁芳把头发向后掠了一掠，面对着韩志邦，用一种急促的声调打断他的话道："我知道你想问的是什么了。这十多年来，我总带着他的画像，结婚的事情，我连想也没有想过！"韩志邦默然不语，过了一会，才轻声说道："你的想法真可怕！"刘郁芳摇摇头道："假如你当时看见他给我打的那张脸，你就不会以为我想得可怕了！我一闭起眼睛，就会看见他那可怖的、绝望的、孩子气的脸！我杀死了我最好的朋友，我做错的事情是再也不能挽回了！”

凌未风绞扭着双手，带着刀痕的脸，冷冰冰的一点表情也没有。刘郁芳瞥了一眼，蓦地里惊叫起来，用手蒙着眼睛，喊道：“呀！我好像又看到他了……”韩志邦跑过去，用手轻轻扶着她，说道：“总舵主，你想得太多了，这只是一种幻觉……”他话未说完，眼光和凌未风的碰个正着，凌未风的眼光就像刺人的“天山神芒”一样，韩志邦不觉打了一个寒噤，嚷道：“凌大哥，你不要这样看人行不行？给你吓死了！”

凌未风“嗤”的一声嘲笑道：“亏你们还是天地会的舵主呢！这样胆小。你们别尽做恶梦了，你听听，外面好像有人来了。”

这时石窟里嗡嗡然地响起回声，一团火光在黑暗中渐渐移近。凌未风振臂迎上，只见外面来了四个喇嘛和一个军官装束的人。凌未风和韩志邦都懂得藏语，两面交谈，知道他们也是错过宿头，才到石窟过夜的。

四个喇嘛都很和蔼，只见那个军官神色却颇傲慢，凌未风瞧着他的袖口绣有飞鹰，知道那是吴三桂王府中人的标志，不觉看多了两眼，那军官嘀嘀咕咕，凌未风等也不理他，自在佛像之后安歇。那佛像三丈来高，像一个大屏风一样，将两边的人阻隔开来。

那几个喇嘛，兴致似乎很好，在佛像前烧起一堆火，手舞足蹈地唱起歌来。歌声起初激昂清越，较后却很苍凉。刘郁芳好奇地问道：“他们唱的是什么？”

凌未风听了一会，说道：“他们唱的是西藏的一个传奇故事。故事说有一个少年叫做哈的卢，是草原上的英雄，又是一个好歌手，他非常骄傲，从不肯向人低头。后来他爱上一个牧羊女，名叫阿盖，阿盖比他更骄傲，要他当着众人的面，跪在她的裙下，她才答应婚事。哈的卢果真跪下来求婚，年轻的姑娘们都掩着面，不忍见她们心目中的英雄，这样受凌辱。现在唱的，就是哈的卢说的话，他说：‘我孤鹤野云的仙梦，到而今都已幻入空冥，这二十年来的深心骄傲，都降伏你冰雪的聪明！’”刘郁芳听着凌未风的转译，心中如醉，偶然一瞥，只见凌未风的眼中，也闪着异样的光彩。

刘郁芳惊异地望了望凌未风，凌未风“嘘”了一声，道：“你听，这首西藏的传奇诗美极了！现在是牧羊女阿盖的倾诉。她曾拒绝过一个藩王王子的求婚，心中其实也是爱哈的卢的，她说：

‘一切繁华在我是昙花过眼，
众生色相到明朝又是虚无，
我只见夜空中的明星一点，
永恒不灭直到石烂海枯！

那不灭的星星是他漆黑的明眸，
将指示我去膜拜，叫我去祈求，
这十多年来的痴情眷恋，
愿化作他心坎中的脉脉长流。’”

刘郁芳呼吸紧促，抚掌说道：“这首歌果然好，结果怎样？该是他们两人结了婚吧？”凌未风忧郁地说道：“不是，结局是谁也料不到的，哈的卢是非常骄傲的人，他爱阿盖，他也爱自己的骄傲，他跪下来求婚，阿盖笑了，正想拉他起来，不料他一把匕首就把阿盖插死了，跟着他自己也自杀了。他临死前唱道：

‘欢乐的时间过得短促而明亮，
像黑夜的天空蓦地电光一闪，
虽旋即又消于漠漠长空，
已照出快乐悲哀交织的爱念。’”

韩志邦喊起来道：“这不近人情，如果我爱一个人，我绝不会杀她！”凌未风笑道：“我也不会，但如果我是哈的卢，那女人要我当众表示屈服，我也一定不会向她求婚。这首歌虽然不近人情，但也唱出了人的自尊，虽然那自尊是过分的。这首长歌的题名是：在草原上谁是最倔强的人。”

那军官似乎给歌声搅得很不耐烦，用藏话喝道：“不要唱了，快去睡吧，明早还要赶路！”话声未了，只听石窟中阴恻恻地有人笑道：“不用赶路了，你们没有明天了！”不说军官和喇嘛，就是凌未风也吃了一惊，这人好俊的内功，人还未到，而声音好似就在耳边！

两个喇嘛蓦地跳将起来，向外扑去。在黑暗的石窟通道中，只听得“噼噼啪啪”的摔跤声响，凌未风在佛像背后望去，忽见两团黑忽忽的东西掷了进来。两个喇嘛竟然不过三五个照面，就给来人摔倒，当作皮球一样地抛了进来。那军官和另外两个喇嘛勃然大怒，倏地拔出了兵器，就迎上去。通道中，几声长笑，飞鸟般地掠进了几个黑衣汉子。韩志邦耸一耸肩，就待跳出，凌未风一把按住，悄声说道：“别忙，且看来的是什么人！”话声未了，来人已到了佛像之前，凌未风一见，诧异得几乎喊出声来。

进来的是三个黑衣卫士，为首的竟是游龙剑楚昭南。不说凌未风惊诧，与喇嘛僧同来的军官也喊了起来，这军官名叫张天蒙，与楚昭南本来同是吴三桂的心腹。

张天蒙见楚昭南把两个喇嘛摔了进来，急忙喊道：“大哥，别动手，是自己人！”楚昭南跨前一步，喝道：“天蒙，你叫他们把‘舍利子’交出来，我可以饶他们不死！”

“舍利子”乃是佛门的宝贝，据说有道的高僧死后，用火焚化，骨肉虽烧成灰，但却有一颗像珍珠般的骨头，百炼不化，其名便是舍利子。吴三桂追桂王入缅，把缅甸紫光寺镇寺之宝——龙树禅师留下的舍利子劫了回来。龙树是释迦牟尼的大弟子，大乘教派的创始人。佛教的圣物，第一是释迦牟尼留下的佛牙，第二便是龙树禅师留下的舍利子。吴三桂为了要联络达赖喇嘛，因此叫张天蒙护送舍利子到西藏，那四个喇嘛乃是入滇迎接圣物的人。楚昭南知道这事，和康熙一说，康熙立刻派两个武功超卓的卫士和他一同去拦劫。正因康熙分心于对付吴三桂和拦劫圣物，武家庄群雄，才能顺利分散，没有受到搜捕。

张天蒙见楚昭南一开口就要舍利子，心中大疑，问道：“楚大哥，你刚从西藏回来吗，这舍利子是平西王叫我护送的，不敢有劳。”楚昭南冷笑道：“什么平西王？这舍利子是当今皇上叫我来拿的！”张天蒙大吃一惊道：“你反了？”楚昭南大笑道：“吴三桂反得我反不得？我问你，你到底是愿跟吴三桂还是愿跟皇帝？”

张天蒙在平西王府中，地位比楚昭南稍低，吴三桂图谋反叛之事，他毫不知情。见楚昭南这样说，如晴天起了霹雳，顿时作声不得。楚昭南迫前一步，喝道：“你到底怎么样?”张天蒙心中七上八落，犹疑不定。另外两个喇嘛，见楚昭南用汉话大声呼喝，虽听不懂他说什么，但看样子似是逼迫张天蒙的样子，心中有气，双双跑上，施展“大力千斤拳”，一左一右，嗖嗖地打出两拳。楚昭南故意卖弄，不躲不闪，迎面就接了两拳。这两拳击着胸膛，“蓬！蓬！”两声，如中败革！两个喇嘛都给弹退几步，可是楚昭南也觉一阵疼痛，吃了一惊，心想这两个喇嘛果然有几斤气力。他不敢怠慢，扑地腾起，似飞鹰攫兔之势，朝两个喇嘛的后心便抓，看看到手，忽听得佛像后一声巨喝，一颗铁蒺藜流星闪电般地袭到。楚昭南好俊的功夫，在半空中一个“鲤鱼打挺”，立刻倒翻出去。那颗铁蒺藜给他在倒翻时用脚后跟一蹴，箭一样地倒射回去。佛像后韩志邦刚刚纵出，吃铁蒺藜一射，急挺手中兵刃八卦紫金刀一拍，虽然将铁蒺藜拍飞，可是虎口竟一阵发麻。这铁蒺藜给楚昭南倒蹴回来，劲度还是如此之强，韩志邦也不禁大吃一惊！

韩志邦刚站稳脚步，楚昭南已是再度扑到。韩志邦身形一矮，往前一个纵步，八卦紫金刀照楚昭南胸前疾劈，楚昭南左手袖子往外一拂，一股劲风，直扑面门，韩志邦侧一侧头，刀已搠空，楚昭南身形迅如飘风，突地绕到韩志邦背后，韩志邦也是虚实并用，招数并未使老，他一刀搠空，已疾地斜塌身形，刀锋外展，刷地旁扫楚昭南下盘。楚昭南大喝一声：“撒手！”右掌劈面打出，左手则骈指如戟，照韩志邦右臂“三里穴”点去。韩志邦刀已劈出，见势不妙，连忙变招应敌，“三羊开泰”，一招三式，刺胸膛，挂两肩，狠狠地扫来。但他快，楚昭南更快。他一刀劈出，敌人方位已变，他只见敌人右拳在面前一晃，眼神一乱，右臂已是一阵酸麻。楚昭南武功神奇，竟是方位变而招数未变，左手手指，仍然点着了韩志邦的穴道。只听得“呛啷”一声，紫金刀掉在地上。

这几招快如电光石火！与楚昭南同来的两个卫士，这时才刚刚看清韩志邦的面容，大声喊道：“这厮是天地会的总舵主！不要放过他！”楚昭南狞笑一声，正待赶上，蓦然一道乌金光芒，自佛像后电射而出，楚昭南运足内劲，横袖一拍，竟没将暗器拍飞，袍袖给刺穿了一个大洞，暗器贴肉而过，余势仍然非常强烈，射在对面石壁上，铿锵有声，一枝似袖箭而非袖箭的东西，竟然穿入了石壁。

说时迟，那时快，佛像背后，一男一女飞身而出，双双拦在楚昭南面前。楚昭南嗖的一声，拔出佩剑，并不上前，却反倒纵出一丈开外，喝道："你是晦明禅师的什么人，三番两次和我作对，你当我真的怕你吗？"

这时刘郁芳已将韩志邦救起，给他解了穴道。凌未风笑嘻嘻地站在佛像之前，不理楚昭南，先用藏话招呼那几个喇嘛道："你们站过这一边来，舍利子可不能让他们抢去。"那几个喇嘛依言疾退，和楚昭南同来的两个卫士，双双赶上，凌未风把手一扬，又是两道乌金光芒电射而出，那两个卫士也非弱者，一个举起鬼头刀用力一格，只听得铮然一声，火星疾飞，鬼头刀竟给暗器射缺一口；另一个用"一鹤冲天"的轻功绝技，平地拔起三丈多高，饶是他躲得这样快，暗器还是贴着他的鞋底射过，他穿的是铁掌鞋，后踭也给射掉。两人吓出了一身冷汗。楚昭南喝道："别忙料理那些喇嘛，他们逃跑不了！"两个卫士趁此一喝，也不再追，分立楚昭南左右。而张天蒙却仍不声不响，斜挨在佛像之旁，靠近喇嘛。

这时凌未风才冷冷地对楚昭南笑道："论师门渊源，我要尊你一声师兄；论江湖道义，我要骂你一声贼子！你到底愿我尊为师兄，还是甘为我骂作贼子？人鬼殊途，你该早作抉择了！"

凌未风自江南远奔漠外，在天山之巅，跟随晦明禅师习技十年，其事甚秘，莫说武林中无人知晓，就是曾在晦明禅师门下习技的楚昭南也不知道。楚昭南只道大师兄杨云骢死后，自己可以独霸天下，不料那日在五台山谷，忽然钻出了一个凌未风，使出了天山掌法中的绝招，自己骤吃一惊，竟然挨了一掌。如今听得他公然表白身份，叫自己作师兄，心中一慌，但随即又想：纵许他就是晦明禅师的关门徒弟，但他不过三十岁左右，无论如何也比不上自己几十年功力，何必怕他？

当下楚昭南横目睨视，傲然说道："谁是你的师兄？你要认我作师兄，可得先卖几手出来瞧瞧，来！来！我讨教你的掌法！"他挨了一掌，余忿未消，一定要在掌法上找回面子。

凌未风冷冷一笑，便待亮式，楚昭南正待上前，和他同来的一个卫士，忽地斜刺杀出，说道："割鸡焉用牛刀，且待俺先会会这厮!"楚昭南一看，这卫士名叫古元亮，乃是河南点穴名家古家之后，他的点穴法搀杂在掌法之中，厉害异常，是大内第一流的高手。楚昭南心想，让他先去试招，对自己甚有好处，若他胜了，自己无须出手；若他输了，自己也可看清楚凌未风路道。于是微微点首，让古元亮先上。

古元亮刚才给凌未风一枝暗器，打断鞋踭，也是愤怒得很，他一上来，就大声喝道："我也是要先讨教你的掌法，你若要比暗器，等下我也可奉陪。咱们说话在前，可不许暗放冷箭!"

凌未风知道他怕自己的暗器厉害，所以抬出江湖上比武的规矩，言明在前，要比完一样才比另一样，遂微笑道："不用暗器，一样可以打得你乱跳!"

古元亮脚尖一点，如箭离弦，喝道："不和你斗嘴，接招!"话声未完，一掌已向凌未风"天枢穴"按去。凌未风见他掌风甚劲，所按部位又是穴道，不敢怠慢，一声长啸，倏地一个旋身，横掌如刀，猛切古元亮脉门，古元亮大吼一声，托地跳将出去，凌未风双臂箕张，一掠丈许，向背心便抓。哪料古元亮虽吃迫退，却不是真败，他倏地身躯一矮，陀螺般地直拧转来，双掌骤发，一打凌未风胁下的"乳泉穴"，一扫腰部"关元穴"。竟是败里反攻，狠招硬拼。

韩志邦看得"啊呀"地叫出声来，楚昭南却一声大喝："老古，留神!"韩志邦还未看清，只见古元亮已跌跌撞撞倒退出数丈开外，面色灰白。凌未风喝道："你已输招，还赖在这里作甚?"古元亮闷声不响，双掌一错，狠狠地又攻上来。这一来只见掌风越发凌厉，凌未风倏进倏退，身法步法，丝毫不乱。而古元亮则似一只受伤的狮子，强攻猛打，掌风所到，全是按向凌未风的三十六道大穴。

古元亮一时疏忽，吃了个亏，心中大怒，再度猛扑，凌厉之中见绵密，斫截之中杂点穴，双掌起处，全是按向人身三十六道大穴，凌未风身随掌走，见招拆招，古元亮兀是攻不进去。战了片刻，凌未风蓦地大喝一声，掌法骤变，右手横掌如刃，劈、按、擒、拿，展开了天山擒拿手中最厉害的截手法；左手却骈指如戟，竟在古元亮双掌翻飞之中，欺身直进，找寻穴道。古元亮的按穴掌法给他的截手法克住，丝毫施展不得，而凌未风的左手，却如同捻着一枝点穴橛，指尖所到，也全是指向古元亮的三十六道大穴。这正是“以其人之道还治其人之身”，古元亮是点穴名家，识得厉害，心中越发吃惊。凌未风也真“损”，每向一处穴道点去，就大喝一声，“三里穴”“涌泉穴”“天元穴”……叫个不停，好像故意点醒对方。古元亮左右趋避，全身都给冷汗湿透。旁边人看来，只见他蹦蹦跳跳，形状十分滑稽。

楚昭南越看越不是味儿，叫道：“退下！退下！”他双掌一错，正待上前，只听得凌未风又是一声大喝，身形迅若狂风，猛地绕到古元亮背后，只一抓，便抓着了古元亮右臂，左手在他腰后一戳，古元亮像死蛇一样，软作一团。凌未风在大喝声中，将古元亮猛抛出去。楚昭南一把接着，只见古元亮双眸紧闭，四肢僵硬，急忙伸手在他的“伏兔穴”一拍，古元亮哇的一声叫了出来，吐出一口淤血，软瘫倒地，动弹不得。

楚昭南再也按捺不住，双掌齐出，向凌未风扑去。凌未风双肩一耸，轻轻避开；楚昭南抢步上前，右掌又旋风一样劈去，凌未风仍然不接，侧身一冲，竟翩如巨鹰，从楚昭南掌底直钻出去。楚昭南大喝一声，翻身一抓，双掌擒拿；凌未风飕地窜起一丈多高，如燕翅斜展，侧身下落。楚昭南喝声：“哪里走？”又追上来。凌未风凝身止步，双目虎虎有威，大声说道：“且慢动手，我尊你是师兄，让你三招，你若再不知进退，我只好与你一判雌雄。我若输了，从此回转天山，你若输了又如何？”楚昭南道：“舍利子随你拿去！”凌未风道：“好，发招吧！”楚昭南脚踏洪门，双掌挟着劲风，嗖地向凌未风胸膛打去！凌未风一掌格开，两人风驰电掣般地打将起来。只见手掌起处，全带劲风，石窟内多年堆积的尘土，给掌风震荡得四处飞扬，如黑雾弥漫，石窟本就阴暗，这一来更显得阴风惨惨，骇目惊心。通道上烧着的一堆火，火光在掌风烟雾中摇曳，似明似灭，旁边的人都屏着呼吸，心头似给重物压着，透不过气来。

两人打了一会，蓦然都往后退出几步，众人惊诧看时，只见两人圆睁双眼，似斗鸡一般互相瞪视。楚昭南大喝一声，在几步之外，一掌劈出，凌未风双掌合十，也是遥遥一放；两人拳来脚往，中间总隔着几步距离，掌锋连衣裳也沾不着，而且越打越慢，就真的像两师兄弟在那里拆招练式一样。刘郁芳和韩志邦等都是行家，早看出两人每一举手投足，全都暗藏着几个变化，虽然隔着几步，每一招数，也都全是带守带攻，应付对方的。这种最上乘的掌法，若是哪一方稍有疏漏，对方只要身形微动，便可立施杀手。

两人拆了一百多招，都是稍沾即走，仍是分不出上下高低。旁边的人正看得眼花缭乱之际，蓦听得凌未风也是一声大喝，楚昭南猛地向后便退，凌未风身形迅如狂飙，欺身直进，反手一掌，就向楚昭南胸膛打去。楚昭南纵身一跳，恰恰跳在大佛像的中指之上，凌未风急急撤掌，楚昭南蓦然如巨鹰下扑，自上一纵而下，双掌朝凌未风的天灵盖直按下来。凌未风迫得双掌向上一抵，四掌相交，“蓬！蓬！”两声，两人竟给碰跌一丈开外。

原来楚昭南习武的时间，虽比凌未风长，但凌未风练的是童子功，自小就把根基扎好，而楚昭南少年时曾狂嫖纵饮，功力反差了一筹，更加上楚昭南近年志得意满，练习遂疏，骤遇强敌，虽然功力大致相当，也要受制。刚才凌未风本已赢了一招，正要续施杀手，不料楚昭南却跳在佛像的手指上，若然这一掌打去，会毁坏佛像。凌未风投鼠忌器，不敢损伤云冈石窟中的瑰宝，只好急急撤掌。楚昭南乘势从上压下，占了便宜，因此两人在表面看来，好像打成平手。

楚昭南心里明白，这位未见过面的师弟，功力确比自己还高，又急又怒，但利禄熏心，又不肯罢手。他仆地即起，游龙剑嗖然出手，微带啸声。这柄剑削铁如泥，是天山派所传的两把宝剑之一（另一把是短剑，为杨云骢所得，杨死后已归易兰珠）。楚昭南在剑法上造诣最深，又恃有宝剑在手，因此虽输了招，仍是一派狂傲，要和凌未风比剑。

楚昭南拔剑出手，略一挥动，只见一缕寒光，电射而出，刘郁芳骇然叫道：“这是宝剑！”凌未风傲然不顾，提左脚，倒青锋，欺身直进，一剑斩去，剑锋自下卷上，倒削楚昭南右臂，这是天山剑法中的绝险之招，名为“极目沧波”。楚昭南自然识得，仗着宝剑锋利，也使出险招，霍地塌身，“乌龙掠地”，刷！刷！刷！一连三剑，向凌未风下盘直扫过去。凌未风灵巧之极，身形如星丸跳掷，一起一落，楚昭南剑剑在他的脚底卷地扫过，连碰也没有碰着。楚昭南刚一长身，正待变招，凌未风瞬息之间，就一连攻了五剑，楚昭南给迫得措手不及，连连后退，竟无暇去削他的兵刃。

但楚昭南在剑法上浸淫了几十年，自是非同小可，他一看凌未风打法，就知道他是以快制慢，用最迅捷的剑法来迫自己防守，使自己没机会利用宝剑的所长。他冷笑一声，忽然凝身不动，一口剑霍霍地四面展开，幽暗的石窟中，登时涌出一圈银虹，回环飞舞。凌未风的剑是普通兵刃，一碰着便会给他削断，因此根本递不进去。而他却在银虹中耿耿注视，寻瑕抵隙找凌未风的破绽。

酣斗声中，凌未风抽剑后退，楚昭南大喝一声，挺剑刺出，剑光如练，向凌未风背后戳来。凌未风忽地回转身躯，闪电般地举剑一撩，只听得呛啷一声，和楚昭南的剑碰个正着，刘郁芳惊叫一声，以为这番凌未风定难幸免，不料响声过后，突然非常沉寂，既无金铁交鸣之声，甚至连脚步声也听不到。

原来凌未风这回身一剑，便搭着了楚昭南的剑脊，锋刃并不触及。楚昭南用力一抽，只觉自己的剑竟似给黏着一样，抽不出来！原来晦明禅师采集各派剑法之长，创立天山剑法，这一手便是太极剑法中的“粘”字诀。

楚昭南自是行家，知道若硬要抽剑，必定给凌未风如影附形，连绵不断地直攻过来，无可奈何，只好和他斗内功，苦苦缠迫！

这种斗剑，真是武林罕见。石窟里静得连绣花针跌在地上都听得出声来。过了片刻，只听得楚昭南发出微微的喘息之声，额上开始沁出汗珠，看来两师兄弟，就要生死立判，无法解救。

正在众人全神贯注之际，和喇嘛同来的军官——楚昭南的老搭档张天蒙，忽然悄悄地沿着石壁，移身走近一个喇嘛，蓦然伸指一点，那喇嘛大叫一声，翻身便倒。张天蒙一把抓着，在他怀中一掏，掏出一只檀香盒子，狞笑一声，闪电般地向石窟外面逃去！几个喇嘛大声狂呼："舍利子给劫走了！舍利子给劫走了！"

凌未风大叫一声，将剑猛地一抽，转身便追。楚昭南身子向前一倾，随即一跃而起，剑光如练，也狠狠地自后赶来。这时张天蒙在前面狂奔，众人在后面紧紧追赶。楚昭南一面追一面挥舞宝剑，韩志邦等两边闪避，霎忽已给他赶在前头，只是总越不过凌未风。

凌未风轻功超卓，片刻之间，已越过通道，出了石窟，这时和张天蒙距离越来越近，他奋身一掠，挺剑直向张天蒙后心搠去。张天蒙也早已解出兵刃，他所用的是一条龙纹锁骨鞭，擅于锁拿刀剑，又可作硬兵器用，他和楚昭南并列吴三桂帐下，武功也自不弱，听得脑后风声，头也不回，反手就是一鞭，凌未风的剑竟然给他缠着。张天蒙大喜，转身用力一拉，不料丝毫没有拉动，反给凌未风将剑一挺，剑尖直向脉门划来。张天蒙大吃一惊，急急将手一抖，锁骨鞭倏地解开，凌未风的剑已如雷霆击到。

凌未风运剑如风，在长鞭飞舞中欺身直进。张天蒙拼命抵挡，给他迫得连连后退，退到了悬崖边沿，只听得水声轰鸣，两人身旁，一条瀑布冲泻而下，而下面就是深不可测的桑干河。

两人动手不过片刻，楚昭南已自赶到，张天蒙猛地用力打出几鞭，向旁一闪，凌未风挺剑便扑，忽见张天蒙左手一扬，一件东西越过凌未风，直向楚昭南飞去。凌未风起初以为是暗器，但一听风声，已知不是，而且又不是向自己打来，更感惊诧。这时只听得张天蒙一声大喝："接住！"跟着对凌未风狞笑道："你把我杀了吧！舍利子你可休想！"凌未风瞿然醒起，回身一跃，向楚昭南奔去，只见楚昭南刚刚接了东西，正想收入怀中，凌未风眼力极强，分明看出是个锦盒。他急得大吼一声，舍了张天蒙，挺剑直逼楚昭南，剑法迅捷之极，霎忽就斗了三五十招，这时众人已陆续赶到。张天蒙纵跃如飞，登上一个突出来的小山峰，正好在楚昭南和凌未风的头顶，他居高临下，将山石用力推下，砰砰巨响，沙石纷飞，泥土飞扬中，几块大如磨盘的巨石滚滚而下。楚昭南和凌未风在缠斗中都无法躲避，双双向前一扑，滚地葫芦般地向桑干河面直跌下去。凌未风愤恨之极，半空中一个鲤鱼打挺，将手中长剑朝小山峰脱手掷去，只听得张天蒙哎哟一声，给凌未风长剑刺个正着。

凌未风使出绝顶轻功，头下脚上，将近河面，又一个“鹞子翻身”，双脚轻轻勾住河边峭壁上突出的石笋，放眼看时，只见楚昭南已给瀑布直冲下河，他半个身子已浸入水中，用一只手拼命抓着河岸的石头，挣扎欲起，这形势，双方都是危险之极。

欲知两人性命如何？请听下回分解。

第五回　难受温柔　岂为新知忘旧好
惊心恶斗　喜从古窟得真经

正在此极端紧张之际，凌未风双足勾着峭壁的石笋，用力一翻，身子倒挂，伸手一把抓着楚昭南颈项，像捉小鸡一样，将他提出水面，楚昭南虽有宝剑在手，但刚才给百丈瀑布冲击而下，早已乏力，更兼半截身子浸在水中，更是无从抵挡。凌未风一把抓起，劈手就夺了他的宝剑，双手叉着他的喉咙，楚昭南嘶哑叫了一声，断断续续说道："我给你舍利子！"

凌未风看了他一眼，双手松开道："拿来吧！"楚昭南掏出湿漉漉的檀香盒子，凌未风伸手接过，楚昭南面色十分难看，这还是他有生以来第一次认输。

凌未风正待拉他同上悬崖，蓦然间，只听得"蓬"的一声，一道蓝火竟在身边炸裂开来，凌未风半身悬空，挂在悬崖之上，根本无从躲避，肩背给火焰灼得滚热，面上也着了几点火星，他急忙一手按着石壁，将身子在石壁下一滚，火焰虽告熄灭，但仍是感到疼痛。楚昭南趁势翻转身来，仰望着凌未风，凌未风瞋目大喝一声，将抢来的游龙剑拔在手中，楚昭南不敢再上，这时只听得悬崖上嘈成一片，呼喝声和兵刃碰磕声交杂传来。

这枝蛇焰箭是和楚昭南同来的卫士之一郝大绶放的，和楚昭南同来的两个人，点穴名家古元亮已为凌未风点成残废；郝大绶却杂在众人之中，一同跑出窟外，他见凌未风和楚昭南同堕崖下，竟取出歹毒暗器蛇焰箭向下面射去，蛇焰箭发时有一道蓝火，见物即燃，不能用手接，也不能用兵器碰磕，只能避开，他这一箭是立心将凌未风射死，纵便楚昭南也误伤在内，也在所不惜。

韩志邦和刘郁芳见他如此歹毒，勃然大怒，韩志邦一摆八卦紫金刀首先冲上，才打了数招，刘郁芳就脱手飞出独门暗器锦云兜，将他抓伤，郝大绶手中兵刃，也给韩志邦打落，他浴血拼命冲出，才跑了几步，就给两个喇嘛迎面截着，一左一右，大喝一声，双双扑进，一个矮身，各扯着他的一条腿，似荡秋千似的将他荡了起来，荡了几荡，又是一声巨喝，将他抛落悬崖。

楚昭南正在惶急，忽见半空中掉下一个人来，心中大喜，也不管是敌是友，伸手一把接着，向水面一抛，乘着尸体浮沉之际，提一口气，用足内劲，向江中跃去，单足一点尸体，又是拼命一跃，竟给他跃到离凌未风十余丈远的另一处河崖，他手足并用，似猿猴般地爬上了峭壁，一溜烟地逃了。韩志邦连发了几粒铁莲子，都因距离太远，没有打着。

楚昭南临危逃脱，韩志邦恨极骂道："又便宜了这奸贼！"刘郁芳道："不必理他，先看看凌未风吧，今晚可累了他了！"韩志邦默然不语，走近崖边，只见浪涛拍岸，峭壁上有一个黑影在慢慢移动。韩志邦将夜行人随身携带的千里火打开，刘郁芳在火光中看见凌未风爬行而上，显得很是艰难，大吃一惊，颤声叫道："他受了伤了，照他平日的功夫，绝不会这个样子！"她解下锦云兜轻轻地抛下去，锦云兜是数丈长的钢绳，尖端装着倒须钢网，作暗器用时可以抓人，而现在却恰好是救人的工具，凌未风已爬上一半，刘郁芳双足钩着崖边，探下身子，将钢绳轻轻一摆，恰好触着了凌未风的手指。凌未风伸手握着。刘郁芳叫声："小心！"用力一荡，钢绳抖得笔直，将凌未风凭空抛了起来，凌未风像荡秋千似的，握着钢绳，越荡越高，刘郁芳一缩身躯，将钢绳一卷，把凌未风轻轻放在地上，自己也站了起来。几个喇嘛齐声赞道："真好臂力。"他们不知刘郁芳使的乃是巧劲。

刘郁芳顾不得回答，扶着凌未风细看，只见他肩背已给烧得残破，肌肉灼得瘀红，凌未风转过面来，喇嘛们开声惊叫，他的脸本来就有两道刀痕，现在加上给硫磺火烧得又黑又肿，更显得十分可怕。凌未风笑道："我本来就难看了，更丑怪一点算不了什么。"

刘郁芳道：“你觉得怎样？”凌未风硬挺着道：“不过烧破了点皮肉，没有什么。”他随说随把檀香盒子掏了出来，递给一个喇嘛，微笑说道：“打了半夜，还幸把你们的舍利子夺了回来！”喇嘛们齐齐拜谢。为首的喇嘛很是小心，将檀香盒子打了开来，只见里面有几粒珍珠般的东西，吐出光芒。喇嘛细看一番，忽然大惊失色，颤声叫道：“舍利子给他们掉换了！”凌未风也吃了一惊，问道：“怎么？这不是舍利子？”喇嘛道：“这是珍珠，舍利子没有这样透明光亮！”

原来张天蒙素工心计，他在吴三桂将礼物交给喇嘛们时，见过舍利子的模样，他就偷偷造了一个同样大小的檀香盒子，里面放上珍珠。他本来是准备在路上万一有人劫夺时，可以拿来顶包。当晚他听楚昭南一说，也起了背叛吴三桂之心，因此他在楚昭南危急时，先劫了喇嘛的舍利子，准备拿去献给皇上邀功。后来他被凌未风迫得无路可走时，又巧使“金蝉脱壳”之计，将假的舍利子抛给楚昭南，转移了凌未风的目标。

凌未风当下作声不得，恨恨说道：“再碰到这贼子，我要剥他的皮！”他又向喇嘛们致歉。喇嘛们很不好意思，再三拜谢，说道：“虽然夺回的是假舍利子，但凌檀越舍了性命，为我们尽力，此恩此德，永世不忘！”他们见凌未风伤重，又急于要回藏报告，不愿再扰凌未风，齐齐告辞，趁着拂晓赶路。

刘郁芳和韩志邦扶着凌未风走回石窟，一进了洞，凌未风就“哎哟”一声，坐在地上。刘郁芳急忙过去，扶着他道：“怎么啦？”凌未风道：“你把我的行囊拿来！”他在行囊中取出两粒碧绿色的丹丸，一口咽下，说道：“没事啦，那小子的蛇焰箭是硫磺火，火毒攻心，有点难受，这丹丸是天山雪莲配成，正好可解火毒。”刘郁芳还不放心，见他面上烧起许多火泡，又将自己随身携带的治外伤的药膏给他涂抹。凌未风扭转了头，似乎很不愿意。刘郁芳以为他避嫌，笑道：“我们江湖人物，还讲这套？”她一手将凌未风按着，柔声说道：“不许动，病人应该听话，你不听话我可生气啦！”

凌未风闭着眼睛，让她涂抹。忽然间刘郁芳双手颤抖，一瓶药膏，卜地跌落地上，韩志邦道：“你累啦？我替你搽吧！”凌未风翻转身子，将头枕在臂上，说道：“我都说不用理它了。”刘郁芳默然不语，凝坐如石像，眼睛如定珠，紧紧盯着凌未风的面孔，良久，良久，突然说道：“你以前一定不是这个样子！”

凌未风笑道：“自然不是，我受了刀伤，又受了火烧，本来是丑陋的颜容，当然就更丑陋了。”刘郁芳摇摇头道：“不对！这回我可看得非常仔细，你以前一定长得很俊，而且还像我的一位杭州友人！”韩志邦冷冷地哼了一声。凌未风一阵狂笑，说道：“我根本没有到过杭州！”这笑声原就是掩饰他内心的窘迫。刘郁芳将信将疑，忽然发觉韩志邦也紧紧地盯着她，神情不悦。她瞿然醒起，如果凌未风不是那人，自己谈论一个男人的美丑，可真失掉总舵主的身份，也给韩志邦看轻了。她面上一阵热，也干笑道：“我是奇怪你的武功这样高强，怎会面上带有刀痕？”她仓促之间，挤出话来，竟没想到搭不上原先的话题，韩志邦又是冷冷地哼了一声。

凌未风答道：“这刀痕是我刚到回疆的时候，碰上杨云骢大侠的一个仇人，他见我带着一个女孩子，随手就给我一刀，要不是有人搭救，几乎给他毁了！”刘郁芳听得十分奇怪，问道：“杨大侠的仇人和你有什么关系？你又为什么带一个女孩子远远跑去回疆？那个女孩子有多大了？”凌未风一说之后，自知失言，忙道：“这些事情，将来我再对你说。那个女孩子可只有两岁。”韩志邦接口就道：“只有两岁，刘舵主，你……你可没有什么话说了！”他本来想说“你可放心了”的，一到口边，可想起不能这样冲犯刘郁芳，这才临时改了。饶是这样，刘郁芳还是白了他一眼，她很不开心，也很奇怪韩志邦的神态似乎有点失常。

第二日，凌未风的伤势，果然好了许多，已经可以走动了。刘郁芳还是殷勤地看护着他。韩志邦却终日寡言寡笑。第三日早晨，刘郁芳一觉醒来，竟然不见了韩志邦的踪迹，只见尘土上有人用手指写着几行歪歪斜斜的大字。

那几行歪歪斜斜的大字写道：“咱是一个粗人，不懂规矩；虽属旧交，不如新知；天地会之事，有吾姐主持与凌英雄相助，大有可为，成功可期。从此告辞，盼望珍重。”抬头一行写着“拜上刘总舵主”，下面署名“粗人韩志邦”。刘郁芳看了，黯然不语，凌未风道：“他倒是个豪爽的汉子，只是误会太多了。我这个‘新知’本就无心疏间‘旧交’！”刘郁芳叹了一口气道：“他的心眼儿也太小了，我担心他一个人乱闯，难保不出岔子。”只是不知他走向何方，凌未风又是伤势初愈，更是无法寻找。

再说韩志邦那日受了刘郁芳白眼，愈想愈不是味儿。当晚翻来覆去，整夜无眠，心想自己一个“粗人”，武艺与凌未风又是相去甚远，如何配得上她。他心中本来愤愤不平，埋怨刘郁芳刚交上一个“新朋友”，就把多年的“老朋友”冷淡；这样一想，反觉平静下来。他心中暗道：何必在他们中间，做一个拦路石头，于是不待天明，披衣便起，看着他们睡得正酣，暗暗叹了口气，背好行囊，挂好兵器，独个儿走出窟外。

韩志邦迷迷茫茫，也不知该走向何方，他信步所之，在山岗漫无目的地乱跑。这时晨露未干，晓风拂面。行走间，忽听得呦呦鹿鸣，远远望去，只见一头梅花小鹿，在山溪旁边饮水。饮了一会，又咩咩乱叫。韩志邦心想：这头小鹿，孤零零地在这里饮水，一定是失了母亲的离群小鹿，真是可怜。他胡思乱想，慢慢地走过去，自言自语地说道：“小鹿，小鹿，我也是个没有朋友的人，你不嫌弃，我和你做个朋友吧。”

胡思乱想间，忽听得一声兽吼，在树林草莽之中，跑出了一只金钱大豹，一声狂吼，腾空窜起，向那条小鹿扑去，韩志邦大怒，骂道：“小鹿这样可怜，你还去欺负它！”他也一跃数丈，一连发出几枝袖箭，箭箭射中，只是距离过远，那豹子皮肉又厚，虽然痛得狂嗥怒吼，却并未跌倒，那小鹿吃它咬中后腿，也痛得狂奔，那金钱豹身上带箭，仍然不舍，紧紧追去。韩志邦突然一腔怒气，好像要向豹子发泄一样，也施展轻功，追在豹子之后。

追了一回，那小鹿似乎急不择路，竟窜进了一座小小的石窟。那豹子也追将入去，韩志邦赶在后面，距离已近，又是一枝袖箭，射入金钱豹的肛门，那豹子大叫一声，仆在地上，尚未爬起，已给韩志邦夹颈捉着，用力一拗，把豹子颈项拗断，快意之极，说道：“看你还欺负小鹿！”他将豹子一把抛进洞内，缓步进去，只听得里面小鹿叫声很是惨厉，他心中一动，忽听得里面人声喝道：“是谁?”他定睛一看，只见一个人将小鹿按着，正在用刀子锯梅花鹿的鹿茸，这人一见韩志邦入来，蓦地跳起，脱手就是一口飞刀，向他掷去，韩志邦闪身避过，睁眼看时，只见这人正是张天蒙！原来张天蒙那日给凌未风一剑掷中，流血很多，因此躲到这个洞中养伤。

韩志邦见是张天蒙，想起他的狠毒，那日几乎将凌未风弄死，勃然大怒，紫金刀骤地出手，分心便刺。张天蒙刷地跳前两步，龙纹鞭也发出招来，韩志邦抡刀猛斫，张天蒙长鞭一抖，韩志邦斫在鞭上，给他用力一弹，紫金刀竟给弹了回去。韩志邦越发大怒，跃纵如风，一口刀滚滚而上，张天蒙身子却似转动不灵，只辨得招架。韩志邦看看得手，猛然间张天蒙大叫一声，身子往后一坐，韩志邦的紫金刀被长鞭缠着，给他往后一拖，紫金刀竟脱手飞去。张天蒙更不放松，疾地又是一鞭，打中韩志邦胸部。韩志邦仆在地上，滚了数滚，寂然不动。

张天蒙心中大喜，挪步上前，还想补他一鞭，正走近韩志邦身边，猛然间，韩志邦在地上大喝一声，铁莲子冰雹般地打出，张天蒙猝不及防，头面两肩给狠狠打中几颗。张天蒙往旁一跳，忽觉脚下好像踩了棉花一样，软弱无力。给凌未风剑伤的创口，又汩汩流出血来！

韩志邦在地上一跃而起，忽见张天蒙坐在地上，长鞭放在一旁，十分惊异，他粗中有细，扬手又是几粒铁莲子，张天蒙怒叫道：“你这人倒会使诈！”

这回他有了防备，双手上下一抄，把铁莲子接在手中，反打出去。韩志邦腾挪闪避，无奈张天蒙打得比他高明，右臂还是中了一粒。

韩志邦中了暗器，反而哈哈大笑。原来他刚才挨了一鞭，很是疼痛，现在给铁莲子打中，却只似自己以前在田间操作，和孩子们嬉戏时，给顽童用小石子掷中一样，一点也不痛。他知道张天蒙气力已竭，纵身一跳，猛扑在张天蒙身上，当着心口，用力击了几拳。张天蒙双掌也拍中韩志邦腰胁，两人扭作一团。

论武功，张天蒙仅比楚昭南略逊一筹，自然要比韩志邦高许多，无奈他受了凌未风的重创，伤口复裂，竟当不住韩志邦水牛般的气力，扭打片刻，便给韩志邦按在地上。他狂嗥一声，张口便咬，韩志邦肩头给他重重咬了一口，痛得叫出声来。张天蒙借势抽出右手，闪电般地拿着了韩志邦右手手腕，用力一扭，用擒拿手法，将韩志邦手掌屈了过来，韩志邦痛得要命，左手也放松了，张天蒙机灵之极，左手又闪电般地捏着了韩志邦的脉门。韩志邦两手不能用力，身子打横扑在张天蒙身上，竟咬着了张天蒙的喉咙，张天蒙伸口咬时，却只咬着他的肩头。韩志邦咬了几口，只觉血腥味直冲入喉咙，恶心欲呕。

韩志邦哇的一声把口中鲜血吐了出来，睁眼看时，只见张天蒙喉咙已裂开一个大洞，鲜血像喷泉一样涌出，只是他的两只手还紧紧搅着自己。韩志邦饶是身经百战，也不禁害怕起来，他用力一挣，分开张天蒙双手，站了起来，这时只觉四肢酸软，他行开几步，支撑不住，索性也躺在地上，掩着面孔，闭目养神。

刚才给豹子咬伤的那头小鹿，好像知道韩志邦是它的朋友似的，慢慢地挨将近来。韩志邦在昏迷中只觉小鹿在自己的胸口轻轻摩擦，悠悠醒转。他也轻轻地用手抚摸着小鹿，喃喃说道："豹子死了，恶人也死了，小鹿，小鹿，不用害怕了！"说话之间，忽然又觉有甜甜腻腻的液体滴进自己的口里，一直滑下喉咙，片刻之后，丹田似有一阵暖气升起，人也清爽了许多。那液体正是鹿血，它给豹子咬伤，又给张天蒙刀伤，流血一直未止。鹿血是补气补血的珍品，韩志邦用力过度，又受了重伤，幸得鹿血给他稍稍回复了精神和体力。

韩志邦苏醒过来，只见地上一摊摊的鲜血，血泊中浮着一只小小的盒子。他猛然醒起，精神一振，急忙在血泊中把盒子掏了起来，用衣襟抹净，打开一看，只见里面放着几粒珍珠似的东西，但却不如珍珠透明，而是灰褐色的，盒子周围刻有一些古古怪怪的文字，那是梵文，韩志邦虽然不识，但看样子，他已醒悟到这一定是舍利子，心中大喜，急忙把盒子盖上，收进行囊。

只是这么轻轻移动，韩志邦眼前又是金星乱冒，这才知道自己毕竟是用力过度，不能再行走了。他摸摸身边的小鹿，小鹿也没有了气息，敢情也是死了。猛然间他觉得非常寂寞，好像自己从来没有过亲人也没有过朋友一样，心中空荡荡的什么也没有，迷迷糊糊间，他躺在地上陷入了熟睡之中。

也不知睡了多少时候，一觉醒来，只见阳光从洞外透入，这已经是第二天的上午了，他站了起来，仍然是觉得软软的，肚子也饿得发慌，只是精神却比昨天好了许多。他想，现在走出去，自己体力还是不支，若碰到敌人，那更无从抵御，看来只好在这石窟中歇息几天再说，可是粮食哪里找呢？袋中只有一些干粮，顶不了什么用，自己又不忍食小鹿的肉，正着急间，忽然眼光一瞥，拍掌笑道："怎的把这只豹子忘了？"昨天那只大豹，给自己拗断颈骨，丢进窟中，现在不正就在身旁？韩志邦把豹子拖进石窟深处，在行囊中取出火石，把窟中的一些朽木，聚集了来，烧起了一堆旺火，用紫金刀割下豹肉，就在火上烧熟来吃。

火光熊熊，把石窟照得通明，韩志邦抬头四看，忽见石壁上画着许多人像，那些人像各有各的姿势，十分古怪。

韩志邦定睛看时，只见有的人像低眉合十；有的人像摩拳擦掌；有的人像作势欲扑，如虎如狮；有的人像作势擒拿，如猿如鹰；还有手里拿着刀剑作劈刺之状的，各种姿态，千奇百怪。但因年深日远，有的画像已模糊不清，有的图像更剥落殆尽，只余下一点点的痕迹。韩志邦闲得无聊，索性沿着石壁，细细一数，其中清晰可辨的有三十六幅，模糊不清和已经剥落的却有七十二幅之多。在清晰可辨的三十六幅之中，有六幅是打坐之像，其中三幅的姿态，都是盘膝垂手，正面而坐，好像完全一样；另外三幅，则稍稍改了一些，有一幅是侧面打坐的，有一幅是合掌胸前的，有一幅是欠身欲起的。

韩志邦饱餐豹肉之后，气力稍增，反正无事，就试照着壁上画像的姿势练习。前面六幅，他看得莫名其妙，懒得去理，只拣那些自己看得懂的来学，起先是练几个掌法，说也奇怪，照样打了一遍之后，竟然气血流通，身心舒适，精神长了许多。他越练越高兴，反正自己尚未完全复原，就索性在洞中多留几日，将三十幅画着运掌、使刀、击剑的各种姿势，练了又练，不过三天，已经滚瓜烂熟。

第四天早晨，豹肉已经吃完，窟中的朽木也已烧尽，他试着练练力气，只觉已完全恢复，心中大喜，收起行囊，便待出洞，忽然听到外面有人声和脚步声，好像向石窟行来，连忙闪身躲在一尊佛像之后。

来人行到洞口，韩志邦听得一个声音说道："咦，怎的好像有尸臭味道！"韩志邦这才醒起张天蒙的尸体还没有掩埋，自己在石窟住了几天，鼻子已经习惯，窟中又冷，并未觉得怎样。来人是外面走进，自然一嗅就觉得刺鼻。

过了片刻，有两个人走进洞内，手中燃着火把，照见了张天蒙的尸体，哗然惊呼。其中一人指着张天蒙的军官服饰说道："这人莫非就是楚昭南所说的，吴三桂手下的军官，据他说这人武功很高，恐怕是给凌未风害死的！"韩志邦暗暗哼了一声，心想："你们就只知道有个凌未风！"

这时这两个人反显得有点害怕了，你推我我推你的不敢搜索。有一个人说道："别的人还好，只怕凌未风躲在里面！"韩志邦心中有气，大吼一声，跳了出来，叫道："不是凌未风也收拾得你们！"两人吓了一跳，将火把向韩志邦一掷，韩志邦闪身避过，双掌一错，扑上前去。

这两人乃是禁卫军教头，那日楚昭南给打得大败之后，急忙跑回去找禁卫军的副总领张承斌，叫他派得力手下，分头追踪。云冈附近更是特别留意。这两个教头，恰巧和韩志邦撞个正着。

韩志邦扑了上去，这两个教头已看清楚韩志邦面上并无刀痕，知道不是凌未风了，勇气倍增，马上迎击。

韩志邦以一敌二，大喝一声，双掌骤发，穿胸直进，敌人倏地左右一分，一个双拳紧握，打出三十六路长拳，拳风飕飕，直捣面门；一人双掌如刀，招熟势急，打的是西藏天龙掌法。一拳一掌，奇正相生，十分凌厉，打了片刻，韩志邦竟给迫到石窟一隅。

韩志邦曾为天地会总舵主，武功自非泛泛，无奈敌人也是高手，而且是左右夹击，拳掌并用，配合得十分紧密。韩志邦攻不进去，渐渐给迫得只有退守的份儿。

打到分际，左面敌人一拳向韩志邦面门捣出，韩志邦右掌上抬，正想横截来势，右面敌人已欺身抢进，左手猛拨韩志邦右掌，右手也横掌上击，向韩志邦左臂猛袭，两人来势都极凶猛。韩志邦危急之间，蓦然不自觉地使出在石壁上所画的掌法，不退反进，右腿上步，身形一斜，脚跟一转，右掌随着身形半转之势，将左面敌人的拳头一把掳着，向怀中一拖，“顺手牵羊”，将敌人横拽过来，大喝一声：“起！”将敌人横举起来，一个旋风急舞，飞掷出去，正好撞着另一敌人，那人大叫一声，向后便倒，而给韩志邦掷出去的敌人，余势未衰，仍似箭般射出，头颅碰着一尊佛像，登时脑浆迸裂，流了遍地，佛像也给撞得摇摇欲倒！

韩志邦一招得手，更不放松，双足一顿，身随掌走，迅若狂飙，那仆倒的敌人刚从地上爬起，给韩志邦一掌打个正着，再度跌倒，还没喊得出声，就已了结。

韩志邦使出新学掌法，居然三招两式，就打败强敌，大喜若狂。他见佛像摇摇欲倒，急忙抢过去扶住，忽地眼睛一亮，瞥见佛像下有一本残旧的小书，他轻轻拿了起来，吹去书上的尘埃，揭开一看，只见里面的文字，奇形怪状，和装舍利子的盒子内所刻的字体一样，他一个也认不得。揭到最后，才看到两行汉字，这两行字是：“达摩易筋经，留赠有缘者。”底下有几行小字注道：“一百零八式，式式见神奇，九图六座像，第一扎根基。”最后一行小字，是：“后学无住谨识，唐贞元五年九月。”韩志邦看了，仍是莫名其妙，但见此书古雅可爱，也就随手塞在行囊中。直到许多年后，他才知道，达摩禅师是南北朝梁武帝时，自印来华的高僧，也是“禅宗”的创立者，“易筋”“洗髓”二经是达摩禅师武功的精华，壁上的一百零八个画像，就是武学中著名的“达摩一百零八式”真本。可惜韩志邦只学了三十个式子，而最重要的，扎根基的前六个坐式，他却根本不学，以致虽有奇遇，后来还是吃了大亏，这是后话。（作者按：据近代史学家考证，《易筋》《洗髓》二经乃是明代文人假冒达摩名义的伪作。但小说是无须考证得那样严谨的。读者诸君，当“小说家言”看可也。）

韩志邦缓步走出石窟，只见阳光遍地，山谷之间，群花竞艳。韩志邦躲在石窟之中几日，不见阳光，这时在蓝天白云之下，山花野草之中，心境大为开朗，几日来的忧郁，像淡淡的轻烟，在白云间消散了。他沿途纵目，浏览山景，忽见断崖削壁之上，隔不了多远，就有人用刀刻着一枝箭头，还有一些古古怪怪的暗号。

韩志邦正惊诧间，忽听得山岗上传来叱咤之声，并有尘土砂石飞溅而下。韩志邦情知上面必是有人拼斗，好奇心起，攀着山藤，上去探望。上到上面，只见有四个黑衣卫士，围着三个喇嘛，打得正酣。韩志邦见了，又是一诧，这三个喇嘛中，有一个正是以前和张天蒙同行，护送舍利子的人。

韩志邦看了半晌，只见那四个卫士越打越凶，打得三个喇嘛只有招架之功，竟无还手之力，他忍耐不住，虎吼一声，拔刀而出。那个认得的喇嘛大喜，叫了一声，韩志邦正待招呼，只见两个卫士，已脱出战围，拦截自己，阴恻恻地笑道："我道是谁？原来是韩总舵主！"两人一使判官笔，一使锯齿刀，一照面就下毒招，笔点穴道，刀挂两肩。

韩志邦本想用新学来的运刀击剑之法对他们。但一转念间，仍是使出自己本门的八卦紫金刀法。他是想试试本门的刀法和新学的技艺，差别如何，才使出新学的招数。

八卦紫金刀连环六十四式，是明代武师单思南所创的刀法之一（另一为钩镰刀），一使开来，星流电掣，上下翻飞，也端的厉害。只是那两人的兵器，都是罕见的外门兵刃。尤其那使判官笔的，一身小巧功夫，专门寻瑕抵隙，探寻穴道。若只是以一对一，韩志邦的本身功夫还尽可对付得了，而今是以一敌二，饶是韩志邦用尽功夫，也只是堪堪打个平手。

打了半个时辰，韩志邦已感吃力，偷眼看那三个喇嘛，虽然减了压力，也不过是刚刚抵御得住。他心中烦躁，趁那使锯齿刀的一刀向自己劈来时，侧身一闪，猛地身随刀走，紫金刀扬空一闪，在使判官笔的面门上晃了一晃，那使判官笔的以为他使的是"横斩"招数，双肩一纵，正待抽笔进招，不料韩志邦刀法十分奇特，刀光一闪之间，刀尖一崩，竟然穿笔上挑，把那人的肩头戳了一个大洞。

韩志邦更不转身，听得背后风声，一个盘龙绕步，反手就是一刀，那使锯齿刀的一刀砍空，给韩志邦反手击个正着，锯齿刀呛啷一声，掉在地上。韩志邦这才转过身来，紫金刀用力劈下，将那人劈成两片。使判官笔的忍痛纵起，没命奔逃，韩志邦也不理他，径自提刀，加入战团，去援助那三个喇嘛。

那另外两个穿着禁卫军服饰的军官，和喇嘛打得正酣。韩志邦骤地闯了进来，手起一刀，分心刺进，手法迅速之极，登时把一个敌人刺倒地上；另一个敌人见状大惊，手执银枪，往外一格，韩志邦霍地回身，连人带刀一转，刀光闪烁，斜掠过去，刀锋贴着枪杆向上便削。那人急急松手，银枪掉落地上，韩志邦欺身急进，左手一抬，一把抓着敌人手腕，用力一拗，那人痛得大叫起来，服服帖帖地给韩志邦像牵羊一样牵着。

韩志邦今日连败六个禁卫军军官，所用的刀法掌法，全是从石壁上的画像学来的，每一招使出，都有奇效，真是又惊又喜。这时心中快活之极，执着那个军官道："你们平时欺侮老百姓也欺侮得够了，今儿可要你受一点苦。"用力一扭，那人大声叫道："好汉饶命!"韩志邦笑道："你要饶命也不难，你得告诉我们，你们来这里做什么?"军官道："我们奉命分途查探凌未风的踪迹。"韩志邦大笑道："你们连我也打不过，还敢去追凌未风?"那军官谄媚赔笑道："你老爷子的武功比凌未风还强!"韩志邦骂道："谁要你乱送高帽!"他口中怒骂，心中却有着一种莫名其妙的快意，心道："你们也识得我了!"当下用力一推，喝道："既然你说了实话，就饶了你吧!"那军官急急抱头鼠窜，连望都不敢回望。

三个喇嘛齐来道谢，尤其那个原先识得的喇嘛，更是一把将他抱着，吻他的额。韩志邦不惯这个礼节，忸怩笑道："算了算了，你们是来找舍利子的吗?"那熟悉的喇嘛，名叫宗达完真，告诉他道：他们那天失掉了舍利子后，未曾回转西藏，已接连碰到来迎接圣物的僧侣，他们天天出来查探张天蒙的踪迹。虽然料想张天蒙可能已远走高飞，但他们还是未死心。尤其那未见过舍利子的喇嘛，更是经常要他陪着，在云冈石窟附近徘徊，不料就碰到这批军官。

韩志邦听后，大声笑道："你们寻访圣物也真诚心，你们看看这个！"说着从怀中掏出檀香盒子来，打开给他们一看，宗达完真喜极狂呼："这是舍利子！"扑地就跪在地上叩头，其他两个喇嘛先是一怔，跟着明白过来，也急急叩头礼赞。

韩志邦给他们这么一闹，不知所措，忽然间，那三个喇嘛齐齐站了起来，各自从怀里取出一条丝巾，双手捧着，递到韩志邦面前。韩志邦知道这是喇嘛最尊重的礼节，名叫"献哈达"，急急说道："这怎么敢当，这怎么敢当！"宗达完真代表喇嘛说道："从此你便是我们喇嘛的大恩人，我们盼望你能够随我们到西藏。"韩志邦先是谦让，继着想了一想，含笑点头答应。这一去也，要直到几年后他才能再与凌未风、刘郁芳见面。

第六回　雾气弥漫　荒村来异士
湖光潋滟　幽谷出征骑

当韩志邦和喇嘛们穿越康藏高原的时候，凌未风和刘郁芳，也正在云贵高原上仆仆风尘。十多天来的旅行，在他们两人之间，滋长了一种极为奇异的感情。刘郁芳感觉到，凌未风对她有时好像是多年的老友，有时又好像是完全陌生的人。他一路上都很矜持，但在故意的冷漠中，却不时又自然流露出一种关怀，一份情意。刘郁芳有生以来，从未曾受过人这样冷淡，也从未曾受过人这样关怀。在这种错综复杂的感情中，显得是如此矛盾，又是如此离奇，她虽然是久历江湖、惯经风浪的女中豪杰，在感情的网中，也正如蜘蛛之甘于自缚了。

不错，她曾怀疑过凌未风就是她少年时代的朋友，但这怎么可能呢？当年出事之夕，她明明看到他的衣履在钱塘江上漂浮，也许他的尸体已漂出大海与长鲸为伍了！而凌未风的相貌、声音，也都与她心中多年来藏着的影子不同。只是凌未风在沉思时绞扭手指的习惯，却与“他”完全一样。刘郁芳到底是个舵主，她又不敢坦白说出她的怀疑，只是经常在旅途上默默地注视着凌未风，希望在他的身上，发现更多的相同之点，凌未风也好像发现了她的注意，时不时报以淡淡的一笑。

十多天的旅行，在苦闷、激动与奇异的情感冲击下过去了。这天他们已到了华宁，距离昆明只有三百多里了。他们拂晓起来赶路，走了一程，凌未风笑指着远方道：“以我们的脚程，今天傍晚，当会赶到昆明了。”他们正行进一个幽谷，猛然间，天色阴暗，幽谷上面雾气弥漫，越来越浓，渐渐天黑如墨，眼前的道路也看不清楚了。凌未风骇然惊呼："这是乌蒙山的浓雾，随着浓雾而来的常是瘴气，我们可要小心！"他们屏住呼吸，摸索前行，又过了片刻，忽然眼前一亮，前面是一个大湖，在群峰围绕之间，平静地躺着，这湖迤逦如带，湖上有朵朵白云在峰峦间飘浮游荡。从山腰到山脚，满布着苍绿色的杉树和柏树，有些树木，一直插到湖里，风景端的秀丽。这时上空虽然浓雾弥漫，下面湖水却是碧波粼粼，湖面有如一片白玉，在浓雾下显得分外晶莹。刘郁芳摸出地图说道："这是'抚仙湖'，在这里瘴气较薄，我们不如在这里稍稍停留。"

两人边谈边行，瘴气随浓雾而来，虽说有湖中水气避瘴，也觉呼吸不舒。两人正想歇下，忽觉有一阵阵香气，远远袭来，瘴气顿解。两人大喜，迎着香气找寻，不久就发现一堆野火，有许多头上缠着包巾的男女围火坐着。凌未风见多识广，知道这是彝族山民烧起云南特产的香茅来避瘴，湖边大约有个山村，所以一遇浓雾瘴气，村民就将平日聚集的香茅烧起野火，一同避瘴。凌未风急急与刘郁芳赶上前去，和村民们打招呼，指天空，打手势，咿咿哑哑，表达来意。

彝民民风纯朴，一见就知他们来意，立刻有人让出位置来，请他们坐下。

凌未风坐下时，忽觉人群中，似掺杂有两个汉人，定睛地看着自己，凌未风心念一动，忙用两手捧着面庞，掩着刀痕，低下头来烤火。过了一会，头上的烟雾更浓，彝民们又加进许多香茅，把火弄得更旺，这时湖畔又有一个人快步跑来，凌未风看他步履矫健，便知是个武林高手。但到走近一看，却是书生打扮，生得很清秀，看样子不过二十来岁。这人懂得彝民语言，一到来，就和彝人大声说笑，似乎他在这里还有熟人。

过了一会，在幽谷里又冲出几个黄衣大汉，凌未风远远一看，低低咦了一声，用手肘碰碰刘郁芳，叫她转过脸来，不要和来人朝相。这些人很是强横，他们也不先和彝人招呼，就挤了进来，恰好坐在两个汉人的旁边。

雾气弥漫中，忽听得满空惊禽乱叫，有一大群飞鸟冲出浓雾，在火堆上盘旋低飞。这群飞鸟大约也是耐不住瘴气飞下来的。有几个彝人，手里拿着长长的竹竿，等着鸟儿飞低时，突然一竿击去，居然给他们打下十来只飞鸟。但到了后来，鸟儿也灵警了，它们虽然为了躲避瘴气，不能不低飞下来，盘旋在火堆之上，但它们低飞轻掠，一见竿影，便即高飞，彝民们奈何它们不得。先来的两个汉人，哈哈大笑，各自向彝民们讨过一枝竹竿，站立起来，只见他们竹竿舞处，矫如游龙，低飞的禽鸟，一碰着就落下来，霎忽之间，就打下了一大堆飞鸟。鸟群吓得振翅乱飞，飞出了竹竿所能到达的范围。后来的那几个黄衣大汉，发出冷冷的笑声，其中一人蓦然在地上捡起了一块石头，站了起来，只笑了声道："何必这样费事，看我的吧！"他将手中的石头用力一搓，双手一扬，只见碎石纷飞打出，空中的飞鸟，纷纷落下。那两个汉人急急放下了竹竿，抱拳请问。那黄衣人又是一声冷笑，对其中一人说道："金崖，你不认得我，我可还认得你，听说你在平南王尚之信处很是得意，这位朋友，想来也是王府中的得力人手了。"

那个唤作金崖的看了他半晌，忽然说道："前辈可是邱东洛先生，十年前似在历城见过，前辈在哪里得意？"邱东洛见他口口声声以晚辈自居，面色稍稍好转，但仍是迫近一步，大声问道："你从尚之信处来，带什么东西去见吴三桂，给我看看？"金崖面色大变，说道："这个，恕晚辈不能从命！"邱东洛阴恻恻冷笑着对同来的三个人说道："搜他！"那三个黄衣人齐齐扑去，金崖双掌疾发，觑准当前一人，一记"弯弓射雕"，左右开弓，就打过去，那人侧身一避，金崖嗖地如箭冲出，那三个大声呼喝，包抄上来。金崖的同伴方想出手相助，已给邱东洛一颗碎石，打中穴道，登时软瘫地上。这几个人一阵大闹，彝民们纷纷走避。凌未风随众站了起来，就在此时，那几个人已打近他的身边。

那三个黄衣大汉，勇猛非常，三面围攻，拳落如雨。金崖煞是溜滑，一面招架，一面闪避，溜入人丛之中，为首的黄衣大汉，暴喝一声，一掌斜劈过去，金崖往下一塌身，缩项藏颈，掌锋倏地擦头皮过去，大汉那一掌竟然打在凌未风身上。

凌未风本来是不想暴露身份的，现在突然吃了黄衣大汉一掌，本能地运出“卸力解势”的上乘功夫，身子一闪，那人的掌似打着一团棉花，无从使力，掌锋擦胸而过，收势不及，身向前倾，金崖趁势蓦地长身，一脚踢去，把那个黄衣大汉，扫出两丈开外。

和黄衣大汉同来的邱东洛吃了一惊，这时他不敢再托大了，急急赶上前来，凝目一看，恰恰和凌未风对个正着。他双眼上翻，一声怪叫，哈哈笑道：“我道是谁，原来是你这厮！”凌未风傲然说道：“幸会，幸会，十六年前，领你两刀，幸好未被剁死！”邱东洛大笑道：“你想算旧账，我可想和你算新账呢！好，好，咱们再来一场单打独斗！”这时另一个黄衣大汉，伸手一指，接声说道：“邱老前辈，浙南的女匪首也在这儿，让他们一起上吧！”邱东洛怪眼一翻，又是连声怪笑：“今日何幸连会两位男女英雄！”他侧过面，对那几个大汉说道：“你们对付那个女的，这小子我要和他见个真章！”

金崖这时也看清楚了凌未风面容，大吃一惊，知道此人就是纵横西北、武林传说中的神奇人物；而邱东洛也是昔年江湖一霸，二十多年前，突然在江南出现，谁都不知他的来历，后来突然隐去，谁也不知他的去处。这两人都不好惹。他见邱东洛率那几个大汉，正取着包抄之势，急忙抱拳说道：“邱老前辈，我和他们可不是一路！”邱东洛哼了一声道：“你的事停下再说，只要你不理闲事，咱们还有商量。”邱东洛自信可以对付凌未风，但却不知刘郁芳的深浅，而金崖也是一名好手，因此他分别缓急，立心先截着凌未风再说。

这个邱东洛说起大有来头，他是鄂亲王多铎的师叔，和当年被杨云骢杀死的纽祜卢是同门师兄弟，是长白山派“风雷剑”齐真君门下，排行第三，武功最强。他本是满洲女真族人，跟随清兵入关，化了个汉人名字，入关后，一面暗中给清廷拉拢江湖好手，一面侦察关内武林情形。他不知道杨云骢已经死去，追踪而至到天山，想找杨云骢晦气，凌未风那时刚到回疆，武功不强，挨了他两刀，后来还是晦明禅师，显了一手绵掌击石如粉的功夫，才把他吓走的。今番他远到滇中，为的就是追踪凌未风！

和邱东洛同来的三个黄衣大汉，都是大内的一等卫士。原来楚昭南云冈战败之后，回去一报，康熙皇帝也耸然动容，心念有凌未风这样的高手留在世上，终是大患，因此立命邱东洛带领一个助手，亲自出马，搜查凌未风下落。另派两个卫士，赶赴昆明。邱东洛带领助手，到了云冈，在断崖削壁之上，看见刘郁芳给韩志邦的字。其中有“盼仍继续西行，共图大业”之句，这留字韩志邦没有见到，却给邱东洛看到了。邱东洛心思颇为灵敏，一见便猜到他们必是入滇。因此急急赶来，到了滇边，会合了原先来的两个卫士，一行四人，在浓雾瘴气之下，来到了抚仙湖滨，恰恰和凌未风碰上！

这时邱东洛公然叫阵，正是仇人见面，分外眼红。凌未风拔剑便起，刚行了两步，忽又转身，左手在刘郁芳腰间一抽，将她的青钢剑拔出，右手将自己抢自楚昭南手中的游龙剑递过，说道：“你使这个！”刘郁芳愕然待问，凌未风早已飞步而出。刘郁芳猛然省起，这是他为了敌手太强，所以留下宝剑给自己防身，心中感动，拿着游龙剑怔怔地站着，眼角不觉滴出了一颗晶莹的泪珠。

这时邱东洛已经和凌未风动起手来，邱东洛左手抡刀，右手使剑，瞬息之间，就发出了十多个怪招。他手中使的虽是常见的兵器，可是两手的兵器不同，这种功夫，在武术中最是难学。尤其刀与剑因为形状相似，用法变化之间，却非常奥妙，似同实异。俗话说“心难两用”，双手使两般兵器，就等如叫人一手用笔写字，一手用针缝衣一样，该有多难？可是邱东洛的左刀右剑，施展开来，却妙到毫巅，不但没有错漏，而且明明看来，两手使出的招数相似，却又虚虚实实，变化不同。饶是凌未风天山剑法独步海内，开头十多招，也感到应付为难，落在下风！

但凌未风是何等人也，他十多招一过，已看清楚了邱东洛的路道，剑招倏变，展开了“绵里藏针”的精奇招数，身形飘忽如风，剑法虚实并用，剑到身到，每一招都暗藏几个变化，绝不把招数使老。邱东洛的风雷刀剑变化已极为繁复，而凌未风的剑法，更是鬼神莫测。两人这一场厮拼，越打越急，越打越猛，旁人看去，只见一团刀光剑气，恍惚见影而不见人，辨不出是谁强谁弱，孰优孰劣！

邱东洛是哑子吃黄连，有苦自家知，他做梦也想不到凌未风的剑法竟是如此神奇。百忙中，他看到刘郁芳一步一步移前，双目紧注斗场，似是十分关注，蓦地得了主意，大声喝道："孩子们，把那贼婆娘拿下！"

那围上来的三个卫士，一个名叫张魁，手使赤铜刀；一个名叫彭昆林，手使一枝白蜡竿子，其长七尺四寸，能当枪使，也可作棍用；另一个名叫郝继明，手使一对飞爪，最是厉害。彭昆林的蜡竿子先到，给刘郁芳举剑一挡，白蜡竿子立给切断一截，彭昆林急急掣回，叫道："这贼婆娘使的是宝剑！"郝继明不声不响，双手一扬，一对飞爪带着虎虎风声，劈面打出。刘郁芳把剑一挽，打了一个圆圈，想将飞爪斩断，哪知郝继明也溜滑得很，刘郁芳剑招方发，他的双爪忽然一抖，已是改从下三路扫到，待刘郁芳立剑下截时，他的飞爪又从两胁绕来了。这对飞爪在他手中，如同活动的暗器，刘郁芳仗着宝剑厉害，左迎右拒，兀是给他闹得手忙脚乱。

彭昆林和张魁见有便宜可捡，从两侧扑攻上来。彭昆林这时也学乖了，半截竿子使出许多花招，配合着飞爪进攻，只是不和她的宝剑相碰；而张魁的厚背赤铜刀，却是械重力沉，虽然一给宝剑碰着，就划了一道口子，宝剑却难将它削断。飞爪远攻，赤铜刀近袭，白蜡竿子侧扰，三般兵器，三种打法，刘郁芳应付得非常吃力，幸好有游龙剑在手，敌人也不敢骤然攻进来。

这时浓雾渐消，天色复亮，成群飞鸟，给这一场恶斗，吓得振翅高飞，在半空中回旋哀鸣，一见天亮，纷纷冲雾逃出，好像底下这一场恶斗，比瘴气更足令飞鸟惊心。

凌未风刚刚抢了先手，占得上风，正在步步进逼之际，听得刘郁芳已经出手，他遥辨兵器碰磕之声，已知刘郁芳受了围攻，心中暗呼不妙。他百忙中侧目窥视，只见刘郁芳一柄剑舞得风雨不透，已是只能招架，不能还招了。高手比剑，如名家对弈，全仗气沉心静的镇定功夫。凌未风这一急躁，立刻给邱东洛找着了漏洞，风雷刀剑，又紧紧进逼过来，竟然反客为主，又抢先手进攻。凌未风醒悟速战速决不是办法，急忙重摄心神，一面迎战，一面缓缓向刘郁芳这边移来。

时间一长，刘郁芳越感难以支持，她额角见汗，手心发热，呼吸渐促，心跳渐剧，剑招发出，竟每每受了牵制，不能随意屈伸。正危急间，郝继明飞爪又搂头撒下，刘郁芳刚使出一招“举火燎天”，剑锋上指，彭昆林的白蜡竿子当胸刺到，刘郁芳剑招不变，剑身外削，彭昆林倏地将竿子往后一掣，让位给张魁的赤铜刀平胸剁来。刘郁芳无可奈何，奋力一格，与赤铜刀碰个正着，剑锋将赤钢刀斫了一个凹口，未及抽出，飞爪又已当头抓下。刘郁芳无法招架，就在此性命俄顷之间，忽听得郝继明“咦”的一声，飞爪忽然凭空荡了开去。

郝继明倏地将飞爪收回，大声怒骂道：“这算是哪路高人？何不出来赐教，却在背地里偷掷一镖，冷放一箭！”话声未了，只听得一个少年声音冷然地发话道：“你们三人围攻一个娘儿，这又算是哪路高人?”郝继明猛觑着发声之处，一扬手就是两柄飞锥，联翩飞去。那少年又是冷冷一笑，只听得半空中嗤嗤两声，两柄飞锥竟互相激撞，跌落湖中。刘郁芳这时已看清少年发的暗器，形如一只蝴蝶，迎风有声，郝继明的第一枚飞锥给暗器一撞，反激回去，恰恰和第二枚飞锥碰个正着。刘郁芳认得这是四川唐家独创的暗器蝴蝶镖，暗暗惊奇，这少年年纪轻轻，竟然会用这样奇形暗器。

郝继明以飞爪飞锥两样绝技，称雄武林，飞锥给人轻轻打落，不由得又惊又怒。须知他的飞锥乃是暗器中最沉重的，现在竟给一枚小小的蝴蝶镖，反荡开去，这少年的功力可想而知，他虽然愤怒，也不敢掉以轻心了，当下，把两柄飞爪，使得星流电掣，一柄护身，一柄攻敌。

那少年的兵器却也奇怪，乃是两柄流星锤，长长的铁索，顶端系着一个钢球，不用时围在腰间，用时一抖手便飞掷而出，也和飞爪一样如同活动的暗器。这时两人相隔五六丈远，交起手来，飞爪飞锤在半空中互相碰磕，四条链索如神龙乱舞，忽而斜飞，忽而直射，好看之极。而飞锤飞爪一碰着便溅出火花，在半空中一明即灭。

刘郁芳减少了最强的敌手，精神大振，一柄游龙剑如灵蛇疾吐，寒光烁烁，冷气森森，指南打北，把张魁和彭昆林迫得连连后退。不过片刻，只听得喀嚓一声，彭昆林的白蜡竿子，又给斩断一截。

这时凌未风和邱东洛也打得十分炽热，凌未风见刘郁芳已经脱险，更无忧挂，一柄青钢剑，倏地展开，时而柔如柳絮，时而猛若洪涛。邱东洛的风雷刀剑，虽然劲度十足，变化繁多，可是在攻击时却给凌未风轻轻化去，在防守时又给凌未风直压过来，左刀右剑两般兵器，都给凌未风一柄单剑克住。战到分际，猛听得凌未风大喝一声，一剑撩去，邱东洛左手长刀，登时脱手，凌未风疾如闪电，举剑在邱东洛面门一划，再向右一旋，将邱东洛左边的耳朵割了下来，大声喝道："这是第一刀的还本付息！"邱东洛忍痛倒翻出数丈之外，没命奔逃，凌未风喝道："记着还有第二刀的本息！"说罢哈哈大笑，却不追赶。

邱东洛没命奔逃时，大呼"风紧"！百忙中还向那个独战郝继明的少年发出一块飞蝗石，叫道："郝老二，扯呼！"凌未风见他单独招呼郝继明，大起疑心，一挺青钢剑，便来拦截，这郝继明果然虚晃一晃，避过了那少年的流星锤，拔足飞奔，恰恰给凌未风截住。郝继明双手一扬，两柄飞爪，直向凌未风奔来！凌未风不躲不闪，待得飞爪呼的一声到了头上时，右手青钢剑向上一挺，给一柄飞爪缠个正着；凌未风向后微一挫身，郝继明给扯得向前移了几步。这时第二柄飞爪又已疾如闪电地掣到，凌未风头面微侧，让过飞爪钢锋，左手倏地向上一抓，将飞爪的钢索一把抓住，大喝一声"起"！左手用力一挥，右手青钢剑向外一送，郝继明猝不及防，竟给凌未风挥动飞爪，举了起来！

郝继明身体悬空，居然虽败不乱，空中一个鲤鱼打挺，落在地上，一扬手又是三柄飞锥向凌未风打来，凌未风就拿着飞爪当兵刃，迎着飞锥来路，一阵挥舞，三柄飞锥，都被反击震上高空，远远地抛落湖心，浪花飞溅！

就在凌未风恶斗郝继明的当口，刘郁芳独战彭昆林、张魁二人，也已占了上风，张魁恃着械重力沉，厚背赤铜刀横里一磕，刀锋一转，使了一招"铁牛耕地"，斜斩两刀，明是进攻，实是走势。

刘郁芳冷笑一声，游龙剑蓦地一撤，让敌人抢了进来，刷地疾如星火，截斩敌人手腕。张魁刀数已经用老，正待转身，刀还未举，一条右臂，已给游龙剑硬生生齐根切断，登时痛得一声厉叫，血溅尘埃，彭昆林拖着半截白蜡竿子，向外奔逃，迎面碰着那个少年书生，两柄流星锤，当头击下，又是登时了结！

郝继明继续逃跑，凌未风大喝一声："来而不往非礼也！"扬手一道乌金光芒，电射而出，郝继明听风辨器，头也不回，反手打出一柄飞锥，想将凌未风的暗器碰落。不料凌未风的暗器劲度惊人，一枝似箭非箭的东西，和飞锥一碰，竟嵌入了飞锥之中，而且把飞锥直射得反击回去，郝继明听得背后嘶风，躲闪已来不及，肩头竟给穿了一个大洞。

这时刘郁芳距离较近，早已急步赶上。郝继明正待取出飞锥迎敌，刘郁芳已是一声清叱："看暗器！"一扬手，一件黑忽忽的网状东西迎头罩下，把郝继明罩个正着。刘郁芳双手一挽，把独门暗器锦云兜收紧，将郝继明横拖直曳地直扯过来，游龙剑一扬，正待斩下。凌未风一掠数丈，如飞赶至，将刘郁芳手腕一托，说道："剑下留人！"刘郁芳一愕，将锦云兜解开，凌未风伸手一掏，往他怀中取出一封书信，上面写着"安西将军李"，凌未风抽出信笺一看，冷笑一声，收了起来，说道："现在可以打发这厮了！"他一伸手，把郝继明抓了起来，随手一扔，将他抛下了远远的湖心！

浓雾渐收，瘴气已散，一场恶斗之后，幽谷湖滨，重又归于寂静，彝民们给这一场恶斗，吓得目瞪口呆，站得远远的，用惊惧的眼光，打量着这群陌生的汉客。那少年书生，跨前几步，用彝语叽哩咕噜地讲了几句，告诉他们被打的都是恶人，叫他们不要害怕。

这时金崖也已抖抖索索地站了起来，向凌未风当头一揖，说道："我和他们不是一路，你老眼见他们刚才想把我置于死地。"凌未风笑道："我知道你不是和他们一路，你是平南王的使者，对不对？"金崖点头说是。凌未风冷笑道："我还知道你是一只蝙蝠！"意思是说他禽兽双栖，望风使舵。金崖给他一说，面色尴尬之极。凌未风嘻嘻笑道："我也想见识你们王爷带来的东西！"说着缓缓走去。

金崖眼见凌未风的武功还在邱东洛之上，知道要逃也逃不脱，吓得面青唇白，步步后退。正在此时，忽听得幽谷一阵清脆的铃声，接着是得得蹄声，自远而近，那少年书生招呼凌未风道："别忙理会这厮，他不是什么角色。"凌未风笑了一笑，转过头来，说道："看你的面，我不伸手算了。"说罢，上前和那少年搭话。

凌未风尚未开声，那少年已到了跟前，右手一抬，将一柄飞锥举起，那锥头还嵌着一枝箭状的东西，少年一把拔出，递将过去，说道："这是你的暗器！"接着哈哈笑道："你别忙告诉我你的名字，让我猜一猜，凭着你这枝暗器，我猜你是天山神芒！"

凌未风见他一口道破暗器来历，也吃了一惊，心道："你人年纪轻轻，见闻倒是广博！"他转请问少年的名字，那少年笑道："远远似有军马走动，待见了他们，咱俩再细谈如何？"

凌未风见他说话很是豪爽，但却又似有许多忌讳。凌未风是老江湖了，便不再问。正说话间，幽谷已冲出一彪人马，为首的执着一支大旗，写着"平西王府"几个大字，马上骑兵，都戴着面罩，想是途中遇到浓雾，戴来辟瘴的。

金崖一见这彪人马，心中大喜，忙招呼与他同来的人，抢着迎上，大声叫道："平南王使者拜见平西王！"马上的军官望了一望，微微点了点头，随便吩咐两员裨将去接金崖，他自己并不停留，纵马绕湖滨奔跑，游目四顾。猛然间，他嗖地下马，向着那少年书生，深深一礼，恭恭敬敬地说道："平西王知道你老今日到来，特命卑将三百里外恭迎！"骑兵队中，立刻鼓乐齐鸣，表示敬意，此言一出，凌未风也不由得大吃一惊。

那少年书生意态悠闲，微笑说道："何必这样多礼！"这时早有两个牙将牵着一匹白马过来，垂手说道："请李公子上马。"少年书生望了一望凌未风和刘郁芳，举手说道："麻烦你们再借两骑，他们是我的朋友。"他和马上的军官说话，眼睛却一直望着凌未风，眼光中显露出期待和信任。

凌未风对刘郁芳使个眼色，慨然道："好。"上了坐骑，牙将替他们整好缰绳，递过马鞭，临行还致了一个军礼。金崖他们也讨来两匹马，但所受礼遇，却远不如凌未风。金崖他们又是尴尬，又是纳罕，心想："我是平南王的使者，平南王与吴三桂乃是同等的藩王，他又有求于我们，怎的看情形这彪人马，却不似来接我，而似是专诚来接这个少年书生。难道这个少年书生的身份比我还高?"他心中十分不快，一路默不作声。

快马奔驰，军行迅速，日暮之后，已赶到昆明，军官带他们到平西王府安歇，王府倚山建筑，只见层楼重叠，回廊曲折，端的是气象万千。王府的总管将少年书生和凌未风安置在一处，刘郁芳则另有王府女官服侍，金崖却被安置在另一所在。

那书生深入王府，似乎毫不在意，吃喝沐浴之后，倒头便睡。凌未风虽然是老江湖道，也兀是猜不出他的身份。

第二天和第三天，王府中人与吴三桂手下大将陪他们游玩，像捧凤凰似的，围拥着少年书生，登碧鸡山，上大观楼，赏昆明湖，游黑龙寺，遍览昆明名胜，真是待如上宾。那少年一路游览，一路口讲指划，谈论兵法，每到一处，就依着地形，纵谈攻守策略，听得那些将官，连连点头。凌未风心想，这少年虽是异人，可是却未免过于炫露，他却不知这少年是另有心意，他深入险地，故意指掌谈兵，乃是敲山震虎的计策。他本来就要吓一吓吴三桂手下的将官。

第三日黄昏时分，王府的总管，忽然来报，说是平西王吴三桂设宴相邀，少年书生和凌未风、刘郁芳、金崖等都是被邀请的贵宾。凌未风等都带好随身兵器，王府中人见他们身佩刀剑，亦是不敢干涉。

筵席设在王府的大堂，四面夹壁熏着檀香，堂下是身披甲胄的王府亲兵，堂上是吴三桂手下的大将和近臣。还有的就是在筵前檀板轻敲、轻盈起舞的歌妓和舞娘。少年书生昂头直入，却不见吴三桂其人，只见一个虎背熊腰的将军，替吴三桂在那里款待宾客。少年书生悄悄地对凌未风道："这是吴三桂的虎将保柱。"

保柱一见他们进来，立刻邀请上座，随即有一个武士过来斟酒。这个武士斟酒，却有点邪门，只见他斟满一杯之后，随手一放，每只酒杯都深深地陷进了桌面。

保柱举手道："请。"将两指拈着酒杯的边缘，轻轻一拔，将陷在桌面的酒杯整个拔起，滴酒不漏，一饮而尽。少年书生微微一笑，用中指勾着杯边一旋，那酒杯猛地跳起，少年伸口一咬，把酒杯咬着，也是一饮而尽，滴酒不漏。再轮下去是凌未风和刘郁芳，凌未风眼角暗窥，见刘郁芳秀眉似蹙，心中暗念：刘郁芳虽然擅长剑术，只恐没有这种内家功力，沉吟之间，只见保柱意态骄豪，连声向凌未风催道："这位壮士也请干杯呀！"

凌未风剑眉一扬，双眼环扫全席，两手按在桌上，轻轻一拍，说道："大家都请干杯！"猛然间，那些嵌在桌面的酒杯，一下子都跳起来，凌未风、刘郁芳、金崖等伸手接住，一饮而尽，同席的另外几人，却以事出意外，吃了一惊，没有接住，几个酒杯跌在桌上，铿锵有声，杯中的酒全泻在桌上。

保柱面色一变，随即哈哈笑道："简慢，简慢！换过另一套酒杯。"他把桌上的酒杯，分藏两袖之内，双袖一扬，一套十只酒杯，梅花间竹般整整齐齐地嵌在几丈外的墙壁上。这些酒杯都是精钢做的，他这两袖飞杯的手法，正是打暗器的上乘功夫。

席上换过另一套酒杯，保柱亲自给众人斟酒，到递给凌未风时，用掌力一迫，杯内的酒直涌起来，凌未风运掌力遥遥一按，涌起的酒，倏地又退了下去，他伸手轻轻一接，一饮而尽，笑道："多谢将军赐酒！"

保柱给凌未风较量下去，非常尴尬，干笑几声，对少年书生道："你这位跟随真好功夫！"少年书生愣了一愣，正待起立说明凌未风身份，凌未风却暗抛眼色制止，说道："山野小民，怎及得大将军神技。"

酒过三巡，保柱举手说道："平西王有事，要过一会才来，先请各位听歌看舞。"他把掌一拍，堂下出来两男两女，唱了个喏，随即分成两对，绕着大堂，且舞且歌。

歌声响遏行云，舞姿翩若惊鸿；他们越舞越急，越唱越高。歌的是南宋词家辛弃疾的一首词，只听他们唱道："醉里挑灯看剑，梦回吹角连营，八百里分麾下炙，五十弦翻塞外声，沙场秋点兵……"少年书生拍手说道："壮哉！"赞声未了，两对男女已舞到大殿之中，这时正唱至下半阙"马作的卢飞快，弓如霹雳弦惊"

二句。

他们疾舞如飞，双手作出张弓之状，猛向外一放，凌未风左边桌上点着几枝大牛油烛，蓦然火焰纷飞，齐齐熄灭。他们一个旋身，双手合十，又是遥遥撤掌，向凌未风右边席上扫去，掌风飒然，虽在隔席，也自觉到。

凌未风凝坐不动，但见右边席上的红烛，给掌风迫得摇晃不定，他微一侧身，也运掌遥向右边席上打去，那烛焰正倒向凌未风这边，给两面的掌风一夹，登时又直立起来。凌未风对保柱微微笑道："华堂夜宴，红烛高烧，若令烛灭寡欢，何异焚琴煮鹤？"保柱所选的两对男女，原是擅打劈空掌的高手，以献舞为名，故意炫技。现在暗中较量，乃是合四人的掌力，才堪堪敌得住凌未风，他深觉颜面无光，给凌未风一说，趁势哈哈笑道："壮士所言，甚合吾意，叫他们停了吧。"把手一挥，两对男女，停歌辍舞，悄悄地溜下堂去。

保柱连出难题，暗中较量，都难少年书生和凌未风不倒，怫然不悦。同席的一位军官，见状昂然起立，对保柱说道："今宵盛会，不可无欢，卑职愿筵前舞剑，以娱贵宾，久闻李公子剑术精绝，愿作抛砖引玉之请。"少年书生微微一笑，并不答腔。保柱道："你先舞吧，若稍有可观，何愁李公子不肯赐教！"保柱明知以少年书生的身份，不肯和自己帐下一个军官舞剑，因此故意一唱一和，拿话挤迫少年书生出手。

这军官名叫范铮，和楚昭南、张天蒙并称王府三杰，剑术深得南派摩云剑真传，这时大步走出，双手向少年书生一拱，道声"恕罪"，佩剑铮然出鞘，右手挽剑，打了一个圆圈，左手捻着剑诀，运剑如风，越舞越疾，时而凌空高蹈，时而贴地平铺，剑气森森，冷光耀目，越舞越近。保柱得意洋洋，对少年书生说道："李公子，这人的剑术还可一看吗？"

少年书生淡淡一笑，未及答话，凌未风已蓦然起立，截住说道："一人独舞，何如两人对舞！"他将错就错，就以李公子的跟随自居，不待保柱点头，便径自大步走出。

凌未风这一走出，范铮顿地将剑势一收，圆睁双眼，盯着凌未风，按剑说道："请!"凌未风一声不响，将游龙剑嗖地拔出，只见一泓秋水，闪闪光华。范铮与楚昭南曾在王府日夕相处，一见便认出这是楚昭南的佩剑，面色大变，喝道："你这口剑从哪里得来?"凌未风将剑一抛一接，似漫不经意地说道："有一个姓楚的家伙，自夸剑术天下无敌，我和他比试，原来竟是个银样蜡枪头，不过他这口剑倒是好家伙，我不客气，就把它拿了，看在这口剑的面上，我要了他的东西，就饶了他的性命，你看，这口剑还好?"说罢又将剑抛了一抛，好像孩子玩弄心爱的玩具一样。

范铮听了作声不得。他自知剑术不及楚昭南精妙，楚昭南的剑尚且给人夺了，他如何能行?这时正是进退两难，久久说不出话，凌未风又是微微一笑，将剑插回鞘中，说道："我这口剑是宝剑，靠兵器取胜，壮夫不为，我就空手接阁下几招吧!"说着双手一拱，连声道请!

范铮给凌未风逼得下不了台，心想便是楚昭南也绝不敢以肉掌来对我的利剑，这人纵比楚昭南还强，在摩云剑法下也须讨不了好去，心中一定，剑花一挽，说道："你要用双掌来较量俺的剑法，足见高明。只是利剑无情，若有死伤，你们是客，这却如何使得?"他边说边看着保柱和少年书生。

凌未风哈哈笑道："若有死伤，各安天命。咱们把话说在头里，谁也怪不了谁，你只管进招，只恐你剑锋虽利，俺这双肉掌也不易叫你剁着。"说话之间，双臂一屈一伸，睥睨而视。

保柱给凌未风激得忍受不住，心想少年书生虽不能轻易冒犯，但拿他的跟随出气，也可杀杀他们的气焰，遂大声吩咐道："范铮，你既遇高明，就该领教，学个三招两式。武林印证，事属寻常，纵有误伤，李公子岂能怪你?"说罢向少年书生嘿嘿笑道："李公子，我这话可没说错?"少年书生见范铮刚才出手不凡，甚为凌未风担心，只以凌未风把话说得太满，无可奈何，只好点了点头。

范铮见保柱出头，心中大喜，剑诀一领，"白虹贯日"，疾如闪电，便向凌未风咽喉刺来，凌未风双掌一拂，身随掌走，右掌一按剑柄，左掌"斜挂单鞭"，便向范铮脉门切下。范铮身手也端的迅捷，左脚一滑，剑锋一侧，寒光闪处，截掌挂肩，刷地又扫过去。

凌未风一声长啸，双掌斜展，剑锋在他胸前掠过，他倏地向前一扑，右掌啪的一声，在范铮肩头击了一掌。

这一掌只用了三成力量，范铮已感一阵剧痛！急往后一纵，避将开去。凌未风笑道：“承让！”范铮咬牙忍住，一声不发，左手一领剑锋，又狠狠攻上，剑剑直刺要害。凌未风见他如此无礼，心中大怒，展开天山掌法中的截手法，挑斫拦切，封闭擒拿，双掌起处，全是进手招数。在剑光缭绕之中，蓦地欺身直进，左手骈指如戟，向范铮左乳门穴点去。范铮不料敌人身法如此奇快，只好往后撤身，他自以为退得快，哪知凌未风进得更快，如影随形，一挫身，右掌往左肘下一穿，正正按在范铮的丹田上，啪的一声，范铮身躯凌空飞起，手中剑也堕下来。凌未风将剑一把按着，范铮也自有人出来扶起。

凌未风将夺来的剑，笑嘻嘻地往上一抛，将游龙剑拔出，往上一迎，把范铮的剑截为两段，大步回转席上。

这时吴三桂手下的武士都动了公愤，霎时间出来了七八个人，围在凌未风面前，说道：“这位壮士赢了范铮，我们无话可说。只是这把剑乃是我们的头领楚昭南的，他盗来此剑，又到这里卖弄，既赢了他，还要削断别人兵器，我们倒要请教请教，这是如何说法？”正纷闹间，忽然后堂三声鼓响，中军手执黄旗，大声吆喝道：“平西王驾到！”正是：

筵前龙虎斗，豪气压藩王。

欲知后事如何？请听下回分解。

第七回　剑胆琴心　似喜似嗔同命鸟
雪泥鸿爪　亦真亦幻异乡人

三声鼓响，吴三桂缓缓走进来，堂上将领纷纷起立。少年书生和刘郁芳仍是端坐席中。凌未风本来是站着和武士理论的，这时也索性大马金刀地坐了下来。

凌未风冷眼看去，只见吴三桂年过六旬，头顶已经有些秃了，容颜略显憔悴，却无龙钟之态。少年书生面上冷冰冰的，双目蕴怒，双手紧紧按着桌子，似在那里强自抑制。

吴三桂见了少年书生，满面堆欢，说道："李公子真是信人，果然不远千里而来，幸会，幸会！"少年书生这才缓缓起立，微微欠身，说道："平西王，你好呀！""平西王"三字，说得特别大声，吴三桂面色倏变，尴尬之极，强笑说道："李公子快别这样称呼，今日咱们该以至诚相见！"

那几个围在凌未风旁边的武士，跃跃欲动。吴三桂见凌未风睥睨作态，旁若无人，诧异问道："李公子，这位朋友又是何人？"少年书生微笑道："他是名满西北的大侠凌未风！"保柱听了，大吃一惊，凌未风的名头他是听过的，可是却万想不到他会跑到昆明来，而且是和少年书生在一道。

凌未风昂然起立，对吴三桂道："王爷帐下不忿我拿了这把剑……"说着指一指腰中的游龙剑，缓缓说道："这口剑是我自楚昭南手中取来的，他现在是当今皇上的心腹死士，王爷也晓得这个人吗？"此言一出，武士哗然。凌未风在怀中探出一封信，递给保柱，说道："请你交给王爷！"

吴三桂拆信一看，冷汗直流。这信竟是清廷密诏，给驻昆明的安西将军李本深，叫他会同云南巡抚朱国治密谋把吴三桂除掉的。他看了，将信一团，定了定神，冷冷一笑，对随从武士吩咐几句，叫他们先退下去。

吴三桂交代完毕，面色一端，对武士歌女等一干人众大声喝道："你们通通给我退下。"片刻之间，大堂又复宁静，一众武士都在门外侍候，堂上只留下吴三桂的几个心腹将领。

吴三桂吩咐重整筵席，亲自端起酒来，对少年书生说道："令叔祖盖世英豪，功辉日月。当年俺年少气盛，一着棋差，原意也并非反对令叔祖，而是欲为令叔祖清除'君侧'，将刘宗敏、牛金星等奸贼扫灭，不意弄成今日之局。三十余年来，每一念及，辄如芒刺在背。日前与令兄修函通好，今日又承公子不弃，远道前来，请尽此杯薄酒，以释两家之嫌！"凌未风听了，大吃一惊。原来这少年书生，竟是李自成的侄孙。金崖听了，也才恍然大悟，自己身份的确比他差得很远。只是谁都知道李自成功败垂成，原因就是由于吴三桂引清兵入关，这种大恨深仇，如何能够化解？他们万分不解何以李自成的侄孙居然敢来，而吴三桂又以上宾相待？

说起这次离奇的聚会，要追溯到三十三年前的往事，那时是明朝末代皇帝崇祯的末年，李自成的农民军自西安一直打到北京，崇祯在煤山自缢，吴三桂那时是辽东镇的总兵，驻防山海关，统有马步军十余万，当李自成大举进攻，京师危急之时，明朝封吴三桂为"平西伯"，叫他急急带兵回京。哪知他走到中途，京城已破，他又重回山海关观望。

李自成攻破北京后，明朝的力量已经瓦解，只剩下吴三桂这支人马还有点实力了。李自成为了尽早收拾大局，遂叫吴三桂的父亲吴襄作书劝降，吴三桂初时以势孤力薄，自念远非李自成对手，迫得答应投降。不料他未到北京，就听到爱妾陈圆圆被刘宗敏所夺的消息，刘宗敏正是李自成麾下第一员大将。他大怒之下，又想起自己若投降李自成，一定要屈居刘宗敏、牛金星（李自成的宰相）等人之下，利禄未如己意，夺妾之恨难消，于是遂幡然变计，竟然勾引清兵入关，把李自成的军队和南明的残余政权都消灭了。得回陈

吴三桂吩咐重整筵席，亲自端起酒来：“令叔祖盖世英豪，功辉日月。当年俺年少气盛，一着棋差，原意也并非反对令叔祖……”

圆圆的代价是做了头号汉奸。

李自成在清兵和吴三桂夹击之下，在湖北九宫山战死。但他死后还留下各地的农民军四十万之众，由他的侄儿李锦率领，因以大敌当前，农民军决定和南明政府合作，南明政府还曾封李锦的军队为“忠贞营”，封李自成的妻子高氏为“忠贞夫人”。不过李锦虽和南明政府合作，却仍是保持独立，仍奉大顺（李自成建国的国号）正朔，称李自成为“先帝”，称高氏为“太后”。后来李锦又在湖南战死，军队由李锦的养子李来亨率领，转战至四川云南的边区，十余万军队都分散藏匿山岭之中。清朝后来封吴三桂为平西王，命他管辖云南四川两省，用意之一，就是要他对付李自成的残部。（羽生按：李来亨据说是在康熙三年因力竭矢尽，自焚于湖北茅麓山九莲坪的，但小说不同于正史，而且说不定他是“假死”，因此我写他在康熙十三年之后仍然生存。作者姑妄言之，读者姑妄听之可也。）

吴三桂开府昆明之后，也曾屡次派军“进剿”，可是川滇边境，深山大川，地势险峻，李来亨部队又神出鬼没，飘忽如风，因此在明亡之后一直成为清廷的隐患。

这样的僵持之局，继续了二十余年。李来亨虽然限于实力不能出击，吴三桂也不敢深入“剿匪”。这少年书生名唤李思永，是李来亨的幼弟，文才武略，出色当行，虽然他不是主帅，名气还在担任主帅的哥哥之上。

到了康熙十三年，吴三桂为清廷所迫，急图谋反自救，这时想起了李自成的余部，正是自己背后的一把尖刀，若然得不到他们的谅解就冒昧举兵，他们自山区一出，自己就将背腹受敌，因此极为焦虑。

“山雨欲来风满楼”，这时光，昆明正处在大风暴的前夕，清廷的人，西南各省督抚的人，平南王、靖南王的使者，李来亨的部属，各方面的人都在昆明勾心斗角地活动。吴三桂苦思无计，最后听了一个谋士之言，厚着面皮，遣使者带密信到川滇边区，致函李来亨，要求弃嫌修好。李来亨和手下大将，密议三日，众论纷纭，有的说吴三桂是逼死“先帝”（指李自成）的大仇人，如何能够合作？有的说他既决心抗清，就大可联合一致。最后李思永一言而决，提出八个大字：“以我为主，先外后内。”上句意思是若和吴三桂联合行动，必须自己这边握着主动的大权；下句意思是，为了先对付满清，不妨把吴三桂的旧仇暂抛开一边。计策一定，李思永不惜亲身冒险，单枪匹马，前往昆明。

书接前文。话说吴三桂见了李思永，满面堆欢，连连解释。李思永冷冷说道：“王爷不用多言，我们若是记着前仇，今日也不会到此！”

吴三桂拍手作态，连声赞道：“是呀！所以我们都佩服李公子的度量！今日之事，该先驱逐胡虏出关。”凌未风听了，忽然唱起一段戏曲道白：“这叫做——解铃还须系铃人，成也萧何，败也萧何。”意思十分明显，讥笑当日引清兵入关的是吴三桂，现在要驱逐清兵出关又是吴三桂。

保柱双目喷火，按捺不住，大声说道：“你这厮说什么？”凌未风嘻嘻笑道：“无聊得紧，唱唱曲儿。”吴三桂怕事情弄僵，干笑几声说道：“这位壮士真好闲情，不过咱们还是先谈谈正事。”接着他就说出一大堆督抚的名字，并道：“平南王尚可喜和靖南王耿精忠也将在南方响应，我看除非义旗不举，一举大事必成。喏，这位就是平南王的使者。”说着指了一指金崖，金崖受宠若惊，躬腰说道：“我们都唯平西王的马首是瞻。”吴三桂瞪了他一眼道：“以后别再称我平西王了，我现在的官衔是天下水陆大元帅，兴明讨虏大将军！”说罢又换过笑脸对李思永道：“贤昆仲一向以讨虏为己任，这回该没第二句啰！”

李思永淡淡说道：“‘义旗’说得倒容易，只是这檄文可很难下笔呀！”凌未风突然又插口道：“敢问这‘天下水陆大元帅，兴明讨虏大将军’是谁封的？若有人问起永明王的下场，大将军又该如何对答？”永明王是明朝的宗室，也是南明抗清的最后一支，永明王是吴三桂亲自追到缅甸，捉来绞杀的。凌未风这一当面嘲骂，吴三桂尚未作声，保柱已倏地拔出剑来，隔座刺去，李思永站起袖子一拂，拦在两人中间。吴三桂大叫：“住手！”保柱涨红了面，硬将刺出的剑撤回，仍是怒目而视。

李思永双手据桌，缓缓说道：“大将军暂请息怒，凌大侠所言虽然冒犯虎威，却也不无道理！”吴三桂凝坐不动，阴阴沉沉地说道：“什么道理？愿见教于高明！”

李思永道：“大将军既愿坦诚相见，必不以直言为罪。以大将军的身份，今日若仍以反清复明为号召，恐大有未便。名不正则言不顺，明朝断送在将军身上，天下共知，今日将军自称‘兴明灭虏’，恐百姓难以信服！”

吴三桂尴尬之极，满肚怒火，却又不便发作出来，眉头一皱，强忍问道：“然则公子又有何高见？”李思永坦然说道：“与其用‘反清复明’，不如用‘驱虏兴汉’，而且以大将军名义昭告四方，不如由家兄出面。”保柱怒道：“原来说来说去，却是你们想自己作主！叫我们替你打江山！”李思永愤然说道：“我只知择于天下有利者而为，只求能驱除胡虏，并不计较其他，也不避嫌退让！”

吴三桂拂袖而起，干笑几声说道：“李公子确是直爽男儿，但此事一时难决，容日再议如何？保柱，你替我送客！”给保柱打了一个眼色，便即带领两旁文武离开。

保柱心领神会，端茶送客。此时大堂上除李思永、刘郁芳、凌未风三人外，便只有保柱一人。保柱端起茶杯，却只是作出送客的姿态，并不陪他们外出，也没叫人带路。李思永只道是彼此言语冲撞，所以他们故意冷淡，心中暗笑吴三桂量浅；凌未风老于江湖，却是满腹狐疑。他走了十余步，回头一看，只见保柱一脸狞笑，凌未风大叫：“李公子留神！”保柱已在墙壁上一按，蓦然间“轰隆”一声，大堂中央的地面，突然下陷，凌未风施展绝顶轻功，身子一弓，箭一般朝保柱冲去，保柱双袖一扬，打出一套金杯，凌未风半空中身子拳曲，一个倒翻，避过金杯，像大鹰扑下，朝保柱便抓。他来得疾如闪电，保柱刚自一怔，已给他冲到面前。保柱急得双拳如风打出。凌未风不闪不躲，一把将他抱住，两人一同跌下地牢。

地牢里黑沉沉的伸手不见五指，凌未风一待脚踏实地，立刻嚷道：“刘大姐，你们都在这里吗？”角落里有一个清脆的声音答道：“是凌大哥吗！我们都在这里。”凌未风放开保柱，循声找去。哪知保柱一脱身，劈面又是一拳，凌未风奋力格开，喝道：“你想找死?”保柱气呼呼的一言不发，霎忽之间，打出七八拳。

凌未风刚才受了保柱几拳颇感疼痛，知道此人功力，不能小视，如何能让他再度打中，黑暗中展开八卦游身掌法，绕着保柱，乘隙进击，那保柱也煞是了得，听风辨形，拳势丝毫不缓，每一拳都是打向凌未风的要害，就像周身长着眼睛一样。

凌未风知道他打的是少林罗汉拳，讲究的是势劲力足，招数迅捷，不能硬接。他叱咤一声，双掌翻翻滚滚，专从“空门”进扑，把一双肉掌，当成三般兵器使用，右掌劈按擒拿，如同一支五行剑，左掌掌劈指戳，如同单刀配上点穴橛。保柱在黑暗中，只觉掌风呼呼，凌厉之极，而敌人每一招数，又都是向自己穴道打来，不禁大骇，心想，这凌未风果然名不虚传，在黑暗之中，认穴还是如此清楚!

李思永、刘郁芳在暗黝里听噼噼啪啪的拳掌声，打得十分热闹，也不知凌未风和什么人打，只是听得两方的拳声掌声，竟似功力悉敌。

李思永道:“刘姑娘，你带有火折子吗?”火折子是江湖人随身携带的物件之一，刘郁芳给他提醒，应了一声，将随身火折子亮起，走近一看，凌未风见了火光，瞧见刘郁芳缓缓向自己行近，奋起神威，大喝一声，掌按指戳之中，猛地飞起一腿，把保柱踢倒地上。保柱懒驴打滚，一翻身，亮出折铁刀便斫，凌未风掌势一引，又再起一腿，正踢中保柱手腕，折铁刀凌空飞起，凌未风赶上一步，啪的一掌打在保柱背上，把保柱再度跌翻，右脚照腰眼一踩，喝道:“你这厮还想打?”保柱给他踩着“涌泉穴”，只觉百骸欲散，痛彻心脾，嘶哑叫道:“你把我杀了吧! 我死了，你们也不能活。”凌未风听了眉头一皱，把脚抽开，一脚把他踢过角落，喝道:“谁耐烦杀你!”凌未风正待和刘郁芳相见，忽听得周围有潺潺的流水之声。

凌未风苦笑道:“这是水牢!”保柱躲在角落里哈哈大笑。李思永心头火起，将他一把提起，伸出窗外在水中一浸，保柱一向生长在云贵高原，从未下过水，给这么一浸，登时杀猪似的惊叫起来。李思永浸了几浸，再将他提起，笑道:“看你还嚷?”这时外面水声忽然停止，有人大叫道："请李公子答话！"

凌未风从刘郁芳手上火折子所发出的火光中，看出这座水牢只是木板砌成，造得并不坚固，窗户虽然用粗大的铁枝相间，也容易拗断，只是屋子外全是水，又是深藏地下，就是毁了这座屋子，也插翅难逃。他挨近窗户，攀着铁枝，大声喝道："什么人？"外面的人倒很能分辨口音，又是大声喝道："不要你这厮插嘴，叫李公子出来！"

李思永缓缓走到窗前，朗声说道："你们王爷想的好计谋，只可惜你们就弄得死我们几个人，也弄不死我们十万兄弟！"外面的人声调一变，温语劝道："王爷岂敢怠慢公子，只是公子也太执拗了，王爷的意思，想公子修函令兄，请他出兵湖北，我们两家仍结盟好！公子如肯答允，立刻便可出来！"李思永知道他们想以自己作人质，让自己这一支军队，替他先打硬仗，好让他从中取利。冷冷一笑，哼了一声，说道："这有什么可以讨价还价的？你们若有诚意抗清，那就得马上改番号，易服饰，奉大顺正朔，至于吴三桂这厮，纵不自杀以谢国人，也当交出兵权，从此退休！"外面的声音寂然不响，水声又哗啦啦地响起来，快要浸到窗口了。李思永怡然自若，不住冷笑，忽然间水声又告停止，水牢牢顶忽然揭开一个大洞，有人把一篮食物吊下来，传声说道："请李公子进餐。"

刘郁芳对食物看了一眼，不敢动手。凌未风一把接了过来，大吃大喝，笑道："他们此刻还不敢下毒！"说罢看了保柱一眼，将一份食物抛过去，保柱心念一动，竭力喊道："上面不要再吊食物下来，我饿得起！"李思永飞起一脚，把他再踢一个筋斗，他还是恶毒地笑着。保柱料定，在这种形势之下，他们互相要挟，吴三桂不敢杀他们，他们也不敢杀自己，乐得大家挨饿，到饿得慌了，不怕他们不就范。而且他算定，如果大家都饿得晕软无力，外面的武士，就敢闯进水牢，那时自己当然可以逃出他们的掌握。

经保柱这样一嚷，上面果然停止供食了。一连过了四天，大家都已饿得发慌，凌未风忽然生起病来，全身痉挛，抖个不住。刘郁芳也虚弱无力，慢慢地挪近他的身边，执着他的手，凄然地望着他！虽然是在黑暗的水牢，凌未风也能从她晶莹的眸子中，感到一份凄冷。他感到心灵的战栗，与心灵的痛苦比较起来，他身体的痉挛真不算得什么一回事了，虽然身体的痛苦也在折磨着他。

刘郁芳挪近身子，执着他的手问道："未风，我们都恐怕不能活着走出去了！答应我，你能够告诉我实话吗？"凌未风将手挣脱出来，又习惯地绞扭着手指，喟然叹道："如果确知我就要死的话，在临死前我会将一切告诉你。"

刘郁芳屏息呼吸，一见他绞扭着手指，突然又把他的双手握着，用一种突然爆发的、又好像自言自语的声调说道："你生平曾干过一宗真正残酷的事情吗？如果你干过，你就知道这要比死还难受！我'杀'死的那个童年朋友，如果他真的死了，我会遗憾终生。但如果他像你那样，没有死去，只是跑到远远的地方去，而他又一生在恨着我，那么我就不止是遗憾，而将是每一个白天和每一个黑夜，都处在恶梦中，在梦中周围都是黑漆漆的，就像这个水牢一样……"

凌未风痛苦地回答道："你说得已经够残酷了！我但愿你那位朋友还是死去的好，活着回来，恐怕真是更残酷的。啊，我从来没有告诉过你我的童年是怎样的，是吗？我们现在都是大人了，但有时也还会回忆起小孩子时候是怎样的，是吗？"

刘郁芳用一种期待的眼光望着他，低声道："你说吧！"凌未风再度将手挣脱出来，又绞扭着手指说道："我的母亲很爱我，但有时她也很严厉。有一次有个大孩子欺侮我，我把他打了一顿。我的母亲责备我，我觉得很委屈，我突然偷偷地离开了家，躺在附近的山顶，在那里想：母亲一定以为我死了，这时候她一定在哭泣了。这样地想着想着，孩子的心好像是既感到快意，又感到凄凉……啊！郁芳，你在笑还是在哭？你感到这个孩子想法很可笑吗？"

刘郁芳哽咽着说道："你为什么要折磨你所爱的人呢？"凌未风道："我自己也不知道，我那时大约是觉得母亲这样爱我，就不该不问皂白责备我，孩子的想法常常是这样的，是吗？"刘郁芳呼吸迫促，第三次将他的双手握着，说道："可是你现在不是孩子了！"凌未风忍受着痛苦，故意笑出声道："我不是说我们的事。当然我不是你那位朋友。不过我想他也许有过这样孩子的想法，而且如果

他像我那样，很小的时候，就跑到寒冷的异乡，啊！我忘记告诉你，我常常突然会发生痉挛症，就是小时候在寒冷的异乡造成的。我想你的朋友如果像我那样，假如他是活着的话，他想起来也许会发狂的!”

刘郁芳突然紧握他的双手，以充满绝望的声音说道：“真的一点也不能原谅吗?”凌未风忽然低低地说道：“我想是可以原谅的……”话未说完，忽然水牢上面吊下一个人来。

李思永虽然饿了几天，还能走动，这时见上面吊下一个人来，忙迎上去问道：“什么人?”那人披着一件斗篷，遮过头面，一言不发，缓缓走来。李思永等他走近身边，猛地伸出右手，一把捏着来人脉门，拇指食指紧扣在“关元穴”上。李思永虽然久饿之后，气力不佳，但点穴功夫到底还在，“关元穴”又是三十六道大穴之一，要是常人被这样一扣，马上就得软瘫下来。可是来人只轻轻咦一声，李思永只觉捏着的是一堆棉花，软绵绵的无从使力，心中大骇，这正是内家最上乘的闭穴功夫，便是李思永也只一知半解，心想：如何吴三桂府中，竟有如此人物?

来人咦了一声之后，忽然凑近李思永耳边说道：“公子别慌，我绝不会加害于你。你别叫嚷，只请你悄悄告诉我，有位凌未风可在这里?”李思永面红耳热，忙把捏着他的手放开，向凌未风躺处指了一指，来人双眸一亮，就向凌未风走去。

刘郁芳正自中心如醉，有人进来，她也浑如不觉，仍是紧紧握着凌未风的手问道：“你说什么？再说一遍……你是不是说可以原谅？那么你是……你是那个人吗?”凌未风突然挣扎着又把手脱了出来，推开了她，轻轻说道：“有人来了！”刘郁芳茫然坐在地上，被凌未风这么一推，方如恶梦初醒，也不知哪里来的力气，突然站了起来，向来人一掌打去。来人轻轻一闪，刘郁芳收势不住，身向前倾，来人将她扶住，在她耳边说道：“侄女，你醒醒！是我来了！我给你治病！”说了两遍，刘郁芳才听出那人的声音，忽然“哇”的哭了出来。

来人武功深湛，练就一双夜眼，他朝刘郁芳面上一看，又朝躺在地上的凌未风一看，轻轻地拍着刘郁芳肩膊说道：“你别心急，我先给凌未风治病。”他只道刘郁芳是受不住苦楚而哭出声来，却不知她另有心病。

提到凌未风的病，刘郁芳倒清醒过来了，哽咽道：“叔叔，我不要紧，你先看看他吧，我并不是心急……”她说到这里又说不下去了。来人非常惊异地看了她一眼，摇了摇头，就蹲在地上，替凌未风把脉。

凌未风这时也看出来人是谁，正想张口招呼，来人却摆了摆手，示意叫他别嚷。把脉之后，来人自怀里取出一支尺余长的银针，在黑暗中闪闪发光，把凌未风的外衣脱掉，忽然用针在凌未风的身上乱刺。李思永见状大惊，急忙喝道：“你做什么？”来人取出银针，解掉凌未风外衣时，刘郁芳已把头别过一边，这时见李思永欲上前拦阻，急忙伸手拦道：“他是替凌未风治病，他是神医！”李思永见银针刺入凌未风背脊，几没入一半，凌未风却若无其事，一声不嚷，这才半信半疑。

过了半晌，凌未风“哟”的一声叫了起来，来人将银针抽出，笑道：“好了，好了！”凌未风霍地翻身坐起，纳头便拜，赞道：“针疗神技，名不虚传！”李思永愕然回顾，只见保柱也行了近来。

凌未风见保柱行近，突然骈指一点，正正戳中保柱腰间的昏眩穴，保柱未及出声，已倒在地上。来人向水牢上面一指，李思永抬头上望，隐约可见水牢上火光闪映，人影绰绰。来人忽然大声说道：“李公子，王爷命我好意替你们治病，一心仍欲结盟，公子何必如此强项！”说罢随即悄声说道：“公子快唱双簧！”李思永聪明绝顶，心领神会，随即大声喝道：“医者闭口！治病之劳，理当感谢，若谈大事，岂是你可插言！”来人叹了口气，又故意大声唠叨，李思永声调转温和，说道：“我愿结交你这样一位朋友便是了，但你若作吴三桂这厮说客，可是白费心神！”来人又重重叹了口气，牵动绳索，水牢上的人又把他吊上去了。

凌未风与李思永相视而笑，随手解开保柱的穴道，笑道：“你想把我们饿死？你的王爷偏偏不听你的话。”话声未了，果然上面又把食物吊下来了，李思永等大吃大喝，却把骨头残余，丢给保柱，把保柱气得要死，白白陪他们饿了几天，结果上面又不依自己原来的计策行事。

自此之后，那医生每隔两天，就下来一次，给他们四人都食了些补中益气的药茶，每次下来，都故意和李思永等大声说笑，到最后两天，上面的人影已没有最初的多了。

十天之后凌未风等已完全复原。一日，那医生忽然飘然而下，一见面就大声嚷道："快随我走！"保柱惊诧之间，已给他一掌击倒，他使的是分筋错骨手法，把保柱弄得全身麻软。跟着随手在药囊中取出一把匕首，向刘郁芳道："借你的锦云兜一用！"李思永知道用意，将缠在腰间的流星锤解下，递给他道："这个比锦云兜更合用！"医生赞道："李公子真是解人！"手中匕首向上一掷，插在十余丈高的石壁上，用力一跃，宛如大雁腾空，右掌在匕首上一按，左手一撤，流星锤朝下面一晃，刘郁芳一跃数丈，刚刚握着锤头，那医生用力一挥，刘郁芳凌空飞起，借着这一挥一送之力，飞身脱出水牢。

医生这手名叫"金刀换掌"，原来自牢底至上空有三十余丈高，以他的功力，虽然不借匕首，也可在石壁上换掌飞出，但他料刘郁芳未必有如此功力，因此才用匕首来支持身体的重量，以绝顶轻功，将刘郁芳送出水牢。跟着李思永也以同样方法飞出。第三个轮到凌未风，他把保柱夹在胁下，不接飞锤，平地拔起，跃到十余丈高之处，用足尖一点石壁，换势再起，那医生赞道："好轻功！"收起飞锤，随同他一同跃出！

出了水牢，只见地上横七竖八地躺着五六个武士，不问而知是这怪医生用重手法点倒的了。只是刚才在水牢下丝毫不闻打斗之声，可以想见他动手的迅速。用重手法点穴不难，难在他俄顷之间，将这些人完全制服。

李思永好生敬佩，以前在水牢中看不清楚，现在光亮之处，只见这医生童颜白发，长须三绺，飘飘若仙。李思永正欲请问姓名，刘郁芳已笑着说道："以前在水牢中不便说给你知，他就是我的师叔傅青主先生！"李思永哦了一声，欢然说道："原来是终南派老前辈，怪不得武功如此精纯！"正待施礼，傅青主一把将他拉住，微笑说道："这里不是叙话之地。快随我走！"

傅青主对于王府的道路似乎很熟，带领众人，上了瓦面，直向后园奔去。正奔跑间，凌未风挟着的保柱忽然大喝一声："孩儿们还不出来！"猛然间，下面暗器如飞蝗般打上，凌未风怒喝一声："你找死！"右臂用力一挟，保柱登时痛得晕了过去。他游龙剑早已出手，左臂一抡，舞起一圈清光，把那些暗器碰得满空乱飞，如同洒了一天花雨。下面的暗器还是不断打来，这时李思永也已舞起流星锤，那些钢镖蒺藜之类较有分量的暗器，给飞锤碰着，发出一溜溜火花，在高空激荡，十分好看。傅青主应付暗器的方法更是特别，只见他挥动双袖，或拂或接，任是暗器纷纷攒击，也奈何他们不得。

凌未风趁李傅二人碰接暗器之际，宝剑归鞘，随手探出几支飞芒，大喝一声："来而不往非礼也！"左手一扬，几道乌金光芒，电射而出，下面连声惨叫，几个武士给飞芒对胸穿过，登时了结。一阵大乱，傅青主已率众越过几重瓦面，直奔后园。

这时保柱已悠悠醒转，李思永在后面，见他虽然被凌未风用力挟着，却是一面狞笑。心念一动，忽见前面呼的一声，一股烈焰，迎面喷来，众人知道这种硫磺火焰十分厉害，急忙四下走避，猛然间前后左右都射出这种火焰，而且都是向凌未风扫来，宛如几道火龙，要将凌未风吞噬。凌未风怒吼一声，飞身一晃，"一鹤冲天"，在火光中凌空而起，扑下花园，在地面上和身一滚，将身上火星扑灭，而保柱也给摔出几丈之外，头面都给火焰灼伤。他一脱出凌未风掌握，立刻从武士手中，夺过一条杆棒，像发狂的狮子一样，率领武士上前包围，真是名不虚传的一员悍将。

傅青主等人紧跟着凌未风跃下花园，只见花园里影影绰绰的四面是人，当前的十几个武士手持喷火筒，交叉扫射，火焰到处，树木花草，都熊熊地焚烧起来。凌未风等四人施展绝顶轻功，在火光中窜来窜去，还要对付随着火焰射出的各种暗器，形势确是十分危险！

在王府武士们硫磺喷火筒乱扫之下，凌未风等四人闹得个首尾不能兼顾，各自分开，以绝顶轻功，轻登巧纵和他们周旋，但只要他们跑到哪里，火焰便随着喷来。凌未风勃然大怒，脱下外衣，振臂一抖，呼呼带风。一股烈焰如火蛇般射到，凌未风并不躲避，迎着火头，将布衫一罩，身子凌空跃起，左手手心扣着的天山神芒，也就在掠起之际飞出，烈焰给布衫一扑，火头也给扫了回去。虽然在这一挡一扑之间，布衫已熊熊地燃烧起来，可是凌未风因有布衫掩蔽，竟是毫发不伤。

那个武士绝未料到凌未风如此厉害，猛然间见他怪鸟似的凌空掠起，目定口呆，说时迟那时快，一道乌金光芒杂在火光中电射而至，他躲闪不及，本能地将喷火筒一挡，只听得“啪”的一声炸裂开来，火星纷飞，火焰倒射，登时给烈焰包围了全身，像烤猪一样的烧焦了！火焰飞处，附近的武士纷纷走避，凌未风这时已凌空下击，将着火的布衫四下一扫，顺手向人丛中抛去，右手拔出游龙剑，狂风暴雨般地直杀过来。喷火筒只宜远攻，不宜近取。人丛中有几个手持喷火筒的武士，也只得放下火器，拔出兵刃应敌。

凌未风这一路冲开缺口，傅青主等急展开身形，自缺口涌进。三男一女如四头猛虎，锐不可当。只是花园中的卫士可真不少，一见四人要想冲出重围，立刻四面八方包围而来，前后左右都成了刀山剑海。凌未风一马当先，傅青主仗剑殿后，李思永和刘郁芳夹在当中，李思永舞起流星锤，将近身的敌人迫开；刘郁芳则偷空施放暗器，助凌未风闯路。

游龙剑虽有断金截铁之能，无奈敌人太多，截不胜截，而且碰着一些重兵器，还真不敢硬接，虽然打得翻翻滚滚，地转天旋，却竟是冲出三步，退后两步，无法脱身。

打到紧处，傅青主忽然连连怪啸，随着怪啸之声，一阵号角呜呜长鸣，王府武士愕然四顾，猛然间，轰天震地的一声巨响，花园的四面城墙在轰雷声中，给炸得砖石纷飞，附近的武士，纷纷伏下，凌未风趁势大展神威，杀出一条血路！

巨响过后，自园外闯进了二三十条大汉，为首的竟是一个青衣少女和一个黄衫少年。这群人一闯进来，立刻弩箭如连珠疾发，专拣人多之处射去，弩箭中还夹杂着灰瓶石子，一同放射，硝烟滚滚，火焰熊熊，王府的武士们虽然训练有素，也给杀得手忙脚乱！

刘郁芳认得那带头的少女正是以前和傅青主同到武家庄，后来又和他夜探五台山的冒浣莲。至于和她一道的黄衫少年，却不识是何等人物。

李思永则除了为首的那对男女不认识外，其余的全都认识，那些人正是自己的部下，在他单身应约来昆明之前，先派来卧底的。只是他万分不解，何以自己的部下，竟会听这对陌生男女的指挥?

这群人越杀越勇，尤其那个黄衫少年，使着一对长剑，银光耀眼，施展开来竟是隐隐带着风雷之声，当者辟易！保柱气红了眼，觑准李思永直扑过去，手中杆棒一个盘旋，直抖开来，舞成一道丈许方圆的棒花，当头罩下。李思永的流星锤飞舞过去，给杆棒绊住锤索，用力一拉，李思永竟给拉动两步。凌未风距离稍远，未及来救，只见那个黄衫少年，虎吼一声，如飞扑至，不问皂白，双剑交叉一劈，杆棒给劈去半截，流星锤的锤索也给斩断。锤头直飞上半空！保柱、李思永都大惊失色，各自退后几步。青衣少女指着李思永大声叫道："那是自己人!"黄衫少年一声不发，扭转了身追上保柱，又是一剑劈去，保柱一个绕步侧身，半截杆棒以"长蛇入洞"之势，硬插进来，黄衫少年右剑劈出，左剑却按着不动，这时突然往上一兜，喀嚓一声，又把保柱的杆棒斩断一截，右剑改劈为刺，又疾又准，把保柱的肩头刺了一个大洞，保柱一阵狂嗥，连连倒纵，按着伤口便逃。王府三杰之一的范铮，急忙过来抵挡，他的摩云剑法以轻灵迅捷见长，飞身掠起一剑向黄衫少年头上刺下，在下落之际，一个"蹬脚"向黄衫少年胸膛猛踢。黄衫少年双手"举火燎天"，只一撩便把范铮的剑磕上半空，可是他的胸膛也给范铮结结实实地踢了一脚。凌未风这时正回身援助，见他给踢个正着，大为着急，急忙一个"龙形飞步"飞掠数丈，哪知尚未赶至，只见范铮已给弹出数丈开外，跌得头破血流，这少年竟有一身横练功夫！凌未风也不禁暗暗吃惊，看那少年不过二十多岁，竟是内外兼修，三招两式就将保柱和范铮打败，武功之强，竟似不在自己之下！

王府这边，两员主将一去，众武士纷纷逃窜，冒浣莲打个胡哨，带领众人便向花园缺口闯出，花园外系有二十多匹骏马，冒浣莲道："两人一骑，快快撤退!"凌未风将黄衫少年一扯道："我和你共乘一匹。”扯着他的手拉上马背。黄衫少年仍是一声不响，上了马背却用力一夹，那匹马负痛怒奔，在长街狂嘶而过，霎忽之间，就跑出郊外，竟远远抛开了众人，凌未风心想：“这少年好怪！”他用手轻轻一按少年肩头，说道：“慢些好吗？”少年微微一震，哼道：“你好！”身子腾空跃起，跳下马背，说道：“你嫌快，我不和你同骑好了！”说罢发足狂奔，快逾奔马，凌未风无奈，只得催马赶上，不一刻跑到一处丛林，他在一棵柳树下一站，忽然自顾自地轻轻哼起小曲来，凌未风走近跟前，他也不理不睬！

凌未风听他唱道：

“河边有个鱼儿跳，只在水面飘，岸上的人儿，你只听着，不必往下瞧。最不该手持长竿将俺钓。心下错想了，鱼儿虽小，五湖四海都游到，也曾弄波涛！”

凌未风听他唱这支曲，情歌不像情歌，感叹不像感叹。心想：难道他也像自己一样，在青春的岁月里，经历过百劫沧桑？他迈前几步，对黄衫少年道：“我叫凌未风，是从回疆来的。敢问兄台尊姓大名，何方人氏？”

凌未风自报姓名，以为他必定耸然动容，不料他竟似没听过凌未风的名头一样，定着眼神冷冷漠漠地点了点头，跟着答道：“我不知道我姓什么，也不知道我是从哪里来的，我还想找人告诉我呢！”

凌未风不禁愕然，又想：莫非他是伤心人别有怀抱，不肯将姓名相告？上去拉他的手道：“同是天涯沦落人，相逢何必曾相识？兄台不肯见告也就罢了。只是今日既承相救，大家总是朋友，咱们谈一谈如何？”黄衫少年把手一甩道：“你叫我谈什么？我真像刚刚出生的婴儿一样，什么也不知道呀！”他见凌未风满脸不悦之情，重重地把手一摔，说道：“我讲的都是真话呀，你要不信我有什么办法？”

凌未风从未见过这样怪的人，不禁也有点火气，少年将手重重一摔，他也暗运内力，紧紧一握，少年“哟”的一声，突然手腕下沉，运用腰力将手挣脱出来，叫道：“你好不讲理！”凌未风给他沉腰一顿，把握不住，也不自禁“哟”了一声，两人功力，竟是半斤八两。他见少年怒容满面，以为他必定翻脸，不料他又独自行开了去，倚在一棵树上，双手抱头，似在那里苦苦思索！猛然发狂般地喊道："什么人见我都要问我的姓名，我却去找谁告诉我：我是谁?"喊罢虎目中竟然滴下了眼泪来！

凌未风见他这样，不知所措。遥遥一望，只见尘头大起，傅青主、冒浣莲、李思永等一干人众，飞骑赶至。冒浣莲一下了马，就笑着对傅青主道："傅伯伯，我猜他是在这儿，你看是不是？他还记得起我们和他约好的地方，怎会没法医治?"傅青主摇了摇头，说道："我看很难！"冒浣莲嘟着嘴道："难并不等于绝望！"

冒浣莲上去，柔声对那个黄衫少年道："你随我们去安歇，我们有很多朋友，这些朋友也是你的朋友，朋友的家就是你的家！你听我话，过几天我就会告诉你：你是谁。我一定会把'失掉'的你'找'回来的。"说罢又替他介绍李思永道："这位是李闯王的侄孙！"黄衫少年喃喃地道："李闯王，李闯王！"冒浣莲急忙问道："你听过这个名字吗？李闯王！"黄衫少年道："记不起来了，不知道有没有听过，只是好像比别的名字熟！"说罢又双手抱头苦苦思索。

冒浣莲嫣然一笑，说道："想不出暂时就不要去想他。好，咱们走！"那黄衫少年，竟然很听她的话，拉着凌未风跨上马背道："你是她的朋友，就是我的朋友，我愿和你共乘这匹马！"傅青主朝冒浣莲一笑，冒浣莲面上绯红，傍着刘郁芳催马便走。

他们投奔的是李思永一个父执的家，这人以前是李锦手下的牙将，闯王死后，他奉李锦之命，隐居昆明郊外，二十年来都和闯王旧部保持联络。

大伙到达这家人家时，已是黄昏时分，主人早已有了准备，当即设酒置饭，款待群雄。

这家庭院里有两株丹桂，昆明气候温和，初秋时分，桂花已然盛开，香气馥郁，中人如醉。黄衫少年在经过庭院时，忽然双眉紧皱，显得很是焦躁，冒浣莲看在眼内，也不作声。食完饭后，主人取出桂花蜜饯献客，黄衫少年忽然发起脾气，将蜜饯扫落地上，主人大为惊诧，傅青主在他耳边低低说了几句，黄衫少年也即刻赔罪说道："见了桂花，我好像要想起什么事似的，可是想来想去又想不出，不知怎的就烦躁起来，主人家你可别怪！"众人虽觉黄衫少年举动怪异，但他今日闯进王府，出力最多，谁也不愿当面怪责他。

李思永和凌未风都是满腹疑团，李思永想问自己的部下，怎样会和黄衫少年他们会合一处；凌未风也想问傅青主怎么忽然到了昆明，而且混进了王府冒充医生。傅青主好像知道他们的心事似的，酒席方散，就对他们说道："兄弟们闹了一天，也够累了。还是趁早休息，待明日再将前因后果，告诉二位如何？"傅青主是老前辈，凌未风见他这样说，只得满肚子纳闷着，自去歇息。

这一晚，凌未风思潮起伏，无论如何也睡不着。一忽儿想起刘郁芳在水牢中激动的神情，一忽儿又想起黄衫少年怪异的行状，睡不着觉，遂披衣起床，在庭院的月光下独自徘徊。

他的房门外就是厅堂，他一出来可又碰到了件奇事。厅堂上傅青主独自秉烛读书，一见他出来，立刻说道："凌壮士，你进去，等阵不论碰到什么事你都不能声张，也不能动手！"凌未风见他面容庄肃，郑重其辞，只好退回房内，注视着外边的动静。

这样约摸又过了半个时辰，已经是下半夜了，凌未风见外面毫无动静，傅青主仍是端坐如石像，眼睛不离书本，好生纳闷，倦疲欲睡。忽然间，听得楼梯声响，有人一步步地下来，凌未风急忙睁眼看时，只见黄衫少年，手提双剑，挺立如僵尸，眼睛如定珠，面上隐隐含有杀气，一步一步向傅青主走来。凌未风这一惊非同小可，想去拦阻，却又想起傅青主的话。放眼看时，只见傅青主好像全无知觉似的，仍在端坐看书。正是：

深宵逢怪异，豪侠也心惊。

欲知后事如何？请听下回分解。

第八回　恩怨难明　空山惊恶斗
灵根未断　一语醒迷茫

凌未风闯荡江湖，经过无数劫难，真是什么惊险之事都曾遇过，多凶恶的敌人，他也是视若无物，但看着这黄衫少年像僵尸般直挺挺走来，眼珠动也不动地发出冷冷的光芒，不觉也是有点毛骨悚然。眼看着他越行越近，就快走到傅青主跟前了，面上的杀气也更显露了，他几乎要喊出声来。可是他知道傅青主早有准备，看他这样神色自如，丝毫不当作一回事儿似的，他也稍稍放下心来。心想：虽然这黄衫少年武功极强，但傅青主也是武林中顶儿尖儿的人物，绝不会一下子就为黄衫少年所乘，若然他一动手，自己上去相助，合二人之力，无论如何也制服得了他。

傅青主一直等到黄衫少年走到了身边，这才缓缓起立，若无其事地问道："睡得好吗?"黄衫少年直着眼神，呆呆地望着傅青主。傅青主微微一笑，拿起了一杯茶，递过去道："你喝一杯。"黄衫少年右手一松，长剑呛啷堕地，接过了茶便喝，傅青主拍掌笑道："你且再睡一会儿。"话声未了，黄衫少年颓然倒地，不一刻就发出了鼾声。

凌未风正待纵出，忽听得又是格登格登的下楼梯之声，心想："难道又有一个失魂的家伙?"只是这脚步声却急得多，只见一个少女匆匆奔下，这少女正是冒浣莲。

冒浣莲一见黄衫少年睡在地上，长剑堕在身边，失声问道："他没有伤着你吗?"傅青主道："没有，他根本没有和我动手。"说罢微笑道："姑娘，我把他废了，你看好吗?"冒浣莲喊道："这怎么成？”傅青主道：“我不是杀他，也不是把他弄残废，我是说把他的武功废了，我只要略施手术，就可以使他空有一身武艺，却毫无力气使得出来！”冒浣莲哽咽着道：“你怎能这样忍心？你平生替人治病，现在不替他治也罢了，还要捉弄他干吗？”傅青主道：“就是因为我治不了他的病，他这个‘离魂症’（这是中国以前医学上的名词，相当于近代医学的所谓‘梦游症’）一定是受了什么刺激，所以才发作出来，偏偏他又把什么都忘记了，没法探出他的病源，这叫我如何能治？尤其可怕的是，他在发作的时候，根本就什么也不知道，他虽然白天里是个好人，晚上发作时，很可能杀了人也不自知，他的武功又这样厉害，我不把他废了，谁制服得了他？”冒浣莲问道：“他刚才想杀你吗？”傅青主道：“我还看不出来，只是见他面上充满杀气。”冒浣莲道：“我记得你以前和我谈过‘离魂症’的症候，有一些人心里埋藏着的事情，平时连自己也不知道，到了梦中，世俗的束缚没有了，会突然升起来，如冰山之上浮，可是他只是为满足自己被压制的欲望，在梦中欲求逞快于一时，真正的恶事还是做不出来的。这时他虽然是另外一个‘他’（相当于近代医学上的‘精神分裂症’），却并不危害世人，这叫做善性离魂症，是吗？”傅青主听到这里，忽然摆了摆手，倏地站了起来。

冒浣莲惊问道：“傅伯伯，你干什么？”傅青主道：“这个时候，亏你还有耐心谈医学上的问题。他究竟会不会害人，谁也不知道，我不能够冒这个险，让他留着一身武功，晚间乱闯。”说罢，缓缓向黄衫少年行去。冒浣莲急得两行清泪，夺眶而出，说道：“傅伯伯，你不疼我了？”傅青主未及回答，忽见一条黑影似大雁般的飞掠而来，傅青主退后一步，哈哈笑道：“我知道你忍不住要跑出来了，你怎么不听我的话？”这飞掠而来的黑影，正是凌未风。

凌未风呼吸紧促，急声说道：“别的我听你的话，你要把他武功废掉，我可不答应。你想他这身功夫是容易练成的么？医好了对我们有多大好处！我实在不忍见这样的人才给你毁掉！”冒浣莲接声说道：“傅伯伯，你看凌大侠也这样说，你还忍心下得了手？”

傅青主又是一阵哈哈大笑，忽然敛手坐了下来，说道：“我苦苦思索怎样医治这个少年，现在可找到办法了。”冒浣莲诧然问道：“怎么……？”傅青主道：“你当我真的要把他废掉吗？我不过是想试试你对他心意如何？现在可试出来了！”冒浣莲嘟着嘴道：“你又拿我开玩笑。”傅青主一本正经地道：“一点也不开玩笑！你知道‘心病还须心药医’，他现在需要一个温柔体贴的女孩子在他身边，而这个女孩子，又是他肯信服的人，这样他才会听她的话，也只有这样一个耐心的女孩子，才会探出他的病源。可是他又是这么危险的人，如果那个女孩子不是真心愿为他牺牲一切，不是对他极好的话，她就不敢陪伴着这样的一个病人，就是肯陪伴他，也不会得出什么结果。这样的病人，他的感觉是最敏锐的，谁对他是不是真正关心，他会感觉出来的。他需要一个母亲，一个姐妹，一个朋友，一个可以把任何话都告诉给她的人。而你就是最适合去照顾他的人。可是在此之前，我还不知道你对他的心意，所以故意要把他废掉，试一试你。”傅青主说了，冒浣莲默然不语，傅青主又笑着说道：“你看傅伯伯是疼你不是？”凌未风也给这句话引得笑起来了。

傅青主看了凌未风一眼，又笑着说道：“我今晚不但试了浣莲姑娘，还试了凌大侠。”

凌未风诧然问道：“你试我干吗？”傅青主笑道：“唯英雄能重英雄，你的武功是顶儿尖儿的人物了，所以一定特别怜才。今晚一试，果然你对他极为爱惜。还几乎要和老夫翻脸呢！老实说，我虽然试出浣莲愿陪伴他，但还担心他万一发作时，真个行凶的话，没人能制服得了他。若有你和浣莲在一起跟着他，那就万无一失。当然在跟着他时，你得让浣莲和他多亲近，你只能是在旁边保护。”说罢又哈哈大笑。

凌未风道：“傅老先生的医术，我是佩服极了，若有差遣，在所不辞。可是傅老先生也能将病人的来历，告诉我一点吗？比如说你们是怎样遇到的？”

傅青主在烛光摇曳之中，说出了一段惊心动魄的遭遇。

原来当日傅青主和冒浣莲，在武家庄与群雄分手，自山西经陕西取陆路入川。行了多天，到了剑阁，这剑阁是有名的险峻地方，

“蜀道难，难于上青天”，这句脍炙人口的名句，所指的就是剑阁这一段路。

这一日，他们通过丛山中矗立的“剑门关”，在历史上有名的“栈道”上行走。所谓“栈道”，是在悬崖峭壁上，开山凿石辟出来的羊肠小径。有些地方根本无路可通，于是在峭壁千仞处凿穴架木，就在这些横柱上架起凌空的道路；有些地方则沿着山壁，凿成几千步的梯级。傅冒二人在栈道上行走，仰看是遮天蔽日的丛山，下看是涛声轰鸣、深不可测的山谷。傅青主还不觉怎么，冒浣莲却觉得有点怵目惊心，如履薄冰。其时虽是初夏，在栈道高处，也觉山风迫人，衣不胜寒。

傅青主的故事，就从这里说起。他对凌未风道：“那一日，我们在栈道上行走，说也惭愧，我们都算是有点功夫的人，行了一天，还未曾走完山路，眼看暮霭苍茫，山色欲暮，我的心可有点急了，若在深山野宿，我自然毫无所谓，只是浣莲却是个年轻的女孩子，而且我看她面上似有病容，更是焦虑。”

冒浣莲插口道：“你总是把我当小孩子，其实那时我并不是生病，而是自从夜探五台山之后，半个月来，总感到心里难受！”凌未风听了，暗暗嗟叹。五台山之夜，冒浣莲寻找母亲，却找到了亡母的衣冠之冢。这一幕悲剧，他也曾经暗中目睹。他自然懂得冒浣莲为什么心里难受。

傅青主黯然说道：“我何尝不知道你心里难受，我就是怕你抑郁成病呀！”冒浣莲眼圈一红，忽然望着熟睡在地上的黄衫少年，滴下泪来。凌未风心想：怪不得她会爱上黄衫少年，这两人一个是无父母的孤女，一个是不知自身出处的青年，相同的命运像一根红线把他们联起来了。

傅青主继续往下说道：“正在着急之时，忽然我们看到山坳处有一个少女在采集山藤，她随便用手一扯，就是一条。这种山藤十分坚韧，寻常人用刀割，也还得花一些功夫，她竟是这样的毫不费力，我看着也有点惊奇。浣莲叫了一声，那个姑娘回转头来，见了浣莲，高兴得什么似的，走过来拉浣莲的手，问她究竟是不是仙女，突然被风吹落荒山？因为她在深山中已经很久看不到外面的人了。”

冒浣莲接着道：“其实她才长得美呢！那个样儿呀！就像幽谷中的百合花！我告诉她我们是普通的旅人，她急得什么似的，赶忙招呼我们到她家中住宿。我想，这样的险峻峰巅，居然还有人家，那这人家也一定不是普通人家了！”

傅青主接着说道：“这位姑娘的家就在附近，可是我们在远看却一点看不出来。原来她的家竟然是建在两峰夹峙之间的悬崖峭壁上，峭壁上突出的两株虬松刚好把屋子遮着。我们走进屋内，只见一个六旬左右的老者，生得又黑又瘦，手指如鸟爪一样，指甲很长，精神健铄。我们见到他很惊诧，他见到我们，也很惊诧。我们告诉他是迷了路的行者，他将信将疑，但毕竟把我们招待下来。我看他面上带有愁容，和我们谈话时，也好像有点心不在焉的样子。我以为他是不高兴我们打扰，要不就是怀疑我们是坏人。可是他招呼又很周到。

“我们饱餐一顿，入夜之后，他突然对我们道：‘客官，我看你们不是普通的客人，大约都会点武功，只是今晚若有什么事发生，你们都不许声张，也不许动手！’”

凌未风听到这里，插口笑道：“就像你今晚吩咐我一模一样？”傅青主说道：“我和你是开玩笑，他可严厉得多，那神气可怕极了！”

冒浣莲道：“当时那位姑娘问道：‘爸爸，妈妈还没有回来呢！是不是上次那个坏人又来了，这回我长大了，我帮你的手。’那个老人听了，面色大变，斥责她道：‘不许你动手，你若动手，我就不认你是女儿，就算我给人打死了，你也不准和来人动手，若然他要带你走，你也得跟他走，绝不许替我报仇，你听见吗？’那少女哭道：‘爸爸，你说的是什么话？’那老者厉声说道：‘你若违背我言，我死不瞑目！’我听到了，觉得这个老人不近情理。我看着傅伯伯，他却一句也不出声，我想说要拔刀相助，但又觉得这是不自量力，因为那个姑娘比我还强。屋子里一片愁云惨雾，我的心也像铅一样又沉又实。”

傅青主道：“我在江湖行走，也有几十年了，从未遇过这样的怪事。这个老者看来练就大力鹰爪的功夫，两眼神光奕奕，一看便知是内家高手，可是我却丝毫不知道他是什么人。我猜大约是江湖上的寻仇报复，刚好给我们碰上。可若是江湖寻仇，当事人绝没有不欢迎助拳之理，这老人连女儿也不准帮忙，这可叫我怎样也猜不透！”

这时窗外夜风呼呼，鸱枭厉鸣，凌未风忽然拍掌说道：“我猜得出这个老者是什么人！”话声未了，忽然窗外有人接声说道：“我也猜得出这老者是什么人！”凌未风一跃而起，只见一条黑影蓦地穿窗而入。

那跳进来的人是李思永，他也是心有疑团，终宵未寐，为冒浣莲奔下楼梯之声所惊动，跟了下来。凌未风听得出神，竟未发现他伏在窗外。

这时，傅青主见凌未风和李思永都同声说知道这老者是谁，大为诧异。凌未风道：“我曾听过师父谈起各派名宿，据说在剑阁栈道的绝顶之处，隐居有一位老者，名叫桂天澜，在大力鹰爪功和绵掌上有绝顶功夫，鹰爪功是外家绝技，绵掌则是内家最难练的一种功夫，这人能内外兼修，可算是武林中的怪杰。”冒浣莲听了，嘘了一声，急忙问道：“他姓桂？”凌未风点了点头，冒浣莲眼波流动，手托香腮，似在思索什么事情一样。

李思永道：“我也听先父说道，有一个名叫桂天澜的人，武功极强，当张献忠主川时，曾投在张部大将李定国帐下，不久张献忠、李定国相继败亡，此人就不知踪迹。后来有人说他隐身剑阁，先父派人去找了几次，都没有找着。傅老前辈说有人找他寻仇，我想也许不是私人寻仇，而是清廷的高手踩到了他的踪迹。”

傅青主摇了摇头道：“你只猜到了一半，最初来寻仇的不是清廷的人。”接着他往下说道：“那老人正在和女儿说话之时，屋顶上空突然掠过三枝响箭，一声接着一声，怪声摇曳，甚为凄厉。这是江湖上寻仇示警的讯号，而且若非自信能够把对方手到擒来，决不会使用这种先行传声示警的方式。我正觉十分诧异，这对父女的武功，已是武林同道中所罕见，难道又有什么高人，敢如此托大？响箭过后，果然外面传来暴雷也似的喝声：‘兀你还不出来答话？’

“那老者愁容满面，缓缓起立，对女儿道：‘你千万听我的话！’又向我们道：‘你们也千万别理闲事！’说完，便冲出屋外，我忍不住也跟着出去，回头一看，那个小姑娘和浣莲也出来啦！

“屋外站着的是一个红面虬须的老者，一见我跟着出来，翻起怪眼瞧了瞧，冷笑道：‘你居然这样不要脸，还找人助拳！’我急忙说道：‘我只是过路的客人！’我知道这类的江湖仇斗，若只是一人出面，那就必定是约好的单打独斗。外人若偶然撞上，也得避开。除非自问不敌的一方，预先邀好至亲至近的师友，那才另当别论。但也得让正点（事主）先见了真章才能出手。我本该避开，但敌不住好奇心的吸引，仍然在远远地看他们怎样较量。这时我忽然看见栈道下面，山腰处似有黑影移动。正注视间，那红面老者大声喝道：‘就是有人助拳，我也不怕！’双掌一错，更不打话，就狠狠地向黑瘦老人打去，我站在十余丈外，也听见呼呼的掌声。”

凌未风对掌法剑法均有极深的造诣，听傅青主说到两位老前辈在剑阁千级栈道之上对掌，不禁心向往之，说道：“以桂天澜的武功，居然有人敢登门挑战，可惜我看不到这样的对掌。”他顿了一顿，又对傅青主道：“我看你在剑阁碰到的黑瘦老人，九成是桂天澜。他后来出手是不是以绵掌为主，而夹以鹰爪功夫，是的话，更准是他。”

傅青主点了点头道：“好，我就当黑瘦老人是桂天澜吧，说起来容易记些。我刚才说到那红面虬须的老者，见了桂天澜就如发狂一样，双掌一错便狠狠扑上。桂天澜却不动手，双足一垫劲，人便像飞箭一样，射出两三丈外，口里尽嚷：‘你慢点动手行不行？也得让人把话说个清楚！’那红面老者却不理不睬，竟是如影随形，步步进迫。桂天澜退得几退，已到了峭壁的边缘，再也不能往后退啦！那红面老人双掌齐发，向桂天澜迎面推来。桂天澜双臂倏地一分，斜身上步，右掌横挡，左掌一翻，向红面老人腕下一撩，同时右手骈指如戟，一探身，势捷如电，双指向红面老人腰胁点去。红面老人双掌一封，接着左掌下劈，举腿横扫。”凌未风闭目静听，忽然说道：“红面老人这招拆得不行。桂天澜用的是绵掌中孔雀抖翎的家数，中途未待变尽，又渗以点穴法。红面老人这样解法，只能化去对方掌力，避不开点穴。他那一腿只是虚招，以攻为守的，桂天澜只要往左斜身进步，红面老人就算完了。看来红面老人来势汹汹，说到真功夫，还要比桂天澜差一筹!”

傅青主道：“老弟掌法果是高明，桂天澜往左斜身上步，手指已然点到红面老人胁下。可是桂天澜好像有意让他似的，虚虚一戳，乘着红面老人斜闪之际，自己却猛地往右窜出，离开了峭壁边缘。”凌未风道：“红面老人输了一招啦，该停手了?”

傅青主道：“他才不停手呢！我在月光下，看到他的红面变紫，一个箭步又扑过来，好像拼命似的，他也真有点邪门，拳法展开，身似飞鱼，步如流水，绕着桂天澜身子滴溜溜乱转，两手忽拳忽掌，疾逾风轮，身法手法也越来越快，脚下走的却是九宫八卦方位，丝毫不乱。”凌未风道：“他使的一定是九宫神行掌，这种掌法，暗藏八九七十二手点卸法，点是点穴，卸是卸骨。切斫点拿，奇正相生。正是同时对付内外两家的上乘掌法。哎！这红面老人不弱，他刚才输的那招，大约是欺敌过甚。他的九宫神行掌，可是武当派镇山的掌法呢!”

傅青主道：“桂天澜的功夫也俊极了，红面老人身子滴溜溜地转，他也随着红面老人转，他发掌好像软绵绵的，可是对方的凌厉掌法，都给他随势化解。”

凌未风道：“这场对掌，一定好看极了。”冒浣莲道：“可不是吗？这两人身法，就宛如走马灯一样，倏左倏右，忽逆忽顺，过了一阵，我只看到月光底下，两条黑影，联成一圈，闪电般疾转，莫说分不出招数，连哪个是红面老人，哪个是桂天澜也分不清楚了。”

傅青主笑道：“他们出手是快极了，但细看之下还分得出强弱，红面老人如怒狮搏击，而桂天澜则如灵鹤回翔。红面老人每一招都是重手，凶狠极了，而桂天澜却闪避得恰到好处，有好几招连我都看不清他是怎样避开。按说，以他那样的功力，敌人一击不中，他就可以乘虚反击，但奇怪得很，他却又是老守不攻，甚至敌人明明有了破绽，他也是点到即止。我明明看到有一招，红面老者使用‘牵缘手’左右夹击，桂天澜避过正面，反抢进去，只要一掌切下，红面老人非受重伤不可，他却使出花招，临时变式，放过了机会。”凌未风道：“这样非吃亏不可！红面老人的功力、掌法仅稍逊于桂天澜而已，他这一放松，很容易给对方反乘。”傅青主道：“可不是吗？我看得紧张极了，恨不得想提醒他。再打了一阵，红面老人忽然一腿飞起，踢桂天澜胁下的穴道，桂天澜右掌一兜，正正兜住了对方的左足足跟，只要用力一送，立刻可以将敌人抛落悬崖，他却手腕一沉，大约是想将敌人按落地上，哪知缓得一缓，立刻给红面老人施展鸳鸯连环腿，左足猛地向桂天澜胸膛踢去，桂天澜大叫一声，双掌一松，红面老人已掠出数丈，一反身又是三枝弩箭，桂天澜这时面色渗白，身法迟滞，避不了第三枝，竟给弩箭射中了小腹。”

冒浣莲紧张地接下去道：“那个小姑娘本来是站在我身旁的，这时突然冲了出去，右手一抖，一根长长的山藤向那人抛去，左手也打出三枚钢镖。那个红面老人奇怪极了，一见这个小姑娘冲来，丝毫不避，反迎上前去说道：‘坏人打死了，宝宝你跟我走！’小姑娘猛然出手，他仍像毫无所觉似的缓缓走来，那可糟啦，他的双足给山藤绊着，左肩也中了一镖！桂天澜忽然大声叫道：‘竹君，别动手，他是你的爸爸！’红面老人连声惨笑，那个小姑娘，就如受了雷击一样，在月光下全身颤抖。这时我忽觉脑后风声飒然，蓦然间傅伯伯一掌就将我推出三丈开外，我回头一看，只见四个穿着黑衣的人，似飞鸟般扑了进来！有一个已冲近那个小姑娘了，红面老人怒吼一声，双足一跳，山藤裂成几段，横飞出去，那个黑衣汉子大手刚抓到小姑娘的肩头，就被红面老人一把抱住，倒在地上一滚，竟然一同从削壁滚下去了！”

凌未风听得血脉贲张，“啊”了一声道：“这个红面老人竟然和敌人同归于尽，可惜！可惜！”冒浣莲不理凌未风打岔，往下说道：“那个小姑娘见红面老人抱着一个黑衣汉子滚下悬崖，呆了一呆，蓦然发狂一样，飞奔向前，在悬崖边踊身一跃，大叫一声，也跳下去了！我跳出去救，已来不及啦！耳边只听得桂天澜的惨叫声，接着是一阵金铁交鸣之声，接着是傅伯伯大声呼唤，叫我回来！哎呀！那小姑娘真美，而跳下悬崖之前的神情又真可怕！”冒浣莲说时，面色惨白，声音颤抖，屋子里蓦然像死一样的沉寂，静得听见各人的心跳声！

过了一会，傅青主缓缓说道："来的那四个黑衣汉子，都是清宫大内的高手，给红面老人抱着滚下悬崖的那个我认得，绰号叫做'八臂哪吒'焦霸，以前是横行江湖的大盗，清兵入关之后，他带领一帮流寇投效清军，后来听说做了大内侍卫，他的功夫绝不在我之下。我来不及说话，只好一掌将浣莲推开。另三个黑衣侍卫，我不认得，但一看身法，都是一等高手。他们在剑阁上一现身，立刻就向桂天澜奔去，我再也按捺不住，急忙拔剑飞身，抢在头里，替桂天澜挡了一阵。"他停了一停，叹了口气，说道："幸亏那个武功最强的焦霸，给红面老人抱着滚下绝壁，要不然，我们那晚，恐怕都会血溅荒山！"李思永愤然说道："满洲鞑子也真狠，几十年了都不肯放过先祖和张献忠手下的知名之士，他们都要斩草除根。桂天澜也真是，先父曾几次派人找他，如果他和我们大伙在一起，就没有事啦，偏偏他却要去'隐居'，这个时候国家都已不保，又怎容你做世外高人？"

傅青主道："我就是见那些卫士这么狠，就豁出性命和他们拼啦！但那三个卫士，武功实在高强，我没法全数拦住，结果还是给一个冲过去打桂天澜，我给两个卫士绊住，脱不了身，连分神看望也不可能。打了一会，听见浣莲高声叫喊，我才知道那个去捉桂天澜的卫士，已经给除掉了。"

冒浣莲道："我跑过去帮桂天澜，谁知反是他帮了我，那个卫士，手使一把红毛刀，非常厉害。我的剑碰不上他，只给刀风一荡就荡开啦！我也不管，展开小巧功夫，看他快要得手时，就从旁边给他一剑。那桂天澜的武功真是惊人，他面色已惨白如纸，身子也摇摇晃晃了，他还是一手掩腹，单掌应战。那个卫士刀光闪闪，只在他身边乱转，还不敢真个逼近身去，大约是怕他的大力鹰爪的功夫。打了一会，那个卫士好像焦躁起来了，猛然一个旋身，'云龙三现'，刷！刷！刷！一连三刀，向我剁来，大声叫道：'先把你这个小丫头除去！'在他发出第二刀时，我的剑就给磕飞了！"

冒浣莲说到手中的青钢剑给黑衣卫士一刀磕飞时，李思永不由得喊出声来。凌未风却吐了口气，闲闲地说道："这黑衣卫士要糟了！”冒浣莲惊奇道：“凌大侠，你怎的好像当场看见一样！那黑衣卫士第一刀将我迫退两步，第二刀将我的兵刃磕飞，第三刀马上当头劈下，我毫无办法抵抗，只有闭目待死。不料就在此时，只听得那卫士惨叫一声，我睁眼一看：只见桂天澜已一手将那个卫士抓起，那个卫士也真了得，蓦地头向后弯，反手向桂天澜腰间一戳，桂天澜怒吼一声，把掩着小腹的手也伸了出来，双手一撕，立刻把那个卫士撕成两片，血淋淋的可怕极了。我吓得全身瘫软，桂天澜把那两片血人抛下深谷，用手推了我一下，指一指傅伯伯这边，好像叫我去帮手似的。我一看他，腹部血如泉涌，全身的衣服都染红了。我急忙把头巾撕下，给他包扎，他坐在地上，再也说不出声啦！但还是连连指着傅伯伯，好像很生气的样子，催我前去！”

冒浣莲说到这里，才松了口气，凌未风赞道：“好个大力鹰爪神功！敌人只要一分神，立刻就被他乘虚而入了。可惜他受了重伤在前，转动不灵，得手之后，还是受了敌人暗算。”

傅青主接着说道：“我和另外两个卫士厮拼，正感吃力，忽听得浣莲大呼：‘我们已打死一个了！’她也真精灵，远远地把铁莲子拼命打来。她知道我有双袖接暗器的玩意，不怕误伤，那两个卫士却给铁莲子打得东躲西避，虽然无法伤着他们，也够他们受啦。那两个卫士一面避暗器，一面扭头张望，大约是果然发现同伴不见了，齐齐惊呼，连道：‘风紧！’我乘势飞身扑去，用无极剑中的‘展翼摩云’绝招，一剑一个，全部了结！真想不到这两个棘手强敌，被我如此容易地刺掉！”

傅青主停下来喝了一口茶，用手指敲击桌面，得得有声，黯然说道：“敌人是全数打死了，可是桂天澜也已奄奄一息。我急忙跑过去看他，只见他全身浴血。我用金创药给他止了血，再用山边的泉水给他揩抹干净，只见胸衣已破，胸膛上有个鞋印，这想来就是给红面老人连环腿踢伤的。红面老人这脚真狠，可是桂天澜居然能挺得这么些时候，还能重伤之后掌毙敌人，功力的深厚真是我平生仅见！除了胸部的伤外，他的小腹也给弩箭穿了一个洞，连肠子也看得见啦，另外胁下还给黑衣卫士点中了‘愈气穴’。我看他的神情，知道他已极力运功闭住穴道。我急忙给他解开，只是时间过久，解开了穴道，他也只能抖动，话已是说不出了。我抱他回转屋内，再仔细检视，我的医术虽然自信并非庸手，可是到底不能真个起死回生，他伤得这样重，精神气力都耗尽了，这叫我如何能救。我望着他流泪，他却忽然挣扎着用手指在地上用力地划！抖抖索索地划了一行大字，那行字是：'请到滇东五龙帮，有一个……'初写时泥土纷飞，每个字都入土数分，后来越写越慢，泥土上只能稀稀浮浮地看到一点字迹，尚未写完，他就忽然断了气啦！"

傅青主讲完之后，听众黯然。良久，凌未风抬头问道："那么这个黄衫少年又是怎样来的？他和桂天澜又有什么关系？"

傅青主道："我也不知道呀！当时我连桂天澜的姓名还不知道，他又写得没头没尾，不过我想这位武林侠隐，临终时还殷殷以此为念，他今晚之事，一定是和五龙帮有关系的了。我若不替他办到，他一定死不瞑目。"接着他又在烛光摇曳中说出第二个动人心魄的故事。

原来傅青主和冒浣莲入川，是当日群雄大闹五台山之后，在武家庄中分派的（见第三回）。傅青主在桂天澜死后第二日过了剑阁，一路南行，沿途见兵马往来，他猜测四川巡抚罗森一定已和吴三桂有了联络，因此调兵遣将，准备应变了。他依着韩志邦在武家庄给他的地址，找到了四川天地会的舵主，交代了一下，告诉他们吴三桂图谋反清的事情，叫他们也准备应变，交代完毕，就自川入滇。行了二十多天，到了滇东，一路打听，却探不出五龙帮的所在，甚至五龙帮是一个什么样的帮会也不清楚。一日到了滇东的霑益，在离城百余里的一个小村镇，忽然见有十多个大汉，一个跟着一个，走进一间酒店。这十多个汉子，个个步履矫健，一看就知是江湖人物。傅青主好奇心起，也和冒浣莲跟了进去。入到酒店，只见一个人躺在地上，面如金纸，那些大汉围着他，有人给他推血过宫，可是这人仍是昏昏迷迷地睡着，丝毫没有起色。

傅青主背着药箱，本来就是江湖郎中打扮，他就不客气地挤开了众人上前看望。有一个汉子道："你看什么？他的伤不是你能医的！"傅青主一看，就知道这人是受铁砂掌伤了穴道，的确不是普通郎中所能医治，就微笑道："这伤我还能治，他受伤之后，到现在还未过二十四个时辰嘛!”此言一出，周围的汉子都吃了一惊，急忙恭恭敬敬地请他医治。他过去替那个受伤汉子推拿，一下子就解开了穴道，三五下就活了血脉，不过一会，那汉子突然哇的一声吐出了一口淤血，张口骂道:“我要踏平你这五龙帮小小的山寨!”傅青主听了，不禁大喜，正是:踏破铁鞋无觅处，得来全不费工夫。找了这么多天的五龙帮，竟然从这个汉子口中，说了出来。

这个受伤的汉子悠悠醒转，见一众弟兄，围在身边，又有一个陌生的老者给自己推拿，十分惊诧。傅青主笑道:“不妨事了，再将息两天，包保你行动如常。”众人见他医术如此精妙，又是惊奇，又是佩服。一个短小精悍的中年汉子，好像是这伙人的大哥，走过来唱了个肥喏，说道:“多谢先生救了我的二弟，敢问尊姓大名?”自怀中抓了一把金瓜子，递过去道:“这一点东西，不敢云酬，只是聊表敬意而已。”傅青主微微一笑，推开了他的手道:“酬劳我是要的，只是不要金子!”那汉子愕然问道:“你要什么?”傅青主道:“我要的是‘五龙帮’，请你告诉我五龙帮在什么地方，你们和它有什么过节?”

此言一出，四周的十几条大汉，都哄动起来，七嘴八舌地说道:“你问这个干吗?”“你和五龙帮有什么关系?”“你是什么人?”……为首的汉子怔了一怔，随即压着众人道:“按说你救了我们的兄弟，我们应当告诉你。可是这事关系太大，我们得先知道你的来历。”傅青主笑道:“我姓傅，贱字青主，和五龙帮也有点小小的过节。”为首的汉子“啊呀”一声，叫了起来，拜将下去，说道:“你何不早说，原来大水冲到龙王庙，都是一家人!”说罢又对众人说道:“傅先生就是我们总头目常常提到的人，他是武林前辈，又是当今的神医国手。我们总头目几次想派人向你问候，只是我们僻处边陲，你老却远在江南，山河阻隔，不能如愿，不料今日却在此相见。”

这为首的汉子自报姓名，姓张名青原，是李来亨手下一员将领，他还怕傅青主不明白，又说道:“我们的总头目，就是李锦的养子，李闯王的孙子辈。”傅青主听得他是李来亨的部下，说道:“我和你们的头领神交已久，早就想拜谒他了。”

当下张青原说出他们为什么和五龙帮作对的事来。原来在李思永单身到昆明会见吴三桂之时，就布置得力人手，分批从各路混入昆明，以为接应。他们就是取道滇东的一批，共有十八个人，由张青原率领。不料到了此地，不知怎的，给五龙帮知道了风声，出头阻梗，把张青原的副手蒋壮打伤，又将他们两个兄弟擒去。

张青原道："这五龙帮原是一个小小的帮会，却并不'安窑立柜'(没有固定地址)，实际只是一帮劫掠商旅的游匪，最近一年，始躲到霑益的六樟山中。我们曾派人叫他们入伙，他们不愿，我们也不勉强他们。不料这次他们如此大胆，居然敢截劫我们兄弟。事后我们也捉着了他们的一个人，追问口供，才知五龙帮上个月才给吴三桂收买，只是还未正式改编而已。"

傅青主问道："五龙帮的首领是什么人？有多少帮匪？"张青原道："五龙帮的首领倒有点'硬份'(本事之意)，他们是滇南已故的老武师葛中龙的五个徒弟，据说葛中龙有五种绝技，他们各得一种。"

傅青主好奇问道："哪五样绝技？"张青原道："葛中龙以铁砂掌著名，除铁砂掌外，他还有一种独创的武功，叫'地堂腿'。本来'滚地堂'这种功夫，一向是以拳为主，所以只有地堂拳而无地堂腿，但葛中龙这派却是用腿为主，可算是另辟蹊径，另外加上他擅长的兵刃三节棍、暗器毒蒺藜和拳法中的五行拳，便称为葛门五绝。"傅青主微微一笑道："这五样功夫除'地堂腿'较新鲜外，其他也很平常嘛，哪能就称为'五绝'？"张青原道："以前的武师多喜欢标榜，他一个人能懂得这几样武功，也算难得了。"张青原停了一停，又继续说道："葛中龙的五个弟子以数字排行，叫做张一虎、李二豹、赵三麒、钱四麟和唐五熊，各得一门功夫，就以师父的名号标榜，称为五龙帮。后来他们沦为匪帮，人数也不很多，大约只有四五百人。"

傅青主看看天色，问明了去六樟山的路，起立说道："快入黑了，我们今夜就探它一探，明天才正式拜山，斗一斗这五龙。"临走又留下一些药给受伤的蒋壮，说道："再食下这些药，你明天就可以跟我们去斗五龙。"

傅青主和冒浣莲轻功绝顶，以前夜探五台山，在千万禁卫军的巩卫下也来去自如，何况这小小的山寨。三更时分，他们摸到了六樟山的大寨之中，说是大寨，其实也很简陋，茅草木片搭成的房子，东一排西一排，倚山形建筑，既不整齐，也不相连，当中有一座青砖的屋子，大约是大寨的议事厅。傅冒二人趁着月黑风高，展开迅捷的身法，在茅屋上飞掠而过，一直扑到当中的青砖屋子，屋上有两名巡逻，给他们以迅雷不及掩耳的手法，点了哑穴和软麻穴，动弹不得。他们探头下望，只见屋中心坐着五个人，想必就是所谓“五龙”了。其中一人道：“擒了李贼所派的人，送给平西王是一项大功哩!”另一人道：“又听说平西王要和李来亨商谈。”原先说话的人道：“你听这些谣言，平西王处处防着他们，就是商谈也谈不出个道理。”又一人道：“李来亨手下，兵多将众，我们可得早早准备。”最老的一个道：“他们远在边区，我们明日拔寨便行，径投昆明王府，他们哪追得及。”又一人道：“我就担心他们突派高手来袭击。”老者道：“反正是今晚和明早的事，就是他们交游广阔，一时也请不来许多高手。而且我们也有一个功夫绝顶的高手，怕什么哩?”另一人问道：“这个活宝贝你哄得他服帖吗?”老者道：“当然哄得。我只说谁是坏人，叫他去杀，他就会去杀。”傅青主在房上听了大为惊奇，怎的有功夫绝顶的高手，会像小孩子一样听人哄的?正思疑间，冒浣莲不耐久伏，动了一下，忽然屋内有人喝道：“房上来的是哪一路朋友，昏夜到来，有何指教?”

屋子内的人出了声，傅青主轻轻地碰了冒浣莲一下，小声说道：“你快去东面放火。”

冒浣莲一展身形，飞掠过几间茅屋。傅青主艺高胆大，在檐头一站，现出身来，哈哈笑道：“我是个过路的，来访朋友来了!”“五龙”中的老大张一虎怒道：“妈巴子的，访朋友访到我的大寨来了，你当我五龙帮是好欺负的吗?”五人一齐抢出屋来，唐五熊喝声：“打!”两手齐发，四颗毒蒺藜向傅青主两边射来。傅青主又是哈哈一笑，双袖一卷，把四枚毒蒺藜完全卷去，黑夜之中，唐五熊看不出傅青主如何收去他的暗器，他见蒺藜飞去，落处无声，十分惊骇。他想就算是敌人双手会接暗器，也不能同时接去四枚蒺藜，何况蒺藜有毒，根本就接不得，这可有点邪门，他不禁喊出声道：“这是个硬点子！”傅青主单足点着屋檐，用个“金鸡独立”之势，俯视下来，傲然说道：“是硬点子又怎么样？”李二豹大怒，一摆三节棍，飞身上屋，呼的一声，朝傅青主下盘扫来。傅青主知道三节棍是“逢硬即拐”，只要用兵器一隔，第一节就会垂下来，拐弯打到。他剑也不拔，李二豹一棍打来，他把双手缩入袖内，大袖一舞，把三节棍卷个正着，大喝一声：“下去！”把提着的左足用力一蹬，李二豹给踢得四脚朝天跌落地上，几乎爬不起来。傅青主正在大笑，忽地又是一条黑影窜了上来，掌挟劲风，劈面打到。这人正是老大张一虎。

张一虎深得葛中龙铁砂掌的真传，骈掌可洞牛腹，他用足十成力量，志在必得。傅青主缩后半步，举掌相迎，张一虎一掌打去，只觉如打着一团棉花，无处使力。傅青主轻轻用个“拿”字诀，施展擒拿手，三指把他的脉门关寸扣住，运掌一挥，又把他摔到地上。

老四钱四麟见几个把兄，都遭挫折，火爆爆地冲了上来，五行拳疾如风，霎忽就打出了七八拳，傅青主暗道：“这小子倒比刚才那个强。”五行拳完全采取攻势，傅青主又退了一步，用无极拳随势化解。无极拳善以柔克刚，不到十招，钱四麟攻势已完全顿挫下来。

这时寨内帮匪已闻警扑到。但冒浣莲所放的火也已熊熊地燃烧起来。秋高气爽，山风又烈，霎忽之间，一排茅草木片搭成的房屋就没在火焰之中。帮匪又急急分人出去救火，顿时乱成一片。傅青主见是时候，喝道：“五龙亦不过如此，领教！领教！”大笑声中，腾身便起，这时冒浣莲也已在屋面现身，两人汇合一起，在弓箭攒射中，飞身退出了大寨。那些近身的箭，全给傅青主双袖拍落！

傅青主退出大寨，走下山谷，一路笑“五龙”浪得虚名，忽然从山涧处传来一声怪笑，星光下忽见一条黑影直挺挺地向自己行来！

傅青主开声问道：“什么人？”只见那人双手掩面，像梦游人一样，浑然无觉地一直走来。傅青主待他走近，又陡然喝道：“你是谁？你哑的吗？”那人撤下双手，茫然反问道：“你是谁？你怎么这样凶呀？”傅青主蓦然出手，使个擒拿手法，左臂一起，向他肋下一架，右臂斜穿，势如卷瓦，拿着他的手腕便扭。那人左臂一沉一拂，右臂向后一顿，立刻化解，傅青主一翻掌，改为“拨云见日”，乘势打去，那人举掌相迎，双掌一抵，傅青主失声叫道：“好功夫！”接连退出六七步去，那人也给傅青主的掌力，迫得踉踉跄跄，斜窜出丈许，才稳得住身形。

傅青主这时已看清楚来人是个美少年，穿一件杏黄衫子，很是潇洒，只是在星光下看他面孔发白，眼神散乱。心念一动，正待再问，黄衫少年已发怒说道：“你是坏人吗？一见面就乱动手打人。”傅青主迈前两步，柔声说道：“我们不是坏人，只是见你向这边走来，以为你是五龙帮的。你是五龙帮的吗？”少年道：“什么叫五龙帮？”傅青主用手一指：“就是这个山寨里的人。”少年道：“这个山寨吗？啊，我晓得，我就是住在那里的。那些人难道是坏人吗？”傅青主道：“当然是坏人。”黄衫少年摇摇头道：“我不信。”傅青主道：“你知道什么叫做坏人吗？”少年道：“不大清楚，先打人的大约就是坏人。”傅青主笑道：“不对，比如你知道一个人是大恶人，你会先打他吗？”少年点点头道：“会！”傅青主道：“这就是了！这个山寨里的人和清廷勾结，你知道什么叫做‘清廷’吗？‘清廷’就是满州鞑子的朝廷，专欺负我们汉人的。”黄衫少年双眸闪闪，想了一会，说道：“清廷？鞑子？啊，好多年前，似乎有人常常对我说这个，是不错，鞑子是坏人。”

冒浣莲这时轻轻地走了上来，低声说道：“现在你可以告诉我们你是谁了吧？”黄衫少年道：“我是谁？没有人告诉我，我不知道！”声调苦恼异常。冒浣莲不禁道：“你的爸爸和妈妈呢？”少年一听，突然全身颤抖，面色越发惨白，忽地啜泣起来。冒浣莲见他像个小孩子似的，不觉用手抚一下他的头发，抚了之后，才想起对方是个英俊少年，面红红地缩手说道：“是我说话恼了你吗？你别怪啊！”少年止泪抬头，望着冒浣莲温柔的脸，忽然说道：“你很好，我好像有一个很亲的人，也像你的样子。”

说话之间，忽见山上许多人下来，手里拿着火把，大声呼喊：

“黄衫儿，黄衫儿，你在哪里?”少年应了一声，对傅冒道：“他们来叫我了!”

冒浣莲星眸欲滴，悄声说道：“你跟我们走了吧!”黄衫少年从未听人用过这样关怀的声音说话，心头一阵暖烘烘的，呆呆地看着冒浣莲两颗黑溜溜的眼珠，想了一想，行了一步，忽然又停下来道：“不成，我得弄清楚这山寨中的人确是坏人我才走。”这时山谷又传来了呼唤的声音，傅青主忽然说道：“好！那你就先回去吧，明天我们再来看你!”黄衫少年举手道别，扭转身躯，飞鸟般地跃上山去。傅青主赞道：“这少年真好武功，只可惜患了心病!”冒浣莲道：“这个病也真古怪，连自己的来历都忘记了！伯伯，你为什么又放他回去呢?”

傅青主道：“这人准是受了绝大的刺激，或做了不能挽救的错事，因此精神上有一种潜在的力量压迫他忘记过去。这种病假若找不出病源，很难医好，不过他只是忘记‘过去’，却没有忘记‘现在’，你不听他说，他还要回去想一想，他还能够想，就证明他灵根未断。这样的人，我们一点也不能强迫他，只能听从他的意愿。”

傅冒二人在谈论黄衫少年，黄衫少年这时果如傅青主所料，在苦苦思索过去。他只记得这三年来跟这山寨中人在一起的事，更远的就记不得了。他依稀记得自己好像是在一个冬天的日子，躲在大雪覆盖的山岭上，昏昏迷迷，忽然给这群人发现，当时有两个人持刀要杀他，他还能动弹，只一抖手，就用雪块打了那两个人的穴。后来那个叫做张一虎的人止住了众人，拿东西给他吃喝，就叫他跟随他们走啦。至于为什么躲在雪地上，却又想不起来了，只记得自己好像杀过一个跟自己最亲密的人，至于到底是什么人，却记不起来了。而每逢自己思索过去，一想到这里时，精神就非常不安，非常痛苦，怎样也没法想下去了。

他又想起跟随这些人奔跑，起初这些人盘问他的来历，盘问不出，恫吓他，他不理，那些人最初很失望，后来又很高兴，到什么地方，都安顿自己独住一间房子，而且总有人陪着，叫自己不要到处乱走，只碰到有武功很好的人和他们作对，他们打不过时，才叫自己出来帮忙。但自己因为非常不愿意杀人，也从未帮他们杀过人，只把来人打跑就算了。

他又想起最近这些人是常常讲起些什么“清廷”和“招安”之类的说话，但见他来时又不讲了。什么是“清廷”，什么叫“招安”，自己也懒得去想。今夜给这老人和少女点醒，才依稀又记起很久很久以前，似乎有人常常叮嘱自己要推翻清廷，驱逐鞑子出去。那个人似乎也是自己一个很亲的人。这样一想，“清廷”当然是坏东西了，“招安”是什么，自己不懂，但和清廷连在一起，大约也不会是什么好字眼。

不说黄衫少年这晚苦思不已，直到天明。且说傅冒二人深夜回到原来的酒店，只见黑压压的堆满了一屋子人，有些人没地方站，就在屋子外席地而坐。

张青原见傅青主有点惊诧，笑道：“来的这许多兄弟，都是我们在这里的人。”傅青主心想：霑益是一个荒凉的地方，他们能在指顾之间，纠集了这许多人，也真是难得。

当下傅青主将夜探六樟山的情形，约略一说，大队立刻起程，中午以前，便已赶到。只见六樟山顶，寨门大开，“五龙”带着数百帮匪，竟自迎了下来。傅青主、张青原并肩而上，张青原展出“闯”字大旗（闯王死后，其部下仍以“闯”字旗为号），上前喝道：“我们与你五龙帮远日无冤，近日无仇，你何故扣留我们兄弟？今日若然放出，万事皆休，否则不待大军到来，也可将你这小小的山寨，踏为平地。”

“五龙”中的老大张一虎，见傅青主同来，倏然变色，听了张青原的话，圆睁双目，大声说道：“谁不知道你们是闯贼遗孽，你们吓倒别人，须吓不倒我！”说罢又忿忿地横睨了傅青主一眼，恨恨说道：“你这老贼，欺我太甚！”把手一摆，唐五熊在背后一抖手便打出了三颗毒蒺藜，两颗奔傅青主，一颗奔张青原。傅青主横里一跃，大袖展处，将奔张青原的一颗先行拍落，再回过身来，双掌向外一震，把两颗毒蒺藜都震了回去，李二豹大叫一声，急抖三节棍将反射回来的毒蒺藜打落。傅青主错步晃肩，索性冲入对方阵中，双袖飞舞，赛如两条软鞭，把“五龙”迫得手忙脚乱。

这时张青原带来的人，也和五龙帮帮匪混战起来，帮匪虽然人数较多，但张青原的人都是精选的壮士，越杀越勇，五龙帮已镇不住阵脚，看看就要溃败。

就在此际，山脚下号角齐鸣，又上来了一彪人马。而“五龙”也连连大叫：“黄衫儿！黄衫儿！”张青原正手执大刀，身先士卒，冲入阵中，忽见一个黄衫少年，双手空空，垂着头一直走出，好像饭后散步，凝思冥想什么事情似的，战场上兵刃交响，金鼓齐鸣，他都似丝毫未觉，而五龙帮匪，一见他出来，就两面分开。张青原大为诧异，不暇思索，大斫刀扬空一闪就照黄衫少年头颅劈将下来，不料黄衫少年微微一闪，竟是一下子就抢了进来，也不知他用什么手法，只一照面张青原的大斫刀就给他抢去，黄衫少年随手将刀抛落地上，叫道：“你不要这样凶啊！”右手三指扣住张青原脉门，左手握拳，便待打下。张青原也是李来亨手下一员勇士，不料转瞬之间就给黄衫少年制住。张青原带来的人，都不禁惊呼起来。正是：

两军方激斗，怪杰显神功。

欲知后事如何？请听下回分解。

第九回　扑朔迷离　耐心详怪梦
　　　　寻幽探秘　无意会高人

张青原正在惊慌，忽听得一声清脆的女子声音："你不要打，他是好人！"黄衫少年微微一笑，放下拳头，道声"得罪"，不理张青原，便迎将上去，张青原回头一看，见是冒浣莲持剑赶至。他弄得莫明其妙，吁了口气，随手打翻上来偷袭的几个帮匪，抢过一杆大枪，再杀出来，看他们两人到底是怎么一回事。

这时山脚下那彪人马，大约有三五百人，也杀了上来，打着"大清平西王"旗号，原来领这支兵马的是吴三桂手下的一个裨将，原驻霑益县城，奉吴三桂命，代表王府来收编五龙帮的。这时吴三桂尚未正式举事反清，所以旗帜上仍然有"大清"字眼，冒浣莲指着那面旗说道："你看看那上面写的是什么字？我没有骗你呀！"黄衫少年瞧得分明，又见五龙帮已分出人迎上去，拉着前面那个带兵官的马，打躬作揖。那带兵官大声呼喝，立刻指挥清兵，兜拿张青原的人。黄衫少年不禁勃然大怒，忽然飞步冲入阵中，五龙帮匪四散退让。片刻之间，他已冲到那个带兵官的面前。

那带兵官见五龙帮匪四下分开，一个少年怒目握拳，自阵中冲出，兵丁竟拦他不住，给他空手扑到，又惊又怒，一提马缰，斜刺冲出，黄衫少年迅疾如风，几个起落，已拦在马前，睁目猛喝，如绽春雷，那马给他喝得前蹄踢起，人立起来，军官急忙一按马头，将长矛一挺，在马背上用力刺下。黄衫少年毫不退让，一伸手就接着长矛，喝声："你下来！"用力一扯，清军军官应声落马。附近一员副将舍命扑来。黄衫少年又是一声大喝："你回去！"左掌一扬，在敌人胸口上猛力一击，那员副将给震得躯体腾空，手中朴刀也脱手飞出。

黄衫少年挟着清兵统带，抢过朴刀，喀嚓一声，将头割下。清兵和帮匪都给吓呆了，没人敢再拦阻，黄衫少年纵横战阵之中，竟然如入无人之境。

五龙帮五个首领起初听得黄衫少年声音，喜形于色，心想：援军已然赶到，黄衫少年又来，敌人再厉害也不怕了。过了一会，在后面用毒蒺藜助阵的唐五熊，见黄衫少年提着一颗人头，怒冲冲跑回，大喜叫道："黄衫儿来啦！"李二豹急忙喊道："黄衫儿，你快过来，对面这个老的是坏人！"黄衫少年右手一扬，一颗血淋淋的人头，飞入阵中，扑的一声，正打在李二豹面上。

黄衫少年掷出人头，凝身怒道："你才是坏人！"李二豹骤出不意，给人头掷中，三节棍打出已不成章法。傅青主趁势抢进，长袖一卷，三节棍呼的一声给抛了出去。钱四麟从右面一拳捣来，傅青主更不回头，双袖向后一拍，使出"流云飞袖"中的"反手擒羊"绝招，只一拍就将钱四麟拍晕地上，同时他右脚也已飞踢出去，将李二豹踢出三丈开外，登时毙命。

"五龙"已去二龙，阵势顿时瓦解。以"五龙"之力尚敌不住傅青主，何况只余"三龙"？连逃也逃不了。赵三麒双手支地，全靠两腿发招，时间一久，已自觉累，这时正待翻转身来，给傅青主觑个正着，起腿横扫过去，喝道："叫你也尝尝地堂腿滋味！"赵三麒两脚朝天，尚未翻转，给傅青主一腿扫去，两脚齐根截断，顿时变成了个血葫芦，在地上团团乱滚。

唐五熊发出最后三枚毒蒺藜，掩护退却。傅青主把袖一卷，露出双手，他练过"铁指禅"功夫，不怕蒺藜芒刺，皮肤不破损，有毒也无妨。只一捉，便捉住了两枚毒蒺藜，哈哈大笑道："你也接接它玩玩。"双手一抛，将两枚毒蒺藜反打出去。第一枚与唐五熊打来的第三枚撞个正着，双双跌落，第二枚径取唐五熊上盘，其疾如矢，唐五熊虽然是毒蒺藜的能手，却躲不开自己暗器，给蒺藜在肩头穿了一个大洞，惨叫一声，又是翻身倒地。

张一虎见势头不好，连忙逃跑。黄衫少年冷冰冰地拦在他的面

黄衫少年举臂一挡，叫道：“你真的要打?”手臂一振，张一虎就似打在铁石上一样，竟给反弹出去。傅青主刚好赶上，一手捞着，顺势就点了他的软麻穴。

前，张一虎急道："你赶快帮我呀，我养了你这么多年！"黄衫少年面无表情，摇了摇头。张一虎往左一窜，脚未落地，黄衫少年身形微动，已自站在他的面前；张一虎再向右一窜，仍是脚未落地，又见黄衫少年冷冰冰地站在他的面前。张一虎发起急来，猛地双掌齐发，用足十成力量，向黄衫少年打去，他练就的是铁砂掌功夫，这一击力量何止千斤，黄衫少年举臂一挡，叫道："你真的要打？"手臂一振，张一虎就似打在铁石上一样，竟给反弹出去。傅青主刚好赶上，一手捞着，顺势就点了他的软麻穴。

这时"五龙"已四死一伤，清军军官也给黄衫少年宰掉，清军和帮匪哪里禁得住张青原等一帮人冲杀，满山奔逃，张青原等也不穷追，片刻之间，他们已逃得干干净净。

黄衫少年这时双手背在后面，自顾自地低头漫步，冒浣莲从后赶上，和他并肩而行，喁喁细语，好像是安慰他一样，黄衫少年抬起头来，眺望远方，虎目蕴泪，忽然又咧嘴傻笑，对冒浣莲低声说道："你真好，我听你的话！"

傅青主瞧了一下，若有所感，不再理会他们，径自将张一虎放在地上，说道："现在，我问你话，你若据实回答，我可以饶你一死。"张一虎喜出望外，道："请说。"傅青主道："在剑阁栈道的绝顶，住有一个黑瘦老人，你可知道他是谁？"张一虎诧然答道："我连剑阁都没有到过！"傅青主喝道："你这厮说的可是真话？"张一虎道："我为什么要骗你？"傅青主伸手在他背后一拍，用分筋错骨之法，弄得张一虎惨叫起来。这分筋错骨的手法，比什么酷刑拷打都厉害，受的人全身筋骨似欲寸寸碎裂，煞是难挨。张一虎叫道："你叫我说什么？我实在不知道。"傅青主见他身受剧痛，尚说不知，又想以他的本事，就是走上黑瘦老人住处，恐怕也难办到。看来他确实不知黑瘦老人其人。但何以黑瘦老人临死，却殷殷以五龙帮为念，叫自己替他在五龙帮内找一个人，这人又究竟是谁？莫非就是黄衫少年。他又一掌打在张一虎肩头上，再喝问道："这黄衫少年又是哪里来的？"一掌打下，张一虎忽然"哇"的一声，张口喷出一大口鲜血，他为了怕受折磨，竟自咬断舌尖死了。

这时张青原等已聚拢了来，向傅青主道谢，问道："傅老前辈可愿和我们到昆明去?”傅青主一想五龙帮之事既查不出来，到昆明去也可顺便访访凌未风和刘郁芳，而且还可以有助于李来亨，当下慨然答应。

就这样，傅青主、冒浣莲和黄衫少年都和张青原等一班人到了昆明。一到达，立刻就给一件意外的事情惊骇住了。

张青原等一到昆明，找着了李思永预先埋伏在昆明的人，这才知道事情已发生了变化。

李思永初到昆明那几天，游山玩水，和他们暗中还保持着联络。自第四天起，便音讯杳然。十多天后在王府中“卧底”的人才探出，李思永和另外一个面带刀痕的男子，已经被困在王府之中了，张青原等急得如同热锅上的蚂蚁，欲偷袭王府，势所不能；欲飞骑调兵，又是关山阻隔。

幸好天无绝人之路，又过了几天，王府中人传出消息，吴三桂最宠爱的孙子吴世璠得了怪症，半身麻痹，不能起床，征聘各地名医，都束手无策。傅青主一听，就背起药囊，径自投到平西王府应聘。

王府的管门，起先还不许他进内，傅青主索性自报姓名，把他吓了一跳。傅青主医名满全国，真是谁个不如，哪个不晓，吴三桂也久闻其名，只是不知他除了是个名医，还是个武林侠隐。当下即刻延见，待为上宾。傅青主自称是仰慕滇中山水，所以不远千里来作壮游。适逢王府征聘名医，特来应试。

以傅青主的神医妙技，自然是药到病除，服了一剂，吴世璠身子就能转动，五天之后，便如常人。吴三桂敬如天人，而傅青主又曲意奉承，因此不久就可以在王府自由走动。这时适逢保柱被凌未风挟着，同陷水牢，过了多天，吊下去的食物，每回都剩下许多，看守的人报说，水牢里的人似乎已病了。吴三桂想要挟李思永结盟，自然不想他死，何况还有自己的爱将保柱在内。若请第二位名医去看，又恐防泄漏机密，想来想去，只有傅青主适合，他既是国手，又是异乡人，即算知道机关，也无大碍。

就这样，傅青主借行医为名，救出了李思永和凌未风，而且透过王府中卧底的人，预先约好黄衫少年和冒浣莲接应，把平西王府闹得不亦乐乎。

书接前文，傅青主和冒浣莲将前因后果，细细道来，剪烛清谈，曙光欲露，谈完之后，黄衫少年还是熟睡未醒。李思永先谢过傅青主相救之恩，再指着黄衫少年道："此人身世，必有隐秘，可惜他一身武功，却得了如此怪症。当今用人之际，傅老前辈和冒姑娘可得把他医好才行。"傅青主笑道："我也多谢李公子，李公子和凌大侠都已证实那黑瘦老人名叫桂天澜，只要知道这个老人姓桂，黄衫少年便有法子医了！"李思永诧然问道："这是怎么个说法？"冒浣莲盈盈一笑道："你不见他昨晚经过桂花树下，神情突感不安吗？后来吃桂花做的蜜饯，又突然发怒，将蜜饯扫落地上吗？"

傅青主拍掌笑道："好姑娘，你越来越行了，我这点本领都快要给你掏去了！"说罢站了起来，捻了一张纸条，在黄衫少年鼻孔，撩了两撩。

黄衫少年轻轻地唔了一声，手脚颤动，傅青主对冒浣莲笑道："我们都出去，现在要看看姑娘的医术了！"

黄衫少年动了几下，忽然直跳起来，叫道："老虎！老虎！"冒浣莲盈盈走过，柔声叫道："别怕，我在这儿。你发了什么恶梦？"黄衫少年用手轻拍头颅，睁大眼睛，四围一看，看见自己的两把长剑，堕在地上，惊骇问道："我真的和人打架了吗？我杀了人没有？"冒浣莲摇了摇头，说道："没有！你从楼上走下来，在这里睡了一觉。"

黄衫少年定了定神，屋内灯光摇曳，屋外夜风低啸。冒浣莲盈盈地站在烛旁，一双如秋水的眼睛盯着自己。他又困惑地用手搔了搔头，问道："这是不是梦？"冒浣莲笑道："当然不是，不信你咬咬手指。"黄衫少年道："那你来这里做什么？"冒浣莲道："我来告诉你你是谁！"

黄衫少年骤吃一惊，摊开两手叫道："请说！"冒浣莲道："你先把你做的恶梦告诉我，然后我才告诉你！"黄衫少年想了一想道："好，我先告诉你。"

他说道："梦中我在一个大山中，山中有一棵桂树。"说到桂树，他面色苍白，歇了一下，再往下道："树下有两只绵羊，一老一幼。突然间空中飞来了一只老虎，这老虎有翅膀的。这老虎很和善，和小绵羊玩起来啦。后来不知怎的，那老绵羊和它打架，老绵羊的角把老虎触得直退，那老虎飞了起来，张开大口就咬，样子非常可怕。我一颗石头打过去，把老虎的翅膀打断，两只绵羊咩咩大叫。后来一阵狂风吹过，把桂树吹折，树干正正打中我的鼻梁，我就醒了！"

冒浣莲一面听一面想，听完之后，眼睛一亮，说道："听着，我现在告诉你，你是不是怀疑自己以前杀过一个很亲的人，但却想不起这人是谁？"黄衫少年全身战抖，点了点头。冒浣莲道："你不敢想，因为这人是你的父亲，你以为你自己杀了父亲！"

黄衫少年一听之后，面色大变，伸开大手，朝冒浣莲当头抓下。冒浣莲凝立不动，镇定地看着他，黄衫少年的手已触着冒浣莲头上秀发，以他的功夫，只要往下一抓，十个冒浣莲也不能再活。

冒浣莲微微笑着，定着眼睛看他。黄衫少年踌躇一下。冒浣莲缓缓说道："但你并没有杀死自己的父亲！你赶快放手，别弄乱了我的头发，你再不放，我要生气了！"

黄衫少年吁了口气，突然像斗败的公鸡似的，颓然倒在地上，掩面啜泣。冒浣莲理好秀发，让他哭了一会，这才过去将手搭在他肩上，轻轻说道："你起来，你想起了自己是谁吗？"黄衫少年随着冒浣莲的声音站起，说道："还是想不起！我只是记起了我真的杀死了父亲呀！"冒浣莲说道："我说你没杀死就是没杀死，你不信我的话？好，我给你看一样东西！"

冒浣莲坐了下来，在桌上取过纸笔，吮墨挥毫，不过片刻，便画成了一幅绝妙的山水画。画的是剑阁栈道绝顶处的景象。栈道之旁，有一奇峰突出，底下是两峰夹峙的幽谷。画完之后，掷笔一笑，对黄衫少年道："你看看，这地方你可熟悉？"

黄衫少年咦了一声，凝眸说道："这地方真熟，我好像在那里住过。"冒浣莲又提起笔来，在突出的山峰间画上两株虬松，在松树下又添上一间茅屋。黄衫少年嚷道："你画错了，这间茅屋靠近右边的松树，不是在两棵松树的中间。"冒浣莲道："你对了，这地方你比我熟，我故意画错一点点，你都看得出来。”

黄衫少年这时也坐了下来，支头默坐。冒浣莲也不理他，再在茅屋前面画了一个黑瘦老人和一个红面老人。冒浣莲是一代才子冒辟疆之女，丹青妙笔，得自家传，画起来神似得很。画成之后，推了黄衫少年一把，叫道：“你再睁开眼睛看看，哪一个是你的父亲？”

黄衫少年睁大眼睛，只一看便跳了起来，冒浣莲叫道：“你静静，不要发慌！”黄衫少年面色大变，在这幅画侧站着，动也不动，好像化石一样僵在那儿。

良久，良久，黄衫少年突然指着图中的红面老人道：“我杀了这个人！”冒浣莲道：“他是你的父亲吗？”黄衫少年颤声说道：“好像是，又好像不是！”冒浣莲道：“哪会这样？”黄衫少年又指了指图中的黑瘦老人道：“这个人好像和我还亲，不过我一见到他的像，心中就有一种说不出的滋味，好像是讨厌他，又好像是可怜他。”他掩着双目呻吟道：“你把画拿开，总之，我不想看见他，也不愿想起他。冒姑娘，你怎么认识他们？你又怎么好像熟悉我的过去？”

冒浣莲将他的手轻轻握了一下，用姐姐的口吻说道：“你听我说，你以为你杀死父亲，其实你并没有。你不愿想起那个黑瘦老人，其实你无时不想着他。你刚才发的那个恶梦，梦中的老绵羊就是他，小绵羊是你，有翅膀的老虎是红面老人。只因为你极力不准自己去想，所以他们在梦中化了形状出来，你掷的那块石头，大约是颗暗器。”黄衫少年道：“那么桂树被风吹折，树干打中我的鼻梁又怎样解释呢？”冒浣莲道：“桂树也是代表那个黑瘦老人，他本来的名字就叫做桂天澜，难道你不知道吗？大约你又爱他又恨他，所以他既像和善的老绵羊，又被风吹折，至于树枝打中你的鼻梁，那不关事。那是我和傅伯伯用纸条在你鼻孔撩了两撩，得出的幻觉。”

黄衫少年听了，作声不得。过了一阵，突然哭道：“除非你带我见着那红面老人，否则我不信他不是死在我的手上。”冒浣莲听了，秀眉深锁，想了很久，毅然说道：“好，我带你去。”她虽然没有把握能替黄衫少年找着父亲，但为了医好他，也不能不尝试了。

一个月后，在绝险的栈道上，又出现了三个风尘男女，迎晓风，踏残月，飘然地来到了剑阁之巅。他们正是凌未风、冒浣莲和黄衫少年。

他们是在大闹平西王府之后，和李思永等人分手的。李思永估计吴三桂的反清，就将发动，因此在脱险之后的第二天，就率众返回防地。傅青主、刘郁芳等也接受了李思永的邀请，到他军中暂住。傅青主临行前，悄悄地将冒浣莲拉过一边，对她说道："自你父亲死后，十多年来我和你相依为命，情如父女，但父女也不能一世相依。黄衫少年如未雕的璞玉，一旦恢复灵智，必将大露光芒。而且这人虽然在迷失记忆之中，心地也表现得极为纯厚。你好生照顾他吧！"他还指点了冒浣莲几个关于医治精神失常的法子，两人这才唏嘘道别。刘郁芳也悄悄地和凌未风道别，说道："如果你帮忙浣莲姑娘，医好了黄衫少年之后，就赶快回来。我但愿有一天能和你到钱塘江看潮！也看看波涛冲去的往事。"凌未风怔了一怔，随即说道："我并没有像黄衫少年那样失掉记忆，有一天我会告诉你的。"刘郁芳两眼潮湿，不再言语，便即道别。

凌未风和冒浣莲都是一样的和自己平生最亲爱的人小别。可是冒浣莲离开了傅青主之后，和黄衫少年一道，却是神采飞扬，越来越像个成熟的少女了。爱情的光辉，消灭了她身世的阴影。凌未风内心却仍是非常沉郁，以前在王府水牢之中，他几乎就要说出他是谁，在此次临别之时，也几乎要对刘郁芳承认往事。然而他按捺住了。他喜爱自己倔强的性格，而此刻，却又有点憎恨自己倔强的性格了。

一路上，他总是跟在冒浣莲和黄衫少年后面，看他俩并肩而行，心中暗笑，自己所担当的真是个最奇怪的差使。傅青主和李思永是恐怕黄衫少年迷失理性，或者突然半夜梦游，会伤害了冒浣莲，所以要借重他的武功，以防万一。但现在看他们两人亲热的样子，凌未风心想，就是黄衫少年再迷失理性，全世界的人都不认识了，他还是会听冒浣莲的话的。而事实上，一路行来，黄衫少年也是一天比一天清醒，并没有闹过什么意外。

这天黄昏时分，他们到了剑阁之巅。黄衫少年双目炯炯发光，披荆觅路，很快就找到了那两株虬松交覆下的茅屋。他冲进屋内，屋内已阒无一人，他抚弄着屋内剩下的东西，一几一凳，一弓一箭，好像对这些东西都充满了感情。忽然间他嚎啕大哭起来，跑出屋外，指着下面的幽谷道："我就是在这里杀死我的亲人的。我在这间茅屋里长大，那个黑瘦老人教我武功，他起初是我的父亲，后来忽然又不是了。莲姐姐，如今我回到故居了，我的亲人却在哪儿？你赶快给我找出来吧！"

冒浣莲以为他到了生长的地方，就会完全清醒，哪料还是这个样子，正在踌躇，忽然凌未风走了上来，向幽谷一指……

幽谷远处，有星星爝火，不是目力极好的人，根本就看不到。凌未风心想既有爝火，便当有人家，他站在峭壁边缘，俯视黑黝黝的深谷，脑子里突然闪过自己和楚昭南在云冈恶斗的一幕，两人也曾滚下削壁，但却都没有毙命。剑阁栈道虽比云冈峻险得多，但若武功极好的人，又设使有人接应的话，滚下去也未必毙命。

他心念一动，回头看黄衫少年还是呆呆哭泣，神志迷糊。他对冒浣莲招呼一声道："你伴着他，我下去看看。"双臂一振，向幽谷下面跃去。

凌未风施展绝顶轻功，在跃下之时，已看准山腰突出的一块岩石，足尖一点，换势再跃，忽落在第二块石上，似这样，连换了十几次身形，才脚踏实地，到了谷底。

幽谷下怪石嶙峋，凹凸不平。凌未风点燃了火折子，四围察看，并无异状，正待向爝火所在走去，猛然间，一股锐风，斜刺扑来。凌未风惯经大敌，轻轻一跃，就避开了来袭的暗器，但手上的火折却给来人打熄。

凌未风大吃一惊，将火折掷在地下，说时迟，那时快，又是锐风斜吹，带着啸声，劲而且锐，凌未风听风辨器，腰肢一扭，一枚暗器，贴着身傍，倏然穿过，凌未风回身借势，一掌劈出，将第二枚暗器打落，再伸手向上一捞，把第三枚暗器，接在手中。

这三枚暗器打的都是凌未风致命穴道，在黑夜之中认穴奇准。凌未风双指一捻，只觉接着的暗器，形状甚小，内部中空有如耳环。凌未风喝道："来者何人？昏夜之中，偷袭暗算，这岂是好汉所为？"

一个低沉阴恻的声音远远接着道："你们这些贼子，昏夜之中，无耻伤人，还敢和我喊话，讲道义、论规矩？呸！你再接三枚。"话声未了，又是三枚暗器，联翩飞来，凌未风仍用听风辨器之术躲避，不料这次来人不知用了什么手法，竟是后发的先到，而且其声在左，忽地奔右，凌未风上了大当，只避过一枚，其他两枚都打中了穴道。

幸好凌未风内功深湛，在第一次接暗器时，已知来人是个高手，早有准备，躲闪不及，便马上运气闭了穴道，饶是如此，还是觉得很痛，哼出声来。

这时十余丈外的丛蒿茂草之中，一个黑衣妇人长身而出，她以为凌未风已给打中穴道，厉声骂道："小贼，叫你知道姑奶奶的厉害。"哪知话声未了，凌未风已是在她面前现出身形，三支独门暗器亦已电射而出，喝道："叫你这老贼婆也尝尝我天山神芒的厉害！"

那老妇人猛见三道乌金光芒，劈面打来，身子一摇，手中剑疾地向前一荡，只听得"当"的一声，火星飞溅，她顺势右足撑地，左足蹬空，头向后仰，想用"铁板桥"身法闪过第二支神芒。不料凌未风的手法也怪异之极，第一支神芒飞来尚无异状，第二支速度稍缓，刚飞到头上时，第三支电也似的追上，两支一撞，斜飞出去，老妇人施展惊人武功，半身悬空，头颅一旋，单足仍点地面，身子已转了一个大圈，方位立变。但饶是如此，还是给第三支神芒，飞掠而过，打飞了头上的包巾，露出满头白发！

老妇人站了起来，心里说声"好险！"再一看剑尖已给第一支神芒打缺了一个小口。她平生从未遇到如此强敌，又疑来的乃是仇家，身子平空飞掠，如怪鸟一般，朝凌未风扑去，用的是五禽剑法，凌空下击，厉害异常！

凌未风倒提青锋，向后一纵，身方落地，未及回眸，只觉金刃劈风之声已到背后，他反手一剑，电光石火之间，与对方的剑碰个正着。两人都觉得剑尖嗡嗡作响，剑身颤动不休！凌未风心想，可惜我的游龙剑已换给了刘郁芳，要不然准能将她的兵刃截断；老妇人心想，可惜我的五禽剑法击下时未加变化，否则准能叫这小子挂彩。

凌未风横剑回身，急忙喝道："先别动手，你是何人?"老妇人呸了一声，毫不理会，刷！刷！刷！一连几剑，剑剑直指要害。凌未风怒道："我看在你是个老婆婆份上，让你几分，你以为我怕你不成!"老妇人道："谁要你让?"手中剑左决右荡，竟如疾风暴雨，将凌未风罩在剑光之下。

凌未风身躯一摇，手中剑如风飘落叶，倒卷而上。他认得老妇人的五禽剑法，五禽剑法是剑剑取势，从上空劈刺下来，总之要使自己的剑压在敌人的剑上，若敌人要争取位置，则必被乘虚而入。凌未风剑法却刚好相反，剑剑倒卷上去，自下而上，寻击敌人中路，而每发一剑，都是天山剑法中的精妙招数。天山剑法本是集各家剑法之长，不拘一格。他使出这路专制五禽剑法的招数，却仍保有其他剑法之长，端的厉害无比。

但老妇人功力深厚，剑法虽稍逊一筹，凌未风迫切间也不能取胜，两人攻守劈挡，霎忽间拆了一百来招，凌未风刚刚化去敌人先手攻势，正想转入反攻。忽然间，只见山上两个黑影下来。一个银铃似的声音远远喊道："凌大侠，你和谁打呀?"

凌未风叫道："浣莲姑娘，你们也来了吗?这里有一个疯婆子，很是扎手，你们先别下来，待我和她斗完再说。"他是恐老婆婆武功精强，暗器厉害，怕冒浣莲撞上，会吃了亏。

凌未风说话之间，被老婆婆连攻了十数招，险象环生。老婆婆忽地一翻右腕，"旋风扫叶"，改变凌空下击的战法，一剑压下，顺势便贴地往凌未风右足内踝扫来，这记险招，狠辣之极，凌未风迫得回剑防守。老婆婆明是进攻，实是走势，凌未风回剑一挡，她已拔身而起，纵出数丈开外，愤然说道："你们这班贼子，我们与你何冤何仇，几次三番前来缠绕?你想群殴，我们也有人奉陪。有胆的你追来!"

凌未风一听话里有因，飞身追上，大声叫道："老婆婆，我们不是坏人，你把话说清楚!"这时黄衫少年也已自山脚行来，大声叫道："谁在说话？谁在说话？我来了啊！"老妇人回身举剑，凌未风以为她又发辣招，一剑刺去，不料老妇人竟似呆了一般，只举剑平挡胸前，竟然不知转动，凌未风急急将剑掣回，只听得老妇人喊道："是你吗？我的儿啊！"

冒浣莲本来是和黄衫少年在剑阁之巅徘徊，她见凌未风下去之后，久久不见回音，便拉黄衫少年下去。可是她没有凌未风的功力，靠黄衫少年的扶持，也只能运用峭壁换掌的功夫，一路爬下，不能像凌未风那样，径以绝顶轻功，片刻便到谷底。黄衫少年刚和冒浣莲并肩行入幽谷，忽听得老妇人大叫"儿啊"，全身战栗，蓦然挣脱冒浣莲的手，飞奔上去，凌未风身躯一闪，黄衫少年整个身子扑去，老妇人手中剑当的一声掉在地上，伸开双臂，接着黄衫少年，哭道："你怎么去了这么多年，也不想念我们吗？"

母子相逢，恍如隔世，良久，良久，黄衫少年才站了起来，冒浣莲已在他的身边，含泪微笑。黄衫少年忽然道："这位是冒浣莲姑娘，妈妈，你看她多好！"老妇人执着冒浣莲的手，问道："姑娘，是你陪他来的？多谢你了。"浣莲道："伯母，他已清醒了！你带他去。"黄衫少年道："是啊！你带我去见父亲，你们也同去！啊，妈妈，那个红面老人是我的父亲吗？我那天没有杀死他吗？"老妇人颤声急道："没有！没有！你先见着他再说。""啊！上天作弄得我们好苦啊！"她掩着面，眼泪簌簌地直滴出来。

冒浣莲弯腰将她的剑拾起，递过去道："伯母，你的剑！"老妇人瞿然醒起，收泪说道："是啊，我是该带你们去了，只怕贼子又来了呢！"

凌未风以尊长之礼见过老婆婆，连声赔罪。老婆婆拍拍凌未风的肩膊道："啊！你们是一同来的，我失眼了。你的剑法真好，今晚再帮我们一个忙吧！"

凌未风道："伯母，有事小辈服其劳，只管差遣好了。"老婆婆指了指黄衫少年道："他爸爸受了重伤，我在这里服侍他，已三个多月了。这地方极其隐秘，不知怎的，最近竟常有生人到访，我曾以金环暗器，吓退过几个人。我一出手，这些人就飘然远去，也不知是友是敌。山谷中却常常发现符号标记。"凌未风道："伯母刚才所说的贼子，就是指这些人吗？”老婆婆摇摇头道：“不是，这些人好像不是一批的，每次发现的都是一两位好手。也不像是白道的鹰犬。”凌未风道：“那么贼子是另外一批人吗？”老婆婆接着说道：“前昨两晚就不同了，竟然发现了清宫卫士光临荒谷！”冒浣莲道：“清宫卫士？哦，他们或者以为桂老前辈未死，再来到访；或者是访寻当日他们的四个同伴。”

老婆婆听冒浣莲提起“桂老前辈”，白发飘动，满面悲苦之容，哽咽说道：“他和那四个清宫卫士都已埋骨此地了！”说罢黯然不语，黄衫少年这时忽然哭喊起来，说道：“我记起来了，桂、桂……”老婆婆抢着说道：“他是你的养父。”黄衫少年呆了一呆，两眼发青，直望着老婆婆。正是：

廿年如一梦，身世最离奇。

欲知后事如何？请听下回分解。

第十回　叱咤深山　黄衣藏隐秘
纵横双剑　幽谷会群豪

老婆婆用袖子替黄衫少年抹了眼泪，说道："这些事情，等下让你父亲和你说。"顿了一顿，回头对凌未风道："前昨两晚，有几个清宫卫士竟自寻到我们石屋，第一晚，我和他父亲的徒弟合力驱退。第二晚他们又来，竹君一个不小心，给他们用甩手箭伤了左臂，幸好只是轻伤。哦，忘记告诉你，竹君就是他的妹妹。"冒浣莲道："我认得令媛，她长得很美。"老婆婆拍拍脑袋说道："我老糊涂了，刚才姑娘谈起当日之事，我就该想到。当日我虽然不在剑阁，但听竹君说起，有一位儒冠老者和一位少女当晚投宿，拔刀助战，把那几个卫士杀死，那少女想必就是姑娘了！"冒浣莲点了点头，说道："那儒冠老者是我的伯父傅青主。"老婆婆诧然道："啊，原来是当今国手傅老先生，江湖上群豪敬仰的'无极剑'傅青主，当晚若不是你们，他的养父说不定还要受许多凌辱才能死去。"

一行人边走边说，爝火已越来越现。猛然间，老婆婆飞身一掠，说道："贼子果然又来了！"凌未风紧跟着转过一个乱石斜坡，耳边已听得叱咤之声，放眼看去，只见一个魁梧的黑影和两个卫士斗得非常吃力，凌未风大喝一声，两支神芒抢在老妇人的金环之前，飞射出去，前面两声惨叫，一个卫士拔步飞逃，老婆婆金环出手，已自打他不着。

老婆婆当先奔到，只见一个卫士尸横地下，想是被神芒打死的。那魁梧汉子一把拉住老婆婆说道："师娘，赶快回去看看师父。"

众人随着那魁梧汉子走进石屋，只见屋当中放着一张床，床的周围竖立着十多根柏木桩，当着正中的三根柏木桩已连根折断。床上睡着一个红面老人，床边有一个少女持剑守卫。石屋中还有着一个清宫卫士的尸体。

老婆婆一进去就问道："不妨事？"少女道："哎，不妨事，爸爸把这个贼子一脚踢死了！"这时黄衫少年也已冲入，少女一见，惊喜交集，拖着黄衫少年的手，大叫："哥哥！"黄衫少年应了一声，便甩开她的手，旋风般地向床上扑去，一把抱着红面老人，哭喊道："爸爸，你没有死吗？"

红面老人刚才用力过度，小睡养神，这时一听叫声，倏地张开双眼，大声说道："谁打得死我？啊！啊！……怎么是你回来了！"他双目放光，蓦然跳起，跌在床上，昏迷过去。老婆婆大惊失色，冒浣莲已抢在前头，张眼一瞧，将脉一抚，朗声说道："伯母，他很快便会醒来，你们不要哭喊，他这是过于激动所致，并不碍事。"

那持剑少女这时已放好宝剑，拉着冒浣莲的手谢道："姐姐，还记得我吗？多谢你两次援救我们。"冒浣莲道："客气话不必多说了，看样子，老伯是半身不遂，刚才又曾与敌人激斗，是吗？"少女指一指地上的尸体说道："也没有怎样激斗，这个贼人向他扑去，在柏木桩前阻了一阻。我的爸爸手肘支床，扑地腾起一脚，一连扫断了三根柏木桩，贼人也给震倒地上，死了。"凌未风心中暗道："这老人的下盘功夫真高，怪不得桂天澜当日伤在他的腿上！"

大约过了一盏茶时刻，红面老人果然悠悠醒转，揽着黄衫少年痴痴看着。屋中的人屏息呼吸，冒浣莲眼角且有晶莹的泪珠。良久，良久，黄衫少年低声说道："爸爸，你告诉我我的来历吧！"

红面老人面色倏转苍白，招了招手，说道："叫你妈妈先讲，她遗漏的地方我再说。"老婆婆颤巍巍地扶着黄衫少年，说道："你的名字叫做石仲明……"红面老人忽然抢着道："应该叫做桂仲明。"老婆婆圆睁双眼，红面老人道："我是要他念着他的养父。"老婆婆吁了口气，平静下来，这才接着说道：

"你的爸爸叫石天成，他和桂天澜都是你外祖的徒弟。桂天澜是师兄，他是师弟。你的外祖是五十年前的川中大侠叶云荪，我是他唯一的女儿。

“你外祖膝下无儿，把他们两人都看作儿子一般，我和他们同时习武，更没有什么避忌。他们两师兄弟十分要好，只是天成脾气暴躁，天澜却极沉静。我对他们都像兄弟一般，但天成直率，虽然暴躁，却和我更合得来。

“过了多年，我们三人都长成了，一天你外祖父悄悄问我：‘妮子，你也该有个家了，你实在对我说，他们两人你喜欢哪一个？’”

红面老人听得出神，痴望着老婆婆说道：“这段故事我也没有听你说过呢！”老婆婆对黄衫少年继续说道：“你外祖父问我，那时我还只像浣莲姑娘那么大，一个女孩儿家哪里敢说。你外祖父自言自语地道：‘天澜人很老成。’我忍不住插口道：‘就是太老成了，年纪轻轻，像个老头子啦！’他又自言自语道：‘天成却是火爆爆的性子。’我道：‘就是这一点不好！’你外祖父哈哈大笑，说道：‘他两师兄弟，一先一后，恰好在这几天，都托人向我求亲。我正自决断不下，现在行啦！姑娘自己说出来。’我羞得急急跑开，第二天你外祖父就收了天成的聘礼。”红面老人听到这里，咧开口笑了一笑，很是高兴！

老婆婆面色却很阴沉，叹口气道：“没多久，我就和你的爸爸结了婚，第二年生下了你，取名仲明。日子过得很快活，霎眼就是六年，桂天澜已三十出头，一直没有结婚。我们都住在你外祖父家里，仍然像兄弟姐妹一样往来，非常要好。你爸爸问他为什么还不结婚，他没有说。我有点猜到他的心事，却不便说。可是他对我却一点芥蒂都没有，更从来没说过半句风言风语。

“在我们结婚的时候，满洲兵早已入了关内，可是我们僻处四川，四川还是张献忠的天下，我们也不知道外面的事情，张献忠后来战死，他的部下孙可望和李定国仍然占着四川，满洲军队忙着收拾中原，也没有打来。我们就像住在世外桃源一样。到你五岁的时候，满清开始攻打四川，你爸爸的老家在川南，要回去迎接家人到川北去避难。那时我又有了两个月身孕，当然不能随行。他临走时嘱托天澜大哥照顾我们，放心回家。

“不料他去后还不到半月，满清的大军便涌进四川，交通断绝，百姓流离，你外祖暮年，惨遭大变，满洲军队尚未打到，他就死了，临死前叫天澜保护我们逃难。

“逃难的日子可惨极啦，没吃没喝那是常事，住宿更是不便，有时许多人挤在一处，有时露宿荒野，天澜又要极力避嫌，偏偏我又怀着身孕，离不开他，那些苦处真是一言难尽。你的妹妹就是在荒野竹丛中产下来的，所以叫做竹君。

“满洲军打进四川后，连年混战，我们逃难两年，形销骨瘦，到处探访你爸爸的踪迹，都没着落。后来听得武林同道传言，说他已在兵荒马乱之中死去。我们兀是将信将疑。

“逃难的生活越来越苦，我携带你们兄妹和天澜同行，又极其不便，那时天澜和几百个比较壮健的难民聚在一起，商量去投张献忠的手下李定国。天澜顾虑我和你们兄妹，有些难民就告诉他道：李定国那里，设有女营，可以收容战士的眷属，但也只限于战士的眷属。他们都说道：在逃难中哪管得这许多，你们两人不如成了婚吧！”

老婆婆说到这里，又看了红面老人一眼。红面老人道：“你说下去吧，我现在明白了，这不是你的错。”老婆婆叹口气道：“咱们也是几十岁的人了，还有什么忌讳，当着儿女的面，说个清楚也好。”换了口气，继续说道：“当晚，天澜问我道：‘你的意思怎样?’我想了好久，回答他道：‘天成音信毫无，儿女俱都年小，逃难没吃没喝，河山又已残破，这日子也真难过。除了投奔李定国，恐怕也没第二条路好走罗！’天澜道：‘本来我视天成和你，如同弟妹。在师门学艺时，不瞒你说，我是对你有心。可是自你们成亲后，我早就死了这条心了。为了怕天成起疑，我还处处防微杜渐。可是现在的日子迫得我们非在一起不可。我们江湖儿女，又不是孔夫子的门徒，你不在乎贞节牌坊，我也不在乎寡妇再醮，这些礼法，我们都不放在心上。妹子，我们撮土为香，禀告天成贤弟，求他谅解吧！’

“事已至此，形势迫然。我和天澜都愿意结为患难中的伴侣。虽在逃难之中，我们也不愿草率，第二天对难友们一说，大家都很高兴。他们挖了许多可食的草根树皮，还幸运地打到了两只山猪，在小村镇上找到一座无人住的砖房给我们做新房，有人还用木炭在门上写了两个大喜字。他们说，长年都在愁云惨雾，趁这个日子欢乐一下吧。等天澜大哥成亲后，给我们领头，到李定国那里去。

“谁知道事情就有这么巧，就在那天晚上，我们尚未圆房，你的爸爸就回来了！”

红面老人点点头道：“若不是那么巧，就不至有以后悲惨的事了。我和你妈分开后，到川南去接家人，在路上就碰到清兵，一路提心吊胆，专拣小路行走，哪料到了家乡，我的家已成了瓦砾，家人全都死了，我悲愤之极，想投义军，但又念着妻儿，于是又折回头寻访。

“可是那时处处战火，地方糜烂，我找不到妻儿，只好随着流民走难，穿州过府，一面觅食，一面寻找你们。

“逃难逃了两年，仍是一点也不知道你们的踪迹，这一天黄昏时分，我和十多个难友也逃到那个小村镇，见另外一帮难民兴高采烈，又唱又跳，非常奇怪，我找着一个人问，他说是他们的大哥桂天澜难中成亲。我急忙问新娘子是什么人。他说是带有两个儿女的寡妇，还听说是川中大侠叶云荪的女儿哩！

“我一听后血液沸腾，心头火滚，扭转头便跑。我那时痛失家人，又经忧患，不如意事太多，本来暴躁的性子就更暴躁了，也不晓得想想别人的处境，只恨得牙痒痒的，自思：我尊天澜如亲哥，托妻寄子，他竟乘着我妻子在难，迫使成婚，贼子狼心，真不可恕！只因我和妻子一向极为恩爱，所以一听到此事，就把罪过全推在天澜身上。但停下一想，不知我妻子变心没有？当晚我不加考虑，就夜探他们的洞房。”

红面老人停了一下，继续说道：“我还记得那是个月黑风高之夜，我满脸擦上煤烟，就去夜探他们的洞房，提防他们认得。心想，看他们到底怎样？如果我的妻子是被天澜强迫成婚的，我就把这人面兽心的东西杀掉；如果是她自己愿意的，我就把他们两个都杀掉。

“我本想过了三更才去，但入黑之后，自己就像热锅上的蚂蚁一样，怎样也忍受不住，远远瞧见那群难民贺客陆续走出新房之后，我就展开夜行术，到他们‘新房’外面偷听。

“这一听，更把我气得肺都炸了。我的妻子在里面吩咐孩子说：你记得从明天起改叫桂伯伯做爸爸。她的声调一如平常，听不出有什么悲苦的感觉。我正想动手，忽听得天澜大叫一声有贼，我一怒就射进几枝甩手箭，我的妻子，也一扬手打出了几枚耳环，那是她自小练就的独门暗器！”

老婆婆面色苍白，接下去道：“那时我们做梦也料不到是你。我的苦楚在两年逃难中，什么也挨过了，要有眼泪的话，泪也流尽了。那时我们以为你已死去，就是不死，也难以生逢了。天澜对我好极，我既愿意嫁他，自然该叫孩子唤他做爸爸。料不到你突然到来，而且不分皂白，一扬手就是暗器纷飞。我们只道你是坏人，因此我才用耳环打你的穴道。”

红面老人凄然一笑，说道：“你不必讲了，现在我一切都已明白，那是我的过错。但那时怒火攻心，什么也不知道。天澜纵身出来，我一照面就给了他几记辣招。

“哪料天澜功力比我深厚得多，几招一过，我就知不是他的对手。那时你也跑了出来助阵，我更是气愤之极，心想：好！你们两人既联成一气，今晚我只好忍辱逃跑，再在江湖投奔名师，练成绝技，怎样也得报夺妻夺子之仇！

“这时天澜避过我几记险招，大约已看出是同门家数，大声叫道：你是谁？快点说来，以免自误！在他大喝之时，你一枚耳环，又取我的三里穴，还有未走完的贺客打来的石头和射来的箭。我闷声不答，脱下了身上的黄衫，那是你新婚后给我做的，我舍不得穿，那天晚上，特地穿上，想气气你的。可叹你竟看不出来。我脱下黄衫，展开铁布衫功夫，把石头羽箭，纷纷打落，但为了避你那枚耳环，缓得一缓，竟给两枝箭射伤，鲜血染在黄衫上。我把黄衫向天澜兜头一罩，大声叫道：有胆的，你把我杀了吧！他‘咚’的一声，倒在地上。我转过身便跑，以后你们怎样闹法，我都不知道了。”

老婆婆道：“那时我也听出了你的声音，整个都傻在那儿，等到清醒时，哪里还瞧得见你的影子？我只好把天澜救醒过来。”

老婆婆说到这里，大家都感到心头沉重，空气都好似凝结起来。冒浣莲轻轻叹口气道：“这都是为了战争！”老婆婆喃喃自语道：“是的，谁都没有错，错的是战争。是战争拆散了家庭，分离了好友，引起了误会，造成了惨剧。这笔账要记在满洲鞑子身上！”

老婆婆缓了口气，继续说道：“天澜醒来后，眼泪直流，过了许久，才对我说：‘妹子，天成既还在人间，咱们无论如何也得寻着他，让你们家庭团圆。’我当然也是这样想，可是天成火爆的性子，我知道得最清楚，这件事情，恐怕他至死也不会原谅我们。

“我们冷静下来之后，再从长计议。天澜道：‘事已至此，妹子，要委屈你，咱们还是做挂名夫妻吧。人海茫茫，天成一时难于寻找，逃难的日子，又实在过不下去，何况你还有两个小孩绊着身子，也只有先投奔李定国再说吧！’就这样，我们带领着一群难民，投到李定国军中，我们表面上是夫妻称呼，实际上却以兄妹相待。现在我也不怕说出来，几十年来，我和天澜可都是玉洁冰清，没有过半点苟且之事！”

红面老人轻轻用袖子揩了揩眼泪，说道：“妹子，这个我早已知道！”老婆婆看了他一眼，正待发问，红面老人却不停口地说下去道：“可是那时我却把你们恨透了。我仗着单身一人，无牵无挂，四处漂流。后来直走到回疆，在天山之南，遇到了也是万里投荒、隐身漠外的武当名宿卓一航，跟他学了九宫神行掌和鸳鸯连环腿两样绝技。当时我为了恨你们，发誓不再用你父亲传授的功夫。我也自知，若论到本门功夫，天澜和你都要比我高。”

凌未风这时插了句话道：“卓一航我小时候也见过，他是我师父晦明禅师的好友。可惜我到天山没多久，他就死啦。”红面老人睁大眼睛看看凌未风，噫了一声道：“原来你就是晦明禅师的关门徒弟。我飘流到回疆时，也听得晦明禅师大名。想跟他学剑，可是三上天山，他都不肯收我。后来给我磨得太多，才叫我另投名师，指引我去见卓一航。他老人家现在恐怕已近百岁大寿了。”老婆婆也点点头道：“怪不得你剑法这样厉害！算起来你这小伙子竟跟我们两老是同辈。”凌未风微微一笑，连道“不敢”！

红面老人继续说道："卓一航是晦明禅师的好友，武功自然也是顶儿尖儿的人物。我学了七年，自信两种绝技已得真传，就赶回四川寻找你们报仇。这时四川早已被清军平定，只有李闯王的残部，还占在川滇边区。大劫之后，面目全非，亲戚故旧，半登鬼域，我怎样也找不到你们，也无从打听。后来辗转寻访，偶然听武林名手说起，剑阁绝顶，隐有高人，我猜是天澜，这才两番到来寻仇打斗！"

老婆婆道："我们投奔了李定国后，不久便得重用。天澜成了李定国的心腹爱将，我也帮着管理女营事务。本来高级将领是可以和家属同住的，但我们却自愿离开。李定国有一天问及，天澜把全部事情都告诉了他，李定国慨然说道：'我必定帮你的忙，要令你们兄弟和好，夫妻重圆。'他也真够义气，在军务繁忙中，还派人到处查访天成的下落，谁知天成竟是到了回疆呢！

"那件黄衫，那件我新婚后亲手所做送给天成的杏黄衫子，我把它珍藏起来。衫上还染有天成的几点鲜血，我要把它留给仲明。仲明从小至大，我给他做的衣服，也都是黄色的，军中叫他做黄衫儿。有人奇怪问我，为什么总是做黄衫给孩子穿？我只是苦笑不答。这原因，我一直没有对仲明说过，我发誓要等他父子见面后，才告诉他知道。天可怜见，今天他们父子到底是见着面了！"

黄衫少年听到这里，泪流满面，低低唤了一声"妈妈"！老婆婆用手轻轻抚摸他的头发，继续说道："李定国初时占据川黔，力抗清兵，声势也很浩大，可惜夕阳虽好，已近黄昏，清军平定中原之后，兴兵三路，大举来攻，洪承畴、吴三桂等大汉奸都是满军的前驱，而张献忠余部的另一股主帅孙可望忽然又阵前叛变，投降了满清。李定国一路败退，直给追到缅甸，在孟腊吐血而亡。临死前他在病榻上交代军务之后，将一封信交给天澜，说道：'若你他日见着天成，将这封信交给他看吧！天成既是武林名家弟子，他不相信你，也该相信我！'李定国是一军主帅，英风侠气，当时真可说是万流景仰。他的话一言九鼎，真难得他在临死时还没有忘记天澜的事！

"李定国死后，我们从缅甸回来，那时川省义军已全部瓦解。

天澜叫我与他同到剑阁隐居。他说他以前曾奉李定国之命，到过剑阁几次，那里果木野兽很多，可以不愁生活。至于他以前去剑阁做什么，他没有说，我也没有问。”

红面老人接下去道：“我探出他们在剑阁隐居之后，就攀登栈道去寻找他们，那时我也收了一个徒弟，名唤于中，功夫也还过得去。我带他到剑阁，叫他在谷底等我，我是准备若万一不敌，埋骨荒山，也得有个人料理。

“我半夜到来，大出天澜意外。他要向我解释，可是我二十年来忍辱负重，积忿极深，哪里肯听他的话，一见面就用九宫神行掌的绝招打他，他被迫招架。我自以为学成绝技，胜券可操，不料他的功夫也没搁下，不但本门的大力鹰爪功已练得炉火纯青，而且学成了武林中的绝技‘绵掌’，比我的九宫神行掌还要厉害！他与我过招时一味退让，可是，我却以为他内疚于心，所以才会如此，更是气愤，越发紧迫，准备与他同归于尽。我们越打越急，他一路退让，我一路进逼，看看把他挤到悬崖之边。忽然有人大叫天成，我凝眸一看，正是我的妻子和一个黄衫少年来啦！我情知这少年一定是我的儿子，他自小与我分离，我也不知他长得怎样，不禁呆了下来，迎上前去看他。不料他一抖手，发出三枚金环，他的暗器功夫，已全得母亲所授，劲道更是比他的母亲还要厉害！天澜跃起一拍，替我打落一枚，我失魂落魄，不知躲避，其他两枚，全都结结实实地打中了我，我闭了穴道挺住，还是十分疼痛！那时我悲愤之极，自思妻不以我为夫，子不以我为父，还合力谋我，我还在此作甚？一扭身就向悬崖跃下！耳边只听得我的妻子大声喊叫和儿子的哭声！”

红面老人讲述至此，话语一停，低低喘息。他的徒弟于中托了一盘果子过来，并倒了一杯山茶，递过去道：“师父，你吃点东西！”红面老人低低说道：“好徒弟，师父也亏了你，大家都吃点东西吧！”

过了一阵，于中接着说道：“我奉师之命，在下面接应，师父事先也没告诉我到底是为了什么，只说所找的是他平生唯一的强仇大敌，我在下面遥听师父在上面呼喝之声，一颗心卜卜地跳个不休，没多久，忽见师父从上面滚下，我急忙上去接着，幸好师父受伤不重，他一起来，就挥手叫我快走，星夜离开了剑阁。我问他，他什么都不说，只是要我和他一道，苦学绝技！”

老婆婆啜了一口山茶，接下去道：“那晚我和竹君同睡，半夜醒来，忽听外面似有打斗之声，我急忙跳出，只见仲明已跳出去，我还没有来得及告诉他，他已骤然出手了。天成，你别怪我，我本意是要到死时才告诉孩子的，因为我不愿孩子纯真的心灵，蒙上阴影。所以他一直不知你是他的父亲。他一出手，天澜就大叫：这人是你的爸爸，可是已经迟啦！”

黄衫少年道：“我在剑阁长大，也觉父母神情有点奇怪，他们虽很和睦，可是晚上我跟父亲，妹妹跟母亲，十余年来如一日，日常相处，他们也都客客气气，和我小时在军中所见的叔叔婶婶大不相同。可是我也绝未料到，里头有这样复杂的情节！那晚养父和妈妈流着泪将事情告诉我，俨如晴天起了霹雳，我也不知恨谁才好，我只能恨我自己！我迷迷茫茫，手提双剑，飞奔下山，养父在我背后，叹了口气，也不拦我。下山之后，我什么也不懂，也不知从哪里找寻我真正的父亲，只是白天黑夜，无时无刻，都好像有一个声音，在耳边叫道：你杀死了你的父亲啦！我再也忍受不了，一天晚上我在荒野到处乱跑，自己折磨自己，那是一个大雪纷飞的冬天，没多久我就昏倒在原野上！”

说到这里，忽听外面有微微声响，老婆婆一指凌未风，未待开言，凌未风青钢剑已嗖地出手，轻轻一掠，似大雁一般穿出屋外。老婆婆道：“这声响未必是人，但有防备总好一点。有凌大侠在此巡视，我们可不必再怕小贼来骚扰了！”

黄衫少年继续说道：“我在雪地上昏迷了也不知多少时候，后来才给五龙帮的贼人救醒。以后就迷失了记忆，连自己的名字和来历都忘记了。”

冒浣莲道：“以后的事情我替你说吧。”她将遇见黄衫少年和怎样医治他的经过，一一告诉给老婆婆和红面老人，老婆婆又悲又喜，拉着她的手轻轻说道：“浣莲姑娘，我真不知道要如何感谢你才好！”

红面老人也定睛看着冒浣莲，又啜了一口山茶，继续说道："姑娘，我记起你来了，你就是当日在剑阁观战的人。听竹君讲，你还帮了我们大忙呢！

"你在剑阁那夜，是我第二次来找天澜师兄算账。事情也真有这样巧，竹君长大了，也像她的哥哥一样，用暗器伤了我。而我为了救她，又抱着清宫卫士，江湖以前闻名的巨盗'八臂哪吒'焦霸，同堕深谷，我虽然把他杀死，但他也把我弄成残废。"

竹君一手轻掠头发，一手拉着冒浣莲的手道："我当晚急痛攻心，自悬崖跃下，幸好我在深山长大，长日与猿猴为伍，虽不敢说轻功绝顶，但身手也还灵活，我翻翻滚滚，直下深谷，发现了爸爸已给于中师兄救醒，我就过去见他。那时他虽然伤重，见了我还是高兴得很，拉着我问长问短。我告诉他，十多二十年来，我都是和妈妈睡在一起，妈妈怪疼我的。他听了喃喃说道：'那么难道他们只是挂名夫妇？'我也听不懂他说的意思。"

老婆婆暗暗点首，心道："怪不得他刚才说早已知道。"红面老人尴尬一笑，接着说道："过了几天，仲明的妈妈回来了，那时我因为伤重，不能动弹，于中和竹君只好在谷中服侍我。她到了之后，才合力造起这间石屋。

"我们夫妻重逢，恍如隔世。她一路在我病榻边含泪诉说，我明白了一切，火气也都消啦！末后她还怕我不相信，拿出了一封信来。这封信是李定国临死前留给天澜师兄，叫他交给我的。这封信写得非常恳切，他以一军主帅身份，担保天澜不是坏人。并证实天澜和她只是对挂名夫妻。"

红面老人说至此处，伸出手抚着黄衫少年的头发道："要不是我还想着见你一面，那时我就真想了此残生！天澜师兄对我恩深义重，我却迫死了他！我实在不是人！儿啊！我要你今后改姓桂，就是为了报答他。你将来结婚生子，第一个算是桂天澜的，承继桂家香火。第二个才算是我的孙子，承继石家香火。儿啊！你要一世记着你养父对你的恩德！"

红面老人石天成与桂天澜之间的恩恩怨怨，至此大白，众人均不禁黯然神伤，唏嘘叹息！老婆婆忽然一手取过黄衫少年背上的行囊，解开一抖，抖出几件黄衫。红面老人叹道："儿啊！这几年难为你了，亏你还能体谅你妈的苦心，虽然失了记忆，黄衫服饰还是未改。"老婆婆闷声不响，忽然拣出了一件杏黄衫子，递过去道："天成，你看看这件黄衫，可不就是当年我给你做的那件，上面还沾有你几点血迹！"红面老人接过一看，流下泪来。老婆婆道："我们一直珍藏着这件衫，在仲明十八岁那年，才交给他保存，我们告诉他这是一件家传信物，将来凭这件衣服可以找到一个遗失了的亲人。他当时很是疑惑，也曾发问，我们告诉他还未到时候，不必多问。这个孩子很听话，果然珍藏起来，你看他流浪了这么多年，还是藏得好好的！"

红面老人把黄衫展开，三十年前的往事在泪光中摇晃，一时只觉万箭攒心！这件黄衫，现在已经陈旧不堪了，可是在他眼中，还像当年妻子新缝好交给他的样子。他忽然吩咐黄衫少年道："你把一枝点着的松枝拿来。"荒谷无灯，石室中点着一扎松枝照明。黄衫少年如言取过一枝燃着的松枝，红面老人将黄衫在火上一罩，顿时燃烧起来，说道："今日一家团圆，这不祥之物，再不要保存它了！"

众人望着黄衫在火中冉冉焚化，满怀凄怆，忽然冒浣莲叫道："你们看，那是什么？"众人定睛看时，只见那件燃烧着的黄衫，忽然在火光中现出一幅图画，图中现出一个瀑布，在瀑布的尽头，水像珍珠帘子一样，挂在一个山洞前面。山洞石门紧闭，火光中还现出一行大字："左三右四中十二"。众人诧异非常，都不懂这是什么意思，黄衫燃烧得非常迅速，霎忽之后，化为灰烬，冒浣莲将画默记心中，准备他日重绘。

红面老人莫明所以，问道："这是怎样搞的？"冒浣莲道："我听傅伯伯说过，有一种野草，烧成灰后，和水调匀，用来写字，字迹不显，但一经焚化，就露出来。有一些秘密的帮会，曾利用过这种野草，制成隐形墨水，来传达极秘密的信件。可是这种草很难找，用法也很少人知道。"

红面老人道："上面的字，我认得是天澜师哥的，可是他这幅图却是什么意思？"老婆婆也诧异道："我也未听他说过。他自从到剑阁隐居之后，越发沉默，常常整天都难得说一句话，我也不知道他是什么时候画的！”

不说众人在屋内乱猜，且说凌未风受老婆婆之托，仗剑在外面巡视。山谷中幽泉呜咽，萤火隐现，他想着屋中人悲惨的遭遇，又联想到自己的身世，不禁悲从中来，无可断绝。正思想间，忽见远处有两条黑影飞驰而来。

凌未风心中暗道：“这两人想必就是老婆婆所说的贼人，且看看他们的行径。”身子一伏，隐在草莽之中。这两人身法好快，霎忽到了面前，只听得其中一人说道：“闻说桂老头儿躲在剑阁，何以找不着他，只见一间残破的茅屋？”另一人道：“等韩大哥来就有办法了，就是怕他不来。”说话之间，两人已离开凌未风四五丈地。凌未风暗暗搓着一小块泥土，团成小小的泥丸，双指一弹，正正打在后面那人的肩上，那人蓦然惊起，游目四顾，杳无人迹。这时恰值一阵风吹过，旁边一棵大树，飘下几片树叶。那人也是内家高手，起初以为是树上落下的泥土，继而一想，是树上落下的，自己不会感到一阵酸痛。他拍拍前面的人道：“并肩子站着，有线上的朋友来了！”前面那人回头说道：“陶大哥，你见了什么啊！”被唤做“陶大哥”的闷声不响，一掖衣襟，飞掠上树，正待瞭望，忽然足踏的那根树枝，又是喀嚓一声，齐根折断。幸而他的轻身功夫很俊，一个“细胸巧翻云”，轻飘飘地落在地上，兀是张目四顾。凌未风不禁笑出声来。

这两人回声骂道：“是线上的朋友，请出来指教个三招两式，鬼鬼祟祟暗中捉弄，算什么英雄？”凌未风笑着站了起来，说道：“我就在这里啊！谁叫你们看不见？”

这两人一个名叫八方刀张元振，一个名叫黑煞神陶宏，都是陕西的独脚大盗，论功夫倒不是庸手，只是轻功暗器之术，却逊于凌未风，这番被凌未风暗中考较，都很生气，一左一右，猛地向凌未风扑来！

凌未风单掌护胸，凝身不动，左面的张元振一拳打到，他才突地沉掌横截，张元振微吃一惊，一记“手挥琵琶”，将凌未风的横劲化开。陶宏在右面骈指如戟，旋身扑进，伸指便点凌未风的“涌泉穴”。

凌未风侧身闪过，反手一点，也向陶宏腰间的“璇玑穴”点来，口中笑道：“你这厮也会点穴？”凌未风出手如电，陶宏含胸吸腹，虽未给真个点中，衣裳已给凌未风戳了一个小洞，趁势双指一钩，撕开了一大片。

陶宏往旁疾退，喝道：“你是什么人？”凌未风道：“你又是什么人？”张元振这时已看清楚凌未风脸上的刀疤，吃了一惊，叫道：“你是不是名唤天山神芒的凌未风？”凌未风傲然说道：“你也知道我的名字？”张元振道：“你在西北混得好好的，何苦来趟这趟浑水？”凌未风听不懂他的话意，喝道：“什么叫做浑水？天下人管天下事，你们敢来欺负残废老人，我可不能不管！”

陶宏急忙抱拳说道：“凌大侠，你是说桂天澜残废了？我们不是他的仇人，他在哪里？烦你引见引见。”

凌未风未及答话，远处又有三人飞奔而来，凌未风一看，全是上了五十岁的老汉。张元振、陶宏二人作了个罗圈揖，说道：“罗当家、达土司和卢舵主都来啦。咱们合字的朋友，一瓢水大家喝啦！”凌未风一听，便知是绿林中的切口，绿林中人在下手抢劫一票财物时，若碰到另一帮的也来拦截，如不想火拼，就得答应“见者有份”，大家分赃。“合字”是指“同道中人”，“一瓢水”是指“财货”。凌未风十分诧异，这些人到荒谷中做什么“买卖”？

张元振指着凌未风道：“这位是西北游侠天山神芒凌未风。”那三人漫不经意地点了点头，张元振又对凌未风一一介绍道：“这位是在川北眉山安窖立柜的罗当家罗达，这位是石砥土司达三公，这位是青阳帮的舵主卢大楞子。”凌未风一听，知道这三人都是四川响当当的角色，自己在西北名头虽大，却从未到过四川，怪不得他们听了自己名字，也只等闲视之。但却不知何以一夜之间，竟有这么多位绿林高手到此，而且其中还有一位以铜筋铁骨闻名武林的外家高手达土司！

当下张元振又道：“这位凌大侠，是桂老头儿的朋友，他说桂老头儿残废啦，我们正想请他引见。”后来的三人齐声道好。凌未风本想将桂天澜已死之事告知，随后一想，却又忍住。心想他们既自称是桂天澜的朋友，且先带他们见石老太太再说。

且说红面老人和老婆婆等正在猜测桂天澜遗下的怪图。忽闻外面人声脚步声响成一片，老婆婆拔剑说道："难道有什么贼子到来，连凌未风也挡不住？"她迎出屋外，只见凌未风一马当前，高声叫道："石老太太，有几位朋友要来看你，他们说是桂老前辈熟识的！"

张元振和达土司听凌未风口叫"石老太太"，都觉诧异，他们唱了一个肥喏，说道："桂老嫂子，还记得我们吗？天澜兄在这里吗？"老婆婆面色一沉，随即说道："桂天澜已给清宫卫士害死啦，你们来迟一步了。我的当家石天成倒在这屋子内，只是他现在已是废人，可不敢请老朋友们进去！"说罢横剑在门口一站。

张元振和达土司，都是桂天澜和她在李定国军中之时，所认识的人。张元振是一股山匪头领，当时也听李定国的号令，达土司则曾有一次借路给李军通过，那次接洽借路的人正是桂天澜，那时她还是桂天澜的挂名妻子。

张元振和达土司听老婆婆这样一说，全都怔着！他们根本就不知道老婆婆另有一位"当家"，只疑她是说谎，可是见她横剑挡在门前，又不敢贸然就动手。要知道这老婆婆当年是李定国军中第一名女杰，五禽剑法，驰誉川中。达土司还不怎样，张元振已是有点心怯。正迟疑间，忽见远方又是一簇簇的人影。

众人正凝视间，忽听得青阳帮舵主卢大楞子道："是石老嫂子吗？我叫卢大楞子，当年曾受过令尊的恩典，也曾叨扰过贤伉俪的一席酒，石大哥若在此处，理当容小弟进去拜见。"卢大楞子是峨嵋派的俗家弟子，少年时酗酒使气，得罪过两个极厉害的江湖人物，幸得石大娘的父亲川中大侠叶云荪出头排解，才告无事。经此一来，他的气质也改变了许多，因此对叶云荪很有好感。后来石天成结婚时，他也来作贺。自吃了那顿喜酒之后，一别三十余年，石大娘和桂天澜的事情，他就全不晓得了。

老婆婆重睁双眸，仍是横剑当门，瞧着卢大楞子道："谢谢这位朋友的好意，只是我们当家的已被清宫卫士弄成废人，昨晚他们还曾到荒谷搜查，打伤了我的女儿，我们当家的正等待这班鹰犬再来，可不愿连累朋友。”卢大楞子气冲冲道：“有这等的事？”

说话之间，远处的那簇人影，已到了石屋之前。老婆婆厉笑一声道：“你看，这不是卫士老爷们来了！”卢大楞子扭头一看，果然是五个穿着一色青衣服饰的卫士，散了开来，采取包围之势。

卢大楞子道：“我给你打发他们！”身形方起，却给眉山寨主罗达拉着道：“卢大哥，且慢，咱们别忙犯这趟浑水！”

这五个卫士中，有三个是大内一流高手，为首的叫王刚，曾以金刚散手名震武林，另外两人一叫申天虎，一叫申天豹，是两兄弟，以沧州洪四把子真传的吴钩剑法，称为武林一绝。又另外两人则是川陕总督府的卫士，一叫洪涛，一叫焦直，以前也是川中的绿林人物，后来给川陕总督网罗了去的。这两人此来是给王刚他们带路。

洪涛、焦直和罗寨主、达土司、张元振等都是相识，知道他们的武功不凡，当下对王刚说了一声，随即打招呼道：“咱们奉命捉拿钦犯石天成，其余不相干的人都没事。朋友们，借个路！”

卢大楞子暴声喝道：“这不成！”罗达却道：“大哥，别人正点子还没开腔呢，你急什么？”罗达、张元振、陶宏、达土司等，虽则是绿林人物，雄霸一方，可却只是普通的绿林道，与李自成、张献忠不可同日而语。他们只是啸聚山林，但求立足而已，因此与官兵素来河水不犯井水，有时还互相孝敬，各保平安。若要他们与大内卫士作对，包庇钦犯，他们可不大愿意，而且他们与桂天澜、石天成也没有什么过命的交情。

老婆婆抱剑当胸，向卢大楞子一揖说道：“我老婆子多谢这位热心的朋友，可也不敢叫好朋友为难。我虽年老，还不含糊，我接下来好了！朋友们，请闪开！我要会一会这些皇帝老贼的狗爪子！”

老婆婆一展剑锋，飞身欲出。凌未风抢先一步，拦在前头，高声叫道：“老大娘，这几个兔崽子留给我吧，我有许久没有吃兔子肉了，你若手痒，我就留两个给你！”说罢，足尖一点，俨如巨鸟飞腾，掠起一阵风声，单身落在五个卫士的前面。老婆婆哈哈笑道：“好，我让你，你有胃口就全吃掉好了！”

凌未风单足点地，身子一旋，对蓄势待发的五个卫士，环扫一眼，冷然发话道："这里的事情主人交托给我了，你们冲着我来吧！"洪涛面向群豪，高声说道："你又不是正点，凭什么要替人挑大梁？朋友，咱们河水不犯井水，各管各的吧。青山常在，绿水长流，哪里不套个交情，我们认你是个朋友好了！"

凌未风说话十分冲撞，你道何以洪涛对他却如此客气？原来刚才卢大楞子那么一嚷，而洪涛又认得罗达、达土司等和他一路，只恐凌未风一出手，这些人会帮他。这几个人全是绿林高手，凌未风他虽不识，便只看他亮出的这手轻身功夫，就非同小可，自己这边五个人，若只对付石天成夫妇，加上他的女儿和徒弟，那是绰有余裕。但若群豪联起来合斗，可就讨不了好去。因此他虽闷着一肚子气，还是不能不套交情，说好话。他只道凌未风也是像罗达一样，乃是绿林人物，可以笼络，可以利用的。

哪料他不说犹可，一说之后，凌未风猛然喝道："放屁，谁是你的朋友！"他见洪涛望着群豪，亢声说道："你们只冲着我一个人来好了！"说罢转过面对罗达等人说道："各位朋友，若看得起我，请不要助拳，免得他们说我们以众凌寡。"

这时黑夜渐逝，曙色初开，晨光曦微中，大内卫士的首领王刚看清楚了凌未风面容，忽然跨前一步，阴恻恻地道："你这厮是不是凌未风？"凌未风傲然说道："是又怎样？"王刚怪笑几声，向众卫士招手道："你们看清楚了，这位就是大名鼎鼎的天山神芒凌未风，夜闹五台山，抢走舍利子，全有他的份。凌未风，别人怕你，我们可不怕你，你乖乖地跟我们走吧！"

原来楚昭南在云冈逃脱之后，回京报告，清廷把凌未风绘图造像，分发各地，列为头等钦犯。比较起来，他比石天成夫妇更为重要，清廷更欲得而甘心。王刚诸人无意之中，碰着了他，又惊又喜。王刚自恃金刚散手，平生无对，他本想钻营禁卫军统领的地位，不料楚昭南回京后，康熙却把这位置给了楚昭南，连副统领张承斌都升不上去。王刚大为不服，早就想找机会斗斗凌未风，间接煞住楚昭南的气焰。

凌未风冷笑一声，青钢剑拔在手中，剑尖一指，正待发话，猛听得背后有人高声喝道："凌大哥，留下我的一份！"屋中一人，手提双剑，旋风也似的飞奔出来，此人正是黄衫少年桂仲明。

凌未风将剑抛起接下，嘻嘻笑道：“他是石老前辈的公子，他可就是你们要找的点子之一，他这一来，我可不好意思独吞了。”

王刚板着面孔，冷冷说道：“你们既然替石老儿出头接着，那就划出道儿来吧，你两人若输了又怎样？”

桂仲明说道：“我若输了，全家让你们拿去！”凌未风笑着接道：“连我也算在内。”卢大楞子在旁插口道：“这不公平，还没有说他们输了又怎样？”凌未风道：“这可不必说了，反正他们逃不出去。”

王刚怒道：“好小子，你们有多大本事，敢如此目中无人？咱家不惯耍嘴，外面见真章去！”洪涛却道：“且慢，我们虽说是捉拿钦犯，大家可都是武林中人，我要请在场的罗大哥、达土司等做个证人，这规章可是他们自己定的，免得各位大哥说我们以强欺弱，以大压小。”洪涛终是顾忌在场的达土司诸人，恐怕他们会帮凌未风，因此拿话先压着他们。既然请他们做证人，他们当然就不能出手。

卢大楞子哼了一声，罗达抢着说道：“这个自然，我们也想开开眼界！”凌未风抱剑一揖说道：“承各位看得起我，两边都不助拳，那好极了！石老大娘，你也不必来了。”老婆婆仍是横剑当门，高声说道：“我来干什么？我老婆子信不过你，还肯把全家大小付在你的身上？你们要打，可就快打，要离开远一点打，我当家的养病，不许你们在这里嘈吵！”

凌未风哈哈笑道：“你们听见没有？老大娘不许我们在这里打，外面山谷宽阔，咱们外面打去。”王刚把手一挥，五个卫士同时向外面谷中盆地跑去。申天虎悄悄问道：“他们会不会逃跑，敢不敢跟来？”王刚道：“那不会。”申天豹回头一望道：“王大哥，这可说不定，他们现在还未起步呢！”

二申陡地凝步，正待喝骂激将，猛然间，只见两条黑影，快如闪电，直扑过来，还未看清，已觉衣襟带风之声，拂面而过。王刚身形骤起，疾如飞鸟，往前便追，申家兄弟也猛地醒起，急忙飞跑。

二申转过山坳，刚到盆地，只见那两条黑影已立在当中，凌未风单剑平胸，桂仲明双剑交错，冷冷笑道：“卫士老爷们，这几步路，你们都走得这样慢！”二申又惊又恼，知道这是敌人故意较量他们，心里骂道：“你们别狂，轻身功夫算得什么？等会叫你尝尝咱们的吴钩剑法的滋味！”

过了一会，罗达等人也已到齐，其中还多出了一位红衣少女，一对秋水盈盈的眼睛，注视着黄衫少年桂仲明。

这红衣少女正是冒浣莲，她腰悬佩剑，手里还握着一把夺命神砂。她本意是想出来助阵，但一跨出门，老婆婆就告诉她，如非敌人伤害她，千万不能出手，免得损了凌未风的名头，因此她也杂在群豪之中，两眼紧紧盯着桂仲明。王刚突见多出一个少女，又见她这副神情，不觉瞧了她好几眼。

这时朝日初升，晓霞映照，幽谷中的巉岩怪石，豁然显露，群豪和冒浣莲箕踞作壁上观，在凹凸不平的山谷盆地中则两阵对圆，剑拔弩张。正是：

荒山剑气冲牛斗，万木无声待雨来。

欲知后事如何？请听下回分解。

第十一回　一女灵机　桂仲明无心获宝剑
群豪慑服　凌未风赌技夺黄金

凌未风大喝一声道："你们想怎样打法？是并肩子上呢？还是一对一的车轮战？"王刚在群豪之前，不甘示弱，高声答道："我众你寡，由你们先划出道来吧！"凌未风剑眉一扬，说道："请在场的武林前辈一言！"卢大楞子道："凌大侠这边仅两个人，以二敌五，那不公平，顶多每边只能出两个人，是联手或是独斗，悉随尊便。"

王刚听了，正想派申家兄弟叫阵，川陕督府的卫士焦直、洪涛已抢了出来，高声叫道："我们久闻石老前辈武功精强，想请教他的公子几招，凌师傅要上来也可以。"这两人颇工心计，他们自知武功不及大内高手，又怕被人轻视，因此一上来就拿话扣着凌未风，指名索战黄衫少年。他们虽说"凌师傅上来也可以"，但他们知道以凌未风的名头，一定不会听了这种似迎实拒的话后，还来和他们相斗，而黄衫少年，他们却并未放在心上。

凌未风淡淡一笑，果然按剑不动。黄衫少年桂仲明，哈哈大笑，手提双剑，满不在乎地就上前去，叫道："发招吧！你们两人哪值得我凌大哥动手！"

焦直使的是一对方天画戟，在川陕督府之中，武功第一。见桂仲明懒洋洋的不立门户，乘他说话之际，突地双戟一分，"指天划地"，戟上白森森的五寸多长的鸭嘴尖锋，呼地刺向桂仲明左臂。洪涛使一柄花鳞紫金刀，一个搂膝绕步，转到桂仲明后侧，顺势疾展刀锋，横斩敌手后腰。前后夹攻，想一下子就把桂仲明置于死地。

桂仲明陡地一声大喝，如晴天起个霹雳，舌头绽出春雷，右剑向上一抬，只听得喀嚓一声，焦直方天画戟的鸭嘴尖锋，登时截断！他头也不回，左手往后一撩，搭着了洪涛攻来的刀锋，顺势一推，洪涛只觉一股大力压来，二十八斤重的大刀几乎脱手飞去。焦直急忙叫道："洪二弟，你走左面偏锋，上！"他一对方天画戟，抡转如风，使出许多花招，拼命架住桂仲明的双剑。

这是桂仲明自灵智恢复之后，第一次与强敌相斗。他见冒浣莲倚着岩石，笑盈盈地望着他，精神大振，双剑施展开来，精芒电闪，不过一会，焦直、洪涛二人就全被剑光裹着。罗达等人，在旁边看得目眩心惊，料不到石天成的儿子，也有这样功夫！

又过了一会，桂仲明已看出焦直的戟法全是花招，不敢和自己硬碰，哈哈大笑，觑准来路，一招"巧女穿针"，闪电般地刺将出去，焦直右腿往后一撤，左戟一晃，"举火燎天"，右臂一沉，"白鹤掠翅"，右戟向下一兜一扫。右戟主攻，乃是虚式，左戟主守，方是实招。不料桂仲明那招也是虚式，焦直左戟一抬，他就疾吐疾收，步法一变，身形一挫，倏变为"猿猴摘果"，连挑带刺，青光一闪，便到面前，挑裆刺腹，猛下杀手！焦直大叫一声，双戟同时回救。桂仲明一声大喝，剑光起处，把一支方天画戟劈成两段，右腿起处，又把另一支画戟踢上半空。他右手剑也并不迟缓，从"猿猴摘果"，疾变为"旋风扫叶"，惨叫声中，焦直的一条手臂已与身体分家，桂仲明一腿把焦直水牛般的身躯横扫出数丈开外，刚好撞着岩石，眼见不能活了。

这几招快如电光石火，待洪涛看得清时，急忙后退，已来不及，桂仲明腾空一跃，好似平地飞起一头巨鹰，向洪涛当头罩下，洪涛紫金刀往上一挡，哪挡得住！只听得喀嚓一声，手腕先断，身子也跟着被劈成两边。这是五禽剑法中的绝招，名为"苍鹰扑兔"，都是他母亲所授。

王刚等三个大内高手，虽看不起这两个川陕督府的卫士，但也料想不到只不过一盏茶的功夫，两人就都了结，而正点子凌未风还未出场。王刚眉头一皱，正待亲自出场，用金刚手去硬抢桂仲明的双剑。只见申家兄弟二人，已联袂而出。桂仲明双剑一立，严阵以待。凌未风高声叫道："桂贤弟，你已够本有赚了，这两个让给我吧！"

申家兄弟的吴钩剑法是沧州洪四把子的真传，乃是两人合使的。申天虎使一对护手钩，用以锁拿敌人刀剑，守中带攻；申天豹使一柄长剑，则完全是进手的招数。这对兄弟的吴钩剑法，所以称为武学一绝，乃是因为他们攻守配合，恰到好处。三十年来，弟兄出手，从未落过下风。就是在京城之时，楚昭南和他们比试，用尽功夫，也只是勉强打个平手。

凌未风久历江湖，见多识广，深知沧州洪家吴钩剑法的厉害。一见申家兄弟的兵刃和联袂出场时的身形，就知是洪门弟子。他恐怕黄衫少年武功虽强，但经历尚浅，不懂应变，因此急急赶上，替回了他。

申家兄弟立好门户，喝声："接招！"申天豹一口长剑疾地便向凌未风胸前扎去。凌未风知道他们一攻一守，专找破绽，微微一笑，兀立如山，待得申天豹的剑尖刚一及胸，身子突然摇动，手中的青钢剑"当"的一声便荡开了申天豹的剑尖，望都不望，反手一剑，又恰恰把申天虎攻来的双钩格过，他拿捏时候，恰到好处，申家兄弟都吃了一惊，三人一触即分，斗鸡似的互相盯着。

三人丁字站立，屏神敛气，都不敢贸然进招。众人看得十分纳罕。达土司三十年前见过洪四把子吴钩剑表演，悄悄对卢大楞子说道："这是碰到极强的对手时，才会如此。这两兄弟是想等凌未风先发招，才找他的空门进击。看来这个'天山神芒'，敢情真有点本事。"话犹未了，只见凌未风大喝一声，青钢剑一震，向申天豹横扫过去，剑尖颤动，寒光点点，如浪花般直洒下来，申家兄弟布成犄角之势，双钩一剑，攻势也是有如暴风骤雨。剑光电闪，钩环山响，打得难解难分！

斗了一百余招，申家兄弟额头见汗，凌未风则仍是神色自如。旁边的人还未看出什么，王刚已知不妙，双掌一错，奔了出来，高声喝道："两位兄弟请退，待我领教一下凌师傅的剑招。"

申家兄弟拼命疾攻数招，掩护撤退。凌未风蓦地一声长笑，大声喝道："你们要认输也不行！"剑法一变，翻翻滚滚，申家兄弟只觉冷气森森，寒光闪闪，四面八方全是凌未风的影子。

王刚奔出阵来，见三人仍是苦斗不休，剑光挥霍，剑气纵横，哪里插得进去？而且两方有言在先，以二打一已是有失面子，自己再插进去，纵能打胜，也令天下英雄齿冷。何况王刚乃是成名人物，以金刚散手享誉三十余年，在各路高手之前，更不欲为人所笑。

王刚正在踌躇，忽见对面的黄衫少年桂仲明，缓步而出，高声叫道："凌大哥没空和你打，我来接你几招。"王刚正苦无法下台，见他出来，心中大喜，说道："既然如此，拔剑吧！"桂仲明道："小爷从不先亮兵刃，你的兵器呢？你要单打独斗，我就让你先进三招。"王刚哈哈大笑，心想这少年一定是未曾出道的雏儿，自己以金刚散手名震武林，从来不用武器，他竟然叫自己取出兵刃，真是不知天高地厚。当下双手一摊，笑得前俯后仰，说道："你问在场的叔伯，几时听见我王刚用过兵刃？你尽力把双剑斫来吧，看我接不接得住你？"

桂仲明面色一沉，冷冷说道："你笑得早了点儿，见过胜负你再笑吧！那时你笑得出来算你好汉。好！你既然不用兵刃，小爷也空手接你几招。"说罢把双剑拔出，猛然掷向山崖，登时碎石纷飞，两口剑直没到剑柄，说道："现在，我身上也没了兵器，你放心了吧？咄，你还不进招是何道理？你到底想不想打？"

桂仲明亮了这手，旁观的群豪都大吃一惊。他们虽见过桂仲明斗焦直、洪涛时的武功，但他们更知道王刚的厉害，他们想桂仲明仗剑相斗，还未必得胜，如何这样狂妄自大，小小年纪，竟要赤手空拳对付武林中的成名人物？

冒浣莲见群豪窃窃私语，面露骇容，又见王刚出场时的声势咄咄迫人，知道此人必是五个卫士之首，定有非常武功，不觉向前移了几步。卢大楞子以为她是石天成的女儿，轻声叫道："你把你的哥哥叫回来吧，这人外家功夫登峰造极，金刚散手，天下无对。让凌大侠和他打，也许可以招架得住。"冒浣莲听了，先是一惊，听完了心头反而稍宽了。她想：桂仲明的功夫比凌未风的功夫差不了多少，这人说凌未风招架得住，那他纵最不济也可以支持一些时候，那时凌未风早已把那两个家伙收拾了。但，虽然如此，冒浣莲还是心头鹿撞，正所谓情非泛泛，分外关心，不知不觉地仍然一步步移近斗场。卢大楞子虽然发觉，但想：让她出去，待事急之时相救也好。反正那边大内三个高手都已出齐，若她上去帮黄衫少年，也只是三对三，不算犯了规章。

王刚听得桂仲明叫他先行发招，怒不可遏，心想：我一掌下去，不把你打成肉酱才怪。桂仲明懒散散地又呸了一声道："还不动手，等交代后事吗?"王刚怒吼一声，伸开蒲扇般的大手，掌挟劲风，一掌便向桂仲明太阳穴打去。桂仲明身躯一闪，轻轻避过；王刚左掌随发，桂仲明再退三步，仍然闪开。王刚蓦然向前一跃，双掌化拳，"二鬼拍门"，猛地夹击桂仲明双颊，这招急如星火，卢大楞子惊叫起来，冒浣莲一颗心突突跳动，闭了双目，不敢再看。在场的各路高手，都以为桂仲明必遭毒手，不料桂仲明身法奇快，间不容发之际就在王刚拳头之下钻了过去，大声叫道："我说要让你三招，你看是不是?"

原来桂仲明自幼跟随义父桂天澜，练习大力鹰爪功。大力鹰爪功和金刚散手是同一路数，他听义父说过，这类硬功夫讲究的是一鼓作气，连环猛扑，最怕是强攻不下，消了锐气。桂仲明又仗着自幼在剑阁绝顶之处长大，镇日与猿猴为伍，天生就一副绝顶的轻身功夫，因此故意拿话来激王刚，连避三招，挫折他的骄焰。但肩头还是给王刚的拳风扫着，感到一阵火辣辣的疼痛。

王刚却不知桂仲明也受了挫折，见他连避三招，果然锐气大折，又惊又怒，当下再不敢轻敌，左掌护胸，右掌又是"呼"的一声向桂仲明胸口打来。他用的是金刚散手中的"排山运掌"的功夫。桂仲明只觉一股大力向胸前击来!

桂仲明奋起神威，凌空扑起，运大力鹰爪功，朝王刚劈面抓去，两人碰个正着。桂仲明大喝一声，十指如铁钩一般，抓着了王刚手腕。王刚双掌一翻，用金刚散手中的"摔"字诀，掌背向上一挥，桂仲明身子悬空，在运力上先吃了亏，他第二次使出怪招，竟以五禽掌中绝险的身法，悬空向后一仰，左脚一个"蹬脚"蹬到王刚胸前，疾喝一声“起”！王刚用力一挥，桂仲明双手一松，一个“细胸巧翻云”，向后倒翻出数丈之外。在桂仲明使出怪招之时，王刚也迫得矮身躲避，虽闪过胸膛，左胯还是给结结实实踢了一下，同样在地上滚出数丈开外。

桂仲明落地一看，自己给王刚反掌一挥，指尖碰着的地方，已经皮破血流；王刚站起一看，手腕上也如同给火绳烙过一样，烙起十条红印。两人都极为骇异，料不到对方功力如此深湛！

两人虽各吃了对方的亏，但在旁观的人看来，桂仲明是以绝顶轻功解开险招，而王刚却要滚地闪躲，明明是王刚输了一招。各路高手都不禁啧啧称奇，先前瞧不起桂仲明的，而今都刮目相看。

王刚自成名以来，从未碰过如此劲敌，绝料不到会在一个“后生小子”手底，折了锐气。他这时已不敢急于求胜，抱元守一，调好内力，以金刚散手的厉害招数，带攻带守，与桂仲明的大力鹰爪周旋！

这样一来，形势顿时逆转。本来论功力两人都差不多，桂仲明天赋极高，王刚则火候老到。但王刚横行江湖三十余年，手底下不知会过多少英雄好汉，经验之丰，远非桂仲明可比。一“稳”了下来，立刻以避实击虚、专抢空门的战法，迫得桂仲明转攻为守！两人都是掌风虎虎，掌到即收，不敢把招数用老。在高手看来，虽然身体并未接触，可是却比刚才的险招，还要令人怵目惊心。只见地上沙石纷飞，掌风所到，附近的树叶都簌簌落下。

战到分际，桂仲明渐感处在下风，突然大喝一声，双掌疾发，两人都给对方掌力震退数步。桂仲明趁势一缓，待王刚再扑来时，掌法突然一变，掌风发出好似没有以前凌厉，但每招每式，都是含劲未吐，王刚偶尔掌锋触及，只觉对方的手是软绵绵的，然而却又有极大的潜力向自己反击。这一惊非同小可，急忙更用足精神，以平生绝技与桂仲明相斗！

桂仲明这手是绵掌的内劲配上鹰爪的硬功。原来他的义父桂天澜除精于本门的大力鹰爪功外，又以二十年的苦功，熟习了内家绵掌。在武林中二者兼修，而又具有上乘功力的，只他一人！

这时，凌未风和申家兄弟，也正打得火炽异常。凌未风一剑快似一剑，将申家兄弟迫得满头大汗。二申也施展出平生所学，所使的尽是吴钩剑的精妙招数，配合得天衣无缝，招招都是毒着。但饶是如此，到底还是落在下风。凌未风的剑法是海内第一名手所授，精微超妙之处，实出一般人意料之外。

凌未风以天山剑法，恶斗申家兄弟号称武林绝学的吴钩剑，本来是武林中旷世难逢的比剑，但自桂仲明一出，群豪反而把他们冷落了。卢大楞子叹口气道："这样的比剑真是人生难得几回看！只可惜今日好戏连台，那边的比掌，更是武林的奇迹，真恨不能生多一对眼睛！"

正当各路高手屏神静气，注目桂王恶战之际，凌未风和申家兄弟，已到了强存弱亡，生死立判的地步。申天豹正使到一招"横江截斗"，拦腰一剑，想阻止凌未风连绵不断的攻势。哪料凌未风"嘿嘿"两声，身随剑走，迅逾狂飙，右手剑一翻，青光闪处，剑光已向申天豹颈项勒下。申天虎双钩在凌未风背后疾上，凌未风身子一拧一旋，申天虎双钩扑空，未及变招，已给凌未风一掌击中前胸，与此同时，申天豹亦给凌未风的青钢剑自后心直透前心。

凌未风在衣襟上揩掉剑锋的血迹，旋首四顾，弹剑长啸，山鸣谷应，回声悠悠。群豪相顾骇然，王刚更是大惊失色。

这时桂仲明愈斗愈勇，绵掌与鹰爪连环运用，双掌起处，全带劲风！王刚已是无心恋战，忽使狡计，虚晃一招。桂仲明掌如刀削，直劈下去，快若流星。王刚突然左肩向前一撞，"蓬"的一声，吃了桂仲明一掌！他也乘势身向前倾，五指如钩，擒着了桂仲明右腕，用手便扭。王刚竟是拼着肩受掌伤，企图败中取胜，施展金刚手中最厉害的擒拿手法，想把桂仲明活擒，挟作人质。他见申家兄弟，两人合攻，还是丧在凌未风剑下，自知不是敌手，因此想拿着桂仲明来要挟凌未风。

哪知桂仲明虽因经验尚浅，中了敌人诱敌之计，但到底功力深厚，临危不乱，右臂一振，硬如铁棒，虽然挣不脱手，王刚也扭他不动。他左手也不闲着，一个冲拳，又是"砰"的一声，击中了王刚下巴，王刚"哇"的一声，满口鲜血，直喷出来，两排门牙，全被震碎，痛彻心肺，右手不能不松开来，向后倒翻出去！

冒浣莲因关心过甚，一步一步，移近斗场，当桂仲明遇险之际，她竟然不顾一切，飞纵上来，王刚一个倒翻，站起来时，恰与冒浣莲劈面相逢，心中大喜，右手一抓抓去，冒浣莲迎面就是一把夺命神砂，王刚毫不躲避，粒粒都嵌入皮肉之内，他冲着神砂，仍是飞身扑去，一抓抓下，将冒浣莲脉门扣住，大喝一声，将冒浣莲整个身躯，当成兵器，抡了起来，四面一荡，桂仲明手扣金环，正想发射，投鼠忌器，迫得又放下来，飞身追去，在王刚背后，大声叫道："你把她放下，我饶你一死！"

王刚连连狞笑，发力狂奔，桂仲明在岩边顺手拔起双剑，旋风飞扑，凌未风挺剑追上，各路高手，也不自觉地跟上来，但看着王刚凶狠的神情，没有一个人敢于出手。

瞬息之间，已追出两个山坳，前面豁然开朗。这时朝阳普照，众人猛听得水声响若郁雷，山顶一条瀑布，如白练般直冲而下，在谷底汇成一个水潭，水潭边有一个山洞，瀑布给周围岩石，激起一大片水花，山洞之前，就似挂了一幅水帘，朝阳辉映，幻成七色的彩带，奇丽无俦！但众人谁也无心赏玩风景，大家都不发一言，只顾前追！

凌未风身法迅疾之极，早已越过群豪，这时已追上了桂仲明，与王刚相距不远。他拍一拍桂仲明肩膀，低声叫道："你且闪开，待我救她！"桂仲明如言往旁一闪，只见凌未风右手一扬，三支天山神芒，电射而出。桂仲明大骇叫道："你做什么？"要想阻止已是阻止不及！

王刚自以为挟着冒浣莲掩护，万无一失，哪料凌未风的暗器手法，神妙异常，三支神芒全是虚发，王刚舞起冒浣莲作为盾牌，一扫不中，缓得一缓，第四支神芒又如流星赶月般射来，王刚正待抡起冒浣莲再挡，啪的一声，右臂已给神芒穿过，登时奇痛彻骨，手掌一松，将冒浣莲跌在地上。王刚耳边听得凌未风叱咤之声，哪里还顾得再伤害冒浣莲，急得向前一掠数丈，拼命狂奔！

凌未风一跃而前，将冒浣莲轻轻扶起，伸手一拍，解开了她的穴道，微笑着对追上来的桂仲明道："交回给你，她毫发未伤，你可放心了吧！"

王刚发劲狂奔，除了右臂奇痛之外，猛然间又觉全身麻痒，神志渐渐迷糊。这一惊非同小可，急急振摄心神，这才想起，刚才所中的那把砂子，竟然都是喂毒的“暗青子”(暗器)，吓得亡魂直冒，而后面凌未风又是如飞追来！他冷汗直流，人也陷入狂乱的状态之中，急不择路，竟然一跃数丈，跳过瀑布汇成的水潭。凌未风大喝一声，又是一支天山神芒，自后射来，王刚避无可避，迫得向前猛力一冲，越过了山洞前的水帘，全身力量，都集中在左臂之上，劈啪一声，“单掌开碑”，一掌击在山洞的石门上。王刚的金刚手有几十年功力，拼死一击，力量端的惊人，只见手掌劈下，碎石飞扬，轰隆一声，石门轧轧地开了半扇，里面原来是用千斤石条当门栅一样拦住，现在给王刚掌力震断，石门也就开了。而王刚的掌力用得过猛，也给石门反弹出来，手腕打断，给瀑布一冲，跌入了无底深潭，挣扎几下，片刻没顶。到凌未风与各路高手赶到潭边之时，只见水潭上几圈波纹，四外荡开。这个武林叛逆，外家高手，已随浪花消逝了！

各路高手，伫立潭前，默然不语。他们目睹这一场惊心动魄的恶战，又目睹王刚惨死，尸骨无存，目定口呆，各有感触。良久，良久，卢大楞子吐口气道：“活该！活该！这贼子早该有人收拾他了！”达土司向凌未风瞧了两眼，暗暗想道：“我虽未与王刚比试过，但看他金刚掌力，外功之强，似不在我铁布衫的横练功夫之下，而今竟给凌未风几支暗器迫死，看来这个天山神芒，真是名不虚传。”罗达却圆碌碌地睁大眼睛，看着石洞出神。

冒浣莲这时已随黄衫少年缓缓行来，看着水帘如彩带一般映日生辉，而底下潭影悠悠，波光胜雪，猛然想起一幅图画，跳将起来。

桂仲明心念一动，拉着冒浣莲道：“这不就是我义父在黄衫上留下的隐形图画?”冒浣莲低声说道：“一点不错，水帘洞就是图画中的所在。”说罢招手叫凌未风过来，凌未风见他们喁喁细语，轻轻笑道：“我不想做牛皮灯笼。”冒浣莲面上一红，说道：“凌大侠，我说的是正经事。”

昨晚焚化黄衫，现出图画之事，凌未风并不知道。那时他正在石屋外仗剑巡视，现在听冒浣莲细说一遍，闭目凝思，过了片刻，开声说道："桂老前辈留下隐形图画，连石大娘也不给知道，其中定有极重要的物事，我们何不进去探探?"冒浣莲道："且慢，画上的'左三右四中十二'七个大字，却是什么意思?你替我端详一下。"凌未风道："也许是什么暗号，也许就是指所藏物件的件数和位置。"

这时群豪都在隔洞注视，见他们三人窃窃私语，互相交换眼色，眉山寨主罗达尤其显得心焦，忽起忽坐，一会儿看看水帘洞，一会儿看看凌未风。

正在众人屏神注视，各有所思之际，忽地里幽谷上空，"呜"的一声，掠过一枝响箭，接着又是两枝，罗达蓦地站起身来，撮唇怪啸。凌未风正觉奇异，半盏茶后，谷中已现出一个驼背老人，他相貌虽然丑陋，身法却利落之极，飞跑奔驰，脚下竟是片尘不起，霎忽就到了群豪之前。罗达大喜过望，迎上去叫道："韩大哥，等死我们了。"卢大楞子和达土司也起来招呼，陶宏、张元振虽不认识此人，见罗达等人这样尊敬，也随着出来迎接。凌未风、桂仲明和冒浣莲却仍是端坐潭边，不动声色，细察这几个绿林豪雄和驼背老人的来意。

被称做韩大哥的驼背老人，顾不及请问凌未风的姓名，一见水帘飘动，山洞门开，面色紧张，拍拍罗达肩头说道："贤弟，就是这个地方了！有人进去过吗?"罗达摇了摇头。达土司道："我们一齐进去，一瓢水分六碗端，大家喝啦！"卢大楞子指指凌未风他们道："那边还要分三碗呢！"达土司低声道："他们不知道，没他们的份！"凌未风耳朵极灵，远远听得他们又打绿林黑话，说什么分水喝，心想：难道这山洞里竟藏有什么奇珍重宝，以致惊动这些魔头，群集此地，合议分赃?

达土司、罗达等正想邀陶张二人进去，驼背老人忽然说道："且慢，先让一个人进去看看。谁肯去的，我们让他多喝一碗！"罗达一跃而起，说道："我去！"振臂一纵，跳过六七丈宽的水潭，冒着瀑布冲击的水花，穿过水帘，向山洞里窜去。群豪凝神相待，凌未风等三人，也站了起来看望。这气氛就似万木无声，密云待雨，紧张之极。过了一阵，忽听得山洞里一声厉叫，众人定睛看时，只见罗达披头散发，浴血奔出，山洞内还有弓箭嗖嗖射出，竟似隐隐伏有甲兵。罗达身手确也不凡，受了箭伤，仍然冲到潭边，单足点地，施展“一鹤冲天”的轻功，便待飞越水潭。但潭面宽达七丈有多，他受伤之后，功力已减，到了半空，突然身子一堕，飞坠潭心。卢大楞子大叫一声，身子一弓，箭一般地直射出去，掠到水潭中央，正好赶上，单掌一托，竟然将罗达的身子托着，同登彼岸。众人轰然叫好。凌未风见了，也暗暗称赞卢大楞子的轻功，已到了炉火纯青之境。

卢大楞子和罗达是三十多年的朋友了，起初两人都是酗酒使气、杀人越货的绿林豪强，后来卢大楞子受了川中大侠叶云荪的教诲，气质渐变；而罗达却变本加厉，连本来还有的那几分豪侠之气，也渐渐消失，越来越贪财货，心眼狭窄，渐渐和卢大楞子分道扬镳，但，虽然如此，卢大楞子还是极重友情，临危将他救出险境。

卢大楞子托着他到了彼岸，低头一看，见他身上受了许多处箭伤，血如泉涌，气息吁吁，黯然说道：“罗大哥，你定一定神，调好呼吸，不要害怕！”说罢将他挟在胁下，再次施展绝顶轻功，跳过水潭。

过了这边，群豪都来探望，卢大楞子向达土司要了一些云南白药，敷上箭伤，血流虽止，人仍昏迷，想是受了重伤之后，狂冲逃命，力气用尽，以至如此。卢大楞子黯然说道：“罗大哥恐怕难保性命！”凌未风突然从怀中取出一粒碧绿的药丸，递过去道：“给他服下！”卢大楞子看了一眼，凌未风道：“这是用天山雪莲炼成的碧灵丹，就是中了毒箭也可保住性命。”群豪听了都吃一惊，天山雪莲乃极难得之物，比云南白药，更胜许多，白药只治外伤，它连内伤都可医治，料不到凌未风萍水相逢，出手便赠奇药。卢大楞子尤其感激。

众人料理好罗达之后，又静了片刻。达土司叫道：“李定国这么多心眼儿，敢情他竟料到我们几十年后会来要他的东西？”张元振道：“我们还去不去？”驼背老人沉吟半晌，说道：“且再待两个人来!”

凌未风听他们吱吱喳喳谈论，心里料到几分，正思索间，忽然冒浣莲盈盈起立，拉着桂仲明，碰碰凌未风，开声说道：“我们三个先去!”张元振心想，让你们三个先去“挡灾”也好。翘起拇指说道：“着！有凌大侠去探，万无一失!”卢大楞子却叫道：“凌大侠，你还是再待一会儿。”

凌未风瞧了冒浣莲一眼，见她眼光充满自信，心念一动，高声说道：“不要紧!”振臂一跃，便跳过水潭。

桂仲明和冒浣莲也联袂跃过水潭，紧跟着凌未风，飘身穿越水帘，到了山洞之前。冒浣莲一看，凌未风身上只溅了几点水珠，桂仲明也只是疏疏落落地挂着一些水点，只是自己身上湿了一片。心想自己跟随傅伯伯学艺，以轻功最有心得，连怪头陀通明和尚也对自己佩服，不料今日一比就比下去了。怪不得凌未风名满西北，他竟是每样功夫，都到了出神入化的境地。

三人到了洞前，停下步来，凌未风横剑守在洞口，对桂仲明道：“你推开左边那扇石门，让我们看得仔细一点。”桂仲明应声道好，双掌运力，在石门上一推，喝声：“开!”那扇石门登时移动，直拍到墙边。这时洞门大开，外面的阳光，穿过水帘，照射进来。三人凝眸探视，只见有两行石人分列石洞左右，每个石人之间，相距约有丈许，有的手上拿着刀剑，有的手上拿着戈矛，那些石人雕得奇形怪状，相貌狰狞，配上洞中阴沉的气氛，令人更加感到神秘可怖。

再仔细看时，又见地上弓箭散乱，还有一些折断了的矛头和刀剑，这时才看清楚有些石人手上的兵刃只剩下半截。而石洞的中间通道却是空旷旷的什么布置也没有。外面虽有阳光照入，但因石洞深幽，内里黑黝黝的，再也看不清楚。

凌未风沉吟半晌，对桂冒二人说道：“我看这里面藏有机关，连石人都可能是受操纵而会活动的。地上的弓箭，当是罗达刚才进来所触发的，那些折断了的矛头和刀剑，则是他在挣扎时运掌力打断的。我们应该小心一点，不要蹈罗达的覆辙。”桂仲明道：“我们已势成骑虎，若然退出，必定受他们耻笑。”

冒浣莲微微一笑，随手在地上捡起几块石头，叫凌桂二人退后几步，将石头递给凌未风道：“你的暗器手法最有准头，你试将第一块石头掷在洞口左边，第二块石头掷在普通人一步远之处，第三块石头再掷在距第二块石头一步远之处，看看有什么变化。”又叫桂仲明道：“你仗剑守在凌大侠身边，若有弩箭射出，你就用剑拨打。”凌未风如言掷了三块石头，一点事情都没有。冒浣莲道：“你再掷第四块。”凌未风依言掷出。只见石落处“蓬”的一声，地面陷下少许，突然间发出一排弩箭，前后左右乱射，有两三枝且射出洞口，未待桂仲明拨打，已给凌未风掌风震落。

凌未风欣然说道：“冒姑娘，你真聪明。照这样算法，若掷在石洞的右边，应该是前头四块石头都没事，第五块就会触发弩箭了。我再试试。”说罢又在地上捡起五颗石子，向洞口丢去。不料第一颗刚刚落地，弩箭便飞蝗似的迎面射来！

这排弩箭骤然不意地射出来，相距又近，凌未风来不及运掌力震落，往旁边一窜，迅如飙风，避过正路。桂仲明双剑疾舞，弩箭纷纷折断，跌落地上。

凌未风皱眉苦笑，望着冒浣莲道：“姑娘，左边的算法对了，右边却又不对，怎么办呢？”冒浣莲将“左三右四中十二”念了几遍，想了一阵，忽然说道：“凌大侠，你再试。这回若还不对，我们只好退出了。”凌未风道：“怎样试呢？”冒浣莲道：“你从石洞左边第三步算起，设想你在那儿，横里一跃，正正跳落右面两个石人之间，然后再走四步，假如四步都没事，那就对了。你仍用石头比试。”凌未风如言比试，第一块石头掷在右边距离洞口三步远之处，果然没事。第二、第三、第四块连续掷出，每块石头落地之处都距离一步，仍是全无异状发生。冒浣莲大喜叫道：“完全对了，你再掷第五块石头，这回一定又有弩箭发出。”凌未风如言掷去，果然又是蓬的一声，发出一排弩箭，相距较远，弩箭没射到洞口就碰落了。

凌未风道：“照这样算法，在右边行了四步之后，马上要跃到中路，再连续行十二步，然后又转到左边行三步，对不对？”冒浣莲点点头道：“应该这样算法。”凌未风在地上再捡起一大把石子，用重手法一一掷去，果然在中路掷到十三粒才有弩箭发出。凌未风笑道："成了！我们进去吧。"冒浣莲道："且慢，我们还要算一算石人的位置，是否也要算步数。"凌未风将石子掷在石人的侧面，弩箭纷纷飞出，但若算准步数，则掷在石人前面，也没弩箭。凌未风拍掌说道："现在完全弄清楚了，碰到石人之时，不能从侧面绕过，应当从头顶飞越，但又不能跳得太远，要刚好落在石人前面一步，才合原来的算法。"冒浣莲道："对了。你再试用石头掷那些石人。"凌未风随便选择一个石人，一石击去，只见那个石人身子突向前倾，手中的大刀一刀斩下，斩在地上，激得尘土飞扬。过了一会，又转了几转，仍复原状。冒浣莲道："那些石人可碰不得。"凌未风笑道："碰碰也不要紧，那些石人就只有那一下子，又不会走动，碰了它避开就是了。当然，若要避免麻烦，还是不碰的好。"

桂仲明道："现在可以进去吧？"凌未风道："可以了。亏得冒小姐机灵，居然想通了黄衫上的隐语。"冒浣莲道："幸得你在这儿，要不然就试不出来，莫说想通了。你的石头可掷得准极了。"桂仲明笑道："冒姐姐，你这可是外行话了。石头掷得准不难，最难得的是他用内家重手法掷去，一粒小小的石子，碰着地面时，就等于一个大人踏在上面一样，这才能激发弩箭，你当随便掷一粒石子，就试得出来吗？"冒浣莲笑道："总之我佩服就是了。我们进去吧！"

凌未风一马当前，桂仲明仗剑殿后，冒浣莲夹在中间，鱼贯从左面进入山洞。走了三步，凌未风打横一跃，跳在右面两个石人之间，这时冒浣莲已踏上一步，站在凌未风原先的位置，与凌未风遥遥相对，恰恰成一直线。

凌未风在右边再踏上一步，招手道："你过来！"桂仲明蓦然想起，打横跳过不难，但要落足之点，恰到好处，若非轻功已到炉火纯青之境，却是不能。他不禁轻轻拉着冒浣莲的手道："你在这里留守吧，让我和凌大侠去探也就行了。"冒浣莲回眸一笑，见他眼光注定自己，又是感激，又是好笑。低声说道："你放心，这点功夫我还有。"说罢，摔开了桂仲明的手，轻轻一跃，果然踏在凌未风让出的空位上。她的轻功虽比不上凌桂二人，但在武林中也已经算是第一流的了。

三人按照“左三右四中十二”的步法，迂回走进，不久便到了山洞深幽之处，凌未风亮起火折，再向前行，在黑暗中三人越发提心吊胆，又走了一会，只见眼前许多佛像，凌未风举火一照，细细一数，原来是十八罗汉的塑像。每尊罗汉都有一丈多高，这时已经是走到石洞的尽头了。

按照步法，三人此刻恰好鱼贯站在主座佛像之前。凌未风向桂仲明道：“你取出几枚金环向左右两侧打去，看看如何？”桂仲明依言打去，凌未风、冒浣莲都仗剑防卫，桂仲明每边打了三枚金环，毫无异状。凌未风道：“如果山洞藏有宝物的话，一定是在佛坛之上，或者是在罗汉之下了。所以这一列佛像前面，毫无埋伏，想来就是留给当时埋宝的人，工作方便的。”桂仲明道：“那他们为什么不在埋宝之后，再设机关呢？”

冒浣莲皱眉苦想，缓缓说道：“事情古怪得很，如果埋有宝物的话，宝物可能是很笨重的，要许多人才抬得动，所以这一带才不设埋伏，以便出入。但依常情而论，是宝物就不该笨重，这可怎么解释？”停了一停，她又说道：“当然，这只是我的猜度之词。这列罗汉前面，既没有机关，我们就一一察看吧。”说罢与凌未风分头察看。桂仲明却兀立正中不动，双目注定罗汉，不知在想什么。

凌未风艺高胆大，他细细察看右面的九尊罗汉，见每尊罗汉外表都是黑漆漆的，用手去摸，坚硬结实，似是生铁铸成，与西北普通寺院的罗汉，毫无二致。他叫冒浣莲在左面照样察看，亦无异状。凌未风正想随手把一尊罗汉搬开，忽然听得冒浣莲高声叫道：“仲明，你做什么？”

原来冒浣莲在察看罗汉之时，偶然回头一望，见桂仲明痴痴地立在当中，端详着主座的佛像，动也不动。她只道桂仲明旧病复发，又变痴呆，因此不禁惊叫起来！

你道桂仲明为什么仔细端详主座的佛像？原来那尊佛像的相貌，竟不是一般罗汉的形象，而是一个他所熟悉的人，起初他想来想去都想不起，后来仔细回忆，才想起这尊佛像竟然就是当年川滇义军的主帅，统领张献忠遗部联明抗清的大将李定国。他幼年随义父桂天澜在李定国军中有四五年之久，李定国还抱过他呢。冒浣莲以为他旧病复发，其实不是，恰恰相反，他正在逐渐恢复灵智之中，对童年事情，也都记得起来了。

桂仲明欢喜之极，用手抱着佛像的腰，摇撼几下，高声叫道："李伯伯，还记得我吗？"忽然他的手掌触着长蛇一样的滑溜溜的东西，竟会滑动，他大吃一惊，双掌用力一按，人向后面便倒纵出去，刚刚越过禁区的边缘，蓬的一声，乱箭射出。幸得他轻功超卓，脚跟方触实地，已自醒起，急又向前一纵。凌未风双掌齐发，一把碎石将乱箭碰落地上。

在他向前纵跃之际，又一奇事发生，主座佛像腰间突然飞出一道白光，劈面射来，凌未风一支神芒打去，碰个正着，白光缓得一缓，仍然射来，桂仲明这时已趁势拔出双剑，向上撩去，只听得一阵金铁交鸣之声，自己两把长剑，全给截断，而那道白光也已堕在地上。

这时凌未风和冒浣莲一同赶到，只见地上躺着一支似剑非剑的东西，蛇一般地在地上颤动不休，剑身很窄，剑尖钝形，剑柄极短。桂仲明轻轻提着剑柄，捉将起来，只觉软绵绵的似条腰带，他试着轻轻一卷，居然卷成一团，大失所望，说道："这算得什么兵刃？"凌未风双眼闪闪放光，大喜叫道："桂贤弟，你试用力抖动，将它伸直，看看如何？"桂仲明依言一抖，那团东西骤地伸出四五尺长，试一挥动，只见光辉流动，剑风扑人，一点也没有软绵绵的感觉，桂仲明舞了一阵，将剑收起，说道："怎么这把剑如此奇怪！"

冒浣莲急不及待，赶忙问道："先别管它是不是宝剑。你现在怎样？记得起以前的事吗？"桂仲明道："我现在什么都记得起了，小孩子时候的事也记得起。"他指一指主座的佛像说道："这尊佛像塑的是李伯伯。"凌未风问道："哪个李伯伯？"桂仲明道："还有哪个？就是李定国将军嘛！"

凌未风喜道："这就是了，你拿剑给我看看。"桂仲明将剑递过，凌未风眼睛一亮，指着剑柄上的小字道："你看这里写的是什么？"桂仲明读道："腾蛟宝剑，传自前贤，留赠英豪，李定国拜。"

冒浣莲道："那么这是李定国的佩剑了，怪不得如此厉害。只是他为什么要留下这行小字？这把剑又如何会藏在山洞之中？而且更奇怪的是，它怎会突然飞出？难道世间真的会有什么飞剑不成？"凌未风道："飞剑是绝不会有的。它会飞出，那是桂贤弟用力触发的，你若不信，且随我来。"

凌未风在地上拾起那支被截为两段的神芒，说道："天山神芒，坚逾钢铁，又经我用重手法打出，还是给截为两段，你这把宝剑，看来还在楚昭南的游龙剑之上。"边说边走，到了主座佛像之前，桂仲明和冒浣莲跟在他的背后。凌未风指一指神坛上的一条东西道："你们看这是什么？"桂仲明拿起一看，只见黑漆漆的似一条腰带，用手一捻，才知是夹层的，试用刚得的宝剑往里一插，正是一个极好的剑鞘。凌未风笑道："这剑鞘是可以卷起来的，你试试看。"桂仲明依言一试，果然不虚。

凌未风在主座佛像的周围察看一下，向桂仲明道："你这把剑本来就是围在这尊佛像腰间的腰带，你刚才双掌用力一按之时，触动弹簧，剑就离鞘急射出来了。"桂仲明道："凌大侠，你怎的好像很知道这把剑的来历？"凌未风道："我在天山学剑之时，晦明禅师曾将著名的武林人物和著名的宝剑讲给我听。他说有一把'腾蛟剑'乃是明朝辽东经略熊廷弼的佩剑，这把剑用东北的白金（铂）精炼而成，屈伸如意，可以当作腰带围在腰间。真可称得是'百炼钢如绕指柔'，熊经略曾仗这把剑杀了许多鞑子，后来熊廷弼给奸阉魏忠贤害死，这把剑就不知下落。想不到现在竟在此处发现。看剑上的字，大约后来是为李定国所获，李定国兵败之后，就交给心腹爱将保存，叫他留赠英豪的。留字所说的'得自前贤'，这前贤就是指熊廷弼。"桂仲明骇然道："我常听义父说起，熊廷弼是可以媲美岳武穆的爱国名将，他的剑李定国配用那是得其传人，我怎敢使这把剑？凌大侠，你的剑法独步海内，还是你要了吧。"凌未风笑道："这是你发现的，理应归你所有。再说一句僭越的话，我和你所学的剑法不同，我所学的剑法，随便用一把普通的剑，都可以敌得住对方的宝剑。我要了这把剑，对我没多大帮助，而对你却很有好处。若你怕配不上这把剑，那就留在身边，待以后再送给适当的人吧。”桂仲明见他说得如此直率，也就不再推让。

正在桂仲明和凌未风论剑之时，洞口忽然又发现火光。凌未风拍拍桂仲明肩头道：“你准备试试这把剑吧！外面有人来了。”三人屏息以待，只见洞中有几条人影，左右跳跃，不过一会，就到了佛像之前。一个是驼背老人韩荆，一个是达土司，另一个人他们却不认得。

原来在凌未风等进了洞口，外面群豪，更是紧张。过了许久，还未见他们出来，达土司就想闯进洞去。韩荆听得远处有口哨声隐隐传来，接着达土司道：“别忙，让他们三人开路，我们包保可以手到拿来!”

张元振、卢大楞子等定睛看时，只见一个老汉已和韩荆打上招呼。韩荆举手说道：“贺老兄来了，这事情就好办了。贺老兄就是当年奉李定国所派，协助桂天澜建造山洞机关的人。”当下韩荆两边介绍，群豪才知此人就是三十年前颇有名气的巧手匠人贺万方，他擅制各种暗器，武功也很不错。贺万方也久闻群豪大名，当下各自叙礼相见。韩荆问道：“还有两位呢?”贺万方说道：“在进入山谷时，我们分路的。他们去找桂老头儿，我却径自来这里。”韩荆笑道：“我们来时还怕桂老头儿阻挡，故此遍约高手，谁知到了这里，才知道他已经死了。”

贺万方道：“早知如此，不约他们来，还可以少分两份。”达土司道：“不然，桂老头儿虽然死了，但恐怕还有阻碍。刚才进山洞的那个什么‘天山神芒’和黄衫少年，硬份恐怕不在桂天澜之下。人多一些，有备无患。”卢大楞子道：“每人分他一份好了。”

韩荆来时，已在王刚等伏诛之后，没有见过凌桂二人身手，“嗤”一声笑道：“亏你还是外家拳顶儿尖儿的人物，怎的会怕起两个晚生后辈来!”达土司怒道：“谁人害怕?但别人真是高手，也不容你轻视。你拿图样过来，我一个人进去。”贺万方急忙说：“我们正要入洞探视，人多去也不好，就三个人去吧，达土司是一片好意，我们是该小心一点好。”韩荆冷冷点了点头，和达土司、贺万方跃过水帘，飘身进了山洞。

贺万方深悉洞中机关，自然知道走法。不一会他就带领两人到了坛前。韩荆一眼望去，见桂仲明正在摩挲佛像，心中一跳，以为他们已经发现了秘密，不假思索，奋力一跃，举起手中的兵器龙头拐杖，向桂仲明头顶上拍下，这根拐杖是用百炼精钢打成，十分坚硬。桂仲明反手一抖，腾蛟宝剑猛地伸长，只听得“当啷”一声，那根拐杖登时给截去一半。韩荆大吃一惊，怔了一怔，勃然大怒，半根拐杖横里一扫，暗运内力震动，桂仲明见面前似有十几根拐杖打来，大喝一声，平地跃起，避过拐杖，腾蛟剑一个盘旋，剑花错落，当头罩下，这正是五禽剑法中的绝招“展翼摩云”。韩荆的杖法虽然迅疾已极，仍然避不开与剑接触，“啷”一声，又截去一段。韩荆双眼血红，未待桂仲明脚落实地，忙用天魔杖法中的绝招“披星赶月”，斜斜一跃，手中那截短杖宛如银蛇乱击，竟向桂仲明丹田穴打来。桂仲明剑招未收，迫得运绝顶轻功，将剑一旋，剑尖点着杖头，便借着这一点之力，向后倒纵出去。冒浣莲惊呼声中，他已倒翻在左侧一尊佛像之旁，收势不及，手中剑碰着佛像的手臂，“喀嚓”一声，竟把佛像的手臂切了下来。手臂跌下，发出金光，桂仲明低头一看，只见竟是外面包着铁皮的赤金，不禁叫道：“这些是金罗汉！”

驼背老人韩荆哈哈大笑，高声说道：“是的，十八尊罗汉都是黄金铸成，但这是有主之物，你们觊觎，那可不成！”凌未风喝道：“谁是主人?”韩荆指着自己的鼻子说道：“就是咱家，你们给我滚出洞去！”

凌未风冷笑一声，走了过来，说道：“看你这驼背老儿财迷心窍，我们可以分给你几两做买棺材的本钱。”韩荆大怒，看凌未风走过，突然伸手往主座佛像一推，那佛像摇摇摆摆，便待后倒。凌未风大喝一声，双掌一挡，“轰隆”一声，佛像跌落地上。韩荆又是大吃一惊，他本想把佛像推倒，谁知却气力不够，凌未风这一反推之力，比他强了许多。

佛像倒后，座下现出一只锦盒，凌未风打开锦盒，拿出一张信笺，桂仲明仗剑纵了过来，守在他的身边，腾蛟剑光芒四射，韩荆拿着被截短了的拐杖，轻轻喘气，不敢走近。他看看达土司，达土司却冷冷地站在当中，并无出手之意。

凌未风拿起信笺一看，只见上面写道：“乙酉之年，孟秋之月，大盗移国，宗室南迁，滇边奔命，有去无归，中兴之望，期于后世，定国奉大西王之遗命与永历帝之御旨，以黄金十万八千斤，铸成十八罗汉，藏于此洞。留待豪杰之士，以为复国之资。若有取作私用者，人天共殛。”

这批黄金正是李定国逃奔缅甸之前，遣桂天澜建洞收藏的。大盗指的是吴三桂，大西王则是张献忠的王号，永历帝就是后来给吴三桂追到缅甸擒杀的桂王朱由榔（崇祯时封永明王，明神宗之孙）。李定国原是张献忠手下的大将，后来奉桂王为帝抗清的。张献忠在溃败之时，一怒之下，将金银珠宝沉落川江，其时，尚有几万斤金砖在李定国军中，张献忠驰书叫他将黄金毁灭，他不肯奉此乱命，遣使回报，力陈应该保存这批黄金，其实张献忠已是兵败受伤，奄奄一息，闻言对来人说道：“咱老子本要天下财富与我同归于尽，李定国这小子却把这点点黄金，看得如此重要，也罢，你回去告诉他，不毁掉也行，但不能让敌人得去。”张献忠沉在川江的金银珠宝，比这批黄金的价值，不知高出多少倍。他哪里将这点点东西看在眼内，因此对李定国的“抗命”，也就算了。否则照他的性格，哪容得李定国不依。

李定国拥立永历帝之后，又被吴三桂大军一路追击。永历自知复国无望，又将所藏的黄金几万斤，交给李定国叫他设法收藏。两项一共十万八千斤，李定国于是挑选心腹三百人，每人歃血立誓，誓不泄漏。这三百人就交由桂天澜率领，秘密将黄金运进山谷，在洞中铸成十八罗汉。

桂天澜亲自督工，一面辟洞，一面铸像。在佛像铸成之后，许多工匠已遣回军中，最后只剩下六七个巧匠，在里面布置机关，贺万方就是参与其事的巧匠之一，而驼背老人韩荆则是桂天澜的副手。到工程接近完成之际，桂天澜连韩荆都差遣回去，不让他知道机关秘密，当时韩荆心里就不大舒服，但又不能说出来，这口气已闷了二十多年。

十万八千斤黄金藏好之后，桂天澜和巧匠们也回到军中，经过连年激战，直退到缅甸，李定国的三百亲信剩下的已寥寥无几。李定国一死，这些人也就星散了。

桂天澜奉遗命，隐剑阁，一为避清廷搜索，亦为保护藏金。因他曾歃血立誓，所以在未死之前，连石大娘也不告知。这样年复一年，流光如矢，眼见清廷已抵定中原，各地的零星义军又未成气候，桂天澜极目山川，心伤逝者，抚髀兴叹，复国难期。因此在黄衫上留下隐形图画，原想待桂仲明长大之后，将秘密告诉与他，让他去闯荡江湖，图谋复国，日后好按图索骥，取出藏金，却不料平空插进石天成这段恩怨风波，桂仲明弃家远走，桂天澜也惨死荒山。

再说韩荆，自李定国死后隐居川东，二十多年，也练就一身技业，隐隐成了川东的武林之雄，各路武林高手，对他都很尊敬。他本来已无意再图大事，也不想偷取藏金。不料当日参与其事的一个工匠劫后余生，几经艰苦投到眉山寨主罗达手下，竟然起了贪念，将藏金之事告诉罗达，怂恿他去取，并告诉他，韩荆就是当日的主事人之一。罗达听了大喜，亲自拜门，求韩荆相助。他的说词非常巧妙，一面激起韩荆英雄垂暮之心，叫他取出金来，好在绿林称霸；一面挑唆他与桂天澜决一雌雄，以增他的武林声望。韩荆本来是一个心高气傲的人，临老糊涂，想起这批黄金反正已无主人，自己取来，立刻富可敌国，竟然也起了贪念，和罗达做了一路。并且另外邀约两个高手，准备去对付桂天澜。

事情虽秘，不知怎的，却也泄漏出来，四川武功最强的几个武林人物，竟不约而同地到了剑阁，这些人和罗达一样，哪里有什么大志，只是想夺取黄金。

至于那柄腾蛟宝剑，也是李定国临死时交给桂天澜，叫他代为收藏，留赠英豪的。桂天澜就将它系在主座佛像的腰间，作为腰带。他为了纪念李定国，把这座佛像塑成李定国的相貌。那宝剑无巧不巧，也落在桂仲明手中。

凌未风看完李定国遗书之后，对藏金来历已是明了，于是，对着韩荆嘿的一声冷笑，懒洋洋说道：“失敬，失敬，你原来是这批黄金的主人？那么你就是李定国将军了？我早就听说，李定国已客死缅甸，想不到他居然还活在人间！”

韩荆满面通红，怒道："是李定国的，也不是你的，我和李定国同生共死的时候，你这娃娃还在吃奶。怎样说，我和李定国都沾上一点边，你算老几?"凌未风嘻嘻笑道："曾和李定国同生共死那更好了，你当然知道他的意思。"韩荆半根短杖向凌未风骤地掷去，疾喝道："凭你想伸手拦阻，那可不行。"凌未风扬手就是一道乌金光芒，把那根短杖激射得直飞回来，说道："我就是要拦你!"韩荆慌忙侧身一闪，将短杖接回手中，只见杖头嵌着五六寸长的一根似箭非箭的东西，又是一惊，心想：这小子居然凭着如此细小的暗器，就能将我的半截龙头拐杖反撞回来，这功力真是非同小可，和他比划，要赢他大约是很难了。只是自己乃武林中顶儿尖儿的人物，如何忍得下这口气。凌未风叫道："你想拿黄金就过来!"将青钢剑在手中抛了两抛，睥睨斜视。桂仲明也仗腾蛟宝剑，立在凌未风身旁。

贺万方是始终参与藏金之事的人，他知道每座金罗汉重六千四百斤，六千斤是赤金，四百斤是铁皮，韩荆只能将罗汉摇动，凌未风却能把罗汉推倒地上，看来已是胜了一筹。当下急忙说道："要比划也不能在洞中比划，这里面遍是机关。还是到外面去，数海底，讲规章，作个了断吧!""数海底"是黑道中的切口，武林中人物有纠纷之时，将自己的来历、目的、要求等一一讲出来，叫做"数海底"。贺万方这话是想请凌未风他们到外面去好好商量。达土司道："对呀！何必为这点黄金伤了和气，到外面去请武林同道共议，一碗水大家分来喝就是啦!"其实达土司何尝想将黄金分给凌未风，只是他见凌桂二人，都是扎手的劲敌，心想，若在洞中动手，自己这边准处下风，不如到外面再说。

凌未风将青钢剑插入鞘中，说道："着呀！要打架也得找个好地方，到外边去吧。请!"韩荆一言不发，按着"左三右四中十二"的步法，就向洞口奔出，一行人跟着也到外面。

六人跃过水帘，谷中群豪纷纷围上，七口八舌探听结果。贺万方道："黄金十万八千斤全在里面，咱们是财星照命啦!"达土司道："黄金是有了，只是怎么个分法，咱们可还得好好谈谈。"张元振道："我们七个人都是早已知道黄金藏处，特地赶来的，那当然是有份了，他们三人嘛……”卢大楞子截着说道：“凌大侠等三人当然也有一份，我们就按十份来分，大家都不要争。”罗达箭伤方止，在地上呻吟道：“我最先进洞，为了大家受伤，你们有言在先，可得给我两份！”韩荆哼了一声道：“你若探出结果那当然给你两份，可是你一进去就给箭射出来啦！”顿了一顿，又道：“黄金可不能这样分法！”

群豪愕然问道：“该怎么个分法？”韩荆指一指贺万方道：“此金是我埋，机关是他设，我们每人该占两份。你们五人每人一份，另外我邀有两位好友与贺老弟一同来的，虽然尚未见到，也该算他们一份。至于那边三位客人……”

他指一指凌未风，继续说道：“照道中规矩，只能合起来算一份。他们只是误打误撞上的，不能照我们这个分法。”

罗达听了，十分不服，他受了箭伤，只分到一份，而韩荆两个尚未露面的朋友，却也要占一份。但流血方止，浑身无力，不敢开声。达土司也不服，他正想说话，却给卢大楞子抢在头里说道：“韩大哥和贺大哥各要两份，那我们没说的。只是凌大侠他们三人，合起来才算一份，那却不公平。依我说，既然是有水大家喝，那他们也该各占一份。至于韩大哥的两位朋友，按说没有露面，本来碍难准他们插手。但既然韩大哥邀了他们，这点面子咱们弟兄可还要卖，我说就让他们合起来算一份吧，一共是十三份平分。大家以为如何？”罗达感激凌未风救命之恩，首先道好，达土司虽然不愿凌未风他们插足，但他却想激怒韩荆和凌未风作对，坐收渔人之利，因此也跟着道好。韩荆一看，自己这边已有三个人主张凌未风他们有份平分，心中又是一慌，暗想若再坚持，他们联起档来，自己可吃不了，当下干笑几声道：“好，咱们不打不相识。钱财小事，义气为先，就照卢舵主说的，十三份分开。”达土司一听，他居然扔下了这几句门面话，意欲与凌未风化敌为友，十分失望。

绿林群豪七嘴八舌争论分金之际，凌未风在一边冷眼旁观，懒洋洋的毫不在意，到了此刻，忽然双眼一翻，霍地站起，喝道：“谁与你这样分法？你们这是自说自话。”韩荆诧然问道：“依你说又是怎么个分法？”凌未风道：“这些黄金全是我的，谁想要就冲着我来！”此言一出，不但群豪失色，就是桂仲明和冒浣莲二人也感诧异，心想：“怎么凌大侠一反本性，也爱起黄金来了。”桂仲明轻轻地扯一下凌未风衣袖，悄悄说道：“我们要这么多黄金干什么？”凌未风在他耳边说道：“你们别管。我要凭此批黄金收伏这班魔头，干一桩大事。”

凌未风要独占藏金，这真大出群豪意外，他们一时间都说不出话，后来又见凌未风和桂仲明窃窃私语，以为两人是商议对付他们，个个愤怒，就是卢大楞子本来是感激凌未风的，这下也很不以为然，心想：“天山神芒原来竟然是虚有其名、见利忘义的家伙。”他不待韩荆说话，就迈前两步，拱手说道：“凌大侠，凭你天山神芒的名头，要黑白全吃，咱们本该退避三舍。其奈弟兄们苦哈哈地远道前来，凌大侠要教他们空手回去，这可有点说不过去！”

群豪轰然叫道：“是呀！这可是哪门规矩？”凌未风翻着白瘆瘆的眼珠，“嘿”的一声笑道：“这是你们黑道的规矩。黄金是我们先发现的，一碗水是不是分来喝，那可得由我作主！”绿林中抢财物之时，若有另外的同道中人撞上，按规矩他们可要求分赃，见者有份。不过这可得征求先在场者的同意。若他们不同意，要求分赃者又不肯缩手的话，那就只有武力解决了。所以武林中要求见者有份和原先在场者拒绝分赃，都不算不合规矩。凌未风此言，分明是向群豪挑战。

卢大楞子给凌未风的话横里一截，倒觉难于开口，他虽不服凌未风要强行吞占，但又不愿与凌未风真个厮拼，当下退过一边，默然不语。韩荆与达土司气得双眼通红，冷笑说道：“那么咱们只好见个真章了，你划出道来！”凌未风道：“这批黄金现在全算是我的，你们谁要，就来和我比试。不论比哪种技业，我都奉陪。咱们这是赌技夺金，每样技业赌注都是一尊罗汉，赢了的就是你们的赌本，可以加注再赌。你们若肯这样赌法，我就一个人全接下来，你们若要群殴，那我们三人也可奉陪。”

韩荆心想：“我们每人都有独门武功，纵你凌未风再强，也不能精通各家技业。这样赌法，倒比群殴还上算。”在场的都是成名人物，势无以众凌寡之理，而且若然群殴，桂仲明那把宝剑，可就克住了所有的兵刃，卢大楞子心想："这样比法，轮到我时，可以文比，可以保全和气。"当下也表赞同。

凌未风见绿林群豪都已答允，微微一笑，飞身落下谷中盆地，在一块大岩石上一站，高声说道："你们哪位先上？"达土司一个箭步跳出，说道："你下来，我和你先玩一样把戏。"

凌未风抱拳说道："什么把戏？"达土司将外衣一脱，露出黑铜也似的肌肤，双臂一震，筋骨格格作响，高声说道："我们来一套借三还五的把戏！你先给我打三拳，我付你利息还你五拳，打时大家不许用轻功闪避，也不许还击。若有死伤，各安天命！"达土司是外家第一流高手，铜皮铁骨，练就铁布衫的绝顶功夫，寻常的刀枪都插不入，何况拳头。他想："凌未风若受我三拳，不死也伤。纵然不伤，他打我五拳我也不怕。"

卢大楞子听了，心想达土司这个粗人倒会占便宜，他要先打三拳，这凌未风一定不肯答应。果然凌未风道："这不公平。"达土司道："那你就先打我三拳，我打你五拳。"岂知凌未风不是这个意思，他不理达土司插嘴，不停地说下去道："这不公平，我何必多占你两拳？我不要利息，你先打我三拳，我再还你三拳好了！"达土司大怒，心想："你敢轻视于我。"高声叫道："那你下来，咱们比试！"

凌未风在那块大石上，单足独立，双拳一伸，也叫道："你上来，在这块石头上比试要好得多，谁要落下石头，也就算输。"达土司一看，那块石头仅能容两人站立，别说不能用轻功躲避，连回身闪避都难。心想："这你更是自己讨死。"双臂一振，跳上石头。凌未风仍是单足独立，说道："你站稳了！这石头上窄得很呀！好，你发拳吧！"

达土司见他单足独立，分明是让自己在石头上多占一些地方，自己享誉武林三十多年，几曾受过如此轻视，怒火冲天，大喝一声："你也站好了！"呼的一声，劈胸一拳打去，凌未风挺胸相迎，只听得"蓬"的一声，如击巨木，凌未风单足摆荡，身子摇了几摇，似欲跌倒，桂仲明大吃一惊，正待过去救时，凌未风已站稳了身形，"哎呀"一声笑道："没伤着！"

达土司一拳打出，就似打着一块钢铁，拳头隐隐作痛，身子也给反碰得摇晃不定，但是桂仲明只注意凌未风，没见着他的狼狈相，群豪可是大吃一惊。

原来这拳凌未风故意硬碰硬接了下来，看他的劲力。结果凌未风虽未跌倒，胸口也是隐隐作痛。急调好呼吸，运气一转，气达四肢，知道没有受着内伤，心内一宽，又嘻嘻笑道："第一拳打过了。第二拳来吧！"达土司一言不发，运起神力，呼的一拳，又向凌未风小腹丹田之处打去。凌未风把身子向左微微一侧，达土司一拳贴肉打过，滑溜溜的无处使劲。凌未风用"卸"字诀，把他的劲力化于无形，又是嘻嘻笑道："第二拳也打过了，还有最后一拳，好生打吧！"达土司睁大双眼，怒吼一声，双拳齐发，凌未风身子突然向后一仰，单足悬空，头向后弯，半边身子已悬岩外，达土司双拳之力，何止千斤，但凌未风这向后一仰，踏着岩石的右足纹丝不动，腹部却凹进三寸，达土司两只拳头都打中了，却被凌未风腹肌吸着，达土司手臂亦已放尽，无从使力，凌未风身子一挺，喝声："撤手！"达土司只觉一股大力反击回来，拳头"卜"的一声弹了出来，身子摇摇欲倒，幸他功力也极深湛，双足一顿，"力坠千斤"，才把身形稳住。群雄瞩目惊心，竟禁不住轰然喝起好来！

凌未风接了三拳（最后一次虽是双拳齐发，但仍算是一拳，武家所讲的"一拳"是双手都算在内的），神色自如，双足踏实，与达土司面面相对，嘻嘻笑道："现在轮到我发拳了，你站好没有？"达土司心内发毛，说道："你等一下。"他调好呼吸，用力一绷，全身骨骼格格作响，他这才定下神来，心想："你凌未风功力虽然深湛，也未必破得我铁布衫横练的功力。"双足用力钉在石上，叫道："你打吧！"凌未风微微一笑，左掌一扬，右拳在掌下直穿出来，叫道："第一拳来了！"

达土司突地身子一矮，肩头向前一撞，凌未风"蓬"的一声，击个正着，也觉一股大力反击回来，他疾地将拳头一收，达土司哼了一声，竟给他在收拳之际，用"黏"劲将身子带动两步。凌未风从旁微微一闪，喝道："站稳了！"达土司满脸通红，强用重身法稳着身形，一言不发。

原来达土司接这一拳，取巧到极。本来“借拳还拳”是规定别人发拳时不许反击的，他肩头向前一撞，其实已是反击，只是他不动手脚，因此不算是犯规。

凌未风一拳打他不倒，用内家黏力，也只把他带动两步，亦是颇感诧异。心想：“这家伙名不虚传，虽然取巧，功力也真深厚。我倒要再试试他的铁布衫功夫怎样？”又是微微一笑，脚跟一旋，拳头自侧面向他右乳打出，叫道：“第二拳来了！”

这回达土司不敢再取巧反击，硬挺着胸，迎面接了这拳。凌未风一拳打出如中铁石，他拳头打中，再用力一按，达土司也觉如千斤铁锤打来一样，又是“哼”了一声，身子摇晃了几下，用力挺着。凌未风这拳用的是硬功，见达土司虽然给打得摇晃，仍无损伤，亦是不禁暗暗佩服。心想，此人的铁布衫功夫在江湖之上，也可坐第一把交椅了。

达土司接过两拳，心神稍定，想在群雄之前，捞回面子。强自作态，哈哈笑道：“老夫虽老，这几根骨头倒还硬朗，你还有一拳，好生打吧！”笑声未毕，凌未风忽然双拳开发，朝他两胁打来，达土司运气一接，哪知凌未风双拳一到，便改拳为掌，用力一折，双掌拍两胁的“涌泉穴”，达土司虽有一身横练功夫，不怕点穴，其奈“涌泉穴”乃是人身三十六道大穴之一，再加上凌未风的神力，如何禁受得住？只觉全身麻痹，给掌力震得断线风筝一样，飘飘荡荡直跌下去。卢大楞子站在就近，抢过来扶，达土司也好生了得，一个“鲤鱼打挺”，翻起身来，满脸通红，叫道：“黄金我不要了！”一扭头便往外走，想回转故乡，再练绝技。

韩荆急忙拦着他道：“别忙，还有小弟们呢。”他乃是想留着达土司，准备万一群殴之用。

达土司道：“我是认输了，何必还在这里看人脸色？”

凌未风也高声叫道：“达土司，你的铁布衫功夫，其实我赢不了你，我只是仗着打穴功夫，巧胜一招，待会我还要向你领教。”达土司虽然明知凌未风是给他面子（既然互相赌拳，当然不能限制别人打在穴道上），但也不能不留下了。

第二个上去与凌未风赌技的是黑煞神陶宏，他的下盘功夫最稳，与凌未风比摔跤。但论功力却要比达土司差得多，哪禁得凌未风神力，不过几个回合，便给凌未风摔倒。

第三个上来，凌未风却不能不有点踌躇了。来人乃是卢大楞子。凌未风心想这人却是个豪爽汉子，若他不知分寸，要比兵刃拳脚，伤了他那可不好。

正踌躇间，卢大楞子客客气气地拱手道："凌大侠，我想领教你的轻功。至于黄金，那我卢大楞子虽穷，也还有两口饭吃，凌大侠你既然要金子用，那我可不敢提赌技夺金的话，不论输赢，我名下的那尊罗汉，你都拿去好了！"凌未风心内暗笑，情知卢大楞子不忿他要独占黄金，把他看成贪财的人，心想："待会我说出来你就明白了，现在且由得你误会。"把拳一拱，也客客气气地说道："卢舵主言重了，黄金的事，比试之后再说吧。请你划出道来，轻功怎么比法?"

卢大楞子指着对面一个小山峰，说道："我们跑上这峰顶去，中途不许歇息。一上一下，轻功如何也就看出来了。在这里的都是成名人物，断不致判优为劣。"凌未风道："好，就这样吧，卢舵主，你先请!"

比轻功看来虽较缓和，其实却不大易。剑阁乃出名天险之地，每个山峰都是光溜溜的削壁，就是猿猴爬上去也难，功夫差一点的准会跌死。卢大楞子轻功有极深造诣，刚才救罗达之时已显过一手，现在听得凌未风叫他先上，道声"有僭"！脚一撑地，便如离弦弩箭，直冲上四五丈高，双足一点石壁，便向左右盘旋而上，只见他在削壁之上如陀螺一般，左拧右转，霎忽到了峰顶。凌未风知道这叫"盘陀功"，是用"之"字形的身法来平衡身体的，难得的是他在削壁之上，居然回旋如意，这功夫可真到了炉火纯青之境。

卢大楞子到了峰顶更不停留，又似陀螺一般盘旋而下，到离地五六丈处，忽然振臂一跃，似大雁一般飞落下来，身法巧妙之极。群豪高声喝彩。桂仲明心想："我在剑阁长大，论轻身功夫也还逊他一筹，可不知凌未风怎样胜他。"

凌未风待他落地，道声："前辈身手果然不凡，晚辈献丑，幸勿见笑。”说罢，足尖在地面轻轻一点，身子平地拔起，“一鹤冲天”，竟掠起了十余丈高，到了削壁之上，竟然双足不落地，只用手掌在石壁上轻轻一拍，身子又再腾起，这样的接连换掌，快似流星，下边的人看上去，只见他就似飞鸟一般，一直“飞”上，到了峰顶，一个转身，仍用削壁换掌之法下来，至离地十五六丈之处，忽然头下脚上，像流星陨石一般直跌下来，在众人惊叫声中，至离地不到一丈的时候，忽然一个筋斗，四平八稳地落在地上。群豪虽然和凌未风作对，这时也不禁轰天价地叫起好来。卢大楞子道：“我输了！”退过一边，更不发话。

凌未风连胜三场，韩荆沉不住气，半截拐杖插在裤头，拔步便出，高声叫道：“凌大侠，咱们来比划比划！”正是：

燕雀安知鸿鹄志，竟轻仁义重黄金。

欲知他们如何比法？请听下回分解。

第十二回　幽谷缔良缘　喜有金环联彩笔
江湖偕俪影　争看宝剑配神砂

凌未风道："敢问如何比法?"韩荆道："凌师傅的轻功暗器都见识过了，老朽想再见识你的内功。"凌未风抱拳说道："任凭尊便。"韩荆在地上取来一些枯枝，扎成五捆，用火石把它燃点起来，分插地上。五堆旺火，熊熊燃烧，韩荆道："就比试劈空掌的功夫吧。"说罢双袖一卷，驼背前俯，双臂青筋，条条坟起，全身骨节，格格作声，一看就知是内家高手。

韩荆运口气后，双掌交加，来回游走几圈，越走越疾，猛然间脚尖一点，也不见怎么耸身作势，便窜到中间那捆火把的面前，距离不足五尺，一个"推窗望月"招式，掌风呼响，把火焰打得向后平吐出去，就在火焰摇摇欲灭之际，韩荆右掌疾发，只见火星乱飞，火光全灭。跟着身子一转，反手一掌，仍是一招两式，左掌先发，把火焰拉长，右掌压下，将火光熄灭。韩荆灭了两捆火把之后，又作势盘旋，疾绕数周，这次更加厉害，一个"双龙出海"，两股劲风同时发出，把第三捆火把一下熄灭，火星射出五六尺远，煞是惊人，接着一个翻身，仍是双掌齐出，运用前法，把第四捆火把熄灭。韩荆连用四个不同的招式，打灭了四捆火把，仰天大笑，得意之极。他身如飞鱼，步如流水，左右盘旋，演了几路拳法，才突地掌心向外一吐，这回竟在距第五捆火把七八尺之处，呼的一声，火焰便即应手而灭。各路高手，喝彩不已！韩荆打完之后，睥睨斜视，对凌未风道："老朽就是这点点功夫，你也试试吧！"

韩荆这样的劈空掌功夫，也可算是内家的一流高手了，可是在凌未风看来，功夫却尚欠纯厚。他要借行拳飞步之势，才能将火焰熄灭，而且打五捆火把，要分三次，可见他的内力不能持续。因此，待他说完之后，微微一笑，叫桂仲明也点起五捆火把，分插地上，缓缓走出，走到距离当中火把五尺之处，倏一长身，左手一扬向火把遥击，火光应手而灭，迅捷异常。群豪不禁大吃一惊，凌未风霍地翻身，右手一抬，又把第二捆火把打灭。凌未风打灭二捆火把之后，漫不经意的刷地一个旋身，左右两手一挥，三四两捆火把同时熄灭。韩荆在打前三捆火把时，要连换两掌的功夫，才能打灭。凌未风却能一气击灭两捆火把，只此一端，胜负已判。尚有最后一捆，凌未风却并不迫近前去，就在距离丈许之地，猛地脚下一滑，一个“鹞子翻身”，反掌挥去，呼的一声，最后一捆火把熄灭了。群豪轰然叫好，凌未风道：“你还有什么话说?”

韩荆面色铁青，浓眉倒竖，狞笑说道：“劈空掌的功夫，我是输了。凌大侠刚才说过，比试一样技业，赌注就是一尊金罗汉，有这话吗?”凌未风道：“有。”韩荆道：“那么我名下有两尊罗汉，我还要再赌一样。”凌未风道：“再赌什么?”韩荆道：“比轻功、内功、暗器之类，都是雕虫小技，咱们干脆在兵器上见个输赢吧。”凌未风道：“悉听尊便，你亮招!”韩荆伸手向腰间一掀，把被腾蛟剑截断的半截拐杖取了出来，抢站着上首，一亮门户，说道：“请赐招!”

韩荆的龙头拐杖，本来深得西藏天魔杖法的真传，虽给截短，但仍可用。而且他又精于点穴功夫，截短之后，正可用来作点穴橛和五行剑用，是以有恃无恐。

凌未风心想，在这群绿林高手之中，达土司虽然粗鲁，却还是个爽直的人，愿打服输。韩荆却心高气傲，非把他折服不可。见他拐杖斜指，冷冷一笑，缓缓上前，举手贴额，看了一看，说道：“你这支拐杖都给人截断了，还比什么兵器?”韩荆傲然应道：“我就是用这样的兵器!”凌未风随手在地上拾起一扎枯枝，这正是刚才比试劈空拳时，给掌风熄灭了火焰所留下的枯枝，上面还有烧焦了的黄叶。

凌未风拾起一扎枯枝，也亮着与韩荆同样的招式，向前斜斜一指，说道：“我也就是用这样的兵器，你进招！”

韩荆近廿年来，雄霸川东，几曾受人如此蔑视过。他心头火起，右手倒握拐杖，喝了一个“打”字，半截拐杖倏地翻起，猛向凌未风头顶劈落。凌未风不慌不忙，看定敌人来势，等他的拐杖，距离头顶不足半尺，刷地往右一斜身躯，一扎枯枝，微微一拂，劲风扑面，便向韩荆面上拂到，韩荆脚跟一旋，转了半个圆圈，避过这招，但凌未风又已如影随形，紧紧跟上。

十数招一过，韩荆这才深知厉害。凌未风手上的枯枝竟似灵蛇一样，滑不溜秋，如软鞭，又如杆棒。他咬着牙根，展开天魔杖法，用力一震，只见四面八方，好像有十几根拐杖同时打来的样子。凌未风知道这是天魔杖法中的“颤”手法，身形一变，枯枝一拂，龙蛇疾走，流水行云，群豪看来，同样也见四面八方，都是凌未风的影子。

韩荆的一百零八路天魔杖法，几乎使完，兀是讨不了便宜，霍地变招，半截拐杖东指西划，避实击虚，专探凌未风的三十六道大穴。凌未风微微一笑，说道：“你这厮原来也会打穴！”韩荆怒道：“你嚷什么？怕的就退下去！”凌未风连避三招厉害的点穴招数，在闪展腾挪之中高声笑道：“会打穴有什么稀奇？你看我的！”话声未了，凌未风一个“旱地拔葱”，凭空跃起数丈，韩荆短拐一指，在他脚底划过，凌未风一扎枯枝，已向他的面门拂到，韩荆踉踉跄跄，倒退数步，凌未风抢了先手，已如暴风骤雨般攻来。

这时日近中天，瀑布在日光照射下，泛出霞辉丽彩，凌未风一连十几辣招，把韩荆迫得向日而立，抢先占了有利地势。韩荆耀眼欲花，莫说找不着凌未风的穴道，连招架也感为难。正想拼命挡过几招，抽身便逃。凌未风大喝一声，枯枝起处，已是一招“玉带缠腰”，向韩荆腰胁拂去。韩荆“盘龙绕步”，方待闪过，凌未风攻势绵绵不断，横里一扫，早已变招，枯枝拂到胸部。韩荆心想，一扎枯枝，其力有限，拼着受他拂中，然后抢攻，图谋逃脱。哪料心念方动，骤感胸部一阵酸麻，“啊呀”一声，全身瘫软，扑地便倒。

原来凌未风除了剑法精绝之外，还得了晦明禅师“拂穴”的真传。关于点穴功夫，从来只分两派，一派是用兵刃来“打穴”，例如韩荆以短拐当作点穴橛，来打穴道便是。一派是“点穴”，以“空手入白刃”的功夫，用手指去点对方穴道。而晦明禅师却创造了以拂尘“拂穴”之法，用拂尘扫，同样也能封闭敌人穴道。

韩荆扑地不起，群豪哗然大呼。凌未风早已抛掉枯枝，抢在来援救的达土司等人之前，将韩荆拉起，轻轻在他腰际的“伏兔穴”一拍，将封闭的穴道解开，抱拳说道：“韩老前辈，请恕无礼，凌某在这厢赔罪了！”

韩荆面如赤砂，青筋毕露，惊惭交并，不发一言，让达土司扶着便走。凌未风叫道：“韩老前辈，请留步！”韩荆停了下来，正待扔几句门面话，凌未风又招呼其他几个未交手的人道：“你们还要不要再赌？”

未交手的人中，罗达身受箭伤，自然不能比试。贺万方是一个工匠，虽然功夫在寻常江湖道中，也算好手，但如何敢与凌未风比试。尚有一个八方刀张元振，武功尚在把弟黑煞神陶宏之下，陶宏也不过三招两式，便被凌未风摔倒，他更是不敢作声。

凌未风说罢，众人噤若寒蝉，韩荆怒道：“弟兄们，咱们走！黄金全留给你好了，看你享受得几年！十万八千斤黄金，你带进棺材去？”说罢挥手领先，正待撤退，凌未风忽然大叫：“慢走！”

达土司瞪眼回顾，哼了一声道：“凌未风，你不许我们走？”凌未风哈哈大笑，大声说道：“这批黄金，大家都有份！”此语一出，听者愕然。韩荆道：“你找我们穷开心！”卢大楞子翘起拇指说道：“这才是英雄本色，黄金粪土，仁义千金！”达土司板着面孔叫道：“你送给我，我也不要，我可不是乞儿，要在你手里讨东西。”桂仲明与冒浣莲则觉得凌未风行径奇怪，既然不想要这批黄金，却又何苦与这班人打生打死？

群豪七嘴八舌，凌未风振臂叫道：“各位武林同道，请听我一言。”正说话间，谷中又传来几声胡哨，凌未风停下一望，只见几条人影，疾如奔马，从山谷那面，霎忽就走了近来，凌未风大吃一惊，心想：“怎的一下子又来了这么多高手？要是他们一路的话，这可真应付不了！”定睛看时，来人已到谷中，为首的是石大娘，随后的竟是傅青主和李来亨手下的将领张青原，殿后的两人，他却不认得。凌未风不禁大声叫了起来。

韩荆也惊喜交集，叫了起来道："朱三哥、杨四弟，怎么你们现在才来？"这殿后两人，原来是他约来的，准备对付桂天澜和石大娘的高手，一个叫做朱天木，一个叫做杨青波，也是李定国旧部，武功技业，不在他下。

朱天木越众而出，高声对韩荆道："这批黄金不应是我们的，黄金的主人来了！"韩荆诧然问道："谁是黄金的主人？"朱天木对傅青主一指，说道："他就是黄金的主人派来检视黄金的！他也是名满天下的神医傅青主，你快来见过！"

群豪全都大吃一惊，傅青主除了是神医国手，又是武林名宿，成名远在凌未风之前，这，他们自然知道。韩荆不知傅青主与凌未风的关系，还以为傅青主也是知道黄金的消息，远从江南赶来，要独占黄金的。他心念一动，忽然嘴角挂着冷笑，说道："这可热闹了！这里有一位凌大侠自称是黄金的主人，现在傅老先生也代表黄金的主人来了！"他说这话，分明是想挑拨傅青主和凌未风交手，好坐收渔人之利。

哪料他话未说完，傅青主和凌未风都哈哈大笑起来。傅青主笑罢问道："凌大侠，这么说，金罗汉你已经找到了！"

凌未风道："全靠冒姑娘的机灵，是找到了！你又怎么知道消息，远远赶来？"傅青主道："说来话长，你先招呼这班朋友。"

凌未风这时从袋里取出一纸信笺，高声叫道："各位朋友，这批黄金不是我的，也不是你们的，应该是大家都有份。黄金的旧主人在信上已说得明明白白！"傅青主问道："你拿的信是谁人写的？"凌未风道："这是李定国将军的遗书！"说罢大声念诵起来！

凌未风念到"留待豪杰之士，以为复国之资，若有取作私用者，人天共殛"之处，停顿下来，虎目环扫全场，朗声说道："韩老前辈是李将军旧部，应该体念将军遗志，这批黄金是拿来作复国之用的！"达土司叫道："那你又怎说大家都有份？"凌未风微微一笑，指着傅青主说道："你知道傅老前辈是为谁而来？他代表的可不是一个人，而是李来亨将军手下的十万兄弟！李来亨将军是李闯王的侄孙，李闯王当年和张献忠是结义兄弟。张献忠和李定国遗下的黄金，除了他，还有谁有资格动用……”凌未风尚未说完，傅青主就接着说道：“着呀，凌大侠说得对极了！这批黄金，说起来嘛，谁也不该觊觎，但谁也有份，只要他参加复国的大业。李来亨将军久仰各位大名，特地叫我来邀请各位合作。”朱天木迈前两步，拉着韩荆的手说道：“韩二哥，傅老先生的话全是真的！”韩荆道：“你怎么知道？”朱天木用沉重的声调，一字一句地说道：“韩二哥，咱们也有几十年交情了，你别怪我。是我专程赶去告诉李将军的。我为的是你好！我愿你晚年有个归宿，回到义军之中，李将军他们，可都念着你们这班前辈。”韩荆听了，两眼潮湿，默不作声。

原来朱天木、杨青波、桂天澜、韩荆等四人，当年在李定国军中，称为“四杰”，四杰之中，又以桂天澜武功最强，其次就要数到朱天木了。朱天木和韩荆交情最好，但那次藏金之事，李定国只派桂天澜和韩荆去主持，朱天木和杨青波却因另有公务，没有参与其事，所以全不知情。李定国事败之后四杰星散，韩荆隐在川东，朱天木隐在川西。朱天木遥闻韩荆近年和绿林高手往来颇密，又不愿正式揭起义旗，心中颇为担忧，害怕他走上歧途。到韩荆给罗达说动，准备夺取黄金，特地来找他助拳时，他大吃一惊，但他知道韩荆脾气，当时不便劝告，因此也佯允相助，并和韩荆约好日期，同会幽谷。他等韩荆一出门，紧跟着就悄悄去通知李来亨。

至于杨青波眼光却没有朱天木来得远大，他答应相助韩荆之后，真的如期赶到剑阁，先去找寻桂天澜，准备劝桂天澜同分黄金。不料劈头就遇到石大娘，一听他说什么要分黄金之事，心头火起，一阵旋风也似的五禽剑将他迫得手忙脚乱。幸好朱天木这时已会齐傅青主和张青原等前来，才给他解了围。杨青波听说桂天澜二十年来护卫藏金，以及惨死之事，既受感动，又忆旧情，心中也自又悔又恨。

朱天木将前因后果说完之后，紧握着韩荆的手，低声说道：“韩二哥，你听我们的话，和这班英雄，同到李来亨军中去吧！”韩荆尚未回答，卢大楞子忽大声道：“凌大侠，你何不早说？早说了，我跟你争这些黄金干吗？”凌未风喜道：“那——你……”卢大楞子朗声说道：“我回去带青阳帮的全帮兄弟跟你们走好啦！”他说完后，拉着罗达的手问道：“罗大哥，你呢？”罗达心感凌未风赠药之恩，踌躇了一阵，也慨然说道：“我和眉山寨的兄弟，听从凌大侠的吩咐！”凌未风上前把他一把抱住，说道：“罗寨主，别这样说，咱们今后都是一家人啦！”达土司拍掌说道：“我是个直肠直肚的人，我说实话，我可不能像他们两位那样跟随李来亨将军。”傅青主微笑着望他，凌未风道：“这位是达土司达三公。”达土司道：“就因为我是个土司，这可把我缚死了。我不能离开族人。但，我向你们立誓，我达某人，以前怎样对李定国，今后一样对李来亨。”他这话即是声明愿和李来亨合作。凌未风高声叫道：“好！一言为定！”达土司一掌向旁边一株小树劈去，将那株树劈为两段，说道：“若背誓言，有如此树！”

韩荆两眼潮湿，朱天木还在紧握着他的手，他手心感着一股暖意，面前又有那么多期待的眼光。他倏地也将短拐拗折，说道：“我和你们大家一齐走！”

韩荆和卢大楞子等都愿到李来亨军中，剩下的张元振、陶宏等人，自然也无异议。凌未风收服了这班魔头，心中极其高兴。

当下由石大娘带路，大家都回到那间石屋，石大娘笑道：“今早我不许你们进去，现在我却要请你们进来了！”石天成和群豪相见，既有旧识，也有新知，同叙契阔，互道仰慕，心中郁闷，不觉全消。他以肘支床，抬起头来说道：“自从我明白事情真相之后，我心里一直就在难过。我深悔自己迫死师兄，原想待见过仲明之后，就自尽以了罪孽。如今见你们这样为复国大事奔跑，我忽然想明白了，心里的死结也解开了，原来我除了迫死师兄之外，还做过一件更大的错事！”石大娘奇怪问道：“还有什么更大的错事？”石天成道：“三十年来，我都是为着个人恩怨，东飘西荡，从来没有做过一件值得称道的事。天澜和你的事业，我完全不理不睬。这三十年算是白过啦！我死了也对不住师兄，不如活下来继承他的遗志还好，我伤好之后，一定也到李来亨军中。在伤未好之前，我想和你留在这里，守卫黄金，待李将军派人完全把它搬走为止。师兄守卫了二十年，这担子也该我们代挑了。”石大娘想起天澜，泪流满面，一面流泪，一面笑道：“是该如此！”傅青主正在担心一时搬运不了，留很多人守卫，又恐误了其他的事，听他这样一说，极为欢喜。

这时石天成的徒弟于中走了过来，笑着说道：“师父，还有一件大事呢！”

石天成道：“什么事情，这样神神秘秘的？”于中笑道：“师父，他们打了大半天，都还没吃东西呢。咱们是主人，只顾和客人聊天，不顾他们的肚子，那怎么成？人不吃东西就会死，你说那不是大事么？”群豪都笑了起来。一室融融如春，紧张的气氛，也在笑声中缓和了。

笑声中，竹君捧着一大盘糌粑和烤羊肉进来，糌粑是把炒熟的稞麦磨成粗面，吃时加入酥油，用手拌匀捏成馄饨的样子，倒是别饶风味。那烤羊肉则是石大娘前两天猎获的山羊烤成的。这时一并捧了出来，群豪手团糌粑，拔刀割肉，吃得十分高兴。

进食时傅青主一直注视着桂仲明，见他神情已完全恢复正常，心中大慰。悄悄地对冒浣莲道：“姑娘，你真行，这个病人，也只有你才医得好！”冒浣莲面上绯红，“啐”了一声道：“伯伯你又来和我开玩笑。”傅青主在她的耳边说道：“不是和你开玩笑，等会我有话跟你说哩！”石大娘对冒浣莲极为好感，不时地切羊肉给她。竹君鼓着小嘴巴道：“瞧，妈妈，你见了冒姐姐，就只疼她不疼女儿了。”说得众人又都笑了起来。

这晚桂仲明午夜醒来，看着自己的父亲睡在身边，不禁思潮起伏，再也无法安眠。他想着自己离奇的身世，想着教养自己成人的养父桂天澜，今日一家团圆，真是做梦也想不到。他又喜又悲，看着熟睡的爸爸，觉得他很是可怜，但想起养父，却更是可怜。他忽然想起：“明天我就要和大伙一道到李来亨那里了，我该去拜别养父的坟墓。”他听冒浣莲说过，桂天澜是她和傅青主亲手埋葬的，刻有“义士桂天澜之墓”几个大字，只不知葬在哪里。他感情如波潮激荡，顾不了避嫌，竟偷偷地起来，悄悄地往用板间开的内室一瞧，只见母亲和妹妹睡得很甜，冒浣莲的影子却不见了。他大吃一惊，一闪身就出了石屋，在微弱的星光下，在幽谷中四处找寻。只听得猿猴夜啼，松涛过耳，秋虫如私语，山瀑若沉雷。处处秋声，汇成天籁，桂仲明虽在剑阁长大，却不曾领略过如此境界，他在幽谷里踽踽独行，思潮起伏。猛然间肩头刷地给人按了一下，他瞿然跳起，只听得有人在耳边轻轻说道："你找谁？"桂仲明回头一看，原来是凌未风，不禁赞道："凌大侠好俊身手！"凌未风道："我见你从石屋里跳出来，就缀在你的身后，你只向前面和两边张望，显得心神不属，我猜你大约是找什么人来了，你完全没注意到我跟在你的后面。"

桂仲明道："你可见着冒姑娘？"凌未风笑道："我猜你准是找她来了，你随我来。"说罢领着佳仲明翻过几处山坳，猛然推他一把，说道："你把耳朵贴在地上静听。"

伏地听声，可以听得好远好远。桂仲明凝神静听，只听得一个老者的声音说道："浣莲，他的神志既完全恢复，那你看他能担当得这件大事吗？"桂仲明讶然对凌未风道："那不是傅老前辈的声音？"凌未风笑道："他们正在说你呢！"话声未了，傅青主忽然哈哈大笑，传声说道："你们不必偷听了，快过来吧。"凌未风一跃而起，拉着桂仲明过去，说道："到底姜是老的辣。"

傅青主和冒浣莲倚着一块岩石说话，见他们过来，招招手道："我早料到你们会来的。"桂仲明抢着问道："傅伯伯，冒姐姐，有什么要紧事情，要在半夜商议？"傅青主笑道："今天白天我对她说了一番话后，累她睡不着，半夜里起来要找我谈呢！"凌未风讶然问道："到底是什么事？"

傅青主笑道："你们在这幽谷里面，不知道外面又已换了一番世界呢！"凌未风道："吴三桂这厮起事了？这样快？"傅青主道："就是，你们把李公子救出来，他怕风声泄漏，提前起事了呢！"凌未风道："他不和我们联络了？"傅青主递过一张纸道："你看这就是他的檄文。"凌未风道："好，我倒要看他怎样着笔。"

只见檄文上先叙当年之事，骂李闯王为贼，说李闯王入京之后，"普天之下竟无仗义兴师、勤王讨贼者，伤哉国运，夫复何言？本镇独居关外，矢尽兵穷，泪干有血，心痛无声；不得已歃血订盟，许虏藩封。暂借夷兵十万，身为前驱。”凌未风哼了一声道：“亏他说得出来，还想洗脱罪名。”再念下去道：“不意狡虏逆天背盟，乘我内虚，雄踞燕都，窃我先朝神器，变我中国衣冠！方知拒虎进狼之非，莫挽抱薪救火之误。”底下自然就是写因此要起兵了。凌未风把吴三桂檄文掷在地上，恨得牙齿咬得格格作声。傅青主道：“正是因此，所以我才要仲明和浣莲去干一桩大事。”

凌未风道：“那李来亨将军准备怎样应付？”傅青主道：“按说吴三桂和我们有不共戴天之仇，我们决不能轻轻放过他，但他这次举事，到底打了满奴，因此李思永说，纵许吴三桂一面反清，一面反对我们，我们现刻也不宜与他为敌。李公子定下的策略是：趁这个时机，我们也扩大反清。我们和吴三桂各干各的，他若不犯我们，我们也不犯他。一面保持川滇边区，一面发动各处英豪，揭竿起义。”凌未风鼓掌赞道：“李公子眼光真非常人可及，那李将军是不是听他弟弟的话？”傅青主道：“李将军已将兵符交给他的弟弟，任由他处置了。”凌未风道：“既然如此，我们都愿助他一臂之力。但仲明贤弟虽然英雄，却是初次出道，不知李将军要派他干什么大事？”他是担心桂仲明经验太少，会出岔子。

傅青主笑道：“正因他是初次出道，江湖上无人识他，这件事才适合他去做。”说罢问冒浣莲道：“你还记得易兰珠姐姐和张华昭公子吗？”凌未风心头一震，急忙问道：“易兰珠她怎么了？”傅青主道：“当日群雄大闹五台山，张华昭失手被擒，易兰珠自告奋勇，愿入京救他。谁知她赴京之后，就如泥牛入海，全无消息。倒是张公子有消息传来了。”冒浣莲问道：“他在什么地方？”冒浣莲初上五台山时，曾给张华昭撞过一膀，印象甚为深刻。

傅青主道：“据前明降官传给在京的鲁王旧部的消息，说他竟是在纳兰相府！”冒浣莲道：“是被监禁了？”傅青主道：“不是，有一个降官到纳兰相府作客，见纳兰公子有一个书童，非常像他。这个人以前跟过张公子的父亲张煌言，偷偷说了出来。”冒浣莲又道：“以张公子的武功，亦非泛泛，既然不是受监禁，为什么不逃出来？”傅青主道：“这就不知道了！所以才要你和仲明进京一趟，去探访他们。倘若无法助他出走，你就联络那边的天地会和鲁王旧部，把他救出来。”

凌未风问道：“这可是刘郁芳的意思？”傅青主点点头道：“李将军也赞同她的意见。张煌言是前朝的抗清大将，鲁王就是他一手拥立的，江南一带，不少鲁王旧部，许多降官也曾是他的部下。刘郁芳现在不能回去，因此，请我们帮忙，设法救张公子出来，由他号召他父亲的旧部，在江南和我们作桴鼓之应。我们想来想去，人选只有你们两人最为适合。仲明武功极强，又没人识他，混进京城，料非难事。浣莲跟我走了这么多年，江湖上的事情，大半懂得，可以做他的助手。”

冒浣莲听了，低首沉思，过了半晌，面泛红潮，低低地向桂仲明道：“你怎么样？你说话呀！”

桂仲明仰起了头，定睛地望着冒浣莲，许久才道：“我，我是在想……”冒浣莲嘟起小嘴，乍怒佯嗔，呸了一声道：“你失魂落魄的在想什么？”桂仲明低头接下去道：“我是在想与姐姐万里同行，不知方不方便？”凌未风与傅青主“噗嗤”一声，笑了出来，冒浣莲红晕满面，直红到脖子。

傅青主咳了一声，故意端正面容，说道：“这倒是真话，我也在想……”话声未了，忽然在崖边横出的一棵虬松树上，轻飘飘地落下一条人影，接声笑道：“你们都不用想了，由我来作主。”这人正是石大娘。桂仲明起身时，她已醒觉，仗着地形熟悉，轻功超卓，借物障形，远远地跟着他们，傅青主他们聚精会神地谈论吴三桂之事，竟然没有发觉。

石大娘道：“傅老先生，你和冒姑娘情同父女，她的终身大事，你当做得了主。我看就让他们俩定了婚吧，正了名分，路上同行也方便得多。”傅青主笑道：“这还得问问他们的意思，喂！你们说，愿不愿意？”两人都低下头来，不敢说话。凌未风哈哈笑道：“别作弄他们了，他们都是小孩子嘛，你要他们锣对锣鼓对鼓地明说出来，他们可没有你那样厚脸皮！”说罢，一手拉着桂仲明，一手拉着冒浣莲，将他们靠拢起来，说道：“主婚的是傅伯伯和石大娘，大媒就由我做了吧！”他悄悄地在桂仲明耳边说道：“你有什么好东西，快拿出来给冒姑娘呀！”桂仲明给他摆布得昏头昏脑，不假思索地取出了三枚金环，递过去道：“你替我给她吧。我可没有什么好东西，身上只有母亲传给我的暗器。”凌未风大声说道：“成了，这个订婚礼物好得很，浣莲姑娘，接过了！”他将三枚金环向冒浣莲抛去，冒浣莲不由自主地接了过来。傅青主道：“你也得交回一件东西给别人呀！”冒浣莲红着脸，在怀中掏出了一幅画来，交给傅青主，默不作声。傅青主打开一看，只见画的是剑阁绝顶的风景，两株虬松覆盖着一间茅屋，那正是冒浣莲为着要点醒桂仲明，特地给他画的。这幅画，对桂仲明来说，可是极不寻常。桂仲明一见，不待傅青主给他，就伸手拿过去了。傅青主笑道：“你们交换的礼物可真有意思，以后桂贤侄可要教浣莲金环打穴的功夫，浣莲也要教他文章字画。”

桂仲明和冒浣莲虽然羞态可掬，却都是心花怒放，好像生命陡地充实起来，彼此都有了依靠似的，双双抬起头来，幽谷秋声，也变成了天上的仙乐。正是：

喜见金环成聘礼，愿将彩笔画鸳鸯。

欲知后事如何？请听下回分解。

第十三回　一剑败三魔　宝玉明珠藏相府
清歌惊远客　澄波碧海赞词人

第二天，石天成知道了这事，非常高兴，亲自把他们的婚事宣布，群豪纷纷道贺。傅青主和石大娘并带领他们，攀登剑阁，祭扫桂天澜的墓，韩荆等一干人众，也在墓前流泪致词，忏悔前非，愿以有生之年，竟老友未成之业。

扫墓之后，傅青主凌未风带领群豪，投到李来亨军中。石天成夫妻和徒弟于中、女儿竹君以及张青原等人则留在谷中，守卫藏金，等候搬运。桂仲明和冒浣莲随他们出了剑阁之后，便即分道扬镳，径赴京华。

其时吴三桂的大军已自云南而出湖北，桂冒二人只好取道甘肃，经陕西转入河南，再出河北。冒浣莲易钗而弁，与桂仲明兄弟称呼。

在迢迢万里的旅程之中，桂仲明灵智初复，样样都觉得新鲜，时时傻里傻气地问这问那，冒浣莲一一耐心解释，活像他的姐姐一般。漫长的旅程，在轻颦浅笑、蜜意柔情之中，一段一段地过去了。桂仲明虽然不解江湖险恶，但有细心谨慎的冒浣莲在旁，总算没有闹过乱子。

月缺月盈，冬去春来，他们走了四个多月，在第二年初春时分，踏入河北。冒浣莲舒了口气道："大约再走十多天，就可以到京城了！"桂仲明道："一向听说燕赵自古多慷慨悲歌之士，怎的我们一路行来，都没碰过什么人物？"

冒浣莲念了一句"阿弥陀佛"，纤纤玉指抵着他的面颊，说道：

"我的大爷，咱们干什么来的？你倒希望碰到什么江湖人物来了！我只巴望安安静静到达北京，只有这一段路了，可千万别惹出乱子来！"桂仲明道："你瞧，我只随便那么说一声，就惹出你一大篇教训来！我又不是三岁孩子，你怕什么？"两人口角生风，说说笑笑的又踏上旅途。

这天他们到了钜鹿，这是一个大镇，他们刚进了城，就见六辆大骡车，在街上行走，把街道都塞满了，车的两旁绒幕低垂，骡夫和跟随骡车的人都是精壮的汉子。冒浣莲瞧了一眼，悄悄地对桂仲明道："这些人一定别有来历，咱们绕道而过，别沾惹他们。"她曾和傅青主到过钜鹿，熟悉道路，带桂仲明通过横街，找了一间最大的客店投宿。

不料他们刚歇息下来，就听得客店外人声嘈杂，马铃叮当，那六辆大车，竟然也到这间客店投宿。桂仲明好奇心起，忍不住出来张望，只见六辆大车，直推到院子里才歇下来，车门一开，每辆大车走出六名如花似玉的少女，共是三十六人，花枝招展，把桂仲明看得呆了！冒浣莲在他背后轻轻一捏，叫他回房，好几条大汉的目光都向他们射去。

回到房间，冒浣莲也频道奇怪，这三十六个少女，个个姿色都不寻常，冒浣莲在苏州长大，苏州美女，自古有名，她都未曾见过这么多佳丽！

桂仲明怀疑道："莫不是抢来的？"冒浣莲笑道："绝对不会，抢来的哪会大摇大摆从闹市经过！"桂仲明又道："莫非是大户人家的女儿，请人保送到哪里去？"冒浣莲又摇摇头道："虽然大户人家，十房八房同住在一起的，有几十个少女，并非奇事。但也绝不可能个个都是这样年轻貌美。"说着"噗哧"一笑，伸出食指在桂仲明脸上一刮，道："怪不得你刚才看得灵魂儿都飞上九天！"桂仲明道："你别胡说。她们三十六个人加起来都没你这样美。"冒浣莲道："哎唷，居然懂得讨人欢喜了？不肉麻？"

小两口子吱吱喳喳地猜了一阵，桂仲明又道："莫非是皇帝挑选的秀女？"冒浣莲笑道："你真是没见过世面，假如是皇帝挑选的秀女，穿州过县，大小官儿都要来接应，哪会住这个客店？皇帝的威风哪，你想都想不出！”桂仲明奇道：“难道你见过皇帝不成，说得这样嘴响？”冒浣莲面色一沉，低声说道：“就是见过！”桂仲明见她本来有说有笑，好端端的忽然郁闷起来，慌道：“你这是怎么了？管他皇帝不皇帝，咱们谈咱们的。”冒浣莲叹了口气道：“你的身世已经够凄凉了，我的比你的还要凄凉。你好坏都有父母，我的亲人却只有一个傅伯伯。”桂仲明急忙指着自己道：“还有一个我呢！”冒浣莲给他逗得忍不住又笑起来，推他一把道：“你别歪缠了，我说见过皇帝，那是真的，日后我再细细地告诉你。现在嘛，我要你早点睡觉，明早鸡一叫，我就要你起来赶路。”桂仲明道：“干吗？”冒浣莲道：“咱们有大事在身，少惹闲事。这班人路道不明，别和他们在一起。老实说，和他们同住这个客店，我也担心。”桂仲明拍拍腰间的腾蛟宝剑道：“怕什么？”冒浣莲一把将他推倒地上，道：“赶快睡，我不和你斗口了。”她自己也和衣攒上床去。两人同行万里，凡是住店，都是桂仲明睡在地上，冒浣莲独占大床。

桂仲明果然很听话，乖乖地睡了，这晚一点事情都没有，第二天一早鸡鸣，冒浣莲就催桂仲明起来，结了房钱，继续登程。

两人走了三二十里，天色大明，眼前忽然现出一片亮晶晶的水泊，港汊交错，就在大路的旁边，而路的另一边又是高岗密林。桂仲明道：“这地方形势倒很不错。”冒浣莲道：“啊，我们已到了苏村了。这地方是冀鲁豫三省边境有名的险要之地。我听傅伯伯说，以前有一股强人在这里落草，兼做水陆两路生意，为首三人都是江北大盗，只是行为不正，贪财好色，绿林英雄鄙其为人，后来又给官军打了一阵，没人帮他们，听说站不住脚逃了，不知是也不是。”桂仲明道：“就是有强盗也抢不了咱们！”正说话间，忽然背后车辚辚，马萧萧，回头一看，那六辆大车和乘马护送的一干人，已赶了上来。

冒浣莲眼利，只见第一辆大车前面挂着一面镖旗，上绣“武威”二字，迎风飘荡。六辆大车过后，殿后的一人，年约四十岁光景，拿着一杆大旱烟袋，口喷青烟，斜着眼睛，看了桂冒二人一眼，似颇惊异，但也不停留，策马疾驰而过。

冒浣莲待大车过了少许，笑着对桂仲明道：“你成天嚷着要见江湖人物，这便是一个人物。武威镖局是南京最出名的一间镖局，镖头就叫孟武威，年纪比我的傅伯伯还大一点，善用独门兵器旱烟袋打穴，我十一二岁时，和傅伯伯到南京曾见过他。听说他的绝艺只传给儿子孟坚，刚才那人想必就是他的儿子。”桂仲明道：“昨天为什么没见着镖旗，也没见这扛旱烟袋的汉子？”冒浣莲道：“昨晚他们进城歇宿，用不着挂出镖旗。你不知道，成名的镖师都有一些怪规矩，比如孟武威，他总是在险要的黑道上，预知有强人伏伺时，就狂吸旱烟，口喷奇形怪状的烟圈，表示是他亲自押镖，平时倒不大吸烟的。这人完全学了他的样儿。我也是见了他的旱烟袋才想起他的来头，昨晚根本就不留意到他是谁。”

桂仲明哼了一声道：“你看走眼了，会打穴有什么稀奇？据我看，傍着大车走的两个瘦小汉子，功夫就要比这人高。”冒浣莲凝眸细看，看不出什么异样。桂仲明道：“我是练大力鹰爪功的，懂得一些路道。你看那两人这样瘦小，坐的马这样高大。那马却像不胜负荷似的，刚才他们与我擦身而过，我听那沉重的马蹄之声，就知这两人外家功夫已有相当火候。”冒浣莲奇道：“为什么只说相当火候呢？”

桂仲明道：“凡是练鹰爪功、金刚手这类内外兼修的功夫，到了随时随地，或站或坐都浑身是力，不克自制的时候，外家功夫就已到家了。可是内家功夫还没到家。若内家功夫到了家，那股劲力随心所欲，能发能收，根本就看不出来。这两人外功不错，内功可还未够火候。”冒浣莲笑道：“我连他的外家功夫都看不出来，那更差了。”桂仲明正色道：“不然，你的功力据我看和那两个人差不多，却要比那个孟坚高。你学的无极剑法，是上乘的内家剑法，怎可妄自菲薄？”冒浣莲抬头再望，大车已过去约半里之遥，那吸旱烟袋的汉子，还不时回头看望。冒浣莲不觉笑道：“这人疑心我们是强盗呢！只不知这南京的名镖头，为什么给三十六个少女保镖，这事可奇怪透了。莫非这批少女，真是什么大户人家的女儿，请人保送的？可是看来又不像呀！”

说话之间，猛然前面六辆大车，倏地都停下来。前面尘头起处，两骑骏马，迎面驰来，掠过大车，快近桂冒二人时，才猛地勒马回头，又狂奔过去。冒浣莲拉拉桂仲明的袖子道：“是那话儿来了！”桂仲明脚步不停，一直向前走去。

骤然间路旁高岗上，射出了几枝响箭，其声呜呜，甚为凄厉，响箭过后，密林中涌出一批人马，约莫有一百多人，霎忽就截断了大路，拦在车队之前。

武威镖局的镖师孟坚本来是押队殿后的，这时已催马上前，狂喷烟圈，起初是一个个的圆形烟圈，接着喷出的几口烟其直如矢，射入先喷出的烟圈之中，烟圈也渐渐四散，漫成烟雾。这是孟老镖头传下的讯号，圆烟圈套交情，直烟线表武力。意思是说：“好朋友们，给我们圆圆面（卖人情）吧，不然若用武力，落个两败俱伤，可坏了江湖义气。”

对方阵中缓缓地走出一个中年汉子，袍袖飘飘，意态潇洒，眉目姣好，很像一个女人，他在袖中取出一把折扇，迎风一扇，把孟坚喷出的烟雾，扇得一干二净，阴声细气地说道：“我道是谁，原来是武威镖局的少镖头亲自押这支镖。”孟坚也道：“我道是谁，原来是郝寨主还在此间。既是熟人，请恕礼仪不周，容日后补上拜帖吧！”说罢又喷出几口烟圈，等待对方答话。

在他们两人打话之际，冒浣莲和桂仲明远远地站在路边。冒浣莲道：“果然那三个魔头又回旧地。”桂仲明道：“那不男不女阴阳怪气的是谁？”冒浣莲道：“我听傅伯伯说过，这人料是三魔之首，十几年前的江湖败类人妖郝飞凤。”桂仲明奇道：“为什么叫做人妖？”冒浣莲道：“因他生得眉目娟秀，常常扮成女人，专迷惑大家闺秀，有人还说他真是个阴阳人，所以叫他做人妖。可是他的武功也真好，有几个侠客想除他，都给他逃掉了。后来大约是年纪大了，扮女人不灵了，这才落草为寇的。”桂仲明又好奇问道：“什么叫做阴阳人？”冒浣莲粉脸通红，大力拑了他一下，说道：“别问了，赶快看吧，你看他们就要动手了。”桂仲明出其不意地给她拑了一下，“唷”的一声叫了出来，幸得那两批人都很紧张，谁也没有注意他。

郝飞凤慢条斯理地又举起扇来，扇了两扇，低声笑道：“少镖头和我们搭什么架子，猛喷烟圈？咱们开门见山，你要我们替你圆这个面子，那也成，但你也得替我们圆个面子。”

孟坚接了这支镖后，一见要保送的竟是三十六位美艳如花的少女，心里当然觉得十分奇怪，但他恃着父亲的威名，插了镖旗，也竟挑起大梁，从苏州直保到此地，一路虽碰过三四次黑道人物，但只须喷出几口烟圈，也就把对方吓退了。不料一踏入河北，却碰上这三个硬对头。正在忐忑不安，一听郝飞凤的话似有商量，急忙问道：“郝寨主有什么吩咐，我孟坚做得到的，一准办到。”

郝飞凤又阴阳怪气地笑了一笑，将扇一指大车，说道：“我们不劫你的镖，只是要一些无伤大雅的东西。”

孟坚听郝飞凤说不劫他的镖，心中大喜，连底下那句话都未听全，就拱手说道：“多谢寨主借路。”郝飞凤冷冷一笑，尖声说道：“你车上的红货（金）白货（银）我全不要，这三十六个女娃子，你可得给我留下，少一个也不成！”孟坚强抑怒火，一摆烟袋，亢声问道：“郝寨主，这是怎么个说法？”郝飞凤阴恻恻地说道：“从来保镖的都是保红白财货，没有保人的。我不要你的货，只要你的人，这怎能算是劫镖？”孟坚给他气得须眉倒竖，骂道：“怪不得人家骂你是江湖败类，武林人妖，冲着我武威镖局的镖旗，你要放肆，那可不成！”郝飞凤将折扇扇了两扇，大笑道：“就是你老子出马，也得给我留下。你招子（眼睛）放亮一点，凭我这把铁扇，要你这三十六个女娃子，可不过分。”孟坚瞥了一眼，见那扇子乌漆漆的闪光，哼了一声道：“原来你还是铁扇帮的，那更好了，我就凭这杆烟袋，斗斗你那把铁扇。”

铁扇帮是长江以南的一个秘密帮会，帮主尚云亭有一身惊人的武功，可是手底极辣，黑白两道全不买帐，碰到财物就要拦截。郝飞凤穷途落魄，曾去投他，他本待不收，不知怎的，却给郝飞凤迷惑住了，终于让他做了帮中的一个香主。郝飞凤也就是靠了铁扇帮的名头，才能重回旧地，再立门户的。

孟坚年虽四十，可是一向靠着乃父声威，保镖以来，从未与硬手动过真刀真枪。而他那铁烟杆打穴的功夫，也的确算是一门绝技。因此久而久之，他也自以为可以称雄一时了，今日碰着这三个魔头，虽然不无顾忌，但一给他们挤得下不了台，也自动了真气，烟杆一指，便待扑上。

郝飞凤轻轻一闪，并不接招，笑道："你要和我动手呀，那可还差着点儿，三弟来把他拿下。"背后一个粗豪汉子，应声而出，右手单刀，左手铁盾，拦住孟坚喝道："我倒要看你孟家的打穴功夫！"这汉子正是三魔柳大雄。

孟坚心头火起，更不打话，铁烟袋当胸打去，柳大雄举盾一边，烟锅当的一声打在盾上，未烧完的烟丝，给碰得直飞出来，点点火星，倒溅回去。柳大雄单刀在盾下倏地攻出，斩孟坚手腕。孟坚武功也非泛泛，手腕一顿，铁烟杆横里一荡，把单刀荡了开去，大喝一声，斜身滑步，烟锅已自向柳大雄背后"魂门穴"打去。柳大雄反手一迎，烟锅碰在盾上，他顺着这拧身之势，刀光一转，反取中盘。孟坚连跳了两跳，才避开这招。

桂仲明和冒浣莲伏在路旁，看这两人厮拼，只见孟坚如怒狮猛搏，铁烟袋点打敲劈，可总打不着敌人的穴道。柳大雄以铁盾掩护单刀，带攻带守，打得十分激烈。

再打了一会，孟坚渐渐落在下风。本来论功夫技业，他和柳大雄原不相上下。只是柳大雄是个剧盗，见过许多阵仗，孟坚和他一比，可就差得多了。

打到分际，柳大雄左手盾牌虚晃一招，身形向下一扑，单刀绕处，直向他下三路斫去。孟坚霍地退步，铁烟杆"倒打金钟"，指向敌人背脊"天枢穴"，柳大雄大吼一声，身形暴起，铁盾"横托金梁"，用力一磕，右手单刀，顺着烟杆，向上猛削，孟坚若不撒手，手指非给削断不可。

桂仲明伏在路旁，见到孟坚危急，偷偷地对冒浣莲说："且待我助他一下。"冒浣莲未及拦阻，桂仲明已倏然出手，一枚金环，径自飞去。

这枚金环，打得正是时候。柳大雄看看得手，忽听得"当"的一声，单刀已给金环荡开。收刀一看，只见刀锋也被碰损，缺了一个小口。孟坚莫名所以，拖着烟杆，踉踉跄跄地退了几步。

桂仲明暗器打得十分神妙，两边的人又全都注意孟坚和柳大雄的厮斗，竟然没人知道暗器从何而来。柳大雄横刀举盾，高声喝道：“哪个不要脸偷袭大爷的站出来，咱们明刀明枪决个胜负。”

孟坚幸得这一枚金环，保了武威镖局的声威，情知自己不是人家对手，拖着烟杆疾退。郝飞凤撮唇打了个胡哨，只见一骑健马，倏地冲去，马上人往下一落，拦着孟坚，笑嘻嘻地道：“孟少镖头，你别走！”这人是江北三魔中的第二魔沙无定，也是刚才策马探镖的人。

才解困厄，又遇强敌；孟坚正在心慌，猛然间大车队中，也飞冲出两骑健马，孟坚一看，却是那两个黑瘦汉子，这两个汉子下马叫道：“孟爷请退！”其中一人赤手空拳便去强抢沙无定手中的大枪。另一人也以赤手空拳，迎上了追来的柳大雄。

孟坚惊异得几乎喊出声来，这两汉子就是当日请他来保镖的人，当时他们自称是一个富户的管家，名叫陆明、陆亮，是两兄弟，倚靠南京另一个武林前辈的面子，来央求武威镖局保镖的。孟坚看他们骨瘦如柴，当时还暗笑怎的这个富户却用“烟精”来作管家，根本就料不到他们身怀绝技。

这两人一出手竟是北派的鹰爪功夹以擒拿手，十数招一过，看得孟坚目定口呆。沙无定的大枪，长七尺有余，一簇血挡四面戟张，足有斗篷大小，挑扎扑打，虎虎生风，论功力比柳大雄还强许多，但陆明只凭一双肉掌，已是足以抵敌。沙无定一枪紧似一枪，兀是刺他不着。那边的陆亮独战柳大雄，竟然欺身直进，硬用空手入白刃的功夫，去抢柳大雄的单刀，不过片刻就占了上风。

孟坚在一旁看得倒吸凉气，心中叹道：“休了，休了！这两人身怀绝技，我却一点也看不出来，还夸大口，做保镖，传出去岂不笑折别人牙齿。今番纵保得着这支镖，也折了名头！”看两人越打越烈，鹰爪功擒拿手，招数精奇，自己见所未见，越看越怪，不禁皱眉想道：“这两人功夫远在我上，怎的颠倒请我来做保镖，若不是存心戏弄，一定内有隐情。”

这时刻，两对厮杀，功夫也已分出强弱。沙无定招熟力沉，还自抵挡得住，柳大雄的单刀在酣战声中，却竟给陆亮一把抢去，只剩下一面铁盾，且战且退。

郝飞凤相貌像个女人，功夫却极利落，轻轻一纵，拦在陆亮面前，铁扇一指，直点陆亮面门，左掌一立，轻轻向上一托，陆亮双肩一晃，急忙倒纵出去。郝飞凤这招名叫“颠倒阴阳”，与擒拿手有异曲同工之妙，胳弯若给他一托一拗，这条手臂就算卖给他了。

郝飞凤救出了柳大雄，尖声怪气地叫道：“二弟请退下。”沙无定力刺三枪，把陆明迫过一侧，撤枪疾退，气喘吁吁，站在郝飞凤身边。

陆明、陆亮并肩站立，郝飞凤展开铁扇，扇了两扇，怪声笑道：“陆家兄弟真好功夫，我不自量力，要请两位一同指教！”陆明、陆亮都是心头一震，想道：“这‘人妖’真个‘神通广大’，我两兄弟早已退出江湖，他竟一口就能喝破来历。”

郝飞凤铁扇一指，又再尖声叫道：“两位陆师傅不肯赐教么？”陆明、陆亮大怒，左右一分，双双扑上，喝道：“今日定要擒你这个人妖！”郝飞凤嘻嘻一笑，滑似游鱼，在两人掌底钻了出去，说道：“你们有这能耐？”反手一扇，就和两人斗上了。郝飞凤扇子使开，也是一派点穴家数，但却比孟坚的打穴厉害许多，他身法又极其轻灵，一把扇子指东打西，指南打北，全是指向两人的致命穴道。他左手也不闲着，右手扇子打出，左手跟着就是一掌，用的竟是刀剑路数，这种怪招，陆家兄弟还是初次遇上。幸得他们的鹰爪功擒拿手也有了相当火候，而且相互配合，威力更增，郝飞凤这才不敢过分迫近。

三人走马灯似的厮杀了一百来招，郝飞凤怪招层出不穷，陆家兄弟拼命支持，兀是守多攻少。桂仲明看了许久，摇摇头道：“这两个汉子要糟。鹰爪功擒拿手原是利于攻而不利于守，他们给敌人迫得要撤掌防守，只怕没多久就要落败。”

果然再打一阵，两兄弟蓦然狂叫，往后便跑。但郝飞凤身法比他们更快，身形一起，又绊着他们。口中叫道：“二弟三弟，你们去抢大车！”

沙无定、柳大雄一声呐喊，率领百余帮匪，狂风一般卷将过来。郝飞凤尖声叫道：“只要人，不要货，算留给孟老头子一点面子。”孟坚气得焦黄了脸，抡铁烟袋拼命敲击，混战中沙无定一枪将他的烟杆挑上半空，旁边的帮匪抛出绊马索，将他绊倒，柳大雄双手扣住他的脉门，将他缚在路旁的树上。其他护车的壮汉，虽然也有武功，怎禁得帮匪人多势众，转瞬之间就给迫到一隅，眼睁睁地看着沙无定、柳大雄领着帮匪，扑奔大车。

桂仲明和冒浣莲伏在路旁，离大车约有十来丈远。冒浣莲本来屡次禁止桂仲明出手，这时见帮匪拉开大车绒幔，里面少女尖声哭叫，不禁柳眉倒竖。桂仲明道："这帮贼人欺侮娘儿，咱们揍他！"冒浣莲一跃而起，叫道："好，你对付那两个头领，我去赶开匪徒。"

桂仲明解下腾蛟宝剑，如巨鸟腾空，几个起落，已是落在车队之前。十多个帮匪舞动刀枪，上前拦阻，桂仲明圆睁双眼，大喝一声，腾蛟剑向前一抖，银虹疾吐，把十多把刀枪全都削断，沙无定见状大惊，斜刺里一枪刺出，桂仲明一个旋身，又是一声大喝，宝剑起处，只听得"喀嚓"一声，沙无定四十二斤重的大枪，也给斫断了，震得他虎口流血，拖着半截枪急忙奔命。

在桂仲明大显神威之际，冒浣莲也已赶到现场，那些帮匪正在撕绒幔、砸车门，冒浣莲扬手就是一大把夺命神砂，宛如洒下满天花雨。那些帮匪也都是老于江湖的了，一中暗器，只觉又麻又痒，有人叫道："这是毒砂子！"冒浣莲一声冷笑，玉手连扬，喝道："不是毒砂子你们也不知道厉害！"帮匪发一声喊，四下奔逃。冒浣莲双眼滴溜溜地一转，只见第三辆车上，还有几个帮匪，站在车顶，他们已抢出几名少女，用作掩护。冒浣莲大怒，放下神砂，拔出佩剑，一跃而上，剑走偏锋，捷似灵猫，娇叱两声，两名帮匪中剑扑倒，冒浣莲一腿将他们从车顶扫下，挺剑便奔第三名帮匪，那名帮匪将挟持着的少女向前一推，冒浣莲手腕倏翻，剑锋左倾，向空档奔去，剑法迅疾异常，本意这名帮匪也易了结，不料一剑刺去，只听得"当"的一声，碰了回来，原来是刺在一面盾牌上。

这名帮匪是柳大雄，他领头抢上中间的大车，砸开车门，只见六名少女美艳如花，眼都呆了。他看了一阵，将其中最美的少女挟出，冒浣莲已抢了上来。他舍不得放开，竟然在车上负隅顽抗。

冒浣莲连刺数剑，都被柳大雄巧妙挡开。他挟少女为质，以铁盾掩护，冒浣莲武功虽比他强，投鼠忌器，急切间却是奈何不得。柳大雄见冒浣莲一剑紧似一剑，应付也感为难。蓦然间他抓起少女往外一抡，以进为退，引开冒浣莲的剑，哈哈大笑，往后一跃，便待翻下大车。哪料笑声未绝，后心忽然一阵剧痛，不由得双手松开，人也像断线风筝一样跌了下去。原来桂仲明在追赶沙无定时，百忙中回头一瞥，见冒浣莲尚在大车上与人拼斗，随手发出一枚金环，打中了柳大雄后心穴道。

冒浣莲正自气红了眼，也待挺剑跃下大车，那少女刚好落下，她只好插剑归鞘，双手接下，轻轻抚拍少女，说道："姐姐受惊了！"那少女惊魂稍定，发觉自己在男子怀中，急忙双手一推，哪料手所触处，却是软绵绵的一团东西。

冒浣莲扬砂拒敌，拔剑救人，紧张中竟自忘记了自己易钗而弁，是个"男儿"。给少女一触，才猛地醒起，急忙放开了手，在少女耳边低声说道："姐姐，你别声张，我和你一样，是个女人。"

那少女裣衽致谢道："多谢姐姐救命之恩。"冒浣莲红着脸说道："你别叫我姐姐，我就领你的情了。"那少女也算机灵，急忙换过口道："多谢公子！"冒浣莲笑道："你叫什么名字？怎样来的？这些姑娘是你的姐妹吗？"那少女眼圈一红，答道："我叫紫菊，是苏州城的歌女，给人买来的，这些姑娘，我早先都不认识，听说也是买来的。"冒浣莲还待再问，忽见下面乱成一片，帮匪四下奔逃，桂仲明向她大声呼唤。

那边，桂仲明在发出金环，打倒柳大雄之后，再向前追，帮匪畏惧宝剑，纷纷躲避。郝飞凤放开陆家兄弟，赶了过来，也兀自镇压不住。

郝飞凤未见敌人，先见剑光，心里一惊，已觉冷气森森，寒光劈面。他仗着身法轻灵，连避三剑，自知不是敌手，待第四剑斫来时，急忙向后一跃，铁扇子倏地出手，迎着剑锋抛去。

桂仲明正杀得性起，忽听得剑尖嗡嗡作响，火星乱飞，十几枝短箭向自己飞来，他双足一点，平地拔起三丈来高，宝剑在半空划了一道弧形，把那些短箭扫断，这才轻飘飘落在地上。只这样被挡了一挡，郝飞凤已跑到河边，扑通一声，借水而逃。原来这手是郝飞凤救命的绝招，那把铁扇子藏有机关，给宝剑截断后，十几条铁扇骨，都化成利箭，向敌人发射。他以往曾有几次被侠义道追杀，就是仗着这手绝技，得以死里逃生的。幸好桂仲明武功深湛，要不然还真避不开这突如其来的暗器。

沙无定最先逃跑，却及不上郝飞凤迅捷，刚刚奔至河边，桂仲明扬手一圈金环，将他后脑打裂，登时毙命。帮匪呼啸，没命奔逃，桂仲明顾不得追赶，先自回来寻觅冒浣莲。

冒浣莲听得呼唤，跳下大车，顺手一剑，挑开孟坚的缚绳。孟坚瘀红了脸，在道旁拾起那根铁烟袋，低声道谢，敲燃火石，狂吸旱烟，掩饰窘态。

陆家兄弟周围检视一番，只有两辆大车，被砸烂车门，撕破绒幔，其他全无损失。急忙拱手向桂冒二人称谢，请问姓名。他们心中极其骇异，尤其对于桂仲明的武功，更是佩服得五体投地。看桂仲明年纪不过二十来岁，但剑法和暗器的精妙，简直是闻所未闻，见所未见。

桂冒二人未及答话，孟坚忽在背后冷冰冰地说道："两位陆大爷，这趟镖我们退了。此去北京已是坦途，用不着我来保，也不需要我来保。"陆明将他一把拉住，急忙说道："孟镖头，这是怎么说的？全仗贵镖局威名，我们才能从苏州一直平安至此。在这个地方，虽然遭了一点挫折，胜败也是兵家常事嘛。咳，莫非你怪我们兄弟两人，我们替你赔罪。"说罢兄弟两人双双作揖。孟坚尴尬得很，可又不能再发脾气，桂仲明也上前来劝，孟坚叹口气道："两位陆大爷武功真高，这两位达官武功更高，武威镖局得保声名，全靠你们。回去我就禀告家父，把镖局歇了。然后再酬谢各位。"他这说的可是真话，他眼见今日诸人，武功一个比一个高，不禁心灰意冷，再不想吃这口江湖饭了。

两陆微微一笑，将事揭过。桂冒二人，随便捏了个假名，寒暄几句，也待告辞，另走小路。陆家兄弟却拉着不放，力劝他们一道，同路进京。桂仲明瞧了冒浣莲一眼，冒浣莲忽慨然说道："既然两位这样热心，咱们就叨光托荫吧。"两陆大喜，立刻让出两匹马，修好大车，就请桂冒二人一同上路。

一路上两陆拿话套问桂冒二人，冒浣莲机灵得很，含糊应过。她拿话套问两陆，两陆也含糊应过，问得紧时，只是答道："到了京城，我两兄弟自当请尊驾到我主人家中，赔罪道谢。"冒浣莲知道"交浅言深"，乃是江湖大忌，也就不再追问下去。至于孟坚，则一路默不作声，兴趣索然，虽然满腹疑团，却不愿开口说话。

走了十多天，到了北京，桂仲明见城墙高峻，西山巍峨，宫殿连云，屋宇栉比，端的是雄伟壮丽，气象万千。他久处深山，几曾见过如此景象。正自心胸舒畅，眼花缭乱之际，忽听得孟坚冷冷问道："陆大爷，镖已押到京城了，请问在哪里交卸？"陆明扬鞭一笑，说道："纳兰相府！"

孟坚吃了一惊，反复问道："纳兰相府？"陆明又微微笑道："正是纳兰相府。"孟坚沉着脸道："那么两位是相府的教师爷了。"陆明、陆亮同声说道："不敢！"孟坚心中愤怒，口里可不敢说出来。陆明何等老练，早已看出，急忙陪话道："不是我兄弟俩故意戏耍老哥。这是我们相府师爷的主意，我们只是依令而行。"冒浣莲问道："那么这三十六位少女，也是相爷买的了？"陆明道："正是。相府的老师爷叫我们出面，央求南京的童镖头，转请贵镖局保护，就是怕路上出麻烦，所以借你们的镖旗镇压一些不三不四的小强盗。"孟坚哼了一声，想道："原来你们只是把我们看作纸糊的姜太公，顶看不顶用，只可用来吓小鬼的，真正碰到硬把子，还得你们两兄弟出阵，所以你们不动声色地跟在车旁。只可惜真碰到硬把子时，连你们俩也抵挡不住。"他拨转马头，拱拱手道："按规矩，我们该亲到镖主家里交卸，但相府门高，我辈小民可不敢进去。两位教师爷替我们美言一句，这镖你们自己去押回吧。我孟坚领情了。"说罢，对桂冒二人，再深深一揖，表示谢意，不听劝阻，拨马便走。他心中对二陆和童镖头都很不满，只是深深感激桂冒二人。

桂仲明见他负气而行，心中暗道："这人倒也是个血气男子。"他拉着冒浣莲正想告辞，陆明却又上前拦阻道："这次多得两位兄台出手，小弟交浅言深，如两位兄台尚未有落足之处，就请到相府里去谋个差事如何？"桂仲明怫然不悦，几乎就要发作，不料冒浣莲却是喜形于色，连声笑道："多得两位教师爷关照，我们也不客套推辞了，若然得在相府安身，那可是求之不得！"桂仲明猛然会意，立刻装出笑容，连声道谢。

大车在京城街道上长驰而过，向相府前行。路上冒浣莲再问相爷买这三十六个少女干吗？陆家兄弟这时已把两人当作自己人，不再隐瞒，告诉他们道："这三十六个少女都是相爷暗中请人在苏杭两地搜买的，有些是出名歌女，但大多却是贫寒人家的标致女儿。也难为买的人选得个个都是这样如花似玉。至于为什么买的，那我们可不知道了。"

列位看官，你道是为什么买的，说起来却有一段故事。原来纳兰容若虽是当时第一才子，尤以词名冠于全国，他的父亲纳兰明珠，却是个不通文墨，庸俗不堪的人。他仗着是宗室内亲，又善奉承，从部曹微职一直升到当朝的大学士（宰相）。他见顺治和康熙两个皇帝都很注重文学，便暗地里招纳了许多文人供养在家，做了许多文章，冒充是自己做的，献进宫去，博取皇帝欢心。纳兰容若自幼在许多人才熏陶之下，加以天资聪敏，因此年纪轻轻，便成一代才子。康熙皇帝和他年龄相差不远，见他如此才学，宠爱异常。因此有人说，明珠之能做到大学士，得他儿子之力不少，可算是官场一件异事。

有一天纳兰明珠陪着康熙在西书房闲话，说起庄子南华经里的一段故事，记不清楚，叫内监取书来查，那内监错拿了老子的道德经，康熙跺着脚骂道："蠢虫！"又叹口气对明珠道："这班蠢物真是讨厌，从来说的'红袖添香夜读书'多么有趣，朕富有四海，就是缺乏那么几个冰雪聪明的女孩替朕添香夜读。想那南唐李后主，虽是亡国之君，却有大小周后，娴熟词章，精通音律，风流韵事，万古流传。朕反而比不上他呢！"明珠听了，因事涉内廷，不敢作声，但心中却有了一个打算。

明珠回府之后，想起苏杭二州，山川秀美，灵气所钟，素多美女，立刻打发家人到苏杭一带挑选那些体态苗条、面貌清秀的标致女孩儿，准备收在府中，请文人学士教会诗书，琴师舞娘训练歌舞。训练成功之后，再偷偷献给皇上。但明珠为了沽名钓誉，不敢公然出相府之名，请地方官派兵护送。因此，才由相府的师爷定下计策，叫陆明、陆亮两个武士出面，转请武威镖局，护送来京。

陆明、陆亮将三十六名少女，送到相府之后，明珠自然十分高兴。但因他一心盘算怎样训练的事情，对陆明、陆亮保荐桂冒二人，却不耐烦细听下去，随便把手一挥，说道："既然你有两个朋友要进来，就安插他们在园子里看园吧。"这个差使，等于仆役，两陆对桂冒说及，都觉不好意思，却不料二人一口就答应了。

桂冒二人进了相府之后，一心想见纳兰容若，好探听张华昭的消息，不料一连两三个月，都没见着。看守花园，又不能随便出去，闷得桂仲明什么似的。冒浣莲虽然不时安慰他，但想起吴三桂举事之后，外头大局不知如何，亦是不禁心焦。

春来春去，转瞬到了榴花照眼的五月。一日清晨时分，桂仲明被遣去监督修理园子的工人，冒浣莲一人独自在花径徘徊。不知不觉，通过假山石洞，来到了园子深幽之处，只见林木葱郁，奇花烂漫，一带清流，从花木深处泻于石隙之下，两边飞楼插空，雕栏绣槛，皆隐于山坳树梢之间，景色美丽极了，也幽雅极了！冒浣莲心中暗道："天上神仙府，人间宰相家。这话说得果是不错！"正呆想间，忽听得有音乐之声远远飘来。她不觉循着乐声寻去，绕过几处假山，只见面前豁然开朗，一面水平如镜的荷塘横在面前，池塘上千百朵红莲，都已开放。四面红莲围绕中，池中心又有几十朵特别盛开的白莲，宛如素衣仙女，立在水中央。池塘周围有白石为栏，池上有小桥九曲，蜿蜒如带，直通到池中的一个小亭。上面有几个舞娘翩翩起舞，亭中有一个少年公子，独自弹琴。那几个舞娘，就随着琴声，且歌且舞。

冒浣莲妙解音律，远听琴声，只觉一片凄苦情调，不禁呆了。心想："纳兰容若富贵荣华已到了顶点，年纪轻轻，才名绝代，更是古今罕见，他还有什么不满足的。"她不觉步上小桥，向池塘中央的亭子走去。走到一半，亭上歌声戛然而止。只听得纳兰容若说道："这一首不宜合唱，只宜清歌，紫菊你给我按谱唱吧。"说罢，又弹起琴来，根本没注意到有人走下小桥。

冒浣莲听得"紫菊"二字，觉得这名字好熟，正思索间，琴声已起，其声凄苦，比前更甚，宛如三峡猿啼，鲛人夜泣。一个少女，面向纳兰，背向浣莲，按谱清歌。歌道：

“瞬息浮生，薄命如斯，低回怎忘？记绣榻闲时，并吹红雨；雕栏曲处，同倚斜阳。梦好难留，诗残莫续，赢得更深哭一场。遗容在，只灵飙一转，未许端详。　重寻碧落茫茫，料短发，朝来定有霜。便人间天上，尘缘未断，春花秋月，触绪还伤！欲结绸缪，翻惊摇落，两处鸳鸯各自凉！真无奈，把声声檐雨，谱出回肠。”

歌声方停，一声裂帛，琴弦已断了几根。纳兰容若推琴而起，叹了口气。冒浣莲听得如醉如痴，心想：“怪不得我一进园子里来，就听得人说，纳兰公子是个痴情种子，他夫人已死了一年，他还是这样哀痛。这首悼亡词真是千古至性至情的文字！”她咀嚼“梦好难留，诗残莫续”几句，想道：“难道年少夫妻，恩深义重，真是易招天妒吗？”想到这里，不禁心里笑道：“怎的这样容易伤感，我和仲明就是一对天生爱侣。”她想着想着，自觉比纳兰容若“幸福”多了。

这时那个歌女回转头来，见冒浣莲站在亭前，忽然“咦”的一声，低低叫了出来。冒浣莲一看，认得她就是当日自己在大车上救出的少女，怪不得名字这样熟。冒浣莲急忙向她打个眼色，跨进亭来。

纳兰容若听得紫菊低叫，抬起头来，见一个俊俏少年，卫士装束，不觉也有点惊诧，问道：“你是谁？你喜欢听琴？”冒浣莲道：“我是看园的。公子，你这首《沁园春》做得好极了，只是太凄苦了些。”纳兰容若奇道：“你懂得词？”冒浣莲微微一笑，说道：“稍为懂得一点。”纳兰容若请她坐下，问道：“你觉得这词很好，我却觉得有几个字音好像过于高亢，不协音律。”冒浣莲道：“公子雅人，料不会拘泥于此，古代之词，先有音乐，而后按声填词，尤以周美成、姜白石两大词家更为讲究。但其弊病却在削足适履，缺乏性灵。所以苏（东坡）辛（弃疾）一出，随意挥洒，皆成词章，倚声一道，大增光彩。但有时却又伤于过粗。公子之词，上追南唐后主，具真性情，读之如名花美锦，郁然而新。又如碧海澄波，明星

一面水平如镜的荷塘横在面前，池塘上千百朵红莲，都已开放。池中小亭上面有几个舞娘翩翩起舞，亭中有一个少年公子，独自弹琴……

皎洁。何必拘泥于一字一音？”纳兰容若听得睁圆了眼！

冒浣莲对词学的见解和纳兰容若完全一样，令纳兰容若惊奇的是：以冒浣莲这样一个“看园人”的身份，居然讲得出这番话来。

他不禁喜滋滋地拉起冒浣莲的手，说道：“你比那些腐儒强得多了！怎的却委屈在这里看园？”冒浣莲面上发热，紫菊在旁边“嗤”的一声笑了出来，冒浣莲不自觉地把手一挥，纳兰容若只觉一股大力推来，蹬！蹬！蹬！连退三步，连忙扶着栏杆，定了定神，笑道：“原来你还有这样俊的功夫！”他还以为冒浣莲是怀才不遇，所以故意炫露，文的武的都显出一手。

冒浣莲一挥之后，猛地醒起，自己已扮成男子，却还不自觉地露出女儿本相，岂不可笑？纳兰容若又道：“我有一位书童，也像你一样，既解词章，亦通武艺。你有没有功夫？我倒想叫你和他见一见面。”冒浣莲大喜，连忙答应。纳兰容若洒脱异常，携着她的手，步下小桥。他是把冒浣莲当朋友看待，以相国公子和“看园人”携手同行，在当时可是个震世骇俗之事。

冒浣莲见他纯出自然，就让他牵着自己的手，走出亭子。

两人走出亭子，转过山坡，穿花拂柳，盘旋曲折，忽见迎面突出插天的大玲珑山石来，上面异草纷垂，把旁边房屋悉皆遮住。那些异草有牵藤的，有引蔓的，或垂山岭，或穿石脚，甚至垂檐挂柱，索砌盘阶，或如翠带飘摇，或如金绳蟠屈，幽香阵阵，扑人鼻观。比刚才的荷塘胜地，更显得清雅绝俗。冒浣莲赞叹道：“这样的地方，也只有像公子这样的人才配住。”纳兰容若骤遇解人，愁怀顿解，兴致勃勃地替她解释：那牵藤附葛的叫“藤萝薜荔”，那异香扑鼻的是“杜若衡芜”，那淡红带绿的叫“紫芸青芷”。这些异草之名，都是冒浣莲在《离骚》《文选》里读过的，却一样也没见过，这时听纳兰容若一一解释，增了不少知识。

两人一路清谈，不知不觉穿过藤蔓覆绕的游廊，步入一座精雅的清厦。这间大厦，连着卷棚，四面回廊，绿窗油壁，群墙下面是白石台阶，凿成朵朵莲花模样，屋子里是大理石砌成纹理，门栏窗户，也都细雕成时新花样，不落富丽俗套。四面香风，穿窗入户。纳兰容若说道：“在这里煮茗操琴，焚香对弈，当是人生一乐。”说罢拍了几下手掌，唤出几个书童，说道："上去请昭郎来。"不一会上面下来一个英俊少年，冒浣莲一眼瞧去，正是当日在五台山相遇的张华昭，只是他比前略为清瘦，从抑郁的目光中看出，似另有心事。张华昭见着冒浣莲也是一呆，心想，这人面貌好似在哪里见过，却一时想不起她是谁来。

三人在庭院中荼蘼架下，围着一张大理石镂花桌子，盘膝而坐，旁边水声潺潺，出于石洞，上则藤萝倒垂，下则落花浮荡，院子外有一丛修竹，高越短墙。蝉声摇曳其间，宛如音乐，浣莲道："真好景致。"纳兰容若见桌上有棋枰一局，未敛残棋，忽然起了棋兴，对冒浣莲道："你们两人下一局如何？我做裁判。"张华昭道："公子既有棋兴，何不和这位兄台对下，让我开开眼界。"纳兰容若笑道："局外观棋，更饶佳趣。"说着已把棋子摆了起来。张华昭瞧了冒浣莲几眼，越看越觉面熟，心念一动，拈着棋子说道："好，待我输了，公子再给我报仇。"他第一步就行了个当头炮。

纳兰容若在旁一面看一面笑，张华昭一开首便着着进攻，进中兵起连环甲马，出双横车，七只棋子，向对方中路猛袭。冒浣莲沉着应战，用屏风马双直车坚守阵地，着法阴柔之极，行至中变，已带攻带守，反夺了先手。纳兰容若笑道："昭郎，你这是吴三桂的战法！"张华昭愕然问道："怎么？"容若道："吴三桂这次举事，声势汹涌，王辅臣在西北起兵，尚耿两藩又在南方遥为呼应，吴三桂亲自率领大兵，攻出湖北，想沿江而下，攻占全国心脏。攻势是猛烈极了，但依我看来，非败不可。"张华昭道："那你是说，我这局棋也像他一样，输定了？"纳兰容若笑道："那还需说？"说未多久，冒浣莲大军过河，张华昭子力分散，果然已呈败相。纳兰容若忽正色说道："按说我们满洲人，入关占你们的地方，我也很不赞同。只是吴三桂要驱满复明，那却是不配！"冒浣莲冷冷说道："这不像是皇室内亲说的话。"纳兰容若蹙眉说道："看你超迈俗流，怎的也存种族之见？满汉两族，流出的血可都是红的，他们原应该是兄弟。满洲贵族，自有罪孽，可是不见得在贵族中就没有清醒的人！"冒浣莲暗暗叹道："他的父亲是那样污浊可鄙，他却是如此清雅超拔，看来'有其父必有其子'这句话，真是荒谬的了。"纳兰容若又道："其实，朝廷怕的不是吴三桂，而是藏在深山中的李来亨，他兵力虽小，威胁却大。这次朝廷派兵去打吴三桂，分了一路兵打李来亨，在三峡险要之地，给李来亨伏兵出击，全军覆没。"冒浣莲大喜说道："他们打胜了！"一不小心，给张华昭吃了只盲马。纳兰容若惊异地望她，冒浣莲自觉露迹，急忙低下头来用心下棋，结果因子力少了一马，给张华昭以下风抢成和局。

纳兰容若笑道："你的棋下得很好，现在轮到我来领教了。"正摆棋子，忽然丫环传报，夫人有请，而且指定要昭郎同去。容若问了冒浣莲的姓名（假名），拱拱手道："我明日再派人找你。"张华昭跟着出去，冒浣莲走在后面。忽然张华昭回手一扬，冒浣莲急忙伸手接着，手指一捏，是一个小小的纸团。

冒浣莲把纸团打开，只觉一阵幽香扑鼻，上面写着"今夜请到天凤楼"几个小字，色泽淡红，纸上还有一两片揉碎了的花瓣。不觉心中自笑："张华昭和纳兰公子同在一起，居然学得如此风雅，以指甲作笔，以花汁作墨，和我暗通消息了。"她一面笑，一面佩服张华昭心思灵敏。对弈之时，时有落花飘下，当时见他拿花瓣玩耍，毫不在意，却料不到他已看出自己是同道中人，用此来书写文字，而且身手之快，令人吃惊，不但瞒过了纳兰公子，连自己也不知道他是什么时候写的。

冒浣莲目送纳兰容若和张华昭二人，在家丁和丫环簇拥之中，从侧门走回大院。她也缓缓而行，从原路走回，去找桂仲明。只觉路上碰见的人，似乎都在用惊异的目光注视自己。

绕过假山，穿过花径，走了一会，见桂仲明和园中的花王迎面走来，冒浣莲叫他一声，桂仲明却把头别过一边，不理不睬。花王毫不知趣，在旁边唠唠叨叨地说道："你这个同伴要发迹了，我们的公子呀，什么大官来拜访他，他都懒得去见，偏偏对你的同伴要好得紧，拉他的手在园子里走了好大一段路。老哥我看你也要跟着得意了，有了什么好处，可别忘了老朋友啊！"桂仲明哼了一声，肩头一耸，花王正搭手上来，忽然"哎哟"一声，跌倒地上。桂仲明转身便跑，冒浣莲飞步追赶，尖声呼唤。

桂仲明叹了口气，回头说道："你还追我做什么？"冒浣莲又气又恼又好笑，拉着他的手说道：“你这人呀，就像你的父亲，你忘记我是男子打扮了吗？他要拉我的手，难道我也要像你摔花王一样，把他摔个半死？”桂仲明听她说到“就像你的父亲”这句话时，如中巨棒，想起自己父亲因误会而迫死养父，拆散家庭的事，立时愤火全消，但仍绷着脸说道：“我就是不高兴你和这种少爷亲热！”冒浣莲盈盈一笑，低声说道：“你说他是哪一种少爷？他这种少爷可与别的少爷不同。”说罢把纳兰容若的行径胸襟，细细对桂仲明剖解。桂仲明听得连连点头，不再言语。

冒浣莲待桂仲明完全平静之后，问他道：“你是特地来找我的吗？”桂仲明道：“陆明、陆亮今日从相府那边过来，我正在监工，他拉开我对我说，昨晚他们轮值，忽然发现武林高手自西府一座楼顶一掠而过，只看那身轻功，就比他们高明得不知多少倍，他们不敢追赶，想请我们助他一臂之力，这几晚给他们巡视门户。你不在身边，我拿不定主意。你说我们犯不犯得着真的给他们做看门。”冒浣莲想了一想，说道：“答应他们吧。我们虽不是替相府做看门，也要会会这位武林高手。”

说话之间，那个花王已从地上爬起，走了过来。冒浣莲道个歉迎上去问道：“天凤楼是不是在西院？”

花王点头道：“正是在西院，那是纳兰公子的书房。”他睁大眼睛，瞧了瞧冒浣莲，忽然拱手说道：“是不是公子叫你到天凤楼当差？那可是最好的差事！”冒浣莲笑而不答，谢过花王，拉着桂仲明各自回房休息，准备养好精神，夜探天凤楼，访寻张华昭。

两人睡了个午觉，再出来时，只见园中香烟缭绕，花影缤纷，所有不是应节开花的树，虽无花叶，也用各色绸绫纸绢及通草为花，粘于枝上，真是个花团锦簇、富丽异常。冒浣莲拉着一个小厮问道：“怎的今天园子里布置得这样华美？”那小厮伸伸舌头道：“中午时分，三公主驾到，你都不如道吗？你出园看看，那銮舆车仗，排得多长？三公主和我们的相国夫人，交情最好，以前每个月都要来一两次，一住就是几天。这次不知怎的，隔了好几个月才来。”冒浣莲听后，想起早上纳兰公子被夫人匆匆召去之事，大约是和三公主之来有关了。

到了晚上，园子里的景色更美，小河两岸的石栏，挂满许多水晶玻璃的各色风灯，点得如银花雪浪；绿树枝头，又遍缀水晶葡萄，作为装饰，上下争辉，水天焕彩，把园子装点得似玻璃世界，珠宝乾坤。桂冒二人，却是无心鉴赏，听得打过三更，各处沉寂之后，两人换过了一套黑色的夜行衣，展开绝顶轻功，径自扑奔西院，找了许久，才在雕栏玉砌的重重院落之间，看到古槐覆荫下，红楼掩映，上面彩纱宫灯，缀成的“天凤楼”三字。冒浣莲大喜，对桂仲明道：“你在外面巡逻，我进去探张公子。”

冒浣莲飘身而上，在每一层楼翘出来的檐角，都停了一下，张望进去，却是奇怪，楼房都是阒无一人。直上到顶楼，方始听见女子说话的声音，声调十分幽怨。

冒浣莲贴耳在纱窗上，只听那女子说道：“人们都羡慕荣华，帝王之家是荣华极致。我却只知道：深宫如鬼域，度日似长年。我还算较好的了，容若自小和我玩得来，后来又和你认识，你们像一股清风，给我揭开深宫的帘幕，看到一点点外面的阳光。我的姐妹，她们更惨。名为公主，却受制于保姆，莫说父王不易见，就是嫁出之后，一生见不着驸马，也属寻常。张公子，你就一点也不可怜我吗？”冒浣莲听得大惊，悄悄用指在纱窗挖了一个小洞，张眼一看，只见里面坐着一位旗装少女，美艳绝俗，气度高华。对面坐着的英俊少年，正是日间所见的张华昭。心想：莫非此女就是什么三公主？怎的她会和张华昭这样厮熟，深更时分，在高楼之上谈心？正疑惑间，张华昭低低叹了口气道：“我有什么办法？”停了一下，忽然背着公主把手一扬，一个小纸团，恰恰穿过纱窗上的小孔飞出。冒浣莲接过，打开一看，只见上面写道：“过一会再来！”正当此际，忽听得外面一声清啸。正是：

深院闻私语，中宵传怪声。

欲知后事如何？请听下回分解。

第十四回　埋恨深宫　花迎剑佩星初落
扬威三峡　柳拂旌旗露未干

啸声中，只见前面的一座石山上，有个人影一闪，没入藤萝异草之间。桂仲明大吃一惊，这人身法好快！他恃着艺高胆大，不顾敌明己暗，刷刷刷，三起三落，径以飞鸟投林之势，跃上石山，左掌护胸，右掌应敌，嗖的一声，探身入藤萝之中。

说时迟，那时快，藤萝中一声冷笑，寒风扑面，桂仲明何等机灵，身形一晃，啪的一掌打去，那人一击不中，短剑顺势一旋，向上截斩，桂仲明这一掌原可击中对方，但对方剑招也是迅速之极，若不躲避，纵击伤对方，自己手腕也定被截断。桂仲明急用右掌一领，抢先一步过去，"嗤"的一声，衣袖中了一剑。桂仲明大怒，运大力鹰爪神功，伸开十指，当头抓去，连发三招辣招。对方闪展腾挪，瞬息之间，还攻下五剑，每一剑都是刺向桂仲明要害，桂仲明空手搏剑，虽然未至吃亏，却也占不了便宜。

那人似不欲恋战，不到十招，便奋身一跃，跳出草丛，跃上石山。桂仲明哪里肯舍，流星掣电般衔尾直追。追到天凤楼前，那人倏地转身，短剑一立。灯光闪映下，桂仲明只见对方身材瘦小，蒙着面幕，只露出两颗滴溜溜的眼珠，似乎是个女子。他心里正在怀疑，那人低骂一声："亏你这样身手，竟然是个鹰爪孙。"短剑一抖，浑身上下，卷起几道剑光，精芒冷电，缤纷飞舞，疾攻而上。

桂仲明听她声音清脆，甚似女声，方欲喝问，已被猛攻。这回他不敢空手应敌，托地往后一跃，手在腰间一按，腾蛟剑似飞蛇般直吐出去，那人猛见一道银虹疾射面门，微噫一声，身随剑转，急走偏锋，展开精奇招数，转攻桂仲明两胁。

桂仲明的五禽剑法，本以迅捷见长，不料对方的剑法更为迅捷，瞬息之间，两人已打了三五十招，都是一沾即走，两剑从不相交。桂仲明越打越奇，这人的剑法非常之似凌未风的天山剑法，变化繁复，掺杂有各种家数，若不是他见过凌未风剑法，几乎抵挡不住！但他也曾听得凌未风说过：晦明禅师的天山剑法，生平只传过三个人，一个是二十多年前名震江湖的杨云骢，此人十八年前在杭州离奇毙命。尚有两人，一个是已投了清廷的游龙剑楚昭南，一个就是他，那么这个瘦削身材的人，究竟是从何处学来的天山剑法？

此人剑法是精奇极了，只是功夫却逊桂仲明一筹，斗了片刻，额上见汗，桂仲明觑个真切，手腕倏翻，硬磕对方的剑，只听得当的一声，那人的剑给磕上半空，急忙倒纵出去，追接那被磕飞的短剑。桂仲明将腾蛟剑卷成一团，也不追赶。只见那人接到被磕飞的短剑，在灯光下细看，满面疑惑之容。原来那人的短剑也是把宝剑，她接了一看，只见剑锋有一个小小的缺口，分明是给桂仲明的剑所损伤的，哪得不惊。而桂仲明的腾蛟剑，自使用以来，已不知截断过多少兵器，如今用了十成力量，满拟把它截为两段，不料见对方接了下来，细细把玩，竟似毫无伤损，也是大吃一惊。

桂仲明满腹狐疑，上前问道："你到底是什么人？你认识凌未风吗？"那人蓦地回头，诧声问道："你认得凌未风？……"尚未说完，忽然山坳处疾地又飞掠出两条人影，当前一人，手持着一把寒辉闪闪的长剑，刚一现身，便连声狞笑，叫道："好大胆的女飞贼，竟然闯进相府来了！"桂仲明心想："果然是个女的！"

那人长剑一拦，封着了"女贼"的去路，另一人侧边窜上，招呼桂仲明道："你是相府的卫士？好功夫，你帮我们把女贼擒住，这是奇功一件。"桂仲明不理不睬，双目注定那个"女贼"。"女贼"已和那人交上了手，只听得叮当几声，两人各自退后几步。使长剑的出声骂道："你这女贼从哪里偷得我师兄遗下的宝剑？""女贼"也骂道："你还记得你的师兄？"短剑一举，两人又斗在一起。

那人的长剑切了三道缺口，这还是他内功深湛，一见势头不对，便用天山剑法的“卸”字诀，化去宝剑硬削之力，不然这柄长剑真会给短剑截断。

两人一退复上，再度交锋。那使长剑的傲然说道：“你有宝剑也难奈我何。”展开长剑，翩如惊鸿，猛如雄狮！剑法和那“女贼”虽是同一路数，却是不过十招，便把“女贼”迫得连连后退。桂仲明大吃一惊，怎的今晚碰到的人，一个强似一个，这人的剑法，不但和凌未风一模一样，连功力也好似差不多！

在天凤楼头的冒浣莲，听得下面的金铁交鸣之声，连忙手足并用，落到地上。一看之下，吃惊非小，失声叫道：“快上去救那女子，她是易姐姐！”

这“女贼”正是易兰珠，来捉她的人却是楚昭南。她的短剑名为“断玉剑”，和楚昭南的游龙剑同是晦明禅师的镇山之宝，当年晦明禅师将短剑传给杨云骢，长剑传给楚昭南。杨云骢在临死前写下血书，将短剑与女孩交与一个少年，叫他到天山以血书短剑为凭，拜在晦明禅师门下。那少年是凌未风，而那女孩则是今日的易兰珠。她给凌未风抱上天山时，才是三岁多一点，她的一身武艺，都是凌未风代晦明禅师传授的，因为是自幼就得上乘剑法的真传，功夫自是不弱。只是和楚昭南、桂仲明等人比起来，功力当然还是有所不如。

易兰珠敌不住楚昭南的连环攻击，正在危急之际，忽听得楚昭南大叫一声，往后疾退，易兰珠只觉脑后风生，怔了一怔，楚昭南蓦地双手一扬，两道银光，已是向她射来，易兰珠举剑横削，“当啷”一声，掉在地上，一看却是一段断剑。这几下，快得出奇，连易兰珠也看不清楚。抬起头时，已见楚昭南双手空空，和一个持剑少年，互相扑斗，这少年正是刚才用宝剑打败自己的人。

原来桂仲明救人心切，施展绝顶轻功，用五禽剑法中的“俊鹘摩云”绝技，身形一起，在半空一个倒翻，头下脚上，便向楚昭南冲来。易兰珠背向桂仲明，因此只觉脑后风生，看不清人影。楚昭南眼观六路，耳听八方，蓦见一人似弩箭般疾冲而上，却是双手握拳，不带兵器。虽然对来人的轻功颇感惊奇，但也不以为意，他想：“我天山剑法，神妙无匹，你这样冲来，我只一剑，就可以刺你一个透明窟窿！”哪料桂仲明的腾蛟剑，却是一件异宝，用时如百炼钢，不用时如绕指柔，这时给桂仲明卷成一团，藏于手心，楚昭南见他翩如飞鸟，疾冲而来，把剑一引，先黏开易兰珠的短剑，反手向上一撩，快如闪电。不料桂仲明手掌往外一翻，腾蛟剑往外电射而出，只听得“咔嗤”一声，楚昭南的剑给截为两段，桂仲明也借着这一挡之势，倒翻过来，轻飘飘落在地上。

楚昭南功夫也真老到，临危不乱，他疾退几步，便以断剑作为暗器，两路发出，一取易兰珠，一取桂仲明，这样缓得一缓，他已透过气来，重整身形，接上了桂仲明的攻势。

桂仲明腾蛟剑何等厉害，寒光一闪，已当胸击到，楚昭南身子一翻，旋转过来，右掌一拂，反截桂仲明持剑的手腕，桂仲明见他一照面就施展出大擒拿手法，不由得吓了一跳，虽有宝剑，也不敢大意，当下施展出五禽剑法中的精妙招数，如秋风扫叶，横扫下压。楚昭南以天山掌法对付，甚感吃力，屡遇险招。

他对桂仲明这把剑又恨又爱，心想：“我的游龙剑给凌未风夺了去，这口鸟气，迄今未出。看他这口剑，好像剑质还在游龙剑之上，要是夺得过来，就不怕凌未风了。”可是，桂仲明攻势强劲之极，休说夺不了他的剑，偶一不慎，只怕立有丧身之危。

这时和楚昭南同来的助手，见桂仲明反助“女贼”，又惊又怒，急跳上前。楚昭南大叫道：“把你的剑给我！”他猛地使出几招花招，人似穿花蝴蝶，晃了几晃，托地跳出桂仲明剑光笼罩之外，一伸手就接了助手抛过来的长剑。桂仲明一剑攻到，忽觉手上一震，腾蛟剑竟给敌人兵刃黏住，带过一边。他急向前顺势一送，解去这股内家黏劲，把剑一挥，挥起一团银虹，又把楚昭南迫退几步！

这时冒浣莲正赶上去拉着易兰珠，还未谈得几句，园子里已是一片人声，沸沸扬扬。

易兰珠盈盈一揖，说：“冒姐姐，我要走了。若见着张公子，请代我说一声，叫他早日设法，离开相府！”说罢，身形一闪，分花拂柳，一溜烟般跑了。楚昭南的助手上前追赶，给冒浣莲在背后一颗铁莲子打中肩胛，碎了软筋，痛得倒在地上直嚷！

冒浣莲目睹易兰珠飘然而来，飘然而去，不禁茫然。她想：傅伯伯以前说过，看此女神情，她身世定有难言之隐。她万里来京，不知为了什么？若真是为了张华昭，只恐张华昭又另有所属。再看今晚的事，出动到楚昭南这厮来捉她，又不知她闯了什么大祸？只可惜刚才匆匆忙忙，没有和她订下后会之期。

这时，相府里的卫士家丁，已自四面涌来，桂仲明和楚昭南也正打得十分炽烈。冒浣莲无暇再想易兰珠之事，掏出一把夺命神砂，睁眼看时，只见楚昭南剑式夭矫，如毒龙怪蟒，拿着的虽是一把普通刀剑，仍然全是进手招数。再看桂仲明，虽然被迫退守，但腾蛟宝剑剑风霍霍，剑气纵横，封闭遮挡之间，偶而也有几招极辛辣的反击招数，带守带攻，也尽自抵挡得住。

原来论剑法与论功力，都是楚昭南较胜一筹，只是桂仲明却胜在有一把宝剑与气力悠长。他起初施展五禽剑法的“压”字诀，剑招自上压下，想仗着宝剑之力，以最凌厉的攻势，一举击倒敌人。不料剑招一发，每每给楚昭南用黏、卸两字诀化去。桂仲明的剑势，虽劲道十足，无奈对方的剑，竟好似轻飘飘的木片一样，贴在自己的剑上，顺着剑风，左右摇晃，自己竟无法用力削断他的兵刃！而且对方的剑法虽柔如柳絮，若自己稍一疏神，它又忽而猛若洪涛，骤然压至。好几次险些给他借力打力，夺去自己的宝剑！这才倒吸一口凉气，猛地想起了凌未风之言，凌未风在自己得了宝剑之后，曾说：“论剑法，你就是没有宝剑，在江湖上也算是顶儿尖儿的了，能敌得住你五禽剑法的，我屈指一数，也只是有限几人；得了宝剑，如虎添翼，当然是更厉害，除了傅老前辈的无极剑法和我的天山剑法之外，大概谁都不能打败你了。只是还要提防一个人，他就是我的师兄楚昭南，他的剑法不亚于我，功力则似乎还稍差一点，你若碰到他，不要和他对攻，利用宝剑之长，竭力防守，在他攻得极急之时，就以五禽剑法中的冲刺三十六式，忽然反击出去，他非撤剑防守不可。以他的功力，你若防御绵密，他就夺不了你的宝剑。这样总可以打个平手。”桂仲明虽没见过楚昭南，但今晚看敌人出手，和凌未风的剑法一样，不是楚昭南还是谁？于是他小心翼翼，依着凌未风所教，果然楚昭南拿他毫无办法。有时楚昭南急于进攻，偶有空隙，还几乎给他辛辣的反击，挫折下来。

楚昭南不由得倒抽一口凉气，心道："哪里来的这个少年？在江湖道上，可从没有听人说过！"要知自楚昭南下山以来，除了曾败给他的师兄杨云骢和师弟凌未风之外，可说从无敌手。即算无极剑的名宿傅青主，也不过和他打成平手。想不到如今竟然奈何不了一个无名少年，他骄狂之气，不由得收敛下来，剑法一变，忙改用阴柔的招数，想乘桂仲明经验不足的弱点，乘隙夺剑。

两人辗转攻拒，斗了一百多招，相府的卫士家丁们已蜂涌而到。冒浣莲看得大为着急，看他们两人斗剑，桂仲明虽抵挡得住，却还是略处下风，这些人一来，他怎能逃脱？

冒浣莲咬着牙根，正打算若那些人围攻的话，就乱洒夺命神砂。忽然天凤楼悬出百余盏彩灯，五色灯光之下，有一少年公子，手摇纨扇，儒冠素服，飘飘若仙，在第三层楼头，斜倚栏杆，纨扇一指，朗声说道："公主就在此楼，谁人这样放肆？惊动莲驾，该当何罪！"卫士家丁抬头一看，见是纳兰公子，吓得垂下手来，不敢乱动，楚昭南连发泼风三招，把桂仲明迫退几步，身形一晃，掠到天凤楼前，抱剑当胸，行礼说道："卑职禁卫军统领楚昭南，参见公子，事缘今晚有女飞贼闯入相府，卑职前来擒拿，未暇禀明。现她还有两个同党在此，乞公子饬令家丁协助，将他们擒下！"纳兰容若说道："谁是她的同党？"楚昭南回身一指桂仲明，再斜窜几步，找到了冒浣莲，刚刚举手，冒浣莲忽然衣袖一拂，若不经意地遮着脸部，扭头便跑，叫道："公子救我，此人诬良为盗，竟把我当女贼同党！"纳兰公子招手说道："你上来！"冒浣莲大摇大摆，登上天凤楼。原来冒浣莲在五台山曾和楚昭南朝过相，深怕他看出自己身份，所以急急躲避。

纳兰容若哈哈笑道："楚统领此言差矣！这两人都是我的家丁，且还是我所熟悉的人，你怎么说他们是女贼同党？你赶快退出去吧！"这还是纳兰容若多少给楚昭南留点面子，要不然真会轰他出去！

楚昭南进京多时，深知纳兰容若乃当今皇上最宠爱之人，更何况有个公主在此。心头暗恨，没奈何打了几个揖，连道"恕罪"，飘身出了园子。卫士家丁们也悄悄散开，只剩下桂仲明站在天凤楼前。

纳兰容若笑对桂仲明道：“你的武功很好呀，居然能和楚昭南打平手，你是谁呀？”桂仲明绷着脸道：“我是个看园人！”纳兰容若听了，大为奇怪：怎的一日之间，接连碰着两个出类拔萃的“看园人”？冒浣莲妙解词章，精通音律，绝不输于时下名士，已令他吃惊不止；而桂仲明的武功，比起冒浣莲的文学，还更令他惊舌。纳兰容若虽不精于武艺，却曾听得康熙说过，楚昭南在禁卫军中，首屈一指，连大内卫士都算在内，他也是数一数二的好汉，而这个年轻的“看园人”竟和他打个平手，这人的武功，也就可想而知了。纳兰容若不禁走下楼来，拉着他的手道：“你叫什么名字呀？和我进楼内坐坐吧。”桂仲明轻轻一摔，脱出手来，叫道：“我没有工夫！”纳兰容若又是不由自己地给震得退后几步，笑道：“怎的你和你的同伴都是一个样儿？”他一抬头，忽见桂仲明一脸凛然神色，大吃一惊。他虽然超脱异常，不同流俗，可是到底是个相府公子，几曾受过人这样冷漠？心中很是不快，说道：“壮士既不愿与我辈俗人为伍，那也就请便吧。”

哪料桂仲明看了他一眼，却又不走，再发问道：“我的同伴呢？”纳兰容若道：“我进去给你唤他下来吧。”桂仲明摇摇头道：“不用你去，我自己会找！”身形一纵，飞掠上楼。纳兰容若怔怔地站在楼前，不知自己到底是哪一点得罪了他。

过了一会，桂仲明自天凤楼的顶层，一跃而下，又把纳兰容若吓了一跳，只见他板着面孔说道：“你把我的同伴藏到哪里去了？”纳兰诧异到极，想了一想，暗道：“莫非是张华昭请他入密室？但公主也在里面，张华昭又如何肯请一个陌生男子进去？”猜疑不定，见桂仲明犹自瞪眼迫视着他，颇为生气，冷冷说道：“你的同伴又不是小孩子了，谁能够把他藏起来？你不见他上楼时，我正在楼外和楚昭南说话吗？后来又下来和你说话，我都未有空跟他交谈，怎的说是我收藏他？”桂仲明想了一想，也是道理。正想再说，纳兰容若已拂袖上楼去了。

纳兰容若猜对了，冒浣莲果然是被张华昭请入内室去的。她上了天凤楼，走到了第三层，忽见张华昭从一面大铜镜侧边出来，冲着她咧嘴一笑，说道："冒姑娘，请随我来。外面的事，有纳兰公子出面，一定可了。"冒浣莲抿嘴一笑，跟在他的背后，只见他把铜镜一转，背后现出一扇活门，走了进去，门内复道缦回，其中竟是别有天地。原来天凤楼建筑得十分精巧，竟是内一层，外一层，旁人怎样也看不出来。一走了进去，冒浣莲问道："你怎么认得出我？"张华昭道："刚才我偷看你应敌时的身法，正是无极派的。我一下子就醒起来了，你随傅青主上五台山时，我还撞过你一膀哩！"说着已到了一间精室，冒浣莲随他进去，只见一位旗装少女，坐在当中。

这少女美艳绝俗，气度高华，眉宇间有隐隐哀怨，她骤见张华昭和一个陌生"男子"进来，吓了一跳，正想发问，冒浣莲已笑盈盈地拉着她道："公主，我也是女的。"把手一抹，现出头上青丝。公主出奇地看着她，忽然微笑说道："呀，你真像董鄂妃，我小的时候，很喜欢跟她玩。她还教过我做诗填词呢。"冒浣莲低声说道："她是我的母亲。我三岁大的时候，她就被你的父亲抢进宫去。"公主笑容顿敛，说道："姐姐，我家对不起你！"冒浣莲叹道："事情都过去了，还提它干吗？"

张华昭第一次知道冒浣莲身世，也颇惊异，沉默半晌，轻声说道："公主，她是我们的朋友，有什么话可以跟她说。"公主轻掠云鬟，幽幽说道："冒姑娘，我真恨我生在帝王之家，种下许多罪孽。你好好一家，如此拆散，一定很恨我们。可是，我要说给你听，我也不很快活。

"我在深宫中没有一个朋友，姐姐，如果你耐烦听的话，我想告诉你，我们做公主的是怎样过日子。"

冒浣莲瞧这公主眉目含颦，秀目似蹙，犹如一枝幽谷百合，动人爱怜。坐近她道："公主，你说。"

公主轻弄裙钗，低声说道："你别瞧我们做公主的荣华极致，实在却比不上普通人家，我们一出世就有二十个宫女、八个保姆服侍，宫女们有时还可谈谈，那八个保姆，可凶得很哩！动不动就搬出什么祖训家规，皇家礼法，把我们关在深宫。我们清宫里的规矩，公主一生下地，就与父母分离，不是万寿生节，一家人就很难有机会见面。假若得到父皇宠爱的，那还好一点，若是不然，一切都得听保姆摆布。我的大姐姐好不容易熬到出嫁，只和驸马行过大礼，保姆便把她冷清清地关在内院里，不许和驸马见面。过了半年，大公主忍不住了，便吩咐宫女，把驸马宣召进来，谁知被保姆上来拦住了，说道：'这是使不得的，被外人传出去，说公主不要廉耻。'大公主没法，只好耐住了。又过了几个月，大公主又要去宣召驸马，又被保姆拦住了，道：'公主倘一定要宣召驸马进来，须得花几个遮羞钱。'大公主拿出一百两金子来，保姆说不够，又添了一百两，也说不够，直添到五百两，还是说不够。大公主一气，不宣召了。直到正月初一，进宫拜见父亲，问道：'父皇究竟将臣女嫁与何人？'父皇听了，十分诧异，说道：'琪祯不是你的丈夫吗？'大公主道：'什么琪祯？他是什么样子的？臣女嫁了一年，都未见过他面！'父皇问道：'你两人为什么不见面？'大公主道：'保姆不许！'父皇笑道：'你夫妻的事体，保姆如何管得？'大公主听了，回到府去把保姆唤到跟前，训斥一顿，径自就把驸马唤来了。我大姐姐是够胆量，才敢如此。其他历代公主，连在关外称皇的三代都算在内，没有不受保姆欺负的！"

冒浣莲听了，真是闻所未闻，大感奇异。公主继续说道："我们宫里的规矩，公主死了，公主的器用衣饰，就全归保姆所得。因此保姆们对公主就越发管得严厉，不许做这，不许做那，连行动都没有自由，好些公主就因长处深宫，郁郁而死。算来，我还算好的了。"冒浣莲暗想："这样看来，保姆虐待公主，和鸨母虐待妓女，倒差不多！"公主低吁一声，问道："你们寻常百姓人家的女儿，可有这样受管束的吗？"

张华昭微微一笑，说道："我们那些号称诗礼传家的名门淑女，也一样被管束得很严，只不过没你们那么多保姆，不是受保姆的管束而已。大约你们皇家是名门中的名门，所以尽管做皇帝的怎样荒淫都可以，但做公主的却要守祖训礼法了！"冒浣莲点头暗道："他倒看得比我清楚，不能专怪保姆，保姆只是替皇帝执行家规礼法的人罢了。"

公主继续说道："我是先帝（顺治）第三个女儿，五六岁的时候，父皇去世（其实是到五台山出了家），皇兄继位，比起其他的公主来，受保姆的管束，还算是较松的了，但处在深宫，也是度日如年，几乎闷死。后来容若来了，他是我们的内亲，和皇兄亲如手足，常到内廷游玩，他见我郁郁不乐，就带我出宫到他的家里玩，他的母亲也喜欢我，以后我就常常借口到相府去住，溜出宫来。

“直到去年夏天，有一日，容若突然来找我，悄悄地问我，有没有专治内伤症的大内圣药，因为他知道有好些圣药是每个公主都赐一份的。我问他要来做什么，为什么不向皇帝要，却向我要？他笑嘻嘻的不肯说，我发小孩子脾性，他不说我就不给，他熬不过，才告诉我说，是给一个江湖大盗治伤的。我非常好奇，觉得这件事情很够刺激，就要求他让我看看江湖大盗到底是什么样子的，我们约定彼此都不准对别人说，结果他让我去看了，我起初以为江湖大盗不知是生得多凶恶的样儿呢，哪料却是一个年轻的小伙子！”冒浣莲插口道：“一个怪俊美的少年！”

张华昭面上一热，说道：“冒姐姐，别开玩笑，我在五台山时，受了容若姑母多铎王妃的飞镖打伤，后来夜闯清凉寺，又受了禁卫军的围攻，身受重伤，流血过多，成了痨症。要不是公主赐药，我已活不到现在了。”

冒浣莲听后，心中了了。她想：像公主这样深感寂寞郁闷的人，一定有许多古古怪怪的幻想，她发现了“江湖大盗”这样俊美，一定常常溜出宫来找他谈话解闷，久而久之，就生了情愫。只不知张华昭对她如何？

公主小嘴儿一呶，又道：“我很任性，我想要的东西，总要到手方休。我在宫里闷死啦，容若说昭郎就要离开了，冒姐姐，你是来接他出去的吗？你们能不能带我到外面去玩？嗳，你们不知道，有时候我真想安上一对翅膀，飞出深宫！”这时的公主，性情流露，就像一个淘气的小姑娘！

冒浣莲心想：你要完成这样的心愿，那可比要摘下天上的月亮还难！

正思量间，忽然复道里传来了“阁阁”的脚步声，冒浣莲忙把头巾整好，回头一望，只见纳兰容若走了进来。

纳兰见公主和冒浣莲贴身而坐，款款而谈，吃了一惊，忙道："三公主，时候不早，你应该回房安歇了。"公主嗔道："容若哥哥，你也要像保姆一样管我？"冒浣莲咧嘴一笑，站起来道："我也要走了！"纳兰容若满腹狐疑，拦着她道："你和昭郎是以前相识的吗？你是什么时候来到府中的？"冒浣莲笑道："同在异乡为异客，相逢倾盖便相亲。"纳兰容若见她集唐人诗句作答，意思是说，只因性情相投，乍见面（倾盖）便可成为好友。这样说，似乎她和张华昭以前并不相识。但细味诗意，亦可能是暗指她和自己以及公主，都是"倾盖如故"的意思，知道她不愿作答，故意集成诗句，好像禅语一样。纳兰容若不觉眉头一皱，但见她才思敏捷，也就不再留难，由她自去。

冒浣莲下了天风楼，见桂仲明踽踽前行，如痴如傻，忙上前拉着他。桂仲明把手一摔，说道："你不去陪那什么公子，回来做什么？"冒浣莲道："你又来了！我是张华昭请去谈的，干纳兰公子什么事？"桂仲明道："是吗？我看纳兰公子很喜欢你，要不然，怎你说他待人很好，对我却是那么冷冰冰的。"冒浣莲道："你把经过细细说来，待我评评理，看是你不对，还是他不对。"

桂仲明细细说了，冒浣莲笑得打跌，说道："原来你是这样莽撞，一见面就向人家要人，这怎怪得他，试想，假如是一个普通的宰相公子，你，一个看园人这样顶撞他，他不把你抓起来才怪！"桂仲明听了，也是道理，不再言语。冒浣莲又正色说道："不过，据我看来，纳兰公子也已起了疑心了。他虽然超脱绝俗，但到底不能算我们这边的人。他一起了疑心，我们恐怕在这里呆不下去了，而且就算他不怀疑，你今晚亮了这么一手，把楚昭南的剑削断，和他打成平手，相府里，只要是懂得武功的，没有不怀疑你的了！"桂仲明道："那我们在路上也曾打赢了江北三魔，陆明、陆亮怎么还请我们来？"冒浣莲道："你真是不解事，江北三魔怎能和楚昭南相提并论？在这里，谁要是挡得住楚昭南三招，恐怕就会震动京师了。"桂仲明道："那么我们是不是要马上逃跑？"冒浣莲道："我虽然见着了张公子，还没有把我们的来意告诉他，我们要不要马上走，你且待我今晚好好想一想。"桂仲明奇道："你在天凤楼耽了这么些时候，见了张公子还不和他说明来意，你们到底谈些什么?”冒浣莲一笑不答，只是推他回房睡觉。

第二天一早，冒浣莲就拉起桂仲明，说道：“我们向总管告假，你随我到外面去找一位朋友。”桂仲明从未听冒浣莲说过在北京有朋友，大感奇怪。冒浣莲道：“不是我的朋友，是傅伯伯的知交，北五省的老镖头石振飞，他独创的蹑云十三剑，在江湖上久负盛名。此人最重江湖道义，三十年来，只凭一面镖旗就走遍大江南北，从未失手。据傅伯伯说，他的剑法虽好，但能够这样，却并不是全靠武功，而是因为德高望重，江湖朋友都给他闪个面子!”桂仲明喜道：“你何不早说，既有这样的老前辈在此，我们理宜早去拜访。”冒浣莲道：“我小时随傅伯伯见过他，前几年听说他已闭门封刀，在家纳福，不管闲事了。只是以傅伯伯和他的交情，他对我们的事，总不能不理。我们将来若要带张公子逃出相府，恐怕还要倚重于他。”

两人向总管请假，总管见他们昨天那样的威势，岂敢不准?两人走出相府，冒浣莲道：“我只记得他的家在奉圣胡同，详细地址却不记得，只是走到那里一问，总可知道。”两人走了半个时辰，到了胡同口，正想找人来问，忽见有人抬着酒席，走入胡同，其中一人道：“石老镖头这几天天天请客，今天又不知请的是哪一些人。”冒浣莲大喜问道：“是石振飞老镖头请客吗?”那人睨了冒浣莲一眼道：“该不是请你吧?”冒浣莲一笑不语，跟着他走。到了一座大宅，抬酒席的自有管门的长工接了进去。冒浣莲上前唱了个喏，径道来意。

那管门的长工又打量了桂冒二人一番，说道：“你们有没有名帖带来?”冒浣莲道：“一时未暇备办，你说是江南傅青主求见就行了。”

管门的长工嘀嘀咕咕走了进去，桂仲明道：“你说得这老镖头如此义气，我看未必尽然。他又不是什么官府豪绅，怎的要递名帖求见，兴这一套俗礼繁文?”冒浣莲也皱了皱眉，感到有点意外。

过了一会，管门的长工出来了，说道：“我们老爷子不在家。”桂仲明大怒，嚷道：“明明看到你们请客，怎么说不在家!哼，你不接待客人，那也罢了，谎言相骗，还算得什么江湖人物?”桂仲明竟然泼口骂起石振飞来，冒浣莲想劝解也来不及。

闹了一阵，内里的门忽然打开，一个莽头陀大声吆喝，飞跑出来，朝桂仲明一推，喝道：“你这小子在这里闹什么?”桂仲明大怒，反迎上去，用鹰爪功中的擒拿手法，一掌向莽头陀肩头按去。那头陀原不打算伤人，只是想吓走他的，哪料桂仲明发招奇速，一下子已是掌缘搭了上来，只要往下一拿，多好武功也不能动弹。莽头陀大吃一惊，急滑身卸步，双臂一抱，右肘微抬，丹田一搭，气达四梢，解拆了桂仲明的擒拿手，怒吼一声，反手一拳，向桂仲明面门捣来！桂仲明身形一闪，运大力鹰爪神功，啪的一掌打去，那头陀身法也快，脚跟一旋，拳头在半空划了半个圆圈，变成一记“勾拳”，狠狠打到！

桂仲明一抓抓去，正好将莽头陀的“勾拳”接着，桂仲明运起神力，抓着他的手腕，往下一拗，那头陀也怒吼一声，拳头抵在掌心，仍然用力撞去！桂仲明使出擒拿手法，还未能将他打倒，不禁大吃一惊，不知那头陀更是有苦说不出，他是江湖上成名的人物，竟斗一个少年不过，手腕又痛又麻，也要强行忍住，不敢喊出声来。

桂仲明知道遇到了劲敌，正想再出辣招，冒浣莲忽然冲了上来，大声叫道：“你是不是通明叔叔?”莽头陀噫了一声，拳头往后一拉，桂仲明趁势向前一送，莽头陀踉踉跄跄，跌出几步，一个旋身，双拳紧握，仍然盯着桂仲明。

冒浣莲微微一笑，说道：“大水冲到龙王庙，自家人认不得自家人，仲明，你快过来赔罪！这位大和尚是凌未风的朋友，江湖上人称怪头陀通明和尚。”

通明和尚放下拳头，忽然哈哈大笑，一把抱着桂仲明道：“真是英雄出少年，我们老一辈的快要成了废物了。”他性情虽然鲁莽，为人却极坦率，他对桂仲明的武功，可是真心赞叹。

这时屋里面又有三个人闻声而出，当前两个人，一个高高瘦瘦，眼珠白渗渗的，活像个吊死鬼；一个肥肥矮矮，头顶光秃秃的，却像一个大马桶。桂仲明乍见怪相，吓了一跳。冒浣莲欣然叫道："常叔叔、程叔叔你们也在这儿？"

这两人是丧门神常英和铁塔程通，都是天地会的首领，当年曾跟随刘郁芳大闹五台山的。两人应了一声，看清楚冒浣莲面相，大笑道："你扮成这样的俊俏小子，可不更把我们两个映得丑怪了！"

冒浣莲正待叫桂仲明上前厮见，常英背后忽然闪出一个人来，身法快极，抢上去拉着冒浣莲的手道："你只顾招呼叔伯，连我也看不见！"冒浣莲因和通明等三人蓦然重逢，而常英又是身长七尺有余，虽然看出他背后跟着一个人，却没注意是谁。这时一听声音，喜极叫道："易姐姐，你也来了！"

通明和尚说道："这里不是叙说之地，你们且随我进去，先谒见石老英雄。"他一马当先，带领桂冒二人穿入内院，大声叫道："石老兄，你待慢贵客了，你说该罚多少盅酒？"

冒浣莲睁眼一看，只见屋子里坐着高高矮矮，三山五岳好汉，总有十来个人，她认得当中那个瘦削的老头儿是石振飞，其他就只认得一个是李来亨手下的将领张青原。

石振飞大步走出，朝桂冒一揖，说道："恕罪，恕罪！"再转问通明和尚道："他们两位是谁，你怎不给我介绍介绍？"通明和尚抓着头皮啊呀一声叫道："那位是冒浣莲姑娘，这位呀，叫做什么？喂，冒姑娘，你刚才叫他名字，我听不清楚，你再叫一声我听！"

石振飞笑道："好一个莽和尚！"冒浣莲拉着桂仲明恭恭敬敬施礼，说道："石老伯还记得我吗？我是傅青主伯伯收养的那个女娃子。"

石振飞"啊呀"一声，叫了起来，端详了一回，说道："你这样大了，你的傅伯伯好？嗯，这位是——"他一面问冒浣莲，一面问桂仲明，冒浣莲道："他叫桂仲明，是傅伯伯叫他和我一道来拜见你的。"石振飞捻须微笑，连道："好，好！"冒浣莲脸上发烧，面红过耳。通明和尚嚷道："你还说什么好好？他手底好辣，我和尚替你挡驾，可也替你吃了苦头。"

石振飞一向好客，只是这两天招待江湖上的黑道人物，不得不特别小心。他听得管门的来报，说是傅青主求见，先是大喜，后来一问相貌，来的却是两个少年，他知道傅青主并无徒弟，不禁大疑，通明和尚说道："什么人敢乱打傅青主名头，待我去看。"不料这一看就看出了事，手腕几乎给桂仲明拗折。

石振飞大笑，带桂冒二人入席，一一给他们介绍，在座客人占了一半是天地会的。原来通明和尚与常英、程通二人，在五台山下武家庄的群雄大会之后，奉派赴粤，看平南王尚之信的动静，并联络那边的豪杰。不料一到广东，吴三桂已经发难，尚之信起兵响应，通明等人和江南的天地会首领，以及鲁王余部也都搭上了线。尚之信反复无常，起事尚未满一年，又再投降满清，清廷趁势大捕长江以南的帮会人物，通明和尚等人站不着脚，索性混入京师，仗着石振飞的掩护，躲在他的家里，而张青原则是奉李来亨之命，秘密进京的。

至于易兰珠，则闹得更凶，她最早入京，曾两次夜探多铎的王府，有一次给多铎撞见，恶斗起来，王府的高手，也纷纷赶到，幸在易兰珠轻功甚高，要不然几遭不测。易兰珠给追捕得紧，一日碰着通明和尚，谈起石振飞义薄云天，遂也来投靠。易兰珠在石府住了将近两个月，闭门不出，精研天山剑法，日前因得知张华昭下落，才再到相府查探，第一次碰到陆明、陆亮，一掠即过，第二次碰到楚昭南，却几乎被擒。

众人这次在石府重会，十分高兴。席上谈起桂仲明的五禽剑法是以前川中大侠叶云荪的嫡传，石振飞极感兴趣，说道："我所创的蹑云十三剑，据江湖朋友所言，与五禽剑十分相似，只是叶大侠僻处四川，我无缘拜见，他的弟子桂天澜，三十年前虽曾一面，我要他指教，他又忙于军旅之事，不肯露招。桂贤侄是叶大侠的外孙，这回相见，可不能错过了！"当下要桂仲明表演剑法。桂仲明趁着酒兴，也不推辞，铮的一声，抽出宝剑，便见一道寒光，照耀满座，石振飞喝声"好剑"！桂仲明抱剑作揖，道声"献丑"！滴溜溜一转身，顿时银光遍体，紫电飞空，满身剑花错落，哪还分得出剑影人影？愈舞愈急，剑风指处，四面窗棂都飒飒作响，席上群雄给剑风迫得衣袂飘举，双眼直睁。石振飞赞道："好剑法！"斟满一杯酒，突向桂仲明泼去，通明和尚先是一怔，随即醒悟用意，和常英、程通等也都斟满了酒，纷纷泼出。

酒方泼完，忽听得一声清啸，风定声寂，桂仲明宝剑围腰，双手空空，立在当中，周围丈许之地，酒湿地面，圈成一个圆圈，圈子内一点酒痕都没有。众人纷纷拍掌，石振飞道：“泼水难入，确是上乘剑法。”桂仲明急忙施礼，说道：“还要请老前辈指教。”

石振飞也不谦辞，提剑离席，慢慢移步到桂仲明舞剑所在，卓然立定，目光直注剑锋，略一盘旋，便觉剑尖似山，剑光如练，直荡出周围丈许远近。他开头几招，并不迅捷，桂仲明细看出手家数，果与五禽剑法有些相似，暗暗留神。猛然间，石振飞身形一晃，剑光缭绕中，只见四面八方都是石振飞的身影，满室剑光，忽东忽西，忽聚忽散，翩若惊鸿，宛如游龙，舞到后来，只见一团电光，滚来滚去，宛如水银泻地，花雨缤纷！席中的一位老镖头说道：“剑舞得快不足为奇，请各位看看我们这位大哥的功力。”随手抓起一把瓜子，用“满天花雨”的打暗器手法，远远撒去，众人也都跟着去做。冒浣莲想：“瓜子这样微小，众人又都用劲撒去，恐怕比挡住泼水更难。”哪知剑风激荡中，瓜子纷纷反射回去，有两粒弹在冒浣莲的面上，竟然似给虫蚁叮了一口似的，隐隐作痛，这才大吃一惊。

石振飞哈哈一笑，停身抱剑，四方一揖，说道：“我老了，不中用了。”众人看那地面，也像桂仲明挡住泼水一样，瓜子在外面布了一大圈，轰雷一样的叫好。姜是老的辣，石振飞的功力比桂仲明确是高了一筹。

石振飞回席，桂仲明一揖到地，说道：“多谢石老前辈的指点。”易兰珠也抿着嘴笑道：“这份礼物可不轻！”石振飞笑道：“老朽三十年心愿，一旦得偿，彼此都有益处，哪敢说是指点？”原来五禽剑法与蹑云十三剑，同以迅捷见长，但五禽剑精微之处，在于冲刺，蹑云剑精微之处，在于声东击西，避实就虚。两人这一互相观摩彼此剑法，都有大进，这是后话。

石振飞酒酣耳热，意兴甚豪。站了起来，邀请众人到他的后园玩玩，那里有个练武场子，他还想请客人试演本门绝技。他对冒浣莲尤其钟爱，连声地叫她赶快和桂仲明搬来住。

冒浣莲正待答话，忽然易兰珠抢着起来，截了话头，说道：“冒姐姐今天还有点事，她说要过两天才能搬来。”冒浣莲心中一诧，自己哪曾对她说过这样的话？易兰珠在她身边，轻轻地捏她的手，一个纸团，已移过冒浣莲手心。冒浣莲便道：“石伯伯，过两天我准来打搅。”石振飞老于江湖，瞧在眼里，虽有点扫兴，也不便挽留，当下端茶送客，殷殷嘱咐，不必细表。

桂冒二人回到相府，只见门前龙旌凤銮，宫扇香车，都已无踪，园子里的彩灯，也已除下。问起来时，才知三公主已经回宫，连纳兰容若也给皇上宣召去了。冒浣莲颇感不安，好像有什么凶兆似的。回到屋子，打开纸团，只见上面写道：“今晚速与张公子逃出相府，迟则有变！”冒浣莲不由得一阵心惊。正是：

自惊此夕行藏露，剑海刀山走一遭。

欲知后事如何？请听下回分解。

第十五回　侠骨结同心　百尺楼头飞剑影
幽兰托知己　一生恨事向谁言

这时已是黄昏时分，新月初上，花影缤纷，园子里别有一番幽雅景色。冒浣莲哪有心情赏玩？悄悄对桂仲明道："我们先养一回神，待三更时分，便到天凤楼，唤出张公子。"

哪料未到三更，已生变故。桂冒二人，刚刚收拾停当，正在喁喁细语，商议如何去接应张华昭的时候，忽听到外面乒乓巨响，从窗子瞧去，只见彩焰浮空，有人大放流星花炮。冒浣莲心想：既非元宵，又无喜庆，放花炮干嘛？心念方动，园子里假山花石、树阴、桥边，暗坳处纷纷钻出人来，有禁卫军，也有相府的武士。冒浣莲大惊，急拉着桂仲明道："我们受包围了，快闯出去！"桂仲明虎吼一声，腾蛟宝剑疾地荡起一圈银虹，"砰"的一拳把窗户打碎，带冒浣莲闯出外面。

原来楚昭南昨晚被纳兰容若喝退后，功败垂成，极为气愤。易兰珠以前在五台山行刺多铎之时，他也曾目击，昨晚一亮了相，楚昭南便认得是她。后来再一交手，见她拿的宝剑，竟是自己师兄杨云骢的遗物，使的又是天山剑法，更是惊疑。这"女贼"三番两次行刺鄂亲王多铎，鄂亲王下令要楚昭南负责捉到她。楚昭南是晦明禅师的叛徒，最怕同门中人与他作对，他撞到了易兰珠，就是没有多铎命令也不肯放过。

当晚，他就赶回宫中，求见康熙皇帝，把纳兰公子包庇"女贼"的事说了。康熙笑道："容若小孩脾气，任性则有之，包庇当不至于，我看他也不知道有叛逆潜伏在他的府中，所以不高兴你到他那里闹事。这样吧，我明天召他到南书房伴读，公主也要她回宫便是了。明晚你带禁卫军，知会纳兰相爷共同围捕。”楚昭南大喜，立刻退下去布置。这晚他带来了三百禁卫军，其中有好几个统领都是高手。

再说桂仲明剑随身进，穿出窗户，银虹一卷，削断攻到他的面前的几般兵器，冒浣莲抢了上来，低声说道：“随我来。”她手挥神砂，专寻僻径，且战且走。桂仲明横剑断后，挡住两侧攻来的禁卫军的兵器。

原来相府花园，广阔之极，亭台楼阁，假山花木，还有池沼小河，长桥九曲，把园子变得像迷宫一样。那些曲径通幽，左绕右绕，就算长住在里面的人，有时也会迷路，冒浣莲深谋远虑，一进了园，就默记道路，有些歧路极多之处，更画了出来，随时展阅。她进来三四个月，园子里的地形道路，已全部了然胸中。此刻园子里虽然遍布禁卫军和相府武士，给她左面一兜，右面一绕，专寻小路，借物障形，竟然避过了围攻。虽然在僻径小路，也时时会碰到埋伏的或在那里站岗的武士，但每处最多不过三五个人，不给神砂打伤，也给桂仲明宝剑击退。而敌人一退，他们又另抄小路走了。

冒浣莲就这样，仗着熟悉地形，且战且走，不到半个时辰，便带桂仲明行近了天凤楼。他们在假山暗坳处一伏，抬头一看，又是大吃一惊！

天凤楼高七层，白玉为栏，飞檐翘角，冒浣莲一眼望去，只见在第三层的檐角上，有两个人在狠狠斗剑，一个是楚昭南，一个是张华昭。天凤楼下围着百多名禁卫军，控弦待发。楚昭南剑招凶辣之极，张华昭连连闪避，险象环生，解了几招，楚昭南直踏中宫，一剑刺去，张华昭突然缩身一跃，跳上了第四层。楚昭南剑招如电，本来顺手一挥，就可把张华昭双足斩断，不知怎的，他却斜里一点，长剑在瓦檐上一碰，身子像弹弓一样反弹上去，几乎和张华昭同时落在第四层的飞檐之上，运剑如风，鹰翔隼刺，又把张华昭绊住。

楚昭南为何不下杀手？原来他率众大搜天凤楼时，靠陆明、陆亮指点，穿入内壁复道，发现了张华昭，认出他是大闹五台山时，行刺多铎的凶手之一，也是在后来清凉寺时和易兰珠同路的那个人，心中大喜，想道："即算抓不着女贼，抓着此人，也是一大功劳。"因此只想生擒，不愿将他毙命。

张华昭武功不弱，剑法已得"无极剑"精髓，虽然不是楚昭南对手，但楚昭南想把他生擒，却也不易。楚昭南连用黏、绞、击、刺几种手法，想把张华昭的剑击出手去，张华昭封闭严密，在第四层的飞檐上，又拆了二三十招。楚昭南勃然大怒，剑法突变，如疾风暴雨，剑光飘忽，激战中一柄剑就似化成十几柄一样。张华昭只见到处剑花错落，乱洒下来，一个措手不及，左臂中了一剑，大叫一声，一个鹞子翻身，又倒翻上第五层的飞檐之上。

楚昭南见生擒不易，恶念顿生，他想先把张华昭刺伤，然后再活捉他。哪料张华昭骁勇异常，中了剑，竟然能飞身上屋。楚昭南如何肯放他走，轻轻一纵，也飞掠上第五层，而且抢先一步，截着了他的退路，要他背向楼外，更难防守。

桂冒二人看得惊心动魄，正待出手，忽然在第六层楼中，冲出一个少女，双足一点白玉栏杆，如燕子般斜掠下来，一口短剑往楚昭南剑上一碰，只见火星纷飞，楚昭南的剑给斫了一道缺口。这少女正是他要追捕的易兰珠。易兰珠逐楼搜索，找不着张华昭，待上到天凤楼第六层时，楚昭南已率众围到。

易兰珠伏在六楼，躲在几盆盆景之后，凭栏下望，见张华昭被楚昭南逐层追逐，形势危殆，无可奈何，只能冒险出击了。

楚昭南一见易兰珠现身，顿时移转目标，长剑一挥，刷！刷！刷！一连几剑，直指易兰珠要害。这时张华昭又已翻上第六层去了。

易兰珠武功要比张华昭稍好一点，但楚昭南立心把她擒拿，招招凶辣，十数招过后，易兰珠抵敌不住，飞身上了第六层，只见张华昭正在包扎伤口。

易兰珠急忙问道："怎么了？"张华昭见她仓皇之情，溢于言表，心中感动，痛楚全消，长剑一摆，道："不妨事！"两人还未谈得两句，楚昭南又已窜了上来，剑势伸开势如浪涌，易兰珠短剑一截，张华昭倏地一矮身躯，一招"铺地锦"，猝斩楚昭南双足。楚昭南好生了得，斜里一剑，轻点易兰珠脉门，迫得易兰珠转身躲开，他立时煞身止步，剑招一变，“倒枝垂柳”向下一旋一撩，张华昭的剑给撩上天凤楼的顶层。易兰珠回剑拼命挡住，张华昭飞身上了顶楼，易兰珠与楚昭南也紧跟着窜了上来。

张华昭这次不敢再冒险进招，仗着易兰珠的宝剑在正面遮拦，展开“无极剑”的精妙招数，配合侧袭。楚昭南以一敌二，兀是攻多守少。

三人走马灯似的在天凤楼顶大战，楚昭南虽占上风，一时间却也奈何他们两人不得！这时在第三层楼飞掠出四条人影，两个是陆明、陆亮，另外两个是禁卫军中数一数二的高手。他们刚才留在三楼的复壁里搜索张华昭“余党”，搜了半天，杳无人迹，是以赶上来帮手。

桂冒二人伏在山石暗坳之处，见天凤楼顶楚昭南越战越凶，冒浣莲一推桂仲明道：“你快上去，若救得他们下来，就赶快奔回此处，随我闯出园子。”

楼下的禁卫军，引颈上望，给天凤楼顶的恶战，吓得目定口呆，个个屏息以观，根本就没注意到附近假山，还伏有两名“敌人”。桂仲明猛地冲了出来，在禁卫军头上，飞掠而过。身法迅疾到极，好几个禁卫军只觉头顶一痛，抬头望时，桂仲明已借他们的头颅，作为“跳板”，跃上天凤楼去了！

禁卫军哗然大呼，箭如雨发，桂仲明右手挥动腾蛟宝剑，一道长虹，护定身躯，箭一触及，便给截断飞射出去；左手扣着三枚金环，脚步不停，仍然一层层地飞跃上去，片刻之间，掠上第四层的飞檐，弓箭之力，已弱得多，桂仲明抬头一看，只见一个禁卫军统领，刚刚飞身到达顶层。桂仲明左手一扬，那员统领正想挺剑前扑，猛然后心一阵剧痛，一个倒栽葱从天凤楼顶跌了下来，禁卫军又是一阵哗然大呼，接到手时，那员统领早已气绝。

陆明、陆亮刚刚赶上五层，猛见桂仲明飞身上来，心中大惊，一缩身躲进楼去，桂仲明翻上五楼，也不理他们，左手一扬，又是一枚金环，向刚上顶楼的另一个禁卫军统领打去，不料这人却是一流高手，名叫胡天柱，在禁卫军中，除掉楚昭南和张承斌外，就数到他。他使的是一条软鞭，软鞭一挥，就把金环卷去。桂仲明虎吼一声，身形并不停留，像弩箭一般直冲上顶层，手起剑落，径向胡天柱劈去！胡天柱不知他使的乃是宝剑，刷的一鞭猛扫过去，剑光鞭影中胡天柱惊叫一声，连退三步，鞭梢一段已给削断。桂仲明跨进一步，预扣在左手手心的第三枚金环，猛地射向楚昭南后心穴道。

楚昭南激战张华昭、易兰珠二人，正自抢得先手，剑光霍霍，攻势凌厉，忽听脑后风生，反手一抄，将金环接在手中，剑势一缓，易兰珠已抢出圈子，解了楚昭南的攻势。

桂仲明金环打出，和身扑上，忽见楚昭南反手一掷，一圈金光挟着啸声迎面飞来，劲道甚大。桂仲明知道是他接了自己的金环，反打自己，只是听风辨器，楚昭南的暗器功力比自己高出许多，不敢硬接，宝剑一挥，将金环劈成两片。

易兰珠一招“李广射石”，楚昭南回剑横削，易兰珠趁势穿出左侧，抢了有利方位，大声叫道：“仲明，左右夹击，快！快！”桂仲明双足一跳，避过软鞭缠打，身子腾空，手中长剑俯冲而下，这一剑正是“攻敌之所必救”，解了张华昭困危。楚昭南一个旋风疾转，左左右右，各刺两剑，疾如闪电，挡住了两翼的进攻。这时桂仲明已补上了张华昭的空档，张华昭抽出身来，拦阻胡天柱的攻扑。

一剑飞来，形势立变；刚才是楚昭南占上风，现在却是感到应付艰难了。桂仲明、易兰珠二人，剑法都有高深造诣，与楚昭南相差不远，更加上两人所使的都是宝剑，这一左右夹击，厉害非常。楚昭南出尽全力，屡遇险招，幸他功力极高，火候老到，使的尽是阴险毒辣的招数，互相牵制，以一敌二，尚自支撑得住。

张华昭独战胡天柱，却是处在下风，胡天柱这条软鞭，使得得心应手，虎虎生风，鞭影翻飞，极为凶猛。张华昭的内家剑法，虽然也已有了相当火候，无奈连番恶战之后，加上左臂受伤，竟是抵挡不住，给他一步步迫出外面，再退几步，就要跌落楼下。

易兰珠见状大急，这时楼下又有几名高手，一层层地跳纵上来。桂仲明大喝一声：“走！”腾蛟剑倏地一翻，把楚昭南迫退一步，迅如巨鹰，在右侧疾冲而出，手起一剑，直朝胡天柱背后“风府穴”刺去，胡天柱大弯腰，急旋身，避过这剑，桂仲明已拖着张华昭疾冲下去，长剑一点第六层的檐角，疾地翻下了第五层。两名禁卫军统领刚自四楼跳上，桂仲明左手一放，叫道：“你从那边跳下！”他头下脚上，自第五层楼直跳下去，半空中与那两人迎个正着，右手剑刺，左手掌劈，剑是稀世之宝，掌是鹰爪神功，那两名统领如何抵挡得住？一个被宝剑对胸穿过，一个被五指抓破了天灵盖，两具尸身，同时跌落楼下！

桂仲明一跃而下，宝剑一挥，杀开血路，张华昭跟在背后，忽听得易兰珠尖叫之声。她是刚刚身形着地，就给楚昭南追上了。

易兰珠短剑一荡，“迎风扫尘”，但听得剑尖上“嗡嗡”一阵啸声，几条兵刃，或给削断，或给荡开。短剑一旋，蓦觉锐风斜吹，楚昭南长剑已是堪堪搠到！

易兰珠一声尖叫，桂仲明拼命冲来。忽地里，假山石上，疾的又冲出一条人影，双手连扬，禁卫军“哎哟”连声，纷纷闪避，这人正是冒浣莲。她以夺命神砂，专打禁卫军面目，好不厉害！神砂一洒就是一把，虽然不能及远，可是用来救人，以寡敌众，却有奇效。

楚昭南一剑把易兰珠逼开，左手五指如钩，便来硬抢易兰珠的宝剑。冒浣莲劈面一把神砂，楚昭南轻轻一闪，撤掌打出，掌风将神砂震落地面。这时只听得背后一声大吼，桂仲明的腾蛟宝剑如一道金蛇，斜里飞来，楚昭南倒提青锋，往上一挂，解开了桂仲明攻势，易兰珠刷的一剑，又猛向前心搠来，楚昭南脚尖点地，掠出三丈开外。桂仲明、易兰珠、张华昭三人，已随着冒浣莲冲出去了！

楚昭南大怒，忙喝令陆明、陆亮随同追赶，还有几个禁卫军的高手，也纷挺兵刃，上前擒拿。冒浣莲对园中道路，非常熟悉，只见她身如彩蝶穿花，时而纵高，时而跃低，穿过假山岩洞，绕过羊肠小径，穿花拂柳，曲折迂回，带领众人，直奔园外，禁卫军给她抛在背后，只有楚昭南等几个高手，还能紧紧缀着。冒浣莲一见楚昭南迫近，就是一把神砂，虽然打不着他，可也阻滞了他的脚步。

此追彼逐，兔起鹘落，片刻之间，他们已杀到园子的西门，守门的武士，见他们似疯虎一般，哪敢阻挡。桂仲明“排山运掌”，猛击园门，只一下就把园门震开，飞奔出去。

楚昭南紧跟不舍，其时已近五更，千街寂静，万户无声，追过了好几条街道，追进了一条掘头小巷，巷的侧边是一条臭沟，楚昭南猛地大喝一声，提身上屋，展开绝顶轻功，抢过了冒浣莲的前头，横剑一立，拦住他们。胡天柱等七八名高手，则堵在巷子的进口。冒浣莲神砂已经发完，向桂仲明打个眼色，双双挺剑，拼着和楚昭南作一死战，胡天柱、陆明、陆亮三人也扑了上来，看看就要混战。正在此际，忽然一家居民，大门倏地打开。

屋内走出一老一壮，老的长须飘拂，手里拿着一根旱烟袋，吸了几口，猛地一吹，烟锅里火星点点，飞溅出来，他竟拦在楚昭南与桂仲明之间。另一个是将近四旬的中年汉子，也拿着一根旱烟袋，只是比那老的小了许多。他一出来，就指着陆明、陆亮道：“爹，设陷阱害我们的是这两个人。”楚昭南睁目喝道：“什么东西敢来混扰?”侧身一剑，越过老头，向桂仲明刺去。楚昭南心高气傲，自命英雄，虽见这两人迹状怪异，但在未知他们的来头虚实之前，却不屑先下手攻击他们。

桂仲明腾蛟剑硬架，喝道：“小爷怕你不成!”楚昭南剑光一闪，避开宝剑，霎眼之间，连发三招，桂仲明退后两步，易兰珠、冒浣莲双抢过来，禁卫军的高手，也从那边巷口涌上。

中年汉子又指着桂仲明道：“爹，他是我们的恩人!”老头一扬烟袋，喝道：“我们恩怨分明，先报恩，后报怨。”斜里一跃，铁烟袋疾地点打楚昭南的“魂台穴”，楚昭南大怒，横剑一封，只觉来人腕力甚为沉雄，剑给荡开，虎口也给震得发热!

这一老一壮，老的就是南京镖行的领袖孟武威，壮汉是他的儿子孟坚。孟武威和石振飞并称南北二名镖头，保镖从未失手。这次孟坚给陆明、陆亮诱去替纳兰相府保三十六名少女，几乎折在江北三魔手上。回来一说，孟武威年纪虽老，火气极大，虽不敢招惹相府，却恨透了陆明、陆亮。他说不管陆家兄弟是什么相府武师，他们总算是江湖人物，这次藏奸诱镖，令武威镖局出丑，非找他们理论不可。他封了镖局，带子进京，沿途找寻人妖大魔郝飞凤不着，正是一肚皮没好气。到了京师，就想去找二陆。倒是他的儿子把细，劝道："相府门高狗大，你老人家去找他们，他们不见你也没法。何况他们是武林小辈，你去找他们，先就折了身份。"孟武威一想，也是道理。当下和儿子商讨，决定第一步先去找石振飞，由他出头，柬邀镖行同道和二陆到会赴宴。石振飞是京城的武林领袖，二陆虽是相府教头，但并无官职，同是"混江湖饭"的，不容他不赴会。到时，孟武威就要二陆磕头赔罪，否则就要把他们赶出京城。

楚昭南大搜天凤楼之夜，正是孟家父子刚到京城之时。他们是中午时分到京的，礼物未办，因此准备到第二天才去拜会石振飞。当晚先住在镖局一位旧伙计的家里，半夜里忽闻追逐之声，孟老头和儿子披衣起视，正是陌路相逢，仇人恩人都碰个正着。

孟武威给楚昭南横剑一封，铁烟袋也几乎甩手，他们两人功力悉敌，彼此都吃了一惊。孟老头子哼了一声，铁烟袋"云麾三舞"，一招三式，二次进扑！

楚昭南一步不让，掌中剑向上一翻，"拨草寻蛇"，剑尖竟向孟武威的手腕划去，孟武威铁烟袋横里一磕，"倒打金钟"；楚昭南大喝一声："撒手！"身形一侧，剑招如电，倏地改划为截，"顺水推舟"，横截过去！孟武威突地右足撑地，左足蹬空，头向后仰，使出"铁板桥"绝技，剑风拂面而过，随即向右一倾，身形暴起，这才冷笑一声答道："不见得！"左足趁势踢出，楚昭南剑招使老，左手横掌如刀，向下急劈，孟武威右足又起，连环飞腿，快疾异常。楚昭南无法躲闪，刷地向上一窜，平地拔起两丈多高。这时桂仲明易兰珠等人已和禁卫军高手打在一团，桂仲明百忙中腾手打出一枚金环，哪料楚昭南本领实在高强，半空中伸手一接，就把金环接过，反手打出。

孟武威刚抢上一步，蓦见暗器飞来，铁烟袋往外一甩，把金环打成碎片。

楚昭南觑准方位，往下一落，正好落在孟武威背后，举手一剑，"玉蟒翻身"，直奔孟武威右肩刺去，喝道："再接这一招！"孟武威喝道："谁人怕你！"铁烟袋往后一磕，又把楚昭南的剑荡开，身躯半转，“仙姑送子”，斜击楚昭南的“分水穴”。楚昭南大怒，闪身进剑，剑走连环，点、刺、劈、撩，翩如惊鸿，矫若游龙，天山剑法使得出神入化！孟武威一杆烟袋，点打三十六道大穴，右掌也捻着剑诀，带守带攻。他几十年功力非同小可，招数沉稳之极，楚昭南虽占了八成攻势，却也无法攻入！

桂易二人用的都是宝剑，当者披靡。孟坚得到他们解困，见父亲只有招架的功夫，心中大急，深怕老父年迈，敌人太强，抵挡不住。桂仲明见孟坚焦急之情，宝剑一撤，微笑说道：“我去替回孟老英雄！”

桂仲明是个识货的人，孟武威替他挡住楚昭南时，他只看了几招，就知此老功力非同小可，纵不能胜，也不会落败。因此放心让孟武威和楚昭南拼斗。此刻见孟坚焦急，虽然暗笑他做儿子的也不知道父亲的真实本领，但于理于情，都要去替回他了。

楚昭南虽然抢了攻势，额上已微微见汗，一见桂仲明挺剑重来，正自着急，孟武威忽地一声长啸，烟杆虚点，退出圈子，冷笑说道：“我老头子从不以二打一，你若不服，可到南京武威镖局找我！”这时桂仲明已和楚昭南交上了手，双方剑招都辛辣之极。楚昭南凝神对敌，根本就不去听这老头子说些什么。

楚昭南经过一轮恶斗，此消彼长，再战桂仲明，只能堪堪打成平手。桂仲明趁此机会，改守为攻，心中畅快之极。

孟武威转个方向，恍如鹰隼穿林，飞掠过去，落在陆明、陆亮身边，烟杆倒持，双掌齐起，脚踏中宫欺身直进，陆明挥臂一格，孟武威左掌斜劈胸前，右掌五指如钩，直抓胁下。陆明身形一低，正待避招进招，已给一把抓住，动弹不得。孟武威一个“盘龙绕步”，已抢到陆亮身边，反手一掌，劈他下盘，陆亮施展鹰爪功夫，往外一拿，哪知孟武威这一手，暗藏小天星掌力，就是金钟罩铁布衫的横练功夫，一击之下，也要拆散，何况陆亮的鹰爪功并未到家，双掌一交，虎口酸麻，登时就给孟武威扣住他的脉门。孟武威两手一挥，把陆家兄弟接连抛出，掷下了臭水沟中。

孟武威快意之极，手把烟杆，点烟狂抽，一口口青烟喷将出去。禁卫军见他如此威武，心里打突。胡天柱抖手一鞭，把冒浣莲迫退一步，想冲过去和楚昭南汇合，孟武威大喝一声，一口浓烟劈面喷去，胡天柱呛出声来，易兰珠侧面刷的一剑刺出，胡天柱反手一鞭，又给宝剑斩去一截，张华昭在背后一脚飞起，胡天柱连受挫折，猛不及防，后心给狠狠踢了一脚，身子扑前，孟武威赶上一步，单掌一托，喝声“起！”胡天柱腾云驾雾般的，身子直飞出来，继陆家兄弟之后，跌进了臭水沟中。

楚昭南今晚连遇劲敌，又惊又怒。桂仲明如初生之犊，乘着他气力不加，一口腾蛟宝剑横扫直出，凌厉无前。他的五禽剑法，本是以攻势擅长，往时只因功力不如楚昭南，所谓“棋高一着，缚手缚脚”，迫得依凌未风所教，仗宝剑之力，坚守谋和。而今楚昭南久战力疲，桂仲明心雄胆壮，着着和他抢攻，把楚昭南气得七窍生烟！

楚昭南眼观四面，见最得力的助手胡天柱，也给抛入臭水沟中。禁卫军只剩下四五个人，越发抵挡不住。他长剑一领，猛地喝声：“浑小子，你别猖狂！”猛下辣手，虚晃一招，引得桂仲明横剑招架，刷的一剑，疾如闪电，剑锋一转，便从侧面抢了进来，直刺桂仲明肩后的风府穴。桂仲明回剑不及，看看要遭毒手。只听得一声断喝：“你也别狂！”原来孟武威早已抢步过来，来得恰是时候，铁烟杆“横架金梁”，硬磕楚昭南的剑，楚昭南知他气力沉雄，不愿和他对耗，霍地一个矮身，风车般转将出去，长剑起处，向易兰珠冒浣莲各刺两剑，两人被迫闪避，楚昭南已脱出重围，举剑叫道：“点子棘手，暂且收兵！”带领禁卫军高手，退出巷口。孟武威杀得性起，紧追不舍，他棋逢对手，技痒异常，叫道：“我和你单打独斗一场如何？”楚昭南怒道：“我楚昭南还能怕你这糟老头子？你要单打独斗，过两天咱们约个场所，打个痛快。”孟武威一听楚昭南自报名头，不觉呆住。

孟武威、楚昭南都是江湖上的成名人物，虽然以往未碰过面，却是彼此都知道对方的声名。如今楚昭南自报名头，孟武威心想：真是老糊涂了，此人剑法如此神妙，怎的想不起是他？江湖上使剑的人虽多，最负盛名的却只有三个，一个是傅青主，一个是石振飞，另一个就是他（凌未风是后起之秀，在西北虽享大名，孟武威却不深知）。傅石二人的剑法，自己早已见过。如今看来，此人剑法绝不在傅石二人之下。只是前些时听说，他早当了皇帝的禁卫军统领，难道自己帮助的这一伙人，就是他要追捕的钦犯？

孟武威虽然是老当益壮，侠骨豪情，但因有家有业，若要他真个和朝廷作对，他可是顾虑甚多。此时听楚昭南骂战，不觉烟杆倒挂，停了脚步。冒浣莲则另有想头，她见楚昭南虽败，但急切间要挫折他，却是甚难。自己这帮人，能逃脱已是大幸，何必再去追击。而且今晚禁卫军精锐已经出动，缠斗下去，危险更多。她碰了碰桂仲明，跨前几步，对孟武威道："孟老爷子，咱们不打落水狗，让他走吧。"桂仲明腾蛟剑向前一指，喝道："割鸡焉用牛刀，你要比试，小爷随时奉陪。"楚昭南筋疲力倦，生怕他们追击。他只是为了面子，不得不故作壮言。

而今见孟武威噤声不答，哪敢逗留，冷笑说道："你不配！"领部下飞身急退，其实他还真的怕桂仲明追来，连跌在臭水沟中的陆明、陆亮等人也顾不得救了。

孟武威沉着脸赶回屋内，屋主人正提心吊胆，倚门相待。孟武威叫他连夜逃走。张华昭好生过意不去，上前谢罪。孟武威道："现在也不能理这么多了，俺老头子冒昧请问：你们到底是哪路人物？要上何方？"桂仲明拱手答道："我们是李来亨的部下，准备去投奔石振飞老镖头的。"孟武威"啊呀"一声，叫了出来："原来诸位是石镖头的朋友，又是李将军部下，俺老头儿舍了身家性命，也值得了！"桂仲明向他道谢出手相助之恩。孟武威拈须笑道："你替我们保全了镖局的威名，我还未曾向你道谢呢！"

一帮人在拂晓之前赶到石家。石振飞知道他们闹了这件大事，事先并未与他商量，颇为不快。易兰珠谢罪说道："我是怕牵累老伯。"石振飞怫然说道："我和傅青主是过命的交情，他的朋友门人，我敢收留的，就是天大之事，我也敢担承！"孟武威见他如此豪情，暗道惭愧。两老头欢欣相见，少不得又是促膝长谈。

且说易兰珠与张华昭久别重逢，见他左臂剑伤，血染衣袖，又是怜惜，又是怨怼。众人在大厅上允谈畅叙，她却悄悄拉张华昭走下庭来，在一棵古槐树下，给他重新包扎伤口。轻声问道："今日我替你裹伤，他日我死了，你可愿替我折一束兰花，插在我的墓前吗？”张华昭听了，睁大眼睛，不知她为什么说出这样的话。

易兰珠眼珠滴溜溜一转，微笑道：“你知道我们为什么要把你接出来吗？”张华昭面上一红，以为她是暗讽自己舍不得公主，所以要拉他出来。正想解释，易兰珠低声说道：“桂冒两人，万里来京，原是奉李将军和刘大姐之命，想要你出来，纠集江南一带的鲁王旧部。”张华昭道：“我是上月刚刚复元的，不是留恋相府。”易兰珠抿嘴笑道：“谁说你留恋相府来了？”

曙色欲开，天将拂晓。易兰珠衣袂迎风，神情颇似有点激动。张华昭望着这位神秘的少女（直到现在他还未知道她的来历），想起她夜探五台山清凉寺，舍了性命来救自己的往事，不觉神思恍惚，心中一荡。只见易兰珠一本正经地往下说道：“可是最近的情形又已发生变化，鲁王在江湖的旧部，因为趁三藩之变，浮起头来，竟给清廷大军打得七零八落。若想在江南大举，已非容易。所以李将军的部将来传达他的意思，说是当务之急，首在保全四川方面的实力。他想我们在京中的人，选出一名敢死之士，干一件轰轰烈烈的大事！”张华昭道：“要找敢死之士，那太容易了，是什么事呢？”易兰珠道：“听说清廷已内定多铎为征西统帅，率领八旗精锐，就将开赴西南，准备在消灭吴三桂的同时，也把李将军消灭。因此李将军希望我们在京中，就将多铎这贼子刺杀！”

张华昭血脉偾张，说道：“这事应该由我做！”易兰珠凄然一笑，道：“你不用和我争了，我已经对众人说过，我必定要手刃多铎，不然我死不瞑目，在入相府救你之前，我已经两探王府，还和多铎交过手。只是听说他经过我那么一闹之后，已加意防备。一面责成楚昭南来捉我，一面精选武士，在王府中布下天罗地网，等我们去上钩。现在要去刺杀他，那可是极不容易！”张华昭道：“所以这事情不能单独由你去干！”易兰珠道：“他们也是这么说。但李将军的意思是：刺杀多铎的人当然是准备与他同归于尽，牺牲越少越好。我们犯不着牺牲许多人去换他一条性命。李将军还说，他本来不主张暗杀，但为了事情紧急，刺杀多铎之后，虽不能阻止清廷另选统帅，进攻我们，但最少可拖延一些时日，延迟它进军的日程，

易兰珠悄悄拉张华昭走下庭来，在一棵古槐树下，给他重新包扎伤口，轻声问道：“今日我替你裹伤，他日我死了，你可愿替我折一束兰花，插在我的墓前吗？

让我们可以好好布置。”张华昭道：“无论如何我们不能让你单独冒险，姐姐，这事情让我替你做了吧，你舍命救过我，我却还未替你做过半点事情。”

张华昭说这话时充满柔情，易兰珠眼眶一红，强忍眼泪，说道：“你不明白的，谁都可以准备去死，就是你不能够！你是张大将军的公子，令先尊的部属，现在虽说已七零八落，但我们总希望还能纠集起来。这一件更大的事情需要你干。所以我们准备在京城大干，杀掉多铎之前，先要把你救出。你应该知道纳兰王妃，就是纳兰宰相的堂妹，纳兰容若的姑母。虽说纳兰容若对你很好，我们总不能不提防。”张华昭目不转睛地注视着她，见她在说到“纳兰王妃”时，声调一顿，忽然一颗泪珠，滚了下来。

张华昭蓦觉一阵寒意，透过心头，突然想起大闹五台山那晚，被擒之后，纳兰王妃竟然亲到囚房将他释放，还送了他一枝翡翠令箭。当时他见易兰珠和纳兰王妃华堂并坐，目蕴泪光，那奇异的神情就如今晚一样。他感觉到这里面一定有不寻常的事情，不禁轻轻拉着易兰珠的手，凝望着她，说道：“你真像天上的云雾一般，我一点也不懂得你，但我很感激你，也很信任你。你既然要亲自手刃多铎，一定有你的缘故，我不拦阻你，但我一定竭力保护你。”

易兰珠含着泪珠道：“你真好！如果我不是突然死去的话，将来我会为你把云雾拨开的。如果我是突然死去的话，那就请你去找凌未风，叫他在我父亲的坟前上香，告诉他：他的女儿已竭力替他报仇了。”她说到此处，忽又凄然一笑，说道：“还有，我最爱兰花，你也别忘记要折一束兰花插在我的墓前。”

这一晚，张华昭一直做着恶梦。第二天张青原集合众人在密室会商，传达的果然是要刺杀多铎的命令。石老镖头在北京的名气很大，和官方也有来往，捕头官差等闲不敢来骚扰他，难得他豪侠异常，不惜身家性命，愿尽掩护之责。至于孟武威父子，群雄不愿他们卷入漩涡，由石老镖头设法，将他们偷偷送出北京。由他们径自去找人妖郝飞凤，以报夺镖之仇。

话分两头。且说楚昭南当晚连受挫折，第二天赶快去见鄂亲王多铎，报告夜搜天凤楼之事。多铎听说在天凤楼中，搜出女贼的同党，是个少年公子，大为注意，细问相貌，忽然拍案说道："这个人在五台山时曾为我所擒，后来就是那个女贼救去的。"楚昭南告辞之后，多铎满怀疑虑，步入后堂去见夫人。纳兰王妃自府中大闹女贼之后，精神一直很坏，好似恹恹欲病的模样。请御医来诊断，也说不出什么道理来。

纳兰王妃一见多铎进来，强笑问道："那女贼捉到了吗？"多铎道："连楚昭南也给别人打败了，那女贼原来还有一个党羽，就是以前在五台山被我擒住，后来突然被人救走的人。"纳兰王妃"啊呀"一声叫了出来，说道："那么这女贼真是她了！"多铎道："哪个她呀？"纳兰王妃道："就是当晚来救那少年的披纱少女。"多铎道："不知那女贼和我有什么深仇？几次三番前来行刺！"他似想起了什么似的，突然笑道："这女贼前两次来时，你都没有碰着，我倒和她交过手。这次在灯光火把下看清楚，她的神情体态，居然有点似你，你说怪不怪？"纳兰王妃手上正捧着一杯茶，"当"的一声，茶杯跌碎，强摄心神，笑道："是吗？"

多铎吃了一惊，望着他的王妃，见她病容满面，楚楚可怜，只道她是病中受惊。心中忽然起了一股念头，好像是什么力量催着他，要他将心中所想的告诉她。于是他轻轻替纳兰王妃整理云鬓，低声说道："夫人，我对不起你！"纳兰王妃吃了一惊不敢答话。正是：

如潮爱恨难分说，心事深藏十八年。

欲知后事如何，请听下回分解。

第十六回　云海寄遐思　塞外奇峰曾入梦
血光消罪孽　京华孤女报深仇

纳兰王妃一阵心跳，只听得多铎低声说下去道："我们结婚已十八年了，十八年来，你总是郁郁不欢，很少见你笑过，你不说，我也知道！"纳兰王妃秀眉一扬，说道："知道什么？"多铎叹口气道："你是我们旗人中的第一美女，才貌双全，我只是一个武夫，就是你不说出来，我也知道你不喜欢我！"纳兰王妃抑泪说道："王爷，这是哪里话来？你是朝廷擎天一柱，是旗人中首屈一指的英雄，我嫁给你已经是高攀了。"多铎道："夫人，十八年夫妻，你就一句真话也不肯对我说吗？我知道我配不上你，可是我把你看得比我的生命还重要，我想尽一切办法，要使你欢娱，但那却要比摘下天上的月亮还难！"

纳兰王妃再也忍受不住，泪光莹然，凄然说道："王爷，别那么说了，你不懂得，我们相见恨迟……"多铎愕然问道："什么？"纳兰王妃蓦然醒起，心底的秘密还不能在这个时候泄露，衣袖掩面，轻揩泪痕，喟然说道："而且我们又没有一儿半女。"

多铎忽然满面通红，苦笑说道："这是我的不好，我一直瞒着你，那年我带兵打大小金川，给'生番'箭伤肾脏，御医说，我命中注定没有儿女了。只是我还不死心，这些年来我总在搜集天下的奇珍异药，有人说还未绝望，所以我一直不告诉你。这也是我的私心，我怕说出来后，你更不喜欢我。"

纳兰王妃大出意外，想不到没有儿女，原来还有这一段隐情。她本来是想起她自己的女儿，这才突然感喟的。此际，很不好意思地垂下了头。多铎又断断续续地说下去道："如果你喜欢儿女的话，我们抱一个回来养如何？你看是四贝勒的小儿子好？还是七贝勒的大格格（满洲贵族的女儿称格格）好？"

纳兰王妃情怀紊乱，爱恨如潮，她想起了当年和杨云骢的沙漠奇逢，草原订盟，杭州死别等等往事（详见拙著《塞外奇侠传》一书）。这些往事，铭心刻骨，永不能忘！多铎见她低垂粉颈，轻掩玉容，又追问一句道："你说话呀！你说哪一个好？"

纳兰王妃抬起头来，见丈夫目光中充满着自责和哀伤，想起了他这十八年来，对自己确是真心相爱，突然觉得他也很可怜。拭干泪珠，嫣然一笑，问道："你是说——"多铎道："抱一个男孩子或女孩子回来养呀！你说哪一个好？"

纳兰王妃芳心欲碎，忽然说道："哪一个都不好，我要——"多铎道："你要什么？"纳兰王妃温柔地抚着他的头脸，说道："我求你一件事，你能答应吗？"多铎道："什么事都可答应！"纳兰王妃道："你说的那个、那个'女贼'，你答应我不要伤害她，可以吗？"

多铎这一惊非同小可，睁大双眼，诧极问道："为什么？"纳兰王妃道："你先说能不能答应？"

多铎毅然说道："好，我答应你！我叫楚昭南停止追捕，而且除非她再用剑刺到我的身上，否则我决不跟她动手！"纳兰王妃道："她用剑的？"多铎道："这女娃子的剑法好极啦！只是气力不行，否则我一定不是她的对手。楚昭南说，这女娃子的剑法是什么天山剑法，和他同一师门。"

纳兰王妃斜倚栏杆，凝望云海，似乎那云海中的缥缈奇峰，就是漠外的天山。她想起她的女儿，在两周岁时，就给杨云骢抢去，如果这女娃真是她的话，那么她今年该是二十岁的少女了。这十八年来她在什么地方？是什么人把她抚养长大？她非常渴望知道多一些东西，关于她女儿的东西，是什么都好，只一点点也行！但一听到她学的是天山剑法，心里却蓦然泛起一阵寒意。"杨云骢啊！你真是这样的死不瞑目，要你的女儿学好剑法替你报仇？"

她想着，想着，打了一个寒噤，突然想起在大漠草原的那一个奇异的晚上，杨云骢对她说道："我们的族人相互交战，但你不是我的仇人，我答应永不伤害你。只是你假若投入别人的怀中，那么你也将把祸害带给他，那结果就是：死!"她想：这真是一种固执到无可理喻的爱情，杨云骢的死，令她伤心了十八年，十八年的青春岁月都在黯淡的时日中度过，这也可以抵偿自己的"背盟"了吧？她想，她有时恨多铎，但有时也爱多铎——到底是十八年的夫妻了啊！她常想：杨云骢并不是多铎害死的，多铎连知道也不知道这件事情，虽然他们是势不两立的敌人！她过去就曾以这样的想法来慰解自己。可是现在，她的女儿来了，她学好的剑法，就要施展在自己丈夫的身上！她蓦然掩住了面，她不愿意多铎伤害她的女儿，但也不愿意她的女儿伤害多铎。

多铎心中充满了疑问，见他的王妃倚着栏杆想得出神，不敢去惊动她。这时蓦然听得一声轻叹，急忙过去，手按香肩，低问她道："你怎么了?"纳兰王妃回过头来，忽然说道："我也不准她伤害你!"

多铎这一惊比刚才还要厉害，退后两步，颤声问道："她会听你的话?"纳兰王妃遍体流汗，定了下神，故意笑出声来，说道："你看你吓成这个样子！我是听你说，那女娃子很像我，我心里就有一个奇怪的念头，如果她是我们的女儿多好。你很爱我，我想你一定不会伤害像我的人，所以我才敢大胆地请求你。我又想：既然我暗中对她这样爱惜，如果她知道的话，她可能也会听我的话。"多铎叹道："明慧（王妃的小名），你真像一个大孩子，想得这样天真，这样无邪!"

这次谈话后，纳兰王妃对多铎比平时好了许多，她好像有一种预感：死亡之神已经展开双翼飞在他们的头上。眼前的宁静，只是暴风雨的前夕。

于是终于来到了这么一天——

这一天，多铎正式接到"圣旨"，要他统率三军，节制诸路兵马，去讨伐吴三桂并剿灭李来亨。本来这件事情，皇帝早就和他提过，只是他不愿意告诉王妃，他也有一种预感，感到自己的生命好像已走到了尽头，这种感觉是从未有过的。他并不惧怕吴三桂，吴三桂已如风中之烛，只要他赶上去吹一口气，这烛光就会熄灭了。他更不是惧怕打仗，打仗对于他，那是太平常的事情。可是他有一种莫名其妙的惧怕，这种惧怕是由于王妃的反常所引起的，他好像从王妃奇异的眼神中，感到一种“凶兆”。有时他半夜醒来，见着王妃一双宝石般的眼珠，在黑暗中透出光亮，他就吓得全身冷汗。

这天他接到“圣旨”之后，回去告诉王妃。王妃轻轻叹了口气，说道：“王爷，我真怕你离开我！”多铎道：“我很快就会回来的。”王妃默然不语，过了一会，忽然说道：“你去了也好，省得那女娃子在京城里和你碰头！”多铎蹙眉说道：“你怎么老是提那个女娃子？”

王妃并不答他的话，又过了一会，才低声问道：“你几时动身？”多铎道：“明天阅兵，后天开拔！”王妃道：“我明天替你在卧佛寺点头一炷香。”

多铎这一晚整夜无眠。

另一面，易兰珠也有着奇怪的预感。她这些天来，潜心精究天山剑法，竭力不想任何东西。但一到静下来时，心中强筑起来的堤防，却抑不住思想的波浪！她感到喜悦，也感到哀伤。她非常爱她的父亲，虽然她根本记不起父亲的颜容（她父亲死的时候，她才只有两岁哩），但她父亲的事迹在大草原上流传，她一路长大，一路听到牧民们对她父亲的颂赞。她的父亲帮哈萨克人抵抗清兵，牧民们提起“大侠杨云骢”时，就像说起自己的亲人一样。她为有这样一个英雄的父亲而骄傲，因此她父亲给她的血书，凌未风在她十六岁那年交给她的，一直藏在怀里的那封血书，就像千斤重担压在她的心头！如果她不能完成父亲的嘱咐，她的心永远不会轻松！现在她已决定去死，拼着性命去完成父亲的嘱咐。这个决定使她的心头重压突然减轻了。因此她感到一种奇异的喜悦！但她又有难以说明的哀伤。她爱她的母亲吗？她自己也不知道。她在孤独中长大，“亲人”只有一个凌未风，她非常渴望母爱，但这种爱却又搀杂着憎恨。她很想见她的母亲，问问她两岁以前是怎样的。她预感到这次去死，是永远见不到母亲了，也许母亲还不知道自己是她的女儿。另一方面，最近这一年，她寂寞的心中，忽又闯进一个影子，那是张华昭的影子，她自己也弄不清楚，从什么时候起，对他发生了这样的感情。

易兰珠的情绪在混乱中，忽然，这混乱的情绪凝结下来，因为，这一天终于来到了——

这一天，张青原等人不但知道了多铎阅兵的消息，而且也知道了纳兰王妃要到卧佛寺进香的消息，石振飞在北京地面很熟，暗地里给他们安排了许多“线人”。鄂王妃头一天通知卧佛寺的主持，他们第二天一早就知道了。因为王妃要来进香，住持自然要通知和尚们准备，而和尚中就有石振飞的“线人”。

这是行刺多铎的最后一个机会了，但这最后的机会，却真是非常难于下手！在阅兵时候行刺，那是绝不可能的事！莫说在十万大军之前，行刺只会送死，而且大校场中，闲人根本无法混得进去！

在议论纷纭中，易兰珠保持着异常的沉默，张华昭凝望着她，心中忽然感到，对她有难以割舍的感情。他了解刺杀多铎对于他们的事业是何等重要，但他实在不忍见这样一位在寂寞与痛苦中长大的少女，正当她青春绚烂的时候，走向死亡的幽谷！他排开众人，出来说道：“既然是无法下手，那就算了吧！”易兰珠忽然冷冷地说道：“谁说没法下手？我们到西山的卧佛寺去！”

冒浣莲道：“多铎阅兵之后，有多少大事处理，说不定还要进宫陛见，你敢准保他会到卧佛寺吗？”易兰珠道：“我看他会去的。而且不论他去不去，我们也只有这个机会可以尝试了，你们不去，我单独一人去！”通明和尚嚷道：“你这女娃子胆大，我们也不胆小，要去就大家去，我替你挡着卫士，让你第一个下手！”易兰珠微微一笑，张华昭默默不语，常英、程通拍手赞成，事情就这样决定了。

且说多铎这天在大校场中阅兵，只见十万雄师，刀枪胜雪，旁边的参将说道：“大帅，以这样的军容，吴三桂、李来亨必是不堪一击！”多铎哼了一声，策马缓缓检阅大军，精神似乎很是落漠。高级将领一个个上来谒见，他也只是点了点头。一众将官都觉得统帅的神情太过奇异，丝毫没有平日的勇武雄风，和大阅兵应有的气氛更是毫不相称，心里不禁暗暗嘀咕：这似乎是不祥之兆。

多铎草草阅兵，不到正午，就结束了。参将嚷道："大帅是否要召集将领们讲话？"多铎摆摆手道："不用了！"参将十分惊奇，躬腰问道："那么几时点将？"照例在出征之前，必定要进行"点将"大典（"点将"就是分配将领的任务，例如点先锋，点运粮官，点各路统帅等），哪料多铎也摆摆手道："忙什么？出了京师再点！"参将问道："大帅是要赶到宫中陛见，向皇上辞行么？"多铎蹙眉道："明早还有早朝，不必另外陛见了。"参将正想再问，多铎喝道："要你啰唆什么，本帅有事！"参将噤不作声，更是奇异。本来给统帅安排点将等杂务工作，是参将的责任，想不到只这么一提，就受到斥责。

多铎遣散三军，向参将说道："你和亲兵们陪我去卧佛寺进香！"

参将诧极，问道："这个时候去进香？"多铎斥道："不能去么？"参将不敢作声，唯唯而退。片刻之后，三百精锐亲兵，和十多个特选卫士，围拥着多铎，向西山驰去。

多铎神思恍惚，脑中空荡荡的，似乎什么都没有。他只记挂着一件事情：要见他的王妃。此刻，在他的心中，他的王妃要比当今天子、统兵大将，都来得重要！这几天来，他似乎已获得了她，但又似乎要失去她。她会替他去点头一炷香，祝他出征胜利，平安凯旋，这是从未有过的事！他现在只有一个愿望，快点到她的跟前，说出他的谢意。

秋天的西山，分外可爱，群峰滴翠，枫叶霞红，玉泉山的泉水，似天虹倒挂，色如素练，妙峰山的云气，似大海腾波，滚滚翻翻。但这一切景色，多铎都已无心欣赏，他下马上山，远远便见香烟缭绕，满怀喜悦地向卧佛寺行去。亲兵们则在两旁开道，驱逐闲人。

上到半山，卧佛寺已经在望，忽然道旁转出一个白发苍苍的老妇，低头垂泣，亲兵们斥喝驱逐，她兀是不肯避开。参将扬鞭喝道："把她赶出去！"那老妇人大声哭道："夫呀！夫呀！"多铎眉头一皱，说道："不必赶她！"上前问道："你为什么这样哭？"老妇道："我的丈夫十八年出外未归，前天一回来，就生了重病，我要

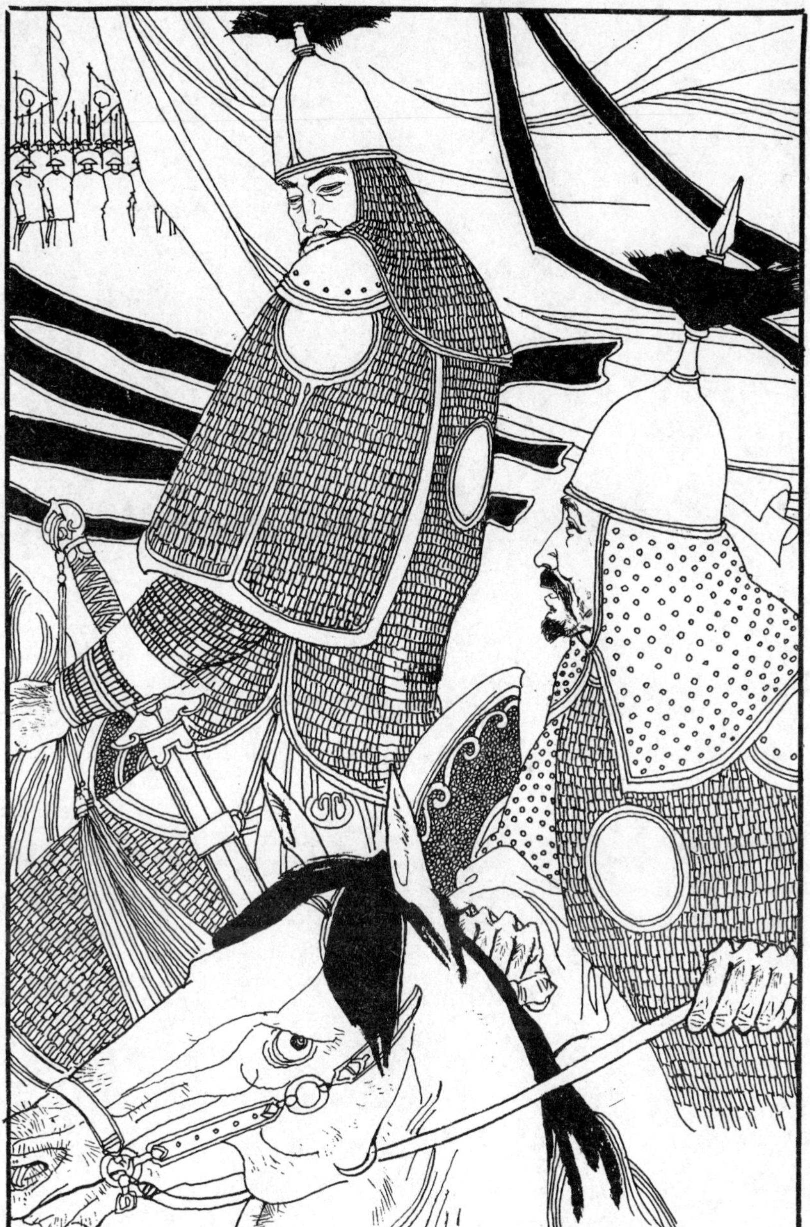

多铎这天在大校场中阅兵，旁边的参将说道：“大帅，以这样的军容，吴三桂、李来亨必是不堪一击！”多铎哼了一声，策马缓缓检阅大军，精神似乎很是落漠。

替他点一炷香！叫菩萨保他平安！”

多铎心头震动，喃喃说道：“你也是十八年……”那老妇拿着拐杖的手，颤抖不休，应声说道：“是的，十八，十八年的罪孽！”那老妇哭诉道：“他本来不喜欢我，迫于父母之命才娶了我，成婚之后，他一逃就逃到远方，一去就去了十八年，现在回心转意了，却又得了重病，大人啊！这不是罪孽是什么？”多铎越听越不是味道，猛然觉得这声音虽然苍老，声调却好像是以前听过的，他招招手道：“你过来！”老妇白发飘飘，持着拐杖的手，抖得更是厉害，一步一步，蹒跚走近。亲兵卫士们都很惊异地注视着她。王爷肯让一个老妇近前和他说话，这可真是怪事。多铎又挥挥手道：“你们让开一些，由她过来！”

不说亲兵卫士们惊异，暗伏在山崖树阴之下，假装成香客的群豪也无不骇异，个个心中赞道：“这女娃子真有两手，演得这么像！”

老妇人一步一步走到了多铎的面前，吁吁喘气。多铎道：“你抬起头来！”老妇人手臂一抖，拐杖突地断成两段，拐杖中藏着一柄精芒夺目的短剑！疾如闪电的一剑向多铎刺来，多铎骤出不意，闪避中左臂中了一剑，但他的长剑也已拔了出来，呼的一剑扫去，老妇人低头躲避，剑风震荡中，满头假发都落在地上，这哪里是什么老妇人，竟是一个妙龄少女！

就在此际，埋伏在山上的群雄纷纷杀出。外围的亲兵侍卫，拼力挡住。有几个特选卫士，想过来帮忙多铎。多铎叫道：“你们赶快挡住外敌，不必过来！”卫士们都知道多铎勇武非凡，本领绝不会在他们之下，想来擒一个女娃子尚不费力，而山上跃下来的那班人，却是凶猛十分，因此也就听多铎之言，回身赶上前去，和群雄混战。

多铎左臂受伤，愤怒异常，一柄长剑使得呼呼风响！这伪装老妇的少女正是易兰珠，她一击得手，身形骤起，短剑轻灵迅捷，左击右刺，片刻之间就拆了一二十招，多铎力大如牛，腕力沉雄之极，易兰珠汗水直流，面上的油彩和汗水粘在一起，十分难受。她百忙中用袖子一揩，用力一抹，面上用油彩化装成的皱纹，抹得干干净净，露出庐山面目。啊，年轻时候的王妃好像出现在多铎面前，多铎惊叫一声，就在他惊叫的同时，卧佛寺寺门大开，里面抬出一乘翡翠小轿。

王妃那晚的声音，忽然在多铎心头重响起来："你答应我，不要伤害她，可以吗？"多铎蓦然眼前发黑，一阵迷茫，易兰珠刷刷刷一连几剑，直迫过来，多铎身上又受了几处剑伤，多铎圆睁眼睛，待要发力还击时，剑光缭绕中，只见迫近身前的少女酷似他新婚之夜的妻子。霎的一阵寒意，透过心头，胸口又中了一剑。多铎大声一叫，长剑脱手掷出，易兰珠引身一避，长剑掷中一个赶来抢救的卫士，自前心直透过后心！

易兰珠剑法何等厉害，一闪即进，多铎反掌一击，咔嚓一声，五指齐断，易兰珠刷的一剑，向咽喉直插进去，但因受了掌击之力，剑锋微偏，一剑自咽喉穿过，食道喉管却未割断，多铎一声惨叫，鲜血飞涌，倒在当场，人却并未即时毙命。

易兰珠正想弯腰补他一剑，那乘小轿已到跟前，轿中走出一个华装贵妇，右手轻抬，把易兰珠手腕托住，这一刹那，易兰珠身子突然摇晃起来，短剑"当"的一声，掉在地上，两边的亲兵包围过来，立即把她反手擒住。易兰珠一点也不反抗，面色惨白，盯着那华装贵妇，低声惨笑道："尊贵的王妃，我，我冒犯你啦……！"

纳兰王妃面色死白，什么话也说不出来！猛然间，她发觉有人在地上用力抱着自己的双脚，低头一看，只见多铎鲜血淋漓，抬头望着自己。王妃俯腰拉他，只听得他低声说："我谢谢你！"纳兰王妃惨叫一声，晕在地上！

群雄分头恶战，通明和尚最为骁勇，带领常英、程通二人，越杀越近。他见易兰珠已是得手，心中大喜，忽见王妃出来，易兰珠束手就擒，又惊又急，拼命赶去，但那些跑来援救多铎的卫士，亦已自赶到，通明和尚眼睁睁地看着易兰珠给五花大绑，拖入寺中，多铎和他的王妃，也给抬进去了！

通明和尚抡开戒刀，虎虎风生，带领常英、程通二人还待杀进寺去，但今日护送多铎的卫士都是高手，酣战中常英大叫一声，肩头中了一把柳叶飞刀，血流如注。通明也受了两处箭伤。张华昭满身血污，长剑运转如风，直似一头疯虎，锐不可当，斫杀进来。通明和尚奋力挥刀，赶去和他会合，张华昭刷的一剑刺出，叫道："我与你们拼了！"通明侧身一避，叫道："是我！"张华昭两眼圆睁，摇摇欲倒。通明和尚暗叫一声"苦也"！几个人全部受伤，如何杀得出去？

正危急间，忽见亲兵两边闪开，桂仲明挥动宝剑，一片银涛，呼呼乱舞，拼死杀进，当者辟易，大声叫道："快闯出去！"通明和尚一把拉着张华昭，紧跟着桂仲明闯路。冒浣莲在张青原等人掩护下，大洒夺命神砂，亲兵卫士们怕他们杀进佛寺，纷纷赶回防护，更兼见他们拼死夺路，也不敢怎样拦截。片刻之间，闯出重围，翻山逃走。

纳兰王妃被抬进佛寺之后，悠悠醒转，睁眼一看，易兰珠已经不见。一个参将上前禀道："女贼已有人押守，决逃不了，现在飞马去请御医，请王妃宽心！"纳兰王妃挥挥手道："你们出去！"参将踌躇不走，多铎忽然睁开眼睛，嘶声叫道："你们出去！"参将亲兵见王爷力竭声嘶，满身鲜血，情知就是御医马上到来，也已救治不了，以为王爷有什么临终遗言，要对王妃嘱咐，一声应诺，退出禅房。

纳兰王妃披头散发，面色死白，双臂环抱多铎，垂泪说道："王爷，有一件事我瞒了你很久。这个女刺客，是、是我的女儿……"多铎微笑说道："这个，我，我早已知道！"纳兰王妃放声大哭，多铎手肘支床，忽然坐了起来，摸索王妃的手，一把握住，嘶哑说道："明慧，我很满意，今天我知道，原来你也爱我！"王妃一听，宛如万箭穿心，她真的爱多铎吗？这只是一种可怜的爱，然而在此刻，在他临死之前，她忽而觉得好像是有点爱了，她垂下了头，口唇轻轻印下多铎的面孔，鲜血涂满她的嘴唇，她的长发。多铎慢慢说道："你的女儿，随你处置她吧，明慧，我很满意。"越说越慢，声调也越来越低，手指缓缓松开。纳兰王妃只觉嘴唇一片冰冷，多铎已断了气，双眼紧阖，一瞑不视。

纳兰王妃恐怖异常，打开禅房，大声叫道："来人呀！"亲兵侍卫一涌而入，霎那间，哭声叫声，杂在一起。纳兰王妃缓缓说道：

“王爷去世了，那女贼，那女贼，放走她吧！”参将急忙说道：“王妃，你歇歇！”贴身丫环，赶快来扶，王妃惨叫一声，又晕在地上。多铎的随身将领，都以为王妃已是神志昏迷，“放女贼”之言，当然只是“乱命”，大家只觉她病况严重，谁也不会真的放走“女贼”。过了一会，各路统兵大将，得了讯息，纷纷赶来。易兰珠也给打进天牢去了！

“女贼”刺杀多铎之后，满朝文武，齐都震惊，可是，奇怪之极，半个月过去了，女贼还未提审。这样的大案，照理皇上总要特派王公大臣开堂大审，可是近支亲王，文武大臣，谁都没有接到皇上的御旨。顺天府尹也毫不知情。有几个亲王，大胆去问皇帝，皇帝皱皱眉头，只哼了一声，说：“朕知道了！”亲王们面面相觑，莫名其妙。

他们不知，康熙皇帝也着实不大高兴，纳兰王妃亲自去求太后，请太后代她转向皇上求情，想皇上等她病好之后，再审女贼。康熙听说纳兰王妃抱病求情，以为她心痛丈夫，刺激过深，以致酿成心病。又以为她想等病好之后，亲自去审女贼，替夫报仇，因此就答允了。谁知过了半月，纳兰王妃仍未进宫，御医会诊，也只是说抑郁成病，并无性命之忧。康熙皇帝心里已有点不大高兴。只是鄂亲王功劳极大，他的王妃又是纳兰容若的姑母，皇帝虽然不大高兴，一时也未便发作出来。

纳兰王妃这半月来，每日每夜，都在痛苦的熬煎下，她把自己关在深闺，除了奉命而来的御医，什么人也不见。她想过死，可是她还有未了的心愿，她还想见见她的女儿。可是怎样去见她的女儿呢？除非她能把她放走，否则早一天见她，就是叫她早一天死。皇帝是以为她要亲自审问的，只待她见过“女贼”之后，那女贼就要受凌迟处死了。

但是她能把她的女儿放走吗？她没有这个权力！上至皇帝，下至多铎帐下的各路将军，都不能让多铎白白死掉的。她只好一天天地拖下来，拖得一天就是一天。

不说满朝议论纷纭，诧异之极。群雄也是莫名其妙，猜疑不定。群雄当日逃回之后，通明和尚就大发脾气，说道：“多铎的王妃真是个妖妇，这女娃子已杀了多铎，周围又没有什么高手卫士，再冲出十步八步，就可以和我会合了。偏偏那个时候，王妃出来，按说这女娃子手中有的是宝剑，王妃双手空空，难道还能赛过多铎，一剑刺去，什么还不了结？王妃挺胸挡住宝剑，那女娃子就似中了邪一般，双手低垂，宝剑跌落，束手受擒，真是有鬼！”石振飞连道：“冤孽！”冒浣莲心中猜到几分，却不敢说出来。

群雄也未尝不想营救，可是风声紧极，全城大搜！石振飞将群雄藏在地下密室之中，仗着京中捕快，许多是自己的门生后辈，竭力遮掩，差幸没有出事。可是群雄也不能露面救人，焦急之极。石振飞道：“就是风声松了下来，恐怕也难营救。我听说大内高手，几有一半调去看守天牢！最怕救不出来，自己还要损折！”张青原道：“易兰珠这次舍身行刺，虽陷天牢，可是到底把多铎除去了。这消息若传到川中，李将军听了不知要多高兴呢！”冒浣莲忽然紧张问道：“张大哥，这消息有没有飞报川中？”张青原道：“多谢石老镖师的帮忙，当日就已派人飞骑出京，一站站地将消息传递出去了。”冒浣莲道：“我倒有一个笨主意，只是要一个武功卓绝、胆大心细的人来做才行。仲明武功虽过得去，但不够机灵。最好是凌未风或者傅青主能来。”张青原道：“从四川到北京，最少要走一个多月，如何等得及！”通明和尚道：“你且把你的主意说说看。”冒浣莲蹙眉说道：“办不到了，说出来徒乱人意。”通明和尚叹口气道：“这女娃子怪惹人疼的，想不到我们眼睁睁地看她去死。”张华昭面色苍白，不发一声。石振飞盯了通明和尚一眼，示意叫他不要多说。

再说多铎被刺之后，纳兰容若也曾去慰问他的姑姑，王妃虽拒绝众人探问，对容若却接见了，只是神情抑郁，不肯说话。纳兰容若知道这女贼就是以前在清凉寺听他弹琴的人，十分惊诧，说道：“我现在还记得她的目光，那像寒水一样令人战栗的目光，只不知她何故要刺杀姑丈，有什么深仇大恨？”纳兰王妃默言不语，良久良久才叹口气道：“她也怪可怜的！”纳兰容若蓦然记起这女贼的形容体态，很像姑姑，打了一个寒噤，当下便即告退。

一晚，纳兰容若独坐天凤楼中，思潮起伏，不能自已。他是满洲贵族，可是却有一颗善良的心。他看不起贵族们的贪鄙无能，但对多铎却还有一些敬意。多铎大将风度，在旗人中算得是铁铮铮的汉子，和另外那些皇公大臣比较，相去不可以道里计！他对多铎的死，感到有点惋惜，但对那行刺的女贼，却也似有点同情。他想：一个年轻的女孩子，如此处心积虑、冒险犯难，要去刺杀一个人，那她一定有非常痛心的事，不能不这样做了。但姑姑为什么不恨她呢？他想来想去，都想不出所以然来。喃喃自语道："难道真的出身皇家就是一种罪孽！"

正在纳兰容若独自思量，沉吟自语之际，忽然屋内烛光一闪，窗门开处，跳进两个人来，一个是张华昭，另一个是个妙龄女子，相貌极熟，正待发问，那少女盈盈施礼，说道："公子，还记得那个看园人吗？"纳兰公子哈哈一笑，张华昭道："她叫冒浣莲，是冒辟疆先生的女公子！"纳兰容若道："冒先生词坛俊彦，前辈风流，我是十分钦仰，怪不得冒姑娘妙解词章，精通音律。只是不知当日何故乔装，屈身寒舍？"

冒浣莲嫣然一笑，说道："那些事情，容后奉告。我们今日到此，有急事相求，此事只有公子才能援手。"纳兰容若道："请说！"冒浣莲道："我们想见三公主！"纳兰容若道："此刻不比从前，自相府那次闹事之后，公主已不许出宫了。"冒浣莲道："那你就把我们带进宫去！"纳兰容若面色一变，冒浣莲道："是不是我们的要求太过分了？"纳兰容若忽然问道："你们要见三公主，为的是什么？"冒浣莲道："我们想救一个人。"纳兰容若道："就是刺杀鄂亲王的那个少女？"

张华昭不顾一切，说道："一点也不错，我们就是要救她！"纳兰容若愠道："鄂亲王是我的姑丈，难道你们不知道吗？"冒浣莲道："你的姑丈杀了许多善良的人，难道你不知道吗？"纳兰容若道："他是朝廷的大将，奉命征讨，大军过处，必有伤残，这也不能算全是他的错。"冒浣莲冷笑道："那么是老百姓错了？"纳兰容若道："也不是。"冒浣莲道："他可以杀别人，难道别人就不能杀他？"纳兰容若叹道："这样冤冤相报，以血还血，如何得了？"冒浣莲道："其实我们并不是和满洲人有仇，但像多铎那样，带满洲人来打汉人的，我们却难放过。”

纳兰容若默然不语。冒浣莲又道：“你们若再把这无辜的少女杀了，那是血上加血！”纳兰仍然不语。冒浣莲一阵狂笑，朗声说道：“我们只道公子人如其词，明朗皎洁如碧海澄波，不料却是我们看错了！明告公子，我们就是‘女贼’的同党，公子若不扣留我们，我们就此告辞！”纳兰容若衣袖一拂，站了起来，指着冒浣莲道：“你明日随我进宫！”冒浣莲喜道：“昭郎呢?”纳兰容若道：“皇宫内院，外头的男子，那是万万不能进去！”冒浣莲道：“那就请借笔砚一用。”张华昭即席挥毫，写了满满一张信笺，封好交给冒浣莲。向纳兰容若一揖到地，飞身便出！

纳兰容若最喜结交才人异士，更何况冒浣莲这样文武全才、清丽绝俗的姑娘。他见冒浣莲笑语盈盈，神思一荡，忽然想起那个“粗粗鲁鲁”的另一个“园丁”，问道：“你那个同伴呢?”冒浣莲道：“他在外面接应昭郎，不进来了。”纳兰容若道：“他放心你一个人和我进宫?”冒浣莲笑道：“他虽粗鲁，人却爽直。我极道公子超脱绝俗，他将来还要向公子致谢呢!”纳兰容若细一琢磨，心中了了，微笑说道：“你们英雄儿女，真是一对佳偶！”其实他心里的话却是“你这可是彩凤随鸦”！冒浣莲满怀喜悦，含笑答道：“多承公子称赞，只是我的本领可比他差得远呢!”纳兰公子知道她对那个“粗鲁”园丁，相爱极深，心内暗暗叹道：“缘之一字，真是奇妙。每人都有他的缘分，一株草有一滴露珠，这真是没有什么可说的!”他神朗气清，情怀顿豁。问道：“你们成亲了没有?”冒浣莲道：“尚未!”纳兰公子笑道：“你们异日成亲，我必不能亲临道喜，今日我就送你一件薄礼吧。”说罢在墙上取出一柄短剑递过去道：“此剑名为天虹，是一个总督送给我父亲的，听说是晋朝桓温的佩剑，他们说是一把宝剑。你拿去用吧。”冒浣莲拔剑一看，只见古色斑斓，但略一挥动，却是寒光耀目。心中大喜，正想道谢，纳兰公子袍袖一拂，笑道：“若再客套，便是俗人!”自进内房歇息去了。冒浣莲见纳兰公子如此洒脱，也不禁暗暗赞叹。

多铎的死讯也传进了宫中，可是却远不如外间引起那么大的波动。那些宫娥嫔妃，愁锁深宫，外间的事情，几与她们漠不相关，多铎的死，不过是给她们添了一些茶余饭后的闲谈资料，谈过也就算了。

多铎是三公主所熟悉的人，她初听到时，倒是微微一震，可是她的心中，正也充满愁思，多铎在她心中，并没有占什么位置。塞满她心中的是张华昭的影子，起初是新奇和刺激，渐渐，张华昭的一言一笑，一举一动，都在回忆中重现出来，紧紧地吸着了她的心灵。

三公主住在“钦安殿”，位居御花园的中央，秋深时分，枫叶飘零，残荷片片，寒鸦噪树，蝉曳残声，一日黄昏，三公主揭帘凝望，见偌大一个园子静悄悄的，远处有几名太监在扫残花败叶，御花园虽然是建筑华美，气象万千，却掩不了那衰蔽之感。三公主抑郁情怀，无由排遣，百无聊赖，在书案上拈起一幅词笺，低声吟诵：

“雾窗寒对遥天暮，暮天遥对寒窗雾。花落正啼鸦，鸦啼正落花。　袖罗垂影瘦，瘦影垂罗袖。风剪一丝红，红丝一剪风。”

这首词名为“菩萨蛮”，是一首“回文词”，每一句都可颠倒来读，全首词虽有八句，实际只是四句。纳兰容若前些时候，一时高兴，填了三首“回文”的“菩萨蛮”词，抄了一份送给三公主，这首就是其中之一。

三公主叹了口气，想道：“这首词就好像写我的心事似的。我现在怀念伊人，怅望遥天，也是瘦损腰围，泪沾罗袖呢！”她既爱词的巧思，更爱词的情调，于是又展开第二首“回文”的《菩萨蛮》读道：

“客中愁损催寒夕，夕寒催损愁中客。门掩月黄昏，昏黄月掩门。　翠衾孤拥醉，醉拥孤衾翠。醒莫更多情，情多更莫醒。”

这首词比前一首更为幽怨，三公主咀嚼“醒莫更多情，情多更莫醒”两句，心头上就好似有千斤重压一样，她明知和张华昭的身份悬殊，只要是神志清醒的人，都知道这是绝不可能的事。可是为什么要醒来呢？醒了就莫更多情，情多就别要醒来啊！

三公主神思迷惘，正想展读第三首，忽听得宫娥上前报道：“纳兰公子来了！”三公主暗笑自己读词读得出神，连词的作者从窗外走过也没注意。

绣帘开处，纳兰容若轻轻走进，笑道：“三妹妹，你好用功！”三公主一看，纳兰容若后面，还有一位妙龄少女，面貌好熟，细细一想，一颗心不禁卜卜跳了起来。这少女正是当日在天凤楼见过的，当时是女扮男装的冒浣莲！三公主见宫娥侍候在旁，向纳兰容若打了一个眼色，纳兰容若微微笑道：“皇上要我在南书房伴读，今晚我不回去了，这个丫环，就留在你这里吧！”

纳兰容若去后，三公主把宫娥侍女支开，携冒浣莲走入内室，一把搂着道：“冒姐姐，我想得你们好苦！”冒浣莲笑道：“不是想我吧。”三公主嘟着小嘴，佯嗔道：“不是想你想谁？”冒浣莲微微一笑，在怀里掏出信来，玉手一扬，三公主一见大喜，顾不得冒浣莲嘲笑，一把抢了过来。

这封信正是张华昭托冒浣莲转交给三公主的信。冒浣莲见三公主展开信笺，一面读一面微笑，忽然面色大变，手指颤抖，那张信笺像给微风吹拂一样，在手中震动不已。那封信开头写道：“落拓江湖，飘零蓬梗，托庇相府，幸接朱颜。承蒙赠药之恩，乃结殊方之友，方恨报答之无由，又有不情之请托。”公主读时，见张华昭写得这样诚挚，不但感谢自己，而且承认自己是他的友人，心头感到甜丝丝的，好不舒服。她想：“只要是你开口的，什么请托，我都可以应承。”哪料再读下去，讲的却是刺杀多铎的那个女贼之事。信上写道：“此女贼虽君家之大仇，实华昭之挚友。朝廷欲其死，华昭欲其生，彼若伤折，昭难独活。公主若能援手，则昭有生之年，皆当铭感。”细品味信中语气，张华昭对那个女贼，实是情深一片，比对自己，竟是深厚得多。三公主眼前一片模糊，泪珠轻轻滚了下来，信笺跌在地上。

冒浣莲虽然不知道信中写的什么，看此情形，已猜到几分，她抚着公主的长发，爱怜地叫道：“公主！”

公主拾起信笺，颓然坐下，良久，良久，忽然咬牙说道：“这事情我不能管，也没有办法管！”冒浣莲目不转睛地看着公主，问道："是吗?"公主这时思潮起伏，脑中现出一幅图画，她把那"女贼"救出之后，张华昭携着"女贼"的手，笑盈盈地并辔飞驰，连看也不看自己一眼。她不禁又狠狠地说道："我不能救!"

冒浣莲坐在公主旁边，忽然叹口气道："我真替公主可惜!"公主抬头问道："可惜什么?"冒浣莲道："公主本来就对昭郎有恩，若再帮他完成心愿，他会感激你一辈子。公主不管此事，与昭郎往日交情，付之流水，这还不可惜么?"公主默然不语，过了一阵，忽然问道："你有没有心上的人儿?"冒浣莲道："有的!"公主道："如果他爱上另一个人，你怎么样?"冒浣莲道："一样爱他帮他!"公主冷笑道："真的?"冒浣莲亢声说道："为什么不真?我爱他当然完全为他设想，我只要想到他能幸福，我也就会觉得幸福。我曾冒过生命的危险，用最大的耐心，将我所喜欢的人救离险境。那时他随时会把我杀死，但我毫不害怕!"公主奇道："真是这样?今晚你和我联床夜话，讲讲你的故事吧!"

这一晚，冒浣莲把她和桂仲明的故事细细讲了，公主不言不语，只是叹气。第二天一早起来，公主忽然说道："你在这里等我，我去去就来!"冒浣莲忽觉她的眼光，坚定明澈，就好像立了重誓，决心要去做一件事情那样。

清露晨流，晓荷滴翠。三公主走后，冒浣莲闷坐无聊，轻揭绣帘，偷赏御花园的景色。正自出神，忽听得阁阁之声，有人步上楼梯。冒浣莲侧耳一听，只听得有一个尖锐的声音说道："公主这样早就出去了?"另一个女声答道："是呀，我们也不知道她去哪里，大约不是去谒太后，就是去找二公主了!"先头那个声音说道："太后真喜欢你们的公主，她前日来过，说三公主的房，太朴素了。她昨天亲自找出一百挂猩猩毡帘，还有五彩线络，各式绸缎幔子，枕套床裙，西洋时辰钟，建昌宝镜等等摆设，要我们替三公主另外布置，全部换过。既然三公主不在房中，那就不方便了。"这人絮絮叨叨地说了一大篇后，脚步声已停在门前。底下还有好几个人的脚步声，走上楼来，踏得很响，大约是抬着东西。

冒浣莲眼睛贴着门缝，向外张望，只见门外两人，一个太监，一个宫娥，这宫娥想是服侍公主的，而太监则是太后所差。宫娥取出锁匙，正想开门，冒浣莲忽然吓了一跳，这太监面貌好熟，静心一想，原来是当年夜探清凉寺，潜入铜塔时，给傅青主捉住的那个太监。冒浣莲急忙藏身帐后，房门缓缓开启，冒浣莲双指夹着几粒神砂，轻轻向外一弹，那太监叫了一声，说道："怎么你们这样懒，尘埃都不扫！"他给几粒神砂轻拂眼帘，以为是尘埃入眼，急忙揉擦。那宫娥刚说得一句"哪会有尘埃"？忽然也叫了一声，急急掏出手帕揩抹，喃喃说道："真怪，这里天天都打扫的嘛！"冒浣莲抓着时机，揭开窗帘，一跃而下。那太监宫娥，根本就不知道。

冒浣莲脚方落地，忽听得"咦"的一声，花架下突然奔出两名太监，脚步矫健，武功竟似不错。冒浣莲自忖行藏败露，扬手就是一把神砂，两人猝不及防，一人给打瞎双眼，一人面上则嵌了十多颗砂子，当场变了一个大麻子。两人痛得呱呱大叫，高喊："有飞贼，来人呀！"

冒浣莲绕假山穿小径，急急奔逃。御花园比相府花园，那可要大得多！宫娥不敢出来，太监在各个宫殿之中，赶出来时，哪里还找得到冒浣莲的影子。

但冒浣莲乃是惊弓之鸟，她听得四面八方的脚步声，又慌又急，跃过一块玲珑山石，忽然前面现出一座古雅的房子，上面一个横额，题是"兰风精舍"四个字。这座屋子好怪，墙壁剥落，朱门尘封，檐角还结着蛛网。御花园里到处都是金碧辉煌的宫殿，单独这一座，名为"精舍"，却如破庙一般，没人打扫。冒浣莲大奇，心想："这座房子，大约是没人住的了。"她一飘身，跨过墙头，进入内院。忽然一阵幽香，如兰似麝，越走进去，香气越浓。她循着香气走去，走进了一间卧室。

这间卧室，虽然尘埃未扫，四壁无光，却布置得极为精雅，房间四面都是雕空的玲珑木板，五彩镂金嵌玉的，一格一格，或贮书，或设鼎，或安置笔砚，或供设瓶花，或安放盆景，间格式样，或圆或方，或葵花蕉叶，或连环半壁，真是清雅绝俗，剔透玲珑，那缕缕幽香，就是从书架上发出来的。冒浣莲轻拂尘埃，看那些装书贮物的木架，黝黑发光，在一格玲珑木板之旁，贴着小签，上有"远古沉香，捞自南海"八个簪花小字。冒浣莲博览群书，虽未见过，也知道这种香木，乃是最难得的香木，生长于古代的南方，后来大约是地形变换，陆地沉降，沉香木埋在海底，不知过了多少年月，才给人捞了出来。这种沉香乃是无价之宝，想不到这些书架贮物架，竟都是远古沉香做的。

冒浣莲再细看室中布置，靠书架左边是一张宝榻，珠帐低垂，床前放着一对女鞋；靠窗是一张大书台，兼作妆台之用，桌上零零散散地堆着几本书。右面墙壁挂着一张画像，冒浣莲在书台上取过一枝拂尘，把画像上的尘埃拂去，只见一个盛装少女，笑盈盈地对着自己。冒浣莲一颗心卜卜跳动，自己对镜子一照，再看看画图，这画图竟似照着自己的形相画的。冒浣莲上前一看，画像左角有一行小字是：甲申后五年，为爱姬造像，巢民。冒浣莲两行清泪，夺眶而出，低低唤了一声“妈妈！”她屈指一算，甲申乃是明崇祯皇帝最后一年，“巢民”是她父亲的名字，想来是父亲不忘明室的表示，甲申后的第五年，她母亲刚入冒门，自己还没出世。母亲竟敢带这幅画进宫，可见她对父亲是如何深情眷恋！

冒浣莲检视书台，那散在桌面的几本书，一本是《庄子》，一本是《巢园词草》，一本是《维摩经》。《巢园词草》是手抄本，书本揭开，用端砚压住，冒浣莲拂去书页上的尘埃，只见上面写着一首词，冒浣莲读道：

“引离杯，歌离怨，诉离情。是谁谱掠水鸿惊，秋娘金缕，曲终人散数峰青？悠悠不向谢桥去，梦绕燕京！　　春空近，杯空满，琴空妙，月空明！怕兰苑，人去尘生。江南冬暮，怅年年雪冷风清。故人天际，问谁来同慰飘零？”

词牌名是“金人捧露盘”，底下几行小字是：“梦幻尘缘，伤心情劫，莺莺远去，盼盼楼空。倩女离魂，萍踪莫问。扬钩海畔，谁证前盟；把臂林边，难忘往事。金莲舞后，玉树歌余，桃叶无踪，柳枝何处？嗟嗟，萍随水，水随风，萍枯水尽；幻即空，空即色，幻灭空灵。能所双忘，色空并遣；长歌寄意，缺月难圆。”

冒浣莲心酸泪涌，想道：“原来这首词乃是父亲与母亲生离死别的前夕所填的，怪不得妈妈常常把它揭开来看。”

冒浣莲心想，《巢园词草》是她父亲一生的心血，不该让它埋丧深宫。她轻轻揭起，藏在怀中。正想再取那张画像，忽听得外面推门声、脚步声，响成一片。冒浣莲大吃一惊，急闪在书橱之后，片刻间，走进了两个汉子。

冒浣莲在书橱后看得分明，这一惊更是非同小可！这两人中，一个竟是康熙皇帝，另一个眉棱耸立，颧骨高削，目眶深陷，凸出一对黄眼睛，一看便知是内家高手，想来定是康熙的贴身侍卫。冒浣莲咽了口气，定一定心，轻轻拔出纳兰容若所赠的宝剑。

那个侍卫替康熙拂去桌椅上的灰尘，康熙坐在梳妆台前的一张摇椅上，对着壁上的画像，发了几声冷笑，又仔细看了一回，忽然说道："这间房子封闭了近二十年，怎么这张画如此干净，居然没有一点尘埃？"那名侍卫双眼一扫，环顾全室，冒浣莲缩在一角，不敢透气，只听得那侍卫道："皇上，这间房子恐怕有人来过！"康熙笑道："谁敢这样大胆，这间房子自那贱婢被太后打杀后，先帝立即就封闭起来，不许人进去，二十年来，悬为厉禁。就是我此次来，也是请准了太后的！"说罢，又冷笑一阵，哼了一声，续道："先帝也真是的，把她宠成这个样子，据太后说，封闭的时候，室中的布置，完全不准移乱，宝贝东西，也不准取出。"冒浣莲听了，更是心伤。暗道："原来妈妈给太后拉去打死的前一刻，正翻读我爸爸的词章，而那一首词又正是他们生离的前夕作的。要是给我爸爸知道，他真会死不瞑目。"

那名侍卫垂手立在康熙身旁，躬腰问道："皇上可要取什么东西出去？"康熙道："宝贝我倒不稀罕，我此来一是要看父皇有什么遗物放在这里，一是想见识见识那古沉香所做的书架，还想看看有什么绝版的书籍。"原来康熙虽然残忍刻毒，却好读书。他杀父之后，怀有心病，本来不敢到董鄂妃（小宛）的房子来的，后来听老宫人说起董鄂妃藏书颇多，书橱壁架尤其珍贵，心中跃跃欲动。这几天，因多铎死后，心中烦闷，想找些书消遣，就进来了。另外还有一层，他怕先帝有什么遗诏留在这里（清室的皇位继承，不依长幼次序，由皇帝留下遗诏，指定一个，平常是放在大光明殿的正梁，但这样的遗诏多是皇帝晚年，或自知病将不起时，才预备后事的。顺治突然出家，康熙奉太后命继立，所以心中有病，恐防顺治写有遗诏，未放在大光明殿，而留在什么地方，其实是没有的），因此顺便来搜一下，虽然他现在已坐稳江山，纵有遗诏传给别人，他也不怕，但总防会留有把柄，对自己不利。

康熙打开书桌抽屉，乱翻一遍，站了起来，笑道："我且看看这些书橱壁架，看到底是怎么个好法？"冒浣莲紧捏宝剑，冷汗直流，心想："他若过来，我就给他一剑。"正是：

睹物思亡母，深宫藏杀机。

欲知后事如何？请听下回分解。

第十七回　睹画思人　冒浣莲心伤内苑
挟符闯狱　凌未风夜探天牢

康熙站了起来，正想去检阅董小宛的藏书，面对着墙上的画像，忽觉画上的董小宛，嘴角噙着冷笑，一双眼珠，似会转动似的。他打了一个寒噤，停下步来，对侍卫道：“你把那张画给我撕下来！”

冒浣莲躲在橱后，热血奔涌。眼见那侍卫慢慢走近自己亡母的遗像之前，五爪如钩，向画像抓去，冒浣莲大叫一声，猛地跳了出来，刷的一剑向那名侍卫刺去。

那名侍卫功夫也着实了得，蓦觉金刃劈风之声，来自脑后，一个旋身，一张椅子已拿在手中，“呼”的横扫过去。冒浣莲宝剑一挥，紫虹飞射，椅子的四条腿先自断了！那名侍卫大喝一声，椅子猛地掷出，冒浣莲横剑一劈，把那张椅劈为两半，一低头，避开碎片，剑锋一领，剑尖外吐，一个“盘肘刺扎”，刷的一剑，朝着奔来的敌人手腕剪去，那名侍卫疾扭身躯，手腕已被剑尖刺了一下。他暴喝如雷，身形一起，双拳交击，向冒浣莲两面耳门擂打。冒浣莲见他来势凶猛，心生一计，忽然斜掠横跃，剑招如电，突向康熙刺去！康熙尖叫一声，扑倒在地，趁势一滚，躲在梳妆台下面。那名侍卫在冒浣莲掠身斜跃时，已知不妙，急纵过身来，耳听得皇帝尖叫之声，以为已受了刺客的暗算。这一惊非同小可，拼了性命，双手张开，和身扑去。冒浣莲轻轻一闪，那名侍卫只顾救人，右掌前捞，左掌应敌，岂料捞了个空，只觉一阵奇痛彻骨，左掌已给冒浣莲宝剑切了下来！

那名侍卫精通关外十八路长拳，若论武功，当在冒浣莲之上。只是冒浣莲持有宝剑，而他又要兼顾皇上，左掌一断，虽仍拼死拦截，已是敌不住了，不过几招，冒浣莲乘他发狂猛冲的时候，一个绕步，闪到身后，反手一剑，自后心穿过前心，将他戳了一个透明窟窿。

冒浣莲取过一张椅垫，抹了剑上血迹，将亡母遗像，小心取下，卷了起来，宝剑一指，喝道："出来！"

康熙在梳妆台下，听见侍卫被杀，全身冰冷，料想今日不免一死，把心一横，反而比前镇定，钻了出来，斥道："你敢弑君？"

冒浣莲冷冷一笑，宝剑在康熙面前一晃，说道："宰了你等于宰一口猪，有什么费劲？"康熙哼了一声，说道："你也别想活着出宫了！"冒浣莲想到狱中的易兰珠，剑尖一指，却并不刺下，低声骂道："你想饶命吗？"康熙道："怎么样？"冒浣莲道："你得先把天牢中那个女贼放出来！然后把我送出宫去！"康熙一想，心内暗笑："这女贼真是雏儿，我答应放她，你难道能出去监视？只要我一脱出掌握，大内高手马上就要把你活宰。"故意想了一阵说道："天子无戏言，我马上写下御旨，叫人放她，你可放心了吧？"

冒浣莲宝剑一指，冷冷地道："我知道你在打什么鬼主意，可是我若死在宫里，那清凉寺的老和尚会替我念经。"康熙面色倏变，斥道："什么老和尚？"冒浣莲冷笑道："是呀，什么老和尚？我真糊涂，老和尚早死掉了，不能念经啦！"忽然在怀里掏出一串珍珠，宝光外映，扬了一扬，说道："这串珍珠是这屋子的主人的，老和尚还算好心，临死前将它交回给我。咳，他可死得真惨！"冒浣莲以前夜探清凉寺时，碰到做了和尚的顺治皇帝，顺治曾一手携着她，一手携着康熙，去祭董小宛的衣冠冢，这串宝珠，就是老和尚那时交给她的（见第二回）。康熙这时早已认出冒浣莲是谁，作声不得。冒浣莲又指着地上的尸体道："他可死得不值，比阎中天差多了。"康熙面色苍白，身子发抖。冒浣莲嘻嘻笑道："你若敢伤我毫发，我立刻就在宫里把这件事情抖出来！"康熙心里打突，想道："若她在外面泄漏，我还不怕。在宫里嚷出来，太后知道了，可不是当要的。"满脸堆笑，说道："你这女娃子真是，我答应送你出宫，你瞎疑心作甚？”冒浣莲眼光赛如寒冰利剪，迫视康熙，催道：“快写，快写！把那女贼放出来！”

康熙吮笔挥毫，正思脱身之计。忽听得屋外脚步声大作，楚昭南高声叫道：“皇上在这里吗？”康熙应道：“在这里！”冒浣莲利剑在他脖子一架，低声说道：“不许他进来！”楚昭南脚步声已到门前，康熙道：“你且稍候，朕就出来！”楚昭南禀道：“鄂王妃进宫，现在外面候见！”康熙将未写完的纸揉成一团，随手一扔，冒浣莲低声喝道：“做什么？”康熙道：“想不出了！”冒浣莲想迫他再写，只听得外面又有太监禀道：“太后莲驾到！”康熙苦笑道：“太后来了，我可不能阻她进来！”冒浣莲眉头一皱，藏好宝剑，说道：“出去！”康熙一把推开房门，楚昭南蓦见皇帝背后，跟着一个宫娥，面貌好熟！不敢细看，冒浣莲迅即把房门掩上，低低在康熙耳边说了句：“记着老和尚！”康熙挥手道：“你们进来作甚？都随我出去！”楚昭南应声“是”，随又禀道：“是太后叫我们到这里找的。”康熙哦了一声，大踏步走出，冒浣莲紧紧跟着。楚昭南这时已看出冒浣莲是谁，大吃一惊。

一行人走出“兰风精舍”，太后迎面问道：“你在这里做什么？”康熙道：“想来取一些书。”太后看着冒浣莲手上的画卷，问道：“这就是从里面拿出来的吗？”康熙点了点头，太后正想叫她打开来看。鄂王妃走过来，太监将黄绫铺在地上，鄂王妃跪下叩头。太后道：“她已等不及陛见了。”康熙问道：“有什么紧要事么？”太后道：“她说，病已稍微好了，想到天牢审女贼！”康熙道：“那她就去好啦！”鄂王妃叩头谢恩。太后很爱惜她，拉她起来，冒浣莲趁此时机，忽然在皇帝耳边说道：“我要跟鄂王妃出去！”

原来冒浣莲心想：“虽然自己握有皇帝把柄，要想安全出宫，那也很难。在宫中皇帝怕自己说出杀父之事，不敢加害，若他派人送自己出宫，那他准会暗下毒手。而且恐怕若再耽搁下去，会有人认出自己是纳兰公子带入禁苑，并曾在三公主宫内住过的，那岂不连累他们。”她对鄂王妃虽然也不敢相信，但总觉得在鄂王妃身边，会安全得多。

康熙嗯了一声，太后已将鄂王妃拉起。康熙道：“鄂亲王不幸惨死，朕甚悼念。尚望王妃节哀。朕有宫娥一名，通晓琴棋，伶俐解事，特赐与王妃，以解烦闷。”冒浣莲盈盈下拜。鄂王妃再谢过恩后，扶起冒浣莲，心想：“怎的皇上今天会突然将宫娥赐给我？”本来皇帝将宫娥赏赐亲王王妃，也是寻常的事，只不是这样当面赏赐，而是令宫中太监，以香车宝辇，送到府第罢了。王妃虽觉不大寻常，但也不特别奇怪。

太后一心念着董小宛的事情，想问皇帝在她房中见到什么，并不注意冒浣莲和鄂王妃，当下就催皇帝回转景阳宫。康熙忽然向前一指，说道：“怎么三妹妹也来了！”

冒浣莲刚随鄂王妃走了几步，忽见三公主迎面走来，急忙使个眼色。三公主问道：“王妃这么早进宫？”一面瞧着冒浣莲。鄂王妃点了点头，指着冒浣莲道：“三公主可认识她吗？皇上说她通晓琴棋，以后我也有个人指点了。”三公主道：“哦，那么是皇上将她赏赐给你了？”鄂王妃道：“不敢！”三公主拉着冒浣莲的手，笑道：“哦，待我看看，长得真俊啊！你叫什么名字？怎么我以前没见过你呢？”她装着和冒浣莲说话，手中一件东西早递了过去。冒浣莲何等机灵，拢袖一揖，东西早已藏入袖中。太后在那边等得不耐烦，招手叫三公主过去。三公主笑盈盈地说道：“你若有什么不懂的，可以请问鄂王妃。”冒浣莲心领神会，随鄂王妃登上宝辇，轻轻易易地出了禁宫。

冒浣莲在辇中与王妃同座，越发看得清楚，只觉王妃与易兰珠非但相貌相同，连说话神情与眉宇间那股哀怨之气，也一模一样。再回想易兰珠在五台山行刺多铎时，替王妃挡住飞镖的往事，心中透明雪亮。鄂王妃见冒浣莲尽看着自己，毫无普通宫娥那种畏缩神情，心中也是奇怪。

回到王府，王妃屏退侍女，留冒浣莲独自陪着自己，问道：“你在宫中多少年了？是伺候皇上还是服侍皇后？”冒浣莲笑道：“我进宫中总共还不到两天！”王妃惊问道：“你不是宫娥？”冒浣莲点了点头。王妃道：“那你进宫做什么？”冒浣莲道：“和你一样！”王妃面色陡变，冒浣莲接着说道：“那是为着救一个人！”王妃双眼圆睁，颤声喝道：“你到底是什么人？”

冒浣莲逼前一步，冷冷地道：“我是易兰珠的友人。”鄂王妃面色惨白，低声说道：“她把什么都告诉你了？”冒浣莲避而不答，反问道：“王妃，你真要将她杀死替你的丈夫报仇？”王妃掩面叫道：“你别这样逼我行不行？”冒浣莲深深一揖，又道：“王妃，是我说错了！她给打下天牢，你一定比我们更焦急，更要救她！”王妃哭道：“我有什么办法？”冒浣莲双袖一抖，将三公主给她的东西拿出，解开一看，只见一块透明碧玉雕成一对相连的朱果，上有龙纹图案，刻得十分精致。冒浣莲大惑不解，王妃一见，双眼放光，急忙问道：“这是皇上给你的吗？”冒浣莲摇了摇头，王妃叹口气道：“我还以为是皇上的意思，谁知是你偷来的！”冒浣莲道：“你别管我是怎样得来的，你快给我说说这是什么东西？”

鄂王妃将朱果接过，又仔细看了一阵，用两只拇指在朱果上一按，朱果忽地裂开，果核突出，鄂王妃将果核尖端在纸上一刺，纸上立刻现出两个极纤细的满洲文字，冒浣莲一个也不认得。

鄂王妃拇指放松，朱果复合，说道：“果然是了，可惜拿到了手也没有用。这个叫朱果金符，我们的太祖据说是吞下神人朱果而诞生的，所以朱果金符，一向是内廷信物。皇帝有什么密令，常将朱果金符交给大臣或卫士去办。”冒浣莲喜道：“那我们有了这个，岂不就是可以救出易兰珠姐姐？”鄂王妃摇摇头道：“不行，你不听我说，朱果金符只能交给大臣或内廷侍卫做信物的吗？而且倘非一品大员和一等侍卫，皇帝若要他持金符办事，还需赐以密诏，上写朱果金符，交与某某等字。”冒浣莲道：“若有密诏又何必更赐金符？”鄂王妃笑道：“宫廷之事，你有所不知。皇帝有些事情，是不能在诏书上写明的，密诏只写明金符由谁执掌，那么手持金符的人，就是皇上的钦使，可以权宜行事，但却又不落痕迹。”

冒浣莲想了一阵，说道：“你的意思我明白了，你是说我们既非一品大臣又非一等侍卫，手上又没有金符的诏书，所以此物就毫无用处。”鄂王妃黯然说道：“正是这样。”冒浣莲笑道：“一品大臣我们不能假冒，难道一等侍卫我们也不能假冒吗？”鄂王妃跳起说道：“你真聪明，一品大员，朝中只有限几人，自然不能假冒。可是内廷的一等侍卫，往往不为外廷所知，假冒那是容易得多！”她沉吟半晌，忽然说道：“只是谁有这样大胆？”

话犹未了，忽听得外面有人叫道：“谁敢这样大胆！”鄂王妃与冒浣莲推窗一看，只见一个青衣妇人运剑如风，把在楼下守卫的四名王府侍卫，迫得一级级地往上直退。四名侍卫连连呼喝，那青衣妇人却是丝毫不睬，剑法迅疾之极！

喝斗声中，一名侍卫突然“哟唷”一声，头下脚上，翻下楼去，连冒浣莲也看不清楚，青衣妇人是用什么手法把他刺伤的，正惊疑间，只见青衣妇人竟在兵刃飞舞中，欺身直进，一名使杆棒的侍卫，往下扑身，杆棒刷的奔下盘缠打，那青衣妇人腾身窜起，一招“风卷落花”，把其他两名侍卫齐齐逼退，右脚往下一踹，那名侍卫杆棒刚刚贴着楼板扫出，尚未长身，已给踢下楼去。四名侍卫，死伤一半，剩下的两名侍卫，飞身跃上檐角，高叫：“王妃，快躲！”话犹未了，青衣妇人如大雁般腾空掠来，一手抓着一个，活生生地从高楼上直摔下去。

冒浣莲随傅青主出道以来，不知见过多少高手，此时也不由得暗自心惊。这妇人的剑法竟似不在凌未风之下，而在桂仲明之上，是何路道，她却毫无所知。唯有把天虹宝剑出鞘，暗加戒备。

青衣妇人力杀四名王府侍卫，长啸一声，纵身跃进房内，冒浣莲拉王妃退后几步，横剑封着门户，高声问道：“是哪位前辈？”青衣妇人理也不理，径自喝问王妃：“你就是纳兰明慧？”王妃恍惚记得好像是许多许多年前见过的，应了一声，青衣妇人左手一扬，一条软鞭腾空飞出，卷地扫来，冒浣莲宝剑疾地一撩，软鞭给斩断一截，而自己也给扯动几步，整个身躯，向前扑倒。

那青衣妇人把冒浣莲扯过一边，刷的一剑，疾向王妃刺去，王妃身形急闪，左掌下搭，右掌上击，施展大擒拿手中的“龙腾虎跃”一招，反夺敌人宝剑。青衣妇人噫了一声，剑光一闪，避招进招，左手长鞭，疾风暴雨般横扫直卷，王妃连连后退，形势十分危险。冒浣莲急挺天虹宝剑，往背后夹攻。青衣妇人斥道：“你这女娃子找死！”一旋身，短剑横截，长鞭夹击，将冒浣莲和王妃两人都罩在剑光鞭影之下。冒浣莲虽有宝剑，只是对方武功极强，连自保也极艰难，更谈不到出击。倒是纳兰王妃掌法曾得过杨云骢指点，勉强还可支持。

纳兰王妃连连喊道：“你是谁？有话好讲！”青衣妇人哼了一声，说道：“你贵为王妃，哪里还记得起我？”右手剑毫不放松，“金针度线”“抽撤连环”，点咽喉，刺左肋，扫肩胸，挂两臂，一招紧似一招，冒浣莲给长鞭拦在一边，救援不得，眼睁睁地看着王妃就要丧命在三尺青锋之下。

酣战中，王妃双手往上一拉，硬将身形拔起，使出险招“金蟾戏浪”，在半空中伸手向青衣妇人双目便抓。

青衣妇人冷笑一声：“你找死！”左手呼的一鞭，将冒浣莲迫到墙边，右臂一抬，挡开了王妃双抓，短剑反手一圈，朝着王妃颈项斩截。就在这性命呼吸之际，王妃忽然觉一股大力将自己一托，趁势打个筋斗，翻身落在楼上，同时耳边听得“当”的一声，青衣妇人破口大骂！

冒浣莲躲在墙角看得分明，解救王妃的人，竟是从楼中一块大匾额的后面飞身出来的，冒浣莲暗暗心惊，有人藏在身边也不知道，假如是敌人的话，岂不糟糕？

冒浣莲再仔细看时，忽然一阵心跳，又惊又喜，来人虽然以巾蒙面，可是从身材剑法却看得出来，不是凌未风是谁？！冒浣莲不自禁地跑了上去，大声叫道：“凌大侠！”青衣妇人反手一鞭又把冒浣莲迫进墙角，那蒙面人应声叫道：“浣莲，你不要上来！”正是凌未风的声音。

凌未风和青衣妇人各以上乘武功相搏，奇快无比，冒浣莲看得眼都花了！青衣妇人长鞭呼地一个旋扫，解开凌未风的剑招，短剑胸前一立，封闭门户，退后一步，叫道：“你是天山神芒？”凌未风掣回青钢剑答道：“正是，敢问前辈何人？”凌未风以为她听了自己的名头，必然停下兵刃，不料那青衣妇人点头笑道：“天山神芒，名不虚传，再试你几招。”长鞭刷地扫出，右手短剑也展开了一派进手的招数。凌未风心想：“怎的这妇人如此没礼貌！”身形一晃，青钢剑光华闪处，展开了狂风暴雨般的对攻。

那青衣妇人武功非同小可，两手同时使用两般兵器，竟然配合得妙到毫巅。同时使两种兵刃的人，凌未风以前只碰过一个邱东洛，左刀右剑，已是不凡。但现在和这青衣妇人一比，那邱东洛简直算不了什么。凌未风天山剑法神妙无比，也只能堪堪打个平手，不由他不暗暗惊奇！他杀得兴起，宝剑一抖，银星点点，霎时间只觉一室之内，剑光缭绕，到处都是凌未风的影子。青衣妇人喝声："好！"左鞭右剑，见招拆招，身形也是四面游走，溜滑非常，凌未风自出道以来，从未碰过如此功力深厚的人，蓦地省起："莫非她还在人间？"手中剑一紧，酣斗中左掌猛地斜击，掌风到处，青衣妇人的青布包头飘然翻起，冒浣莲又是一惊，青衣妇人颜容美艳，却是白发萧然，包头里还缠着一条红巾，随着掌风飘动。凌未风倏地跳出圈子，抱剑当胸，长揖到地，说道："失敬！失敬！原来是飞红巾女侠！"青衣妇人大笑声中，长剑倏地收回，短剑掷在桌上，笑道："你不愧是杨大侠的师弟！看到了你，就如同再见到他一样。"说罢，笑容顿敛，神色黯然！

飞红巾在廿多年前，驰名天山南北，是草原上老幼皆知的女英雄，和杨云骢并驾齐驱，一男一女，同称塞外奇侠（详见拙著《塞外奇侠传》），两人曾经有过极深厚的交情。后来回疆各族的抵抗被清兵各个击破，杨云骢为追寻纳兰明慧，飘然从塞外来到江南，惨死在钱塘江边。飞红巾也突然在草原上失踪，没有人知道她去了哪里。二十年来，草原上到处流传着她的英雄事迹，凌未风是在她失踪两年之后来到回疆的，早就听得别人说过她的名字了。

飞红巾双掌一拍，冲着纳兰王妃冷笑道："你好呀！"纳兰王妃双眼无神，凄然说道："杨云骢已死了十八年了，你还要怎样？你杀了我吧，我也不愿活了！"飞红巾抄起短剑，怒道："你当我是和你争汉子吗？呸！我就是要杀你！"凌未风拦道："王妃与我们并无仇怨！"飞红巾不理凌未风，径向王妃发话道："杨云骢的女儿呢？拿来给我！"王妃秀眉一挑，冷笑道："关你什么事？干吗要交给你！"飞红巾怒道："我知道你是她的母亲，可是你这个母亲却一点不理女儿。哼，你当我不知道吗？她杀了你的宝贝丈夫，你就把她打下天牢，还要慢慢地折磨她！"纳兰王妃放声大哭，一头撞向墙壁。凌未风轻轻一拉，把她扯开，对飞红巾道："女侠，你从哪里听来的话？王妃不是不想救她，只是没有办法！"飞红巾道："你这话当真?”凌未风道：“那女娃子是我抚养成人的，我为什么要骗你!”飞红巾短剑归鞘，缓缓走去，说道：“那么，明慧，是我怪错你了!”行了几步，忽然停下，叫道：“外面有人来!”凌未风身形一起，穿出窗外。

原来康熙被冒浣莲要挟，迫得放她走出宫禁，又惊又怒，辞别太后之后，即召集大内高手，挑出八名一等侍卫，叫他们到鄂王府去将冒浣莲杀死，割头回报。这八名侍卫到了王妃楼下，猛见四具武士尸身，断头折足，大吃一惊。说时迟，那时快，只听得楼上一声大喝，一个蒙面怪人，已似流星飞坠，凭空跃下。人未到地，暗器先发，两道乌金光芒，疾如电射，近身处两名侍卫，竟被天山神芒，对胸穿过。

众侍卫哗然大呼，急忙围上。楼上青光一闪，飞红巾紧跟着又跃下来，短剑一挥，将过来迎截的侍卫手腕斩断，叫道：“凌大侠，我和你比赛杀敌!”

凌未风叫道：“好!”青钢剑一招“回风扫柳”，把四面攻来的兵器挡开，左掌反手一挥，向欺近身边的一名敌人劈去，不料一股大力反撞过来，那人竟然并未给他击倒。凌未风咦了一声，翻身进剑，那人叫道：“分出三个人去挡住那贼婆娘，我和郑铁牌对付这厮。”凌未风一剑刺去，狠疾异常，那人竟毫不退让，一枝铁笔“横架金梁”，连守带攻，还了一招。

这人是内廷侍卫中第一高手，名叫成天挺，外号“铁笔判官”，善会打穴。楚昭南则是禁卫军中的第一高手，两人曾在内廷打了一日一夜，比了十项功夫，对比打成平手。他初意以为小小一名女贼，自必手到擒来，心里还暗笑皇帝小题大做，哪料尚未见女贼影子，两名一等侍卫就给天山神芒打死！成天挺见了凌未风的暗器，这才知道是碰见了江湖上闻名胆落的天山神芒凌未风!

成天挺心头一震，拼命架住，陡见飞红巾一跃而下，只一招就把一名大内高手的手腕斩断，更是发慌。但他毕竟是大内第一高手，虽惊不乱。凌未风的名头激起他的好胜之心，他的手底也是招招狠辣，不肯退让。凌未风连发三剑，未曾把成天挺迫退，心中大怒，左掌一扬，在敌人攻来的铁笔上一拍，把铁笔拍得歪过一边，随即一招“龙顶摘珠”，剑光一闪，直奔成天挺的咽喉刺去。这一招狠辣之极，成天挺急忙滑步旁窜，铁笔一抡，当成虎尾棍用，“横扫千军”，格开青钢剑。凌未风手腕一翻，剑光如白练般一闪，“龙归大海”，又朝成天挺下三路刺到。这两招迅捷无伦，是天山剑法中最精妙的招数，饶是成天挺如何了得，也给迫得连连后退。

那姓郑的卫士使两面铁牌，在宫中也是五名内的高手，成天挺留下他和自己联手，原就是想借他的铁牌，来克凌未风的宝剑，想以“一力降十会”，使凌未风难于兼顾。不料凌未风身法步法，变幻无穷，根本不理铁牌的夹击，只狠狠追杀成天挺，那名卫士，铁牌猛砸，好几次眼看要砸中敌人，只是对方不知用什么身法，随便一闪，便闪开了，竟似背后长着眼睛一样，手中剑仍然紧紧迫着成天挺。

成天挺铁笔斜飞，又挡了十余招，险象环生，急忙喊道：“郑铁牌，你过来，正面上！”他是只求两人合守，不求夹攻了。成天挺和郑铁牌并肩一站，展开铁笔点穴的招数，和凌未风再度恶斗，这一来形势果然好了许多！凌未风剑招虽迅捷无伦，但成天挺有了帮手，俨如身边添了一面活动的盾牌，铁笔点刺敲击，居然和凌未风互有攻守。

成天挺身形轻快，招数圆熟，更加上那名卫士，双牌运用得霍霍生风，凌未风剑法一招紧似一招，兀是找不到对方破绽，耳听得远处呼喝声、脚步声，响成一片，想是王府中的武士，发现这里恶战，纠集同伴，赶来卫护王妃。凌未风心中急躁，剑走灵蛇，闪电般疾刺两剑，把成天挺再迫退几步，把全身功力运在左掌之上，郑铁牌双牌翻飞，齐齐打到。凌未风大喝一声，一掌击去，两面铁牌都给震上半空，凌未风欺身疾进，反手一掌，把郑铁牌的头颅打得粉碎。只听得飞红巾长笑叫道：“凌未风，你才打死一个吗?”

飞红巾当年威震塞外，虽遁迹廿年，仍是英气迫人。三名一等侍卫欺她是个女流，一开首就分三面冲去。飞红巾兀立如山，待到近时，突然一抖长鞭，一名侍卫竟给卷了起来，飞红巾左手一挥，把那名侍卫摔出几丈之外，撞着石块，脑浆迸流！

余下的两人虽然是一等侍卫，功力却比成天挺差得多，哪里挡得住飞红巾这种左鞭右剑，精妙繁复的招数。酣斗声中，飞红巾短剑一旋，一名使鬼头刀的侍卫，兵刃已给击飞；飞红巾长鞭一拦，挡着他的同伴，短剑横扫，寒光闪处，一颗头颅已给切下，飞红巾叫道："这是第二个！"第二名卫士云魂直冒，转身便逃，飞红巾一鞭打出，又把他卷了过来，短剑一勒，又将一颗头颅割下来，叫道："第三个也开销了！"短剑迅即归鞘，长鞭挥舞，纵声长笑，这时凌未风才击毙郑铁牌。

凌未风见飞红巾手挽两颗头颅，如飞掠至，笑着招呼道："女侠身手果是不凡，你赢了！"成天挺趁他稍缓，虚点一笔，一鹤冲天，腾身便走。飞红巾十分好胜，身形一掠，长鞭疾卷。成天挺在半空打个筋斗，头下脚上，疾冲下来，左手握着鞭梢，飞红巾竟没将他卷着。成天挺借力一翻，翻到飞红巾跟前，铁笔一扬，电光石火般疾点飞红巾"肩井穴"。飞红巾一脚踢去，成天挺手腕一偏，给剑尖挂着一点，皮破血流，而飞红巾也觉铁笔挟风，夹耳而过，连忙横跃两步，成天挺已掠过一座假山，和王府中循声赶来的武士会合了。

飞红巾还待追击，凌未风喝声："走！"冒浣莲早已跃下，在旁边观战，这时，掏出一把夺命神砂，对着赶来的王府武士，迎头一洒，凌未风连发三支天山神芒，支支都是穿喉而过，射毙三名武士。武士们发一声喊，四下分开，飞红巾掷出人头，哈哈大笑，与凌未风、冒浣莲飞身走出王府。

到了僻静之处，飞红巾陡地停下脚步，拱手说道："凌大侠，后会有期！"凌未风急忙叫道："请留步！"飞红巾扭头问道："你有什么话说？"凌未风道："前辈为救大侠遗孤，不远万里而来，何不与我们一路？"飞红巾面色一沉，说道："你是杨云骢师弟，何以明知故问？你救你的，我救我的，不必多言！"一飘身，疾似旋风，霎忽不见人影！凌未风给她没头没脑说了一顿，莫名其妙。要知凌未风虽是杨云骢师弟，可是两人相见之日，正是杨云骢毙命之时。杨云骢与飞红巾之间的恩恩怨怨，凌未风如何知道？

凌未风叹道："飞红巾的武功真是出神入化，巾帼无双，只是脾气却恁般怪僻！"冒浣莲根本不知飞红巾是何等样人，不敢置答。

凌未风忽然问道："你的朱果金符呢？拿来给我！"冒浣莲急忙送上，凌未风藏入怀中，毅然说道："今晚我要夜探天牢！"

冒浣莲道："凌大侠要不要人接应？"凌未风道："不必，人多了反而不好！"两人谈起别后情况，始知李来亨是因为桂冒二人入京数月，毫无消息，这才请凌未风入京一看的。凌未风为了名头太大，面有刀疤，所以总是昼伏夜行，一路上探听不出什么消息。到了京城，这才知易兰珠已刺杀多铎，被打下天牢。

易兰珠是凌未风抚养大的，情如兄妹，又如父女，凌未风知道之后，犹如万箭钻心，十分难过。心想师兄惨死，只此遗孤，无论如何，也不能让她命丧京华，裂尸西市。易兰珠和纳兰王妃的关系，凌未风当然知道。因此他把寻找桂冒二人的事，暂搁在一边，先到鄂王府踩查，仗着轻功超卓，居然给他闯到了王妃的卧楼，恰好碰到了冒浣莲和飞红巾。

冒浣莲问道："飞红巾是怎样的人？看来她对易兰珠的关心，不在你我之下。"凌未风叹道："这是情孽！我也不很清楚。只是在回疆时，听得草原上牧民的谈论，约略知道一二。飞红巾原叫哈玛雅，廿多年前，名震南疆，是罗布族唐努老英雄的独生女。听说楚昭南初下天山时，就曾在唐努老英雄帐下，帮助他们抵抗过清兵的，只是没多久就背叛了唐努，投降了清军。"冒浣莲道："可惜，可惜！"凌未风道："那时我的大师兄杨云骢在北疆鼎鼎有名，他帮助哈萨克人打仗，后来还成了哈萨克军中的灵魂。后来哈萨克在北疆吃了败仗，杨师兄横越塔克拉玛干大沙漠，来到南疆，和飞红巾联合起来，一时声势大盛。"冒浣莲听得津津有味，插口问道："他们两人同抗清兵，又都是人中龙凤，为什么不结成豪侠姻缘，神仙眷属？"凌未风叹道："浣莲，并不是人人都能像你和仲明那样的，情之一字，微妙万分，一旦错过机缘，便只有终身遗憾。他们为什么不能结成眷属，我是毫不知情。只是听说，飞红巾在遇到大师兄之前，曾爱过一个名叫押不卢的草原歌手。押不卢的歌声非常美妙，可以打动任何少女的心，但不幸的是，这样的歌手，却有一个卑贱的灵魂，他勾结清兵，害死了唐努老英雄。后来飞红巾亲自把他擒来，挖出他的心肝祭奠亡父，那一幕'草原夜祭'，廿年来给牧民们编成了许多歌曲，在草原上流传！”冒浣莲叹了口气，问道：“据你猜想，是不是杨大侠嫌她爱过押不卢呢？”凌未风道：“我想不会，可能是大师兄之情另有所钟，在碰到飞红巾之前已爱上现在的鄂王妃了。”冒浣莲摇头叹息，忽见凌未风双目似有泪光，悚然一惊，暗道：“难道凌未风也有什么伤心之事？”当下不敢多问。

凌未风要过了朱果金符，问清楚了冒浣莲现在的地址。知道桂仲明张华昭等一班人都在“蹑云剑”石老镖头家里，很是高兴，说道：“我今晚夜探天牢，若然得手，立刻带易兰珠来找你们。”

凌未风在思念着易兰珠，易兰珠在天牢里也思念着凌未风。

天牢里黑沉沉的，只有墙角两盏豆大的长明灯发着黯淡的微光。太阳照不进来，月亮照不进来，星光也透不过那密不通风的铁窗。易兰珠关在天牢里，恍恍惚惚，也不知过了多少个白天和黑夜。她感到异样的宁静，“我是我父亲的女儿啊”！她觉得她并没有辱没她的父亲，父亲的血书在她心灵上所造成的重压，是已经完全消失了。她想舞蹈，她想唱歌，她想面对着隐在黑暗中的死神说道：“来吧，我并不怕你！”

她真的一点不怕死吗？可能是的。但她在漫漫的长夜里，有时却也不禁战栗起来，她不是怕死，而是惋惜自己青春的生命，还只有二十岁的少女哪！就要和亲人们永别了！她没有亲人，但她却怀念她的“亲人”。王妃是她的母亲，在长远的岁月里，她对她的感情交织着爱和恨，在她软弱的而又坚强的少女的心中，她并没有把她的母亲当成“亲人”看待，然而此际，在自己生命即将结束的前夕，她想起她的母亲来了！她有一个欲望，要把自己积压了多年的眼泪，在她母亲的面前痛痛快快地流出来。对她诉说她是怎样的爱她又是怎样的恨她！

第二个“亲人”，她深深怀念着的是凌未风，凌未风并不是她的亲人，但却要比什么亲人还要亲。她想起凌未风在她刚刚学会讲话的时候，就把她从江南带到漠北，带到塞外，抱上天山。“我不知给他添了多少麻烦！”这种情分，简直是超过一般父女之上的，“有哪一个父亲为她的女儿吃过这么多苦呢？”她想。她恨不得能再见到凌未风，抱着他的腿，叫他一声“爸爸”！“但凌大侠还这样年轻，比我只大十多年，叫他做爸爸，他高兴吗?”易兰珠东想西想，时常忽然在黑暗中噗哧一声笑了出来!

第三个她所怀念的“亲人”是张华昭，她认识他还不到两年，可是她已对他有了很深的情感，这种情感完全不同于对凌未风的情感。在以前，她是全不了解男女之间会有这样一种情感的，而现在她却把他当成亲人看待了。她想起在清凉寺把他救出来时，他那感激的而又是关切的眼光。她想起在石老镖师家中，她和他诀别的情景，“我死了之后，他真会折一束兰花插在我的墓前吗?”“哦，这真是太奢侈的幻想，我死了是连坟墓也不会有的啊!”

易兰珠在黑暗中流下眼泪来，忽然她自己责备自己道：“杨大侠的女儿是不流泪的!”她深深地想念这三个亲人，但把这些思念都加起来，也及不上她对她父亲的爱。“我是为我父亲完成了心愿而死的!”这样一想，她就一点也不惋惜自己的死了。她双手张开，迎着无边的黑暗，好像看见死神张翼飞来，她突然叫道：“来吧，我不怕你!”

就在此际，牢门忽地打开，一条黑影向她行来!

易兰珠心灵震荡，闭上眼睛，喃喃说道：“爸爸啊！你等着我吧，你的女儿来见你了!”自从她被关进这间牢狱之后，从未有人来过，就是每天两顿饭，也只是狱卒从外面递进来，这黑影不是死神也是刽子手了？她一阵昏迷，忽然又似心中空荡荡的，什么感觉也没有了!

迷茫中，有一只手轻轻抚摸着她的头发，低声说道：“兰珠，是我!”易兰珠叫道：“真的是爸爸吗?”那人叹息一声，叫道：“兰珠，你醒醒！我来带你出去!”

那人似乎用手拂了几拂，蓦然间易兰珠感到一阵轻松，颈上的铁枷和脚下的镣铐都给那人弄断了。易兰珠扑了上去，拖着那人的手道：“你是爸爸还是刽子手?”有一滴热泪滴在她的面上，有一个熟悉的声音在她的耳边呼唤着：“兰珠，你醒醒！你认不出我吗?”易兰珠眼泪夺眶而出，扑倒地上，抱着那人的双足，喊道：“凌大侠，这不是梦吧?”

这个闯进天牢的人正是凌未风。他取了朱果金符之后，换了一

易兰珠扑了上去，拖着那人的手道：“你是爸爸还是刽子手?”有一滴热泪滴在她的面上，有一个熟悉的声音在她的耳边呼唤着：“兰珠，你醒醒！你认不出我吗?”

身大内侍卫的服饰，当晚就蒙面来见狱官，掌管天牢的是宗室中的一个贝勒，一见来人取出朱果金符，在白纸上印出“大清”两个满文，吃了一惊，急忙问道：“你是宫中的侍卫？”凌未风点头哼了一声，贝勒问道：“皇上可有什么吩咐？”凌未风道：“皇上要我即刻把刺杀多铎的那名女贼带进宫去，不许旁人知道！你快把监视她的侍卫遣开！”贝勒又是一惊！日间皇上特别传下御旨，叫严密看守那名女贼，提防有人劫狱，怎的忽然又提进宫去？可是这朱果金符非同小可，持有的人等于皇帝钦使，说话违抗不得。贝勒心有疑团，忽然灵机一动，问道：“你是御前带刀侍卫吗？在哪一位总管面前办事？”原来除特许外，只有一等侍卫才可在龙位之旁，御前带刀；而宫中侍卫由两位总管管理，一等侍卫的总管叫格钦努，是满人，其他侍卫的总管却是一个姓许的汉人太监，凌未风一听便知是他考问自己，心中暗道：“要糟！”那贝勒双手据案，紧盯着他，凌未风机灵之极，忽然冷笑一声，反手一掌打在桌上，登时把一角打塌，冷冷说道：“你配问我？”贝勒通体流汗，见他显出这手功夫，深信他是一等侍卫，哪敢再问。片刻之后，监视易兰珠的侍卫都给调回，凌未风轻轻易易地取了锁匙，开了牢门，解开易兰珠的镣铐。

易兰珠泪流满面，缓缓站了起来，再道：“凌大侠，真的不是梦吗？”凌未风道：“你别慌，跟着我出来就行了，他们都很挂念你呢！”易兰珠忽然说道：“我不出去！”凌未风诧道：“为什么？”易兰珠道：“我已经没有气力啦，等会出去，那些卫卒们一定拦截，我不能像你一样登高跃低，又不能帮你抵御，岂不成了你的累赘，到头来我们都要给他们打回天牢。”

凌未风摸一摸怀中的朱果金符，低声说道：“兰珠，我有皇帝的金符，卫卒不会拦截的，你放心跟我出去吧！”易兰珠大喜，说道：“凌大侠，我真不知要怎样感激你才好！”凌未风拖着她的手，缓缓走出牢房。

掌管天牢的贝勒，给凌未风的金符和武功震住，果然遣开了监视易兰珠的侍卫。命令他们，若见有人将易兰珠带出天牢，不许截击，这一来，可急煞了楚昭南。

原来康熙给冒浣莲逃出宫禁之后，一面派成天挺等八名好手，到鄂王府去捉“女贼”；一面派楚昭南赶到天牢。天牢本来就高手如云，宫中的侍卫几有一半调到那里，但康熙经过这么一闹，很不放心，所以再遣楚昭南前去协助，并传旨掌管天牢的贝勒，加意提防。

楚昭南听了贝勒的命令，大为奇怪，急忙说道：“皇上日间的御旨，贝勒难道还未看清楚？”清宫规矩，朱果金符传递的是最机密的命令，绝对不能泄漏，贝勒虽明知楚昭南是禁卫军统领，也不敢说出来。当下只好板着脸说道：“若有差错，由我担承好了！”楚昭南面上无光，一声不响，走了出去，眉头一皱，悄悄地纠集宫中派来的高手，见机行事。

凌未风带着易兰珠走出牢房，见甬道上空荡荡的，果然没人监视，心中大喜，昂首阔步，更是装得神气非常，端出了皇帝密使的身份。

楚昭南躲在甬道转弯的暗黝之处，三更响过，见牢门开处，一个蒙面人拖着易兰珠出来。他心中七上八落，不知是拦截好还是让他们走好？猛然间，心中一震，这蒙面人的身材好熟！楚昭南不由得想起一个人来，又惊又急，但转念一想，若真是此人，他怎敢公然进入天牢，来见贝勒，贝勒又怎会信他的话？正踌躇间，蒙面人已走到了甬道的转弯之处。楚昭南灵机一动，倏地自暗黝处一掠而出！

凌未风眼观四面，耳听八方，他何尝不知暗黝处藏有人影，但他持有朱果金符，一面提神准备，一面装得更若无其事。猛然间，忽见楚昭南扑到面前，一招“雪拥蓝关”，左掌掌击自己上盘，右掌五指如钩，反扣自己脉门，凌未风身形一闪，左掌护着易兰珠，右掌呼的一声，从楚昭南双掌交击围成的半弧形中直穿进去，手肘一撞，即将楚昭南的左掌荡开，伸指便点他胸口的“玄机穴”。不料楚昭南这两招全是虚招，他知道凌未风武功绝顶，早有防备，一发即收，身子箭般的倒纵出去，大叫：“这人是钦犯，赶快捉他，格杀不论！”话声未了，暗黝处，屋顶上，角门中，清廷的高手尽出！正是：

过了一关又一关，闯出天牢难上难。

欲知后事如何？请听下回分解。

第十八回　孽债情缘　公主情多徒怅怅
泪痕剑影　王妃梦断恨绵绵

原来楚昭南乃是立心试招，故意用天山掌法中的精妙招数猝击凌未风。武林高手，心艺合一，骤遇险招，不假思索，即出本门绝技。楚昭南本来还未敢断定蒙面人是谁，一见凌未风出手，又惊又喜，一声大叫，埋伏着的清廷高手，四面杀出。

凌未风大喝一声，身躯一转，噼啪两声，单掌击毙两名卫士，青钢剑倏地出鞘，疾如闪电，把一名欺近身边的卫士刺死，一手拖着易兰珠，便向外闯！

楚昭南一退即上，长剑亦已拔在手中，刷刷两剑，分刺凌未风左右要穴。楚昭南剑法与凌未风相差无几，仅是功力稍逊，这两剑狠辣之极，凌未风身躯半旋，横剑一封，背后呼呼风响，又是一条铁鞭打到。凌未风振剑一格，荡开楚昭南长剑，左掌一抓，把铁鞭抓住，喝声“起”！奋力一挥，那名卫士未及放手，竟给凌未风挥了起来，啪哒的一声，摔出两丈开外！

凌未风右手使剑，左手运掌，虽然击退敌人，易兰珠却给他们截在一边。凌未风虎吼一声，回身来救，金背刀、铁尺、齐眉棍、链子锤、虎头钩……几种专克刀剑的重兵器，纷纷打到。

凌未风翻身进剑，飘忽如风，从兵器的夹缝中穿过身去。一看易兰珠已被擒住，正在大声叫道：“凌叔叔，不必顾我，先闯出去！”这刹那间，四面卫士，纷纷拦截。

凌未风奋起神威，掌劈剑截，又杀伤了几名卫士，楚昭南挺剑扑上，一招“白虹贯日”，刺向凌未风肩后“风府穴”，凌未风身形一闪，左面一名卫士正扑过来，给凌未风顺势一拖，倏地举起，右手青钢剑一招“飞鹰回旋”，荡开攻来的兵器，同时，左手挟着那名卫士，往后一扫，这几下快得出奇，楚昭南长剑“波”的一声，穿入了那名卫士的后心，尚未拔出，凌未风左手一推，那名卫士的身躯平平撞去，楚昭南连退几步，凌未风疾向斜对方向杀出，但易兰珠已给人捉回天牢去了。

楚昭南红了双眼，“龙形飞步”，再度猛扑，凌未风因敌人太多，不愿与他拼斗，身形起处，直如巨鸟穿林，运用大擒拿手，疾地抓着一名卫士后心，向后便甩，三起三伏，连摔三名卫士，楚昭南攻势受阻，其他卫士，见如此声势，一时窒住，凌未风已退至墙边。墙高五丈有余，无法一跃而上，除非用“峭壁换掌”或“壁虎游墙”的功夫，否则万难脱险。但敌人环伺，若用那两种功夫，又势难兼顾发来的暗器。凌未风刚一犹疑，果然暗器如蝗飞至，中间还杂有硫磺弹。凌未风身形闪动，掌劈袖拂，暗器或给倒拍回去，或给轻轻避开，竟然毫发不损。

楚昭南振臂大呼：“围着他，累死他，他跑不了！”率领清廷高手，一齐涌上，凌未风迫得背贴铁墙，拼死力战。清宫卫士虽多，却不能四面包围，楚昭南率四名一等好手，排成一个半弧形，狠狠攻击。凌未风展开天山剑法，左攻右拒，闪电惊飙，酣斗声中，两名卫士中剑倒地，另外两名迅又补上。楚昭南喝道：“凌未风，你若不掷剑投降，今日就是你的死期！”凌未风刷刷还了两剑，冷笑喝道：“无耻叛徒，你要取我的头颅，先拿十个头颅来换！”楚昭南把手一挥，四名高手一齐猛攻，楚昭南更是踏正中宫，寻瑕抵隙，剑剑辛辣。

要知楚昭南武功原就与凌未风相差无几，更加上四名清宫一等好手，饶是凌未风剑法如何神妙，也感应付艰难。而且楚昭南完全不须防守，只是进攻，威力又加了一倍。只见楚昭南一剑紧似一剑，看看就要把凌未风钉在墙上，忽然有一名卫士贪功躁进，一对护手钩斜里劈进，凌未风大喝一声，劈手把钩夺过，随手一钩就把那人钩了过来，青钢剑一招“神龙掉尾”，暗运内功，黏开楚昭南的长剑，左手将那名卫士抡了起来，把几名高手一齐迫退！

楚昭南暴怒如雷，一掌打去，将那名人质打飞，挺剑又与凌未风相斗。清宫那班侍卫，见楚昭南如此残酷，只顾擒杀敌人，不顾同僚之情，把那名人质活活打死，齐都心寒。一时间，竟没人上来助阵，凌未风趁势攻了几剑，把楚昭南杀得手忙脚乱。楚昭南急忙喝道："你们怎么还不上来？要待皇上下旨吗？"卫士们猛然醒起，若在此刻显得畏缩，给楚昭南奏上，就是一个死罪。迅即有几名高手，补上空缺，再把凌未风迫至墙脚。只是这几名高手怵目惊心，却不敢拼死冒进了！

这样一来，凌未风虽然不能脱险，形势反而比前稍好了些，楚昭南向后指了两指，招来另两名高手，亦是他的死党，替下心存畏缩的两人，大声叫道："不论把此人生擒或格杀，都是一件奇功，谁肯出力，我楚昭南定向皇上保举他！"众卫士呐喊助威，前列五人拼命攻击，凌未风长夜恶斗，额上见汗，体力已渐感不支。

苦战恶斗中，忽然有一名卫士叫道："西院起火。"楚昭南退后一步，举目一看，果见西边火焰升起，急忙叫道："不准慌乱，就是有敌人来到，那边也有人挡住。快把这名贼子毙掉！"喊声未了，墙头上忽然现出一名青衣妇人，包头上系着一条红巾，背后有几名卫士紧紧追来。青衣妇人左手提鞭，右手仗剑，向下一看，一声叫道："凌未风，你别慌，我来救你。"回手一鞭，把追至身后的那名卫士，一鞭打下高墙，趁势一跃而下，长鞭呼呼风响，径向楚昭南下三路扫去，喝道："奸贼，还认得我吗？"楚昭南心头一震，连退三步！颤声叫道："飞红巾，是你、你……"凌未风刷的一剑刺出，趁势又伤了一名大内高手。

若只论本身武艺，楚昭南虽胜不了飞红巾，却也不会落败，你道他为何如此惧怕？说起有一段因由。原来在廿多年前，楚昭南刚刚技成下山之时，听说罗布族长唐努老英雄有一个独生女，名唤哈玛雅，外号飞红巾，不但武艺十分高强，而且是草原上最美丽的少女，不禁起了求偶之心，千里迢迢，找到了她的部落。楚昭南以为自已英雄年少，定会获得美人青睐。不料相处渐久，飞红巾发现了楚昭南武艺虽高，却是人品低下。那时罗布族正与清兵苦战，楚昭南却只是想办法亲近飞红巾，而不肯尽心竭智抵抗外敌。因此飞红巾对楚昭南由敬重而变为憎恶，终于给一个草原上驰名的歌手，乘虚而入，获得了飞红巾的芳心，楚昭南也就叛变投降了敌人，后来，并勾引了那名歌手，暗害了飞红巾的父亲（详情见拙著《塞外奇侠传》）。飞红巾悲愤莫名，亲手捉了自己的爱人，正在那时候，与横渡大沙漠的杨云骢会面，成为好友。两人曾两次活捉了楚昭南，但都给他诡谋逃脱。

正是因此，楚昭南对飞红巾颇为忌惮。此际，事隔廿年，突然见她出现，犹如见了鬼魅一般，自己也不知怎的，有说不出的害怕。连受了飞红巾几次险招，这才神志恢复。

天牢中的清廷高手，总有三五十人，飞红巾鞭扫剑劈，虽伤了几人，自己亦已陷入重围。墙头上还有好多名原来在西院看守的卫士，是为追击飞红巾而来的，此际居高临下，也不时偷发暗器。

凌未风一见机不可失，猛喝一声，剑招如风翻云涌，倏地又刺伤两名卫士，冲开一条血路，把飞红巾接了出来，两人一同退到墙边。凌未风剑交左手，格开来袭暗器。右手早取出三支天山神芒，向墙头上一扬，喝声："着!"三道乌金光芒，疾如电射，只听得连声惨叫，墙头上三名卫士，都给射透前心，倒翻下来。凌未风道："飞红巾，你替我暂挡一下，我上去掩护你逃!"背靠着墙，身子急升上去。清廷卫士暗器疾发，飞红巾一跃丈余，长鞭一卷，把几枚厉害的暗器扫飞，另外两枝弩箭，射到凌未风前胸，给凌未风接了反打出来。说时迟，那时快，凌未风已以"壁虎游墙"的绝技，升到墙头，刷刷两剑，又把上面还剩下的两名卫士刺死；而飞红巾也落到地面，又被包围起来。

凌未风大声叫道："飞红巾，你上来!"他在墙头连挥几挥，天山神芒接连发出，围着飞红巾的高手，或给射死，或给射伤，或引身躲闪，霎时间，闹得个手忙脚乱。飞红巾一声长啸，一跃三丈，长鞭向上一举，凌未风握着鞭梢，用力一挥，飞红巾一个鹞子翻身，上了墙头，地上弩箭齐发，暗器纷飞，凌未风与飞红巾剑拨鞭击，展开绝顶轻功，倏忽出了天牢。到楚昭南等追出来时，只见星河耿耿，明月在天，哪里还有凌未风与飞红巾的影子。

这一役清廷卫士损失惨重，敌人不过来了两名，而大内的一等高手，竟然伤亡了十五六人之多！楚昭南气得七窍生烟，却是发作不得。幸好易兰珠仍被截回，否则更不得了。凌未风与飞红巾都是楚昭南的克星，他哪里还敢托大，当下入宫请罪，并请再调高手增援。康熙听了，面色大变，半晌不语。楚昭南伏在地上，不敢起来。康熙心想："怎的大内高手如此无用。"不觉阵阵心寒，但他们为看守钦犯，死伤累累，若再怪责，更恐离心，过了一会，这才斥楚昭南道："朕知道了，以后你可要小心点！"当下，另外传令，叫小黄门请鄂王妃进宫。

且说在凌未风等大闹天牢之后，鄂王府也已接到了消息，王妃听了，又惊又喜，正不知易兰珠是否已被救出，忽然皇上宣召，急忙进宫。康熙见了鄂王妃后，冷笑一声，问道："你的病好了吗？"王妃冷汗直流，奏道："多谢皇上关注，好一点了！"康熙道："鄂亲王功在国家，惨遭刺杀，想你对那女贼也是极痛恨的了！"鄂王妃泪流满面，磕头说道："臣妾痛不欲生。"这句话倒是真情，康熙见她如此，以为她是悼念亡夫，不再追问，只是冷冷说道："你以前对太后说，想亲审女贼，现在既然病体无碍，那就明日亲自去天牢，了此心愿吧。"王妃听了此言，犹如五雷击顶，眼前金星乱冒。康熙又缓缓说道："不能再让这名女贼久押不决了，她的同党很多，再不处决，被救出去，你的大仇就不能报了。"鄂王妃失声惨叫，晕在地上。康熙叫宫娥扶她到太后处歇息，临行还吩咐近身的侍卫说："若王妃神志不醒，明日不能亲审，你就传旨贝勒，令他移交三堂会审，即日处决。"王妃刚刚醒转，听了这话，又晕过去。

再说易兰珠被截回天牢之后，逃生绝望，反而宁静下来，在黑沉沉的牢房中，静待着死神的宣判。黑暗中也不知过了多少时候，忽然牢门轻轻打开，一条黑影飘了进来。易兰珠动也不动，厉声叫道："好吧！把我带出去，杀死，绞死，车裂，分尸，随你们的便，只是我们汉族的人你可杀不完啊！"

那条黑影"砰"的一声把牢门关上，忽然间，易兰珠眼睛一亮，那人亮起火折，点燃了一支牛油烛，捧着烛盘，缓缓行来，低声唤道："宝珠，你不认得我吗？你抬头看看，看我是谁？"

易兰珠头也不抬，冷冷地说道："谁是宝珠？尊贵的王妃，我是杀死你丈夫的凶手！"这霎那间，一只温暖的手，抚摸着她的面庞，抚摸着她的头发，易兰珠想叫嚷，想挣扎，可是一点力气都没有！

鄂王妃泪流满面，哭着叫道："啊！他们把你折磨得好苦！"易兰珠的脖子给大枷磨伤了，周围起了淤黑的血痕，两只脚踝也流着脓血。王妃取出丝绢，给易兰珠慢慢揩拭，脓血湿透了三条丝绢，王妃慢慢折起，藏在怀中。易兰珠忽然睁开眼睛，尖声叫道："王妃，你不要假慈悲，折磨我的不是他们，是你！"

王妃打了一个寒噤，茫然地挪开半步。易兰珠斜着眼睛，冷冷笑道："十八年前你抛弃了我，现在又要来杀死我了！"王妃失声痛哭，紧紧地搂着易兰珠，叫道："宝珠，你一点也不知道我是怎样爱你！"易兰珠用手肘轻轻推开了她，叫道："爱我？哈哈，你爱我？你为了要做王妃，让我的父亲给你的丈夫杀死；你为了要做王妃，忍心把我抛弃，让我在寒冷的异乡漂泊了十八年。"王妃叫道："宝珠你骂我？骂下去吧！我很喜欢，你已经知道我是你的母亲了！"易兰珠道："我没有母亲，我的母亲在十八年前已经死了！"王妃抱着易兰珠坐在地上，低声叫道："宝珠，你的母亲做错了事，可是她并不是那样的女人！你相信也好，不相信也好，总之，她不是那样的人，我想说给你听，但一定说不清楚。我只请你摸摸我的心吧！从我跳动的心，你应该知道我是怎样爱你，十八年来，白天黑夜，我都惦记着你，我记得你开始学行时候的神情，叫出第一声'妈妈'时候的喜悦；我想着你不知在什么地方长大了，不知你长得像爸爸还是像妈妈，现在看来，你是长得跟你的爸爸一模一样，嘿！像他那样的倔强！"易兰珠的头贴着王妃的胸，两颗心都在剧烈地跳动！忽然易兰珠倒在王妃怀中，轻轻啜泣，叫道："说真的，妈妈，我也爱你啊！"

烛光驱散了黑暗，分别了十八年的母女互相地搂着，母亲的眼泪滴在女儿的面上，女儿的眼泪滴在母亲的胸前。过了许久许久，谁都没有说一句话。忽然外面传来了阁阁的脚步声，似有人在牢房外走来走去！

烛光驱散了黑暗，分别了十八年的母女互相地搂着。母亲的眼泪滴在女儿的面上，女儿的眼泪滴在母亲的胸前。

王妃皱了皱眉，瞿然一省，揩干眼泪，高声叫道："脚步放轻一点，别吵我审问！"王妃进入天牢时，掌管天牢的贝勒再三问她要不要人陪伴，王妃摇头说不要。贝勒道："那女贼的武功很厉害，虽然背了大枷，扣上脚镣，只怕还要预防万一。王妃万金之体，出了差错，那可不值。"王妃怒道："别啰唆，我要亲自审问，不许一个人在旁，你知道么?"随手一抓，在檀木桌抓了五道裂痕，贝勒大骇，心道："怪不得人说鄂王妃文武全才，是咱们旗人中第一位美人，又是第一位女英雄，看来真是不错！"当下不敢再说。但虽然如此，贝勒还是很不放心，因此加派卫士在外面巡逻。

王妃斥退了外面的卫士之后，紧紧搂着易兰珠，轻轻地在她耳边说道："女儿啊，现在你是我的了！"

听了外面卫士的脚步声，易兰珠心头陡然起了一种憎恨的情绪："我的母亲和他们是一家人，他们要听我母亲的话！"这个念头像火焰一样地烧痛了她的心，她挣扎着从母亲的怀抱里脱出来，叫道："王妃，你说要审问我，为什么不审问呢?"王妃心痛如割，颤声说道："宝珠，你要怎样才相信我?相信你的母亲?你说罢，只要是我做得到的我都会做！"易兰珠冷笑道："也许是明天，也许等不到明天，他们就会把我的头悬在午门之外，把我的心肝祭奠你的丈夫。我还有什么事情要你去做?"

王妃亲了一下她的女儿，毅然说道："好吧，宝珠，我带你走出天牢，将你偷偷放走，然后我就吃最厉害的毒药，去见你的爸爸，这样你总可以满意了吧?"

易兰珠尖叫一声，搂着她的妈妈，叫道："啊！你为什么要这样说呢?你是把我当成你的女儿，还是把我当成你的敌人?说得好像我要向你报仇，让你去死！"王妃目不转睛地望着女儿，忽然喊道："你的眼睛，跟你的爸爸完全一样哟！"

易兰珠探手入怀，把内衣撕破，取出那封藏了许多年的血书，掷给王妃道："这是爸爸给我和你的信，爸爸本来就是要我像他一样啊！"

王妃身躯颤抖，似波浪般起伏不休，展开血书，只见信上写道："宝珠吾女，当你阅此书时，当已长大成人。你父名杨云骢，你母名纳兰明慧，你父是抗清义士，你母是清室王妃，你父丧命之日，正你母改嫁之期。你母是皇室中人，改嫁迫于父命，不必责怪。惟彼所嫁者乃国人之敌，胡虏元凶，你学成剑法，定须手刃此獠，以报父仇，并除公敌。若见你母，可以此书交之，令伊知你父非不欲伊晚年安乐，而实为国家之仇不能不报也。其余你未明了之事，可问你之祖师与携你上山之叔叔，父绝笔。”

王妃读后，痛哭说道：“宝珠，我并没有怪你的爸爸叫你杀他啊！”

易兰珠的眼睛放出闪闪光芒，再追问道：“妈妈，你真的不怪我吗？”王妃打了一个寒噤，泪光中蓦然现出多铎临死时的情景，鲜血淋漓，惨笑待死的情景，她又想起她曾对多铎应诺的话：“你不要伤害她，我也叫她不要伤害你！”是的，她并不怪她的女儿，然而却又有点为他们的互相伤害而惋惜。她幽幽地答道：“女儿，我怎会怪你呢？但血已经流得够了，我不愿再看见流血了！”

“血已经流得够了？”易兰珠冷笑接道：“我们汉族人流了多少血？你们皇帝和将军还要使我们继续地流！但我们的血也不会白流的，我的父亲血洒杭州，你的丈夫就要血洒西山；明天，我的血染红天牢，后天，更多满洲人的血就要染红京城的泥土！”

王妃像挨了打一样惊跳起来，惊恐地注视着她的女儿。她日日夜夜梦想着的女儿，如今在她的面前，是如此亲密，却又是如此陌生！她和她好像是处在两个世界里，她不了解她，她们的心灵之间好像隔着一层帷幕！她听着她的女儿把那满腔怨恨像瀑布似的倾泻出来，她又是惊恐又是哀痛，她昏眩地颤抖着，忽然又紧紧地搂着女儿，叫道：“你是我的女儿，你为什么要分出‘我们’和‘你们’？你是我血中的血，肉中的肉，你和我是一个身体的啊！”

易兰珠忽然笑了起来，不是冷笑，而是一种喜悦的笑，她把脸扑在母亲的胸脯上，说道：“妈妈，你真的这样爱我，愿意是我们的人吗？”王妃还来不及弄清楚她的意思，赶忙说道：“当然是这样的啊，你还有什么不相信我呢？”易兰珠急促地叫道：“那么，你就跟我一道走吧！母亲，不是你带我走，是你跟我走，明白吗？妈妈，凌大侠他们一定还在想办法救我，你马上出去，我告诉你他们的地址，他们有你的帮助，一定会救出我。除非我过不了明天，否则你还有机会救我出去的!”

王妃一阵阵晕眩，“跟你一道走?”她喃喃问道。这是她从没想过的事，她是一个王妃，怎么能够和陌生的汉族人一道，反对自己的族人呢？她这样的一阵犹疑，易兰珠早已变了颜色，叫道：“妈妈，我一丝一毫都不愿勉强你，是我太过分了，是我想得太孩子气了。如果你愿意跟我走的话，十八年前你已跟我的父亲走了。我不怪你，妈妈！你也别怪我啊！现在我一点一滴也不愿受你帮助，你赶快走吧！这个牢房污秽得很!”

王妃低声地抽咽，说了许多话，甚至说愿意跟她一道走，可是她的女儿像哑了一样，一句话也不答她了！王妃这时比死了还难受，她料不到她的女儿竟比她的爸爸还坚强。忽然，她的手触到一样东西，她蓦地叫道：“宝珠，我有一样东西要给你!”

易兰珠仍是那个样子，把脸藏在掌中，忽然间，她的眼睛从手指缝中看到一缕血红的光芒，王妃手上拿着一把亮晶晶的短剑，多铎的血凝结在剑刃上，还没有揩干。易兰珠跳起来道：“这是爸爸的宝剑。”

王妃道：“是的，这是他的宝剑。我第一次碰到他时，他给沙漠的风暴击倒，晕倒在我的帐篷外，我就是看见他这把宝剑才救他的。你在五台山行刺的时候，一剑插入我的轿中，我一看见，就知道你是我的女儿了。”

这把剑像是一个证人，易兰珠一家人的悲欢离合、生死存亡都和它有着关联。它伴着杨云骢和纳兰明慧在草原定盟；它保卫杨云骢到最后的一刻；凌未风拿它作信物，抱易兰珠上天山；最后易兰珠将它插进了多铎的胸膛。

也就是在刺杀多铎那天，易兰珠因为见着母亲，宝剑震落在地上，她在天牢里想起“亲人”时，也曾经想念过这把宝剑的。但现在，她的母亲将它交还给她，她却感到一阵阵的迷惑。

王妃低声说道：“你留着这把剑吧，也许对你有用的。如果凌大侠他们再来救你，有这把剑，也比较容易脱身。”

易兰珠最爱她的父亲，因此也非常地爱这把短剑。可是此刻，她却忽然间感到憎恨，不是恨这把剑，而是恨她的母亲。“她叫我留着这把剑等凌大侠他们来救，那么就是说，她非但不肯跟我一道走，而且不愿再想办法救我了。”她并不希望母亲救她，可是她的心灵深处，却是渴望母亲的爱的。她觉得十八年的痛苦，应该赢得母亲全部的爱。要求太高了，失望也就容易。这是一种非常错综复杂的情绪，但她却不知道，她的母亲在说这话时，心里已经作了一个决定。

易兰珠叫道：“我不要它，我们每个人都是一把短剑！令你们满洲人震抖的短剑。这把剑还是留给你吧，你见着它会更记得爸爸。”易兰珠双手抱着头，低低地啜泣，又不理她的母亲了。

外面的脚步声又响起来，有人催道：“贝勒问候王妃，皇上也派人来探问，王妃审完没有？”鄂王妃应了一声，取出一条干净的丝帕，给女儿慢慢地揩抹眼泪。当她站起来时，茫然地将手帕掉落地上。

“宝珠，你好好保护自己，”王妃说，“你明白吗？”

这刹那间，易兰珠的心像给千万把尖刀割成无数碎片！

烛光渐渐消逝了，那支王妃带来的牛油烛，只剩下短短的半寸，在吐着微弱的光芒，烛泪凝结在地上，构成不规则的花纹图案。“蜡炬成灰泪始干！”王妃停止了哭泣，最后瞧了易兰珠一眼，木然地转过了身，向着牢门走去。

“我明白了！”易兰珠温柔地叹道：“妈妈，这不是你的错！”但她说得太小声了，以至王妃根本没有听见。

蜡烛烧完了，烛光忽地熄灭，就在这一刻，王妃走出了牢门，天牢内剩下虚空的黑暗！易兰珠陡然跳了起来，喊道：

“妈妈！我们彼此原谅吧！妈妈，回来！回来！”

牢门已经关上了。妈妈不会再回来了！易兰珠茫然地向四围张望，黑暗中似有无数鬼魅张牙舞爪向她扑来，她尖叫一声，扑在地上，心里明白，什么都完了！

“什么都完了！”王妃喊了出来。此刻，她已经回到家中，在房间里踱来踱去，发出绝望的叫喊。

房间的正中挂有多铎的画像，多铎那双眼睛似乎在牢牢地盯着她；她拔出那柄短剑，杨云骢的影子在剑光中现出来，也似乎在牢牢地盯着她。她尖叫一声，掩了面孔。漆黑中，她女儿的影子又在眼帘出现，也似乎在牢牢地盯着她！

她张开了双手，慢慢地拿起了那柄短剑。

突然一阵敲门声，侍女在外面报道："纳兰公子求见！"

"是他？怎么这个时候要求见我？"纳兰容若是王妃最疼爱的侄儿，也是她平日唯一可以谈得来的人。她本来是不想见任何人的了，可是纳兰容若是例外，她叹口气道："好吧，就和他见一面吧！"她打开了房门，纳兰容若正缓缓地走上楼来，他的书童在楼下等候。

纳兰容若和王妃对面而坐，彼此都大吃一惊。纳兰容若吃惊的是：姑姑本来是旗中最美的美人，现在却似蓦然老了几十年，而且双眼肿得像胡桃一样，显然是流了过多的眼泪！王妃吃惊的是：她这位才名倾国的侄儿，竟消失了一向潇洒的风度，面色惨白，捧着茶杯时，手指也在微微地颤抖。

"容若，你好！有什么事情吗？"王妃问。

"三妹妹已经死了！"纳兰容若突然站了起来，茶水泼溅地上，以激动的声调报告了这个噩耗！

"三公主死了？"王妃木然地反问了一句，发呆的眼睛看着窗外。这个消息来得突然，可是此刻她的心头是已经够沉重的了，再增多一份沉重，也不怎样显得出来了。

"三妹妹是自缢死的。"纳兰容若低沉地说道。

"自缢死的？"王妃发着抖重复地说："三公主为什么要自杀？"

"不是自杀，"纳兰容若道，"是给皇上逼死的！我猜，事情和天山那个'女飞贼'有关！"说到"女飞贼"时，王妃尖叫一声，纳兰容若惊异地看着她，继续说道："你不知道吗？就在你入宫见皇上那天，宫中给一个女侠闹得不亦乐乎，皇上一个亲信卫士给杀死了，还有两人给毒砂子打晕了，救治不及，后来也死了。"

王妃心中了然，知道这个"女侠"一定是随自己出宫的那个"宫娥"，自己的女儿的好友。她很奇怪，为什么纳兰容若称她为"女侠"，却称自己的女儿"女飞贼"，插口问道："你怎么知道她是女侠?”

纳兰容若凄然地望着王妃，突然用一种急促的声调说道：“姑姑，咱们姑侄是无话不谈，那个女侠是我把她带进宫的，她叫做冒浣莲，还是董鄂妃以前的女儿呢，想不到我带她进宫，却害了三妹妹！姑姑，请恕我莽撞问你，那关在天牢中的‘女飞贼’，是不是你一个至亲至近的人?”

王妃一阵痉挛，许久许久，才抬起头来，低声地说道：“现在我不用瞒你了，她是我的女儿!”

纳兰容若叹口气道：“我看得出来！姑姑，我们生在皇家，真是一种罪孽！三妹妹的死也是一种情孽!”

王妃脸上的肌肉可怕地抽搐起来，喃喃说道：“情孽！情孽?”

纳兰容若避开了姑姑的目光，说道：“是的，情孽！那个女飞贼，不，她不是女飞贼，她是你的女儿，我的表妹。表妹有一个意中人叫张华昭，想把她救出来。而三妹妹偏偏就爱上表妹的意中人!”

这件事在王妃还是第一次听到，虽然她自觉已走到生命的尽头，但对于女儿的事情还是渴望知道，她突然变得兴奋起来，叫道：“有这样的事，你是怎么知道的?”

纳兰容若低低叹了口气，说道：“你不必问了，一下子也说不清楚。我先告诉你三妹妹是怎样死的吧。浣莲姑娘大闹皇宫之后，皇上发现失了朱果金符。这金符可绝不是外人偷得了的，皇上突然想起浣莲姑娘伪装宫娥随你出宫时，三妹妹曾拉着她的手和她亲亲热热地说了几句话，大起疑心，就叫太监传她来问话。三妹妹对来传她的太监说：‘你们且稍等一会儿，待我换过妆就来。’想不到她就这样在寝宫自缢死了。”

王妃叫道：“啊，原来那朱果金符是三公主偷的!”

纳兰容若道：“是的，她为了自己所爱的人，牺牲了自己!”

王妃热泪盈眶，垂下头去，捶胸说道：“三公主虽是深宫弱质，却生就侠骨柔肠，比我那可是要强千倍万倍!”

纳兰容若泫然而泣，哑声说道：“我陪皇上在南书房读书，内监来报，说是三公主自缢死了。皇上面色青白，哼了一声，冷笑说道：‘活该！’我吓得晕了，想哭哭不出来！皇上忽然说道：‘你知道三丫头和外臣有什么勾结？’我莫名其妙，心又悲痛，说不出话，只是摇了摇头。皇上道：‘这丫头好大胆，偷了我的朱果金符，我只道她想做太平公主呢！’太平公主是唐朝女皇帝武则天的女儿，曾勾结外臣，抢夺皇兄的权柄。皇上引太平公主的故事，大约是以为三妹妹偷他的朱果金符，一定包藏有抢夺朝政的野心，他又哪里知道其中有这样复杂的事？大抵做皇帝的人，凡事都会猜疑，以至想得完全不近情理。我道：‘三公主和我素来友好，我知道她从来不管外事，哪会勾结廷臣？’皇上冲着我笑道：‘容若，我相信你不会骗我！’沉吟了半晌，又道：‘也罢，家丑不宜外扬，你就替我去约束内廷，任何人都不准把消息泄漏，并代我主持，把这丫头收殓了吧。’我到了三妹妹住的景阳宫，把三妹妹解了下来，只见她书案上还有一纸词笺，上面写有两句词：‘风絮飘残已化萍，泥莲刚倩藕丝萦。’她最近跟我学词，大约是还未填完，就自缢死了。”

纳兰容若呷了一口香茶，又道：“皇上又问我，知不知道有人拿朱果金符去救天牢女贼的事，我说不知道。皇上道：‘这些事情，太过离奇了，自己人也靠不住，我应该好好查一查！’姑姑，你的形迹可得检点一些，给皇上看出，那就不好了！”

王妃凄然笑道：“我现在还怕什么？容若，你回宫去吧，皇上若问起我，你就说不知道好了！”纳兰容若望着王妃，心头感到一阵阵寒冷，挥泪说道：“姑姑，那么我去了！”王妃忽然又叹口气道：“你以前每次来，都会给我带来一两首新词，只怕我以后再不能读了。”纳兰容若惊问道：“姑姑你说什么？”王妃断断续续地哽咽说道：“嘿，生在皇家就是一种罪孽！容若，你再替我留一两首词，就写写我们的悲痛吧！”

纳兰容若泪咽心酸，默然不语，蓦地抓起了笔，说道：“好吧，我就替三妹妹续成那首词，另外再送一首给她！”他的眼泪点点滴在词笺上，霎忽写成两首，泪痕混着墨迹，字体潦草模糊。王妃艰辛读道：

“风絮飘残已化萍，泥莲刚倩藕丝萦。珍重别拈香一瓣，记前生！　　人到情多情转薄，而今真个悔多情。又到断肠回首处，泪偷零！”

“曲径深宫帝子家，剧怜玉骨委尘沙。愁向风前无处说，数归鸦。　　半世浮萍随逝水，一宵冷雨丧名花，魂是柳绵吹欲碎，绕天涯！”

纳兰容若掷笔凄笑，王妃目送着他的背影走下楼梯，好像什么知觉都没有了！

再说那晚大闹天牢之后，凌未风与飞红巾仗绝顶轻功，逃出险地。凌未风再申前请，请飞红巾和他一道，去见易兰珠那帮朋友。飞红巾仍是摇头，凌未风再问飞红巾住在何地，飞红巾又是不答。凌未风心内生气，想道："我敬重你是前辈女侠，又是师兄的好友，你却这么不近人情！"飞红巾忽然说道："凌未风，我住的地方不能告诉你，你有本事就自己寻来，我失陪了！"身形一晃，宛如海燕掠波，流星飞渡，一团白影，衣袂微飘，倏忽已过了几条街。凌未风细味语气，好像飞红巾是有意叫他跟踪，心道："难道我就追不上你！"一提气，也展开了"八步赶蝉"的绝顶轻功，紧紧跟在飞红巾身后，飞红巾故意当作不知，头也不回，只是一味奔跑。

逐电奔雷，风生两腋，二人功夫，竟是半斤八两，飞红巾占了先起步的便宜，始终领先十丈八丈。凌未风绝顶功夫，也不由得不暗暗佩服，心道："怪不得她和大师兄当年并称塞外奇侠！"约莫过了半个时辰，两人已出到郊外，凌未风看着飞红巾径朝西山奔走，山道迂回盘曲，转了几转，竟然失了飞红巾的影子。

凌未风停步四顾，只见山峰围绕，雾锁云封，人已在半山之上，心想："她引我来这里作甚？难道她真是住在西山之上？"正思疑间，左上方一阵清脆的笑声，随风飘下，凌未风身形一拔，脚点苍苔，手攀绝壁，捷似灵猿，霎忽到了上面，忽觉掌风飒然，上面早伏有一条蒙面大汉，双掌飞扬，突施扑击。凌未风大怒，一出手"风卷落花"，左掌一拨，右掌斜劈，那人微微一侧，便闪开了，凌未风悚然一惊：这人身法好快。不敢怠慢，一挫身一翻掌，反手劈去，那人双掌一合，往外一分，又把攻势解开，身形歪歪斜斜，忽然掌劈指戳，抢攻过来，身法手法步法无一不怪，凌未风竟是前所未见。

那人连发六记怪招，饶是凌未风武功深湛，掌法精妙，也只好回拳自卫。凌未风一声不吭，暗暗纳闷，只是那人招数甚怪，功力却差，十数招一过，凌未风已看出他的缺点，掌法一变，忽拳忽掌，呼呼带风，直如巨斧开山，铁锤凿石，那人不敢硬接，连连后退。而更奇的是，那人开首的掌法神妙异常，但十数招之后打不到敌人，便破绽频生，竟是虎头蛇尾。凌未风哈哈大笑，振臂一掠，从他头顶跳过，回身封住了他的退路，正想把他击倒；其时两人已打到稍为开旷之地，月光照影，凌未风一掌打出，忽地收回，这人的身材竟像自己的熟人！正待喝问，那人一揖到地，哈哈笑道："凌大侠，到底还是你功夫高！"面巾一揭，凌未风喜得叫出声来，这人竟是当年负气出走，自己和刘郁芳四觅无踪的韩志邦。

树林里一声长啸，飞红巾蓦现身形，笑道："凌大侠，你还恼我么？要不是韩大哥说你是他的好友，我还不敢引你来。"韩志邦挽着凌未风，说道："凌大侠，还有几位朋友等着见你。"带着凌未风穿入密林，密林中有一间小小的寺院，韩志邦拍了三下寺门，叫道："老朋友来了！"寺门倏地打开，里面有七八个喇嘛和十多个哈萨克人，高高矮矮的挤满一地。喇嘛中凌未风认得一个宗达完真，乃是当日护送舍利子入藏的人；而哈萨克人中，更有一半以上是他旧日的战友，大家相见，欢喜之情，溢于言表。凌未风问道："你们怎么万里迢迢从塞外来到京师？"韩志邦沉吟半晌，笑道："凌大侠，你不是外人，不妨对你直说。"用眼一瞟宗达完真，宗达完真急忙说道："当日抢救舍利子，凌大侠舍命相助，此恩此德，我们是永世不忘，韩大侠但说无妨。"凌未风见此情形，心想："莫非是他们机密之事，自己倒不便插足其间。"正想说话，韩志邦道："不是我们故作神秘，而是事关西藏的大事。凌大侠可知达赖活佛派了特使来京之事？"凌未风道："我前日刚到京师，忙于救人，根本不闻外事。"韩志邦道："吴三桂举兵之前，已向达赖活佛疏通，若处下风，便请活佛代为求和，此次达赖特使来京，便是为吴三桂求和来的。"凌未风哦了一声，说道："求和之事，我以前在五台山谷救出红衣喇嘛时，也曾听他道过。"韩志邦道："红衣喇嘛正是此次特使，除了替吴三桂求和之外，恐怕还会谈西藏内附之事。”凌未风不知韩志邦后来夺获舍利子，给喇嘛迎入西藏等情事，心里暗暗奇怪，不知韩志邦何以和他们相处得如此之好。韩志邦又道：“红衣喇嘛率领了二三十人入京，宗达完真和哈萨克的几位朋友，随后也跟着来了。不过，我们不愿和红衣喇嘛同住宾馆。”飞红巾道：“我是闻知京师擒了‘女贼’之后，飞程赶来的。”凌未风听了，这才知道飞红巾起初为什么不肯将地址告知，敢情她不知道自己与韩志邦等都是同生共死的朋友。

当晚，众人就寝之后，韩志邦与凌未风携手在林中踏月同游，韩志邦忽然说道：“凌大侠，两年前我不辞而行，你们一定很恼我吧？”凌未风道：“我们当时确是很遗憾，但不是恼你。”韩志邦歉然说道：“凌大侠，有一件事我很对不起你，我曾经嫉妒过你。”凌未风笑道：“那是你的误会，我和刘大姐本来就没有什么。”韩志邦摇摇手道：“凌大侠，经过这两年的磨炼，我好像比从前懂了许多，一切缘分，都是勉强不来的。你和刘大姐都是我最敬爱的人，如果看到你们在一起，我就会感觉幸福了！”凌未风忽然痛苦地叫道：“韩大哥，别提这个好不好？”

韩志邦惊异地看着他，这时月亮西沉，天色已将破晓了。

凌未风睡了一会，第二日一早起来，却不见了飞红巾，问起韩志邦，韩志邦也不知道，只说：“这位女侠，独来独往，武功极高，人又冷僻，谁也不敢问她，只怕是又想法救那女孩子了。”凌未风暗暗担心，却是无法。当下辞别韩志邦，去找冒浣莲。韩志邦听说当日大闹五台山的一班朋友也到京师，很为高兴。只是仍叮嘱凌未风暂时不要将他的踪迹抖露出来，凌未风应允了。

韩志邦料得不错，飞红巾果然是想法救易兰珠去了。她清早起来，在西山之巅练了一回剑法，结束停当，下山进城。心中悲愤，郁闷难消，想来想去，想不出救易兰珠之法，一时间前尘往事涌上心头，忽然咬牙想道：“纳兰明慧是她的母亲，若她不肯救出女儿，我就和她拼了。”主意打定，黄昏时分，一个人偷偷进了王府。

再说王妃自纳兰容若去后，心似死灰，人如槁木，独坐楼中，眼前只觉一片灰暗。过了许久、许久，才缓缓站了起来，用颤抖的手，抓起了那柄短剑。

“宝珠，不要怪我！云骢，你等着我！”王妃蓦然叫了出来，倒转剑锋，剑尖刷地插进心房，忽然，窗门倏地打开，一条人影，疾逾鹰隼，飞了进来。

“明慧，你怎么了？”一双有力的手，紧紧地扶着她。新月刚刚爬上枝头，透过碧纱窗户，照着两个爱恨纠结的女人，这两个女人，面色都是一样惨白！

“飞红巾，不要恨我！”王妃喃喃地说道。这霎那间，一切仇恨全都化解，叱咤草原、纵横塞外的女侠，簌簌地落下泪来！

“飞红巾，我们都是杨大侠最亲密的人，让我们和解了吧！姐姐，你不讨厌我叫你做姐姐吧？”王妃面色突转晕红，心房剧烈地跳动，临死前极度的兴奋，使她觉得血液似乎像飞泉一样在体内流转。

“明慧，我的妹妹，我们不是仇人，我一定会好好地看待你的女儿，舍了我的性命，我也要救出她！”

王妃用感激的眼光看着飞红巾，长长地叹了一口气，气力渐渐消失，挣扎着说道：“姐姐，把那柄短剑拔出来，送给我的女儿，那是她父亲的东西！”

飞红巾全身颤抖起来，这样坚强的飞红巾，此刻体验了生平最深刻的恐怖！这把剑插得直深入剑柄，纵有仙丹妙药也救不了，一拔出来，死得更快。可是怎能够不拔出来呢？她有责任要把这柄短剑送回给杨云骢的女儿啊！

飞红巾亲了一下王妃，轻轻地在她的耳边说道：“妹妹，你放心去吧！”闭了眼睛，抓着剑柄，倏地拔了出来。正是：

恩怨已随心血尽，死生一例付浮萍。

欲知后事如何？请听下回分解。

梁羽生作品集 04

七剑下天山

梁羽生

下

朗声图书
中山大學出版社
SUN YAT-SEN UNIVERSITY PRESS

图书在版编目（CIP）数据

七剑下天山/梁羽生著．--广州：中山大学出版社，2012.6
（梁羽生作品集）
ISBN 978-7-306-04189-0

Ⅰ．①七… Ⅱ．①梁… Ⅲ．①侠义小说－中国－当代 Ⅳ．①I247.5

中国版本图书馆CIP数据核字（2012）第113188号

广东省版权局版权合同登记图字：19－2012－065号、19－2012－064号

敬告读者

为了维护读者、著作权人和出版发行者的合法权益，本书采用了新型数码防伪技术。正版图书的定价标示处及外包装盒上均贴有完好的防伪标签。刮开涂层，可见到一组数码，您可以通过两种途径查验真伪。

1. 拨打全国免费电话4008301315，按语音提示从左到右依次输入相应数码并按#键结束。
2. 扫描防伪标上的二维码，按提示输入相应数码。

读者如发现盗版图书，可向当地“扫黄打非”办公室、新闻出版局、公安机关、市场监督管理局等部门举报，或直接与我们联系。

联系电话：020-34297719　13570022400

我们对举报盗版、盗印、销售盗版图书等侵权行为的有功人员将予以重奖。

广州市朗声图书有限公司

目　录

塞外奇侠传

第十九回　生死两难忘　半世浮萍随逝水
恩仇终解脱　一宵冷雨丧名花

鲜血像喷泉一样飞溅出来，纳兰王妃颓然倒在地上，一件事情蓦地兜上心头，在这心脏即将停止跳动的时刻，她拼着最后一口气，断断续续地说道："明天！明天黄昏时分……他们要押宝珠，押宝珠……到……到刑部大堂会审。"说完之后，两眼一翻，就此一瞑不视。

飞红巾握着那柄短剑，呆呆地站在王妃尸旁，忽然窗外一声狞笑，飞红巾短剑当胸一立，旋过身来，只见三个夜行人早已破窗而入。月光下看得分明，头一个长须如银，身材瘦小，两旁跟着两个约摸四五十岁的汉子，一进来见着满地鲜血，齐声惊叫，那白须老者喝道："哼，好大胆的女贼，胆敢伤害王妃！"

飞红巾满腔郁怒正自无处发泄，拔身一耸，短剑飞处，一缕血红的光泽，径向老人刺去，那老人袍袖一拂，嗤的一声，给刺穿了一个大洞，但飞红巾的剑锋也给拂得歪过一边。飞红巾手底狠辣异常，左掌随着剑锋刺出之势，倏然劈出，那老者咦了一声，反手一推，飞红巾只觉一股大力袭来，趁势向前一冲，两条汉子刀剑齐下，飞红巾短剑横里一拖，只听得碎金切玉之声，铿锵不绝。飞红巾疾如闪电，穿出窗户，自六层楼飞跃下地，刷刷两剑，又刺伤了两名王府卫士，正要逃走，忽听得"呼"的一声，那白须老者亦已跳了下来，手执双剑，拦住她的去路。说时迟，那时快，那两条汉子亦已跃下，和王府的卫士散在四面，遥遥采取包围之势，但却并不上前。白须老人睥睨作态，傲然说道："你赢得我手中双剑，我就放你过去。”

飞红巾几曾受过如此轻视，长鞭“呼”的一声横扫出去，俨似灵蛇，闪动不定。白须老者喝声：“好！”一个盘旋，抢到飞红巾侧翼，右手剑“金雕展翅”，往外疾展，冷森森的剑锋猛削敌人肩臂。飞红巾身法快极，一鞭发出，方位立变，反手一剑，应招发招，只听得当的一声，双方都退出几步。飞红巾只觉虎口发热，暗暗心惊，那老者的剑刃给斩了一道缺口，也是“咦”的一声，叫了出来！

两人再度交锋，大家都不敢轻敌。飞红巾展出师门绝技，左鞭右剑，攻守相连。长鞭起处如龙蛇疾舞，短剑盘旋如鹰鹤回翔，招数变化繁复，攻守难以捉摸。那老者在剑光鞭影中兀然不惧，两柄长剑，霍霍展开，竟似隐隐带有风雷之声！而且更怪的是：他左手剑和右手剑的路数全然不同，像飞红巾一样，招数也是变化繁复之极，两人霎忽之间，已斗了三五十招，那老者忽地跳出圈子，喝道：“你是不是天山老妖婆的徒弟?”飞红巾大怒，刷、刷、刷，三鞭连环猛扫，斥道：“你敢骂我师父！”这时她亦已知道这老者的身份了。

这白须老者辈分极高，他是长白山派开山祖师，独创“风雷剑法”的齐真君，门下弟子很多，多铎的师叔纽祜卢和十八年前刀伤凌未风的邱东洛，都是他的弟子。五十年前他到回疆云游，那时他三十岁未到，风雷剑法刚刚练成，心高气傲，独上天山去找晦明禅师，晦明禅师念他不远万里而来，现身相见。和他在天山绝顶论剑，晦明禅师最喜有虔心毅力的后辈，起初对他非常之好，称赞他道：“你年纪轻轻，有此成就，实在难得。你的剑法，虽有缺点，在关外想也无人能敌了！”当时齐真君如果机灵的话，谦虚求教，甚或立即拜师，晦明都会应允。不料齐真君竟不肯以后辈自居，却要和晦明禅师比试。晦明禅师微微一笑，说道：“我封剑多年，剑法早已生疏，不是你的对手。我刚才所说，只是姑妄言之，你不必放在心上。”说罢身形一晃，霎忽不见踪迹。齐真君虽然惊奇于晦明禅师的绝顶轻功，但还以为他的剑法的确不如自己，沾沾自喜，也就不再去找晦明禅师，径自在天山漫游。

天山横亘三千多里，晦明禅师住在天山北峰，天山南面高峰，却另外住有一个奇人，踪迹比晦明禅师还要诡秘，是个白发满头但却容颜美艳的女子，人称“白发魔女”。据说曾经做过强盗头子，为了情场失意，一夜白头，这才绝迹江湖，隐居塞外的。

齐真君只知有一个晦明禅师，却不知有一个白发魔女，他自北高峰来到南高峰，弹剑长啸，意气甚豪，在峰顶练了一回剑法，高声叹道：“可惜世间没有人能和我平手过招！”他还真以为自己的剑法独步天下，为找不到对手而感到没趣。不料话声方了，一阵冷笑已传到耳边。

凭齐真君那么高的武功，竟然不知道白发魔女是从哪里钻出来的，这一惊非同小可，双剑急忙挽个剑花，一剑护胸，一剑应敌，喝道：“哪里来的妖妇，为何冷笑？”白发魔女满脸鄙夷之色，说道：“凭你这点不成样的玩意，居然敢在这里使剑？”齐真君气得面色发青，双剑一抖，说道：“你这么说，想来剑法高明极了，好吧，咱们就来比划比划！”白发魔女冷笑一声，随手折下一根树枝，迎风一荡，瞧了齐真君一眼，又解下一条腰带，哼了一声，说道：“我虽然不行，可还用不着拔剑来教训你！”齐真君大怒，反手一剑，疾如闪电，喝道：“好吧，你就用树枝来挡吧！”白发魔女一个闪身，“盘龙绕步”，树枝拂处，竟然带起风声，连枝带叶，向齐真君手腕划到。她只用一条腰带和一枝树枝，不过三十来招，就破了齐真君独创的风雷剑法，把他逐下天山。

白发魔女就是飞红巾后来的师父，因此齐真君一见飞红巾左鞭右剑的招数，便猜出她是白发魔女的门下。

齐真君自吃白发魔女的大亏后，回转长白山中苦练剑法，果然成了关外剑术的大师，清兵入关，也曾请他相助，可是那时他自问还不是白发魔女的对手，不愿入关。直到邱东洛在云南抚仙湖被凌未风割了一只耳朵之后，回到长白山哭诉，他屈指一算，距离天山受挫，霎忽已近五十年，他想晦明禅师和白发魔女，一定早已逝世，又听说凌未风是晦明禅师的弟子，以天山剑法，压得关外武师闻风胆落，不禁撩起雄心。这时他虽然已是年近八旬，但功力深厚，精神健铄还似壮年，于是仗剑出山，在五十年后重来中土。

他一到北京，恰巧在凌未风大闹天牢之后。他进宫叩见皇帝，皇帝大喜，便叫他带两个徒弟，到王妃府中侦察“女贼”踪迹。原来皇帝因冒浣莲尽知他的隐秘，最为忌惮，把她当成心头之刺，非拔去不能安枕。他带来了两个徒弟，来到王府，无巧不巧，一到王府就碰上飞红巾。

齐真君一生最恨白发魔女，这回碰到她的徒弟，立心先把她祭剑。他的风雷剑法经过五十年苦练，确已到了出神入化之境！

齐真君双剑展开，呼呼风响，浑身上下，一片清光，果然威力惊人！但飞红巾是白发魔女的传人，长鞭短剑，左攻右拒，右攻左拒，也是配合得妙到毫巅！齐真君最初自恃五十年功力，以为对付一个小辈，还不是手到擒来？心高气傲，迭走险招，不料飞红巾招数狠辣之极，门户又封得极严，斗了半个时辰，非但讨不了半点便宜，而且有好几次过于急躁，还几乎给飞红巾的长鞭扫中，这才暗暗吃惊，心想：“自己苦练风雷剑法，原是想找白发魔女报仇的，如果连她的徒弟都斗不过，那五十年心血，岂不是白花?”

其实齐真君不知道，飞红巾比他更感吃力，她招数虽然精奇，功力到底稍逊，用尽全力，才能打个平手，而且每次兵刃相交，自己都感到一股潜力，似铁锤挟风，当胸压下。飞红巾运气凝神，拼命支撑，又拆了二三十招。齐真君这时也已看出飞红巾武艺虽高，功力究竟比不上他。风雷剑法一变，不求急攻，把内力都运到剑上，剑风荡处，连四面枝叶都簌簌作响！这回轮到飞红巾急躁了，她想强敌当前，卫士环伺，若不急求脱身，只怕英名难保。当下使出险招，一招“玉带围腰”，迫得齐真君飞身跃避。他凌空击刺，避招进招，剑法极为凌厉。但飞红巾比他更为悍猛，脚踏原地，左肩晃处，转过身形，用力一抖，左手那条长鞭，竟笔直地竖起来，直向齐真君“丹田穴”扎去，鞭剑相交，夜空中霎的火花飞溅，两人都向后面倒翻出去！齐真君功力虽比飞红巾为高，但高得也是有限，他身子悬空，不比平地易于使力，此消彼长，功力恰恰拉平，鞭剑相交，两人都给对方的潜力震了出去。

飞红巾趁势一个倒翻，以“细胸巧翻云”的轻功绝技，翻出六七丈外，长鞭在半空中反手打出，两名卫士，兵刃方扬，已给长鞭卷着，飞红巾脚尖着地，力贯鞭梢，两般兵刃，都给她卷去！

飞红巾一声长啸，叫道："你姑奶奶少陪了！"正想硬闯，忽然一条大汉，迎面扑来。左刀右剑，当头剁下，喝道："你想走，那可不成！"飞红巾一剑扫去，那人刷地跳开，刀抢中盘，剑走偏锋，居然也是风雷剑的招数，不过把双剑改为刀剑罢了，这人是齐真君的得意弟子邱东洛。邱东洛的武功虽比飞红巾弱许多，可是十招八招还挡得住，就在这一瞬间，齐真君又已赶上来了！

齐真君赶来，叫道："东洛，退下！"双剑呼地卷来，又把飞红巾围住！他刚才给飞红巾长鞭震退，在众目睽睽之下，气得满面通红！这番再度扑来，出手更见辛辣，飞红巾知道闯不出去，也横了心肠拼死相斗，只见剑光鞭影，飞沙走石，端的惊险万分，激烈异常！

又过一阵，飞红巾汗湿衣裳，她到底是个女流，气力渐渐不继，正想施展师门的"神魔夺命"绝招，和敌人同归于尽。忽然听得有人喊道："韩大哥，你去拔那老贼的须，我要追债！"飞红巾一听大喜，只见附近一棵大树之上，似飞鸟般地落下三条黑影。为首的是韩志邦，当中的是凌未风，而押后的一个黄衫少年，她就不认得了。

韩志邦旋风般地扑入战围，步子歪歪斜斜，齐真君呼的一剑扫去，以为定可把敌人拦腰两截，哪料竟捌个空，韩志邦身法怪极，也不知是怎么给他避过的。齐真君怔得一怔，韩志邦已抢攻了两招怪招，齐真君见所未见，要想回剑拦截，又给飞红巾绊着，噼啪连声，左右两颊，都中了一掌，齐真君左肘一撞，没有撞中，下巴一阵剧痛，雪白的须子，竟然真的给敌人拔去一绺！这时凌未风正在和那个左手抡刀右手使剑的人相斗，眼角仍吊着韩志邦，叫道："行了，快退！"韩志邦意犹未足，"啪"的一掌，又击中了齐真君背心，不料这一击如中钢板，震得手板倒立，虎口流血。仗着身法怪异，急忙退出圈子，飞红巾虚晃一剑，立即转身掩护，齐真君虽然气愤异常，却是不敢追赶！

韩志邦在那石窟学到几手怪招，得凌未风所教，出敌不意地欺身进击，果然把齐真君的须子拔了下来。他不知厉害，还想贪功，再击齐真君一掌，却反给震痛了手掌，疾忙退出。要知韩志邦的功力与齐真君相差很远，全仗开首那几下怪招与飞红巾牵制之力，才能成功，如何可以久战下去？但齐真君却不知个中奥妙，给韩志邦打了两个耳光，又给他拔了须子，这一场羞辱，比吃白发魔女的亏，更重更大。只道韩志邦比飞红巾还要厉害，自是难免胆怯了。

韩志邦与飞红巾一退出来，桂仲明立即赶上接应，他的那口腾蛟宝剑，舞将起来，宛如一道银虹，霎忽之间，削断了十几个卫士的兵刃。

桂仲明叫道："凌大侠，我们闯出去吧！"凌未风应道："待我讨了欠债，马上就来。"他在树上纵下来时，已认定了邱东洛，一展青钢剑，就把他钉着，只是当时为了关心韩志邦，所以未发出辣招，此际，韩志邦与飞红巾都已脱险，他还有什么顾忌？

凌未风一声长笑，青钢剑霍地进招，急如电火，邱东洛左臂酸麻，手中刀飞上半空，右剑一格，给凌未风反手一绞，剑又脱手飞去。邱东洛拔步便跑，哪里还跑得了。凌未风左臂一探，抓着了他的后心，像抓小鸡似的提将起来，滴溜溜地打了个转，手臂一弯，将他的头扭转过来，举剑在他的面门一划，吓了他半死，只觉一片沁凉，凌未风已是把他的右边的耳朵割了下来，大笑说："本息付清，饶你不死！"单掌往外一登，将邱东洛抛出三丈开外。

齐真君气红了眼，眼看着三个"叛贼"就要硬闯出去，袍袖一抖，翩如大鸟腾空，落在桂仲明与凌未风之间，双剑向凌未风劈去。这时飞红巾与韩志邦跑在前头，凌未风最后。齐真君最惧韩志邦，对凌未风却并未放在眼内。

齐真君认不得凌未风，凌未风却认得齐真君，冷笑说道："你这老贼还有几把须子？"只一晃身，青钢剑疾如闪电般地向两剑交剪的隙缝中刺进，齐真君大吃一惊，向后一仰，左剑一拨，避开这剑，凌未风跨前一步，毫不放松，剑招改为"铁锁横舟"，向左一封，趁着齐真君避招后仰，重心不稳之际，青钢剑疾地挥去，叮当一声，把齐真君右手长剑荡开。剑招三变，疾发疾收，齐真君一念轻敌，几乎丧命在凌未风剑锋之下！

但齐真君是一派宗师，五十年功力，非同小可，临危不乱，奋力一振，力透剑尖，身子风车般向左一旋，双剑未收，微一点地，竟然反弹起来，右剑擦着凌未风剑身，趁势引开，解了险招，左剑上撩，刺向凌未风持剑的手腕。凌未风也不禁心头一凛，飞身自齐真君左侧掠过，“神龙掉尾”，回手一剑，朝齐真君的太阳穴疾刺，齐真君霍地翻身，横剑一劈，只听得一阵金刃交鸣之声，火星四溅，两人都给震退几步，手中的剑都给对方砍了一个缺口！凌未风这招试出：齐真君的功力和自己竟是半斤八两，旗鼓相当！心想：“要制服这老头儿，可不是三五十招的事。”懒得与他纠缠，喝道：“念你一把年纪，饶你回去养老吧！”青钢剑左右疾挥，剑招发处，直如风翻云涌，王府的卫士们哪里拦截得住？霎忽之间，已给他和桂仲明会合一处。

齐真君苦练了五十年，自以为可以称霸天下，不料一出手就连连吃亏，与飞红巾打成平手，给韩志邦打了耳光，遇凌未风更几乎丧命！而这三个人还都是自己的小辈。凌未风看来更只是三十岁多点，也不知他的剑法是从哪里学来的，如此神妙，见面四招，招招狠辣！不由得一片雄心都冷了下来，哪里还敢追赶？

齐真君的另一个徒弟柳西岩，手使一根花枪，给桂仲明的宝剑斩去半截，大腿又给飞红巾的长鞭扫去一大片皮肉，拿着半截枪杆，作拐杖用，邱东洛失去两只耳朵，满面流血，看着师弟，一拐一拐地走到齐真君面前，哭请师父报仇。邱东洛道：“那千杀的就是凌未风!”齐真君面色大变，习惯地捋捋须子，一摸之下，才醒起一大绺须子已给拔去，看着两个徒弟的糟样子，想着自己也是一样的狼狈，又羞又怒又是心惊，记起五十年前晦明禅师的话，暗道：“怪不得他说自己的剑法有缺点，果然连他关门的徒弟，剑术都在自己之上。”面上无光，一言不发，径自去找楚昭南。

再说韩志邦等一行人回至西山，飞红巾颓然坐下，叹道：“王妃死了，这女娃子也完了！”凌未风黯然问道：“王妃怎么死的?”飞红巾把当时的情形说了，凌未风也禁不着泪咽心酸。大家默坐无言，良久，良久，飞红巾忽然跳起来道：“我几乎忘了她临死留下了一句话!”凌未风急忙问道：“什么话?”飞红巾道：“她说明天黄昏时分，他们要解易兰珠到刑部大堂会审。”凌未风道：“你的意思是：我们中途拦劫？”飞红巾点点头道：“也只好这样了！”

凌未风沉思有顷，抬头说道：“恐怕不行，他们在把‘钦犯’解出之前，天牢通刑部的街道，一定早已戒严，说不定还有御林军防守，我们怎能聚集？纵使我们恃着武功，硬闯进去，也只是打草惊蛇，到杀散御林军时，易兰珠早被押回天牢了。”飞红巾怒道：“难道我们就眼睁睁看着她被凌迟处死不成？有什么危难也得试它一试！”凌未风道：“谁说不救她了？我只是盘算一条安全之策。”过了半晌，双目闪闪放光，对韩志邦一揖到地，说道：“看来这事只有韩大哥能帮我忙！”韩志邦慌忙避开，还了一揖，说道：“凌大侠你可别调侃我了。我的本领在你两人之下，你们都救不了，我怎么成？”凌未风笑道：“救人可并不全是讲真刀真枪的，何况韩大哥的本领也高得很呀！那老头儿的须子不是也给你拔了么？”当下一手拉韩志邦，一手拉飞红巾，飘然出屋，在夜林中漫步，把所盘算的计策详细说了，问道：“韩大哥，你看成不成？这可全要看你和他们的交情。”韩志邦点点头道：“别样我不敢说，他们可对我像自己人一样，对你也很感激！”飞红巾忽然抢着说道：“如果救出来了，那女娃子可是我的，你不许和我争！”凌未风随口笑着答应：“我和你争干吗？你若把她收做女儿，我更恭喜。”三人商议完了，各自分头布置。

再说易兰珠在母亲去后，心如死灰，这一日也不知是白天还是黑夜，狱卒把牢门打开，把她双眼用厚布蒙上，接着听到好多人的脚步声，有人把自己推到一辆车上。

车辚辚，马萧萧，易兰珠被蒙着双眼，缚在车中，经了一个多月的折磨，受了一次心灵的重创，她的肉体和精神都支持不住了。她的身子随着车辆的颠簸起伏不休，肠胃非常不好受，一口苦水呕了出来。旁边的人冷冷笑道：“吃到苦头了吧，你的父亲作孽，你替他还债，活该！”易兰珠身子本来已非常虚弱，这时忽然挺起腰来，骂道：“楚昭南你这奸贼，你配提起我的父亲吗？他虽死了比你活着还要强一万倍！”楚昭南又冷笑道：“乖侄女，你应放软一点，你还要你的叔叔替你收尸呢！”易兰珠斥道：“不要脸，你是谁的叔叔？你这满洲鞑子的走狗！”楚昭南正想用刻毒的话折磨她，忽然前面的车辆骤然停下，楚昭南揭开车盖一瞧，只见前面来了两辆大车，吆喝着让道。楚昭南大为奇怪，问道："什么人，为什么让他闯道?"

楚昭南和齐真君奉命带着廿四名大内高手，分乘六辆大车，把易兰珠从天牢押到刑部，不出凌未风所料，他们前一晚已布置了两千名御林军，守着经过的街道，任何人都不许通过。他们大清早就从天牢出发，满以为有了这样严密的防备，绝对不会出事。

车顶上的卫士答道："是西藏活佛使节的车仗。"楚昭南哦了一声，心想："我道是谁，原来这班宝贝!"西藏活佛的特使，在京师里甚受优礼，好像对待外国使者一样。戒严令只能施用于一般官民，活佛使节的车仗，御林军可不敢拦阻!

楚昭南目力极好，遥遥看见前面车仗上站着十多个喇嘛，其中两人相貌颇熟，一人记得是以前随张天蒙护送舍利子的喇嘛，这还罢了，另一人虽穿着大红僧袍，神态举止却与一般喇嘛有别。楚昭南看了两眼，猛地醒起这人就是天地会的总舵主韩志邦，大吃一惊，正想揭破，忽然前面已有人叫道："这些人是假冒的!"霎时间，那两辆大车，跳出了许多人，暗器乱飞，刀剑齐举，像一群疯虎似的，混杀过来。楚昭南奉命专守女犯，恐怕有失，不敢离开。

车里跳出来的那群人正是凌未风他们，他们是假冒的，可是活佛使节的车仗和车前面的七八个喇嘛却是真的。原来韩志邦给西藏喇嘛抢回舍利子，他们把他迎入西藏，待如上宾。这次同在京师，韩志邦偕凌未风去找红衣喇嘛商借关文车仗，红衣喇嘛好生为难。凌未风道："事败之后，你当是我们偷去的好了。皇宫里的朱果金符我们都有本领偷，何况这些关文车仗?皇上见过我们的手段，他一定会相信的!"红衣喇嘛一想：韩志邦是西藏僧众的恩人，凌未风是自己的恩人（在五台山谷时，凌未风曾救过他。见本书第一回），虽然有点冒险，可也不能不借!

凌未风等借了活佛使节的车仗，由宗达完真带领七八个喇嘛当头，算准时间，果然闯进了戒严地带，拦截了押解易兰珠的囚车，立刻引起一场混战。

凌未风为谋一击成功，将躲在石镖头家中的一众英雄都带了出来，桂仲明、冒浣莲、张华昭、通明和尚等人，个个都有惊人的技业，但清廷这面有齐真君率领廿四名大内高手挡着，声势也自不弱。

楚昭南屡经大敌，镇定如常，按剑守在易兰珠身边，心想：“只要齐真君挡得住凌未风，其他的人来抢我都不怕，而且，若万一敌不住时，易兰珠在我手中，他们也须投鼠忌器！”

楚昭南屏息以待，只见前面刀光剑影，打得十分激烈，凌未风虽已现身，但一时却攻不过来。楚昭南暗自心喜，正自盘算把囚车驾回天牢。忽然间，突见前面飞起一条人影，迅逾飞鸟，左面一兜，右面一绕，霎忽向东，霎忽向西，齐真君、成天挺这两个最高的好手，正和凌未风、桂仲明缠斗，无法抽身，其他的大内高手，竟自拦截不住，给她展开轻灵迅捷的身法，霎忽就冲了过来。

楚昭南吃了一惊，定睛看时，那条人影已扑上车顶，鞭风呼呼，两名卫士应声倒地，这人正是廿多年前威震塞外的飞红巾。

楚昭南对飞红巾本自有些心怯，这时也顾不得了，手中剑一提一翻，青光闪处，“樵夫问路”，刷的一剑，直奔飞红巾华盖穴扎去，飞红巾肩头一晃，长鞭短剑，左右一分，鞭卷青锋，剑刺肋下，两般兵器，两种攻法，一派进手招数，凌厉之极。楚昭南手中剑一抽，顺着鞭势，向上一拖，把长鞭引开，倏地横身，左手捏着剑诀向外一推，右手剑向下一沉，往外一展，上刺小腹，下斩双腿，霎忽之间，连使出了三招极厉害的招数，从“引虎归山”化为“金雕展翅”，招数尚未使完，又再变为“移星摘斗”，化守为攻，剑如抽丝，绵绵不绝。

飞红巾运绝顶轻功，和他一样，同时运用三种身法，避招进招，短剑斜飞，长鞭横扫，一步也不退让！

两人招数都是快速之极，电光石火之间，就拆了十多招。论武艺，两人正是半斤八两，谁也胜不了谁。论气力，却还是楚昭南更能持久。飞红巾已瞥见易兰珠被缚在车中，却是无法将楚昭南打退，而两面已有几名卫士，扑回援助，又急又恼，蓦地一声长啸，喝道：“楚昭南，你敢拦我！”奋臂一抖，长鞭自左向右，扫了个圆圈，身形猛地一纵，不顾性命地硬冲过去。楚昭南绝料不到她如此拼命，竟敢身子凌空，飞闯过来，这时楚昭南若下杀手，必然是两败俱伤，而飞红巾也定必伤得更重！

这一瞬间，少年情事闪电似的在楚昭南心头掠过。飞红巾虽然从未爱过楚昭南，而且还和杨云骢一道捉拿过他，鞭打过他，但飞红巾到底是楚昭南唯一喜爱过的人。飞红巾拼了性命，疾冲过来，楚昭南无暇考虑，本能地将身子一闪，飞红巾已如飞鹰掠过，一下子就抓起了易兰珠，翻上囚车去了！

待楚昭南清醒之后，飞红巾已掠出十余丈外，这时，两方混战，正打得翻翻滚滚，迫近了来。楚昭南知道飞红巾轻功超卓，还在自己之上，又见凌未风与齐真君恶战，杀得难分难解，满腔怒气，都转移到凌未风身上，索性放过飞红巾，长剑一抖，走偏锋急上，和齐真君合力夹攻，想把凌未风杀掉。

齐真君昨日在王府一战，本来已给韩志邦与凌未风先声震住，你道他今日如何还敢硬拼？说来有段趣事。原来齐真君一到京师，朝见了康熙之后，便与楚昭南厮见，两人各演了一路剑法，楚昭南便道："前辈若肯出马，凌未风那可碰着对手了，只要我们两人联手，准可把他毁掉。"当时齐真君哼了一声，心想："除了白发魔女，我是天下无敌。晦明禅师五十年前还不敢和我比剑，何况他的关门徒弟。"还以为楚昭南抬高身价，将他的同门师弟故意夸大。不料在王府碰头，给凌未风迎面四招，杀得心惊胆战，过后，反而怪起楚昭南来，怒气冲冲跑去找楚昭南，责他藏奸，说道："你为什么不实说，教我吃了大亏？你昨天演的那路天山剑法和凌未风的为何不同？咱们都为皇上效力，对劲敌应求知己知彼，你却藏奸，不把你师门剑法抖露出来，让我有个准备。哼！哼！"这老头儿倒很直爽，以前怪他把凌未风夸大，现在反而暗怪他故意奉承，不将凌未风的真实本领告知。他想："你说我和凌未风可打成平手，为何我连几招都挡不了，莫非想借刀杀人？"

楚昭南问他怎样输给韩志邦和凌未风，他一一说了，只是隐瞒着给韩志邦打耳光拔须子的事。楚昭南听了，大为奇怪，齐真君站着说话，楚昭南默不作声，突然运掌向他肩头一按，说道："老前辈，请坐下来说。"齐真君大怒，本能地运起内力，肩头往外一撞，自己虽然给按得稳不住身形，楚昭南也给撞得倒退数步。齐真君怒道：“楚昭南，你也要来考我?”楚昭南满脸堆笑，说道：“前辈息怒，我现在弄清楚你为何输给凌未风了，你不是真输，是给他吓退的。”楚昭南试出齐真君功力高过自己，拿来与凌未风相比，最少也可功力悉敌，便说道：“以你的剑法功力，绝不会几招就输给凌未风。我和凌未风、飞红巾两人，都曾交过几次手，对你不妨说实话，我和飞红巾是半斤八两，对凌未风则要略处下风，但也相差有限，你打得赢飞红巾，就不应输给凌未风!”

当下楚昭南把道理说给齐真君知道。他说：“昨天我看了你的剑法，论招数的变化复杂，和天山剑法可以匹敌；论精微奥妙之处，却要稍逊一筹。但我看你运剑的功力，那却是深湛之极，最少不在凌未风之下。刚才我还不敢相信，再试一试，我更相信我的看法不差，以你的功力配上剑法，和凌未风打个平手不是难事。他能赢你是因为他在明，你在暗，我很早就听师父说过你的风雷剑法，你却是昨天才第一次见到天山剑法。天山剑法迅速异常，见隙即入，你若封闭门户，以风雷剑法的沉稳，尽可守得许久，配上你的功力，就算不将他击倒，也可累他半死。”楚昭南恨极凌未风，不惜花半天功夫，把全部天山剑法都演给齐真君看，齐真君见昨日凌未风所使那四招果然在内，这才不说楚昭南藏奸，再鼓雄心，愿与楚昭南同心合力铲除凌未风。

再说凌未风率领群雄截劫囚车，与齐真君再度相逢，凌未风如雄狮猛扑，着着抢攻，齐真君沉稳化解，一连解拆了十几着狠招。凌未风暗暗纳罕，剑法骤变，意在抢先，虚虚实实，每一招都未用尽，都藏变化，教齐真君根本看不出他的攻守来路，把天山剑法使得精妙绝伦。齐真君只觉周围剑风飒然，人影晃动，倒吸一口凉气，仗几十年功力，紧紧封闭门户，只见他剑尖好像挽着千斤重物一样，左攻右守，右攻左拒，剑招虽慢，却也是一片青光缭绕，紧护身躯。两人剑风相荡，声如裂帛，剑光互缠，忽合忽分，又斗了三五十招，兀是未分胜负。

凌未风杀得性起，剑招再变，大喝一声，左手骈指如戟，竟在剑光飞舞中，寻瑕抵隙，找寻齐真君穴道，而右手青钢剑剑招越发迅捷，翻翻滚滚，时而凌空高蹈，宛如鹰隼飞天，时而贴地平铺，宛如蝶舞花影，齐真君挡得剑刺，还要防备点穴，苦斗之下，额头已是见汗。凌未风右剑左掌，竟好像同使三般兵器一样，他的左掌掌劈指戳，似捏着一支点穴橛，又似握着一把单刀；变化的繁复精奇，远在风雷剑法之上。齐真君初创风雷剑法之时，以左右手的剑法招数不同，自以为创武林绝学、剑法新篇，常常夸口说："古语云心难两用，我却偏偏能够两用。"志得意满，不知天下之大！如今一见凌未风右剑左掌，两手使出三种兵器的变化，路数比起风雷剑法两手同是使剑的，相距不知要远许多！这时不由他又是心惊，又是心服！他虽然有五十几年功力，也只能勉强支持，给凌未风越来越凌厉的攻势迫得连连后退！

两人打得翻翻滚滚，飞身追逐，过了几辆大车，凌未风正打得极度紧张之时，忽见飞红巾已告得手，提起易兰珠向反方向逃去。凌未风心念一动，想道："何以飞红巾单独逃逸，不和大伙会合一齐？"又想起御林军已封闭附近街道，担心孤掌难鸣，逃不出去，立即吹了一声胡哨，招呼众人杀出。不料齐真君虽处下风，尚未落败，双剑盘旋，紧紧缠斗，凌未风竟不能抽出身来！

楚昭南放走了飞红巾，长剑一领，狞笑扑上，喝道："凌未风，放下剑来，念你同门，饶你不死！"凌未风微转身躯，刷的一剑刺出，骂道："不要脸！"楚昭南冷笑道："你死到临头，还不醒悟，我只好替师父管教你了！"他竟然不顾江湖道的规矩！以两个成名人物，联手来斗凌未风！

这一来形势陡变，楚昭南仗着齐真君正面缠着凌未风，一口长剑，真是矫如游龙，将天山剑法中的七十二手"追风剑"连环运用。天山剑法采集各家之长，共有三百六十一手，其中有攻有守，亦有攻守兼备的，剑法的繁复，剑招的奇多，都在各派之上，其中的七十二手追风剑，又是全采攻势的，要碰着较自己弱的敌手，才好运用。凌未风虽然较楚昭南强，但因为力敌二人，攻势已给齐真君挡住，楚昭南不必担心他的凶狠反击，因此才敢采取最凌厉的攻势。

凌未风这一气非同小可，可是他知道名家对剑，绝对不能动怒，挡了几招，定下心来，聚气凝神，以天山剑法中攻守兼备的六十四路“寒涛剑”施展出来，只见剑尖颤动，万点银光，真如寒涛卷地，浪花飞空，千点万点飞洒下来，一口剑力敌两名具有绝顶功夫的高手，兀是毫不退让！楚昭南见他把天山剑法使得如此神妙，暗暗心惊，想起自己这十多年来，虽有进步，但却是相形见绌了。

但虽然如此，他的追风剑法仍是凌厉无前，剑剑辛辣。他和齐真君联手，威力远在凌未风之上。三口长剑，使到疾处，竟如织了一面光网，罩着凌未风的万点银涛，而且在紧紧收束，把凌未风的剑光压缩下来。三人越斗越狠，有两名卫士，想要插手，给剑风迫荡，银光飞洒，竟直跌出去，身上受了几处剑伤，也不知是给凌未风所创，还是给自己人误伤？其余的卫士，哪里还敢自讨苦吃？

这一场恶斗，比起天牢大战之役还更惊险！齐真君五十余年功力，足可当得五名一等卫士，更加上精通天山剑法的楚昭南，饶是凌未风绝世武功，也挡不住这两人连环进击。凌未风叫道：“仲明，快来！”久久不见回应，百忙中侧目斜视，只见桂仲明等一班好手都给大内卫士绊住，各自苦斗，敌众我寡，都抽不出身来！

闯王府，闹天牢，入深宫，三件大事，桂仲明都给冒浣莲管着，没有参加，个多月来，关在石老镖头家中，正自气闷，这番和冒浣莲随着凌未风截劫囚车，犹如猛虎出闸，腾蛟宝剑霍地展开，倏如银蛇疾飞，脱手而出，一阵断金戛玉之声，迎面几个卫士的兵刃全被截断！正想招呼冒浣莲同上，只见冒浣莲挥舞着一道金光，也把攻来的兵刃，纷纷截断，桂仲明大喜叫道：“浣莲姐姐，你从哪里也得了一把宝剑？”冒浣莲笑而不答，和他并肩一立，两柄宝剑左右展开，硬攻硬闯，十分得意！

不料宝剑只可扬威于一时，这番楚昭南挑选的大内廿四个高手，个个武功精强，有几个兵刃给截断之后，换上来的卫士，或使虎头钩，或使判官笔，或使混元牌，或使蛾眉刺，或用软鞭，或用铜锤，不是宝剑难削的重兵器，就是轻灵小巧的兵刃，再不然就是专克宝剑的钩刺之类；而且宝剑显露之后，敌人全部留心在意，轻易也不容易再给截断了。

可是桂仲明的功力，也非比寻常，而且仗着宝剑，到底占了便宜，他见一班卫士围攻上来，虎吼一声，运起神力，单掌反手一击，把一面铁牌击飞，腾蛟宝剑舞得虎虎生风，几丈之内，全是冷电精芒，端的是泼水难进，卫士们见如此威力，都不敢过分迫近。

正僵持间，忽然围着桂仲明的几个卫士倏地退下，另一名瘦小的青衣侍卫，飞掠过来，桂仲明一剑劈去，只听得当一声，敌人的兵器竟搭在自己的剑身上，一支黑忽忽的东西，递到面前，桂仲明伸手一抓，没有抓着，敌人已是一个盘龙绕步，抢到侧首，再度发招，桂仲明这时方才看得清楚，敌人使的是一对判官笔。精于打穴的人，多半是长于小巧功夫，而拙于力气，但这个瘦小的卫士，功力却不在桂仲明之下，竟是内外兼修的一个劲敌!

原来此人就是在鄂王府中与凌未风、飞红巾恶战过的成天挺，外号“铁笔判官”，乃是内廷侍卫中的第一高手，和御林军的第一高手楚昭南可说得是并驾齐驱。他对凌未风与飞红巾，或许要略处下风，对桂仲明则是功力悉敌。桂仲明胜在有把宝剑，成天挺则胜在火候老到，正是半斤八两，各擅胜场!

桂仲明和成天挺棋逢对手，一个是挟宝剑之威，强攻猛扑，一个是仗多年火候，打穴神奇；辗转恶斗，各不相让，聚精会神，无暇旁顾。因此凌未风叫援，桂仲明竟是听而不闻。冒浣莲武功虽然较低，但敌方三名武功最高的人，都已对付凌未风与桂仲明去了，她仗着天虹宝剑和夺命神砂，敌人不敢过分迫近，倒还支持得住，听得凌未风呼喊，凤眼一瞥，只见那边银虹飞舞，远望竟似一座剑山，发出呼呼轰轰的声响，三条人影，就如三条黑线一样，在银光波涛之中上下往来。冒浣莲目眩心惊，知道以自己这点能为，绝插不进手去，急忙叫道：“仲明，凌大侠叫你!”

冒浣莲与桂仲明相距甚近，他对冒浣莲的声音，有一种特别感应，一声入耳，立刻跃起，成天挺喝道：“哪里走!”判官笔左右一分，分扎桂仲明左右的“分水穴”，桂仲明一转身形，一记“饥鹰掠羽”，宝剑横扫下来，成天挺好生厉害，只见桂仲明一闪，立刻知道他是以进为退，顿时手一翻，判官笔横架金梁，又把桂仲明的剑荡开，霍地一个旋身，方位再变，铁笔一递，又点桂仲明左肋后的“魂门穴”。桂仲明勃然大怒，用五禽剑法中的拼命招数，反手一剑，斜劈下来，刚使到一半，倏又改劈为扫，一招“铁锁横舟”，向敌人右肩猛削，这两招迅如电掣，变化极速。成天挺藏头缩颈，向下一矮身躯，腾蛟宝剑呼的一声从头顶削过，成天挺喝声“打”，身形一起，双笔直竖起来，指向桂仲明的丹田穴。桂仲明给他冤魂似的苦苦缠斗，无法脱身，心念凌未风处境，极为焦急。

齐真君与楚昭南二人各展独门剑法，大战凌未风，闪电惊飙，越斗越烈，越打越快，三口剑联成一面光网，已把凌未风的剑光压缩下去，看看得手，忽然一条人影，身法古怪之极，越过众卫士的兜截，直扑过来，齐真君“咦”了一声，慢得一慢，凌未风乘势刷地一剑刺出，把他的袍袖刺穿！齐真君退后一步，凌未风的寒涛剑法精妙绝伦，乘隙即入，银光飞洒，一下把敌人截开，联手合斗的阵势暂解，凌未风抢到上首，青钢剑疾的一冲，楚昭南急回挡住。

楚昭南心里暗暗生气，心想这齐真君枉活了这么一大把年纪，怎的经验如此之差，联手合斗，分明已占了绝对上风，看看就可致凌未风于死地，他却无端端这么一退，给凌未风缓了口气，要再占到先前那种优势，又得费一番手脚了。

楚昭南正自生气，那条人影已欺身疾进，楚昭南眼观六路，耳听八方，不用注视，就知来人是用刀剑之类的兵刃，来劈自己的右臂。他略转身躯，一个“蹬脚”，倒踢出去，不料敌人的掌风忽然劈到面门，也不知他是绕哪个方位过来的！

楚昭南大吃一惊，但他到底是名家身手，临危不乱，左腕一抬“金龙探爪”，用截手法去擒对方的脉门，那人溜滑之极，忽然缩手，呼的一声，刀光闪闪，竟自后面劈来，楚昭南万料不到敌人的刀竟然会跑到背后，身形急起，掠出三丈，回首一望，不禁大奇。

这人正是韩志邦，他仗着从云冈石窟学来的怪招吓退了许多大内高手，冒险来解凌未风之危。齐真君先瞧见他，心里一窒，所以叫出声来。但他不知韩志邦也很惧怕他，韩志邦前天在他背心打了一掌，受了反弹之力，现在还隐隐作痛。

正因彼此有所顾忌，所以韩志邦也不敢碰他，转而暗袭楚昭南，果然迎面三招，刀掌并用，把楚昭南迫出圈子。凌未风压力大减，自然是马上又抢了上风。

韩志邦本是楚昭南的手下败将，在云冈石窟，抢舍利子之时，楚昭南曾以一双肉掌，打败韩志邦的八卦紫金刀，胜来毫不吃力！现在见他招数古怪之极，不禁大奇："怎么这个土包子，不到两年，就学了这身上乘武功！"

韩志邦抢离宫走坎位，又发了几手怪招，楚昭南回剑自保，越发纳闷。而那边凌未风把齐真君迫得连连后退，在追逐之际，经过桂仲明身旁，还偷出手来，向成天挺发了一掌，虽未打着，可是掌风所至已把成天挺的双笔荡开，桂仲明乘势也跳出了圈子，把冒浣莲和张华昭接应出来。

楚昭南虽给韩志邦几手怪招弄得纳闷不已，但他到底是个机灵的人，一想，仅仅两年，韩志邦纵学得极上乘的武功，功力也是不够，何必怕他！当下把全身穴道闭住，拼受他怪招掌击之危，运天山剑法中的十三路"须弥剑法"，保卫自己，硬冲过去。佛经中有"须弥芥子"之说，"须弥"是座大山，据云佛法可将之藏于芥子之内。佛经常借神奇的说法，来谈人生哲理，这里不必深究。只说天山剑法中的"须弥剑法"，就是借佛经此语作喻，即放之可弥六合，卷之可藏于密的意思，运剑保卫自己，不论在空旷之地或斗室之中，都可伸缩自如，插针难进。楚昭南用出这路剑法，更兼闭了穴道，对付韩志邦那可是万无一失，当下强冲过去，韩志邦无法可施，只好仗着怪异的身法，连连闪避。

那一边凌未风将齐真君击退之后，却不穷追，突地翻身杀入，把通明和尚、常英、程通等人都救出重围。楚昭南大急，急忙过来堵截，凌未风刷！刷！刷！连环三剑，急劲异常，楚昭南功力稍逊，虽然仗着绝妙的须弥剑法，也给荡开，急忙招呼齐真君过来。桂仲明却抢在前头，将腾蛟剑卷在手中，倏地发出，齐真君见一人空手过来，不加防备，忽然白光一道，飞扫过来，右手的长剑，剑尖竟给削掉！

齐真君大吃一惊，左手长剑往下一沉，桂仲明顿觉似千斤重物，直压剑身，竟然抽不出来，急运大力鹰爪神功，倏地向敌人手腕抓去。齐真君右剑一挡，分了分心，左剑的压力减弱了些，桂仲明趁势疾地把剑拔出，两人都向侧面退出几步。

齐真君心里暗暗嘀咕："自己在长白山苦练了五十多年的剑术，本以为可以无敌于天下，不料一到京师，就连番受挫，现在竟然连这毛头小伙子，也能把自己的剑尖削断，到底中原有多少能人?"桂仲明也吓出一身冷汗，如不是这把宝剑乃至柔至刚之物，给他一压，准会压碎，这份功力，真是自己出道以来所仅见。

齐真君缓得一缓，凌未风已和桂仲明会合，一众英雄猛杀出去。楚昭南急急大声呼叫，前面封锁街道的御林军，已聚拢布成阵势，长枪大戟，塞着去路，民房上也都遍布了弓箭手了。

楚昭南这时看清了敌方的实力，胜券在握，指挥若定。大声叫道："天挺，你去截那黄衫少年；齐老前辈，我们再联手斗凌未风；那土包子不用怕他，他只是三板斧，刁四福，你去截他。其余的人，兄弟们并肩子食掉算啦!"楚昭南算定：敌方最厉害的是凌未风、桂仲明、韩志邦三人，照他这样部署，必胜无疑。刁四福轻功极好，功力虽差，但比起韩志邦却要好一点，楚昭南叫他去绊韩志邦，那正是最适当的人选。

凌未风凛然一惊，心想楚昭南这厮果然厉害，武功高强，那还罢了，他还是个教练人才，一交过手，就知道对方的优势所在，可惜飞红巾先逃出去，要不然倒可把他的布阵击破。但凌未风也是极老练的人物，趁着他们尚未合围，打个胡哨，把自己的人紧聚一处，一口青钢剑，夭矫如龙，左荡右决，展开最迅疾的身法，东刺一剑，西劈一掌，专解救处境危急的人，尽量避开楚齐二人之合击，若他们分头想伤害自己这方的人时，他又神出鬼没地突来骚扰，韩志邦本已给刁四福迫得手忙脚乱，但给凌未风忽然掩到，一掌打断刁四福左臂，韩志邦也登时脱出身来，和凌未风一起，专以怪异的身法，援助同伴。

这样一来，楚昭南的部署全落了空，陷入混战之局。但论实力，楚昭南那边有三个顶尖儿的人物，更兼大内近廿个高手（本来是廿四名的，已死伤了六七人），比起凌未风这边，仍然强得多!大混战中，虽然暂时是僵持之局，但打下去却稳占上风。附近街道的御林军，经过了这么些时间，也纷纷赶来，形势端的十分危险。

混战中张华昭中了一刀，血流如注，仍是挥剑力搏，勇猛异常。凌未风掠过身边，反手一掌，把他面前的一名大内高手劈得脑浆迸流，将他拖入内围，只听他喃喃叫道："兰珠，兰珠，我要见你。"凌未风知他神志已渐昏乱，越发心焦。右剑拒敌，左手撕下衣袖，给他包扎，在他耳边轻轻说道："冲出之后，我带你去找她，你跟在桂仲明贤弟之后，只准拒敌，知道吗？"张华昭点了点头，凌未风剑走连环，又替冒浣莲击退了两名围攻卫士。

凌未风见敌势越大，心内暗道："怎的他们还未见来？"正焦急间，忽见前面清兵似波浪般两边分开，前头杀来一彪人马，个个面上画得奇形怪状，就像戏台上的大花脸一样。凌未风暗暗笑道："张青原这家伙也有两手，画了花脸果然比蒙面更不易认出庐山真相。"但仍不免忧虑："张青原能为平平，他带来的弟兄，纵能挡得住御林军，也杀不退这些大内高手。"正盘算间，忽见一个清癯老者，一马当先，剑刺掌劈，疾如雷霆，拦阻的御林军纷纷倒地，凌未风大喜，对冒浣莲道："怎么他老人家也出来了！"

齐真君抢去拦阻，那清癯老者，剑锋一抖，只见白光一闪，直指咽喉，齐真君叫声"好快"，双剑一剪，攻守两招同时发出，那老者也咦了一声，身形霍地一转，剑光闪处，避开齐真君的"风雷交击"辣招，连肩带背刺将过去，齐真君沉腰翻腕，硬磕敌人宝剑，哪知这老者剑法快得惊人，霎忽之间已攻了五剑，齐真君要运剑自保，竟击不着敌人的剑，楚昭南见状大惊，连人带剑，舞成一道白光，向老者飞掠过去。那老者疾刺两招，忽然拔身一耸，掠起三丈多高，剑光一闪，飞云掣电，向楚昭南迎面刺去，两剑在半空相交，两人都给震得向后倒飞！那老者在半空中连人带剑转了个大圆圈，落下来时，就宛如带着一道光环飞降，抢过来的御林军，折臂断足，都给剑光扫伤。楚昭南翻身下来时，却给桂仲明趁势一剑削去，腾蛟宝剑舞起丈余光芒，威势端的惊人。楚昭南身子悬空，无法躲闪，只得暗运内力伸剑一点，剑尖虽给截断，他也趁着这一点之力，斜刺落下，吓出一身冷汗。

齐真君又是一惊，暗道：怎么两日之间，竟碰着这么多能人？

这清癯老者，剑法迅捷，竟似不在凌未风之下，楚昭南这时已猜出老者是谁，大声叫道："石老头子，你还要不要在京师的产业，你还顾不顾你的门生弟子？"

这清癯老者乃是"蹑云剑"石振飞，在凌未风出道之前，和"游龙剑"楚昭南、"无极剑"傅青主并称当世三大剑术名家，武功高强，剑法精妙，在京师是一派宗师。

这一来形势又变，凌未风趁着齐真君、楚昭南与石振飞恶斗之际，倏地冲出，大内高手，拦截不住，竟给他冲开一道缺口。成天挺铁笔斜飞，拼命冲来，通明和尚一刀斩去，"当"的一声，刀锋尽卷，但成天挺的一支判官笔，也给斩了一道缺口，怔得一怔，押后的桂仲明已掠了过来，腾蛟宝剑舞起丈余光芒，成天挺不敢硬接，侧身一闪，桂仲明宝剑横扫，又伤了两名卫士，前头的凌未风，已赶上去和石振飞会合了！

楚昭南和齐真君还待堵截，哪里堵截得住？凌未风把楚昭南杀退，石振飞也挡住齐真君，桂仲明和冒浣莲两口宝剑，霍霍展开，从旁掩护，不一刻便杀出重围，和张青原带来的人横冲直闯，把御林军杀得伤亡枕藉。石振飞叫道："向东直门冲出！"凌未风应了一声，让石振飞领先，自己改与桂仲明殿后，摸出三支天山神芒，猛喝一声，齐真君忽见一道乌金光芒，劈面射来，举剑一撩，只觉臂膊一阵酸麻，火花四溅，剑身竟给射穿，楚昭南却是机灵，运绝顶轻功，连避两支神芒，只累了身后的两名卫士，做了替死鬼，给神芒对胸穿过，惨死当场！

楚昭南和齐真君知今日已不能取胜，只好聚集清军，衔尾疾追，不敢单身匹马闯去和群雄混战了。

两方人马在京城的大街追逐，吓得户户关门，人人躲避，不到半个时辰，已闯至东直门，只见城门大开，有二三十个画花了面的大汉，正与一队清兵厮杀，石振飞等一涌而上，把那队清兵全数消灭，一大群人，飞速出城，石振飞对凌未风道："我们把城门关上。"两人奋起神力，把大铁门关闭，从外面把一条铁栅闸上，御林军赶到，全给关在城内。凌未风大为奇怪。

石振飞道："这是飞红巾弄的手脚！"凌未风急忙问道："飞红

巾？老前辈见着她了？”石振飞道：“我们埋伏的人，从天牢附近杀出，正把附近的御林军冲散，便见飞红巾背着一人，左鞭右剑，在民房上如飞掠过，我赶上去问她，她只笑着说：‘你若救出凌未风他们，叫他们自东直门冲出便行了，我带来的人，已在城门外安上铁栅，把城门关上，总可以把追兵阻挡得一时半刻！’说罢她就施展绝顶轻功，飞驰而去，远远似有人影隐现，不知是否接应她的。”凌未风听了，心道：“原来飞红巾早有布置，那些接应她的，想就是她带来的哈萨克人。”

张青原道：“我按昨日所定的计划，暗中聚集了天地会及鲁王旧部在京师的朋友，埋伏准备。我们本来劝石老前辈不要出面的，他义薄云天，无论如何，都要助我们一臂之力。”

石振飞捻须笑道：“你当我不出面就能保全了吗？前两天，御林军中已有人通知我，说是他们的人已对我注意了，只是还拿不定我是否收藏叛逆，又怕打草惊蛇，所以暂时不敢来动我。我就是不出面，你们闹出了这件大事之后，他们也一定会踩查到我这里来的，我倒不如先豁出去，给他们点厉害瞧瞧！”凌未风问道：“石老前辈今后打算如何？不如随我们一路到四川去吧。”石振飞道：“我的门生弟子很多，我不能走得这样远。”凌未风道：“他们留在京中会碍事吗？”石振飞道：“官府中人只是怕我硬出头，我走了，谅他们还不敢大兴风浪，御林军禁卫军中也有不少是我的挂名的徒子徒孙呢，他们哪里捉得这样多？我打算就到江南一带溜溜，找我的孟坚老弟去，和他去捉人妖郝飞凤。”张青原道：“这几百天地会的弟兄和鲁王的旧部也不能随我走，就拜托石老前辈照顾他们吧。”石振飞乐道：“着呀！我若给官府迫得没法时，就带那些兄弟占山为王，从镖头改为寨主，哈哈！”说罢，又对冒浣莲道：“冒姑娘，记得给我问候你的傅伯伯！”凌未风和冒浣莲双双拜谢，石振飞忽然摸出一大包东西递给凌未风道：“这里面是一百二十万两银子的钱票，都是北五省各大钱庄发出的，到处通用。我要逃亡啦，我的徒弟们一夜之间就替我将家产全变卖了，他们说你老带着总比给官府抄去的好。现在我也要说，你带去给李将军做军饷总比我这光棍老头儿带着的好！”凌未风见他说得这样爽快，也不推辞。石振飞带领着几百人，一笑而去。群雄对他的如云高义，无不赞叹！

张青原等石振飞去后，悄声地对凌未风道：“我们不能回四川了！”凌未风惊道：“什么？”张青原道：“耿精忠、尚之信全反了，吴三桂在西北的大将王辅臣也在甘肃反了，现在吴三桂孤军悬在湖南，虽然在衡州开府，要做皇帝，那已是釜底游魂，去日无多了！吴三桂死不足惜，可是那批家伙一反，可累了我们啦，尤其是王辅臣一反，清廷在西北的大军全入四川，李将军派人传递了消息来说，叫我们不要回川，他说他也要将部下分散，化整为零，必要时还准备取道甘肃，偷入回疆呢。”

凌未风黯然不语，良久说道：“那么我们就到回疆去也好！”韩志邦道：“我们现有大喇嘛的关文，以我们的脚程，官府的捕头也赶不上，不如先到西藏去吧。”宗达完真等喇嘛也一齐邀请，凌未风慨然道：“好！天南地北，处处为家，回疆西藏都是一样。”冒浣莲回望京城，想起纳兰容若，颇觉京华云烟，有如一梦。

张华昭这时神志已清，问凌未风道：“那位飞红巾是什么人，她为什么要将易兰珠带去？”凌未风惨然笑道：“总是情孽，你不必问了，我带你找到她便是！”正是：

不惜投荒千万里，廿年情孽解难开。

欲知后事如何？请听下回分解。

第二十回　有意护仙花　枯洞窟中藏异士
无心防骗子　喇嘛寺内失奇书

五个月之后，北天山脚下，有四个青年男女，满面风尘，凝望着天山上空的云海。这四个青年男女就是凌未风、张华昭、冒浣莲和桂仲明。

他们随韩志邦到了西藏拉萨之后，住了半个多月，达赖活佛的使节红衣喇嘛也回来了。他说起京师中被凌未风大闹数场之后，满朝文武都发了慌。皇帝对凌未风等假借活佛车仗，救出易兰珠之事，大为震怒，幸而皇帝也见过这些侠客的本领，深信车仗关文是给盗去的，这才不责怪于他，只是皇帝却对他说，恐怕那些“叛贼”入藏，要派兵来替他们搜捕。红衣喇嘛只好推说，要问过活佛的主意，才能答复。那时西藏虽属中国版图，却形同独立，政教都在达赖、班禅两个活佛的手中，满清皇帝未得同意之前，也不敢贸然出兵，远到穷边，这事就暂时挡过去了。红衣喇嘛另外还带来了两个消息，一个是吴三桂日暮途穷，已在衡阳开府称帝，满清大军因此加紧进袭，他离京时，听说大军已进湖南，看来很快就会平定。吴三桂之不能成事，早在满汉大臣的意料之中，所以清兵大捷，并不怎样引起注意；可是随着吴三桂的挫败，满清在四川却有了意外的收获，清军配合了吴三桂的叛军，竟把川滇边区李来亨的部队击破了，听说李来亨因陷入重围，不肯投降，自缢而死。他的弟弟李思永却不知下落。另一个消息是：听说皇上在各省选拔武士，并整顿大军，有攻略回疆西藏之意。

凌未风听了红衣喇嘛带来的消息后，心中很是不安。他既惋惜李来亨经营了这么多年的基业，被毁于一旦；又悬念着刘郁芳，尽管他对刘郁芳不肯揭出本来面目，可是在他心灵最隐秘的地方，还是深藏着刘郁芳的影子，地老天荒，怎样都忘怀不了的。

张华昭对易兰珠的思念也不亚于凌未风，而且因为他年轻，这份热情就更像火焰一样，燃烧起来，显示出来。比凌未风那种深藏的感情，更令人容易触觉，令人替他难过。

凌未风眼见着张华昭一天天地憔悴下去，想起对他的诺言，加上他对易兰珠的那份如同父女的感情，也催着他赶快寻找。于是他向红衣喇嘛告辞，要带张华昭到回疆去，红衣喇嘛知道他在回疆，是自杨云骢死后，最得牧民爱戴的人物，尤其和哈萨克人有极深的关系，因此也就顺便托他代为联络，准备清军万一来攻时，有所应付。

桂仲明这两年来，对凌未风如同对大哥一样，可以说凌未风是除了冒浣莲之外，他最信服的人，凌未风去回疆，他也一定要同去。凌未风想，带他们去历练一下也好，于是一行四人，穿过大戈壁，越过大草原，经过一个多月的艰险旅程，终于来到了天山脚下。

雄伟壮丽的天山矗立着，绝世的英雄在它的前面，也会觉得自己的渺小。凌未风等站在山脚，只见蓝濛濛的烟云弥漫天际，雪山冰峰矗立在深蓝色的空中，像水晶一样，闪闪发光。这时朝阳初出，积雪的高峰受到了阳光的照射，先是紫色的，慢慢地变成红色，映得峡谷里五光十色，壮丽斑斓，任是最奇妙的画工，也画不出这幅“天山日出”的景色。桂仲明看得目夺神驰，连连赞叹道：“我只道剑阁绝顶，已经是世上最险要的地方了，如今看到天山，高出云表，万峰错杂，这才真是雄奇险要呢!”

凌未风道：“我的师父就住在北天山的最高峰上。飞红巾的师父住在南高峰上，两峰相距大约有七八百里。我想先谒见我的师父。”桂仲明等久仰晦明禅师的大名，自然是欣喜莫名。凌未风笑道：“以我们的脚程，要攀登至天山之巅，大约要三日时光。浣莲姑娘，你还要多着一件皮袄。”张华昭奇道：“那时你抱着易兰珠上天山，她还只是两三岁的年纪，如何耐得寒冷？”凌未风笑道：

五个月之后，北天山脚下，有四个青年男女，满面风尘，凝望着天山上空的云海。这四个青年男女就是凌未风、张华昭、冒浣莲和桂仲明。

“天山之麓，有一种黑泉水（即石油原油，以前的人不知，称为黑泉水），可以点火，我到天山之时，时当盛夏，我用大皮袄包着她，每晚就点黑泉水给她取暖。后来晦明禅师发现了，将我们接引上去。”凌未风又讲了一些和易兰珠上天山的情形，和学剑的经过，大家都听得津津有味。

登山的第一日大家还没有觉得怎样，第二天已是在峭壁险峰之间行走了，高峰上经常有雪水汇成的急流冲泻下来，越往上走，寒气越浓，急流里的冰块也越来越多，冒浣莲牙齿震得格格作响，幸得凌未风早有准备，将晦明禅师采天山雪莲配成的碧灵丹送一粒给她咽下，又教她调气呼吸之法，这才不感寒冷。桂仲明和张华昭功力较高，倒还顶受得住。

行了半天，忽见一座白雪皑皑的山峰，挡在面前。这座山峰，好像一头大骆驼，头东尾西，披着满身白色的绒毛。冒浣莲从未见过冰峰，拍掌叫道：“好玩呀！”凌未风道：“可惜我们为了赶路，只能从这座冰山的旁边绕过，这山峰上的景色才美呢，上面有一个冰湖，还可能有雪莲，据说是木什塔克的主峰移植下来的。”冒浣莲问道：“什么叫做木什塔克？是山名吗？”凌未风道：“可以说是山名，但本来却并不是特殊的山名，‘木什塔克’是一句维族话，‘木什’是山，木什塔克，便是冰山。本来回疆高原上所有的冰山，都可以称做木什塔克，但因我们眼前这座冰山，它的主峰最高，比我师父所居的北高峰，据说只低一千多尺，所以‘木什塔克’便成了它的专名，你看这座斜插出来的骆驼峰也很高了。”凌未风刚刚说完，忽然峰顶上雪块滚滚而下，有如巨石，发出轰轰之声，凌未风等左右趋避，过了好一会，声势才减弱下来。凌未风皱了皱眉头。冒浣莲问道：“凌大侠，你在想什么？”凌未风摇了摇头，冒浣莲抬头望上峰顶，忽见有一丛红花，一丛白花，在积雪中挺露出来，极为可爱。冒浣莲道：“啊，我真想上去，摘两朵下来！”凌未风忽然说道：“我给你们说一个故事好不好？就是关于这个骆驼峰的故事。”冒浣莲拍手道：“好呀，故事里也有这雪中的鲜花吗？”凌未风笑道：“有的。”他指着山峰说道：

“相传在好几百年之前，山上没有冰，也没有雪，满山是绿茵茵的草地和闪着光芒的宝石，在山顶上有股清泉，透明的泉水里滚动着五光十色的珍珠，泉边丛生着奇异的花草，有一丛像朝霞一样的红花，有一丛像月光一样的白花，就是山脚下的行人也可以闻到花香。据说拿这两种花调冰嚼下，年老的可以变成年轻，年轻的会变得更美。那时山下住着一个勇敢的塔吉克的青年，他将要和一个漂亮的牧羊姑娘结婚。青年想摘几枝神仙的花朵赠给他所爱的人，于是带着足够的粮食和马奶爬上山去，爬了七天又七夜，终于来到了山顶的泉边。正巧守护花草的仙女睡着了，他便摘下一束红花，一束白花，当他走到山腰的时候，看花的仙女醒了。仙女看见青年手里拿着放出彩霞的花朵，便命老雕来夺，老雕被青年打败了。仙女又命人熊来夺，人熊又被青年推到悬崖底下去了。最后，仙女自己变成了一个狰狞的巨人，拦住青年的去路，青年知道战不过她，便和她说：'我要把这两束花带给我所爱的人，如果你不放我过去，我便抱着这两束花跳下悬崖……'仙女的心软了，就允许青年把这幸福的花朵带到人间，但是仙女却因为让仙花落到凡人手里而犯了天条，被永远困锁在山顶上。她流下的眼泪结成冰，覆盖在巍峨的山岭，山上的积雪，就是她在苦难中熬白了的头发！"

凌未风说完了，冒浣莲赞叹道："这故事真美！"张华昭道："那个青年真勇敢，为了他所爱的人，他什么危险都不怕。"这时，一阵风来，吹来一股清香，冒浣莲看着那两丛鲜花出神，桂仲明忽道："你喜欢那红花和白花吗？我替你去摘。"张华昭也道："易兰珠最爱花，可惜她不在这儿，要不然我也陪你上去！"冒浣莲道："你们两个真孩子气，赶路还来不及，你们却嚷着要去摘花。"凌未风忽然笑道："君子坐言起行，你们既然都想上去摘花，就上去吧，我和冒浣莲姑娘在这里等你们。"桂仲明极爱那些花，问道："凌大侠，你不是说笑？"凌未风道："我几时和你说过笑来？"桂仲明大喜，拉着张华昭往山上便跑，冒浣莲奇道："凌大侠，你怎么也这样孩子气了？"凌未风笑而不答，双眼注定山顶，目光中似含有深意。

过了一阵，骆驼峰上忽然传出几声怪啸，摇曳长空，骇人心魄，跟着是桂仲明呼喝之声，磨盘大的雪块又滚滚而下，冒浣莲惊道：“那上面还住有人？”凌未风道：“快上去看！”拉着冒浣莲腾身便起，攀上山顶。这座冰山极高，但斜插出来的骆驼峰，离凌未风立足之点，却不到百丈，两人手足并用，没多久便上到山顶。

且说桂仲明和张华昭攀登上去摘花，两人两样心情，桂仲明像个孩子似的，远远望着“仙花”又笑又嚷，心想：“摘了下来给浣莲，她不知要多高兴呢！”张华昭却是默默无言，耳边响起易兰珠以前的话：“我死了之后，你愿意摘一朵兰花插在我的墓旁吗？”易兰珠现在是救出来了，但却横里杀来一个飞红巾，把她抢去，这回若找不到她，她不会死，却要轮到自己憔悴而死了。

两人攀到上面，忽觉眼前一亮，山顶果然有一股清泉，透明的泉水中有闪光的冰块和零落的花瓣。桂仲明拍手笑道：“好美呀！那传说中的仙境莫非竟是真的？”那两丛“仙花”开在泉水之旁，张华昭跑去摘花，忽见花丛中有一朵极大的红花，竟有海碗那样大。张华昭用剑拨开花丛中的荆棘，忽然咦了一声，叫道：“仲明，你快来！”桂仲明学他的样，用腾蛟宝剑拨开荆棘，走进去一望，也惊奇地叫出声来！

花丛的后面是一面石壁，石壁上凿有一个窄窄的洞窟，洞窟有一个人盘膝而坐，面容枯削，全无血色，就如一具骷髅一样！

张华昭定了定神，向石窟深深一揖，说道：“晚辈无知冲闯，惊动前辈，尚望恕罪！”那骷髅似的怪人仍是盘膝闭目，不言不语。桂仲明有点心怯，也有点生气。拉张华昭道：“咱们走吧！”

那怪人忽然张开双目，冷森森的目光直射到两人面上，张华昭停下步来，只听得那个怪人叫道：“你这两个娃子既然知罪，我也可放你们出去，只是你们得留下点东西！”桂仲明怒道：“你要什么？”怪人道：“把你的剑留下来！”忽地一声怪啸，也不见他怎样作势，人已飞掠到桂仲明旁边，伸出鸡爪般的怪手，朝桂仲明当头便抓！

桂仲明大吃一惊，横里一跃，腾蛟宝剑刷地往上撩去。那人身法古怪之极，在方寸之地，竟自盘旋如意，桂仲明剑方刺出，手腕忽地一阵辣痛，宝剑几乎掉地，急得大吼一声，左掌猛地发出。那怪人身影一晃不见，接着是张华昭大叫一声，整个身子跌入了花丛之中。

原来张华昭见桂仲明猝被攻击，长剑一招“神龙入海”，斜侧刺去，那怪人本将得手，也顾不得再夺桂仲明的宝剑，身形略闪，闪到张华昭背后，一掌把他推倒，回过头来，桂仲明已展绝顶轻功，跳过了花丛。怪人又是一声怪啸，跟着飞跃出来。

桂仲明这回学乖了，腾蛟宝剑一个旋风疾舞，护着身躯，展开五禽剑法中的精妙招数，紧紧封闭门户，那怪人在剑光中穿来插去，无法夺到宝剑。但桂仲明也感到掌风劈面，迭遇险招，越打越奇，竟不知这人的掌法是什么家数。

再说张华昭猝出不意，被怪人一掌推入花丛之中，忽闻奇香扑鼻，精神顿爽，一看那朵大红花正在鼻尖，急忙摘下，收进怀中，拨开花枝，跳出外面，只见剑光闪烁，掌风呼呼，桂仲明和那个怪人打得十分激烈。

那怪人打到分际，忽然双腿齐飞，连环踢出，桂仲明退后几步，大声喝道：“你这鸳鸯连环腿是哪里学来的？”怪人一手抓去，桂仲明侧身闪过，那怪人磔磔怪笑，忽然说道：“你这娃儿是石天成的什么人？”桂仲明横剑当胸，紧密防备，问道：“前辈莫非是家父的同门？”怪人又是一声长啸，说道：“啊！原来你是石天成的儿子！你的眼力不错，你的父亲正是我的师兄！”桂仲明急忙抱剑作揖道：“那么你是我的师叔了？可否请示姓名，容晚辈请益？”那怪人忽然又是一掌劈出，笑道：“你既尊我为师叔，把你的宝剑拿来，你师叔要用。”桂仲明一个筋斗倒纵翻出去，朗声答道：“你虽是我的长辈，要强抢那可不成！”腾蛟宝剑霍霍展开，又和怪人恶斗。

桂仲明父亲石天成，廿多年前，曾三上天山，跟晦明禅师学剑，晦明禅师不肯收留，把他荐给自己的好友，武当名宿卓一航，学了九宫神行掌和鸳鸯连环腿两样绝技，桂仲明虽没学过，但却知道。只是这怪人的掌法却又不是九宫神行掌，他虽然自承是桂仲明的师叔，桂仲明却还是不无疑惑。

张华昭见怪人如此不讲道理，甚为愤恨，又见桂仲明打得吃紧，不假思索，刷的一剑刺出，怪人忽地旋身，双手迎着剑锋便抓，张华昭剑锋斜划，往后一拖，用的是无极剑中攻守兼备的精妙招数，怪人微噫一声，身子一挫，不敢硬抓，转身又接上了桂仲明的招数。

张华昭是傅青主师侄，无极剑法也颇有造诣，只是刚才猝出不意，才给怪人一掌击倒，如今加意防备，虽然刺不着怪人，却也助了桂仲明一臂之力。张华昭武功仅在桂仲明之下，两人联手合斗，那怪人顾此失彼，一时间倒奈何他们两人不得！

只是怪人的身法实在古怪，攻势连绵不绝，险招迭出不穷。桂仲明和张华昭仅能自保，无法进攻，时间一长，势必落败。正在吃紧，那怪人连连怪啸，掌法更见凌厉，叫道："贤侄贤侄！为师叔的不忍伤你，还是把宝剑乖乖地献给我吧！"

桂仲明十分气愤，一招"鹰击长空"，宝剑反挑出去，哪知正中了怪人诱敌之计，剑一刺出，露出空门，怪人一抓便抓到他的胁下！

桂仲明一个"细胸巧翻云"，倒翻出去，这一招轻功乃是川中大侠叶云荪当年模拟空中飞禽翻腾之势所创出来的，怪人一击不中，和身扑去，桂仲明已先落地，腾蛟宝剑一个盘旋，正待出击，忽觉背后有人一扯，桂仲明回肘一撞，没有撞着，已给那人扯过一边。那怪人凝身止步，叫道："你还有几个帮手？"桂仲明这时才认清背后来的人乃是凌未风。再一看时，冒浣莲也即将爬至山上，狂喜之余，又不禁面红过耳。要知高手搏斗，讲究的是眼观六路，耳听八方，背后有人来到，自己尚未知道，岂不要糟？不过这也怪不得桂仲明，这怪人是他生平第一次碰到的强敌，比楚昭南好像还要厉害，他全神贯注在怪人身上，而凌未风轻功又比他高，他自然觉察不到。

凌未风问道："这是怎么回事？"桂仲明道："他自称是我的师叔，却又要抢我的宝剑。"凌未风指着那怪人笑道："你做长辈的不给见面礼也还罢了，怎么反向小辈要东西？"那怪人道："你是什么人，替他出头？"不由分说，搂头抓下，凌未风引身避过，叫道："天山之上，岂容你这野人撒野！"反手一掌，强力还击。那怪人身形一矮，从凌未风掌下钻过，伸出三指，反扣凌未风脉门。凌未风骤遇怪招，却不慌乱，沉腕一截，左掌向上一挑，连消带打，怪人身形一晃，两人都不约而同地倏地分开，在这电光石火之间，凌未风已撤招换招，使出“排山运掌”之式，怪人叫声：“好厉害！”不敢硬接凌未风的掌力，双臂一抖，平地拔起一丈多高，斜斜向西首一落。这个身法名为“黄鹄冲霄”，十分难练，凌未风见他用得如此精纯，不禁也是暗暗佩服。

桂仲明在旁观战，看得目眩神摇，更是暗暗叹服，心想，凌未风毕竟是个大行家，自己骤遇怪招时，几乎吃了大亏，而他却从容化解，只这一份镇定的临阵功夫，就非自己可及。

凌未风大为奇怪，这人的身法掌法，从未见过，到底是哪一派的？而且天山之北，有自己的师父，天山之南有白发魔女，这两人武功盖世，他若与这两人没有渊源，又怎敢在天山之麓的骆驼峰上停留？若他是桂仲明师叔，那么当是川中大侠叶云荪的门下，但叶大侠和自己师父可素无往来，难道是白发魔女的后辈？这样一想，凌未风倒不敢冒昧进招了，扬声喝道：“你是白发魔女的什么人？”怪人怒喝道：“什么白发魔女，看掌！”忽然手舞足蹈，如醉如狂，双掌乱打过来，看来似不成章法，其实每一招式，都含有极复杂的变化！凌未风凝神运掌，片刻拆了十数招，心念一动，恍然大悟，猛然喝道：“你好不要脸，把韩志邦的书偷了，在这里现世！我要捉你这个偷书贼！”

凌未风以前曾听韩志邦说过失书之事，这时蓦然想了起来。原来韩志邦在入藏之后，一日与几个喇嘛到日喀则游览，当晚在西藏著名的扎布伦寺投宿，韩志邦午夜练拳，把从石窟中学得的掌法，一一操练。操练完毕，忽闻旁边有人笑道：“你的掌法很好，可惜没有学全！”韩志邦愕然回顾，只见一个清癯老者，不知什么时候来到了自己的身边。韩志邦在云冈石窟中，因画像剥落，一百零八个招式，只学到三十六式，耿耿于心，总想能够学全才好。听得这个老者如此一说，不禁狂喜，无暇问他是什么来历，便道：“前辈敢情是熟识这套掌法，如蒙不弃，弟子愿列门墙！”那老者笑道：“你何必求教于我，你怀中不是还有一本怪书吗？剩下的掌法、剑法，全讲得清清楚楚，你认不得字吗？”韩志邦大奇，问道：“你怎么知道我有这一本书？”老人道：“我不但知道你有那本书，我还知道那本书是唐朝的无住禅师传下的，是不是？”韩志邦记起那本书后面的汉字小注，点了点头。老人继续说道：“老实告诉你，我就是无住禅师这一系传下的第四十二代传人。”韩志邦急忙拜下去道：“弟子学艺不全，万望前辈指点！”老人道：“我没有那么多工夫，但我可以教你照书上的方法练习。”韩志邦道：“那书上的文字古怪到极，弟子一个也不认得，如何练习？”老人道：“你把书拿出来，我教你好了！”韩志邦是个极老实的人，如何料得是那老人使诈，当下把书取出，老人揭开几页，双目放光，大喜叫道：“是了！是了！”忽然冷笑一声，伸手在韩志邦胁下一点，点了他的麻眩穴，携书长啸，扬长而去。韩志邦后来靠喇嘛解了穴道，问起此人，全都不识，只知道他是前天来的一个香客。

那老者便是此刻与凌未风对掌的怪人，他说是无住禅师的第四十二代传人，倒是不假。原来他名叫辛龙子，乃是晦明禅师好友、武当名宿卓一航的弟子，他入门在桂仲明的父亲石天成之前，但石天成是带艺投师，年龄也比他大，因此卓一航要他叫石天成为师兄。武当派是从少林分出来的，少林派的祖师是南北朝梁武帝时候，自印来华的高僧达摩禅师，韩志邦所获的那本书便是武学中著名的“达摩一百零八式”真本，（作者按：根据正史，达摩本来不会武功，相传是达摩所著的《易筋经》和《洗髓经》也都是后人伪作。但武侠小说似乎用不着那么认真考证，当稗官野史看可也。）这部真本自元代中叶起忽然不见，少林武当两派门人四觅无踪，于是代代传下遗言，要后世弟子寻觅此书。同时这一百零八式真本虽然失踪，但少林武当两派南北分支名宿，因故老相传，还大略记得几个招式。卓一航自达摩禅师算起是第四十一代，石天成当年投他门下，因为急于报仇，只学了“九宫神行掌”和“鸳鸯连环腿”两样绝技，便跑回四川去了。因此辛龙子虽是二徒弟，却是卓一航的衣钵传人，知道“怪书”的来历。

辛龙子那年从回疆来到西藏，扮成香客，去扎布伦寺进香，本来他听说扎布伦寺的大喇嘛精于西藏的天龙掌法，招数甚怪，因此想去窥探一下，看是否和达摩的掌法有相通之处，不料却碰见韩志邦午夜练掌，他认得有三个招式，正是自己的师父卓一航留下来的达摩掌法，师父临终时说过：“达摩一百零八式”，在武当北支传下来只有五式，虽然这几个招式无法连续运用，但还是要他精心研习。因此他一见韩志邦操练的掌法，立刻猜到就是达摩的真传，当下便以快刀斩乱麻的手段，把书骗到手上。

再说辛龙子被凌未风一口喝破达摩掌法的来历，怔了一怔，猛然怒道：“你这小子懂得什么？那书本来就是我们遗失的东西，怎容外人拿去？”呼呼地接连几记怪招，搂头盖顶，捶肋捣胸，切脉门，按穴道，忽拳忽掌，忽劈忽戳，拳法掌法点穴法，纷然杂陈，看来似全无章法，但却极难应付。凌未风仗着功力深湛，闭了全身穴道，用天山掌法中的“须弥掌”，带攻带守，又挡了他二三十招，兀是无法占到便宜。凌未风心想：“天山掌法剑法，是师父采集各家之长所创出来的，他这掌法虽然路道甚怪，但总不至于一点也看不出其中的变化趋势。”他眉头一皱，忽地掌法一慢，只求自保，不求进攻。辛龙子大喜，如醉如狂一样乱打过来，但凌未风掌法虽慢，每一招都运足功力，掌风激荡，有如金刃挟风，辛龙子和他碰了几次，双方都给掌力震开，虽然没有受伤，也各自惊异。辛龙子有三十多年功力，和凌未风在伯仲之间，但功力悉敌的对手，攻方所用的力度，要比守方为大，凌未风只守不攻，无形中在气力上占了便宜。

辛龙子久战不下，把心一横，将达摩一百零八式全部施展出来，怪招连接不断，如波翻涛涌，咄咄迫人。凌未风仍是神色不变，冷静应付，拆到五六十招左右，凌未风竟给他点了两处穴道，幸好早有防备，早已闭穴，得以不伤。桂仲明在旁看得大为焦急，腾蛟剑刷地一指，正待上前，凌未风忽然喝道：“仲明，你不要来，他不是我的对手！”说罢掌法更慢，但门户却封得更严。

辛龙子连连冷笑，掌法之中又杂着刀剑路数，把一百零八式几乎全用上了，仍打不倒凌未风。但见凌未风的脚步却是渐显迟滞。辛龙子大喜，心道：“我第一遍扫你不倒，再使一遍，谅你抵敌不住。”掌法越使越疯狂，不知不觉已把一百零八式使完，正待从头来过，凌未风忽然大喝一声：“看我的！”飕飕飕，双掌翻飞，倏地撒开势子，猛如雄狮，捷若灵猿，一派凶猛犷厉，手脚起处，全带劲风，辛龙子刚想从头换掌，给他一阵强攻，被迫倒退几步。辛龙子大为惊异，趁凌未风抢攻之际，展开怪异身法，反扑他的空门。拳家有云：“敌不动，已不动，敌一动，已先动。”讲究的便是“制敌机先”的奥妙。因为敌一动，必是向己方某一点进攻，他的全部精神，就集中在这一点上，若自己比他出手更快，避开了他的攻击点，便可以攻入他的空门，“达摩一百零八式”全部的精华，就是教人怎样攻击敌人的弱点，以变化复杂的步法手法，使敌人不知从何方防御。所以常能以弱胜强，甚至如韩志邦这样功力甚低的人，也可拔掉齐真君的须子。因此辛龙子见凌未风猛烈攻击，虽然吃了一惊，可是随即就镇定下来，想道：“你这一攻，空门四露，如何挡得我的怪招？”

不料凌未风不但挡得了他的怪招，而且辛龙子每一出手，都感受到牵制，与以前大大不同。凌未风身法展开，倏进倏退，忽守忽攻，恰如行云流水，挥洒自如，真个是静如山岳，动若江河！辛龙子想攻他的空门，掌未到，而他已先迎上来，竟好像熟悉了他的怪招，预知他的出手一样！

你道凌未风何以一下子会反弱为强，扭转形势？原来他刚才的死守，正是存心要看辛龙子的全部招数，潜心细察之下，发现辛龙子的基本步法是武当派的，又发现他的怪招，虽然极为厉害，但却好似并不十分纯熟，在细微之处，变化并不自如，料知他偷书之后，只有一年多工夫，掌法刚刚练成，还不能心掌合一，因此在出手攻击之时，总露出一点痕迹，例如他想走右翼偏锋扑攻，肩头必先微微右倾，向左攻时，也是如此。凌未风乃是一个大行家，把他的路道摸熟之后，于是着着反制机先。

其实，辛龙子还有一点吃亏的地方，凌未风并不知道。原来“达摩一百零八式”扎根基的功夫是“九图六坐像”，即韩志邦在云冈石窟中所见的，画图中最前面的六种打坐法，当时韩志邦没有学，而辛龙子却无法学（因怪书中只有说明而无画图，扎根基的功夫是最精微的功夫，无法意会），因此达摩一百零八式虽然练成，却总欠缺一点火候，碰到武功极高的人，就被看出来了。

攻守势易，两人又拆了一百来招，旁观的人看得眼花缭乱，只见两人忽分忽合，打到疾处，犹如两团白影，打到慢处，却又像同门拆招，连桂仲明武功那么高的人，也不知道凌未风已稍微占了优势。忽然间，猛听得凌未风大喝一声，辛龙子身子飞掠出去，叫道："一掌换两指，彼此都没吃亏！青山常在，绿水常流，后会有期，欠陪欠陪！"身形再起，翩如巨鹳，从花丛上掠过，凌未风叱咤一声，天山神芒电射而出，辛龙子在半空打个筋斗，身子似流星陨石般向山下落去。

凌未风一掠而前，在花丛中采下一朵碗大的白花，交给张华昭道："你好好收藏，对你也许很有用处。"张华昭将刚才所摘的大红花取出，与白花放在一处，红花如火，白花胜雪，清香沁人，尽涤烦虑，张华昭笑道："这两朵花可爱极了，但不知还有什么用处？要请凌大侠指教。"凌未风道："现在还很难说，等我见师父之后再问，我也拿不定是否就是这两朵花。"张华昭听得话中有话，甚为疑惑，但凌未风不说，他也不便再问，心想："不管它有没有用处，拿给易兰珠看，她一定非常喜欢。"

桂仲明独自站在山边凝望，辛龙子的身影已杳然不见。桂仲明忽然说道："凌大侠，敢情他真是我的师叔？"凌未风道："谁说不是？"桂仲明道："他到底是坏人还是好人？"凌未风笑道："我也不知道呀！"桂仲明道："那你在他败逃之时，还用神芒打他做什么？"凌未风道："我不许他采这朵白花！"顿了一顿又道："你不用替他担心，他的武功极高，不会跌死的，我的神芒也并未打中他，只是把他吓走而已。这次对掌，幸在他偷来的怪招，还未练到炉火纯青，否则我也难于对付。"冒浣莲又问道："他说的两指换一掌是什么意思？"凌未风笑道："我被点中两处穴道，他也给我用大摔碑手劈了一掌，你们看不出来么？这次算是打个平手，下次再打，他就没有便宜可占了！"

一行人说说笑笑，翻过骆驼峰又向天山绝顶行进。到了第三天，北高峰已巍然在望，只见那座高峰如巨笔般矗立在云海中，朵朵白云在山顶峡谷间飘浮，真像成群的羊在草地上吃草。四人再行半日，黄昏时分，攀上峰顶。

山顶上豁然开朗，奇花异草，遍地都是，冒浣莲奇道："想不到在天山绝顶，还有花草！”凌未风道：“这些花草都是惯耐霜雪的了，在五六月间，雪中还开出莲花来呢！天山绝顶，花草反而容易生长，你知是什么道理吗?”说罢向下一指，在北高峰稍低处，有一个小湖，湖光云影，景色清绝。凌未风道：“这便是著名的天池了。听师父说，那里原是个火山口，火山死了，化为湖泊，大气却是暖的，花草在死火山口旁边，又有湖水滋润，自然容易生长了。”四人边说边行，凌未风又向前指道：“这间石屋，便是我师父的住所了！”桂仲明、张华昭等一齐垂手肃立，凌未风道：“且待我先进去替你们通报。”上前敲了几下石门，石门开处，走出一个僧人，喜道：“未风，你回来了?”凌未风道：“悟性师兄，你好，师父他老人家好吗?”悟性是服侍晦明禅师的香火僧人，却并非入室弟子，凌未风因他先自己上山，所以尊他为师兄。悟性摇了摇头，凌未风大急，问道：“师父云游走了?”悟性道：“师父正坐关呢!”“坐关”就是较长时间的打坐。晦明禅师已有一百一十二岁，他过了百岁之后，经常一打坐就是两三天，在打坐的时间，对一切都是视而不见，听而不闻，当然更不能接见外人。

凌未风问道：“师父坐关多久了?”悟性道：“大约有两天了吧。”凌未风道：“我先到静室外面遥参。你替我招待几位朋友。”说罢走过禅堂，到了西首一间静室，忽然眼睛一亮，那室门并不关闭，师父端坐在正座蒲团之上，垂首闭目，慈祥如旧。蒲团下却跪着个红衣少女，似在低声禀告，凌未风大为奇怪，那少女忽然回过头来，面貌竟似曾相识，但怎样也想不起是在哪儿见过的。少女手上持有一卷东西，凌未风想起辛龙子偷书之事，想道：“难道她趁我师父坐关入定之时，来这里偷盗拳经剑法?”双眸炯炯，看她怎样。那少女见了凌未风，盈盈一笑，行了出来，凌未风不敢惊动晦明禅师，退后几步拦在甬道上，那少女悄然到了身边，忽然低声说道：“凌大侠，让我过去。”凌未风一怔，那少女身形一拔，也不见她怎样作势，身子已轻飘飘地飞出石墙，这份轻身功夫，竟似不在自己之下。凌未风凛然一惊，忽听得晦明禅师叫道：“徒儿，你进来!”

这红衣少女，不但凌未风不知她是谁，连悟性也不知道她偷入禅室。她来历如何，后文当再交代。且说悟性出了石门，和桂仲明等见面，等待凌未风参拜回来，再作道理。(未得晦明禅师允许，悟性不敢招待外人入寺。) 其时黄昏日落，晚霞余绮，天山绝顶，高处不胜寒。冒浣莲有些抵受不住。桂仲明正在道："为什么还不出来呢?" 忽然咦了一声，问道："晦明老禅师收女徒弟的么?" 悟性道："你说什么?" 一个红衣少女的影子飘然经过身畔，悟性叫道："不好!" 他绝想不到有人这样大胆，晦明禅师方在入定，自已竟放外人入内，这把守门户不严之罪，可是不小。桂仲明听他大叫"不好"，急忙问道："这是坏人吗?" 悟性也有点像桂仲明，都是戆直的汉子，不假思索，点了点头。桂仲明把手一扬，三枚金环分打红衣少女的穴道。

红衣少女正在下山，身形飞堕，其势甚快，听得脑后风声，反手一抄，往斜侧一跃，脚步不停，已避开两枚，接了一枚，娇笑道："哎哟! 这样阔气，黄澄澄的金子都送给陌生的人，冒姐姐，替我多谢吧!" 山风吹送，语声清晰。冒浣莲大叫一声，也想不起她是谁人。待发声相问时，山腰只见一个红点，再过片刻，连红点也不见了。冒浣莲道："真是怪事，她怎认识我呢?" 正是：

冰雪聪明难识透，红衣少女隐天山。

欲知后事如何? 请听下回分解。

第二十一回　情孽难消　独上天山拜魔女
尘缘未断　横穿瀚海觅伊人

“真是怪事，她怎认识我呢？”凌未风也是这样地想。他进了静室，参见师父之后，简略地报告了下山之后的经历。

晦明禅师手捋银须，点头说道：“你很好，不负我一番心血！”凌未风道：“还望师父教诲。”晦明禅师问道：“你已见着那红衣少女了？”凌未风应了一声。晦明禅师道：“她是白发魔女的关门弟子，连她在内，同你一辈的共有七人，只余了石天成一人没有学剑，其余六人再加上易兰珠，你们七人倒可以称为天山七剑呢，只可惜你的师兄早死，骸骨也没有运回！”“天山七剑”之名连凌未风也还是第一次听到，正屈指细数，晦明禅师道：“我和白发魔女分居天山南北两高峰，卓一航则在天山一带游侠，居无定所。我们三人，传下的天山七剑，只你全都见过，其他的可没这福分了。”凌未风一算：“自己的两个师兄杨云骢和楚昭南，再加上自己替师授艺的易兰珠，同门的共是四人，白发魔女传下两个徒弟，飞红巾与适才所见的红衣少女；卓一航也传下两个徒弟，石天成和骆驼峰的那个怪人；除了石天成之外，果然是七个人。”他心念一动，正想师父何以知道自己见过卓一航的二徒弟？（他见过石天成之事，在报告下山几年的经历时，已讲了出来。）晦明禅师已先自笑道：“闻你身上的香气，想你已到过骆驼峰了，辛龙子脾气古怪，你们大约交过手了？”凌未风这才知道那个怪人叫辛龙子，嗯了一声，说道：“我起先不知道他就是卓师叔的徒弟，后来虽然猜到，但已打到骑虎难下……”晦明禅师截断他的话道：“你应付得了他的怪招？”凌未风道："侥幸打个平手。"晦明禅师沉吟半晌，慨然说道："七剑之中，正邪都有，你的大师兄最得我心，可惜早死，你的二师兄中途变节，只有望你将来清理师门了。辛龙子介乎邪正之间，我早已闭门封剑，白发魔女不愿管他，也只有望你将来把他收服了。"凌未风心想："白发魔女嫉恶如仇，人又好胜，连师父她也要两次找来比试，为何却容得辛龙子在天山撒野？"但他知白发魔女与师父颇有芥蒂，不敢发问。

晦明禅师喟然说道："你承继你大师兄的遗志，总算不辱师门。天山剑法，全仗你把它发扬光大了！"凌未风垂手听训，晦明禅师又道："白发魔女与我虽有过节，我却很推重她的武功。她这次派关门弟子来见我，大约这段过节也可揭过了。"凌未风道："原来那红衣少女是她派来的，不知怎的却知道弟子名字？"晦明禅师道："那我就不知道了。"叹了一声又道："色空两字，真难勘破，我也料不到白发魔女年将近百，还记得少年事情，她派人见我，要问你卓师叔的遗书。"凌未风暗暗称奇，心想："莫非她和卓师叔是一对少年情侣？"晦明禅师又道："你卓师叔脾气也很古怪，他到天山几十年，从未对我谈过少年之事，临死之前，却忽然留下一个锦匣给我，说道：'若有人取得骆驼峰上那两朵'优昙花'前来见你，你可将这锦匣交他拿去见白发魔女。'"

凌未风心念一动，问道："这两朵优昙花是不是一红一白，大如巨碗？传说六十年开花一次，可令白发变黑，返老还童？"晦明禅师道："有此一说，不过未必如此灵效，大约是比何首乌更珍贵的药材罢了。这种花六十年才开一次，有谁有此耐心守候？而且又不是什么仙丹，纵有奇人异士，也不愿花如许心机，去取这劳什子。"凌未风禀道："弟子有位友人，此次机缘凑巧，倒取来了！"当下说了张华昭在骆驼峰上获得"优昙花"的经过，并代他们求见。

晦明禅师沉思半晌，说道："我闭门封剑，已六十多年，本不愿再见外人，但我与你此次恐是最后一面了，见见你们年轻一辈也好。你就把他们引来吧！"

晦明禅师步出禅堂，凌未风已把桂仲明他们引进。桂仲明等人得见此一代剑法的大宗师，既兴奋，又自怯，倒是晦明禅师极喜有为的后辈，叫他们不必拘束，各练了一套本门的剑法，桂仲明练的是“五禽剑”，张华昭和冒浣莲练的是“无极剑”。晦明禅师笑道：“在后辈之中，你们的剑法也算是难得的了，五禽剑以刚劲见长，无极剑以柔取胜，各擅胜场。若能刚柔互济，在变化之间再精益求精，那便更好。”当下指点几处窍要，桂仲明等三人一齐拜谢。

晦明禅师取过桂仲明的宝剑，弹了几下，喟然叹道：“想不到今日复见此剑!”对凌未风道：“我年轻时曾是熊经略（廷弼）的幕客，他取黑龙江的白金炼剑之时，我也在场。”当下又指点了桂仲明几手使剑之法。凌未风忽插口说道：“他这口宝剑几乎给他的师叔夺去呢!”晦明禅师道：“是吗?”桂仲明道：“他一见我就要抢这把宝剑，后来明明知道我是他的师侄，也还要抢，不知是什么道理?”晦明禅师叹道：“辛龙子此人也是被你的卓师叔纵坏了，只是他的虔心毅力，倒是不错。‘达摩一百零八式’我虽未见过，但据古老相传，里面有掌法与刀剑等用法，其中的剑法尤其精妙，听说只有三十三个招式，但却可回环运用，变化奇绝，往往一个招式就可变出许多招式来。辛龙子想是练成了达摩剑法，但却没有宝剑，所以连师侄的剑也要抢了。”

桂仲明等人吃过斋饭，又和晦明禅师谈了一会，一轮明月，已到中天，晦明禅师忽然携了凌未风，带领众人出外。天山月色是大自然的奇景之一，唐朝的大诗人李白就写过“明月出天山，苍茫云海间”这样的绝句。这时眺望天山群峰，在云雾封锁之中，给月光迫射，好像蒙上一层冰雪，月亮又大又圆，好像正正悬在头顶，伸手可摘。众人沐在月光中沉醉赞叹，凌未风忽然觉得晦明禅师的手微微发抖。

凌未风悚然一惊，晦明禅师忽道：“人生百年，电光石火；本无一物，何染尘埃?随心到处，便是楼台，逐意行时，自成宝相。你若心中有我，不必远上天山。”凌未风似懂非懂，急忙说道：“弟子愚鲁，未解禅义，还望师父教诲。”晦明禅师道：“一落言诠，便非精义。”

冒浣莲心头一震，细味禅语，似是晦明禅师临别说法，点化愚顽，合掌说道："佛说我不入地狱谁入地狱，人间魔障未除，又何忍自寻极乐？"晦明禅师口宣佛号，赞道："善哉，善哉！冒姑娘妙解禅理，老衲承教了。只是佛以千万化身普渡众生，老衲拍掌来去，虽无化身却也还幸有几个弟子。"冒浣莲急忙跪下礼拜，桂仲明一点也不懂他们说些什么，瞪大着眼，看冒浣莲。凌未风和张华昭也跟着跪下，桂仲明却还愕然不知所以。

原来冒浣莲细参禅意，猜度晦明禅师不久似将坐化。因此她说"人间魔障未除"，劝晦明禅师多活几年，为人间除恶扬善。晦明禅师却以"佛以千万化身普渡众生"为答，意思说"即以佛祖那样的大智慧，也要圆寂，只能以佛经真理，遍传世间，等于以千万化身，普渡众生。我已过百岁，人无不死之理，留下的弟子，如能照我的话去做，生生不灭，那也等于我的无数化身了。佛经虽是一种唯心的哲学，但也有可采的哲理"。凌未风跟着也悟出晦明禅师的意思，心中不胜惶恐。

晦明禅师笑着将他们拉起，说道："何必如此？"又对凌未风道："天山绝顶苦寒，你将来愿否留此，听你自便，只是藏经阁里的书，有我的注解，还有一本拳经和一本剑诀，你必须替我保全。时候不早，还是早点安歇吧。"

这一晚，大家都没好睡，凌未风心想师父硬朗如常，他虽然留下遗嘱般的偈语，想也是一般老人的常情，未必在短期内就会圆寂。想不到第二天一早，悟性就匆匆赶来道："未风，不好了，师父已经坐化了！"凌未风急忙赶到静室，只见晦明禅师端坐蒲团，垂眉闭目，一如平时打坐模样，不觉痛哭。悟性在旁道："蒲团边留有两本书和一个锦匣，想是师父特别检出来交给你的，你拜领了吧。"凌未风取过两本书来看，一本写着"天山剑诀"，一本写着"晦明拳经"，知是师父百年心血，急忙叩头谢恩。又取过锦匣一看，上面写道："优昙仙花，一白一红，携同此匣，上南高峰。"又有小字注着："领我遗命者，是我隔世弟子，可向辛龙子取我拳经剑诀，由辛龙子代师传技。一航。"凌未风知是卓一航遗物，要取得优昙花的人，携同此匣，上南高峰去见白发魔女。他一想："这匣我可不能携带。"正想叫悟性去请张华昭，回首一看，张华昭和桂仲明等人已在静室外下跪参拜。

凌未风依礼答拜，冒浣莲道："老禅师年逾百岁，勘破红尘，一笑西行，修成正果，凌大侠不必过分悲伤。"凌未风收泪与悟性将师父装敛，当日下午就在天山绝顶上为晦明禅师建起坟墓。丧事完了，将锦匣交给张华昭道："这是你的事了，将锦匣与仙花交给白发魔女之后，再向飞红巾讨回易兰珠，功德完满。那时你若愿学武当拳剑，就去拜那辛龙子为师吧。有卓一航的遗命，他不能不收你。"张华昭道："我只求能见得着易兰珠，心愿已足。我倒不稀罕那辛龙子的技艺。"冒浣莲笑道："学学怪招，倒不错呀！"凌未风心念一动，想道："那书是少林武当两派传家之宝，辛龙子拿去倒还说得过去，只是他不该用诡计去骗韩志邦，将来我倒要替韩大哥出一口气。"

凌未风守坟三日，尽了徒弟之礼，并将晦明禅师留下的拳经剑诀，再练一遍。第四日辞灵下山，并与悟性握别。悟性道："白发魔女脾气极怪，你们可得当心。"他又说起飞红巾并不与师父同住，而是住在南高峰侧面的天都峰，在拜见白发魔女之前，可以先见飞红巾，也可以不经过天都峰而直上南高峰。

林木迤逦，水川纵横，气候变化极大，在托克逊一带，壁上可以烘饼，鸡蛋可以晒熟，再走半日，登上俄霍布拉山口，又是严寒迫人了。冒浣莲叹道："读万卷书不如行万里路，不到天山不知世界之奇！"四人行了七日，见雪山插云，十多条冰河，镶在雪山谷中，就像星光一样，从山上向四面放射。凌未风指点着东侧的一座山峰道："这就是天都峰了，飞红巾和易兰珠就住在那儿。"张华昭忽道："我们先上天都峰好不好？"凌未风沉思未答，桂仲明道："对呀，先找着易兰珠姐姐，然后再送花给白发魔女，不也一样？"凌未风怜张华昭的苦恋，慨然答允。

天都峰虽比南高峰为低，但已是原始森林，渺无人迹之地。四人花了三天工夫，攀登上去，时见兀鹰盘旋，雪羊竞走，这些禽兽见了人也不害怕。冒浣莲笑道："大约它们见了我们，也觉得很奇怪，很有兴趣吧。"走上峰顶，迎面是四十几丈高的冰崖，就好像拉萨的大建筑一样，净明溜亮，正看得入神，突然从附近传来

“哒……哒……”的足音。

桂仲明等四下察看，却找不着踪迹，再往前走几步，足音又响了。凌未风笑道：“你们不必瞎找了，哪里有人？”话犹未完，“哒，哒……”的足音又在身旁传出，非常响亮。桂仲明睁大眼睛，满脸疑惑的神情。凌未风道：“你们听听声音是从哪里传来的？”冒浣莲道：“呀！怎的这声音就好像在我们脚踏的石头底下。”桂仲明把耳朵贴在石隙上，只听见石下水流如注，叮叮咚咚，类似音乐，间杂着沉重的“哒……哒”的声音，凌未风笑道：“我初来时也曾给这种声音疑惑过，后来才知道天山山脉一带，有许多巨大的冰山，由于地震，后面高山的岩石塌下来，把冰山压在下面。冰山一天天地融化，岩石就一天天地架空。岩石中空处，冰河流动，和人行的脚步声十分相似。”冒浣莲笑道：“原来如此，真把我吓死了。我们从江南来的人，冰雪都少见，哪料到大山底下，还埋藏有远古的冰山。”凌未风笑道：“你得小心，我们脚下就是巨大的冰山呢！只要岩石哗啦啦一散架子，我们就别想生还了。”

张华昭却独自出神聆听，忽然说道：“我不信，怎的会不是人？”脚尖一点，如箭离弦，疾跑出去。

张华昭在山崖削壁上绕了个圈子，径自攀上了一个山头，没入林木之中。凌未风笑道：“他想得发痴了，让他自己去看看吧。”他话虽如此说，仍然带头上山，远远跟着张华昭。

张华昭这回猜对了，上面真有人的足音，他攀上山头，林中忽传出一阵清脆的歌声，歌道：“怕逢秋，怕逢秋，一入秋来满是愁，细雨儿阵阵飘，黄叶儿看看骤。打着心头，锁了眉头，鹊桥虽是不长留，他一年一度亲，强如我不成就。”这是北京附近流行的民歌，易兰珠在石振飞家中住的时候学会的，张华昭也曾听她唱过，这时一听，如获至宝，大声叫道：“兰珠！兰珠！”树林中人形一见，张华昭飞步赶去，只见一个少女左躲右闪，急急奔逃，张华昭又大声叫道：“兰珠，你不能这样忍心呀！”旁边一个人忽地从一棵树后转出身来，斥道：“小伙子，这是什么地方？不准你在这里乱叫乱嚷！”这人容颜美艳，却白发盈头，张华昭一见，又叫出声来：“飞红巾，你不准我见她，你就杀了我吧！”发力一跃，忽然全身麻软，倒在地上，飞红巾身形一晃，霎忽不见，那少女的歌声，余音缭绕，尚自荡漾在原始的大森林中。

过了片刻，凌未风等人赶到，见状大惊，急忙替张华昭解了穴道，张华昭道："我见着她了，飞红巾不准我和她谈话。"凌未风问知经过，叹道："精诚所至，金石为开，你能闻我等所不能闻之音，也必能为我等所不能为之事。我们劝不动飞红巾，你一定能成。"

四人穿入林中，果然见着一间石屋，凌未风上前拍门叫道："晚辈凌未风特来晋谒！"通名之后，久久不见开门。

且说那日飞红巾拼死打退楚昭南，抢到了易兰珠之后，把她携回天都峰，悉心替她医治。易兰珠在天牢数月，精神肉体都给折磨得痛苦不堪，难得飞红巾像慈母一样爱护她，照顾得无微不至，不久就给调治好了。飞红巾一天晚上告诉她，她的母亲王妃已死。易兰珠木然无语，刚刚平复的心灵创痛又发作起来，飞红巾紧紧地拥抱着她，眼泪滴在她的面上，说道："我以前很恨你的母亲，这次她临终时我在她的身旁，我才知道我以前恨错了，你的母亲实在是一个灵魂善良的好女人，我们的冤仇在她临终前的一瞬完全化解了，我们结成了姐妹，她的女儿就是我的女儿。"易兰珠倒在飞红巾怀中，叫了声："妈妈，你不嫌弃我，我就做你的女儿！"飞红巾听了这声"妈妈"，心中如一股暖流流过，把易兰珠搂得更紧更紧，在她耳边低声说道："兰珠，我是你爸爸生前最好的朋友，你知道吗？"易兰珠嗯了一声道："那我见着你就如见着爸妈一样。"

飞红巾心中一阵悲苦，尘封了的记忆又像毒蛇一样咬着她的心。廿余年前她是南疆各族的盟主，率领族人抵抗清兵，牧民们还特别为她编过一首歌，"我们的英雄哈玛雅，她在草原之上声名大"就是那首歌的开首两句。可是这位叱咤草原的女英雄，却一再受着感情的折磨。她和杨云骢志同道合，本来可以成为极好的爱人。不料在一场大战争中失散之后，再碰头时，杨云骢和纳兰明慧已订鸳盟，难分难舍了。飞红巾第一个爱人是个歌手，为了他暗通敌人，她亲手把他杀掉，碰到杨云骢后，她以全副的生命爱上了他，不料他却又爱上敌人的女儿，但他和那个歌手是完全不同的人，她不能杀他，又禁不住不爱他，后来她听到纳兰明慧和多铎成婚，再想去找杨云骢，而杨云骢的死讯已传来了，这种感情的折磨，使她一夜之间头发尽白！南疆各族抗清失败之后，她隐居天都峰廿年，在寂寞的岁月中，对杨云骢的思念愈甚。只要属于杨云骢的东西，她都有深沉的感情，如今得到了杨云骢的女儿，她是再也不肯让她失掉了。

她给易兰珠讲她父亲的事迹，讲他们两人当年并肩作战的英雄故事，讲她自己的悲伤和寂寞，她说："女儿啊！我再也不能失掉你了，你答应永远在我的身边，什么人来叫你你都不走吗？"易兰珠劫后余生，心如槁木，张华昭的影子虽掠过她的心头，但对着飞红巾的泪光，这影子也倏地消灭了，她忍不住，抱着飞红巾道："妈妈，我答应永远不离开你！"

张华昭哪里知道飞红巾已用感情控制了易兰珠，他随着凌未风大力拍门，久久不见人应，不禁怒道："飞红巾到底是什么居心，这样不讲情理？再不开门我就打进去！"

张华昭话声未了，石门倏地打开，飞红巾现出身来，冷冷问道："你说什么？"凌未风赶忙答道："我们特来拜谒前辈。"飞红巾冷笑道："不敢当，只怕你们要来拜谒的不是我！"桂仲明应声说道："你既然知道，为什么不许兰珠姐姐出来？"冒浣莲急忙扯他一下。飞红巾傲然对凌未风道："他是什么人？这样没规矩！"桂仲明还想说话，却给冒浣莲止住。冒浣莲柔声说道："兰珠姐姐和我们情同手足，我们不远万里而来，还求前辈准许我们见她一面。"

飞红巾不接冒浣莲的话，却转过头对凌未风道："你还记得你说过的话吗？"凌未风愕然道："我说过什么话？"飞红巾道："在京中我和你说过，我若救得出易兰珠就不准你管，有这句话吗？"凌未风想不到她把开玩笑的话当真，桂仲明忽然骂道："好不害羞，是你一个人救的吗？你凭什么把她管住，她又不是你的女儿！"飞红巾傲然说道："她就是我的女儿！"凌未风瞪了桂仲明一眼，示意叫他不要多话。

张华昭悲愤填胸，亢声说道："就是你的女儿我也要见，我有话要和她说。"飞红巾喝道："你是她的什么人？不准你见你就不能见！"凌未风再也忍受不住，忽然迈前一步，用低沉的声调问道：

这位叱咤草原的女英雄，却一再受着感情的折磨。她和杨云骢志同道合，本来可以成为极好的爱人，不料在一场大战争中失散……

“易兰珠是我从小把她抚养大的，我虽然不敢做她的父亲，但我对她却实有了父女之情，你准不准我见她呢？”

飞红巾怔了一怔，也低声说道：“好，你们退后十步，我叫易兰珠在门口见见你们，让她自己说，她愿留在这里还是愿随你们去。”凌未风无奈，和同来三人依言退了十步。飞红巾手掌拍了三下，一个少女轻轻地走到门前。张华昭大声叫道：“兰珠姐姐，我来了！”飞红巾抽出长鞭，指着张华昭道：“不准上来。”

易兰珠目光呆滞，叫了声：“凌叔叔！”两行清泪簌簌落下。飞红巾赶忙拉着易兰珠问道：“他们要接你出去，你愿意去么？”易兰珠低缓地说道：“我愿意在这里陪你！”飞红巾推她下去道：“好了，这就行了，你回去歇歇吧，你的神色很不好呢！”易兰珠如中魔咒，竟然转身入内，张华昭大声叫道：“兰珠，兰珠，不要回去！”凌未风也大声叫道：“兰珠，你的爸妈虽然都死了，但你爸爸的志愿你还没有替他完成呢！你是你爸爸的女儿！只杀了多铎还不能算是替爸爸报仇。”飞红巾砰的一声把门关上，把易兰珠关在里面，她自己却站在墙头，高声说道：“凌未风，你可以回去了。”

桂仲明怒气冲冲，右手一振，倏地打出三枚金环，分打飞红巾三处大穴，想把飞红巾打倒，破门而入。飞红巾长鞭一卷，把三枚金环全都卷去，冷笑说道：“我念在你是晚辈，不和你计较，你再胡来，我就要还敬你了！”冒浣莲用力拉着桂仲明，凌未风上前三步，要与飞红巾理论，正闹得不可开交之际，忽然有一个苍老的声音起自身旁。

那苍老的声音喝道：“谁敢在天山撒野？”凌未风吓了一跳，定睛看时，只见一个满头白发的老婆婆，不知什么时候，竟然来到了他们中间，凌未风恭恭敬敬地行了个礼，说道：“家师晦明禅师遣弟子参见白老前辈。”白发魔女哼了一声，问道：“你的师父好？”凌未风凄然道：“家师日前圆寂，特来报知。”白发魔女一阵心酸，叹道：“从今而后，再也找不到对手研习剑法了。”凌未风不敢作声，过了一会，白发魔女又问道：“你们真是特意来见我的？”凌未风道：“是啊！还有卓师叔留下的锦匣，要献与你老人家。”白发魔女面色大变，叱道：“你敢在我面前说谎，我住在南高峰，你又不是不知，你来天都峰作甚？卓一航有东西给我，也不会叫你们拿来，哼，你敢戏弄于我？”凌未风正想辩解，飞红巾抢着道：“师父，他们联同来欺负我，要抢我新收的徒弟。”白发魔女忽地冷笑一声，凌未风、桂仲明、冒浣莲、张华昭四人，同时觉得一阵眼花，似有人影疾在身旁穿过，凌未风身子陡然一缩，闪了开去，耳中依稀听得有人叫一声“好”！转瞬间微风飒然，白发魔女又已在场中站定。白发魔女两手拿着三口宝剑，冷笑说道：“凌未风，你朋友的兵刃我拿下了，念你是晦明禅师的弟子，我不再惩戒你们了。你们给我滚下山去!”说罢携飞红巾入内，说道：“不要再理他们。”砰的一声，把石门关上。

凌未风这一惊骇非同小可，白发魔女竟于瞬息之间，连袭他们四人，除了自己之外，桂仲明等三人的兵刃竟全部给她收去。这真是武林绝顶功夫，怪不得她敢两次去找晦明禅师比试。

凌未风深知白发魔女脾气古怪，不敢逗留，带领三人翻下天都峰，坐在山脚叹道：“触犯了这女魔头，易兰珠只怕不能再见着了。”张华昭神情颓丧，如痴如呆。桂仲明心痛失了宝剑，也说不出话。

过了一阵，冒浣莲忽然拍掌说道：“凌大侠，不必灰心，兰珠姐姐和我们的兵刃还可以回来，只是要张大哥冒一冒险。”张华昭道：“我有什么用？打又打不过人家，求情她们又不理睬。”冒浣莲笑道：“难道我还会叫你和白发魔女打架？你仍然捧着锦匣，携同仙花，当作没有这回事似的，三步一拜，独自拜上南高峰去。白发魔女包管会叫飞红巾将易兰珠放回给你。”张华昭愕然道：“你真有把握？”冒浣莲道：“我戏弄你做什么？而且除了如此，也无其他法子。”凌未风一想，懂得了冒浣莲的意思，点点头道：“还是你机灵，刚才我们都莽撞了。”桂仲明大惑不解，瞧着冒浣莲出神。冒浣莲“嗤”的笑出声来，用手指戳他一下，在他耳边悄悄说道：“傻瓜，比如我有些体己话要和你说，我会说给许多人知道么?”

冒浣莲机灵绝顶，白发魔女的心思她一猜就猜对了。白发魔女与卓一航少年情侣，后来因事闹翻，他们曾经有过一个密约，所以白发魔女听说卓一航有遗物给她，面色大变。但想起那个密约，卓一航绝无同时派几个人来的道理，因此又以为是凌未风故意调侃她。

且说凌未风等四人离了天都峰行去。到了山麓，冒浣莲道："好了，你一个人上去吧。我们在这里等你，你下来时发响箭为号就行了。"张华昭道："白发魔女只怕还未回山。"冒浣莲道："你不必管她回不回山，上去找她，总有好处。"

张华昭一人攀藤附葛，独上高峰，还要三步一拜，辛苦非常。南高峰景致又和北高峰不同，山上冰河甚多，张华昭行了两天，已接近原始冰河，冰河远望如白色的大海浪，从幽谷里流泻而下，行至近处才看清楚那些"浪头"都是高可五六丈的大冰柱，起伏层叠，有的似透明的宝塔，有的似巨大的手掌，形形色色，千奇万状。张华昭一来有凌未风所给的碧灵丹，二来入天山多日，也已渐渐习惯山中气候，虽然奇冷彻骨，还能抵受得住。

沿冰河上行，过一如瀑布状的冰坎，面前豁然开朗，有一片长达几百丈的大冰坂，冰坂尽头矗立一座高约百丈的冰峰，独出于群峰之旁，有用坚冰所造的屋子，光彩离幻，内中隐有人影。

张华昭此际已在南高峰之上，那冰峰乃是峰顶的积雪堆成。张华昭心想这冰屋想来就是白发魔女所造的了。他跪下行了大礼，只听得苍老的声音道："我饶恕你了，你进来吧！"

张华昭心想："白发魔女真是怪物，住在这样的地方。"只见屋中点着无数蜡烛，烛光与冰墙辉映，耀眼欲花，坐在当中的正是白发魔女，张华昭正想参拜，忽觉一股大力将自己托起，白发魔女将自己按住，开声问道："你真是卓一航差遣来的么？"

张华昭取出锦匣，锦匣上用丝带系着两朵花，一白一红，周围虽用彩绸罩着，异香仍是透人鼻观。白发魔女双目放光，问道："这两朵花是摘来的吗？"张华昭恭恭敬敬答道："是弟子所摘，奉卓老前辈之命，送给你老人家。"白发魔女将两朵花取下，却仍放在丝囊中，并不拿出，喟然叹道："七十年前的一句戏言，难为他还记得如此清楚。我今日刚好满一百岁，还要这优昙花来做什么？"张华昭瞠然不知所答，看着那满屋子的烛光，心想："原来今天是她百岁大寿。"正想措辞道贺，却见白发魔女闭目静坐，面色沉暗，便不敢插言。

白发魔女悠然存思，茫然若梦，七十年前旧事，都上心头。

七十年前，白发魔女还只是廿多岁的少女，可是却已名震江湖，是西北的剧盗；卓一航则是个贵家公子，他的祖父是个卸任总督，告老还乡时曾被白发魔女拦途截劫，并伤了卓一航的一位同门。也是合当有此“情孽”，后来他们竟因“不打不成相识”，而至彼此倾心。可是卓一航到底是显贵之后，爱意只是存在心中，不敢表露，更不肯入伙做强盗，白发魔女一怒而去。再过几年，卓一航已经成为武当派的掌门弟子，那就更加阻难重重了。他们经过几度悲欢，几番离合，最后一次，白发魔女上武当山找他，武当派的长老囿于宗派之见与门户之念，要把白发魔女驱逐下山，白发魔女性烈如火，动手伤了卓一航的一个师叔，卓一航迫于无奈，也出手伤了白发魔女。经过这场大变，卓一航伤心欲绝，几乎发疯，终于辞掉掌门，远赴回疆，追踪白发魔女。（他们两人之间的恩恩怨怨，详见拙著《白发魔女传》。）

但卓一航虽经大变，还是颜容未改，白发魔女却不然了，那晚动手之后，心念全灰，一夜之间，头发尽白。她是最爱自己的面貌的，白发之后伤心不已，索性到天山隐居，什么人都不愿意见了。

两人就是因这样一再误会，以致后来虽同在天山数十年，却总是避不见面。最后分手时，卓一航曾对她说道：“你为我白了头发，我一定要尽我的力，为你寻找灵丹妙药，让你恢复青春。”他知道白发魔女最爱自己的容貌，远在他们第一次见面时，白发魔女就说过“红颜易老”的说话，那时卓一航就开玩笑地对她说过，愿替她找寻头发不白的妙药，想不到竟成语谶，如今她徐娘未老，竟已白发满头，所以最后分手时，他又旧话重提。又谁料得到这个许诺，竟然成了他数十年来未了的心愿！

此际白发魔女对着两朵优昙花痴痴出神，几十年间事情，电光石火般地在心头闪过，她真想不到卓一航对她如此情深，生前一句戏言，死后仍然办到。她睁开眼睛又叹口气道：“这两朵花你还是拿回去吧！”随说随打开锦匣，抽出一张锦笺，只见上面写着一首七律：

别后音书两不闻，预知谣诼必纷纭。
只缘海内存知己，始信天涯若比邻。
历劫了无生死念，经霜方显傲寒心。
冬风尽折花千树，尚有幽香放上林。

这首诗正是卓一航当年受她误会之后，托人带给她的。当时她火气正盛，还咀嚼不出其中滋味，如今重读，只觉一片蜜意柔情，显示出他的深心相爱。这首诗首两句是说分别之后不通音讯，他已预测到一定有很多谣言了；三四两句说，只要彼此真心相爱，只要是知己尚存在世间，那就算人在天涯，也不过如隔墙邻舍一样；五六两句则表示他生死不渝的真情，说是越经过劫难，越经历风霜，相爱的心就越发显现出来；最后两句说纵许劫难像冬风一样，吹折了千树万树爱情的花朵，可是美丽的爱情花朵，仍然是放着不散的幽香！这些话当时读还不觉怎么，现在几十年过去了，卓一航死了，她也满一百岁了，卓一航的诗恰恰做了时间的证人，证明在这几十年间，卓一航的心事正如他所写的诗一样，一点也没有变。

白发魔女将锦笺折起，放入怀中，静坐冰室之中，凝望天山外面的云海，久久，久久，不发一言。张华昭禀道："白老前辈，还有什么吩咐？"白发魔女如梦初醒，吁口气道："辛苦你了，你有什么事情要我办的么？我能做得到的，一定替你做。"张华昭道："我想请老前辈帮忙，叫飞红巾把我的兰珠姐姐放出来。"白发魔女道："哪个兰珠姐姐？啊！是那个女娃子是不是？"张华昭点点头道："我和她已结同心，不愿如此生分！"白发魔女想起自己一生，点头叹道："我们上一辈所错过的东西，你们小辈的是不应该再错过了。飞红巾若要收徒弟，天下有的是聪慧的女儿，她不应该要你的兰珠姐姐。"说着自笑起来，在头上拔下一根碧玉簪，交给张华昭道："我这几天不想下山，你拿这根玉簪去见飞红巾，就说是我要她放的好了。"张华昭大喜叩谢。白发魔女又将那日所收去的三口宝剑拿出来，叫他带回去交还桂仲明他们。交托完毕，白发魔女道："你远道而来，我没有礼物给你，传你一套轻功吧。"说罢随手一带，张华昭只觉腾云驾雾般地给她一手带出石屋之外，简直连她身形怎样施展也看不清楚。张华昭大喜，急忙谢恩。白发魔女演了一套独创的轻功，放慢招式，叫他仔细看清，再传授了口诀，张华昭练了半天，熟记心头。白发魔女道："行了，你以后自己练习吧！"正是：

八十年来如一梦，天山绝顶授轻功。

欲知后事如何？请听下回分解。

第二十二回　边塞逃亡　荒漠奇缘逢女侠
草原恶战　武林绝学骇群雄

白发魔女若有所思，半晌说道："这两朵花我用不着了，你不如拿去送给飞红巾吧。"张华昭想起飞红巾也是白发盈头，这两朵花她正合用。

第二日一早，张华昭拜别白发魔女下山，走了两日到了山麓，放起响箭，过了片刻，凌未风与桂仲明、冒浣莲从山坳转出，冒浣莲一见就大声喊道："怎么样，我不骗你吧？"张华昭喜孜孜地将经过说了，众人齐都大喜，凌未风手上拿着一根黑黝黝的拐杖，在岩石上敲击，笑道："我们这趟再去找飞红巾，看她敢不敢留难？"张华昭这才注意到他手上的拐杖，笑道："这拐杖真好玩，是木头的吗？"凌未风道："你说好玩就送给你好了，它比钢铁还硬呢！我这几天采集了许多天山神芒，顺便削下了天山特有的降龙木，弄成了这根拐杖。"张华昭道："我只学过剑法，可没学过用棍棒鞭杖等兵器。"凌未风道："你就依无极剑法来使这根杖好了，只怕它比你手中的青钢剑还更好呢！另外我再教你几路拐杖点穴法。"张华昭这两日机缘凑巧，学了白发魔女的独门轻功，又得了降龙宝杖，十分高兴。

凌未风等一行四人再回到天都峰，凌未风上前拍门，又是久久未有人应。凌未风皱眉道："飞红巾怎么这样不讲情理，不理不睬。"张华昭道："我手上有她师父的玉簪，就闯进去见她吧！"凌未风又叫了几声，仍然未见答应，心中也不免有点恼怒，挥手说道："也只有闯进去了！"桂仲明巴不得凌未风说出这话，双掌用力，在石门上一推，登时把石门推开，凌未风道：“桂贤弟不可莽撞，我们虽是破门而入，还得以礼求见。”带领众人走入屋内，只见飞红巾盘膝坐在蒲团之上，动也不动，就宛如古代遗留下的一尊石像。她对外面的纷扰，竟似视而不见，听而不闻。

凌未风放轻脚步，走近蒲团，低声唤道：“飞红巾，我们奉令师之命来看你。”过了许久飞红巾才轻启双目，吁声说道：“你们来了？易兰珠走了！世事如梦，一切空无，你们还要什么？”这威震草原的女英雄，如今竟似一个垂危的病人，眼睛消失了光彩，话语软弱无力，白发飘拂，身躯颤抖。凌未风打了个寒噤，张华昭叫道：“兰珠姐姐真的走了！”飞红巾道：“是的，你赢了，她不愿伴我同受空山岑寂，她要去找寻你们，她偷偷地走了，嗯，偷偷地走了！”她指一指右边的墙壁道：“你看！那上面用宝剑划了几行字。”张华昭读道：“恩仇未了，心事难消，愿娘珍重，后会非遥！”失声叫道：“她真的走了！”飞红巾又闭上双目，挥挥手道：“你们走吧，谁也别理我了！”

凌未风凝望着飞红巾，心中无限难过，忽然他大声叫道：“飞红巾，你看看，这是什么？”飞红巾不由得睁开眼睛，凌未风倏地从张华昭手中，抢过了那根降龙宝杖。递到飞红巾面前，叫道：“飞红巾，你要用拐杖了！这根给你！”飞红巾讶道：“什么？”凌未风大笑道：“你不行了，你不中用了，没有拐杖，你路也走不动了！”飞红巾勃然大怒，自蒲团上一跃而起，戟指骂道：“凌未风，你有多大本领，胆敢小觑我？划出道儿来，我和你大战三百回合，看到底是谁行谁不行了？”

张华昭等骇然震惊，凌未风神色自若，朗声说道：“飞红巾你别动怒，你自己想想我有没有说错你！你为什么神志颓丧？就是因为你失掉了你的拐杖！”飞红巾瞪大眼睛，喝道：“胡说八道，你疯了么？”凌未风激动地叫道：“我不疯，疯的是你！你要把易兰珠当作你的拐杖，没有她你就连走也不能走啦！我真替你羞耻，你这草原上的女英雄，要倚靠一个女孩子做你的拐杖！你是这样脆弱，脆弱到自己没有勇气生活下去？可是易兰珠不是木头，她有生命，她懂得思索，她有感情，她不能够做你的拐杖！你明白吗？飞红巾，你也得试试自己站起来，不靠拐杖来走路啦！”

飞红巾给凌未风一阵数说，面色颓败，红了又青，青了又红。冒浣莲心中暗暗赞叹道：“凌大侠真行，不是这样一针见血地道破她，也医不了她的心病！”

廿年前的英气雄风，蓦然回来了，飞红巾热血沸腾，似乎要突破身体的躯壳。自失掉杨云骢之后，她的确感到非常空虚，好像失掉了生活的支柱，她的武艺是越来越高，可是她的精神力量却越来越弱，过去那种敢于独往独来，披荆斩棘的雄风忽然消逝，她把自己囚在天都峰上，独自忍受痛苦的煎熬，到忍受不来时，就把易兰珠抢过来，用易兰珠来替代杨云骢在她心头的地位，给她以生活的勇气。她什么也不理，只想要易兰珠陪着她，在精神上扶持她，“是啊！我的确是把易兰珠看成我的手杖了！”飞红巾心灵激荡，内心的声音在责备着她。她忽然大声叫道：“凌未风，你说得对！但需要拐杖的飞红巾死了，现在站在你面前的是不要拐杖的飞红巾。走！我陪你们下山去，我替你们把易兰珠找回来！我要到我的族人中去，让他们知道廿年前的飞红巾复活了！”

凌未风把拐杖掷给张华昭，鼓掌欢呼，张华昭从怀中取出那两朵优昙花献上去道：“这两朵花是卓老前辈留给令师的，令师不要，说叫我送给你。”飞红巾闻得一缕幽香，更是神清气爽，笑道：“这是什么花？”凌未风道：“这是优昙花，据说可令白发变黑，功逾首乌。”飞红巾摇了摇头道：“我也不要它。我的心年轻就行啦，何必要把白发变黑？我要留着这满头白发，做一个纪念，这白发会提醒我，我曾经衰老过，一个需要拐杖的女人！”她笑得非常爽朗，心湖明净如天山的冰河！

再说易兰珠那日自凌未风与张华昭等去后，思潮浪涌，彻夜无眠，张华昭对她的蜜意柔情，固然令她徘徊不已，而凌未风那番说话，劝她继承父亲的遗志，更如当头棒喝、暮鼓晨钟，她想来想去，觉得飞红巾虽然可怜，但自己这样陪她在空山中度无聊的岁月，也不过是两个可怜人相聚一处而已。“我还年轻，我的生命就让它像蜡烛一样，在空山中烧灭了吗？不，我不愿意！”易兰珠突然从心内喊出来，几个月来心头上那个死结解开了，她迅速作了决定，离开飞红巾，去找凌未风和张华昭，她悄悄地在壁上题了几行字，就下山去了。

易兰珠在天山长大，熟识道路，她取道达坂城沿白杨河岸前往南疆，走了二十多天，忽觉气候渐热，一片沙漠横亘面前，她知道再往前走，就是回疆著名的“火洲”吐鲁番了,《西游记》中的火焰山，就是在这个地方。易兰珠避开正面，从吐鲁番西面绕过。一日正行路间，忽然阵阵热风，刮地而来，霎忽黄沙滚滚，一片烟雾，像沙漠上突然卷起一张遮天蔽地的黄绒毡幕。易兰珠急忙躲在一个小丘后，屏息呼吸，时不时用手拨开堆积的浮沙，过了许久，风沙才息！易兰珠探出头来，忽见小丘的那一边，站着四条大汉。都是满身黄土，狼狈异常！一个瘦小的汉子正向他的同伴问道：“东洛，我们迷了路，你可认得路吗?”那个叫做“东洛”的人戴着一件大兜风，把两只耳朵与半边面孔全都遮着。抬起头来，望了一阵，叫道：“苦也！沙漠风暴，地形变换，我也认不出路了。好在我们的水囊没有丢，只好拼命朝最热的地方走去，走到吐鲁番，我就识路了。”另一个人说道：“这个鬼天气，一时酷冷，一时酷热，像这般炎热，我们那点水只怕不到两天就会喝完，如何过得火焰山?”易兰珠闻声触起，一摸自己装盛天山雪水的水囊，却不知什么时候被沙石刮了一个小洞，水全都漏干了。

易兰珠这一急非同小可，在土丘后一跃而出，叫道：“过路的大哥，你们要去哪里？我认得路!”易兰珠虽然满身黄土，但却掩不住清丽的容颜，四条大汉陡见沙漠之中出现如此美丽的少女，全都呆了。那瘦小的汉子喝道：“你是什么人，为什么单身在大漠上行走?”易兰珠心中生气，大声说道：“你管我做什么？我替你带路，你把水囊的水分一点给我，大家都有好处，你们若不愿意就拉倒。我自己会去找水，你们也尽管走你们的路。”一个肥头大耳的汉子叫道：“着呀，有这样漂亮的姑娘带路还有什么不好？姑娘你渴了吗？来，来！我这就给你喝水。”易兰珠瞪了他们一眼，心想这四人似乎不是什么好人，但自己一身武艺，却也不怕他们。当下朗然说道：“咱们彼此患难相助，你别乱嚼舌头!”她大大方方地把胖子递过来的水喝了两口，挥挥手道：“好了！走吧!”

这四个人全是大内高手，那瘦小的汉子是“铁笔判官”成天挺，那个披着大兜风的却是邱东洛。邱东洛给凌未风削了两只耳朵，怕被旁人看见耻笑，所以长年四季都披着兜风。另外两个则是成天挺的副手，一个叫做郑大锟，一个叫做连三虎。

康熙是一个好大喜功的皇帝，平定了吴三桂与李来亨之后，便想拓土开疆，统一蒙藏。他又听说李来亨虽然死了，他的弟弟李思永却不知下落，有可能逃入回疆，因此他图谋回疆蒙藏之心更急，成天挺等四人便是他派入回疆的武士，任务是探听边情与侦查李思永的下落。

易兰珠一点也不知他们的来历，泰然自若地与他们同行，邱东洛一路瞧着她，神情颇为怪异，胖子郑大锟忽然笑道：“邱大哥，你不是素来不喜欢娘儿们的吗？怎的今天给小狐狸迷着了！”易兰珠勃然大怒，忽然前面黄尘滚滚，有两骑马飞驰而来。成天挺道：“咦，这两人骑术怎如此了得？”话声未了，那两骑马已到面前。马上人一跃而下，一个是白衣书生，一个是红衫少女，一红一白相映成趣。易兰珠又惊又喜。这红衣少女乃是白发魔女的关门弟子武琼瑶，凌未风与桂仲明在拜谒晦明禅师之时，所见的就是她。

武琼瑶原是终南派名宿武元英的掌珠，凌未风、刘郁芳等人大闹五台山之时，就是在武元英的家里集会，因此武琼瑶认得凌未风与冒浣莲。而凌冒二人却绝想不到她也会在天山，仓卒之中，两人都认不出红衣少女就是她。

当日大闹五台山之后，群雄分散，武元英父女原是留在山西的，后来因为风声日紧，在山西站不住足，辗转到了回疆。武元英带武琼瑶上天山谒见晦明禅师，不料刚到半山，就碰见白发魔女，白发魔女一见武琼瑶就喜欢了她，伸手便要武元英把女儿送给她做徒弟。武元英不知她的来历，她微微一笑，把崖石随手抓下一块，捏成粉碎，笑道：“终南派与武当派甚有渊源，你难道连白发魔女的名头也没听过吗？”武元英一听才知面前的老婆婆，便是与前一辈武当派掌门人卓一航有过纠纷的白发魔女，他听师长说起，白发魔女当年为了卓一航，曾打败武当五老的围攻，连卓一航的师叔都给她伤了，武功之高，世所罕见！只是推算年代，她已是百岁之人，武元英真料不到她还活在世上。

武琼瑶平日也听父亲说过白发魔女的故事，如今一听这巾帼中并世无二的女人，愿收她做徒弟，大喜叩谢，先自肯了，只是武元英依依不舍。白发魔女道：“我只要她跟我三年就行了，我教徒弟与别人不同，我教三年当得别人教三十年，过了三年，我就放她回来跟你。”

白发魔女暮年收徒，武琼瑶又聪明又淘气，非常懂得哄她欢喜，白发魔女把她宝贝得了不得，把独门剑法悉心传授于她，用药物之力，给她培元固本，果然在三年之中，把她调教得非常出色。除了功力稍差之外，论剑法不在飞红巾之下。武琼瑶也常到天都峰找飞红巾游玩，因此认得易兰珠。

那白面书生正是李思永，他在清兵围剿之下，拼死冲出，傅青主、刘郁芳、石天成父女、韩荆等人仗着一身武艺，也都脱出身来。只有韩荆的盟兄弟朱天木、杨青波却不幸战死。李思永和傅青主等十多骑，自四川西走，辗转到了回疆，这一日骤遇沙漠风暴，李思永骑的是一匹黄骠骏马，未曾走过沙漠，给风沙所吓，长嘶狂奔，疾逾闪电，离群走散。李思永虽然是一身武艺，却不懂得应付风沙之法，焦急间，忽然斜刺里一骑马冲来，一个红衣少女与他擦身而过，牵着李思永的衣袖道：“快躲在马腹之下，顺着风跑！”李思永正感风沙刮面，两眼难睁，浑身气力也渐消失，被少女提醒，一翻身倒悬马腹，和少女并辔飞驰，过了许久，风沙才息，两人翻上马背，李思永向她道谢，问道：“姑娘师门，可肯赐教?”红衣少女娇笑道：“什么师门呀不师门，我一点也不懂。”李思永道：“姑娘骑术精绝，那一定是懂武艺的了！”红衣少女笑道：“我们在草原上讨活，不懂骑马还行么？至于什么武艺，那我可全不懂了。”红衣少女娇小玲珑，明艳照人，吐气如兰，婀娜作态，李思永不觉心醉，以为她真是草原牧民的女儿，竟瞧不出她身怀绝技。那红衣少女问道：“公子这般发问，想必是精通武艺的了！”李思永道：“学过几手粗浅的功夫。”红衣少女道：“我要到吐鲁番附近的叶尔羌去，公子懂得武艺那好极了，能不能陪我走一程呢？我真害怕！”李思永奇道：“怕什么呢？草原上有强盗吗？”红衣少女道：“强盗倒是没有。只是最近有许多满洲武士跑到咱们的草原来乱闯，为非作歹，比强盗还凶。”李思永怒道：“若我碰着他们，一定把他们的狗腿打折！”红衣少女道：“他们很厉害啊，公子成吗？”李思永道：“这些武士十个八个我还对付得了。姑娘不要害怕，我和朋友们准备到南疆的莎车，要经过叶尔羌，我就陪姑娘到那里去好了。”李思永不知清廷派到回疆的都是一流好手，他只以为是一般武士，所以毫不放在心上。那红衣少女正是武琼瑶，她沿路发现成天挺他们的踪迹，已暗自跟了一程，知道他们武功颇高，不敢单独动手。听了李思永的话，微微一笑。她下山之后，先见过老父，这次便是奉老父武元英之命去迎接李思永、傅青主他们的，她虽没见过李思永，可是临行前曾问清相貌，九成料到这白面书生是李思永，心想武林中人都称赞李公子文武全才，她倒要逗他一下。

武琼瑶有一搭没一搭地逗李思永闲话，问道：“我们天山一带，以前有一个杨云骢大侠帮我们打过清兵，你知道吗？”李思永笑道：“杨大侠早就死了，我认识他的师弟凌未风。”武琼瑶道：“李公子的武艺比他们如何？”李思永又笑道：“凌未风的剑法独步海内，我如何比得上？姑娘，武功这东西奥妙得很，我也说不清楚。”武琼瑶故意说些孩子气的话，逗李思永谈论武艺，李思永真的把她当成不懂事的女孩子，和她谈得很开心。两人不知不觉之间，走了一大段路，和邱东洛等人在沙漠蓦然相逢。

易兰珠骤见武琼瑶，又惊又喜，正想招呼，武琼瑶忽然打个招呼，纵声笑道：“哎哟！沙漠上出现天仙了，你叫什么名字？怎长得这样美啊！”边说边去拉易兰珠的手。易兰珠也是机灵的人，虽然不知她葫芦里卖什么药，但却懂得她的意思，不愿在陌生人前相认。于是也拉她的手笑道：“姑娘可真叫我开了眼界了，好在这里不是开‘叼羊’大会，否则男孩子们都要骑马追你了。”“叼羊”是回疆各族流行的一种游戏，男女互相骑马追逐，女的追到男的，可以用鞭抽打他，有两句诗道：“姑娘骑骏马，长鞭打所欢。”所说的就是这种“叼羊”游戏。武琼瑶和李思永并辔奔驰，状若追逐，所以易兰珠故意用话取笑她。武琼瑶倒不在乎，李思永则满面通红了。他进入回疆，懂得“叼羊”的意思，心想：“怎么草原上的女孩子，口这样没遮拦，胡乱拿人取笑。”李思永本来是个光明磊落的英雄，一向没有男女之见，可是他对武琼瑶暗里动情，连他自己也未觉察，不知不觉之间，就显得比平时敏感许多。

再说邱东洛以前在云南抚仙湖滨，曾和李思永见过一面，他左边那只耳朵就是那次给凌未风割下来的。三年不见，李思永并没有什么改变，邱东洛两只耳朵被割，面上又被凌未风划了两刀，长年披着兜风，李思永一眼却看不出他是谁来。

邱东洛认出李思永，又惊又喜，心想：“真是踏破铁鞋无觅处，得来全不费功夫！他真的逃到回疆来，又撞在我的手上，真是上天保佑，叫我立此大功。”但他知道李思永武艺不比寻常，单打独斗，还不惧他，只是一打起来，必定是性命相搏，要擒他却不容易。当下用了他们圈内的暗语，告诉成天挺等人知道：这白面书生就是李思永，叫他们暗中准备，严密戒备，一声令下，就要把他活捉。武琼瑶听他们说黑话，只是嘻嘻地笑。

易兰珠见邱东洛偷偷盯着李思永，心想这人真怪，看人如此没有礼貌，也睁大眼睛看他。邱东洛目光和她碰个正着，忽然记起一人，大声问道：“你是杨云骢的什么人?”易兰珠傲然答道：“关你什么事?”李思永突然跳起，大声喝道：“这厮在凌未风剑下侥幸逃生，还敢在此作恶。”李思永聪明过人，记性极好，他虽因邱东洛面貌变异认不出来，但一听声音，却蓦然记起。邱东洛在抚仙湖边向凌未风挑战时，话说得很难听，李思永当时在旁细听，对他的口音有很深刻的印象。

邱东洛还未答话，成天挺双笔已嗖地拔出，在李思永面前一站，纵声笑道：“李公子，幸会，幸会！公子十万大军，一朝瓦解，辗转万里，沙漠逃荒，这真是何苦来哉！不如随我们进京，归顺今圣，皇上定会开恩，给公子一官半职。”李思永面色倏变，两柄流星锤也自腰间解出，按他的性格，本就不耐烦听完成天挺的说话，但他顾着旁边“不懂武艺”的武琼瑶，担心混战，会令她无辜受伤，当下眉头一皱，朗声说道：“你们都是冲着我来的，是不是?”成天挺嘻嘻笑道：“李公子料得不错。”李思永傲然说道：“既然如此，不必多费唇舌，你们就都上来动手吧。话说明在先，这两位姑娘都不是和我一路，你们既只是冲着我来，就不应为难她们，我若输给你们，甘愿束手就缚！”成天挺翘起拇指，叫道：“好，李公子快人快语，就是这样办吧，由我一人领教公子流星锤好了，若承让一招半招，那公子可得随我们进京，不得反悔！”当下招呼邱东洛道：“喂，你和那位姑娘说些什么呀，有这么多话说？过来做个证人吧。”也不知邱东洛刚才说了什么，易兰珠怒道：“你敢辱骂我爸爸！”宝剑出手，刷的一剑刺去，邱东洛一跃避开，高声叫道：“天挺兄，我们另有过节，她是我仇人的女儿！”易兰珠也叫道：“使流星锤的那位大哥，我领你的情了！你打你的，我打我的！”

成天挺见易兰珠那一剑出手很快，颇感诧异，遥对武琼瑶打个招呼道：“你是不是也要动手，你们三人，我们也出三人好了！”武琼瑶摇头道：“哎哟，我不懂打架的！”李思永道：“你快走吧，咱们后会有期。”武琼瑶娇笑道：“我不懂打架，我却喜欢看打架，又有刀又有剑还有铜锤，哈，一定很好看呀！”她不但不走，反而安安稳稳地坐了下来，托着香腮观战，笑道：“谁搅乱我看打架，我就把他的脸抓破！”李思永心里骂道：“真是个傻大姐。”但此时情势危急，性命相搏，也顾不得她了。成天挺双笔一立，大声道：“公子，请赐招！”左笔斜飞，右笔直点，分点李思永的命门要穴，李思永大吃一惊，想不到沙漠之中，竟然碰着清廷侍卫中的一流高手！

那一边，易兰珠、邱东洛动了兵刃，也是各自吃惊，邱东洛左刀右剑，招数繁复古怪，片刻之间，连攻了十多招。易兰珠哼了一声，暗道，瞧不出狗腿子倒有几分本领，断玉剑扬空一闪，蓦地进招。“当”的一声，把邱东洛的刀尖截断。邱东洛知道碰到了宝剑，连退几步，倏地冷笑一声，刀锋一转，剑尖斜挑，自侧面欺身而进，风雷刀剑，招招狠毒。易兰珠兀然不惧，天山剑法，霍霍展开，银光裹体，闪电惊飙，在刀剑夹击中，连守带攻，二尺八寸的短剑，剑剑不离敌人要害。易兰珠年纪虽轻，已得天山剑法的神髓，更加上飞红巾又以白发魔女的独门剑法相授，在“天山七剑”之中，只有她是独具两家之长，可惜的是火候未够，气力也较差，要不然两个邱东洛也抵挡不住。

武琼瑶坐在旁边观战，暗暗点头赞叹，易兰珠和她年纪差不多，论辈分比她低半辈，但剑法精妙，却是各擅胜场。邱东洛两手使两般兵器，仗着怪异招数与经验老到，虽暂时支撑得住，但看来易兰珠必可得胜。

李思永那边，形势却大不相同。成天挺的武功与楚昭南在伯仲之间，两支判官笔神出鬼没，专点敌人三十六道大穴，倏而又当五行剑使，点打戳击扎刺，变化无穷，李思永武功虽高，比起来却稍有逊色。幸而他的流星锤灵活非常，利于远攻，又能近挡，收发迅疾，就如活动的暗器一般，成天挺也有几分畏惧。两人各展奇门兵器，乍进乍退，倏合倏分，不多一会，已拆了百多招，成天挺杀得性起，双笔翻飞，李思永被他迫得收紧流星锤的铁索，舍掉远攻之利，改为防守。武琼瑶大为焦急，想出手相救，又以说话在先，且李思永是个成名人物，若自己助他以二敌一，还怕他真个不悦。

成天挺那两个副手，见成天挺占了上风，高兴非常，他们却看不出邱东洛处在下风，只道这场厮杀稳胜无疑，看见武琼瑶焦急神情，竟然拿她取笑，郑大锟和连三虎都是好色之徒，两人一唱一和，一个说："喂，红衣小姑娘，他是你的情郎吗？你这个情郎不行，还是再拣过一个吧！"一个说："你真不懂惜玉怜香，她正心痛着呢！小姑娘，我来安慰你。"连三虎不知死活，前来调笑，武琼瑶冷笑一声，说道："我有话在先，谁搅乱我看打架，我就抓破他的脸！你再走近一步，我就不客气了！"连三虎嬉皮笑脸，说道："我不信你这样凶。"迈前一步，话声未了，忽然一股劲风，直扑面门。尚未看清，两眼已给抓瞎。武琼瑶身法快极，一抓抓下，两颗眼珠取到手中，把手一扬，将连三虎的眼珠当成铁莲子打出，郑大锟惊叫一声，未曾合口，已给眼珠打进口中，一股血腥味道好不难受——说时迟，那时快，武琼瑶又已到了他的面前！正是：

草原奇女子，谈笑戏凶顽。

欲知后事如何？请听下回分解。

第二十三回　诡计多端　毒酒甜言求秘笈
艰难几度　痴情密意获芳心

郑大锟反手一掌，武琼瑶已抓到他的面上，郑大锟扭头侧面，保全了眼珠，面皮却被抓破了。他那一掌用的是排山运掌的功夫，刚劲非常，谁知未中敌人，先受了一抓，所发的掌力自然减弱许多，武琼瑶左手一抓，右掌和他碰个正着，只听得“蓬”然一声，郑大锟直给摔出两三丈外。幸他功力比连三虎高得多，一个“鲤鱼打挺”，翻了起来，独门兵器虬龙鞭也已解出，忍着疼痛，似疯虎般扑上拦截！

武琼瑶身法何等快疾，郑大锟站起身时，她已抢到成天挺与李思永之间，青钢剑骤然出手，一招“乘龙引凤”，把成天挺的判官笔黏至外面，解了李思永之危，嘻嘻笑道：“我说过不许你们扰我看打架，你的手下偏不听话，我虽不懂打架，也要和你打了。李公子你替我去收拾那个胖子，这个病夫你留给我。我气力小，正好打他。”

郑大锟生得方面大耳，肥肥胖胖，成天挺则生得又矮又瘦，但成天挺的武功比郑大锟那却不知要高明多少。武琼瑶乃是让李思永借此下台。

成天挺给称为“病夫”，纵声狂笑，双笔如风似的，“倒转乾坤”，猛奔武琼瑶丹田穴扎去，骂道：“小丫头有多大本领？叫你见识病夫手段！”武琼瑶见敌招来得奇快，把剑一挡，给震得虎口发热，急忙脚尖一点，平地飞身，轻如掠燕，青钢剑扬空一闪，成天挺忙用个“凤点头”，藏头缩颈，身形一矮，陀螺般疾转过来，一招“举火燎天”，双笔又迎着青钢剑截去，武琼瑶刷刷刷一连几剑，左右分刺，剑花错落，银光飘瞥，成天廷碰不着她，反给她迫得连连躲闪。武琼瑶纵声笑道：“哎哟，原来你也是不懂打架的！”成天挺给她气得说不出话，但劲敌当前，不能不沉下气来，一面封闭门户，一面伺机反击。

成天挺乃是清宫中数一数二的好手，轻功虽然比不上武琼瑶，实力却要比她高一筹，一对判官笔又稳又狠，武琼瑶还不敢真个和他相碰。她仗着白发魔女的独门剑法，忽虚忽实，声东击西，只是在消耗成天挺的气力。两人恶战，一个是勇如猛狮，一个则捷若灵猫，各施绝技，各擅胜场，打得个难分难解。成天挺这才暗暗吃惊，想不到一个年轻的少女，剑法如此厉害！

易兰珠一见武琼瑶出手，分外精神，她本来已占了上风，剑招一紧，越发如长江大河，滚滚而上，不可抵御。剑光霍霍，剑气纵横之中，邱东洛惊叫一声，蒙着耳朵的兜风已给削落，武琼瑶一面抵御成天挺，一面注视李思永和易兰珠，一见邱东洛的披风跌落，哈哈笑道：“看呀，有个没耳朵的丑八怪！”邱东洛又气又恼又没办法，虚进一招，飞身便退！

易兰珠听凌未风说过邱东洛的事，冷笑一声：“哪里走！”飞身扑上，手中剑一提一翻，青光闪处，已到背后，邱东洛反手一刀，没有挡着，五只手指，已给削断，易兰珠顺势一推，剑锋向下一划，邱东洛右腿又给斩掉。易兰珠这两招快如闪电，她自己也料不到白发魔女的独门剑法如此凶狠，得手之后，发现敌人痛得在地上打滚，心中不忍，急补一剑，将他了结，说道：“我在襁褓之中，你就想害我。凌叔叔为了保护我，几乎给你砍死。现在你吃我一剑，须怪我不得。”一脚把敌人尸首踢开，提剑上来观战。

那郑大锟虽然也是清宫侍卫中的高手，却敌不住李思永的两柄流星锤，耳听邱东洛哀号之声，更是心惊胆战，虬龙鞭起处，“玉带缠腰”呼的一声，向李思永拦腰扫去，以进为退，明是抢攻，实欲撤退，李思永料知敌意，流星锤迎着虬龙鞭一兜，两般外门兵器撞个正着，流星锤的铁索将虬龙鞭绕了几匝。李思永大喝一声“起”，奋力一挥，将郑大锟摔上半空。

成天挺恶斗武琼瑶，兀是不分高下。李思永与易兰珠围上来看，成天挺冷笑喊道：“你们都上来吧，我死也死得英雄！”武琼瑶呸了一声，笑道：“你连我都斗不过，还吹什么大气。”刷！刷！刷！连环三剑，斩腰截肋点胸膛，厉害非常，成天挺凝神抵敌，一双铁笔，使得龙飞凤舞，毫无破绽，李思永看得目瞪口呆，他领教过成天挺的本领，不由得不由衷佩服武琼瑶了。成天挺打了一会，见李思永和易兰珠并不帮手，心情稍定，双笔斜飞，一招“大鹏展翅”猛地攻出，武琼瑶剑走中宫，分心刺进，哪知成天挺经验老到，这招竟是诱招，双笔方出，立即圈了回来，只听得“叮当”一声，火星四溅，武琼瑶正待换剑进招，成天挺已脱出圈子，猛地向李思永扑去，武琼瑶怒喝一声：“哪里走！”剑随身走，和易兰珠两翼扑上。

成天挺这一着乃是攻击敌方较弱的一点，李思永骤不及防，已给成天挺冲到，流星锤刚刚出手，敌人的铁笔已到胸前，李思永霍地向右晃身，成天挺已先抢至右方上首，伸手一推，兜个正着，喝声“去”！李思永腾云驾雾般给他抛了出去，正正对着武琼瑶，武琼瑶慌不迭地掷剑落地，双手来接。李思永忽觉给人抱住，胸前一堆软绵绵的，还有缕缕甜香，沁人心肺，急忙挣脱下地，成天挺已趁机飞跑了。

易兰珠顿足道：“可惜，可惜！”李思永满面通红，向武琼瑶道歉道：“我本事不济，反成了你的累赘，姑娘不要生气！”武琼瑶噗哧一笑，说道：“李公子你太谦了！”

李思永想起在路上说的话，十分羞愧，搭讪说道：“我真是有眼无珠，料不到姑娘一身绝技！”武琼瑶抿嘴一笑，问道：“同行了大半天，你还未将名字告诉我呢！”李思永见她力毙清宫卫士，料她必是同道中人，也就不再隐瞒，将名字说了。易兰珠叫出声来，道：“啊，原来是李公子，凌叔叔时时提到你！”李思永急忙问道：“姑娘剑法似乎和凌未风同出一门，不知姑娘和他怎样称呼？”易兰珠道：“他是我爸爸的师弟！”李思永又惊又喜，说道：“令尊是我生平最敬佩的人，我在四川，接张青原飞骑传报，知道姑娘被困天牢，非常着急，恭喜姑娘脱险，不知凌大侠在此地否？”易兰珠面色沉沉，说道：“我也正在找他！”

武琼瑶拍掌笑道：“李公子，我早料到是你，果然不错。我的爸爸吩咐我来接你们，果然一接就接着了！”李思永“啊呀”一声叫了起来，说道：“令尊想是‘威镇三边’的武元英，武庄主？”武琼瑶道：“你猜得不错！”武元英和傅青主是生死之交，傅青主和李思永在进入回疆之前，已派人预先传报，请武元英集合西北各地入疆的天地会友，为李思永布置一个落足之点，重创基业。李思永久闻武元英义薄云天，恨不得早日相见。

武琼瑶道：“傅伯伯为何尚未见到？”李思永登高一望，见回头路上，远远隐有炊烟，正在惊疑，忽见有几道微弱的蓝火，在高空一闪即灭，急忙跳下来道：“不好了，他们一定是受人包围了！那蓝色火焰是刘郁芳的蛇焰箭！”武琼瑶在清宫卫士遗下的马匹中，选了一匹斑马给易兰珠，三人连骑向炊烟起处疾驰而去。

且说傅青主、刘郁芳等人，在风沙过后，不见了李思永，甚为焦急。石天成道：“我在回疆多年，还认得路，附近的大城是焉耆，我们且先到焉耆，等候李公子。若还等不见，我们就径到武元英所住之处，叫他派人帮忙寻找。”

一行十多骑，由石天成带路，走了一会，忽见后面尘头大起，石天成道：“怎么这样晚了，还有人要通过沙漠去打猎？”草原上的游牧部落，常常结队而出，或猎取野兽，或找寻草地放马，所以石天成这样猜测。傅青主凝神眺望，叫道：“似乎是清兵！咱们快走！”话犹未了，那彪人马的先头几骑已如飞冲至，为首的人竟是楚昭南。傅青主大吃一惊，青钢剑倏地出手。楚昭南忽然向刘郁芳一指，说道：“你把她的剑抢来！”一个清癯老者，麻衣大袖，形状古怪，也不见他作势腾跃，脚步一转，疾地便到刘郁芳面前，双手抓下。傅青主大喝一声，一剑刺去，又准又疾，不料一剑捌空，那怪人已绕到刘郁芳身后，傅青主第二剑卷地扫去，已给楚昭南横剑挡住。这时只听得刘郁芳和那怪人都大叫一声！

石天成喝道：“辛龙子你好大胆！”傅青主耳听刘郁芳叫声，猛地撇开楚昭南，大袖一展，照那怪人头面一拍，手中剑疾如闪电，在袖底刷地刺出，这乃是傅青主的平生绝技，名为“飞云袖底剑”，长袖和剑都是武器。那怪人仗着怪异的身法，弯身在袖底钻过，石天成和石大娘双双扑到，石天成双脚齐起，连环踢出，石大娘五禽剑法，兜头劈下，那怪人一矮身躯，陡然向后纵去，忽觉手腕麻疼，傅青主的长袖俨若灵蛇，乘他避石天成夫妇的绝招之时，呼地卷来，那怪人虽然武功极强，也挡不住三个一流好手的夹击，手腕给衣袖一卷，一口剑竟给夺出了手，楚昭南猛地一纵，将剑抢在手中，石大娘一剑上刺，楚昭南在半空打个筋斗，斜侧落下，哈哈大笑，举手一招，背后那彪人马，如潮涌至，纷纷冲杀过来！

这怪人正是石天成的师弟，卓一航的衣钵传人辛龙子，他得了达摩一百零八式的真传之后，一心想觅宝剑；楚昭南这时正奉皇命随大将呼图努克领兵入疆，楚昭南在天山之时和辛龙子原是好友，辛龙子跑来找他，请他代为物色一把好剑。楚昭南灵机一动，说道："我那柄游龙剑乃是晦明禅师镇山之宝，天山宝剑之一，你是见过的了。我可以送给你，但你要靠自己本领去取。"辛龙子怪眼一翻，说道："楚昭南，你想考较我么？游龙剑是你的命根，我并没问你要呀，我要抢也只抢别人的。你莫非疑心我向你打主意？好哇，你既这样出言辱我，我倒真要和你比试一下了，看我有没有本领抢你的剑？"楚昭南满面堆欢，赶忙笑道："辛大哥，你不知原因，且慢发怒，我那柄游龙剑给人抢去了。你若有本领抢回，我自乐得送你使用。"辛龙子奇道："谁人敢抢你的宝剑？"楚昭南道："凌未风！"辛龙子面色一暗，默然不语，他领教过凌未风的厉害，自问没有把握在凌未风手中把宝剑抢过来。楚昭南又笑道："我已查得清楚，那柄剑凌未风又转送给一个女人，那女人就是以前浙南的女匪首刘郁芳。"辛龙子摇摇头道："没有听过这个名字。武功强不强呀？"楚昭南道："你三十年未入关内，自然不知道了。刘郁芳本领虽然不弱，但却不是你我对手。"辛龙子道："那你为什么不自己去抢回来？"楚昭南道："我的手下已经查探清楚，刘郁芳和一帮人从四川到回疆来，我正要带人去兜截他们。这帮人中却有几个好手。"辛龙子大笑道："我虽三十年未入关内，却不信世上还有第二个凌未风，管他有多少好手，你我二人总不会畏惧，好，一言为定，我把宝剑抢来之后，我就去找凌未风再决高下。"辛龙子那日在天山和凌未风比试过后，自知掌法无法胜他，立心想用达摩剑法，再和凌未风比试。

楚昭南以剑为饵，把辛龙子收归己用之后，一日探听得李思永等正向吐鲁番行来，急选一千精骑，带了几名大内卫士，与辛龙子等半途拦截。恰巧碰到大风沙，傅青主等人到了临近之时，方才发现，于是展开了一场沙漠恶战。

辛龙子身法快极，一出手便夺刘郁芳的宝剑，刘郁芳是无极剑高手，武功原自不弱，本来不至于三招两式，便给人抢去兵刃，但不料她反手一掌没有打着，石天成已是认出师弟，惊叫起来，刘郁芳怔了一怔，宝剑已到敌人手中。

楚昭南召集精骑，快马冲来，傅青主大袖一挥，率众人飞骑逃跑，辛龙子凝身不动。楚昭南叫道："他们那里还有宝剑呀，再抢一把吧！"石天成性烈如火，在马背上回头骂道："辛龙子，你是不是想叛师卖友？咱们武当派的戒条你都忘了吗？"辛龙子入门在石天成之先，只因石天成年纪比他大，而且是带艺投师（他本是川中大侠叶云荪的得意弟子），因此卓一航不依入门先后为序，要辛龙子尊石天成为兄。辛龙子本来就并不把这个师兄放在眼内，而且石天成在卓一航门下，不过九年，学到的只是"九宫神行掌"和"鸳鸯连环腿"两种绝技，而他却在卓一航门下三十多年，尽得师门心法，最近又学会了达摩一百零八式，不但以卓一航的衣钵传人自居，而且以武当派的掌门人自命，还梦想成为天下第一剑客，他如何肯听石天成的"教训"？石天成不说还罢了，一说他就飞掠过来，两眼一翻，怪声笑道："你在师父门下学了两手功夫，就敢妄自尊大？你出了师门之后，廿多年来不曾回过天山，是谁终生服侍师父？你敢抬出师父来教训我？"

他口中发话，手底也不缓慢，双掌翻翻滚滚直打过来，石天成勃然大怒，在马背上一跃而下，右掌向外一挥，左拳一个"冲天炮"上击下颚，辛龙子哈哈一笑，身形微晃，双指忽然向石天成右胁点来，想把师兄点倒，开个大大的玩笑。石大娘救夫心急，马背上腾身飞下，一招"龙门鼓浪"，青钢剑疾如风发，直刺辛龙子背心，石大娘乃是叶云荪的爱女，数十年来专学本门的五禽剑法，极为精纯，远在石天成之上，辛龙子一听剑风，便知来势甚劲，躬腰向前一窜，刘郁芳的奇门暗器锦云兜也呼地向他抛去，辛龙子横击一掌，用掌风将锦云兜震歪，身形只是稍微缓了一缓，只听得嗤的一声，衣袖已给石大娘利剑刺穿。辛龙子急忙一个“盘龙绕步”，滑了开去，破口大骂，石大娘还待前追，楚昭南的人又已围上，傅青主大叫一声：“快退！”长剑起处，斩了几名兵士，率众人冲出缺口，两方都是马快人强，在沙漠上风驰电逐，傅青主、韩荆、石天成夫妇等一流高手，一面拨打敌人的冷箭，时不时也发暗器拒敌。

沙漠之上，风驰电逐，石天成向前一指，对傅青主道：“那边有个烽火台，我们进去暂避一会，养好精神，晚上再杀出来！”众人在风暴之后，大多困顿，要挡一千精骑，实不可能，光是逃跑，久了也必被追上。傅青主道：“只好如此！”众人发一声喊，抢入堡垒。烽火台是像金字塔形的堡垒，为历代驻军所筑，有事之时，在上面的戍卒，燃起烽火，可以互相照应。那座堡垒，只有七八名戍卒，不过片刻，全被摔出堡外。众人关好石门，在烽火台的上层据守。

楚昭南等率众赶到，把烽火台团团围住，烽火台高五丈有余，不是轻功极好的，纵跃不上。楚昭南和辛龙子虽然可以，但上面有傅青主、石天成夫妇和韩荆等人，都是一流高手，两人上去，力必不敌，因此暂时成了僵持之局。楚昭南笑道：“围它三天，他们不累死也饿死。”把一千精兵分为三批监视，搭好帐幕，自去休息。

辛龙子跟了进来，翻着怪眼，向楚昭南讨剑。楚昭南笑道：“咱们说好的，是你抢来才能给你，对不对？”辛龙子道：“不是我抢来的，难道是你抢来的吗？”楚昭南道：“你虽然从刘郁芳处抢来，但却给敌人反夺出手，不是我施展轻功，抢先接着，还不是落入敌人手中？辛大哥，这把剑怎么说也是我师父赐给我的，咱们多年老友，自小就在天山一同玩耍，算我领你的情，你就让我收回了这把剑吧。你要宝剑，包在我身上，我知道有好多宝剑，将来我帮你一同去抢。”辛龙子无法，只好答应。

再说李思永、易兰珠、武琼瑶三人向炊烟起处疾驰而去，约一个时辰，赶到堡垒外面，三人见清军把堡垒团团围住，说声：“苦也！”武琼瑶道：“杀进去把他们救出来如何？”李思永沉吟半晌，说道：“傅青主等若不走散，一千数百清兵也围他们不住，只怕其中还有高手。”计议未定，巡逻兵早已发现，数十名清军，骑马冲来，武琼瑶发暗器“戳魂钉”打伤了五六人，易兰珠宝剑起处也斩了数名，可是清军越来越多，终于把三人围在一个小丘之上。李思永舞起流星锤，清兵一近，便被打得头崩额裂；武琼瑶的“戳魂钉”也异常厉害，专打人身穴道，只可惜不能及远。清兵在离开十多丈处围住，用弓箭猛射，李思永和武琼瑶飞锤舞剑，扫荡飞箭，易兰珠用宝剑划开砂石，挖成一道窄窄的壕沟，三人躲在里面，不时用接到的流矢反击，清军见三人这样厉害，一面围住，一面回去禀报。

草原日落，新月乍升，武琼瑶忽然惊叫道：“不好了，清兵之中，果有高手！”

李思永探头看望，只见一个清癯老者，如喝醉酒一般，身形歪歪斜斜，脚步踉踉跄跄，跌跌撞撞，直奔过来。李思永怔了一怔，竟不知是哪一门的身法。眨眼之间，这人已冲上小丘，武琼瑶一抖手，三枚“戳魂钉”，如流星飞出，那人大袖一拂，只听得铮铮几声，三枚飞钉，给他拍得互相激荡，飞堕地上。李思永的流星锤呼地抛出，那人一侧身躯，伸出双指一夹，狂笑声中，李思永突感手上一轻，流星锤的铁索已给夹断。

奔来的人正是辛龙子，他以半截流星锤作兵器，横扫过去，易兰珠娇叱一声，短剑一扬，把铁索再斩断一截，锤头跌落地上。身形疾进，“云龙三现”，一招三式，青光如练，剑花错落，闪电般迎面射来，辛龙子喝声：“好！”身子凭空拔起一丈多高，斜侧一落，武琼瑶手起一剑分心刺去，哪料剑锋堪堪刺到，人影忽然不见！好个武琼瑶，见危不乱，腰如柳枝，折地一弯，青钢剑划了一道圆圈，银虹环扫，剑光掌风中，辛龙子疾退数步，易兰珠已是拔出宝剑，上来助攻。

辛龙子狂笑道：“哈！哈！又是一把宝剑！”合着双掌，在剑光中欺身疾进，照易兰珠华盖穴劈去，易兰珠向后一退，全身自左向右一旋，一招“白鹤梳翎”，宝剑猛向敌人腕肘疾劈，以攻对攻，十分凶险，辛龙子微噫一声，身形一挫，脚底下暗一换步，身躯霍地一翻，闪到易兰珠背后，双拳齐出，用了达摩拳中最凶狞的“连环七星锤”，照易兰珠的后心猛击。就在这电光石火之间，武琼瑶的青钢剑忽如飞鹰盘空，搂头旋扫！辛龙子霍地回转身来，双臂左右一分，掌风发出，把武琼瑶的剑震歪，喝道：“你从哪里偷学来白发魔女的剑法？”武琼瑶随白发魔女不过三年，其时辛龙子早已在骆驼峰坐关，彼此都不知道。

武琼瑶道：“你管不着！”刷！刷！刷！连环三剑，迅疾异常，一招紧似一招，辛龙子身形滴溜溜地随着剑锋乱转，武琼瑶竟自连他的衣角也扫不着！但他见武琼瑶剑招如电，也着实惊心，不敢冒进。易兰珠身轻如燕，飞掠过去，辛龙子躬腰疾闪，易兰珠回手一剑，“神龙掉尾”！向他脑后刺到。辛龙子避得开时，易兰珠和武琼瑶已两剑相联，首尾呼应，把辛龙子迫落壕沟！

就在这窄窄的壕沟中，辛龙子展开了武林中仅见的怪异身法，也就是失传了数百年的达摩秘技，闪展腾挪，在方寸之地盘旋如意，易兰珠武琼瑶双剑交击，竟自伤他不着，但他数度想反扑上来，也不能够！武易二人，一得白发魔女真传，一得天山剑法精髓，除了功力稍差之外，全都是最上乘的剑术，辛龙子也仅能闪避，无法反击。

说时迟，那时快，清兵已趁势扑上小丘，李思永一人挡得东来顾不了西，正自手忙脚乱，武琼瑶见状，回身疾扫两剑，把两名迫近的清兵斩伤，李思永抢了一杆大枪，远挑近打。可是就在武琼瑶分身应付清兵之际，辛龙子已跃了上来，掌风霍霍，凌厉无前，易兰珠的短剑竟自封闭不住！

再说傅青主等人在堡垒之中过了半夜，养好精神，石天成领头冲出，清军分班监视，早有防备，发一声喊，箭如雨落，把众人射退，傅青主与韩荆打个招呼，脱下长衫，蓦地展开“铁布衫”功夫，上下翻飞，就如两面盾牌一样，将弩箭激荡得四面飞射，石大娘翩然掠出，剑招疾发，一下子扑入清军阵中，只听得一片呼叫之声，当者辟易。可是清军都是精选的劲卒，并不溃乱，几名大内卫士，疾忙赶来截击，混战中，群雄把清军节节杀退，但还是未能冲出包围。

石天成杀得性起，双掌翻飞，把一名大内卫士击得横飞出去，随手一捞，将一名清军抓在手中，横扫直击，近身的兵士，心内发慌。傅青主与石大娘一左一右，奋力冲开一条血路，正自杀得沙尘滚滚，呼叫喧天之际，楚昭南仗剑杀来，石大娘勃然大怒，迎面一剑，楚昭南横剑上封，瞬息之间，石大娘就一连攻了三剑，楚昭南暗暗惊奇，料不到这老婆子的剑法如此厉害，一个“搂膝绕步”，反圈到石天成背后，寒光一闪，游龙剑“玉女穿针”，朝肩后“风府穴”便刺，石天成挫腰一转，双足疾发，楚昭南一击不中，翩然如鹰隼穿林，从石天成右侧绕出，身随剑走，剑随身转，猛地翻身挺剑，又朝韩荆的面门刺来，韩荆举龙头拐杖奋力一挡，叮当一声，杖头给斩去一截，楚昭南也给震得虎口发热。

楚昭南片刻之间，连袭三名好手，傅青主大怒，猛然喝道：“盯着他！”运剑如风，追踪急上，石大娘、韩荆左右包抄。楚昭南大吃一惊，疾忙后退，清兵为要卫护主帅，只得跟着后退，群雄以擒贼擒王的战法，紧紧迫着楚昭南，冲开了一条血路！

傅青主等且战且走，忽闻附近又有呐喊厮杀之声，抬头一望，正好听得一声娇喊：“傅伯伯，快来，快来！”竟是好友武元英的女儿武琼瑶，再仔细一看，李思永和易兰珠也在那里，又惊又喜，拼命冲出，楚昭南率众回头截击，顿时又成胶着状态。武琼瑶等三人，给辛龙子和清军围在小丘，形势十分不利。

混乱中，韩荆忽然奋不顾身，一支龙头拐杖使得呼呼风响，拼命向楚昭南戳去。韩荆自投向义军之后，李来亨兄弟因他是李定国的旧人，以老前辈待他，非常敬重，韩荆想起自己几乎误入歧途，又是惭愧，又是感激，此刻见李思永陷入重围，宁死也要救出李思永。

韩荆的天龙杖法，招招都是杀手，两名卫士，赶来拦截，他竟然全不防卫，肩头中了一刀，前胸中了一箭，都置之不理，拐杖一指，一名卫士给点中穴道，倒地不起，手腕一翻，又把另一名卫士的天灵盖击碎，直如一头受伤的疯虎，浴血前冲。楚昭南大怒，游龙剑疾如风发，银光匝地，斩足截腰，韩荆兀然不惧，龙头拐杖在剑光中直截进去，只听得一阵金铁交鸣之声，龙头拐杖断为几截，腰胁也给剑尖划破皮肉，但楚昭南也给他击中一掌，叫出声来。群雄见韩荆如此拼命，个个奋力杀上。楚昭南身形一缩，快似风车，用天山剑法狠辣招数，斜里一扫，喝道：“你想送死！”哪知韩荆竟然不避不闪，反迎上去，只听得波的一声，楚昭南的剑插入了他的胸膛，而他也一杖打中楚昭南胫骨，楚昭南扑地一滚，翻了出去，韩荆血如泉涌，倒在地上。傅青主将他抱起，韩荆叫道：“你们快去救李公子！”竟然死在傅青主怀中。

傅青主目中蕴泪，一口剑使得凌厉无前，楚昭南受了韩荆一掌一杖，元气大伤，正自调匀呼吸，不敢拦截。群雄一会儿便冲上小丘，辛龙子迎面一抓，傅青主身移步换，一剑斜劈，武琼瑶、易兰珠左右急攻，石大娘一招“掌击长空”更是迅捷非凡，后发先至！辛龙子身形疾转，忽然惨叫一声，身形疾起，俨如掠波巨鸟，从易兰珠头顶飞出，傅青主等也不追赶，和李思永会在一处，见他们三人都毫发无伤，这才放下心来。

石大娘叹道：“这人的武功真是我生平罕见，他肩头已给我扫了一剑，还能够飞身逃出，确是劲敌。只可惜他误入歧途。”石天成暗暗诧异，他虽然未得师门真传，但看辛龙子的身法，却完全不是师父所教，众人都不知他是什么路数。

傅青主将韩荆放下壕沟，将他埋了。李思永恭恭敬敬地叩了三个响头，抓起长枪，说道：“我们冲出去。”忽见清兵两边分开，又是一队人马赶来。为首一个老者，须眉如雪，手使两柄长剑，身法极快，成天挺跟在他的身后，虽然疾跑，却总是有七八步距离。傅青主怵然一惊，说道：“这人是谁？武功看来还在楚昭南之上。”话声未了，那老者已冲上来，双剑左右一剪，把傅青主的剑几乎绞得脱手飞出，但傅青主是一派宗师，剑法非同小可，趁势一送，解了来势，唰的一剑刺出，也是迅捷异常。那老者正是长白山派的祖师风雷剑齐真君，傅青主接了一招，知道对方功力极高，心念一动，无极剑一招“迎风扫柳”，将齐真君右手长剑黏着，大袖一拂，施展平生绝技，又将齐真君左剑裹着，石大娘刷的一剑刺来，齐真君手腕一沉，使个“凤点头”，让过石大娘的剑，双剑刚刚撤回，哪料石大娘左一剑右一剑，剑招越展越快，齐真君给迫得团团乱转，待至腾剑格挡时，已吃她一连攻了七八剑。

成天挺如飞赶至，正碰着傅青主一剑刺出，他双笔“横架金梁”，向上一挡，只听得叮当一声，火花四溅，双笔竟给荡开，但他身形竟是纹丝不动。傅青主暗赞“好功力”，无极剑划了半个弧形，用了十成气功，慢慢划去，成天挺只觉一股极大压力推来，立足不稳，连退几步，但双笔仍是发招，虽败未乱。

那边厢齐真君稳了身形，双剑呼呼展开，隐隐带着风雷之声，招数又变化繁复，虚实莫测。石大娘功力到底稍逊一筹，五禽剑法虽然迅捷无伦，却如碰着了铜墙铁壁，无法进攻，但齐真君用足了气力，才阻遏得她的攻势，亦是不觉暗暗惊奇，想不到在受挫于凌未风之后，又一连碰着两个好手。

石大娘迭遇险招，知道久战不是他的对手，这时清兵围了上来，还杂有许多维人，石天成、易兰珠等人正据小丘作战，武琼瑶看见石大娘处在下风，一剑飞来助她一臂。武琼瑶使的是白发魔女的独门剑法，一招“冰川倒泻”剑锋自上而下，稍一颤动，便是寒光点点，冷气森森，径自逼来。齐真君双剑一封，被迫退守，石大娘剑法何等快捷，趁势一剑，从齐真君肩头擦过，齐真君一剑挡住武琼瑶，反手一剑，再把石大娘迫退。但她们二人联手，已是把齐真君围在剑光之中。

再说凌未风与飞红巾下山之后，一直寻找，凌未风、飞红巾和许多牧民相熟，那日听说一个少女向吐鲁番前进，一问相貌，正是易兰珠。张华昭心中大喜，向飞红巾再三道谢。飞红巾道：“我不会再拦阻你了，你应该多谢你的凌叔叔。”两人一笑，加快脚程，朝吐鲁番行去。

走了一阵，忽然碰着大风沙，飞红巾在草原长大，知道厉害，放眼找寻掩蔽之地，忽见不远之处，有一座大帐幕，飞红巾带众人叩帐直入，只见帐中点着一支大牛油烛，地上躺着一个中年男子，旁边有一男一女守护。飞红巾看了一眼，忽然叫起来道：“你们两人不是麦盖提和曼铃娜？”那女的凝神细看，也叫起来道：“飞红巾，你怎么变成这个样子？”三人狂喜流泪，互相拥抱。地上躺着的那个男人，睁开双眼，嘶声说道："飞红巾，是你吗？你要替我报仇！"飞红巾跳起来道："呀，伊士达，你也在这里！"

飞红巾招手叫凌未风过来，说道："这两人是你杨师兄的盟弟，当年他们三人曾横渡塔克拉玛干大沙漠，从北疆来到南疆。"（详见拙作《塞外奇侠传》）麦盖提道："你就是杨大侠的师弟凌未风吗？"凌未风点点头道："你们和杨师兄是八拜之交，那也就是我的兄长。"说罢拜将下去，麦盖提急忙还礼，伊士达突然以肘支地，挣扎起来，断断续续地说道："凌未风，我想见你许久了，现在才见着，可惜已经迟了。我这里有把宝剑，是你师兄当年给我的，现在我用不着了，你拿去替我报仇吧。"说罢双眼一翻，就此一瞑不视。

杨云骢、飞红巾和麦盖提、伊士达四人，当年都是生死的交情，麦伊二人乃是哈萨克族有名的勇士，杨云骢战死，飞红巾隐居，麦盖提和伊士达在草原流浪。曼铃娜是一位牧羊姑娘，和麦盖提是青梅竹马的友人，后来和麦盖提结婚，三人常在一起。

飞红巾忍着眼泪，对麦盖提道："二十年来，我离开你们，实在感到惭愧。"麦盖提道："飞红巾，你回来了，那就好了，你给我们增添不少勇气。"飞红巾道："是的，和大伙儿在一起，什么苦难都忍受得住。伊士达死了，我们会踏过他鲜血染红的泥土，替他报仇的。"

帐幕外大风中麦盖提用低沉的声调诉说伊士达的死事。麦盖提道："飞红巾，你还记得那个喀达尔族的酋长孟禄吗？当年他为了杨大侠和纳兰秀吉女儿的事，曾诬蔑杨大侠是奸细，谁知他才是奸细。清廷最近派人和他联络，叫他游说南疆各族，投顺朝廷。我们三人一点也不知道此事，到了南疆的喀尔沁草原，仍然到他那里作客。正巧清廷派了一个使者来，那使者是个须眉皆白的老者，据说是什么长白山派的祖师。孟禄聚集一向听他话的三族十二部落的酋长会谈，不料其中却有七个部落不愿投顺，伊士达尤其义愤填胸，大声斥责孟禄，因此又有两个部落脱离了孟禄，九个部落的酋长和他们带来的人一起离开，伊士达还想再劝孟禄回头，孟禄突然变脸，把伊士达斩了一刀，我们两人拼命救他脱险，孟禄怕其他的人抱不平，不敢追赶。我们将伊士达救出之后，不料又遇着了风沙，想不到他身经百战，不死在敌人手中，却死在‘自己人’的刀下。”

凌未风默默向伊士达致敬，就用伊士达给他的剑挖开沙土，将伊士达埋葬。麦盖提道：“这把剑是杨大侠当年在西藏天龙派手中抢过来的。天龙派的天蒙禅师带十八名弟子包围他，给他缴了十九把兵刃。”凌未风见这把剑寒光夺目，看来不在游龙剑之下，本来想还给麦盖提的，突然心中想起一事，改变主意，把剑留下。这时风沙已息。凌未风霍然起立，说道：“风暴过去了，我们向前走吧！”

无巧不巧，他们所走的方向，可正是李思永、易兰珠等人被围困的地方。而此际，在清兵的阵营里，也正发生着一件意想不到的事。

楚昭南吃了韩荆一杖一掌，伤势不轻，仗着内功深湛，调匀呼吸，又服了用天山雪莲所制炼的碧灵丹，运气一转，一股暖气从丹田直升上来，自觉功力比前高了许多，暗自欣慰，但一想起凌未风却比自己还高，又不禁暗暗丧气，正想再去视察战情，忽见辛龙子气急败坏地逃下来，右肩一片鲜血，大吃一惊，急忙问道：“你怎么了？”辛龙子怒道：“你还问哩？都是你叫我去抢什么宝剑，哪知敌人个个都是高手，我竟然给一个老乞婆刺了一剑！幸好只是轻伤，要不然真会把这几根老骨头埋在沙漠。哼，我再也不理你了！”边说边撕开肩上麻衣，敷上了金创圣药。楚昭南道：“我们几十年朋友，你就不帮我一点忙，真的要走？”辛龙子道：“我要回天山练剑，谁耐烦跟你做官。”说罢一拂麻衣大袖，转身便走。

楚昭南忽然叫道：“辛大哥，且慢！”辛龙子回头道：“你别想再留我了！”楚昭南道：“我不是想留你，只是你吃那老乞婆刺了一剑，你知道那老乞婆是什么人吗？她是你的师嫂，她的剑用毒药浸过，剑伤虽不厉害，十二个时辰之内，你必毒发无救！”楚昭南全是胡说八道，但辛龙子却信以为真，果然似觉肩头有点麻痒，面色大变，慌张说道：“这怎么好？”楚昭南笑道：“所以我要请你多留一会，我有解药，但要用热酒送服，我就叫人给你取热酒来。”说罢催一个随身卫士，赶去烫一壶酒。

你道楚昭南打什么鬼主意！原来他见辛龙子出手，怪异非常，远非在天山之时可比，就连他的师父卓一航，似乎也不及他，而他的掌法身法，更不像武当派的，心中大疑，所以想套问他。当下说道："辛大哥，我的解药虽然可以给你解毒的，但你这身武功，是不是还能保全，我就不知道了。呀，那老乞婆也真毒，受了她的毒剑所伤，恐怕也会慢慢衰弱。辛大哥呀辛大哥！若是你成了废人，做兄弟的剑法不是他们对手，只怕想替你报仇也不能够！"

辛龙子一听，恍如晴天霹雷，含恨说道："我若真的成了废人，就把剑法传你，教你成为天下第一剑客，比你的师父还厉害！"楚昭南心中大喜，面上却不露出痕迹，淡淡说道："做兄弟的一定尽心替你医治，原不望你有什么报答。只是恕我问你一句，在天山之时，你的剑法好像好像……并不，并不怎样……这回又未见你使剑，难道你是新近练成剑法，还没机会施展吗？"辛龙子翻着怪眼道："怎么你不信我？我这两年得了达摩一百零八式的真传，达摩剑法也未必在你的天山剑法之下！"楚昭南是武林中顶儿尖儿的好手，自然知道达摩剑法失传的故事，这一喜非同小可，自思若学了达摩剑法，融两派剑法之长，那真是天下无敌了。

说话之时，卫士已将热酒取到，楚昭南将一包药粉，弹在酒中，叫辛龙子饮下，辛龙子不疑有他，一口就吞完了。过了片刻，只觉眼前金星乱冒，腹痛如绞，楚昭南大叫一声："倒也！"一把就抓过来。辛龙子猛吃一惊，忽然一声大吼，身形一闪，双掌呼的一声，把楚昭南打倒地上，楚昭南在地上打个盘旋，游龙剑卷地扫来，辛龙子叫道："楚昭南，你好狠！"一纵身，出了帐幕，飞奔而去！

楚昭南在热酒中下了毒药，以为辛龙子必被毒毙，急于要抢他的达摩秘笈，哪料辛龙子功力极高，虽中了毒，却能忍住，猛然醒觉，闪电般地反击过去，楚昭南猝不及防，竟然吃他打倒。但辛龙子也知道楚昭南武功和自己不相上下，这番一击而中，原是邀天之幸，哪敢恋战，因此急急落荒而逃。清兵见他是主帅好友，自是不敢阻挡。

凌未风等人行了半日，忽闻远处有厮杀之声，正待拍马追赶，忽见辛龙子衣裳破裂，如飞奔来，凌未风在马背上一跃而起，拦在辛龙子面前，喝道："好，我不找你，你倒敢来找我，我们再战三百回合！"凌未风只道他要带领清军来捉拿自己。辛龙子如疯虎一般连劈数掌，叫道："好，你们师兄弟都不是好人，我辛龙子命丧你们手中，天下英雄也要笑话你们！"凌未风凝神运气，拆了几招，辛龙子忽然咕咚一声，倒在地上，毒药发作，他的气力也已耗尽，凌未风的掌并未打中他，他已自己倒下了。

凌未风一听话中有话，急忙将他扶起，问道："怎么样？我有什么见不得人之处？"辛龙子挣扎说道："哼，楚昭南用毒药暗算我，你又乘我临危来迫我，我偏偏不叫你们称心如意！"取出达摩秘笈，双手便撕。凌未风伸掌一拍，将秘笈拍落，一看他已面色淤黑，急忙取了一粒碧灵丹，塞入他的口中，辛龙子还待挣扎，给凌未风在下巴一捏，不由自主地张开嘴巴，把那颗药丸骨碌碌地吞进去。过了许久，辛龙子放了几个臭屁，胸中舒坦许多，面色渐渐好转。

辛龙子睁大眼睛，怔怔地看着凌未风。凌未风道："好了，你所受的毒已给解了。"辛龙子内心感激，却不道谢，翻着怪眼说道："你果然和你的师兄不同，只是我还要与你比剑。"凌未风笑了道："不忙，待你完全康复之后，我一定奉陪。你且带我去找楚昭南那厮。"桂仲明上前叫声："师叔。"辛龙子哈哈笑道："你妈妈的剑法很好，你这个师侄也还不丢师叔的脸。好，瞧你凌叔叔的分上，我认你了。你的爹妈现在给人围着，我们先去救他们出来！"

李思永和傅青主等会在一起，实力大增。齐真君给石大娘、武琼瑶缠住，风雷双剑，虽然厉害，却也占不了便宜。成天挺给傅青主的无极剑法杀退，只是清兵和维人重重包围，又有三个一流高手压阵，群雄也是冲不出来，只能据守小丘，近用剑刺，远用箭射。

炎日西逝，凉月东升，沙漠气候变幻极大，饶是在"火洲"吐鲁番的附近，晚上也是苦寒袭人。清兵在沙漠上烧起野火，照耀得明如白昼。刘郁芳望着遥远的天山，隐隐看见雪山冰峰，高出云表，在夜空中闪闪发光。

刘郁芳微感凉意，搂着易兰珠道："火洲附近，晚上还是这样寒冷，天山之上，更不知是何等酷寒呢！”易兰珠笑道：“我是自小在天山长大的，姐姐是江南人一定过不惯的。”刘郁芳想起了凌未风，心想他若真是自己少年时候的那个朋友，则他为了自己，远走异乡，挨受天山的酷寒，江湖的险恶，则他气恨自己，也真怪不得他，心里一酸，喟然叹道：“若有一日我也能上天山看看就好了。”武琼瑶傍着李思永，按剑监视清兵，忽见刘郁芳若有所思，诧然问道：“刘大姐，你想些什么呀？”刘郁芳默然不答，李思永忽然大叫道：“你们快看又是什么人来了！”只见清兵阵脚大乱，齐真君带领维人上去阻截。

火光中刘郁芳看得分明，为首的人竟似凌未风模样，傅青主说道：“咦，奇了，怎的这样凑巧，凌未风真的来了！”凝神看时，只见凌未风只带着几个人，已和齐真君交上了手，李思永道：“清兵人多，凌未风虽然武艺高强，只怕也冲不进来。不如咱们冲下去和他会合吧！”群雄正想行动，忽然齐真君拔步飞逃，他所带的维人大声呼叫，拥着凌未风，竟然倒戈反杀过来，清军登时大乱！

原来凌未风和飞红巾赶到战场，齐真君一剑飞前，手下几百维人卷将过来，凌未风长剑一挥，将齐真君双剑格开，飞红巾忽然一拍凌未风肩头，叫道：“退下！”长鞭一指，大声叫道：“你们还认得我吗？我是飞红巾！”齐真君疾刺两剑，飞红巾身形闪动，并不还招，继续叫道：“你们听我命令，把这老贼杀掉！”

年老的维族战士们狂喜叫道：“是飞红巾！”年轻的战士们虽然不认得，却都听过飞红巾的大名，霎时间欢声动地，刀枪剑戟齐向齐真君身上戳来，齐真君一剑劈翻两人，飞红巾的长鞭已啪的一声，打到他的背后，齐真君拔步飞逃，凌未风挥剑急上。

维人的首领是孟禄的儿子孟山，孟禄归顺清廷，选了一千骑兵，由他率领，跟随清廷的特使齐真君回去迎接清兵，走到中途，和楚昭南带来的禁卫军会合的。此时小丘上群雄纷纷冲下，孟山领兵去堵截飞红巾，大声弹压。不料维人见是飞红巾，大半不听他的说话，他只得带着心腹逃命，战场形势，顿时改观，维族骑兵和清军劲卒互相搏杀。

辛龙子抢入乱军之中，正碰着楚昭南落荒而走，大喝一声：

“哪里走！”楚昭南突觉劲风斜吹，辛龙子双掌呼地打到。楚昭南侧身一闪，刷的一剑刺出，辛龙子一拳扑空，再度进招，楚昭南身随势转，剑撩掌劈，狠辣异常，辛龙子空手抢进，究有顾忌，两人闪电般地拆了几招，成天挺和众卫士已然赶到。凌未风急忙仗剑赶来，辛龙子在围攻之下，肩头又给楚昭南刺了一剑，凌未风展开天山剑法，银光点点，飞洒而来，楚昭南刚挡得一剑，背心却中了辛龙子一掌，急忙拔足飞逃，凌未风长剑翻飞，护住了辛龙子，问道：“你的伤势怎样？”辛龙子道：“不要管我，你去追那厮吧！”凌未风见他肩头血染，知是伤得不轻，说道：“有飞红巾他们追击，一定会打赢的。”强拖着他退下。这时忽然听得易兰珠呼叫之声，桂仲明正跑过来，凌未风道：“你照顾师叔。”提剑勇闯，辛龙子也想跟去，只是周身骨痛，桂仲明持剑给他开路，却不许他厮杀。

原来张华昭瞧见易兰珠在乱军之中冲杀，心头狂喜，拼命冲去。楚昭南和成天挺等飞逃，迎面正碰着傅青主、易兰珠和武琼瑶，三口寒光闪闪的利剑，截着去路，楚昭南知道厉害，斜刺一冲，侧面又是石天成夫妇拦住，楚昭南暗叫一声苦也，忽见张华昭跑来，心中大喜，扭转了头，一招“极目沧波”，反手一剑，闪电般地刺到张华昭胁下，张华昭全神贯注易兰珠，猝不及防，身形一缩，手腕已给他左手三指扣着脉门，一把甩将起来，石大娘刷的一剑刺到，楚昭南狞笑道：“叫你们刺！”把张华昭左右一荡，易兰珠大叫起来，石大娘急忙收剑，楚昭南等领众人已冲过去了！

凌未风纵跃如飞，大声叫道：“把人放下！”刘郁芳从侧面杀出，奇门暗器锦云兜突然当头一罩，楚昭南霍地避开，忽觉手腕一阵麻痛，凌未风手臂一伸，双指直点他的面门，手掌一松，张华昭倏地倒落地上。凌未风急忙扶起，刘郁芳与易兰珠双双过来。武琼瑶抚剑大笑，楚昭南却已逃出去了。

易兰珠愕然问道：“武姐姐，你笑什么？”武琼瑶道：“他中了我的白眉针，有他一生好受的了。”白眉针是白发魔女的独门暗器，细如牛毛，所以称为白眉针。这种暗器虽不足制敌人死命，却是狠辣非常，入了人体，极不容易取出，真是有如附骨之蛆。楚昭南所中的两枚白眉针，都陷入骨头关节之中，以至功力渐减，这是后话。

楚昭南与成天挺等一逃，清兵全部溃退。飞红巾勒马不追，回头一望，见张华昭执着易兰珠的手，互相凝视，战场上的一切纷扰，他们都好像是视而不见，听而不闻。飞红巾笑盈盈地走了过来，易兰珠忽见飞红巾出现，心头一震，颤声说道："姆妈，不是我想离开你……"飞红巾接声笑道："兰珠，我也不想离开你，所以我也出来了，让我们大家都在一起，像一家人那样快快活活过日子。"易兰珠眼泪夺眶而出，抱着飞红巾道："姆妈，我真的感激你，你待我比亲生的女儿还要亲。"飞红巾道："你不只是我一个人的女儿，也是凌叔叔的好侄女和他们的好朋友。"说着特别指了张华昭一下，易兰珠羞得垂下头来。张华昭忽然惊呼道："你怎么有这么多的白头发了！"一阵风过，易兰珠的头发给风吹开，白发混在黑发之中，有如繁霜堆鬓，飞红巾喟然叹道："我们师徒三代，竟然都是未老白头！"张华昭心念一动，执着易兰珠的手道："不要紧，我给你医！"从怀中取出锦匣，缕缕清香，沁人心肺。

易兰珠性最爱花，一见两朵优昙仙花，一红一白，不觉心醉。张华昭又解下盛水的葫芦，递过去道："兰珠姐姐，我要你把这两朵花吃了！"易兰珠笑得如花枝乱颤，纤指戳向张华昭面颊，低声说道："真孩子气！这样好花，吃了不糟蹋吗？"张华昭道："一点也不孩子气，我求你把它吃下。"飞红巾道："你就把它吃下吧，在天山时，你不是也喜欢弄些雪莲来泡茶吗？"易兰珠见他们都说得那么"正经"，颇为奇怪，她本来爱极这两朵花，也喜欢吃鲜花花蕊，抚弄一会，把两朵花都嚼碎下咽，只觉齿颊留芳，她舐舐舌头道："真好吃！还有吗？"张华昭笑道："你吃上了瘾来了。我可没有花再给你吃了。"飞红巾笑道："想再要这两朵花，可要等六十年后了。"易兰珠愕然不解，飞红巾也不向她说明。

李思永看着张华昭喂花给易兰珠吃，低声吟道："十八年来堕世间，吹花嚼蕊弄冰弦，多情情寄阿谁边？"这是纳兰容若的名句，纳兰词那时流行全国，几乎妇孺能诵。武琼瑶赧然一笑，瞧了他一眼，低声道："李公子，怎么样？是羡慕别人呀？还是妒忌别人呀？"李思永面上绯红，见武琼瑶眼中似含有无限情意。他低声说道："有你在旁，我用不着羡慕，更用不着妒忌呀！"这霎那间，武琼瑶面也红了！

这个时光，刘郁芳也正和凌未风互叙契阔。凌未风见刘郁芳清瘦许多，黯然无语。刘郁芳道："我以为不能再见着你了！"凌未风强笑道："我答应过你和你同上天山，此愿未偿，我们如何会不再相见？"

群雄会集之后，武琼瑶带路前行，傅青主问道："你的爸爸可好？"武琼瑶道："就是他叫我来接伯伯的呀！"傅青主和武元英是生死之交，和故人相见在即，十分喜悦。正说话间，忽见前面尘头大起，又有百余健马冲来，傅青主蹙眉道："难道楚昭南那厮还敢回来？"纵眼看时，只见领着这队人马的竟是一个孩子，傅青主甚为奇怪，武琼瑶已大声叫道："弟弟，弟弟！"那个孩子一个筋斗从马背翻下，扯着傅青主的袖子，叫道："傅伯伯，你不认得我了吗？"傅青主哈哈大笑道："成化，你长得这么大了，你带这么多人来做什么？"武成化是武元英的儿子，曾跟傅青主学过水袖接暗器的功夫。那时他只有十一二岁，现在已经是十四五岁的大孩子了。

武成化双眼红肿，连连扯着傅青主道："傅伯伯，你快去看我的爸爸，他昨晚受人暗算了！"傅青主跳起来道："有这样的事？"武元英是终南派的名宿，武功甚强，想不到在西北边荒之地，竟有人能暗算他。武琼瑶非常着急，急忙催弟弟快说。武成化道："昨晚三更时分我正熟睡，忽然听得爸爸大声呼喝，我跳起来，只见两个贼人从你的房间里钻出来……"武琼瑶道："在我的房间里？"武成化道："是呀，从你的房间里出来，爸爸大怒，展开金背斫山刀，就和他们动上手啦，其中有一个人说话阴声怪气的，形貌体态都像女人，你说怪不怪？另一个却是老头子。我一把棋子撒去，没有打着，忽然爸爸大叫一声，跳出圈子，这时杨叔叔也来了，那两个贼人也跑了，爸爸扯开衣服，胸膛黑了一大块，今天还不能起床。他听得天地会兄弟的报告，知道百多里外的沙漠有大队人马厮杀，所以派我带人来看，看傅伯伯们是否被围住了。"武元英在三年之前，和天地会的两个首领华紫山、杨一维辗转入疆，在草原上建立村落，武成化口中说的两位叔叔就是他们。武成化说罢，这两个人便即上来谒见他们的总舵主刘郁芳，再拜见傅青主。桂仲明拉着冒浣莲道："冒姐姐，听这位小弟弟所说，似乎是人妖郝飞凤也来到回疆了。他的武功如何伤得了武庄主?"冒浣莲点点头说道："说话阴声怪气，形貌体态都似女人的怪物，那一定是郝飞凤了，小弟弟，他手中使的是不是一把铁扇子?"武成化道："是呀！两个人使的都是铁扇子!"傅青主催马快走，对凌未风道："敢情是那个老怪物也来了。"正是：

江南来老怪，塞外现人妖。

欲知后事如何？请听下回分解。

第二十四回　漠外擒凶　石窟绝招诛怪物
草原较技　天山神剑伏奇人

凌未风猜到几分，心头一凛，问道："哪个老怪物？"傅青主道："铁扇帮的帮主尚云亭。"凌未风道："闻说这老怪物颇有独门武功，软的硬的全都不吃，黑道白道全不买帐，虽然混账，却还不是顶坏的人，如何会同人妖郝飞凤在一起？又如何会去找武元英的晦气，这却真是出奇！"

众人快马加鞭，百多里路，不过半天就赶到了，村庄上的人急忙迎接，武大娘喜道："傅伯伯来了，成化的爹有救了！"傅青主与武琼瑶进入内室，只见武元英面色淤黑，气若游丝，见了故人，嘴唇微动，却说不出话来。傅青主仔细验视，替他把脉，说道："不碍事，不碍事。"急忙替他放血，并推拿有关的穴道，然后取出一块药饼，给他嚼碎吞了。过了片刻，武元英面色好转，叫道："好狠毒的老东西！"在床头下取出一枝黑色的毒箭，说道："不是我这几根老骨头还熬得住，可见不着你了！"武元英一向在西北，而尚云亭则在江南，两人从未见过面。武元英道："昨晚我斗那两个贼人，老贼的武功虽强，我还挡得住他。他那把铁扇，起初施展的也不过是点穴功夫，不料到了后来，越斗越急，我的刀尖碰在他的扇上，蓬的一声，就飞出了几枝毒箭，暗器原来是藏在扇子内的。"尚云亭的毒箭，本来见血封喉，幸在武元英几十年功夫，非比寻常，这才熬得到傅青主到来。傅青主心中暗叫"好险"！刚才他说的"不碍事"，只是安慰武琼瑶的，现在见武元英已真的不碍事了，这才松了口气。

傅青主不许武元英多说话，叫武琼瑶侍候他休息，自出外堂。武大娘和天地会的弟兄早宰了几只肥羊，备好水酒款待。众人等一路上吃的都是干粮，嘴里早淡出鸟来，大块肉，大碗酒，吃得很是高兴。武大娘悄悄地对傅青主道："傅伯伯，你瞧那两个贼人还会不会来？"傅青主道："我就担心他不来！"想了一会，叫武大娘唤武琼瑶出来，叫她和易兰珠不要携带武器，到村里村外走了一转，又对武大娘道："嫂子，请恕我无礼，我想请嫂子开设灵堂，门口挂白，假装办丧事。"武大娘道："为什么？"傅青主轻声说道："引敌人来呀！这两个怪物，尤其是那个人妖，我早就想把他除了！"武大娘和丈夫一向豁达，进去和他说了，武元英哈哈笑道："我这条命也是傅老哥子救的，我还有什么忌讳？要装假就要装得像一点，叫琼儿逐户去报丧。"

傅青主替武大娘安排完毕，叫武琼瑶和易兰珠在原来的房间睡觉，自己和石天成则在邻房，石大娘和武大娘同住，凌未风在外面巡视。布置得非常周密，不料一连两晚，敌人都不来。傅青主道："我看敌人一定会来的，不能松懈。"果然第三晚的下半夜，敌人真个来了，武琼瑶几乎着了道儿。

铁扇帮的帮主尚云亭和人妖郝飞凤远来回疆，其中却有一段缘故。他们是给孟武威和石振飞迫得远走高飞的。孟武威的儿子孟坚那次给纳兰相府保镖，几乎挫折在郝飞凤手上，因此自北京大劫天牢之后，孟武威就携子下江南，并约得石振飞相助，把铁扇帮的垛子窑挑下，尚云亭败给石振飞的蹑云十三剑，郝飞凤也几乎给孟武威的铁烟杆打死，尚云亭仗着一身精纯的武功，输了一招，就脱出身来，掩护郝飞凤逃走。后来委实在江南站不住了，这才遁到漠外。

却说凌未风在外面把风，三更过后，毫无动静，无聊得很，抽出伊士达临终时送给他的那一把宝剑来，这把剑古色斑斓，寒光透射，式样和中土的剑又有不同，他把玩了一会，忽见村头人影一闪，把剑一横，就奔上前去，前面来的乃是三个番僧，凌未风怔了一怔，心想尚云亭和郝飞凤自己虽没见过，但总不会是番僧吧？正想发问，为首的番僧忽然咦了一声，走了上来，翻着怪眼问道：

“你这厮从何得到这把宝剑？”凌未风道：“这把剑与你有何关系？”番僧冷笑道：“你可知这把剑的来历？”凌未风道：“什么来历我可不管，我只知道它是杨云骢的东西！”番僧哼了一声道：“杨云骢的东西？杨云骢是个强盗，他若不是死在江南，我会把他的骨头挖出来打三百鞭！”凌未风最敬爱自己的大师兄，闻言忍着一股怒气，问道：“你莫非就是天蒙禅师？”番僧得意笑道：“原来你也知道老佛爷的名字，那么你也该知道这把剑是我的东西了。你乖乖送上，老佛爷可饶你一条小命，要不然，哼，教你找杨云骢去！”凌未风心想，天蒙禅师当日率门下弟子围攻自己的师兄，给师兄缴去他的宝剑，送给伊士达，说起来这番僧怪不得谁。只是现在已过了廿多年，不知他是好是坏，若然他已改过，那么清兵入侵在即，蒙藏回疆的人都应齐心抗敌才是，不值得为了一把剑而得罪他。正踌躇间，那番僧又喝道：“你给不给？你是什么人？敢抗老佛爷之命！”凌未风道：“我就是杨云骢的师弟！”番僧板着脸孔问道：“我只知杨云骢有一个师弟楚昭南，怎么现在又钻出一个来了？你若是杨云骢的师弟，那么你也得听你现在的师兄的说话。”凌未风扬眉问道：“你说什么？”天蒙禅师哈哈笑道：“你还不知道吗？那你准是假冒的了！楚昭南带官兵到了回疆，派人入藏向我赔罪，替他死去的师兄求饶，叫我帮他平定蒙藏，他答应给我找回宝剑，若找不回，就把他的游龙剑送我哩！这把剑既在你手中，那还有什么可说！”凌未风忽然圆睁双眼，喝道：“我本不想要这把剑的，现在却偏不给你，有本事你就来取！”

天蒙禅师喝道：“徒儿，替我把这狂徒拿下！”两个少年番僧左右扑上，凌未风兀立如山，四只拳头同时打到身上，只听得“蓬蓬”两声，跌倒的不是凌未风，却是那两个少年番僧！天蒙禅师虎吼一声，忽然脱下大红僧袍，迎风一抖，似一片红云直罩下来。凌未风见来势凶猛，身移步换，避过来势，一手抓着袍角，只觉如抓着一块铁板一般，知道天蒙的武功也已登峰造极，暗运内力，一声裂帛，撕下了半边僧袍，天蒙禅师那半截僧袍已横扫过来，左掌呼的一声也从袍底攻出，凌未风身子陡然一缩，只差半寸，没给打着，天蒙禅师骤失重心，晃了一晃，凌未风腾地飞起一脚，天蒙禅师居然平地拔起两丈多高，手中僧袍，再度凌空扑击！

天蒙是西藏天龙派开山祖师天龙禅师的师弟，自廿多年前输给杨云骢之后，回到西藏，潜心再苦练了廿年，功力远非以前可比，竟然和凌未风打了许久，未露败象。

再说武琼瑶和易兰珠同住一室，午夜过后，尚未见动静，武琼瑶道："傅伯伯这个计策又怕不行，敌人未必会来。"易兰珠道："还是小心防备的好。"武琼瑶道："外面有凌大侠把风，敌人若来，只怕未进入庄内，就给他收拾了，还轮到我和你动手吗？"她累了三晚，不觉打起瞌睡。易兰珠却仍打点精神，仗剑防守。过了一阵，忽然有股香气从窗外吹进来，令人昏昏欲醉，易兰珠大叫一声不好，窗外已飞进两个人来，为首的人阴声怪气笑道："哈，哈，两个花姑娘都在这里！"易兰珠刷的一剑刺出，郝飞凤举扇一挡，铿锵一声，铁扇已给斩断，几十支梅花针飞射出来，易兰珠舞起宝剑，一片铮铮声响，把梅花针都激得反射回去，郝飞凤绝未料到易兰珠如此厉害，手忙脚乱，尚云亭大袖一挥，梅花针全给震落，身形起处，竟如苍鹰扑兔，向武琼瑶抓去。

练武的人，最为警醒，武琼瑶刚刚入睡，一闹就醒过来，只是迷迷糊糊，竟没气力，尚云亭扑地抓到，危急中武琼瑶忽想起白发魔女的独门绝招"无常夺命"，就地一滚，纤足飞起，踢尚云亭腿弯的"白市穴"，尚云亭身子一缩，武琼瑶已滚过一边，易兰珠一剑自后刺到，尚云亭反手一拿，五指如钩，向易兰珠的手腕抓到，易兰珠剑如飞凤，一转手腕斜刺出去，尚云亭步似猿猴，铁扇起处，又已指到易兰珠胁下，易兰珠只觉脑痛欲裂，剑法虽然精妙，却敌不住尚云亭，只好连连闪躲。尚云亭见易兰珠吸了迷香，武功还是如此了得，不禁骇然。郝飞凤乘机去抓武琼瑶，忽然窗外一声冷笑，郝飞凤咕咚一声，倒在地上，尚云亭扬手一挥，一圈金光反射出去，大声叫道："贼婆娘敢施暗算？"

石大娘回身一闪，尚云亭飞箭般地穿出窗去，石大娘的五禽剑当头压下，尚云亭喝声："打！"铁扇一点石大娘手腕，石大娘冷笑一声，回剑横扫，瞬息之间，进了四招，尚云亭大吃一惊，飞身便逃。暗角处，蓦然又转出一个儒冠老者，长须飘飘，尚云亭举扇横拨，那老者剑招极慢，但却有极大潜力，尚云亭扇搭剑身，正想来个“顺水推舟”，上削敌人握剑的手指，不料铁扇竟给敌人的剑黏住，休说上削，连移动都难，尚云亭急运足十成内力，向外一探，左掌也使了一招擒拿手，才解了敌势，一晃身，斜跃下落，这儒冠老者乃是傅青主，和石大娘联袂追下。

尚云亭脚方点地，飞红巾早已在楼下等候，长鞭呼呼，向铁扇卷来。尚云亭仗着精纯的武功，拆了几招，兀是觉得吃力，手指一按铁扇上机括，几枝毒箭，流星闪电般地飞出，飞红巾回鞭一扫，短剑一荡，把毒箭全部打落，尚云亭又跳出垓心，正想夺门而出，忽然一声大喝，一个红面老人，人未到，脚先到，双足连飞，一顿鸳鸯连环腿，把尚云亭又迫回来，这人乃是石天成。

尚云亭一看四面八方，全是生平罕遇的高手，横扇当胸，哈哈笑道：“你们以多为胜，我尚云亭头颅只有一颗，你们要取，我绝不皱眉。”傅青主、石大娘、飞红巾、石天成四边站定，不理不睬。一个阴恻恻的声音突然响自耳边，“你别卖狂，你只要能接我三招，我就放你出去，决不留难！”声音很小，却是字字清楚，尚云亭纵眼一看，只闻声而不见人，方自惊诧，忽然耳边又听得怪声喝道：“你这双狗眼，连我都看不见。”语声方停，场中心已多了一个瘦小的老人。这老人正是辛龙子，他人既矮小，又仗着怪异的身法，突然钻出，令尚云亭大吃一惊。

尚云亭横行江南几十年，自然是个识货的大行家，知道辛龙子内功深湛，就只那手“传音入密”的功夫，人在远处，而声却直达别人耳边，这样精纯的功力，还真是见所未见。只是尚云亭也有几十年功力，虽然自知比不上辛龙子，但心想：“只过三招，你无论如何也打不倒我。”当下朗声喝道：“你这话当真？”辛龙子道：“谁和你开玩笑？你数着，第一招就要打得你扑地！”尚云亭突觉眼前人影一晃，辛龙子长袖飞扬，宛如半空伸出来的怪手，直扑他的面门，左肘又撞他胸膛，脚尖又踢他膝盖。这一怪招，同时连攻对方上中下三处方位，对方除了使“燕青十八翻”的“滚地堂”功夫外，实在无可逃避。尚云亭无暇思索，滚地一翻，一个鲤鱼打挺，又翻起来，只听得那阴恻恻的怪声，又在耳边响道：“第二招要打得你团团乱转！”

尚云亭尚未定神，忽见辛龙子左手握拳，右手伸指，左足足尖微起，以金鸡独立之势，立在自己的侧面，拳对胸膛，指向胁下，足尖又成“十字摆莲”之势，可以踢裆挑腹，只要一动，敌立可制自己死命，只好凝立不动，处处无备而处处有备，以上乘武功护着全身。辛龙子忽然冷笑一声，胸膛一挺，作势欲扑，尚云亭只道他要发动攻势，急忙足尖一旋，团团乱转，以八卦游身掌法，应付敌人的全面攻势。除了这一法子，实在也无法抵御。哪料辛龙子只是作势，并未前扑，待他旋转之势稍缓，猛然喝道：“第三招要你摔出门去！”双掌一撤，迅如奔雷，掌风人影中，尚云亭大叫一声，平地飞出数丈，但他也临危显了一手绝招，暗运内力将铁扇震裂，数十枝毒箭，齐向辛龙子飞来，辛龙子猝不及防，不由得也是一惊，急忙使个“一鹤冲天”之势，飞身攀上屋梁，尚云亭夺门狂奔，傅青主、飞红巾紧紧跟踪追出。

再说凌未风和天蒙恶斗，功力悉敌，旗鼓相当，斗了许久，兀是未分胜负。凌未风身法一变，把半截僧袍紧紧收束，舞成一根杆棒，将最近这次重上天山所学得的剑法，施展出来，居然是劈刺撩抹，悉依刀剑路数，那僧袍束成的杆棒，拿在他的手里，真如拿着一柄宝剑。战到分际，忽听得一声裂帛，凌未风的半截僧袍，将天蒙手中的半截僧袍卷着，用力一绞，天蒙的僧袍，变成片片碎布，凌未风一掌劈去，天蒙惨叫一声，回身便逃，凌未风正待追击，忽觉背后风声飒然，无暇追敌，反手便是一掌，背后的人“哎哟”叫了一声，而凌未风也觉来人功力，甚为纯厚。

这人正是舍命求生的尚云亭，他受了凌未风一掌，全身麻软，逃出几步，傅青主已然赶到，骈指一戳，将他点倒地上，而天蒙禅师已带了两个徒弟飞逃了！

凌未风向傅青主道声“惭愧”，他因恶战天蒙，竟放了尚云亭混入庄内，甚觉尴尬。傅青主笑道：“两个贼人都擒着了，凌大侠何必耿耿于怀。”说罢把尚云亭押回庄内。

石大娘等坐在堂中，正在审问人妖郝飞凤，傅青主双掌按在尚云亭肩上，厉声喝道：“你到西北想干些什么？为何混入武家庄？

从实招来，否则我双掌用力，把你的琵琶骨捏碎，先把你的武功废了！”

尚云亭认得傅青主是无极剑的大师，叫道：“傅青主，你不必迫我！”又看了身受五花大绑的郝飞凤一眼，长叹一声道：“总是这个孽障害我！”用力一嚼舌头，狂叫几声，喷出一口鲜血，在地上翻腾一阵，竟自死了！

傅青主微微叹息，急忙伸手一捏郝飞凤的下巴，郝飞凤哇哇大叫，牙齿全给捏碎，和血吐出，傅青主使了这手辣刑，为的是防止郝飞凤也学尚云亭的样子自杀。

郝飞凤痛极叫道：“你们把我杀了吧！”傅青主在他颈项一拍，喝道：“你说不说？”郝飞凤惨叫一声，语音含糊，可是还分辨得出他说什么，他说：“我给石振飞和孟武威逼到塞外，是天蒙禅师叫我们来的。”凌未风道：“是天蒙禅师叫你来的？叫你来做什么？”郝飞凤看了武琼瑶一眼，垂首不语，武琼瑶粉面通红，心头火起，啪的一掌，把郝飞凤的天灵盖震得粉碎。

凌未风笑道：“武姑娘，也难怪你发脾气，只是太便宜了这厮。”在尸身上一搜，果然搜出天蒙给他的一封信，叫他得手之后，持信去见楚昭南，原来楚昭南也知道武元英在草原上建起村庄，只以“癣疥之患”，不想亲自料理，所以叫天蒙禅师顺道去毁灭武家庄，而天蒙禅师又和逃到塞外的尚云亭勾结上了，要他们先探虚实。郝飞凤色胆包天，第一天在武家庄外探视，见着武琼瑶，不等天蒙禅师到来，就和尚云亭扑入庄内采花，几乎给武元英砍死，仗着尚云亭的毒箭，才能逃脱。第二次和天蒙会合之后，再分批来犯，不料又遇到许多高手，终于丧命。

凌未风沉吟半晌，说道：“楚昭南四处邀人，看来清兵大举入侵之期不远，我们须得好好准备。”飞红巾昂头笑道：“我明天就遣人邀约南疆各族酋长，听李公子的调遣。”李思永拱手说道：“女英雄东山复出，那好极了，我愿尽绵力，以作前驱。”凌未风笑道：“你们不必互相推让了。大家累了这么多天，还是明日再说吧。”辛龙子翻着怪眼道：“你们都是忙人，忙着什么劳什子的国家大事，我却是闲云野鹤，对你们的事情毫无兴趣。我要回天山采金炼剑，恕不奉陪了。”凌未风将他一把拉住，说道：“辛大哥，你要回去，也不忙在今宵，明日兄弟还有要事奉告。”辛龙子道：“念在你曾救过我的命，我依你的话，要我多管尘世俗事，那我可不干。”

一宿易过。第二日晨曦稀微，易兰珠就在村庄外的草地徘徊。她下山之后，内心充满激情，回疆的大草原是她父亲当年驰骋之地，她父亲的一生就是在草原上度过的，因之她对回疆的大草原也有着说不出的一种深厚感情，就好像对她的父亲一样。她一早起来，就是想等待凌未风，向他倾诉她对父亲的怀念，和对草原的感情。

易兰珠正在凝思，忽然发现草原上还有另外的一个人在独自徘徊，她跑了过去，那个人抬头叫道：“兰珠，你这样早！”这人乃是张华昭，飞奔着迎面而来，到了易兰珠跟前，忽然停了下来，呆呆注视，易兰珠奇道：“你傻了么？看些什么？”张华昭叫道：“兰珠，你的头发，你的头发！”

易兰珠手抚青丝，愕然问道：“我的头发怎样了？”张华昭喜得跳起来道：“一根白头发都没有了！”拉着易兰珠到泉水边一照，只见满头乌黑，发光鉴人，易兰珠半晌说不出话来。张华昭拉着她的手赞道：“兰妹妹，你真美！”易兰珠忽悠然叹道：“管它白发黑发都与我无关，白发不足忧，黑发亦不足喜，我是跟定飞红巾的了！”

张华昭奇道：“你不是曾逃出深山，不愿受她拘束的吗？”易兰珠道：“你一点也不懂得我，也不懂得飞红巾。现在的她已经不是以前的她了，我和她现在都不是在深山之中，而是在草原之上呀！我现在尊敬她，就如尊敬我的凌叔叔一样。”易兰珠经过了这场大变，又受了凌未风的激励出山，对张华昭的爱心虽然没有死掉，可是她的爱情已经被另外一种强烈的感情盖过了，这感情就是对于草原的感情，她要继承她父亲的志愿，为草原上的牧民解救苦难。理想燃烧着她的心，对死去的父亲那种深沉的怀念占据了她的心，爱情反而退到次要的位置，此刻她还没有心情谈情说爱，对白发黑发的事情，更不放在心上了！

张华昭默然无语，慢慢他理解了她的心情，拉着她的手轻轻说道：“兰妹妹，我懂得的，我的父亲给清兵杀死的时候，我的心中也是充满着复仇的火焰，一点也不想到其他。但是，我们永远在一起，也并不妨碍我们的事业呀！”易兰珠面现红霞，挣脱他的手说道：“别闹了，你看凌叔叔他们来了！”

凌未风和辛龙子并肩走到草原，不一会傅青主、石天成他们也来了，凌未风点点头道：“兰珠，你早！”看着张华昭笑了一笑，忽见张华昭黯然无语，觉得很是奇怪。

辛龙子道：“凌未风，你约我出来有什么事？请快说罢。”凌未风突然从腰间解下一把宝剑，递过去道：“你看这把剑如何？”辛龙子细细赏玩，弹剑长啸，说道：“这是西藏天龙派的镇山宝剑呀，你如何得到？”凌未风笑道：“原来你也知道这把剑的来历，你喜欢这把剑吗？”辛龙子淡然说道：“若果在天蒙贼秃的手中，也许我会抢他的。在你的手中，我不会强抢的。”凌未风哈哈笑道：“你既然喜欢，我就送给你！”辛龙子愕然道：“真的？”凌未风道：“一把宝剑有什么稀奇，我生平从不用宝剑，也未尝受过挫败！”辛龙子怪眼一翻，将宝剑挥动几下，说道：“哈，凌未风，你怕我不受宝剑，故意激我，好，我接受你的好意，但还是要和你比剑！”凌未风道：“好呀！咱们点到为止，胜败不论。”

桂仲明拿来一桶石灰，凌未风取出他平常惯用的青钢剑，在石灰中一插，反身跃出，说道：“来吧！”易兰珠武琼瑶十分奇怪，只有傅青主拈须微笑。

凌未风知道辛龙子武功极高，新近又学了达摩剑法，若非恩威并施，不能将他收服，因此送他宝剑之后，仍践前言，要和他比剑。傅青主老于阅历，自然猜到凌未风心意。易兰珠和武琼瑶却在暗暗着急，她们见识过辛龙子的武功，以她们两人联剑合攻之力，兀自敌不过辛龙子的，如今辛龙子宝剑在手，如虎添翼，只怕凌未风抵挡不了。两人暗暗捏一把汗，站在斗场的外围，准备一有危险之时，立刻抢救。

辛龙子横剑当胸，与凌未风相对而立，双目凝视，久久不动。众人方觉奇怪，忽然辛龙子往地上一坐，剑尖倏地上挑，凌未风沉剑一引，辛龙子闪电般地在地上打了几个盘旋，除了有限几人，别人根本不知道他什么时候又站了起来。傅青主伸出舌头对石大娘道，达摩剑法真个神妙，只这一伏一起的时间，他已接连使了十几手怪招，若非凌未风，也真难抵挡得住。

再看斗场时，形势又变，辛龙子活像一个醉汉，脚步踉踉跄跄，时而纵高，宛如鹰隼凌空；时而扑低，宛如蝶舞花影，一把宝剑东指西划，看来不成章法，其实每一招都暗藏好几个变化。凌未风施展出天山剑法中的“须弥剑法”，攻守兼备，一柄青钢剑飘忽如风，意在剑先，悠然而来，寂然而去，使到紧处，真是攻如雷霆疾发，守如江海凝光。达摩剑法虽然怪绝，却是伤不了凌未风分毫。

辛龙子斗到酣处，忽然一声怪叫，剑法再变，斗场中四面八方都是辛龙子的身影，那柄宝剑寒光电射，剑花错落，就如黑夜繁星，千点万点，洒落下来。凌未风的身形，已被剑光裹住，连傅青主也看得不大清楚，不知道他是如何防御的了！

不说旁人替凌未风担心，辛龙子却是倒吸一口凉气。凌未风看来似是被困着，其实却是用最上乘的剑法，着着反击！辛龙子只觉面前如布了一面铁壁铜墙，攻不进去，宝剑指处，都被一股极大的潜力挡了回来，还不时要用上乘武功，解去凌未风青钢剑的黏力。似这样斗了一百多招，把旁人看得眼花缭乱，忽然凌未风在剑光中如星丸跳跃，辛龙子猛纵起来，一圈银虹，环腰疾扫，易兰珠、武琼瑶惊叫一声，双双抢出，石天成比她们更快，双掌一错，已抢在前头，大叫：“辛龙子，你这孽障，胆敢伤害凌大侠！”语声未停，忽见凌未风笑吟吟地站在面前，辛龙子却如斗败的公鸡一样，斜立在凌未风三丈之外，抱剑说道：“凌大侠真好剑法，我输了！”石天成惊愕得说不出话来，仔细看时，只见辛龙子的衣服上，有许多白点，这才恍然大悟，这些白点，全是凌未风用剑尖上的石灰点上去的，若然凌未风真个把辛龙子当为敌人，辛龙子早已丧命在三尺青锋之下了。

凌未风也抱剑当胸，笑吟吟地说道：“辛大哥真好剑法，斗了三百多招，才偶然失了一招，做兄弟的十分佩服。”易兰珠的天山剑法已有八成火候，见凌未风只不过赢了一招，在这样短促的时间内，就能够在辛龙子身上留下几十处记号，也是骇得说不出话来，想不到本门剑法的神妙，一至如斯！

辛龙子既是佩服又是尴尬，正在落不了台，石天成喝道："大丈夫恩怨分明，你有恩不报，有仇不报，算哪一门侠义道！"辛龙子陡然转身，将剑向上一举，朗声说道："师兄，我承教了！凌大侠武艺无双，我要报恩也无从报起，我只有随着凌大侠，但愿仗他之力，报了楚昭南的暗算之仇，我就回转深山。"石天成仍是怫然不悦，恼恨辛龙子太过糊涂，正想发话，忽然草原上数骑飞来，到武元英跟前，倏地翻身下马，报道："清军已大举入疆了！"

这几个人都是武元英差到边界探听消息的，他们在边境的烽火台上遥见清兵大队开来，连忙飞骑回报，傅青主沉吟道："大军行程迟缓，沿途又定有牧民队伍向他们袭击，最少还要十天半月，他们才能攻到这里。"飞红巾道："十天之内，我保管能把南疆各族聚集起来。"武元英道："只是孟禄那边，却是心腹大患，孟禄是喀达尔族的老酋长，和南疆的哈萨克族都定居在喀尔沁草原，在那草原上还有十多个部落，而以喀达尔和哈萨克两族的人最多。虽然孟禄只得三四个部落拥护，但他势力最大，清军一旦进来，他会裹挟其他各族服从他的。"凌未风慨然说道："我和哈萨克人最熟，我们师兄弟两代，都帮哈萨克人打过仗，我愿到喀尔沁草原走一趟。先和哈萨克人联络，然后把孟禄收服过来。"众人听了，都说太过危险。武元英道："那边是孟禄的势力，你单枪匹马，恐怕会受暗算。"凌未风笑道："我一生经历过无数危难，何惧一个孟禄。何况我还有哈萨克族的朋友。"辛龙子应声说道："我是哈萨克人，廿多年前，我曾做过一件很对不起本族的事，当时不知道错，现在是知道了。我愿随凌大侠前往，一来可报凌大侠恩德；二来也可稍赎前愆。"众人见辛龙子愿往，齐都大喜，心想两个都是绝世武功，应该不至于出事，事情就这样决定了。

当晚，凌未风和刘郁芳静静在草原漫步，刘郁芳幽幽说道："才一见面，你又走了！"凌未风强笑道："我总会回来的。"刘郁芳道："但你却一直不愿说真话。"凌未风道："我的过去已经埋葬了，你为何一定要知道我的过去？"刘郁芳道："可是我心头上的那个童年朋友，却还没有死掉！凌未风，你真的这样残酷，不愿把当年真相告诉我吗?”草原上饿狼夜嗥，胡笳远闻。凌未风轻轻地推开刘郁芳的手，悄悄地道：“我再重复我过去说过的一句话，在临死之前，我一定会把真相告诉你的!”正是：

历尽沧桑心未换，疑真疑幻费疑猜。

欲知后事如何?请听下回分解。

第二十五回　牧野飞霜　碧血金戈千古恨
冰河洗剑　青蓑铁马一生愁

清兵入侵的消息，似旋风一样地掠过草原。草原上的人们，特别是草原上的青年们，一见面就谈论这个消息，愤怒的火焰，在他们的心头燃起，谁想压熄这个火焰，谁就将被火焰烧死。

在喀尔沁草原，人们不敢公开谈论，可是每当草原日落，晚霞余绮，羊群休息之后，青年牧民在草原上漫步闲游，便时不时三五成群，走到僻静之处，窃窃私议。这些人之中，竟有着孟禄的女儿孟曼丽丝和哈萨克的青年酋长呼克济。

呼克济的父亲是杨云骢的朋友，当呼克济还是小孩子的时候，曾给楚昭南捉去作为人质，后来全靠飞红巾和杨云骢将他救回（事详拙著《塞外奇侠传》)，因此在喀尔沁草原上的各族部落中，呼克济是主战最力的人。可是孟禄的势力太大了，还有清廷派来的武士帮助他，因此呼克济也只好把复仇的火焰压在心中，不愿向孟禄当面透露。

这日黄昏，呼克济和孟曼丽丝在草原上的一条小河边漫步，孟曼丽丝的脸给晚霞染上一层红晕，两只大眼睛像天上的星星闪动，眼光中有兴奋也有忧郁。呼克济道："你父亲昨晚派长老来提亲啦，今天晚上，他就要召开各部落酋长的大会啦!"孟曼丽丝幽幽说道："我知道啦！这两件事情联在一起，不是好事!"呼克济笑道："我不是傻子，我也知道他的用意。他知道我喜欢你，以前暗中阻挠，现在却派人提亲，还不是想我今晚赞同他的主张吗?"孟曼丽丝黯然说道："所以我一点也不喜欢，我的父亲越老越糊涂，竟然要做引狼入室的大罪人，我看他将来死无葬身之地！我做女儿的也不知道怎样救他。”呼克济紧紧握着她的手，欢然说道：“孟曼丽丝，你真是我的好妹子。今晚你的父亲不会成功的，他有清廷的武士，我们这里也来了两个异人。”孟曼丽丝诧然说道：“异人？为什么我一点也不知道是什么异人？我就怕各部落的酋长，今晚会在他势力之下低头，更加重了他的罪孽！”呼克济道：“什么异人，今晚你就知道了。”孟曼丽丝娇嗔道：“这样神秘？连我也不告诉。”呼克济笑道：“让你也惊讶一下嘛！”孟曼丽丝道：“那么你是智珠在握，稳操胜算了！”呼克济道：“全是那两位异人给我出的主意。”孟曼丽丝道：“那么怎样处置我的父亲？”呼克济递过一包药粉，在孟曼丽丝耳边轻轻说了几句，孟曼丽丝道：“也只好这样了。”

晚霞消逝，草原上新月升起，各部落的酋长、长老和有地位的人都聚集在帐幕环绕的一片草场上。孟禄带着甲兵，身旁还有两个老者和四名清廷武士。大草原上鸦雀无声，孟禄睥睨作态，环顾全场，十分得意，朗声说道：“朝廷大军，已破关直入，所至之处，如汤泼雪，不日便将到此，诸君作何打算？”各部落酋长不发一言，视线纷集在哈萨克年轻酋长呼克济身上。呼克济支头微笑，有人知道孟禄对呼克济提亲消息的，更是猜疑。塔山族的年轻酋长忍不住起来道：“清兵入关后三十余年，对回疆亦曾屡次用兵，端赖各族一心，矢志抵抗，清兵只敢占伊犁等几个大城，我们在草原上还可牧羊放马。如果不战而屈，甘受奴役，对我们的祖先也对不起！”孟禄冷笑道：“你有多大年纪，妄敢谈战！廿多年前，草原上的女英雄飞红巾集南疆各族之众，还敌不过清军，她的军队瓦解，她自己也逃入深山，再不敢出来现世。今日入关的清兵，十倍于昔，而我们的人才，还没有人比得上昔日的飞红巾。试问以此边鄙一地，将寡兵微，如何去抵抗王师！”塔山族的酋长热血沸腾，大声说道：“我们是宁为玉碎，不为瓦全！”孟禄嘻嘻冷笑，身边两个清廷武士，走过来道：“这位英雄着实令人佩服，咱们交交。”塔山族的酋长紧握拳头，准备反击。呼克济一笑起立，遮在塔山族酋长前面，举杯说道：“咱们来这里商讨大计，不是打架来的。好好喝酒，再听孟老酋长的高见。”塔山族的酋长瞪了呼克济一眼，孟禄眉开眼笑，招回两个清宫武士，说道："我也没有什么高见，古语说得好，普天之下，莫非王土，率土之滨，莫非王民。清军入关，中原华夏之区，尚望风投顺，我们边疆僻地，岂可与之抗争？我们还是歃血为盟，保土安民，等候迎接王师吧。再说朝廷也特别尊重我们，派了两位名满天下的使者，来到我们这荒野之区，各位还有什么说的！"说罢，施了一礼，请身旁两位使者站起，两位使者都是须眉如雪的老人。孟禄恭恭敬敬地介绍道："这位便是长白山派的教祖，名闻天下的'风雷剑'齐真君！这边这位是西藏天蒙禅师的师弟天雄上人，也是塞外数一数二的武林人物，各位一定知道他的名字！"

天雄心高气傲，性子最急，扫了各酋长一眼，走至草场中央，草场中央有一个大石鼓，用粗藤系着一头西藏野牛，是孟禄准备拿来歃血为盟用的。天雄叱咤一声，腾起一脚，石鼓向天飞去，在半空中裂为几块！野牛脱了羁绊，野性大发，倏地向人多处冲来，各酋长猛不及防，纷纷骇叫，齐真君微微一笑，伸出两只指头，在野牛颈上一搭，那野牛痛极狂嗥，四膝跪下，齐真君骈指一戳，牛腹当堂洞穿，鲜血喷出，孟禄持大钵装盛，装了满满三钵。要知西藏野牛，皮质坚厚，可御弓箭，齐真君只轻轻一插，便告洞穿，这真比刀剑还厉害十倍！

各部落酋长几曾见过如此神力，大都瞠目结舌！孟禄得意洋洋，将牛血和酒，在每个酋长之前放了一盅，朗声说道："请尽此盅，共图大事。"各酋长虽是震骇，却仍端坐不动，孟禄大怒，正想发作，孟曼丽丝忽自旁掩出，笑盈盈地对孟禄说道："爸爸，你好糊涂，该是做主人的先喝呀！你喝了，女儿再劝伯伯叔叔们喝。"

她捧起一盅血酒，在熊熊的野火上一暖，递给父亲。孟禄一饮而尽，将酒盅一摔，哈哈大笑，说道："丽儿，劝酒！"塔山族的酋长眼喷怒火，瞪了哈萨克的年轻酋长呼克济一眼，啐道："哼，你爱的好姑娘！"

呼克济仍是微笑不语，孟禄向他一指，叫道："呼克济，你先喝！"呼克济倏地起立，说道："孟老酋长，我有两位客人，想见识满洲英雄的神技！"天雄纵声笑道："好呀，你们这些蛮子，不挨一顿好打，也不心服！"孟禄含嗔说道："呼克济，你还是不肯喝酒？"

呼克济笑道："喝寡酒有什么意思？还是看热闹之后再喝吧！"天雄早脱下大红袈裟，跳出场心，大声叫道："你那客人何在？"

呼克济微一招手，身边倏地站起两人，也不见怎样作势，却已到了场心。一人解下遮面的"兜风"，面上有一道刀痕，十分瞩目，另一人则是矮小清瘦的老头儿，毫不当眼。两人刚才默默地杂在人堆之中，孟禄只道他们是呼克济的从人，毫不在意。这一亮相，令他猛吃一惊，大声叫道："咦，凌未风！"场中有过半酋长也认得凌未风，齐都欢呼起来。齐真君面色青白，只有天雄还未见识过凌未风的本领，仍然睥睨作态，立掌胸前，大声叫道："你就是什么凌未风吗？你想和洒家单打独斗，还是想两人齐上？"

凌未风冷冷说道："我们两人，想见识你们六个人的本领，看你们有多大本事，敢在这里飞扬跋扈，称强道霸？你们六人一齐上，我们就两人接住，你若一个来，就随你在我们两人之中，挑一个对手，喂，齐真君，你也来呀，你高兴挑哪一个？"齐真君硬着头皮道："你何必在这里多事？别人怕你，老夫却不怕你。"其实他正是害怕得紧。凌未风冷冷一笑道："不怕就上来吧！"齐真君迟迟疑疑，正想脱身之计，有两个清宫新招纳来的一等卫士，来自江南，尚未知凌未风的名头，暗恼齐真君那么大的威名，在凌未风面前，却显得那么畏缩。这时齐真君已是清宫侍卫的统领，天雄上人尚是新近拉来的客卿，两个卫士心想，若不把这什么凌未风当场降伏，不但折尽大内卫士的威风，只恐连天雄都瞧他们不起。两人一样心思，不约而同地飞纵出场，冲过来道："好，让我们兄弟先接这场！"凌未风冷冷问道："你们想选哪一个对手？"

两名清宫卫士，冲向凌未风，不约而同地齐声喝道："找你！"长笑声中，凌未风身形骤起，双臂箕张，向外一展，一招"铁锁横舟"，第一名敌手连身形尚未看清，手腕已给拿住。凌未风步法轻灵，倏然转身，将擒住的卫士猛然摔出，第二名敌手刚刚攻到，"啊呀"一声，闪避开时，凌未风早已和身扑上，那名卫士突觉劲风贯胸，如中巨斧，给凌未风用金刚大力手法折碎胸骨，登时惨叫一声，血染草场！

凌未风以迅雷不及掩耳的天山掌法，举手投足之间，连毙两名大内卫士，在场人等，全都呆了。天雄上人连退几步，凌未风又陡然喝道："怎么样？你要和谁对手？"

天雄惊魂稍定，强摄心神，心想，凌未风的武功，看来已臻化境，确是不易抵挡，但不信世间尚有第二个似凌未风的人。自己深得天龙掌法精髓，在武林中也是有数人物，不如避开凌未风，挑战那个瘦小的老头儿。

凌未风又催道："想好了没有？"天雄道："凌未风你刚斗过一场，我再斗你，胜之不武。我先和你的朋友比试一场，待你歇息过后，我再奉陪。"凌未风哈哈笑道："和你们对手，等于和小孩子玩耍，有什么累的？不过，你要见识我这位朋友的本领，那只好由他来教训你了！他的手底比我更辣，你等着瞧好了！"

天雄正想发话，忽听得背后有人阴恻恻地说道："臭和尚，你吹什么大气？你要怎样动手呀？"天雄吓了一跳，回头看时，不就正是自己看着不起眼的那个老头儿！凌未风一笑退下，辛龙子喝道："留神，接招！"天雄眼神一花，拳风已到面门，天雄含胸吸腹，一招"神龙掉尾"，左掌起处，势如卷瓦，横拨敌人手腕，这本是天龙掌法中的杀手，不料辛龙子滑似游鱼，矮小身躯竟从他掌底钻过，呼的一掌，掴在他的面上，天雄大叫一声，喷出一口鲜血，吐出两颗门牙！

天雄几十年功夫，也自有相当造诣，输了一招，猛然醒起，足跟一转，双掌翻飞，身随势转，端的是把周身封得风雨不透，"天龙十八掌"共十八路，每路包括九个变化，总共是一百六十二手，一正一反，相生相克，变化循环，悉仿龙形，撒开势子，也是一派犷厉，手脚起处，全带劲风。两人走马灯似的乱转，把众人看得眼花缭乱！天雄禅师斗了一会，正想抽空进招，辛龙子已把他的掌法路数摸熟，而他却还不知道辛龙子的掌法是何派何家？猛攻几招，招招落空，忽然胁下被人掏了一把，又酸又痒，转得身来，颈背又被人捏了一把，反手一掌，却连敌人的衫角都捞不着。辛龙子仗着怪异的身法，把他戏弄得啼笑皆非，下台不得。众人只见辛龙子在掌风中倏进倏退，哈哈大笑，而天雄禅师则连连怪叫，犹如一头负伤的蛮牛！

辛龙子施展武林怪技，像逗弄小孩子一样地戏耍天雄禅师，齐真君一旁凝神注视，又喜又惊。喜者是他无意之中，得睹武林绝学，心内的疑团渐解。原来他以前吃韩志邦几记怪招，拔去胡子，引为平生的奇耻大辱，但因韩志邦那几手只是零碎的片段功夫，他怎样揣摩也揣摩不出道理来。如今看了辛龙子的怪招，想起以前韩志邦的手法，心中方始豁然贯通，知道他们两人都是出自同一家数。惊者是虽然看出一些道理，但越看越觉出它的复杂深奥，真是武林中仅见的功夫。自己若出尽全力，也许可抵御这种怪招，但却绝无把握取胜。他想凌未风的功夫已这样厉害，再加上这个怪物，那是万万不能抵挡。

正当众人全神贯注场心之际，齐真君忽然飞身跃起，其他两名卫士愕然一惊，尚未醒悟，凌未风大声喝道："哪里走！"两名卫士才醒起齐真君原来是畏惧先逃，急忙离座飞奔，哪里还来得及。凌未风双手一扬，三道乌金光芒，早已电射而出，射齐真君那支，因为距离过远，射到时力度较弱，给齐真君反剑拨落，那两名卫士，却是无法躲避，给天山神芒自背心直贯前心！场中心辛龙子也忽然一声怪啸，一把抓着天雄禅师的袈裟，倒提起来，他急于要追齐真君，随手把天雄禅师往外一摔，不理他的死活，便追上去。

凌未风忽然叫道："辛大哥，穷寇莫追！"辛龙子愕然止步，只见孟禄手舞足蹈，如中疯魔，大叫大号，跑出场来。各族酋长一拥而上，把他擒住。孟曼丽丝哭道："我的爸爸这几天得了大热病，心智迷糊，我本来劝他今晚不要召开什么劳什子的会的，他偏不听。"各族酋长本来对孟禄十分愤恨，原想把他擒住之后，就要公议处决，但一摸他额头手足，果然滚热，他们草原部落的规矩，重病之人，不论他犯了什么大罪，也不能当场审问处刑。堪恰族的酋长叫道："先把他看管起来。"孟曼丽丝道："我爸爸怎样也是一族之长，由我看护他吧。"塔山族的酋长道："哼，由你看护。你和你爸爸还不是一鼻孔出气。"呼克济排众而出，说道："你们别冤枉好人，她是听我的话才来的。"各部落酋长因见凌大侠是他请来，刚才的嫌疑尽释，正想说话，草原上忽火把通明，喀达尔族的战士四处涌现，大声叫道："孟禄重病，我们拥孟曼丽丝姑娘做我们的领袖，与各族同抗清兵！”孟曼丽丝微笑接受了欢呼，各部落酋长齐都大喜。孟曼丽丝道：“我们的族人和你们一样，都是热血男子。我爸爸的主意，我早就反对，我们族人这次愿联盟抗清，就是我这几天安排好的。”塔山族的酋长告个罪道：“那么是我错怪姑娘了。”孟禄忽然大叫一声，喷出一大口鲜血，咕咚倒地。

原来孟曼丽丝刚才捧血酒给父亲喝时，长袖低垂，暗中弹下一些白色的药粉。这药粉乃是草原上的异草炼成，性极燥热，服后全身发滚，就如患了大热病一般。这种配药之法乃是呼克济从族中最年老的牧人那里学来的，他传给孟曼丽丝，叫她如此设计救父。孟禄老奸巨猾，听女儿指他有病，立刻将计就计，装得真的像个热狂的人，其实，神志还是清醒的。到了后来，一见族人都拥护她的女儿抗清，众叛亲离，又愤又怒，气得吐血，弄假成真，真的变成病人了。

孟曼丽丝宣布加盟之后，自扶孟禄回帐幕休息。喀尔沁草原的各族各部落推呼克济做盟主。凌未风十分高兴，举杯笑道：“我还要讲一个好消息给你们知道，刚才孟禄说飞红巾躲在深山，不敢出来，这不是真的！飞红巾现在已经复出，重做南疆各族的盟主，我们就是她派来的使者！”众人又是一阵欢呼。呼克济紧握着凌未风的手，感激得流下泪来，高声说道：“凌大侠，廿多年前，你的师兄杨云骢和飞红巾女侠救了我的命，现在你又来救出我们族人。飞红巾再出来那好极了，我们喀尔沁草原的各族各部落，愿遥受她的节制。”当下和凌未风喝了一盏血酒，算作正式加盟。

再说孟曼丽丝把父亲扶入帐后，用雪水给他解消药力，孟禄潸然泪下，叹道：“女儿，你人大心雄，鸟儿长上翅膀，要拣高枝飞了！”孟曼丽丝急道：“爸爸，这是哪里话来，只要你诚心悔改，向各位伯伯叔叔谢罪，女儿包保他们不会难为你。”孟禄苦笑一声，忽然说道：“你们有凌大侠帮助，还要你爸爸作甚？”孟曼丽丝道：“凌大侠还要回到南疆，他哪能在我们这儿停留？只怕他明后天就要走了。再说，多一个人就多份力量，何况爸爸还是廿年前的抗清英雄？”孟禄道：“只恐别人不是这么看法！”孟曼丽丝正想反复开解，孟禄已闭上眼睛，说是疲倦欲眠，叫女儿不要吵扰他了。

不料第二天一早起来，孟禄竟然私逃去了。孟曼丽丝又急又气，她父女情深，一时糊涂，不敢将孟禄逃跑的事说出来，甚至连呼克济也不敢告诉。第三天凌未风和辛龙子向她辞行，她感到十分尴尬，只是恳请凌未风给她问候飞红巾。

时序推移，这时已是深秋时分，草原上碧空如洗，气候虽然寒冷，却是令人心旷神怡。凌未风干了这桩大事，更是十分愉快，一路上教辛龙子唱草原的民歌。从喀尔沁草原回到吐鲁番附近，要经过天山支脉的慕士塔格山，这山虽没有天山的高入云表，但也险峻异常。山脉是许多冰山雪岭所构成，从这些冰山雪岭上流下了数不尽的冰河，好像许多姿势不同的银白色的舞龙，镶在雪山峡谷，爬行在峰峦山坳之间，构成无比壮丽的景色！

凌未风纵目冰河景色，对辛龙子赞叹道："天山上虽有冰河，却还不如这里的壮丽。"辛龙子道："我们哈萨克人有一个古老的传说，传说有一位美丽的少女，她的情郎到关内去，一去不回。她攀上慕士塔格山痴痴凝望，头发变成了冰柱，眼泪淌成了冰河！"凌未风道："我们汉人也有望夫山之类的传说。可见不分种族，儿女的情怀都是相同的。"

凌未风给辛龙子的话挑起愁思。怅惘良久，忽然问道："辛大哥，你也有过爱慕你的少女么？"辛龙子翻着怪眼，木然不答。过了一会，才叹口气道："这座山我廿多年前曾到过的，那时我的师父为了躲避白发魔女，有一回就避到这山上来，害我找得好苦。我看了师父的情形，心都凉了，就算有天仙似的姑娘，我也不敢招惹。"凌未风喟然叹道："你真聪明！"前尘往事一幕幕地从心头翻过：钱塘江大潮之夜，少年情侣的颤声呼吸；石窟中玉手敷伤，重逢后的又恨又爱；水牢里伤心话旧，那凄凉幽怨的眼光……凌未风蓦地打了一个寒噤，心底里叫道："刘郁芳，你在哪里呢？"

辛龙子怪眼睁得更大，奇怪凌未风那么好的武功，竟会耐不住寒冷，在冰河冷气侵袭下打起寒噤，他好意地问道："怎么样，你着了凉了？"凌未风茫然不觉，辛龙子一掌拍去，喊道："你中了邪么？"凌未风跳了起来，愕然道："我……我，我怎么会中邪？"辛龙子正想再问，忽然脚下一阵震动，急拉着凌未风往高处跃去。叫道："不好，是雪崩了！"霎那间，山沟里响起巨大的雷鸣声，万山回应，震耳欲聋，磨盘大的冰雪从悬岩上滚塌而下，声势极为惊人！天山和慕士塔格山等高山，山巅积雪，常沿着山坡向下滚动，是为雪崩。若然正当其锋，任多大本领的英雄好汉也会给雪块冲落山谷，活活埋掉。幸得凌未风和辛龙子都甚有经验，又有极上乘的轻功，在满山雪块飞滚中腾挪闪避，居然毫发无伤。

过了许久，雪崩才渐渐停息，凌未风方透过口气，忽又听得阵阵哀号声。辛龙子拉着他跃出山坳，哀号之声越来越大，而且此起彼落，显然有不少人受雪崩压顶之灾。辛龙子道："奇了，怎么会有这么多行人？"凌未风急道："咱们快去看看，能救得多少就是多少。"跑出山口，往下一望，只见山谷中无数清兵，断手折足，挣扎呼号。凌未风这一惊非同小可，忽听得对面山峰上有人叱咤呼喝，辛龙子道："看呀！那边有人斗剑！"凌未风抬起头来，一声清脆的呼救声，随风飘到："凌未风，是你吗？快来呀！"

凌未风一听，比刚才所惊尤甚！睁眼看时，只见刘郁芳站在一块危岩之上，楚昭南正似猿猴般地纵跃上去！

凌未风叱咤一声，天山神芒抖手飞出，楚昭南身形闪展，宝剑撩劈，闹得手忙脚乱，好容易才避过天山神芒的连环攒射，凌未风和辛龙子疾如飞鸟，赶了过来。楚昭南大喝一声："与你拼了！"据在岩石之上，居高临下，奋力挡住凌未风，另外两名卫士，又从危崖的另一边跑上，刘郁芳频频呼唤，但楚昭南占着地利，凌未风急切之间却攻不上，只得大声喊道："你挡住一阵，我就来了！"

凌未风稍定心神，周围一看，只见辛龙子也赶了过来，在山坡上斗得正烈！拦着他的正是长白山派的祖师，风雷剑齐真君。另一堆人则在围攻一个白发老人和一个红衣少女，白发红颜在刀光剑影之中左冲右突，老人大叫"辛师弟"，少女则呼唤"凌大侠"。凌未风心稍宽慰，暗道："原来是石天成和武琼瑶！他们两人都是武艺高强，谅不会败在敌人之手！"运剑如风，迫楚昭南让了一步，再放眼看时，又不禁大吃一惊，围攻石天成和武琼瑶的竟是七八个喇嘛僧，其中就有和自己恶斗过的天蒙、天雄两师兄弟。看情形，西藏天龙派的高手，除了掌门的天龙禅师外，竟是倾巢侧出，再放眼看时，还有七八个大内卫士，正分成两拨，一拨去围攻辛龙子，另一拨却向自己这面扑来！凌未风暗叫一声“苦也”！“抽撤连环”，刷！刷！刷！疾刺数剑，抢上了岩石，反身一个旋风疾舞，迎上了来攻的几门兵刃！

原来刘郁芳正是找凌未风来的。她自凌未风去后，心中悬悬。到第三日，飞红巾已和南疆各族酋长联络上了，清兵到了一地，都是先筑碉堡，因此行军迟缓，还在数百里外。清军战略，非常显明，是想仗着优势兵力，稳扎稳打，蚕食全疆。飞红巾对着这种战略，无法可施，十分忧急。傅青主道：“我们兵力薄弱，要想强攻，绝对不行。但他们以碉堡战术，也未必制服得了我们，草原广大，有如茫无边际的海洋，我们就如游鱼一样，在碉堡中间穿来插去，草原上处处是我们的人，我们耳聪目灵，他们若来追捕，势大我们就避开它，势弱我们就吃掉它。”飞红巾叹息道：“那么，这是一种无尽期的作战了！”傅青主道：“以弱抗强，只能这样，我们若把草原变成一个大泥淖，让他们越陷越深，他们也不能长期停留下去！”战略一定，大家倒不心急了，战事一时也爆发不起来。刘郁芳苦念凌未风，暗里和武琼瑶商量，想和她一同到喀尔沁草原去接应凌未风。武琼瑶性子好动，和刘郁芳交情又好，一口答应，愿为她带路，两人向飞红巾请求，飞红巾见目前无事，而且她也挂念凌未风，一求便允。

再说那石天成，他自误杀师兄，历尽忧患之后，心中自责，每图立功自赎。听说刘郁芳和武琼瑶要到喀尔沁草原，他也愿意同行，刘郁芳是想去接应凌未风，而他则是想去找辛龙子。如今他只有这一个师弟了，这个师弟虽然怪僻糊涂，他也只能把光大本门的希望全都寄在他的身上了。尤其因为他有过几乎误入歧途，以至错杀师兄的沉痛经验，因此他特别挂心辛龙子，他想以“过来人”的身份，现身说法，叫辛龙子醒觉过来，不要只是潜心学艺，而不顾人间的善恶是非。

至于楚昭南却是随着大军远征回疆的。大军的统帅成亲王格济武艺不强，但却是个精通战略的人，他一面以碉堡战术，逐步推进，一面叫楚昭南率数百精骑，奇兵突出，以夜间的急行军，在草原边缘衔枚疾进，避过飞红巾的营地，深入喀尔沁草原，清军的如意算盘，是想以这队精骑帮助孟禄控制草原各族，令回疆各族分崩离析。这样内外夹攻，南疆各族的抵抗就可以毫不费力地各个击破。

楚昭南将到慕士塔格山之际，忽见齐真君带着十几个喇嘛，迎面而来。问讯之下，始知凌未风和辛龙子也到此地，喀尔沁的各族已经奉哈萨克的酋长做领袖，不要孟禄了。齐真君说："幸得天雄上人早已邀集同门，赶来此地。我们受挫之后，一过慕士塔格山，就和他们会合了。只是我们自忖人数还少，不想马上攻击他们。"楚昭南哈哈笑道："这回凌未风插翼难逃！我算他事成之后，必赶回南疆，我们埋伏在慕士塔格山中，等他入网！"

无巧不巧，刚到慕士塔格山口，石天成等三人也正策马驰来，一场混战，石天成等三人险些被擒，忽然山顶雪崩，除了十多个武功较高的喇嘛，以及楚昭南、齐真君等一班卫士外，数百清军，都给满山乱滚的大雪块冲下深谷。雪崩声中，各人自顾不暇，战斗暂停，刘郁芳在纷乱中爬上一座危崖，石天成、武琼瑶两人，一面出手攻击天龙派的喇嘛，一面闪避那满山乱滚的雪块。两人都是绝顶武功，到雪崩停止之时，他们已击毙了五个喇嘛，两个卫士。而这时凌未风和辛龙子也已经现身了。

冰河映日，剑气腾霄，两边人分成四处厮杀。刘郁芳高据危崖之上，左手锦云兜，右手青钢剑，远攻近挡，敌住了三名卫士；凌未风在山腰处，独战楚昭南与另外四名卫士，运独步海内的天山剑法，咬牙死战；石天成连环腿起双掌翻飞，在众喇嘛中施展他九宫神行掌的绝技；而辛龙子则以武林绝学的达摩剑法，恶战齐真君！

辛龙子亮出宝剑，精神抖擞，怪招骤展，顿时银光遍体，紫电飞空，满身剑花错落，怪啸声中，一名卫士的头颅飞上半空，洒下血腥红雨，齐真君大喝一声，双剑一圈，剑光和剑光一撞，金铁交鸣，直荡开去，辛龙子只觉手腕一阵酸麻，剑身一沉，解开来势，而齐真君也是虎口发热，左手长剑给截了一段。两人功力正是旗鼓相当，齐真君方闪了一招，辛龙子已是刷！刷！刷！一连三剑，剑风直逼面门！齐真君下盘功夫极稳，双剑一攻一守，在间不容发之间，挡开辛龙子的连环攻势，趁势也还了一招。辛龙子怪叫道："好呀，三招换一剑，亏你身为一派祖师，还敢恋战下去？"武林中成名高手相斗，输了一招，便该服输。而今辛龙子连发三招，齐真君才还了一剑，显然已输了招。只是此次两边交锋，乃是性命搏斗，哪里还会讲什么江湖规矩？齐真君闷声不响，双剑霍霍展开，隐隐带着风雷之声，辛龙子强攻猛扑，他竟然一步不让，脚跟钉在地上，剑尖似山，剑光如练，剑招虽慢，却是具见内力深厚，非比寻常！

齐真君本来无法抵挡辛龙子的怪招，但辛龙子在喀尔沁草原戏弄天雄之时，他在旁观望，潜心揣摩，仗着五十多年的功力，居然能化险为夷。又仗着有三个大内高手相助，这才堪堪打了个平手。

酣斗声中，围攻着石天成、武琼瑶的喇嘛僧忽然纷纷大喝，天蒙禅师托地跳出圈子，向同门吩咐了几句，挥舞着一根镔铁禅杖，恶狠狠地加入了齐真君这堆，喝道："何物妖邪？快还我镇山宝剑！"禅杖扫处，呼呼声响。辛龙子忽然向着禅杖冲去，天蒙一招"老树盘根"，满拟把辛龙子双脚打断，不料铁杖打空，辛龙子一口浓痰，正正唾在天蒙面上，耳边听得一声嘲骂："呸，不要脸！"天蒙禅杖一翻，已是不见人影。耳边又听得齐真君苍老的声音叫道："守离宫，走坎位，不要慌乱！"天蒙面上热辣辣的作痛，袖子一抹，已见鲜血，他给辛龙子唾了一口浓痰，就如中了颗铁莲子一般！

其实天蒙还不知道，若非齐真君及时出手，他早已丧命于辛龙子三尺青锋之下。辛龙子一见天蒙禅师使了一招，就知他的武功勇猛有余，精纯不足，使出达摩一百零八式的武林绝学，一个"金蟾戏浪"，在刀剑禅杖环击之下，钻了过去，仗着怪异身法，到了天蒙背后，天蒙尚且懵然不知，齐真君见形势危险，一个"盘膝拗步"，长剑往外斜递，身剑相合，一缕青光，也自追到了辛龙子身后。辛龙子无暇击敌，反手一剑，解开了齐真君暗袭的威胁，到天蒙禅师的禅杖落下，他已圈到齐真君的右侧去了。天蒙依着齐真君所教，脚踏八卦方位，在坎位进招，这才见着辛龙子的身形，他在间不容发之际，刚好能够避了开去！

天蒙功力，在清廷这边仅次于齐真君、楚昭南、成天挺等有限几人，也是一等一的好手，依着齐真君所教，守稳门户，抡起禅杖，呼呼轰轰，前后左右都是一片杖影，威力亦甚惊人，辛龙子的宝剑还真不敢和他相碰。齐真君风雷双剑，挡着正面，更是沉稳雄健。三个大内高手，则从两侧配合钻攻。辛龙子武功再高，也抵敌不住五名一流好手。这一战打得沙飞石走，流冰滚动，恶斗了三百多招，辛龙子已是汗湿麻衣，呼吸紧促，只能仗着怪异的身法，在周围兵刃夹击中，挪腾闪避，偷空进招了！

石天成、武琼瑶那边形势较好，但也占不了便宜，石武二人合斗六名喇嘛，两名卫士，而两名卫士之中，有一个是仅次于楚昭南的成天挺，他的一双判官笔，各长一尺八寸，专打人身三十六道大穴，石武二人，不能不小心提防。好在石天成几十年来，专练两门绝技，鸳鸯连环腿专攻敌人下盘，九宫神行掌则专门伺隙擒拿敌人兵刃，一众喇嘛，未曾见过这种战法，不敢过分迫近。至于武琼瑶的剑法，乃是白发魔女的真传，只论辛辣险狠之处，比天山剑法尤甚，只有成天挺敢和她正面进招，其他喇嘛都是稍沾即走。但这六个喇嘛，都是天蒙的师弟，功力也自不弱，更兼他们同出一门，天龙剑法练习有素，六个人如同一体，此进彼退，辗转攻拒，布下了天龙剑阵，饶是石武二人，各有独门武功，高强技艺，也被他们困在垓心。

但恶斗得最激烈的还是凌未风那一边，协助楚昭南的四名卫士，都是大内十名内的人选，比协助齐真君的那三名卫士，又高出一筹！楚昭南的游龙剑又已取回，仗着宝剑之力，也是着着进迫。凌未风心悬战友，连走险招，几被楚昭南所乘。斗了一百来招，兀是未能冲出，楚昭南大声嘲笑，叫凌未风弃剑投降。他道："凌未风，你挫折在师兄手内，有什么要紧？赶快投顺，免被刀剑分尸。"凌未风一声虎吼，手中剑"力划鸿沟"，向下一扫。剑光闪处，吧吧吧吧，一片连响，把几名卫士的兵刃全都荡开，连人带剑，几似化成一道白光，直向楚昭南冲去，楚昭南不敢和他拼命，向后一仰，连退几步。

凌未风剑法凌厉无前，紧紧钉住，对其他四名卫士的兵刃，只凭着听风辨器之术，趋闪躲避，转眼之间，连发十几招辣招，把楚昭南迫到下首，又跳上一块岩石，居高临下，再挡敌人的围攻。他是想要抢占有利地形，逐步地移上悬岩，先解刘郁芳的急难！

刘郁芳那边，形势最是危险，她独据危崖之上，前无退路，下有追兵，环攻她的三名卫士，全非庸手。幸她的内家无极剑法，讲究以柔克刚，以巧降力，配上她的奇门暗器锦云兜，居高临下，拼死苦斗，敌人急切之间，还攻不上来。只是，虽然如此，敌人仍是一步步地迫上。斗了一百来招，三名卫士，先后都已上到峰顶，把刘郁芳困在垓心，刘郁芳失了有利地形，更见吃力，剑招展处，只能在周围八尺之内，苦苦封闭门户，毫无还击之力了。

凌未风连连抢攻几次，逐步上移，和刘郁芳已然相望，刘郁芳大声叫道："凌未风！咱们到底见着了！"凌未风叫道："嗯，我就来！"楚昭南冷笑道："哼！原来你还有个心上人在这里！好，就让你做鬼也风流！"剑招一紧，一剑快似一剑，他仗着四名卫士协助，不须防守，竟把天山剑法中最凶辣的攻招全使出来，凌未风额头见汗，冲了两次没有冲出。把心一横，生死置之度外！展开了拼命的招数。一柄青钢剑突如神龙戏水，忽似飞鹰盘空，进如猛虎出柙，退若狡兔避鹰，楚昭南疾攻几剑，都给他连消带打，反刺过来，拿捏时候，妙到毫巅，厉害之极！楚昭南倒吸一口凉气，想不到他的剑法已到了出神入化之境，比上次相遇，又精妙了许多！但想凌未风虽然凶犷绝伦，到底不是铁打的人，自己合五个高手之力，虽不能取胜，谅也不会落败，他这样强攻猛打，不须多久，气力必定耗完。主意打定，打个暗号，剑招一变，用天山剑法中攻守兼备的须弥剑法和四名卫士，联成一线，首尾呼应，布成了铁壁铜墙，只和凌未风游斗！

楚昭南打的主意不错，但他却不知道凌未风得了晦明禅师的拳经剑诀，又悟了许多武功的窍要。以前凌未风和楚昭南所领悟的剑法，完全一样，但现在他一见楚昭南使出最深奥的须弥剑法，就知道他尚未到家！这倒不是晦明禅师有什么偏心，也不是剑诀上留下几手未教，而是因为最深奥的剑法，常于窍要之处，可意会而不可言传。楚昭南只是得了师父所授，而凌未风则是对拳经剑诀潜心苦学，豁然贯通，在最深奥的地方，所得最大。若楚昭南另用其他剑法，凌未风一时还不能将它破去，如今楚昭南使出须弥剑法，正合他意，他忽地一声冷笑，青钢剑扬空一闪，突如银龙入海，不过数招，就把楚昭南的剑法破去。楚昭南正想换招，肩头已中了一剑，大吼一声，跳出圈子。凌未风反臂刺扎，疾如闪电，“波”的一声，把身后一名卫士刺了个透明窟窿！他冲出缺口，和刘郁芳的距离越来越近了！

楚昭南眉头一皱，一招“东风折柳”，宝剑卷地扫去，凌未风纵身一跃，利剑斜挑，又刺伤了一名卫士，楚昭南蓦地长身，手上已握了一把碎石，大叫一声：“散开。”竟以“反臂阴镖”的手法，向刘郁芳洒去。刘郁芳的锦云兜迎门一挡，一大把碎石，给她荡得四面纷飞，但楚昭南发暗器的劲道奇大，锦云兜的碎金刚丝网也给震破了十几个小洞，不能再用来勾锁兵器了，这一来刘郁芳的威力大减，给右翼的卫士一剑把包头青巾削落，几遭不测，凌未风大吃一惊，那一剑虽未刺中刘郁芳，却“刺中”了他的心头。他身子陡然一震，楚昭南一剑自后刺来，他闪躲稍慢，给剑尖划伤了一处皮肉。凌未风舌绽春雷，一声暴喝，反手一剑，把一名卫士拦腰斩断，这时忽听得辛龙子连声怪啸，惨厉之极！

辛龙子独战齐真君、天蒙禅师和另外三名大内卫士，以一人之力和五名一流高手厮拼，而且齐真君的功力和辛龙子又正是半斤八两，旗鼓相当！辛龙子仗着达摩秘技，怪异招数，苦斗了三五百招，汗如雨下，身法渐渐迟滞，齐真君风雷双剑虎虎迫来，辛龙子连受三处剑伤，怒极狂嗥，天蒙禅师以为有机可乘，呼的一杖，“迅雷击顶”直向他头颅打落。哪料辛龙子虽是强弩之末，余势未衰，左手捏着剑诀，斜斜向外一推，右手剑“白鹤啄鱼”，直点天蒙胸膛，天蒙立起禅杖，一个翻身，“乌龙盘树”，横扫辛龙子中路，杖风人影中，怪啸与狂呼杂作，辛龙子以迅雷不及掩耳的手法，一抓抓在天蒙的胸膛上，立时五指洞穿，禅杖脱手飞去！齐真君双剑劈来，辛龙子已是跄跄踉踉地从双剑缝中钻了过去！

石天成闻得辛龙子怪啸之声，关心过甚，在辛龙子肉搏天蒙之时，他也拼死肉搏一众喇嘛，突然跃出，一掌斫在侧翼喇嘛的手腕上，第二个喇嘛一剑刺来，将他的肩胛穿洞，他竟不闪避，九宫神行掌招数丝毫不缓，五指擒拿，把侧翼的喇嘛挥舞起来，反身一脚，又把刺伤他的那个喇嘛活活踢毙，这一来无龙剑阵登时大乱，石天成高呼酣斗，冲过成天挺的封锁，去援救师弟辛龙子。

辛龙子本已力竭筋疲，一见师兄拼死来援，大为感动，奋起精神，一个怪招把齐真君迫退几步，回身一剑，用个“回龙归洞”，一翻一卷，右面攻上的那名卫士，登时惨叫一声，左手五个指头，全吃剑锋割断，痛彻心脾，扑通倒地，一直滚下冰河。石天成和身扑上，双掌一分，“大摔碑手”照准一名卫士的“太阳穴”劈去，那名卫士使个“野马分鬃”，身躯刚转得一半，已给石天成一脚踢翻，也滚下了冰河。齐真君怒极气极，右剑一招“风卷残云”，敌着辛龙子的怪招，左剑“刷”地直刺到石天成肋下，狠疾异常！

石天成回身拗步，齐真君的长剑贴肋而过，石天成反手一掌击去，齐真君也缩腰回肘撞来，两人都大吼一声，托地后退，辛龙子乘势补上一剑，把齐真君肩头刺伤。

忽听得石天成凄厉叫道：“师弟，我不行了，你要好好光大本门！”辛龙子骇然回顾，只见石天成面色惨白，摇摇欲坠，这霎那间，辛龙子心头无限难过，想起自己自恃得了师父衣钵真传，不把师兄放在眼内，甚至连师兄也不想认，而今师兄却舍了性命来救自己！辛龙子顾不得追击齐真君，回身来救师兄，不想剩下的那名大内卫士，手舞混元铁牌，又从旁边狠狠扑上，辛龙子愤怒非常，猛吼一声，一剑劈去，把卫士的铁牌击得飞上半空，伸臂一抓，把那名卫士抓了过来，活活摔死，再想回身，忽然觉得双臂酸麻，脚步虚浮，眼前金星乱冒，原来刚才自己动了真气，拼命一击，气力竟已耗尽，辛龙子长叹一声道：“不想我今日命毕于此！”他害怕齐真君乘势反击，将他凌辱，正想自尽，忽见齐真君也站在一边凝身不动，似在喘息运气，辛龙子心念一动，急忙双脚钉地，也调息呼吸，运武当秘传的吐纳之法。这时辛龙子和齐真君面对面地站着，相距不过数步，但两人都似斗败了的公鸡，互相睁着一双怪眼盯住，面上神色，非常恐怖！

原来刚才石天成吃齐真君撞中胸膛，而齐真君的肋下也给石天成击了一掌，竟是两败俱伤！但齐真君的功力要比石天成高出一筹，吃了一掌，虽然折断了两根肋骨，却还能够咬牙苦抵，石天成给他捶肘一撞，登时把横练的铁布衫功夫也撞破了。当他嘱咐辛龙子要光大本门之后，已是百骸欲散，倒在地上，不能动弹，而齐真君虽然稍好，但事伤之后，又给辛龙子补上一剑，也是精气涣散，像辛龙子一样，都已无力继续拼斗了。

两人相持了一会，辛龙子气力稍稍恢复，齐真君也慢慢举起长剑，满面狰狞之色，白发如针，根根直竖。辛龙子怪叫道："好，你伤了我的师兄，我纵死也不能给你逃出我的剑下！"宝剑一横，也是缓缓地移动脚步，迎上前去。正在此时，忽听得远方一声清脆的叫声，接着似是凌未风的大声叱咤，而近处武琼瑶忽然锐声叫喊，似一只白鹤飞下冰崖！

原来在刚才辛龙子连中三处剑伤，怪声呼唤的时候，凌未风正在和楚昭南死战，闻声一震，深怕辛龙子惨遭不测，折了最有力的帮手，回头一望，不觉剑招稍缓。高手比剑，哪能分神，楚昭南一招"倒卷星河"，宝剑从凌未风头顶削过，凌未风身躯一矮，举剑上迎，背心已中了一个卫士的铜锤！幸他功力非凡，中了一锤，踉踉跄跄地奔出几步，还能趁势一剑，剑锋直取楚昭南的魂门穴。

楚昭南"怪莽翻身"，往回一转，游龙剑"金雕展翅"，骤往凌未风的剑身上崩砸，喝道："撒手！"用足十成力量，凌未风青钢剑疾往下沉，随即往外用腕，一招"沛公斩蛇"，剑锋下斩楚昭南双足，冷然说道："叛贼看招！"楚昭南的反臂剑尽管迅如电火，到底未能碰着凌未风的兵刃。凌未风的青钢剑疾收疾发，楚昭南剑招使老，无法利用宝剑所长，肩头一动，腾身跃起，凌未风翩如巨鹰，也从斜刺冲出，这时距离刘郁芳已不到十步了。

楚昭南抢先一步，又据了一块岩石，居高临下，挡着凌未风的去路，游龙剑劈剁撩挡，光芒四射，两个卫士又来抡锤舞戟，前后夹攻。凌未风已清清楚楚看到刘郁芳那又惊惶又喜悦的神情，只就是这数步之隔无法冲过。

刘郁芳见凌未风就将来到，精神大振，一柄青钢剑舞得滴水不入，把三名卫士拦在周围八尺之外。凌未风挺剑一冲，楚昭南斜身进剑，凌未风正想冒险冲过，背后呼呼风响，那名卫士的铜锤堪堪砸到后心。凌未风勃然大怒，反手一捞，捞着锤头，大喝一声："去！"把那卫士骤然扯了起来，掷下冰河！但楚昭南也趁此时机，俯身又抓起一块石块，用力一捏，变成无数石弹，打个招呼，围攻刘郁芳的三名卫士霎地散开，楚昭南用"满天花雨"的金钱镖手法，一把石弹洒将过去，距离既近，力道又大，刘郁芳的青钢剑挡格不住，身上中了几颗石弹，大叫一声，脚步一松，竟然从危崖上跌了下去，人在半空，犹自尖声叫道："凌未风，你现在还不说实话吗？"

凌未风摔死那名卫士之后，转过身来，刚好见着这惨烈的画面，刘郁芳的语音摇曳长空，震荡心魄！凌未风急极骇极，不理生死，一个"俊鹘摩云"，凭空跃起数丈，从楚昭南头顶飞掠而过，他的青钢剑在半空中尚使了一记辣招，剑尖在楚昭南头顶三寸之处，斜斜拖刺，楚昭南忙于躲避，竟然无暇伤他！

凌未风一掠而前，大声叫道："我就是那个孩子，在杭州长大的那个孩子呀！"可是刘郁芳已听不见了，他冲到岩边，依稀见着刘郁芳的衣裙在半空飘荡！凌未风正想跟着跃下，前后左右几般兵器，已同时刺来！围攻刘郁芳的那三名卫士和楚昭南已然会合一处，要把这绝世武功的大侠，迫下悬崖。学武的人，碰在极度危险之时，本能地会躲闪反击，凌未风突使出天山剑法的神技，"大漠流沙"，青钢剑倏地飞扬，寒光万点，真如台风扬沙，迫得卫士们睁不开眼，一名卫士受了剑伤，楚昭南也迫退两步，凌未风反身跳出垓心！

和楚昭南夹攻他的那名使双戟的卫士，刚刚赶上，双戟一探，"激荡风雷"，向凌未风迎面插去，凌未风骤觉金刃劈风之声，猛然把前冲之势煞住，陀螺似的，一个"靠山背"闪了回来，接着"拨云见日"，左手向后一挥，砰的一声，掌缘竟震在方天画戟的熟铜吞口上，那名卫士，吃他这一掌，震得虎口热辣辣的，连右臂也一阵麻木，歪歪斜斜，直跌出去，收势不住，竟然也从悬岩之上，似断线风筝的直跌下去！

凌未风掌劈剑戳，转过身来，又接上楚昭南和另外三名卫士。

他心痛如割，本想跳下悬岩，去寻刘郁芳的尸体，但一想死者已矣，不如替她报此血仇。楚昭南扬手又是一把石弹，迫得甚紧，凌未风痛怒成狂，忽然仰天长啸，青钢剑化成一道银虹，连人带剑，回身冲去，剑风激荡，石弹乱飞，哪有一颗打得到他身上？楚昭南不由大惊，忙命三名卫士，协同自己，联剑防守，免得被他冲下悬崖。

刘郁芳跌下悬崖之际，武琼瑶正自把那班番僧杀得手忙脚乱。天龙剑阵，给石天成击毙两人之后，阵势已破，武琼瑶剑招催紧，施展白发魔女秘传的杀手。一片寒光，上下翻飞，有如奔霆骇电，剩下的那六名番僧，未及联防已给武琼瑶杀得头昏眼花，着着退后。六名番僧之中，天雄禅师是天蒙师弟，辈分最高，在一班师侄之前，不甘被一个年轻少女，杀得如此狼狈，仗着自己练过大力金刚手的功力，右剑“白鹤梳翎”，斜切出去，左掌随后，在长剑掩护之下，一招“金豹探爪”直递出来，要抓武琼瑶胸部，哪料一抓抓空，武琼瑶身形忽然不见，侧面砰砰两声，武琼瑶已抓起一名喇嘛，往前一荡，正正撞在另一名喇嘛身上，两人一齐仰翻倒地，滚在天雄禅师的足旁，狂嚎呼痛，天雄一脚踏去，正正踏在一名番僧的头颅之上，出其不意，吓了一跳，武琼瑶就趁他一窒的当儿，剑花一绕，天雄猛觉颈际一凉，左边一只耳朵，已和身体分家，痛得他一声怪叫，托地向后一跳，恰恰和另一个师侄撞个正着，双双堕下冰河。成天挺在沙漠上曾领教过武琼瑶本事，此际只求自保，双笔带攻带守，封着门户。武琼瑶正合心意，不理成天挺，片刻之间，把剩下的三名番僧全部了结，正想对付最强的成天挺，猛见对面山峰，刘郁芳跌了下来，大吃一惊，她和刘郁芳虽然相处的时日不多，却是相交颇厚。她仗着白发魔女的独门轻功，径自冒险跃下，跃下之际，还反手打出银针暗器，将成天挺手腕打伤。成天挺见多识广，知道这种毒针的厉害。急忙闭着穴道，静坐地上，捡起一把利剑，剜肉取针，连齐真君和辛龙子在旁边拼死恶战，也顾不得了！

辛龙子听得凌未风大叫之后，跟着又看见武琼瑶从山头飞下，不禁大骇。微一疏神，齐真君风雷双剑已分心刺到，辛龙子咬牙大怒，喝道：“不是你死，便是我亡！”一晃身连避两招，然后用个“秋水横舟”之势，向左一封，再和齐真君拼死恶战。两人都已筋疲力竭，好不容易，休息少许，才稍稍恢复元气，这番苦战，双方都是险象环生，杀得神智昏迷。辛龙子只觉脑涨欲裂，自知无法再战，但又不能不战，猛地咬牙，想道：“我纵死也不能让他苟活。”吸了一口气，振起精神，两臂一抖，使个“白鹤冲天”，拔起两丈多高，在半空里倏地一声怪叫，舞起丈余长短一朵剑花。齐真君万料不到辛龙子在久战之后，尚能用此恶招，正要右手回剑，一个“玉带围腰”，向后截去，哪知眼前一暗，人影已经飞来，猛觉左肩头上，砰的一声，中了人家一脚，痛入心肺，连“哎哟”两字，还未喊出，右胁下陡的一麻，“白海穴”又着了敌人指戳。原来辛龙子知道齐真君剑法精妙，飞身扑下来时，用剑佯攻，冷不防一脚蹬在他的肩头上，趁他身躯一晃之间，骈中食指，向他“白海穴”一戳，戳个正着。齐真君扑地便倒。

辛龙子得意狂笑，叫道：“师兄，我替你报仇了！”一剑劈下。哪知齐真君十岁学剑，至今已七十多年，七十多年功夫，非比寻常，虽然力竭筋疲之后，又受重伤，但临死挣扎，犹自十分厉害！竟用“卧虎翻身”之势，腾地一腿，直向辛龙子裆下踢去，辛龙子拔身欲起，已来不及，齐真君左腿直蹬，右腿横扫，嘭嘭两声将他踢倒。辛龙子宝剑一掷，使出达摩剑法中的最后绝招“白虹贯日”，宝剑“波”的一声，插入齐真君胸膛，自己也翻翻滚滚，一大口淤血吐了出来，把雪地都染红了！

那边厢，凌未风与楚昭南也到了生死立判、强存弱亡的地步。那三名原先围攻刘郁芳的卫士，挡不住凌未风凌厉的剑法，连连后退，楚昭南大声喝道：“围着他，缠死他！不要松动！”他见凌未风面上，已滴下黄豆大的汗珠，知道他也到了强弩之末的时候了。那三名卫士被楚昭南一再催迫，不敢逃跑，只好再翻身拼命。凌未风想起刘郁芳就是被他们三人迫下悬岩的，一见他们回身再战，顿时双瞳喷火，奋起神威，青钢剑一引，将楚昭南的宝剑引过一边，身子一躬，左掌一个“单掌开碑”向一名卫士劈去，咔嚓一声，把他的颈项打折。楚昭南一个旋身，疾发两剑，凌未风足跟一旋，让楚昭南的剑锋在耳边削过，他一转身，一个“龙形飞步”，又绕到另一名卫士身旁，左掌向外一挥，他这一掌含着百步神拳的真力，那名卫士急忙用个“鹞子钻天”向上一升，可是哪里还来得及？“砰”的一声，已给掌锋扫中右胯，在空中打了个滚，坠下了无底的冰河！

还剩下一个卫士，魂魄不齐，不理楚昭南的吆喝，抽身便退，凌未风猛吸一口丹田之气，连人带剑舞成一道白光，飞掠过去，这一手正是天山剑法中登峰造极的功夫，名唤“流星赶月”，只见白光一闪，如箭离弦，那名卫士，如何挡得？登时给凌未风一剑自后心直透前心！

一场恶战，凌未风连毙七名大内高手，呼吸紧促，全身滚热，冰河冷气，阵阵袭来，不觉一连打了几个寒噤，头脑涨闷，楚昭南刷！刷！刷！连刺数剑，凌未风着着退后，竟给他迫至悬崖边缘！楚昭南料他油尽灯枯，心中狂喜，纵声狞笑，叫道：“凌未风，你也有了今日！”游龙剑剑锋一指，直取凌未风咽喉！

不料，凌未风闻言瞿然醒起，大声喝道：“叛贼，你想在我手上讨得好去？”剑把猛翻，呼地圈转身来，青钢剑疾发如风，反撩敌人腕底，带挂腰胁，一招两式，虚中套实，把楚昭南攻势轻轻解了。楚昭南大吃一惊，给他反转来迫退几步，仗宝剑的威力，挽起一个剑花，护着胸腹，剑招一变，使出天山剑法的防身剑术，紧紧封闭门户。

凌未风本将精气涣散，给楚昭南一激，想起刘郁芳给他迫死，不知哪里来的气力，精神陡振，一招紧似一招，剑光霍霍，剑剑直指楚昭南要害！

这时，慕士塔格山上，唯闻朔风怒号，流冰裂响，楚昭南带来的十几名大内卫士，和天蒙禅师带来的八个天龙派高手，几全部死亡！只剩下成天挺一人在冰河之边打坐，调匀呼吸，疗治毒针之伤。凌未风和楚昭南都不知自己的人打得怎样。只觉空山岑寂，杳无人声，心中都暗暗发慌，凌未风生死置之度外，虽然心悬战友安危，剑招却是丝毫不缓，楚昭南大叫几声，毫无回应，冷汗沁肌，宝剑一封，猛地向后跃去，哪料他身形一动，头顶剑风飒然，他伸剑一格，只见凌未风已赶过前头，挺剑截着了他的退路！楚昭南汗毛倒竖，大声叫道："凌未风，咱们不论如何，都是同门一脉，今日冰河之战，所有的人都已死亡，只有你我幸存，何必还要苦拼下去？不如各走各的，免致两败俱伤！"凌未风不理不睬，青钢剑迅如掣电，扬空一划，直点敌手脉门，楚昭南一个盘旋，游龙剑一荡一圈，败里反击，凌未风叱咤一声，欺身直进，剑锋已在楚昭南手腕上划了一道口子，楚昭南负痛狂嗥，黄豆大的汗珠点点滴下，狂叫道："凌未风，你真不念同门之情？"凌未风手腕一翻，喝道："叛贼看剑！"刷的又是一剑刺去，楚昭南剑交左手，一招"乘龙引凤"，奋力挡开，凌未风剑走连环，攻势绵绵不绝！楚昭南又给他迫退几步，险象环生，头面青筋毕现。

凌未风进一步，楚昭南退一步，渐渐又迫到了悬崖之边。论这时的形势，凌未风原可早把楚昭南杀掉，但凌未风想要为刘郁芳报仇，想照样地把楚昭南迫下悬岩，因此便如灵猫戏鼠，步步追迫，楚昭南大急，游龙剑连走险招，拼命抢攻，凌未风冷笑一声，嗖地一伏身，利剑疾如闪电，对准咽喉，直刺过来，这剑又准又深，楚昭南虽明知再退几步，就要跌下悬岩，但若不退，当场就被利剑穿喉，迫得退后一步，用剑一封。凌未风霍地收招，虎目一睁，剑诀一领，刷地又是一剑，探身直取，剑扎胸膛，楚昭南往后又退了一步，用剑一架。凌未风这一回却不收招，剑尖一沉，反手一变招，旋身刺扎，借这甩臂回身之力，第三剑斜肩带臂，狠狠扫来，楚昭南不敢硬接，伏身一旋，窜后数步，猛觉左足足跟踏空，半身已挂在悬岩之外，急急凝身，凌未风青钢剑倏地一指，剑尖闪闪，堪堪点到楚昭南的心窝！

楚昭南闭目待死，忽听凌未风"哎哟"一声，利剑堕地，楚昭南睁眼一看：只见凌未风身子抖个不住，脸上肌肉收缩，现出极痛苦的神情。楚昭南犹自不敢妄动，再看凌未风抖得更甚，膝盖下弯，看看就要倾倒，楚昭南大喜过望，反身跃出，一掌击去！凌未风竟毫无抵抗，给掌力震倒地上！

原来凌未风因少年时候，独上天山，在冰天雪地之中，受寒气侵蚀，患了一种怪病，常常突然会发生痉挛（抽筋）。后来武功日益深湛，痉挛症已不常发了，可是偶然还会突如其来地发作，像以前他在吴三桂的水牢中，就曾发作过一次，这次在冰河之旁，苦战一日，用力太甚，出汗过多，寒气又浓，竟然在最后关头，痉挛症突然发作，绝世武功，竟自无能为力！

楚昭南扑身上前，用重手法把凌未风的“晕眩穴”封住，纵声狂笑，随手在冰崖之边折下山藤，将凌未风捆得结结实实，这种山藤坚韧异常，纵许凌未风醒来，也要经过一阵挣扎，而一挣扎一定又会被楚昭南发现，再施辣手，所以楚昭南是有恃无恐。

这时楚昭南也已腰酸骨软，眼睛发黑，休息了一会，忽听得成天挺尖声叫唤，楚昭南挟着凌未风走去，只见成天挺也是面色惨白，神情狼狈。楚昭南惊问道：“你怎么样了？”成天挺一见楚昭南捉了凌未风，不禁大喜，精神一振，答道：“我中了女贼的一口毒针，幸得我内功尚深，运气行血，现在已无事了。你呢？怎么居然捉着了凌未风？”楚昭南得意洋洋，笑着说道：“我本来是他的师兄嘛，他的那套剑法，如何斗得过我？”成天挺将信将疑，连声道贺，楚昭南笑道：“我们虽折了数百精骑，十余高手，捉到了他，也抵得过了！”

楚昭南与成天挺游目四顾，只见流冰殷红，尸横遍地，间有断断续续的微弱呻吟声传入耳鼓。楚昭南正想叫成天挺搜索一下，看敌我双方死伤了多少人，若发现有负伤未死的敌人，还可再补他一剑。忽听得山谷下隐隐有马蹄声，成天挺跳起来道：“恶斗一日，我已累得要死了，若来的是敌人，我们如何吃得消？还是快点走吧！”楚昭南虽然嘴硬，其实也是筋疲力倦，无能再战。张望一下，见冰河之边，辛龙子、石天成、齐真君三人满身浴血，他跑去每人踢了两脚，三人哼都不哼一声，显见死了，楚昭南在辛龙子身上搜了一阵，空手抽出，忽然把凌未风点醒，嗖地拔出剑来，剑锋一挥，把凌未风右手的拇指削掉，疯狂叫道：“叫你终生不能使剑！”成天挺骇然相视，楚昭南昂头狂笑，对成天挺道：“辛齐二人死掉，凌未风又成残废，从今而后，当今天下，没有人的剑法再比得上我了！”成天挺不觉心寒，想道：“凌未风、辛龙子也还罢了，齐真君是自己人，他居然也幸灾乐祸！”凌未风痛彻心脾，却哼也不哼，哈哈笑道："凭你的剑法，便想横行天下？哼，那是做梦！"楚昭南瞋目叫道："你说说看还有谁比得上我？"凌未风道："师父的拳经剑诀，我早收藏好了，我传给谁，谁便要胜过你！"楚昭南心念一动，想起辛龙子以前对他说过在天山骆驼峰遇见凌未风的事，想道："哼，原来他一到回疆，便上天山，取到了师父的遗书。"他伸手要搜凌未风，凌未风"呸"的一声，一口浓痰突然喷出，楚昭南一声狂呼，左眼眼珠，竟给浓痰射碎，血流满面。

凌未风在重伤大病之中，内功居然还是如此深湛！楚昭南愤极一戳，又把凌未风的晕眩穴封着。成天挺道："何不把他杀掉？"楚昭南一面扎伤，一面摇了摇头。这时山谷下已有马嘶之声。楚昭南挟着凌未风腾身便起，叫道："快走！"与成天挺二人施展轻功，翻山逃跑。

辛龙子、石天成二人伤重昏迷，其实未死，给楚昭南踢了两脚，悠悠醒转，彼此相望，不觉哭出声来，辛龙子在地上慢慢移动，挨近师兄，伸手将他抱着，断断续续地说道："师兄，我知错了！"石天成道："知错便好。"他们师兄弟俩一向隔膜，而今临死拥抱，又是辛酸，又是欢喜，石天成道："我是无论如何不能活了，你若能侥幸逃生，请代我还两个心愿，一个是将我的骸骨拾去葬在剑阁之上，和我师兄桂天澜，葬在一处。另一个是望你指点一下桂仲明。"辛龙子自知也不能活，但为了不使师兄失望，勉强点了点头，石天龙双眼一闭，含笑而逝。辛龙子内功深湛，一时尚死不掉，侧耳四听，只听一阵马嘶之声，不久又渐渐静寂。辛龙子叹口气道："即算是草原马帮，也只能在谷中行走，绝上不来。而且我如此重伤。便有灵芝仙草，也难救治。还等什么？"他剧痛攻心，忽然眼睛一亮。正是：

问君何事萦怀抱，有愿难偿目未瞑。

欲知后事如何，请听下回分解。

第二十六回　品茗谈心　喜有良朋消永夜
因词寄意　永留知己在人间

辛龙子眼睛一亮，原来是看见齐真君的尸体就横躺在自己身边，自己那柄宝剑，尚插在他的胸膛，露出半截，耀眼生辉。辛龙子爱剑如命，一生寻求宝剑，不想一得宝剑，未满一月，便遭大劫。此际，他见了自己的宝剑，不觉苦苦挣扎，在雪地上又慢慢地移动自己的躯体，滚到齐真君的旁边，抓着剑柄，慢慢地把它拔了出来，深情地看了一眼，长叹叫道："凌未风呀，我辜负了你所赠的宝剑了！"把剑尖贴着胸膛，正想自尽，忽然有人叫道："凌大侠，凌大侠！"辛龙子手指一松，宝剑落地，冰崖旁边闪出一个人来。辛龙子惊喜叫道："韩志邦，原来是你！"

韩志邦是从西藏来的。当清军侵入回疆之后，蒙藏本已严密戒备，后来见清军在回疆推进，极为缓慢，两个多月，尚未进至伊犁，不觉松懈下来。不料清军在侵入回疆之时，已暗中分出一支奇兵，由皇子允禵率领，突然攻入西藏，把达赖活佛俘虏了，另立新的达赖。韩志邦和西藏喇嘛的感情极好，在清军迫近拉萨之时，冒险逃出，到回疆去讨救兵。这日，黄昏时分，经过慕士塔格山，见山谷中满坑满谷都是清军尸体，有些未死的还在悲惨呻吟，不觉毛骨悚然，爬至山腰，蓦然听得辛龙子在大叫凌未风，两人相见，几乎疑是恶梦。

韩志邦见辛龙子通身血红，奄奄一息，骇然问道："辛龙子，你怎样了？"取出随身携带的金创药，便待给他揩血敷伤。辛龙子呻吟叫道："你不用理我了，把那柄宝剑捡起来！"韩志邦哪里肯依，一定要替辛龙子治伤，辛龙子睁着怪眼骂道："我临死你还不听我的话，快、快、把那柄宝剑拿过来，趁我还有三分气在，如迟就不及了。"韩志邦无奈，将剑捡起递去，辛龙子并不接剑，又吩咐道："你双手捧剑，平放头顶，跪下来，跪下来！"韩志邦诧极问道："为什么？"辛龙子道："我要你宣誓归入武当门下，我今日替去世的师尊收徒！"韩志邦见辛龙子双眼圆睁，直盯着自己，知道若不答应，他死不瞑目，只好跪下。辛龙子精神一振，听了韩志邦宣誓皈依之后，吁口气道："师弟，你为人朴讷诚实，本门戒律我不必说了，以后自有人告诉你。现在你把宝剑给我。"接过宝剑，在剑鞘中抽出一张丝绢，上面写满文字，还画有图式。辛龙子道："这是我手抄的达摩一百零八式的副本，还有我的体会心得，都写上去了。正本我埋在骆驼峰的石窟中，这本副本我已译成汉文。达摩秘笈本来是你发现的，但你以前不是本门中人，所以我暂借去。"韩志邦这才恍然辛龙子要自己入武当门的用意，忙再跪下叩谢。辛龙子运一口气，强自支持，叫韩志邦在冰崖之下、冰河之边，借着冰雪的光辉，看清文字，他口讲指划，给韩志邦讲解这武林不传之秘。

辛龙子讲完之后，已是气若游丝，犹自挣扎问道："你懂了么？"韩志邦其实并不很懂，但见辛龙子如此苦楚，不忍叫他再讲下去，略一踌躇，点点头道："多谢师兄，我全懂了。"辛龙子摇了摇头，继续说道："你若不懂，我特准你拿秘本去请教凌未风。只是他今日生死如何，我也毫不知道！"韩志邦骇极问道："什么，凌大侠和你都中了敌人暗算了？"辛龙子只剩最后一口气，不答韩志邦的问话，连着往下说道："还有桂仲明和张华昭二人，也应当入我武当之门，他们就算你的徒弟吧！"桂仲明是石天成临终拜托辛龙子指点的，至于张华昭则是因为取得了优昙仙花，由卓一航遗命要辛龙子教的。韩志邦还待问时，辛龙子对宝剑一指，说道："给你！"怪眼一翻，溘然长逝！

韩志邦取了宝剑，在冰河中洗抹干净，正想挖一墓穴，将辛龙子埋葬，忽见幽谷下火把宛若长龙，慢慢向上移动。韩志邦心想，自己是讨救兵来的，这队人马，若是敌人，被他们上得山来，自己插翼难逃，看来公谊私情不能兼顾，只好让辛龙子被流冰所埋了。他滴了几滴眼泪，怅触一代怪侠，如此收场，翻过山坡，急急向南进发。

谁知这队人马，既不是草原马帮，也不是清军兵士，乃是哈萨克年轻酋长呼克济所带的人。孟禄逃走之后，孟曼丽丝起头瞒他，当晚她整夜失眠，心中总像被一条小毒蛇吞啮似的，十分难过。

孟曼丽丝忽然醒过来道："我们草原上有句成语：对所爱的人隐瞒，就像把污泥撒下甘泉，天下最美的东西也变了味。这成语说得对呀！我为什么要瞒着所爱的人？若告诉了他，能把我的爸爸追回来，也是一件好事。"第二日一早，她就去告诉呼克济，呼克济带人搜索，进入慕士塔格山，只见山谷中横七竖八堆着无数清兵尸体，大吃一惊，正待细看，忽听得银铃似的少女声音叫道："你们是些什么人？是马帮吗？"冰河脚下，一个红衣少女，怀抱一人，似精灵般地冉冉升起，呼克济和孟曼丽丝都看得呆了。

孟曼丽丝迎上去道："姑娘，我们是哈萨克的战士，你又是什么人？这么多清兵是谁杀的？"那个红衣少女大喜跳跃，叫道："哦，哈萨克的战士！那你们一定知道凌未风的了？"呼克济道："凌未风，那怎能不知？他是我们一族的恩人！敢问女侠和凌大侠可是相识？"红衣少女嫣然笑道："我们都是凌大侠的好朋友，我叫武琼瑶，我手中抱着的叫刘郁芳……"武琼瑶生性顽皮，见呼克济和孟曼丽丝态度亲热，笑着接下去道："她和凌未风就像你们两人一样要好！"孟曼丽丝杏脸飞霞，呼克济则刮目相看，急忙问刘郁芳伤得怎样？

刘郁芳可真伤得不轻，她被楚昭南和卫士们迫下悬崖，本来万难逃命，幸她手上有奇门暗器锦云兜，张在空中，飘飘荡荡，减低了下堕的速度，恰好那锦云兜又刚受楚昭南石弹震裂，钢须歪斜凌乱，堕到半山，勾着一株虬松，登时止了下堕之势，但人已昏迷不醒了。

武琼瑶运白发魔女的独门轻功，先觑准一点，落下十余丈，脚不沾尘，用脚尖一点实地，换势又跃下十余丈，这样看来，也和半空飞堕一样。刘郁芳在半空飘飘荡荡地降落，武琼瑶看得分明，紧紧追蹑，终于救了刘郁芳一命。

当下武琼瑶将当日恶战的情形，告诉了呼克济。这位年轻的酋长热心得很，一面派人爬上山去找寻凌未风，一面邀请武琼瑶住到他的营地去，好替刘郁芳治伤。武琼瑶自然是求之不得。

再说飞红巾和傅青主他们，自凌未风去后，心中悬悬，但战情一天天紧张起来，清军突然急速推进，大军像风暴般横扫过草原，飞红巾执行既定的策略，化整为零，流散在广阔无边的草原，当大军经过的时候，傅青主和飞红巾在一座高山之上观望，只见旌旗蔽空，万马奔腾，军容甚盛，傅青主蹙眉说道："清军中大有将才，今回的统帅绝不在多铎之下。"飞红巾扬鞭笑道："我们也不输他，且先把条长蛇的尾巴切了！"待大军过了十之七八，突然集中兵力将它切断，打了个漂亮的胜仗。但那股清兵强得很，虽败不乱，坚守待援。磨了好几天，清军后援续到，又只好放走他们。不过亦已把他们消灭了大半。

大军过后，消息传来，报道清兵突分两路，一入蒙古，一入西藏，入西藏的且是皇子允禵率领。傅青主喟然对飞红巾道："我们这次打个胜仗，但他们这次却打了个更大的胜仗，他们明明知道这一带是南疆各族集结之地，经过时理也不理，故意让长蛇的尾巴给我们截断，和我们缠打，蛇头仍疾驰去了！"飞红巾一想，果然中了敌人的圈套，有点懊恼，傅青主却笑道："他们纵有将才，就全局来说，却无法挽回败亡命运。"飞红巾点点头道："没老百姓帮助的军队，迟早都会失败，我懂得你的话了。"

两人正在闲话，忽见冒浣莲和桂仲明并辔驰来，冒浣莲在马背上高声叫道："傅伯伯，傅伯伯，你猜这次清军的统帅是谁？"傅青主讶道："我怎么会猜得着？你这小鬼头这样说，一定是得到什么风声了！"桂冒二人是飞红巾差去察看一个清军驻扎过的营地的，因此，飞红巾也连忙问道："你们在清军的营地里发现什么东西了？"

冒浣莲拉着飞红巾便走，并对傅青主道："傅伯伯，你也来看看，看我的猜测对不对？"四人策马登山，看山腰上清军驻过的营地，只见截壁连营，犄角相依，犬牙交错，深有法度。傅青主道：

“调度大军，如臂使指，安营行军，中规中矩，这位统帅称得上是大将之才了！”冒浣莲道：“只怕统兵的不是将军！”伸手一指对面石壁，傅青主等凑过去看，只见上面刻着几行擘窠大字，当是写了之后，叫石工刻的，那几行字写得龙飞凤舞又有清逸之气，傅青主是书法名家，也不禁赞出声来，冒浣莲读道：

“试望阴山，黯然销魂，无言徘徊。见青峰几簇，去天才尺；黄沙一片，匝地无埃。碎叶城荒，拂云堆远，雕外寒烟惨不开。踟蹰久，忽冰崖转石，万壑惊雷！　　穷边自足愁怀，又何必、平生多恨哉？只凄凉绝塞，蛾眉遗冢，销沉腐草，骏骨空台。北转河流，南横斗柄，略点微霜鬓早衰。君不信，向西风回首，百事堪哀！”

冒浣莲读完之后说道：“傅伯伯，你看这首沁园春词，是不是纳兰容若的风格？”傅青主道：“哀感顽艳，凄惋又有豪情，当今之世，也只有纳兰容若才能写得如此好词。”冒浣莲道：“我也深有同感！此词绝塞生情，边城寄感，随军征战，而隐隐有反战之思，不是纳兰，谁敢填此？”傅青主拍掌赞道：“你真聪明，猜得对了，统兵的不是将军，而是皇帝！”飞红巾道：“你们谈诗论词，我是一窍不通，怎么你们会从这一首词而猜到统兵的是皇帝？”傅青主道：“纳兰容若是相国公子，又是一等侍卫，若非康熙御驾亲征，他怎会随军到此边荒之地？”飞红巾哼道：“就是皇帝老儿亲来，我们也不怕他！”傅青主道：“怕，我们当然不怕，只是康熙亲率大军，可见他对边疆的重视，我们想正面对抗，那是绝不可能的了。”桂仲明和飞红巾一样，也是不解诗词，见冒浣莲对壁凝思，忽然想起纳兰容若拉她的手的往事，心中颇为不快。

四人正说话间，忽见草原远处，飞来两骑快马，紧紧追逐，两马一交，前面的人就回身拼命，再过一阵，看得更是分明，只见后面那骑，乃是个红衣少女，剑光闪动，不离前面那名骑士的背心，两人大声叫嚷，似是互相斥责，忽然双双落马，在草原上斗起剑来，那红衣少女剑法精绝，疾似狸猫，矫若猿猴，剑光起处，卷起一片精芒冷电，前面那名骑士是个中年汉子，剑法甚怪，脚步踉踉跄跄，如醉汉狂舞，竟是辛龙子的怪招家数。飞红巾一声大喊，策马冲下山去，大声叫道："师妹，住手，都是自己人！"傅青主也紧随着叫道："韩大哥住手，我们都在这儿！"

那两人正是武琼瑶和韩志邦。原来武琼瑶和呼克济爬上山去搜索，只见横尸遍地，辛龙子和石天成的尸体也在其内，不禁大恸，当下将两人的骸骨收拾好了，和呼克济回到喀尔沁草原的营地，刘郁芳悠悠醒转，执着武琼瑶的手流下泪来，第一句话就问凌未风怎么样了，武琼瑶告诉她并没发现凌未风的尸体，她才稍稍安心，但听了石天成和辛龙子的死讯，又觉十分难过。武琼瑶安慰了她一阵，看她外伤虽重，但还不至于死，于是拜托呼克济和孟曼丽丝好好照料她，立即告辞，快马赶回，一来是要向飞红巾报告消息，二来是要请傅青主去施救。

其时韩志邦已先走了一程，但他的骑术不及武琼瑶高明，路途也没武琼瑶熟悉，中途为了要躲避清军，寻觅小路，又耽搁了一些时候，将要回到飞红巾的驻地时，便被武琼瑶追上，武琼瑶见他手上拿的那把宝剑，正是凌未风送给辛龙子那一把，不禁大疑，只道韩志邦乃是走脱的清廷卫士，杀害辛龙子的凶手，上前喝问，韩志邦结结巴巴，不善说话，武琼瑶性子急躁，一言不合，就动起手来，韩志邦新学怪招，尚未成熟，挡不住武琼瑶辛辣的剑法，一边打一边逃，若不是幸好碰上飞红巾，险些就要伤在武琼瑶的利剑之下。

武琼瑶和韩志邦各将当日的情形说了，飞红巾和傅青主都不觉潸然泪下，桂仲明更是痛哭失声，不久石大娘也知道了噩耗，想着这一生的坎坷遭遇。恩爱夫妻，廿年离散，好容易冰消误解，而今又分隔幽明，那份伤心就更不必提了。她欲哭无泪，遥望远方，良久，良久，忽然抚剑叹道："他这样的死，也还值得！他的师兄九泉有知，也该谅解他了！"韩志邦再说出石天成临死拜托辛龙子的说话，韩志邦道："我的武功远不如桂贤弟，但辛龙子既转托了我，我就替他收徒，互相研习达摩秘技吧。至于石老前辈的骸骨，将来桂贤弟再带到剑阁去和桂老前辈合葬。"

当下傅青主略作安排，就和韩志邦、武琼瑶、易兰珠、桂仲明、冒浣莲、石大娘等六人一同出发，留下李思永、武元英、杨一维、华紫山、张华昭等人帮助飞红巾。

傅青主等快马赶到喀尔沁草原，刘郁芳养息几天，伤势已渐好转，得傅青主给她医治，果然药到回春，不消几天，刘郁芳身体上的创伤已完全医好，可是心灵上的创伤却反加重起来。因为凌未风下落未明，至今仍是毫无消息。易兰珠也因此精神憔悴，郁闷难以言宣。但见刘郁芳伤心，她只能抑着哀伤，为她开解。易兰珠说道："我的叔叔绝世武功，料想有惊无险。"刘郁芳凄然说道："只怕敌人太多，将他害了。"又道："若他未死，为何还不回来？"易兰珠百般慰解，她总是郁郁不欢。冒浣莲眼珠一转，忽然拍掌说道："我们何不去找纳兰公子，请他打探一下凌大侠的消息？若果凌大侠是被清军俘虏，他一定会知道的。"刘郁芳道："百万军中，你如何能够进去？何况他是清帝宠臣，又如何肯告诉你？"冒浣莲道："我改装作牧羊姑娘，傅伯伯陪我去。"傅青主道："纳兰公子不是常人，若见着了，也许可以得到一些消息。"桂仲明满怀不悦，但一转念这是为了凌未风的事，也便不作声了。

傅青主医术精湛，他自制有"易容丹"，能改变人的脸型面貌。（这其实也没有什么神秘，只是一种高明的化装术而已，不过在他们那个时代，还是被人目为神奇的。）两人擦了"易容丹"，形貌仍然保持原来的轮廓，但不是很熟的人已看不出来了。刘郁芳握着冒浣莲的手，感激得说不出话来。韩志邦看在眼中，心中也有许多感触。

且说纳兰容若这次出征，原非所愿。他这些年来专心研究易经和唐代以下的经学书籍，正在编一部大书，已定名为《通志堂经解》，他是想以此为"名山事业"的，不料康熙却拉他到绝塞穷边，去打回人、藏人。他眼见清军横越草原，杀害了无数牛羊，带给草原上的牧民无穷灾难，心中很是不忍，可是他身为贵族，又不能公然叛逆，精神上苦闷异常。这日他已随大军进到束勒，距离藏边不远了，立马高原，只见漫天飞雪，大地如堆琼砌玉，山头如倒挂银蛇，不觉一片苍凉之感，想起自己爱妻死后，已无知心之人，欲白首穷经，又被迫随军征战，长叹一声，回到营中，提起狼毫，随手在锦笺上写道：

“非关癖爱轻模样，冷处偏佳。别有根芽，不是人间富贵花。　谢娘别后谁能惜，漂泊天涯。寒月悲笳，万里西风瀚海沙！”

再填上词牌名“采桑子”，在词名下注道：“塞上咏雪花。”想道：“我也像塞上的雪花一样，偏爱冷处，不喜繁华。可是我虽别有根芽，却偏偏生作人间富贵花。这也真是造化弄人了！”他填好新词，想找人欣赏，却又不禁四顾茫然，心中自叹：“爱妻和姑姑死后，想找个人谈心也难了。”不知怎的，忽然想起冒浣莲来，“不知这位精通音律，妙解诗词的江湖奇女子，如今流浪何方？”不觉又提起笔来，填了一首《浣溪纱》道：

“谁道飘零不可怜，旧游时节好花天，断肠人去自经年。

一片晕红疑着雨，晚风吹掠鬓云偏，倩魂销尽夕阳前！”

掷笔长叹，想起去年夏秋之交，和冒浣莲同赏荷花的情景，不觉神驰！正在此时，忽听得营门外一阵喧哗鼓噪……

纳兰容若出来观看，见兵士围着一个老人和一个少女，在那里争吵，营帐远处羊群正在逃散，那老人和少女，都是哈萨克人打扮，老的短须如戟，状颇粗豪，但细看之下，粗豪中却又隐有儒雅之气，那少女长眉如画，瓜子脸型，眉清目秀，颇有江南少女的风韵。兵士们嬉皮笑脸地向那少女调笑，纳兰容若上前喝止，究问情由，那少女道：“我们的羊群给你们兵爷的战马冲散了，我还没向他们索赔，他们反而把我拉到这里。”纳兰容若皱皱眉头，料想必是士兵见她貌美，故意扰弄她的，清军劫掠牛羊，残害百姓都是常事，何况冲散羊群。纳兰容若对清军纪律之坏，甚感痛心，正想叱责，但见那少女侃侃而谈，疑心大起。草原上的妇儿见到清军，如羊遇狼群，避之唯恐不及，如何敢这样与人理论？因此欲言又止，反诘问那少女道：“你是哪里的人？大军驻扎之地，如何容得你在此放羊？”那少女“哎哟”一声叫起来道：“偌大一个草原，不许放羊，难道叫我们喝西北风？”纳兰容若面色一沉，那年老的牧人急忙说道：“我的闺女不懂说话，将军你多包涵则个。羊群我们也不愿要了，你放我们走吧。”纳兰容若故意板起脸孔说道：“不成，非罚不可！”军士们见纳兰公子非但不加责备，反而袒护他们，大为高兴，但又怕纳兰公子真的责罚那个少女，于是七嘴八舌地叫道：“罚她吹段笛子吧，她吹得真好听！”纳兰容若见少女手中拿着一支短笛，微笑说道：“是吗？”兵士们道：“刚才我们还看见她一面放羊，一面吹着笛子唱歌呢！”纳兰容若面色一端，煞有介事地道：“好，这次从轻处罚，就罚你吹一段笛子！”牧羊少女撅着嘴儿，老人道：“儿啊，你就吹一段吧！”少女拈起笛子，赌气说道：“好！吹就吹！”手指一按，吹出一段激愤清越的调子来，老人唱词相和，纳兰容若一听，听得呆了，她吹的竟是自己日前写在石壁上那首《沁园春》，从“试望阴山，黯然消魂，无言徘徊。”一直吹到“向西风回首，百事堪哀！”

这首词是纳兰容若半月前驻军南疆时写在石壁上的，他不解少女如何能够看到？即算看到，怎么这样快就到此地？难道是专诚来找自己？心中满布疑云，存心再试一试她，摇摇头道：“这支吹得不好，罚你另外清唱一支。”兵士们轰然道好，少女拗不过，眼波流转，敛襟一福，唱起来道：“瞬息浮生，薄命如斯，低回怎忘？记绣榻闲时，并吹红雨；雕栏曲处，同倚斜阳。梦好难留，诗成莫续，赢得更深哭一场……”纳兰一听，更是惊奇，这首词乃是他悼亡词中呕心沥血之作，也正是去年在相府的大花园中，初见冒浣莲时，自己叫歌女所唱的那首，当时冒浣莲还是男子打扮，听歌之后，就和自己倚栏谈词，临流赏荷，纳兰容若心魂一荡，盯了这少女一眼，身材果似冒浣莲的轮廓，可是脸型相貌，却又不同，正在惊奇，少女眼珠滴溜溜地向自己一转……

纳兰容若蓦然想起冒浣莲那对明如秋水的眼睛，心念一动，再仔细看时，觉得那少女身材好熟，竟隐隐似冒浣莲的轮廓。他大感惊奇，于是斥散士兵，带这两“父女”进入帐内。

冒浣莲昂然不惧，随纳兰走进清营。纳兰容若独据一个帐篷，虽在行军之中，也布置得非常雅洁。他屏退卫卒，请傅青主和冒浣莲坐下，微笑说道：“大漠穷荒，知音难觅，今日一会，令人心折，但拙词浅陋，不值一歌再歌，请姑娘于饮水词外再谱一调如何？”冒浣莲盈盈一笑道：“公子何前倨而后恭？”将短笛递给傅青主吹和，轻启朱唇，歌道：

“季子平安否？便归来，平生万事，那堪回首！行路悠悠谁慰藉？母老家贫子幼。记不起从前杯酒。魑魅搏人应见惯，总输他覆雨翻云手。冰与雪，周旋久。　泪痕莫滴牛衣透，数天涯依然骨肉，几家能够？比似红颜多命薄，更不如今还有。只绝塞苦寒难受。廿载包胥承一诺，盼乌头马角终相救。置此札，君怀袖。”

这首《金缕曲》是纳兰好友顾梁汾所作，其中含有一段动人的故事。康熙初年，纳兰的另一位朋友吴汉槎被充军到关外的宁古塔，顾梁汾乃是他的知交，特为此填了两首《金缕曲》寄给纳兰容若，望他援救，冒浣莲歌的就是其中之一，这两首词悲深感切，纳兰容若看了大为感动，就代向父亲求情，把吴汉槎救了回来，冒浣莲而今歌此，其中大有深意。

纳兰容若聪明绝顶，闻歌会意，慨然说道：“姑娘有什么亲朋，无辜被捕了么？”冒浣莲道：“公子可愿援手？”纳兰道：“要看他是何等样人？若是像吴汉槎那样的名士，我也愿‘乌头马角终相救’的。”冒浣莲道：“吴汉槎是狂傲书生，我的朋友却是一代奇侠。”纳兰动容问道：“谁？”冒浣莲笑道：“曾令当今皇上寝食不安的凌未风。”纳兰容若悚然一惊，定了眼睛，迫视冒浣莲和傅青主，冒浣莲嫣然笑道：“老朋友都认不得了么？”纳兰容若惊喜交集，不觉握着冒浣莲双手，颤声问道：“是浣莲姑娘么？怎么相貌都变了？这位又是谁人？”冒浣莲道：“这位便是当今的神医国手傅青主。”纳兰容若放开了冒浣莲，又紧握傅青主的手，连道仰慕。傅青主除了医道高明，又是书画名家，诗文也好，算来还是纳兰的前辈。纳兰注视许久道：“我与傅老先生神交已久，在宫中也见过前辈的画像，容我冒昧一问，怎么相貌也与画像不大相同？”冒浣莲插口问道：“宫中为何有傅伯伯的画像？”纳兰笑道：“还有你的呢！你们那晚在清凉寺一闹，皇上立刻叫丹青妙手画了你们的颜容，到处搜捕你们，你们还不知么？”

傅青主笑道：“老拙就是预料有此，所以略施小技，将本来面目变了。”纳兰容若大为钦佩，赞道：“先生医术，真有夺鬼神造化之能，冒浣莲姑娘的相貌，想也是老伯施术更易的了。”冒浣莲点点头道：“如果要恢复原来面目，只需一盆清水就行了。”纳兰容若摇手道：“还是不要恢复的好。”冒浣莲再问起凌未风之事，纳兰容若道：“我也不知道呀，待我见着皇上时，再替你们探问吧。但我也要劝你们，不要再在回疆闹下去了。我与你们一样都讨厌干戈，清军洗劫草原，我也极为内疚，只是天命难违，小大不敌，又何苦再令生灵涂炭？”冒浣莲拂袖说道：“公子此言差矣，公子博览群书，岂不闻‘宁为玉碎不为瓦全’之语？清军无故入侵，草原上的牧民又岂能不起而反抗？”纳兰容若黯然不语，良久，良久，才开声说道：“今日我们只论友情，不谈国事，好吗？”他的内心甚为矛盾痛苦，一方面同情冒浣莲他们，但另一方面他又不能叛离皇室，所以只好避而不谈。

正说话间，忽听得帐外远远有喝道声，纳兰容若惊道：“皇上来了！”傅青主道：“我们要不要暂避？”纳兰容若再看了他们一眼，说道：“不必，皇上不认得你们的。”揭开帐幕，康熙带着几个卫士缓缓走进。傅青主和冒浣莲迫于无奈，随纳兰容若跪下迎接。偷眼一瞧，卫士中有一个正是禁卫军的副统领张承斌，也就是当年带兵围武家庄的人。

康熙见纳兰帐中有两个陌生人，也颇惊讶。纳兰急忙奏道：“无聊得紧，请一个牧羊姑娘来唱唱她们塞外的曲儿。”康熙见冒浣莲面目秀丽，别有会心，笑了一笑，指着傅青主道：“这人又是谁？”纳兰道：“是这个姑娘的爹爹，他在草原行医，颇懂得医塞外的一些奇难杂症。”康熙道：“你就是欢喜结交这些九流三教的奇人，好，只要你高兴，我也可以破例地准你留他们在军中居住。”纳兰容若谢过皇恩，康熙又道：“这人既懂医术，朕就让他试试去医十四贝子和博济将军。他们两人冻疮发作很是厉害，喂！你懂得医冻疮吗？”傅青主道：“那是草原上很平常的病，只要用草原上的一种野草熬汁外敷，用不到三天，就可医好。”康熙道：“好呀！那你就去吧！”叫一个侍卫引他下去，在纳兰耳边悄悄说道：“你瞧，朕对你好不好？”他以为纳兰喜欢这个牧羊姑娘，所以借故把她的爹爹调开，好让纳兰单独和她亲近。纳兰容若满面通红，却是作声不得。

康熙哈哈笑道："朕御驾亲征，扫穴犁庭，直捣穷边，拓土开疆，国威远播，你熟读经史，你说在历代明君之中，朕是否可算一个？"纳兰道："陛下武功之盛，比之秦皇汉武唐宗宋祖，不遑多让。若能佐以仁政，善待黎庶，必更青史流芳。"康熙哈哈笑道："到底是书生之见，咱们入关未满三十年，自当先严后宽，若不临以军威，安得四夷慑服？"谈了一阵，康熙始终不提起凌未风之事，帐外朔风怒鸣，远处胡笳悲切，天色已渐黄昏，康熙向纳兰要了几首新词，便待离去。纳兰容若忽然说道："皇上留下张承斌与我如何？我想请教他几手武艺。"纳兰容若文武全才，词章之外，骑射也甚了得。康熙笑道："你今日还有如此闲情么？"把张承斌留下，带领其他卫士离开了纳兰的帐幕。

纳兰容若其实并不是想学什么武艺，他知道张承斌与楚昭南之间颇有心病，所以故意把他留下，康熙走后，他撩张承斌道："你在大内有廿年了吧？"张承斌道："廿七八年了，先帝登位还未满三年，我就来了。"纳兰又道："你现在还是禁卫军的副统领？"张承斌道："是呀，我做副统领也快近十年了！"纳兰漫不经心地说道："楚昭南倒升得很快。"张承斌道："那是应该的，他武功既强，又屡立大功，我们这些先帝的旧人都比不上他。"话虽如此，却颇见激愤之情。纳兰微笑道："是吗？怎么不见他呢？"张承斌又道："他做了统领之后，弟兄们折损很多，但一将功成万骨枯，也没有什么说的。"纳兰道："楚昭南最喜争功，我不喜欢他。其实嘛，做首领的人应该宽厚一点，这点，你比他强多了。"张承斌喜形于色，跪下磕头道："还望公子栽培！"纳兰扶他起来，张承斌又道："最近他和成天挺带了十几名一等卫士出差，除了他们两人，其余全部死光，只捉到一个敌人。"纳兰道："啊！那么敌人一定很厉害了。捉到了谁呢？"张承斌道："就是以前大闹天牢的那个凌未风。"说罢，看了冒浣莲一眼，冒浣莲故意低头卷着手绢玩。纳兰微笑道："这个牧羊姑娘可不知道你什么风风雨雨，你但说无妨。"张承斌道："折损了这么多人，皇上还是嘉奖他！"纳兰道："怎么我不见皇上提起，那个凌未风杀掉了吗？"张承斌道："皇上这些天来忙于调动大军，分占蒙藏，今天才空闲一点。想是见公子有客人，所以不提起了。凌未风有没有杀掉，我也不知道。听说皇上交给楚昭南处置，又听说楚昭南还舍不得杀他。”纳兰奇道：“他们本来是相识的朋友吗？”张承斌道：“岂止相识，还是师兄弟呢。听说就是因此，他要迫凌未风交出师父的拳经剑诀。”纳兰道：“为什么楚昭南不押他到这里来？”张承斌道：“皇上派他去帮十四贝勒。”纳兰容若听到此处，随便又问了几手武功，便端茶送客。

张承斌去后，天已入暮。皇上忽然派人送了西藏的龙涎香和宫女的锦衣来。纳兰容若大窘，对着冒浣莲，面红直透耳根。

皇帝送来这些东西，显然是把冒浣莲当作纳兰容若新收的妃子。冒浣莲神色自若，佯作不知，待侍卫去后，微微笑道：“良朋相遇，焚香夜谈，也是人生一大快事。”纳兰容若见冒浣莲心胸开朗，自责心邪，笑道：“姑娘不睡，我也不睡好了。”

两人剪烛焚香，品茗夜话。纳兰容若道：“姑娘真重友道，为凌未风冒此大险。”冒浣莲道：“全靠公子帮忙。”纳兰容若道：“楚昭南奉派给十四贝子允禵做帮手，那么现在是在西藏了。允禵帐下武士颇多，只怕不易营救。”冒浣莲道：“尽力而为，成不成那只好委之天命了。”纳兰又道：“可惜我不能帮你什么忙。”冒浣莲道：“你替我们探出消息，我们已是感激不尽。”

正事说完之后，两人谈诗论词，十分投合，帐外朔风怒号，帐中却温暖如春。纳兰容若听冒浣莲细谈家世，又是怜惜，又是羡慕，说道：“父死别，母生离，剩下你一个孤女，浪迹天涯，也真难为你了。”冒浣莲道：“惯了，也就不觉得了。其实我也并不寂寞，有傅伯伯，还有许多好朋友们在一起。”纳兰叹道：“所以我说你比我有福。”他想起死去的爱妻，再看眼前的玉人，心魄动荡，蓦然想起冒浣莲所说的“好朋友”之中，想来也有那“傻小子”在，不禁问道：“你那位……那位，我记不起名字了。没有与你同来？”冒浣莲娇笑道：“他叫桂仲明，他傻得很，我不放心他，不敢要他同来。”话语中充满无限柔情，纳兰容若如沐冷水，强笑道：“桂兄知你这样关心，不知如何感激？”冒浣莲笑道：“若使两心为一，那已无需感激了。”纳兰容若敲了一下额头，笑道：“该罚，该罚，我这句话真如词中劣笔，道不出挚性真情。”冒浣莲忽然说道：

"多一个知心的人就少许多寂寞，你还是该早点续弦。"纳兰容若道："曾经沧海，只怕很难再动心了。"冒浣莲笑道："我虽未结婚，但我想夫妇之间，只求有所适合，便是美满姻缘，不必强求样样适合。比如我和桂仲明，同是江湖儿女，我喜欢他的戆直纯真，他虽不解诗词，我也并无所憾。以你的身世，尽可找得温柔贤淑的闺秀，何必过分苛求?"纳兰勉强点了点头，说道："谢谢姑娘关心。"

夜渐浓，两人谈得也越亲切。纳兰容若闻得缕缕幽香，醉魂酥骨，忽然说道："我去年在京中与你同赏荷花，过后时觉幽香。只道今生不能再闻了。谁料又有今晚奇逢。"冒浣莲何等聪明，眼珠一转，扭转话题说道："公子是当代词家，我有幸得与公子长谈，若不献词求教，岂不辜负今宵之会?"纳兰容若大为高兴，拍掌说道："姑娘冰雪聪明，填的词一定是好的了。"展开词笺，提起笔来，说道："你念吧，我给你写。"

冒浣莲念道：

> "最伤心烽火烧边城，家国恨难平。听征人夜泣，胡笳悲奏，应厌言兵。一剑天山来去，风雨惯曾经。愿待沧桑换了，并辔数寒星。此恨谁能解，绝塞寄离情。　　莫续京华旧梦，请看黄沙白草，碧血尚阴凝。惊鸿掠水过，波荡了无声。更休问绛珠移后，泪难浇，何处托孤茎，应珍重，琼楼来去，稳泛空溟。"

纳兰容若一面写，心儿一面卜卜地跳，写完之后，苦笑说道："这首词原来是你特别送给我的?"冒浣莲点了点头，纳兰容若卷起词笺，低声说道："谢谢你的好意!"

冒浣莲这首词表现了真挚的友情，但其中却又含有深意，上半阕表达了厌恶战争，但为了国仇家恨，又不能不冒着暴风雨去抗争的思想感情。到"愿待沧桑换了，并辔数寒星"两句，便谈及自己对纳兰容若的友谊态度，意思是：我们现在仍是处在不同的两个敌对集团，除非是世界变了，清兵退出关了，我们的友谊才能自由生长，那时候才能和你无拘无束地在星光下并辔驱驰。而现在呢?却是不可能的事。这种战争造成的友谊障碍，实在是人生的一大恨事。可是这种恨事，又有几人能够了解呢?

下半阕自“莫续京华旧梦”起，一直到“应珍重，琼楼来去，稳泛空溟”止，更是直接答复纳兰容若刚才的话了。纳兰容若缅怀京华旧事，恋恋于昔日谈词赏荷的好梦。冒浣莲告诉他道：京华旧梦是难于续下去了，你看目前的情况吧，清军掠过草原，在黄沙白草之上，碧血尚自凝结，没有消尽，在这样两方交战之中，那种好梦又如何能够再续下去？我们这段友谊，只好请你比作“惊鸿掠水”，过了便算了。至于我呢？你不必为我担心，我虽然是个孤女，但却并不像神话中的绛珠仙草，离开了天河之后，要用眼泪来浇才能生长的。不，我还没有那样脆弱。倒是对于你，我却希望你自己珍重，你在帝王之家，正如在“琼楼”高处，可能不胜寒风呢，我倒愿意你能够把持得定，好像在太空中行驶的船只，虽然没什么人帮助你，你也能把稳了舵。

这首词情词恳切，真挚纯洁的友谊远超于一般私情眷恋之上。纳兰容若两眼潮湿，心灵明净，自觉亵渎了冒浣莲珍贵的感情。在烛影摇红中，紧握着冒浣莲双手，轻轻说道：“天快要亮了，我送你出去吧！”正是：

脉脉此情谁可语，永留知己在人间。

欲知后事如何？请听下回分解。

第二十七回　矢志复仇　易兰珠虔心练剑
师门留恨　武琼瑶有意试招

“天快要亮了，你也该歇歇了！”在喀尔沁草原上，韩志邦也这样地对桂仲明说。

冒浣莲和纳兰容若长谈待晓之夜，桂仲明也是彻夜无眠。这些天来，韩志邦奉辛龙子的遗命，把达摩一百零八式的副本，和他共同研究，桂仲明根基很好，对武功的领悟也远胜常人。不消几天，已超出韩志邦之上。

这一晚桂仲明把达摩秘技，式式演习，反复揣摩，渐觉心领神会。韩志邦屡次劝他去睡，他都置若罔闻，一忽儿在地上打坐冥思，一忽儿又跳起手舞足蹈。韩志邦虽然武功不高，也知他练功已到了紧要关头，正在探索达摩秘技的关键窍要，不敢打搅，在一旁怔怔地看着他。草原上夜寒沁骨，韩志邦渐觉不耐，忽听得远处鸡声，曙光微现，韩志邦看桂仲明时，只见他又趺坐地上，俨如老僧入定，动也不动。韩志邦正想叫他，忽然他大声叫道：“得了！得了！”倏地跳起，拔出腾蛟宝剑，按达摩剑法飞舞起来，顿时银光遍体，紫电飞空，韩志邦虽然通晓达摩秘技，也看得眼花缭乱，桂仲明舞到急处，忽然一顿，又慢下来，只见他东一剑，西一剑，好像毫不用力，漫不经心，但内行人看来，却是几达到心剑合一的上乘功夫，真有流水行云，挥洒自如之妙。韩志邦深深佩服，不觉叹道：“武艺一道，真得有缘！”话声未了，忽听得有人接声赞道：“好剑法！”桂仲明身子一旋，倏地收剑凝身，说道：“兰珠妹妹，你好早啊！”

易兰珠微笑点头，忽地拔出短剑，说道："桂大哥，你给我喂喂招。"桂仲明一阵踌躇，原来他以前在纳兰相府的花园，误打误撞，曾和易兰珠斗过，那时他是略占上风。现在得了达摩剑法精髓，武功又不知比以前高了多少。但正因为刚刚领悟，只恐自己还不能完全控制，而达摩剑法又狠辣异常，担心一时错手，伤了易兰珠，那可不好意思了，所以他迟迟疑疑，不敢即答。易兰珠好似窥破他的心意，剑锋一领，微笑说道："你不妨先用五禽剑法和我过招，若觉我比以前稍有进境，那你再用新学成的武林秘技如何？"

桂仲明无法推辞，只好答应，刚说得声："请进招！"易兰珠已刷的一剑，刺到胸前，桂仲明宝剑斜压，易兰珠瞬息之间，已连发三剑，桂仲明撤剑防守，大感惊异，辗转攻拒，拆了三五十招，桂仲明守得甚为吃力。只觉比对楚昭南之时，似乎更感困难。虚晃一招，剑法一变，把新学成的达摩剑法，施展出来。霎时间怪招浪涌，变化无穷，如剥茧抽丝，绵绵不绝，易兰珠道声"来得好"！短剑一翻，在剑光中穿来插去！

两人越斗越快，桂仲明舞到沉酣淋漓之际，腾蛟宝剑，随意所之，忽疾忽徐，一举手一投足，便觉剑光缭绕，有风飒然。易兰珠衣袂飘飘，随着桂仲明的剑锋滴溜溜地转，无论桂仲明的剑招，如何怪异，她总能拿捏时候，不差毫发，挡在头里。不知不觉之间，桂仲明的达摩剑法快将用完，还是刚刚打成平手。易兰珠娇叱一声，剑招忽紧，身如星丸跳掷，一口短剑回环飞舞，霍霍迫来。桂仲明悚然一惊，料不到易兰珠进境如此神速，心念一动，把昨晚冥思默索的心得，全用出来，不按达摩剑法次序，随意拆散开来，加上五禽剑中原有的精妙招数，创成了独具一格的上乘剑法，带守带攻，把易兰珠挡住，又是斗得个半斤八两，铢两悉敌。一口长剑，一口短剑，如玉龙夭矫，半空相斗，韩志邦在旁边看来，只见万点银星从剑端飞舞而出，又像万朵梨花，从空撒下，遍体笼罩，哪里还分得出哪个是桂仲明，哪个是易兰珠。余势所及，周围的白草黄沙，都随风颤动飞扬，草上的积雪，也给震得纷纷飞舞，盘旋天空，雪花剑花满空交织，幻成奇彩。韩志邦看得目定口呆，到了后来，连两人头上缤纷飞舞的是剑花，是雪花，也分辨不出了。

刚叫得一声“好”字，忽听得“当当”两声，火花乱射，倏地两道白光迎面射来，韩志邦一矮身时，已是风定声寂。桂仲明和易兰珠敛手站在自己的面前，笑嘻嘻道：“我们斗得忘形，吓着了韩叔叔了。”

你道易兰珠剑法何以如此神奇？原来在桂仲明潜心研习达摩剑法之时，她也在潜心研习天山剑法。凌未风在上次离开她时，就将晦明禅师的拳经剑诀交给了她保管。易兰珠火候未到，原想待凌未风归来之后，有暇之时，再请他传授奥妙精华之处，不料凌未风冰河遇险。易兰珠矢志救他，用绝大的虔心毅力，苦苦学剑，十几天来，连张华昭也一面不见，真所谓精诚所至，金石为开，过了几个不眠之夜，居然给她无师自通，摸索出天山剑法的奥秘，豁然贯通，再加上飞红巾亲授的白发魔女独门剑法，融化会合，顿觉灵台明净，以前所碰到的武学难题都一一迎刃而解。凌未风在师父交给他的拳经剑诀上，又新添了一章他自己的心得，专论怎样应付达摩剑法的。所以易兰珠和桂仲明比剑，非但毫不吃亏，而且在剑法上还略占上风。只是以功力而论，易兰珠还稍逊桂仲明一筹，所以打来打去，打成平手。

比剑之后，桂仲明颇有点沮丧，觉得苦心学技，精通了达摩剑法之后，也只不过如此。不料易兰珠已抢着称赞他道：“桂大哥，你现在已可以做一派的宗师了！”

桂仲明惶然说道：“兰珠妹妹，你怎的嘲笑起我来了。”易兰珠道：“我虽然年轻识浅，自幼跟随凌叔叔，对各家各派剑法略知一二，如今看来，将来能与天山剑法匹敌的，只有你所揣摩出来的剑法了。不瞒你说，我这些天来，对本门剑法，也还用了一些功夫，自信已比前高了许多，不料和你一比，还是不能取胜。”桂仲明这才转沮丧为喜悦，冲口说道：“浣莲姐姐若看到我们今朝这场比剑，一定非常高兴。”易兰珠噗哧笑道：“是呀，她看到你有如此进境，一定会夸奖你！”桂仲明面上一红，远处张华昭叫道：“兰珠！兰珠！”易兰珠笑道：“现在我可以见他了。”扭头便跑。桂仲明傻笑着对韩志邦道：“韩叔叔，不怕你见笑，我总觉得配不起浣莲姐姐，所以我在剑法上要特别用功。”韩志邦看他们两对小儿女如此恩爱，不觉微感辛酸。

韩志邦曾苦恋刘郁芳十余年，后来知道了刘郁芳之情别有所钟，经过了一段时期心灵的痛苦，这才渐渐平静下来。

他敬重凌未风，他甚至暗中曾为凌未风、刘郁芳二人祷告。他并不是不爱刘郁芳，他的爱是比以前更深了。可是，这已经不是想“占有”的爱，而是挚望所爱的人得到幸福的那种无私之爱了。

他离开了桂仲明，惘惘然地去敲刘郁芳的房门，刘郁芳开门见他，颤声问道：“怎么样？有了凌未风的消息了？”这些天来，刘郁芳总是把自己关在斗室之内，任何人都知道她忍受着痛苦的煎熬，可是，却没有谁能够慰解她。韩志邦看着她苍白的脸容，默默地伸出了他的手，刘郁芳低声说道：“计算日程，傅青主他们就快要回来了……”韩志邦道：“刘大姐，我不懂得说话，但我若一知道凌大侠的消息，我向你发誓，我要把他带回你的身边。”刘郁芳伸出手来，让他握了一会儿，终于说道：“志邦，你永远是患难中的好朋友！”

这时候，凌未风也正想念着刘郁芳，他也结识了一班新的患难中的朋友。他被关在西藏拉萨的布达拉寺迷宫。布达拉寺本来是达赖喇嘛驻锡之地，现在却变成了允禵的侵藏军总部。允禵为了奉行康熙的怀柔政策，除了另立新的达赖之外，其余寺中的喇嘛，仍然留着，但清军的武士已遍布寺内。寺中的迷宫道路曲曲折折，允禵到后又命巧匠增加门户，变更道路，弄得十分复杂。迷宫中重门叠户，全是清军的特选武士守卫。凌未风就关在迷宫中心的密室里。

凌未风在那里激起了极大的波澜，一个很难令人相信的奇事发生了。他虽然拇指被割，面有刀疤，但就是这样丑陋的人，全身却似充满了一种特殊的魅力。看守他的卫士们，都被他这种奇异的魅力所吸引着。凌未风的英雄故事，本来像传奇一样，久久以来，就深印在他们的脑海里。如今凌未风竟然和他们呼吸相闻，朝夕与共，这自然引起了一场轰动。他们起初还只是怀着好奇的心理，去接近凌未风，渐渐就被他英雄的气质、英雄的谈吐所“迷”着了。尤其一些年轻的卫士们，更是从心底里尊敬他。

在年轻的卫士中，有两个人特别接近凌未风，一个叫做周青，一个叫做马方。周青是世袭武士，他的祖父还是顺治初入关时，摄政王多尔衮所网罗的武士之一，后来因为替摄政王干了一件秘密差事，事成后被摄政王毒死灭口。马方则是回人，浪荡江湖，无以为生，铁扇帮的帮主尚云亭，在回疆遇见他，把他荐给了楚昭南。

凌未风在别的卫士口中，探出了周青祖父的死事，也探出了马方的来历。不消多久，便和两人成了心腹之交。有一晚轮到周青守卫，凌未风和他谈起江湖好汉的行径，周青听得津津有味。凌未风有意无意地提起了周青的祖父，忽然说道："武林中以道义为先，朋友宁愿两肋插刀，自己的人绝不会互相残杀。给皇帝老儿当差，虽然有功名利禄，却是朝夕都得提心吊胆，既怕皇帝诛戮，又怕同伴陷害。有血性的男子也真难长做下去。像令祖那样英雄，到头来还不免横死。"周青对祖父的事，隐隐有所知闻，听凌未风那么一说，跳了起来，忙问道："你怎么知道的？你的消息可真？"凌未风依直说了。周青流泪道："我祖父的事，我也曾影影绰绰有所风闻，只是我自小就是卫士，一向都以为效忠皇上，是做'奴才'者天经地义之事，你来了，令我茅塞顿开，原来在江湖上，人与人之间，是这样赤诚相对的。"说完之后，火爆爆地就想帮助凌未风逃走，凌未风急忙劝止，叫他静待时机。

又有一晚，是马方当值。凌未风细谈回人所受的苦难，又说起尚云亭和人妖郝飞凤是怎样的为江湖所不齿。马方面红耳赤，羞愧之念油然而生，自此也被凌未风收为心腹。

楚昭南将凌未风关到迷宫的密室之后，时时来迫他要拳经剑诀，到知道拳经剑诀确实不在他的身上时，又要他重写出来。凌未风的舌头厉害极了，楚昭南每次来都给他骂得狗血淋头，而且凌未风绝不胡骂，一件件一桩桩，都是楚昭南干过的坏事。把他怎样背叛师门，陷害师兄，暗杀同伴的事都抖了出来。听得卫士们惊心动魄，楚昭南苦恼极了，既想逼他写出拳经剑诀，又怕他的毒骂，到了后来，知道要迫他写是很难的了，渐渐就起了杀机。

可是当楚昭南正要下杀手的时候，有一小队人马，已横过草原，穿入西藏，偷进拉萨，伺机援救凌未风来了。

在桂仲明和易兰珠学成剑法后的第七天，冒浣莲和傅青主回来了。说出凌未风尚在人间的消息，大家都非常高兴。但听说凌未风被关在布达拉宫，周围有允禵的重兵防守，大家又都忐忑不安，只恐比当初大劫天牢还要困难。易兰珠道："无论怎样危难，我们都要去救的了。"哈萨克的青年酋长呼克济道："这个当然，凌大侠是我们一族的恩人，为了他，我们赴汤蹈火，都不敢推辞。只是也得盘算一条比较稳妥的计策，只几个人去，恐怕无济于事。"傅青主拈须笑道："那么就烦你选三百通晓技击的死士，随我们一道去。"刘郁芳道："人多易于被发觉，我们怎冲得过藏边的大军封锁？"傅青主道："若在十天之内，赶到藏边，也许还有办法通过。迟了我就不敢担保了。"众人忙问缘故，傅青主笑道："山人料到今日之事，早已做了一番手脚了！"原来当日傅青主在御营之中，被康熙叫去，替一个贝子试医治冻疮，一试便好，康熙十分高兴，请他传下药方。傅青主十分"卖力"，不但写下药方，还采集草药，研成数百包药粉，留给边境的戍卒。医治冻疮的药方并不假，可是研成的药粉之中，傅青主却加多了一种厉害的草药，擦后初时并无异状，而且患者还颇觉舒服，可是过了几天之后，冻疮却会复发，而且比原来的还厉害十分。傅青主算了日期，估计在十天之内赶到藏边，就正是那班戍卒冻疮大发的时候。

再说纳兰容若自冒浣莲去后，情思惘惘。一日听得营帐外远远传来了战鼓之声，康熙皇帝怒容满面地进来说道："容若，前日来的那两父女是奸细！"纳兰容若跳起来道："怎么见得？"康熙道："适才前卫的指挥派遣快马来报，有一股马贼想冲过封锁，绕过草原，他们出动数千戍卒兜捕，不料兵士们十九生了冻疮，而且发作得极为厉害，数千戍卒，苦战之下，竟挡不住，要我们赶派人去。"纳兰容若"啊呀"一声叫了起来，惶恐说道："微臣该死，竟然给奸细混了进来，请皇上处罪。"康熙道："不知不罪，我也不怪责你。你受了此次教训，以后少交来历不明的人。"纳兰容若唯唯称是。康熙又得意笑道："幸亏我的神策营保养得好，根本没有用到那人的药粉，现在已派了出去了，料那一小股马贼，逃不出神策营的铁掌。我倒想看看，这些马贼可是吃了老虎的心、豹子的胆？居然这样胆大包天！"纳兰容若听了，不由得暗暗吃了一惊。神策营是禁卫军中的精锐，由皇帝亲自统率，端的非同小可。纳兰容若眼珠一转，说道："出动到神策营去围捕马贼，定能手到擒来。皇上若有兴致去看，我们一同观战如何？"康熙一时兴起，连声道好，和纳兰选了两骑御马，在侍卫簇拥下，驰向边境。

神策营人强马壮，从大营驰到前线，十余廿里路，用不到半个时辰。傅青主他们正自突围，神策营一涌而上，四面散开，犹如在草原上铺了一张大网，向中央慢慢收束，将傅青主等三百健儿围在垓心。康熙和纳兰容若赶到之时，只听得杀声震天，剑影刀光，交战得十分激烈。

康熙和纳兰容若立马土丘，指点观望。康熙变色说道："这不是寻常的马贼！"神策营的统带个个都是武功精湛的人，数十统带率领三千铁骑，虽然把敌人重重困住，但那帮"马贼"冲到之处，却如波分浪裂，不过片刻，康熙已亲眼见到几个统带丧命刀剑之下。看了一阵，康熙又噫了一声，把手一指，对纳兰容若说道："你看，那个老儿！"纳兰依言看去，只见傅青主一马当前，一柄长剑，风翻云涌，转眼之间，便杀翻几人。康熙道："这老儿不就是前天那个草头医生？"纳兰一看，只见冒浣莲也杂在乱军之中。纳兰心想，他们虽然都是武林高手，只是寡不敌众，时候一久，必定支持不住，眉头一皱，对康熙说道："那个少女原来也是马贼。"康熙这时也看见冒浣莲，正想说话，纳兰容若忽然纵马出去，大叫道："气煞我也！不将贼子生擒，誓不为人！"康熙急叫："别冒险，快回来！"纳兰快马嘶风，早已冲进阵中去了。

神策营官兵忽见纳兰公子飞马冲来，个个愕然。张华昭傍着易兰珠，杀得头昏眼花，对着纳兰容若一剑剁去，纳兰奋力一架，险险落马，易兰珠手肘一撞，把张华昭撞过一边，张华昭这才看清是纳兰容若，"啊呀"一声叫了起来。冒浣莲驰马过来，纳兰提刀劈去，冒浣莲轻轻一闪，纳兰容若低声说道："把我擒去。"又是一刀向冒浣莲怀中抢入，桂仲明虎吼起来，冒浣莲一舒玉手，把纳兰手腕刁着，挟了过来，瞪目横了桂仲明一眼道："你这傻瓜！给我退下。"桂仲明依稀认得纳兰容若，叫道："哼！我们都以为你是好人，原来你也替皇帝老儿卖命！"冒浣莲给他气得啼笑皆非，低声说道："快叫傅伯伯来！"

神策营士兵见纳兰公子一照面就被敌人擒去，这一惊非同小可，纷纷来救，易兰珠短剑飞舞，砍翻几个，傅青主急忙赶来，在冒浣莲手中接了纳兰容若，长剑架在他的颈项，厉声对清兵说道："住手，不然我就将这人剁了！"

神策营将士知道纳兰公子是皇上最宠爱的人，如何还敢动手？禁卫军的副统领兼神策营的总管带张承斌纵马过来，高声叫道："有话好说。且慢动手！"傅青主扬眉笑道："张副统领，别来无恙？"张承斌一愕，傅青主道："五台山下武家庄之会，副统领还记得么？老朽便是江南傅青主！"张承斌一看，见傅青主形容全改，但知他医术神妙，也不以为异，当下拱手说道："傅老先生有何见教？"张承斌早年也是江湖人物，为人比楚昭南稳重得多。所以当年围武家庄时，还和武元英以礼相见。他知傅青主捉了纳兰容若之后，必定有所要挟，索性一开口便把话说明，等候对方开出条件。

傅青主双眸炯炯，竖起拇指说道："张大人也是江湖的大行家，咱们不敢多求，只烦纳兰公子送我们二百里路！"张承斌道："此事我不敢作主，请各位稍待须臾，待我禀过皇上如何？"走出战地，将傅青主的话对康熙说了。康熙皱眉道："叫他把容若放回，我们让他们过去便是了！"张承斌快马回报，傅青主冷笑道："假若张大人可以作主，那么咱们交人借路，倒也爽脆。只是此番乃皇上作主，请恕直言，咱们实在信不过皇上，请问，假若我们此刻放纳兰公子回去，皇上下旨，要你再率兵士来追，你是奉旨还是抗命？"张承斌不敢置答，再回报皇帝。康熙恨得牙痒痒的，却是无法可施。当下说道："也罢，容若少不更事，算他们造化。只是若他们将容若带出三百里外，不放他回来又怎么办？"张承斌叩头禀道："那老儿名唤傅青主……"康熙嗯了一声，插口道："哦，傅青主？我知道！他不是这个样子！"张承斌道："他有变容易貌的本领。"顿了一顿，康熙斥道："你吞吞吐吐想说什么？"张承斌道："这人在江湖上颇有名望，说一是一，说二是二，谅他不致失信！"康熙面色倏变，哼了一声，想道："他们信不过我，你倒信得过他们!”张承斌俯伏在地，瞧不见康熙面色，又禀道：“奴才愿随公子前去，再护他回来。”康熙只好答应，叫他和另外四名侍卫陪去，傅青主也答应了。康熙经此一役，颇为不快，班师回朝之后，就借故将张承斌杀掉，那是后话。

当下神策营健卒尽撤，张承斌和另外四个卫士，陪着纳兰作为人质。只是他们被隔开跟在后面，纳兰则换过骏马，和傅青主、冒浣莲等走在前头。桂仲明傻乎乎地对纳兰道：“以前我们做你的园丁，现在你做我们的囚犯，刚好扯直，哈哈!”傅青主拉了桂仲明一把，悄声说道：“你当纳兰公子真的被我们擒着吗?他是想救我们才故意来的呀!”冒浣莲也戳了他一下，嗔道：“你这人几时才能学得聪明?”

桂仲明呆了一阵，这才恍然大悟，紧握纳兰容若的手，傻笑说道：“你真的是个好人!”纳兰见他一派浪漫天真，暗暗为冒浣莲欢喜。

走了两日，三百里路程已过，纳兰悄然说道：“送君千里，终须一别。我与各位相知在心，愿彼此珍重。”傅青主吩咐众人下马，席地而坐，取出酒与肉脯，替纳兰饯行，桂仲明自冒浣莲回来后，一直未有机会为她表演剑术，这时兴起，解下腾蛟宝剑，笑对纳兰说道：“我舞一趟剑与公子解酒。”剑花一挽，登时将武林失传的达摩剑法施展起来!

群雄中除韩志邦与易兰珠外，其他均未见过，啧啧称奇!正舞到酣畅之处，迎面三骑快马，闪电奔来，忽然勒住，傅青主颇感惊奇，马上三人，一个是中年美妇，一个是五十多岁的汉子，短须如戟，还有一个却是白须飘拂的老道。这三人相貌清奇，神光内蕴，显然都有精湛的武功，傅青主正想招呼，这三人看了一阵，忽然打个眼色，老道与汉子双双向桂仲明冲来，那中年美妇，身手更是矫捷，倏地一纵，一剑就向纳兰容若插下。

傅青主猝不及防，长袖一扬，使出流云飞袖的绝招，卷向敌人皓腕，右掌呼的一声，从袖底掩击出来，美妇人凌空一个筋斗，翻到傅青主背后，刷的一剑，丝毫不缓，继续刺来。傅青主这一瞬间，青钢剑也已出手，反手一剑，将敌人剑锋黏着，拉过一边。美妇趁势一送，剑锋又奔下盘。傅青主暗暗诧异，先不喝问，回剑与她相斗，斗了一阵，美妇人噫了一声，说道："你是无极派的高手，为何却自甘下流！"傅青主连解三剑，微笑说道："你是武当派高手，为何说话这样无礼！"美妇人怒道："你戴汉人衣冠，却保护鞑子，羞也不羞？"转瞬之间，又刺了几剑。

那边厢桂仲明也和两个敌手，杀得难分难解。那白须老道功力深湛，桂仲明剑尖触处，只觉一股大力反击过来，那短须如戟的汉子，剑法也极精妙。桂仲明仗着达摩怪招和腾蛟宝剑，才堪堪打成平手。那两人辈分很高，给一个后生小子敌住，又惊又恼，双剑左右展开，着着进迫，桂仲明觉两人功力，竟似不在齐真君之下，斗了一阵，额头已是见汗。

易兰珠见敌人个个武功高强，傅青主以一敌一，还略占上风，桂仲明以一敌二，竟是露出败象，不假思索，短剑一翻，就向那老道刺去。老道长剑一卷，没有卷着，易兰珠的剑招，已如长江浪涌，滚滚而上。斗了三五十招，那老道已被迫后退。易兰珠正待追击，老道横剑一封，潜运内力把易兰珠震出两步，高声叫道："你这女娃子是白发魔女的什么人？"

傅青主长袖一挥，把那中年美妇也迫出两步，接声说道："三位武当派高手请了！敢问你们与卓大侠是如何称呼？"白发老道见傅青主如此功力，不敢怠慢，拱手说道："卓大侠是我们师兄，转请尊驾大名。"傅青主报了姓名，三人都吃了一惊，奇怪名满天下的一派宗师、神医傅青主，却与满洲贵官同在一处喝酒。傅青主又指着易兰珠道："她是晦明禅师的再传弟子，又是女英雄飞红巾的干女儿，故此也得了白发魔女独门剑法的真传。"老道赞道："怪不得剑法如此凌厉，我与晦明禅师缘悭一面，今日得见他的嫡传剑法也算大开眼界。"

这三人是从湖北来的。那白发老道名唤玄真，是卓一航师叔黄叶道人的弟子，现在是武当派的掌门，那中年美妇名唤何绿华，是卓一航另一位师叔白石道人未出家时生下的女儿，那五十多岁的汉子乃是她的丈夫，她今年也近五十，只因驻颜有术，所以看来尚是美艳动人。卓一航数十年前曾是武当派掌门，年纪比师叔们小不了多少，却比师弟们年长许多。卓一航自抛弃掌门位子，隐居天山之后，武当门下还时时想迎他回来，廿多年前，杨云骢还在回疆的时候，何绿华就曾独上天山找寻过卓一航，而且曾因此加重了白发魔女的误会。

卓一航死后许久，武当门下才知信息。后来又听西藏喇嘛僧传出，达摩秘笈已重现世间。这达摩秘笈乃是他们武当派失传的镇山宝典，凡是武当门下，都奉有遗命找寻。因此掌门人玄真亲率师弟师妹，远至西藏，准备访得下落后，再上天山把卓一航的骸骨迎回武当山安葬，不料到西藏不久，清军大举侵入，布达拉寺也被允禵占作总部。三人不知边境已被封锁，废然南返，谁知无巧不巧，途中碰见桂仲明舞剑，他们认得五六个招式，正是他们武当远祖靠记忆传下来的达摩剑式，又见纳兰容若和清宫卫士也在那儿，因此不问皂白，立刻动手。另一方面，玄真也是想试试达摩剑法的威力。

两面把话说开，玄真知道傅青主一派宗师，素来不打诳语，他虽不肯揭露纳兰身份，但这样维护纳兰，其中必有道理，也不便再加追究。纳兰知道这三人要上天山，微微笑道："边境大军云集，锁得水泄不通，道长剑法虽高，只恐不易闯过！"玄真瞋目怒道："我们三人拼血溅黄沙，最少也能杀百数十个胡狗！"张承斌面色大变，纳兰却不以为忤，仍然笑道："两败俱伤，这又何必？如道长不以为嫌，在回程时，我带诸位过去便算了。你们认是游方道士，不会有什么事的。"傅青主悄悄对玄真道："这位是好朋友，我劝道兄还是领他的情吧！"玄真大感惊异，他见纳兰丰神俊朗，气度不凡，不觉减了几分敌意，当下不再言语。傅青主正想举手道别，玄真忽然指桂仲明道："这位小哥，暂请留下。"桂仲明怒道："什么？凭什么给你留下？"冒浣莲忽悄悄地在他耳边说道："他们是你的师叔，休得无礼！"桂仲明一怔，尴尬已极。这才想起自己学了达摩秘笈，已算武当弟子，只好过来，向玄真等唱了一个喏，叫声"师叔"。玄真诧道："你是卓一航的关门弟子吗？"桂仲明摇摇头道："不是！"说了之后，自觉不安，又点点头道："也算得是！"玄真皱眉道："这是怎么说法？"韩志邦在旁道："他是辛龙子遗命要我代卓大侠收徒的！"玄真瞪了韩志邦一眼，说道："你又是什么人？你是本门的弟子吗？”韩志邦也摇了摇头，冒浣莲急忙过来解说，好不容易，说了半天才说清楚，玄真非常不快。他们武当一派，素重尊卑之分，不料今日初会，两个师叔竟自合战师侄不下，而桂仲明又毫不以尊长之礼相见，好像并不想承认他是师叔一样。玄真当着傅青主等人之面，不便发作，问道：“你是不是另有要事？”桂仲明笑道：“当然有要事啦，不然谁还冒险远到西藏？”玄真绷着脸道：“那么给你一个月期限，你事情完后，就到天山骆驼峰来，将你师父的骸骨迁葬。”桂仲明愕然不知置答，玄真板着脸道：“我虽不才，忝任武当掌门，你是本门弟子，应该懂得规矩。”傅青主急替桂仲明解围道：“他还是初出道的雏儿，年轻率直，道兄是他本门尊长，谅也不会见怪。到期我叫他到天山去听道兄教训便是了！”桂仲明这才傻乎乎地说道：“师叔你不必客气，现在来不及，将来你好好教训。”玄真哼了一声，举手便向傅青主道别。

纳兰容若与冒浣莲分别，十分不舍，当着众人，不能表露，强自抑压，无限悲酸。回马之后，一路黯然，张承斌等不敢发问，何绿华虽是女流，生性豪爽，喜开玩笑，当下逗纳兰道：“喂，你这小哥儿愁什么呀？”纳兰眼泪潸然而下，在马背上曼声吟道：

“身向云山那畔行，北风吹断马嘶声，深秋远塞若为情。
一抹晚烟荒戍垒，半竿斜日旧关城，古今幽恨几时平？”
“万里阴山万里沙，谁将绿鬓斗霜华，年来强半在天涯。
魂梦不离金屈戍，画图亲展玉鸦叉，生怜瘦减一分花。”

众人中何绿华颇解诗词，一听之下，顿然一惊，急忙问道：“莫非你就是满洲词人纳兰容若？”张承斌冷冷道：“你也知道我们公子的大名？”玄真怒道：“你们胡人中，只有此人还勉强算是好人。你算什么？”手肘一撞，把张承斌撞下马来。卫士们大怒，纳兰容若与何绿华急忙两边劝止。

纳兰容若一行人等，回到清军驻地，前哨戍卒，急忙飞骑回报，纳兰容若对玄真道：“你们可以去了！”玄真等三人上马去后，再过片刻，大营中已派出神策营健卒，迎纳兰回营，伴纳兰回来的四个卫士，打个眼色，另约了五六个同伴，跨上骏马，向南驰去。

张承斌知道他们气那老道不过，此去必然是想留难他们，也不作声，还替他们在纳兰之前遮掩。

玄真等驰出十余廿里，已出边境的封锁线外，忽听背后铁蹄得得，马铃叮当，回头一望，只见十数骑健马，如飞追到。玄真冷笑一声，拔剑在手，为首的卫士喝道："恶道留下！"玄真反手一剑，又疾又准。登时把那名卫士胳膊刺伤。众卫士一涌而上，把三人围了起来，这些卫士，虽然也是大内高手，却如何敌得他们？战了片刻，又有三人中剑落马，余人落荒逃走。玄真长啸一声，得意之极，捻须说道："就让他们走吧！"话声未了，忽然那些卫士，自马上倒撞下来。玄真吃了一惊，只见山岗乱石丛中，走出一个红衣少女和一个白面书生。那少女格格地笑个不停，说道："这位道爷，剑法精彩极啦，可惜还不够狠！"玄真眼珠一翻，冷冷问道："这样说来，姑娘一定是个大行家了？"红衣少女一笑不答，却指着那几名卫士道："我替你们把敌人全歼灭了，你们谢也不谢一声，倒考较起我的剑法来了！"玄真是一派掌门，如何吃得这口闷气，利剑一提，朗声说道："我们的剑法不行，以致敌人漏网，惭愧得很。既承你姑娘指点，我老道不知好坏，还想请教几招。"那白面书生瞧了红衣少女一眼，似颇疑惑，红衣少女笑道："你不必管，看看热闹吧。"长剑一指，笑道："请恕小辈无礼。"玄真道："发招吧！"玄真心中，虽因红衣少女适才潜用暗器，举手之间，便将五名卫士一道击落，有所心惊，但他自恃几十年功力，又是武林正宗的掌门，还真不把红衣少女放在心上。他是立心试招，想惩戒惩戒这狂妄的"小辈"。

他不知道，这红衣少女也是立心试招的。原来这一男一女，乃是李思永和武琼瑶。傅青主等从喀尔沁草原动身后，飞红巾在吐鲁番得知消息，甚为担心。武琼瑶最喜热闹，便求准师姐，带李思永也赴回疆。李思永是江湖上的大行家，又是一等将才，配上武琼瑶熟悉塞外的情形，两人一路行来，平安无事。李思永随时随地，观察山川形势和清兵的布置，心中暗暗画下将来用兵的蓝图。两人在漫长的旅程中，情感也日益增进。

这日将近边境，李思永见远处炊烟大起，战马嘶鸣，悚然惊道："边境必有大军封锁，如何是好？"武琼瑶道："草原广阔，边境未必处处都有大军防守。"李思永沉吟片刻，和武琼瑶同上山坡眺望，忽见十余清军武士，追赶一个老道，李思永奇道："这老道不知是何等人物，竟能通过边境？"再看下去，又见一个中年美妇与一个粗豪汉子，和老道在一起同抗敌人，更感惊异。

看了片刻，武琼瑶悄悄说道："我知道这三人的来历。"李思永道："这三人都是一等一的武林高手！"武琼瑶笑道："还是武当的前辈哩。待我助他们一臂，然后再耍耍他们。"李思永道："你为什么总是这样顽皮？"武琼瑶笑而不答。

这次武琼瑶倒不是故意淘气，原来武琼瑶在白发魔女门下三年，知道师父和武当派的一段恩怨。武琼瑶甚替师父不值，心想师父和卓大侠本来是大好姻缘，偏偏他的什么本门尊长要出来横加干涉，以至师父几十年郁郁空山，闷气难伸。所以别人都觉得白发魔女性情怪僻，只有武琼瑶和她的师姐飞红巾懂得师父的真情。

武琼瑶和李思永半山观战，李思永道："武当剑法果然厉害！"武琼瑶笑道："赋得稳捷二字，狠辣还差得远哩！"果然战到后来，有五个卫士居然漏网，武琼瑶一笑，一把九星定形飞针，将五个卫士都打下马来。

再说玄真给武琼瑶一激，请她发招，武琼瑶道声："有僭！"左肩一晃，玄真只道她要攻自己右胁，上半身往右微偏，一偏剑锋，挥利剑往外一封，哪料武琼瑶乃是诱招，左肩一晃，却不发招，待玄真剑到，才猛喝一声："去！"左手剑诀斜往上指，右手剑锋"白鹤亮翅"猛然一撩，刷地截斩玄真脉门。白发魔女的剑法最为狠辣，这一招尤其使得惊险绝伦，只争瞬息先后，玄真万料不到这女娃子剑招如此老辣，幸他人老招熟，全身攒力，大弯腰，斜插柳，借势一转，才堪堪避过武琼瑶的剑锋。武琼瑶青钢剑闪闪含光，跟踪急袭，玄真脚踏八卦方位，一口剑紧紧封闭门户，武琼瑶剑尖所触之处，都有劲风反扑过来。武琼瑶知他功力极高，已用上乘剑法护着全身，心想："可不能让他喘息！"刷！刷！刷！连环进剑，行前忽后，攻左忽右，全是进手的招数。玄真只要稍露空隙，立刻便有血溅黄沙之险！何绿华夫妇看得惊心动魄，武琼瑶却也暗暗叫苦。原来论剑法是她的辛辣，论功力却是玄真深湛。若然久战不下，最后只怕仍要败给这个老道！

两人一守一攻，险招迭见。武琼瑶一招快似一招，一式紧似一式，旁观的何绿华夫妇虽明知玄真不会落败，也禁不住暗暗惊心！这时玄真已看出武琼瑶的来历，甚为气恼，心想："哼，原来又是白发魔女的门人，怪不得要故意较考老夫！"为了本门声誉，恨不得一举把她击败。可是白发魔女的独门剑法，委实狠辣非常。玄真哪敢轻举妄动。再斗了五六十回合，仍然占不了便宜。玄真虽然自恃自己功夫在她之上，久战下去，必定可占上风，可是对方胜在年轻，锐气正盛，要决胜负，不知要战到何时？而满军就在十余里外，万一追来，岂不是两败俱伤？因此心里也暗暗叫苦！

何绿华夫妇也是如此想法，但玄真是掌门师兄，若然在他尚处下风之时，即劝两方停战，他面子上必挂不下，而且也丢了武当派的面子。正迟疑间，两人斗得十分激烈，武琼瑶剑诀一领，一个"龙形一式"，身随剑走，剑随臂扬，"鸷禽扑兔"，刷的一剑对敌人腰腹扎去。玄真仗几十年功夫，突使险招，一掣剑柄，横身转步，似将闪躲，却突然不后退而反进攻，竟探身献剑，卷地一扫，喝道："看剑！"哪料武琼瑶剑术又快又狠，玄真未及进招，武琼瑶的剑已挟一缕寒光，猛然刺到，玄真喝她"看剑"，她也喝玄真"撒剑"，就在此际，只听得一阵金铁交鸣之声，两人的剑都脱手飞出！

原来玄真这剑，用足十成力量，但武琼瑶剑招先到，玄真若不撒剑，手腕必定斩断，玄真气红了眼，把心一横，长剑一震，猛地掷去，其疾如矢，武琼瑶用剑一格，竟挡不住那股劲力，手中的青钢剑也给震飞，两口剑在半空中迸出一溜火花，陨星般地向草原落下！

这两招快如闪电，何绿华、李思永同时纵出，何绿华拉着玄真，大叫"师兄住手"！李思永也拉着了武琼瑶大叫"琼妹住手"！玄真气喘喘地瞪着双眼，不发一言。何绿华、李思永同时说道："两位功力悉敌，不必比了！"玄真拾起长剑，李思永正想劝武琼瑶上前赔罪，玄真已跨上马背，大声说道："巾帼英雄，老朽佩服！一月之后，在天山骆驼峰相见如何？”不待武琼瑶回答，两腿一挟，骏马嘶风，绝尘而去！何绿华夫妇道声“得罪”，也跟着师兄去了。

武琼瑶拾起利剑，笑道：“这牛鼻子脾气真大！”对李思永说明原委，李思永也笑道：“他们武当派人虽得罪你的师父，但你也太淘气了！”眼睛一溜，看到地上的卫士尸体，又抚掌笑道：“我想到边境脱身之计了。”剥下两个卫士的盔甲号衣，叫武琼瑶扮成男子，向边境驰去。这一去也，有分教：

英雄大集会，血战喇嘛宫。

欲知后事如何？请听下回分解。

第二十八回　心愿难偿　一纸断肠愁绝塞
情怀依旧　十年幽梦禁迷宫

李思永和武琼瑶乔装清军武士，果然骗过了封锁边境的前哨戍卒，马不停蹄，赶到拉萨。两人商量怎样去找傅青主等人，武琼瑶道："我的爸爸和西北天地会渊源很深，我也知道他们会中的切口和暗号。四年前我们父女和天地会的大头目杨一维、华紫山等来到回疆，有一部分天地会的会友散入西藏，料想拉萨城中，也有他们的分舵。拉萨地方不大，我们多在酒楼菜馆穿插，也许可碰见他们。就是碰不着，我们也可留下暗号，叫他们来找我们。"

这日，两人到拉萨最大的一家酒馆喝酒，时交正午，客人甚多，两人找得一张雅座，要了一壶竹叶青，细斟浅酌。武琼瑶一时兴起，对李思永道："我和你比赛喝酒如何？"李思永酒量甚豪，笑道："有事在身，你喝醉了如何是好？"武琼瑶嘴巴一呶，轻声说道："怎见得一定是我喝醉？"李思永一听，料得她是想炫耀内功，也轻声说道："这里耳目众多，你可不要胡乱卖弄。"

武琼瑶道："你放心，我保管不会给人瞧破就是了！"李思永见过武琼瑶精妙的剑术，也想知道她的内功造诣如何，见她高兴，便道："那么咱们就平赌吧。"武琼瑶道："赌什么呢？"李思永道："谁输了，就得答应听对方的一句话。"武琼瑶道："好，依你！"

两人一杯一杯地豪饮起来，饮了一会，不知不觉就喝光了三壶竹叶青，李思永渐渐不胜酒力，看武琼瑶时，只见她头上隐冒热气，汗如雨下，知道她正用上乘内功把酒迫发出来。塞外苦寒，西北牧人经常饮酒解寒，酒量要比中原的酒客大得多。这时酒楼正有不少人在豪饮，因此李思永也就不以为意。但武琼瑶是女扮男装，只恐她饮得太多，露出女儿体态，反正自己也已有了八成酒意，便低声说道："好，我认输！"武琼瑶心花怒放，眼波流转，笑道："那么咱们结账回去吧。你得听我的一句话了！"李思永正想把酒保唤来，忽见隔座一人，眼灼灼地看着他们，暗道："不好！"急忙结账下楼，走到街上，偷偷回顾，只见那人也跟在后面。李思永悄声对武琼瑶说了。武琼瑶道："好，给他点苦头吃吃！"李思永道："不行，此人非友即敌，不能胡乱动手！"走入一条僻静的小巷，一辆牛车迎面而来，街道狭窄，两人侧身闪避，刚刚让过牛车，那人已到了背后，佯作躲闪牛车，忽然身子向前一扑，朝李思永背后压来，李思永暗运内力双臂向后一张，想把那人迫退，哪料来人膝盖一顶，李思永腿弯酸软，几乎跌倒。武琼瑶反手一点，那人咕咚一声，倒在地上，一个鲤鱼打挺，又翻了起来，武琼瑶正想喝问，那人忽然说道："你们可认得凌未风么？"

李思永道："你是谁？"那人焦急之状，形于辞色，又追问道："你不必管我是谁，我只问你，你可是凌未风的朋友？"武琼瑶道："是又怎样？"那人道："凌未风危在旦夕，你们若是来救他的，可得赶快！"李思永道："你如何知道？"那人笑道："我就是看管他的人，将来行刑时，也许还要我做刽子手呢！我可真不愿亲手杀他！"李思永面色倏变，道："你这话可真？"那人道："我为什么要骗你？"李思永道："那么你赶快回去见凌大侠，今晚亥时，咱们在西禅山相见。"

那人乃是允禵新收的回族武士马方，他和周青成了凌未风的心腹之后，无时不想救他。可是人少力弱，毫无办法。凌未风时常和他作长夜之谈，因此凌未风的朋友他们也耳熟能详。马方久在江湖行走，阅历甚多，这日在酒楼上见到李思永和武琼瑶豪饮，暗暗称奇，李武二人，相貌文弱，分明是中原来的，但酒量却不在他们之下，这便引起了马方的注意。再仔细看时，那白面书生的相貌，甚似凌未风描绘的李思永，试一探问，果然不错。

马方去后，武琼瑶道："你何不约他在寓所相见？"李思永道："此人的话，不可不信，却也不可全信。"两人边走边谈，武琼瑶忽握着李思永的手，微笑说道："李公子，你刚才赌酒输了，可要依我一件事了！"李思永道："依你，你说！"武琼瑶低鬟一笑，说道："你爱回疆的草原吗？"李思永道："不到回疆，不知中国之大，无际草原，极目难尽，令人胸怀开阔，我喜欢极了！"武琼瑶捏了李思永手心一下，悄声说道："那么我要你终生住在草原，永远陪着我，行么？"李思永心魂动荡，喜上眉梢，低声说道："我正是求之不得！"原来李思永廿年戎马，久作一军主帅，甚少想到儿女私情，和武琼瑶结识之后，虽然两心爱慕，但总不敢把爱意表露出来。两人同行半月，武琼瑶早已期待他说出爱字。不料在这方面，李思永比女孩子还要害羞，因此今日武琼瑶借着酒意，道出心事。两人在幽静的长街倚偎而行，李思永只觉兰麝幽香，中人欲醉，千言万语都不知从何说起了。两人手挽手行了一会，武琼瑶抿嘴笑道："到了，你还尽往前走作甚？"李思永抬头一望，寓所就在眼前，不觉哑笑。

两人进入寓所，打开房门，忽听得一个低沉的声音问道："你们现在才来？"李思永一望，只见床上坐着一个老人，正是他们日夕盼望的傅青主。武琼瑶道："傅伯伯，我爸爸问候你，你是怎样摸来的啊！"傅青主道："我们的人看到你们的暗记，我就一个人摸来了！"李思永急忙问道："傅伯伯带了多少人来？"傅青主叹了口气，说道："人倒是带来了不少，但布达拉宫防守森严，凌未风又不知关在何处，我们若是冒险夜袭，只恐未打进去，凌未风已给杀掉了。"李思永道："如有内应，可能成功。"傅青主眼睛一亮，急忙问道："你在清军的武士中，可有熟人？"李思永道："熟人倒没有，但却有人与我们接过头。"当下把马方的事说了。傅青主沉吟半晌，说道："既然如此，不妨与他一见，但也得提防有诈。今晚我与几个弟兄到西禅山接应你们。"大家约好时间暗号，傅青主先自去了。

傅青主这几百人潜入拉萨之后，分居在各处，傅青主住在一个藏族的牧民家中，刚刚踏进寓所，刘郁芳就迎了出来，面色沉暗，低声说道："韩志邦走了！"傅青主奇道："他到哪里去？有什么书信留下吗？"刘郁芳道："什么都没有。"傅青主皱起眉头，想了一阵，说道：“韩志邦不是贪生怕死之辈，他这一走，想是另有原因。”刘郁芳黯然无语，韩志邦这些天来，竭诚地慰解她，已经成为她患难中最好的朋友了。她想起十多年来，对他的冷漠，不觉有些歉意，只恐他又像上次在云冈那样，一时发了傻劲，就不别而行。傅青主见她郁郁不欢，急忙将李思永与清军武士接过头的消息告诉她，这才使她转悲为喜。

当晚亥时，李思永和武琼瑶依时在西禅山相候，等了许久，还不见马方的踪迹，不觉大疑。将近子夜，风雪交加，武琼瑶道：“不如回去吧！”李思永嗯了一声。忽见一条黑影向山顶跑来，武琼瑶练过梅花针，眼力极好，说道：“大哥，这人不是马方！”李思永定睛看时，那人越跑越近，马方是年过四旬的中年人，那人却是一个廿多岁的小伙子，李思永道：“他只是孤身一人，你在旁监视，待我问他。”说话之间，那人已到跟前，把他们和马方约定的暗号说了，忽然摊开手掌，说道：“这是凌大侠给你们的信。”李思永恐防有诈，暗用擒拿手法，三指扣住他的脉门，在手掌上一瞧，只见上面写着：“来人是我好友，请与他细商劫狱之法。”正是凌未风的字迹。手指一松，来人笑嘻嘻地道：“我从未见过江湖的英雄豪杰，如今识了凌大侠，又识了你们，真是生平快事。你这手擒拿法很不错，是哪一派的呀？啊！说了许多，我还未告诉你，我叫周青，和马方是最好的朋友。”李思永见他天真可爱，甚为惊奇：这样毫无江湖经验的青年人，居然也是清宫中得到信任的武士，令他大惑不解。他却不知周青乃是世袭的武士。

周青又道：“马大哥今日恰巧当值，所以由我替他践约。”边说边从怀中取出一张羊皮地图。李思永看了，不由得大喜过望！

那羊皮上画的是布达拉宫的门户道路，在凌未风所住之处，圈了一个红圈圈。周青道：“这是马大哥和我暗中画下来的，迷宫中千门万户，道路纷歧，有些连我们也不清楚，这图只是凭我们记忆所及画的。你们记熟之后，后天晚上，请派高手前来，我们当在里面接应。”

周青去后，傅青主哈哈大笑，从暗黝处走了出来，挑起拇指道：“凌未风真成！居然连监守他的敌人都给他收服！”当晚即拟好了夜袭喇嘛宫的计划，李思永和武琼瑶第二天也搬去和傅青主同住。

再说凌未风被关在迷宫之中，已近一个月，他在狱中也并不空闲，他利用每一个机会，和监守他的武士谈话，给他们讲江湖上的英雄事迹，有时还指点他们的武艺。另一方面，他每一个长夜，都冥心探索武学上的奥秘，非但天山剑法融会贯通，而且他还归纳了平生的心得，创造了许多新奇的招数。他自觉比以前成熟了许多。“我虽然没有了右手的拇指，但只要我不屈死于狱中，我还一样的可以教人使剑。”他经得起苦难的考验，为自己倔强的生命而感到骄傲。

这一晚，他和傅青主约定的时刻到了。在黑沉沉的深夜中，突然起了轰天的巨响，周青匆匆地跑了进来，打了一个眼色，凌未风大喝一声，运力一挣，身上的镣铐寸寸碎裂，反手一掌，把房中的石桌打得粉碎，旁边看守的几个武士惊得呆了，周青尖叫着假装被凌未风追逐而惊惶，假戏真做，时间配合得恰到好处。

傅青主率领众人，按着地图，杀进迷宫，清兵虽然人多，可是来的个个都是高手，又是在深夜之中，突然袭到，清军不可能都聚在一处，竟给他们杀进了外三门。刘郁芳大叫凌未风，内三门忽然倏地打开，楚昭南戎装佩剑，立在当中，哈哈笑道：“你们不远千里而来，就请进来喝杯水酒吧！”易兰珠纤腰一摇，飞燕般地斜掠过去，短剑一刺，楚昭南横剑一封，疾地又退入了另一道门户，张华昭、桂仲明双双抢进，傅青主叫道：“小心！”但众人已拥着自己同进。楚昭南扬声叫道：“傅老头儿，咱们再比一比剑。”武琼瑶一把银针打去，楚昭南哈哈大笑，双足一蹬，身子向后射出，进入了另一道门户。李思永道：“不要忙，咱们按图杀进，这个贼子终走不掉的，现在不要中他的诡计！”话声未了，忽然周围的门户一阵旋转，众人再也辨不清方向，只觉重门叠户之内，处处隐伏甲兵。李思永叫声苦也，流星锤舞得呼呼风响，把一扇门板打碎，里面十多个卫士一拥而出，杀了一阵，倏又四面散开，或隐入小门复壁，或从蜘蛛网般的甬道逃散。片刻之后，又是不见人影，只听得楚昭南得意的笑声。

凌未风追至大堂，渺不见人，正自生疑，四周门户，忽然打开，数百卫士，同时杀出。凌未风神威凛凛，大声喝道："楚昭南，有胆的敢来与我决一死战！"卫士们踌躇不前，周青一时错愕，也止了脚步。楚昭南越众而出，忽然厉声叫道："先把周青擒下！"两名禁卫军统领，分抢上来，凌未风双臂一振，抓着了前面那名统领，喝一声"去"！奋力摔出，撞个正着，将后面那名统领也打翻了。手腕一带，把周青带起，奔向左面侧门，门内有几名卫士镇守，发一声喊，全都散了！

凌未风托着周青，往墙头一窜，刚刚踏上，忽觉背后金刃劈风之声，刷地人剑俱到！凌未风移身转步，将周青往墙头外一推，说道："你自己逃命！"说时迟，那时快，楚昭南的游龙剑已刺到他的胁下。凌未风身形往后一撤，脚点墙头，后退无路，匆忙中斜身往左一闪，楚昭南变招奇快，剑尖一颤，又从右侧点到。凌未风猛然反手一掌，呛啷一声，楚昭南的剑被击出数丈开外，这一掌正是凌未风糅合天山掌法与达摩掌法独创的一个怪招，楚昭南猝不及防，着了道儿！可是他也是久经大敌，凌未风一掌击出，他已知道无法躲闪，来不及撤剑，却先腾起一腿，凌未风左掌劈出，右掌跟着一按，两人同时进招，嘭嘭两声，凌未风着了一脚，楚昭南吃了一掌，同时跌下了墙头。

凌未风身未起，脚先飞，坐在地上一个"十字摆莲"，把附近的两名武士，踢出三丈以外，楚昭南已拾起了游龙宝剑，分心刺到。凌未风怒道："我不用剑也能教训你这个反贼！"左拳右掌，欺身直进，楚昭南的游龙剑呼呼劈风，竟然劈不到凌未风身上，卫士们散在四周，却不上前。原来楚昭南自以为有剑在手，必定不会输给凌未风，所以事先叫同伴不要帮他。而许多卫士也不愿与凌未风为敌，乐得袖手旁观。

转瞬之间，两人已拼斗了二三十招，楚昭南兀是占不到半点便宜。凌未风展开了疾攻速决的战法，空手入白刃，硬抢楚昭南的宝剑。楚昭南咬实牙根，剑诀一指，刷刷数剑，力猛招闪，不料凌未风身法快极，一闪即攻，伏身探步，双指倏地戳到楚昭南面门，楚昭南斜身旁栽，连窜数步，堪堪避过。几个心腹死士顾不得他要单打独斗的前言，一涌而上，楚昭南退入角门，忽然哈哈大笑，叫道："凌未风，让你逃，你也逃不出去！"把手一招，所有卫士都跟着他隐入重门叠户之中。凌未风四顾茫然，在迷宫中左穿右插，闹了半天，始终找不到出路！

这时傅青主等被围在外三门，逐步深入，也是左穿右插，兀自找不到出路，迷宫中四面埋伏一齐发动，各处要冲，都有清军仗着弓箭挠钩，阻住路口，刷刷刷发出箭来，傅青主大喝道："鼠子敢尔！"反手一剑，在石柱上劈了一道裂痕，一转身，嗖嗖嗖，如燕子掠空，向人多处反扑过去，桂仲明、易兰珠两口宝剑左右开路，当者辟易！清军发一声喊四散奔逃，群雄连闯几处，只是拣人多处闯去，转了半天，傅青主叫道："不好，快停！"指着身旁石柱，柱上剑痕宛然，转了半天，竟转到原来的地方来了！

傅青主道："为今之计，只好暂时按兵不动，免得白费气力。"群雄围成了一道圆圈，首尾相连，抵御乱箭。又僵持了半个时辰，李思永叹道："想不到一生戎马，却不明不白死在这里！"武琼瑶忽道："刘大姐，你有没有带蛇焰箭？此地风高物燥，放火烧它！"李思永想："我们不知出路，只恐怕放火之后，自己反被困在火海。"傅青主老谋深算，也是搔首无策。正焦急间，西边角门，有人大声吆喝，一个青年武士，如飞跑出，清军武士纷纷叫道："周青，你发疯了吗，乱跑什么？"傅青主一声长笑，突然拔身一纵，连人带剑，舞成一道银虹，半空飞下，左手一抓，恰如巨鹰扑兔，把周青一把抓起，右剑一荡，将追来的武士，扫得翻翻滚滚，这一瞬间，桂仲明、易兰珠也已如飞掠到，两道剑光，左右横伸，有如斩瓜切菜，顿时砍翻了十几廿人，清军发一声喊，又四散奔逃去了！

原来周青被楚昭南喝破之后，得凌未风之助，越墙逃命，其他清军武士，尚未知道他已反叛，竟给他混至外面，和傅青主等人会合了。

傅青主救了周青之后，心中大喜，问道："你认得路？"周青道："且试一试。"根据自己所知，指点众人向生门杀去，四面乱箭密集如雨，楚昭南突然现身，扬声喝道："周青，你屡受国恩，竟敢反叛！"张弓搭箭，嗖的一箭射来，傅青主把周青往左一带，长剑一格，那枝箭歪了准头，向旁飞去，“嚓”的一声，竟没入了石柱之中。周青大骇，楚昭南箭发连珠，嗖嗖两箭，接连射出，桂仲明扬手两圈金环，挟风呼啸，打落了连珠箭，却是余力未衰，在空中呼呼旋转，过了一阵，才跌落清军阵中。楚昭南大为惊奇，想不到这个“小辈”，别来未久，功力竟然精进如斯！他按动机关，打开甬道的一道暗门，甬道上的大门忽然打开，清军武士在蜘蛛网般的甬道上四处游走，时不时发出冷箭。周青带众人转了几转，忽然叫起苦来，对傅青主道：“门户转换，道路纷歧，我认不出路了！”布达拉迷宫，原是红衣喇嘛所造，允禵到后，又按八阵图形，添设门户道路，周青所识的只是其中一部，并非全部奥秘，所以仍给楚昭南困住。

傅青主定了定神，只听得重门深户之中，鼓角之声，此起彼落，想是清军调集精锐，来和自己缠斗，正自心急，忽然甬道右面一个角门，清军中突然奔出一个蒙面人来，楚昭南在甬道中的大铁门内扬弓一指，高声喝道：“将他擒下，格杀不论！”四名心腹武士如箭离弦，倏地追上，傅青主距离过远，无法援救，愕然注视，这四名武士都是禁卫军中有数的高手，楚昭南以为必然手到擒来。一名武士，手抡飞爪，当头抓到，那蒙面人倏然伏身，“吧”的一个扫堂腿，使飞爪的一个踉跄，栽出几步以外，跟着的那个武士，摆钩镰枪拦阻，也是忽地“嗳呀”一声，翻身栽倒！第三名武士功夫最强，提鞭大叫，飞舞而前，蒙面人一个“鹞子翻身”，反冲过来，那名武士措手不及，双鞭才展，已是给他点着了“膻中穴”，那名武士“哼”了一声，双鞭堕地，蒙面人将他举起，一个旋风急舞，将后面那名武士也扫出一丈开外。楚昭南大叫：“放箭！”蒙面人将擒着的那名武士，倒提手中，舞动起来，奔跑如飞，清兵投鼠忌器，只有几人稀稀疏疏地放出几枝乱箭，蒙面人早已旋风一般地跑入了傅青主那一群人中了。

蒙面人举手投足之间，击倒四名武士，傅青主固然极感诧异，楚昭南更是暗暗吃惊，这人穿的是禁卫军服饰，楚昭南却怎样也想不起自己手下有这样本领高强的人物，不禁一阵心慌。不知自己人中，隐有多少奸细？

蒙面人将手中武士向甬道上一摔，傅青主抢步迎上，那蒙面人低声道："小弟是韩志邦！"傅青主又惊又喜，韩志邦又道："我知道旧迷宫的出路，新添的门户道路我就不知道了。"傅青主无暇细问缘由，急忙叫他和周青见面，商讨脱身之计。

原来韩志邦发誓要救出凌未风，暗中出走，寻访多日，找到了被允禵驱逐出宫的一些喇嘛，那些喇嘛和布达拉宫的喇嘛，仍是互通声气，而被允禵新立的大活佛，正是当年护送舍利子的宗达完真。韩志邦当年机缘凑合，无意中为西藏喇嘛抢回圣物，被迎到拉萨，当作恩人款待，所以若有所求，无不答应。韩志邦想法偷会了宗达完真，靠他的帮助，先是扮成了喇嘛，隐在布达拉宫，至傅青主等被困之时，他又偷了一套禁卫军的服饰，一直混到迷宫的外三门，仗着怪招奏功，把四名武士击倒。这时和周青互说所知，冒浣莲静心倾听，在周青原来画的羊皮图上东画西画，不久竟把迷宫的出路参透。

韩志邦道："清军锐气已折，我们先杀出去吧。"傅青主吁了口气道："也只好如此了。"冒浣莲陪着桂仲明开路，率先扑向生门杀出，楚昭南不知他们已参透迷宫道路，勒令武士，不准硬拼，企图困死他们，桂仲明等龙蛇疾走，如汤泼雪，连闯过几道门户，到了外三门，清军惊觉，待再围上来时，哪里还拦阻得住？群雄就如十几头猛虎，自外三门一直杀出了布达拉宫！

再说凌未风转了半天，找不到出路，外面又没人接应，又倦又饿，楚昭南和一群武士倏地出现，楚昭南顾盼自豪，得意笑道："凌未风本领通天，也脱不了我的手掌，看他已呈倦容，谁替我把他擒下？"武士们有些是震惧凌未风的神威，有些则对他由衷敬爱，不愿与他交手，面面相觑。楚昭南神情不悦，正想发作，武士群中蓦然跃出四人，三名是楚昭南的心腹，还有一人则是马方。凌未风一声长啸，反手一掌，迅如奔雷，照一名武士手腕劈下，那名武士也是高手，陡地闪身进招，哪知凌未风掌法神妙，一劈一按，掌心一震，把那名武士打翻，另两名武士双剑齐上，骤缩骤伸，如毒蛇吐信，分刺凌未风左右肩胛，凌未风猛然一扑身，往下杀腰，"扁踩蛮牛"，砰的一脚，踹中一名武士的右胯，"扑通"如倒了半堵墙，摔倒地上！凌未风身形骤长，暴喝一声，另一名武士骇然一惊，不由自己地退出两步。马方双拳齐发，扑面打来，凌未风见他眼睛一霎，料知用意，猛然一窜，嘭的一掌，打在马方肩上，身子一偏，前胸也结结实实中了马方一拳，摇摇欲倒，地上的两名武士，趁势用脚一勾，凌未风翻身扑地，马方等四名武士一齐扑上，四人八手，将他按住，凌未风双臂一振，四人按捺不住，给他翻了起来。正在吃惊，凌未风忽然长叹一声，双臂低垂，说道："拿铁索来缚吧！"三名武士大喜，知他说话算数，向同伴要过铁索，将他缚个结结实实。

楚昭南见四人面青唇肿，马方伤得更重，呕出血来，楚昭南暗道："这个回子，倒还卖力！"当下将凌未风昏眩穴点了，叫人请成天挺过来，命成天挺亲自看守凌未风，并在他耳边低低地吩咐了几句话。

原来马方和周青是对好友，周青反叛，马方诚恐被疑，所以急急上前，和凌未风对敌，凌未风也猜出他的用意，反正自己跑不掉，乐得卖个人情，但楚昭南也是个大行家，不能被他看破，所以用外重内轻的手法，将马方打得呕血。

成天挺把凌未风押回迷宫的密室，从怀中摸出一包药粉，撬开凌未风牙关，冲开水给他灌下，凌未风悠悠醒转，只觉浑身无力。

成天挺灌凌未风吃的是大内圣药，专为摆布武功高强之人用的，吃了之后，如中烈酒，昏眩无力，更兼成天挺按着双笔，守在旁边，凌未风纵有通天本领，也难逃了。要知成天挺的本领，与楚昭南在伯仲之间，即在平时，他也可以与凌未风缠斗数十回合，何况在凌未风服药之后。

再说傅青主等回到寓所之后，再商营救之策，傅青主道："如今迷宫道路已明，索性干它一场大的，把拉萨城内我们的人都调集起来，也可有两三千人。"李思永道："兴师动众，只恐攻进去时，凌大侠已经受害。"众人商议未定，刘郁芳十分颓丧，独自入房去了。

第二日早晨，刘郁芳尚自愁肠百结，卧床未起。忽听得有人在窗外弹了几下，武琼瑶压低了声音说道："刘大姐，楼下有一个人要看你。”这些天来，别人和刘郁芳说话时，都不自觉地采用了这种说话声调，来表示他们心中共同的悲痛。

在楼上那间小小的客室里，刘郁芳看见一个白布缠头的汉子笔直地站在房间中央，傅青主在旁低声说道：“这位好汉名叫马方，是监守凌未风的卫士。”

马方定神望着刘郁芳，问道：“你就是天地会的总舵主刘大姐吧？我给你带来了一封信。”

“一封……信？”刘郁芳有点发抖，把手放在桌上稳定自己。

马方颤声说道：“这是凌大侠咬破指头冒险写的，但我来了之后，可是不能给你带信回去了。”

刘郁芳拿着那封信，默默地站了一会儿，然后在窗子边深深地吸了一口新鲜的空气，打开了信，只见信上的血字歪歪斜斜，可以想见写时手指的颤抖，而且有几处字迹也已经模糊了。刘郁芳默默念道：

琼姐：

今夜乃弟毕命之期。毕命之前，当以事实告你。廿年前，与姐钱塘观潮，姐尝戏曰：“若你如潮之有信，纵在兵荒马乱之中，死别生离，地老天荒，余亦必待你归来也。”嗟乎，此一戏言，竟成事实。姐姐不必为当年之误会伤心，姐之真情，已如钱塘之潮，足涤十倍之误会而有余。姐亦不必为弟伤心，一凌未风死，十凌未风生，志士义人，犹如春草，芟之不尽，烧之重生也。所惜者唯天山赏雪之约，只能期之来生矣！

穆郎绝笔

纸上的字迹突然模糊得像一片云雾，她又一次地失去了他——又一次失去了他！她茫然地伸着两手，好像天山的冰峰正压在她的心上——信笺落到地上了！

“琼”是刘郁芳的小名，而“穆郎”则是凌未风的小名，他的真名叫做梁穆郎，祖先是西南来的移民，所以取“珠穆郎玛峰”中的二字给他命名。

铅一样的沉重绝望的感情将刘郁芳压住了，她倚在窗前，寂然不动，面色惨白，有如幽灵。众人凝望着她，不敢说话，在这时候，一切安慰的言语，都是多余的了。武琼瑶一只手轻轻搭在她的肩上，凄然地给她整理凌乱的云鬓。

傅青主悄悄地将马方拉过一边，问道："凌大侠今晚可有危险?"马方不安地搔了搔头，说道："这场事发生之后，楚昭南害怕极了，比在冰河恶战给凌未风追迫还要害怕！楚昭南在这场事中看得出来，许多武士不愿与凌未风为敌，没有什么比内部的离心更令人可怕的了！我听得他和成天挺商议，为了这个缘故，今夜子时，就要把凌大侠悄悄处决，免得他在牢狱中也'蛊惑人心'。"傅青主垂下了头，额上的皱纹也似在轻轻跳动，显然他是陷在深深的思索之中去了。

在死一样的静寂中，韩志邦突然跑了进来，他已听到关于凌未风的恶讯，急着来找刘郁芳，一进了门，马上为那种静穆哀伤的气氛所震骇，禁不住将刘郁芳一把拉住，用急促而颤抖的声调问道："刘大姐！我的天！你怎么啦？嗯，你流了泪？我记得你是从来不哭的呀！凌大侠的事，我……我……"

刘郁芳蓦然抬起了无神的眼睛，激越地说道："真的是他呀，是他，是他！我廿年前，和他在钱塘江边看潮的那个大孩子呀！"她摆脱了韩志邦的手，弯下身躯，拾起那张沾满血泪的信笺，匆匆塞进袋里，柔软无力地说道："志邦，你去吧，我现在什么也不想说了！"

韩志邦不敢说话，只凄然地咬着自己的嘴唇，他禁不住又一次地泄漏了自己的真情，这是自和刘郁芳重见之后，一直就压制着的真情。然而她连注意都没有注意到！蓦然他又想起几年之前，他曾怀疑过凌未风以"新知"而间"旧交"之事，不禁面红直透耳根。原来凌未风竟然是她儿时的好友。

韩志邦悄悄地又退了出去，傅青主在沉思，其他的人围拢着刘郁芳，没有人注意到他。正是：

心事难言谁可解，十年苦恋镜中花。

欲知后事如何？请听下回分解。

第二十九回　无限深情　舍己为人甘替死
绝招雪恨　闯关破敌勇除奸

韩志邦匆匆地跑到了附近的一间喇嘛寺中，问大喇嘛道："你有金创药吗？"大喇嘛道："有的，你要来给朋友敷伤吗？"韩志邦连声催道："快点给我！"西藏喇嘛的金创药功效甚大，韩志邦要了过来，跑进他寄寓过的小房内，将小喇嘛推了出去，蓦地关起房门，抽出辛龙子送给他的那把天龙派的镇山宝剑来！对着墙上那面发光的铜镜，凝视了一阵，剑锋向上，倏地嗖嗖两剑，在面上划过，划了两道深深的创口，鲜血汩汩流下，禁不住痛得叫出声来！大喇嘛对韩志邦的行动本就觉得奇怪，这时来到房外，听到里面呻吟之声，急忙一脚踢破房门，"哗"的一声叫道："志邦，你怎么了？"韩志邦宝剑当啷一声跌落地上，大喇嘛赶忙上前将他抱住，叫道："你疯了吗？"韩志邦取出金创妙药，大喇嘛给他敷上，过了一阵，韩志邦这才苦笑说道："你马上带我去见活佛！"大喇嘛莫名其妙，韩志邦低声说道："请你看在舍利子的分上，照我的话去做，不要发问。"大喇嘛见他神志清醒，不类疯狂，迟疑了一会，合十说道："居士是我们的大恩人，敢不遵命！"取过一件黑毡大衣，给韩志邦披上，拖着他悄悄地从后门走出。

再说凌未风自知毕命期近，虽是旷世英雄，也禁不住有所牵念。"我太残酷了，不应该那么对待琼姐的！"他想起杭州少年时游乐的日子，想起钱塘江大潮之夜，想起横过云贵高原时刘郁芳凄怨的眼光，不知怎的，蓦然又想起韩志邦那诚恳老实的模样，一个念头突然从心中掠过："我为什么不在死前给他们撮合呢？"他思索着有没有机会再写一封血书，托知心的卫士在他死后带出。四周黑黝黝的，只有四个角落发出烛光。他抬起了头问成天挺道："什么时候了？"成天挺笑道："还有一个时辰，就是午夜，凌未风，你临死前有什么遗言要我给你带出去吗？"成天挺是清廷的死士，凌未风冷笑说道："你告诉楚昭南，像他一样为胡虏作鹰犬的人，若不及早回头，死无葬身之地！"成天挺笑道："看，你把你的师兄恨得那样，你的师兄倒还惦记着你呢！他在你临死之前，还准活佛来给你祷告，按藏民的风俗，火化你的尸骸。你听，外面的脚步声，他们此刻已经来了，嗯，比原定的时间还要早哩！"

允禵新立的活佛宗达完真，黄昏时分专诚去拜访允禵，他说布达拉宫是喇嘛教的圣寺，若然在里面处决人犯，一定要得到他们的同意，并应准他们去做祷告。允禵知道楚昭南今晚要在迷宫将凌未风悄悄处决，颇为惊讶宗达完真消息的灵通，但转念一想，在这些小事上倒不妨尊重他们的习惯，也便点首答应了。迷宫中到处都有武艺高强的卫士把守，看守凌未风的更是一等一的大内高手成天挺，谅也不会出什么乱子。

凌未风听成天挺说起有喇嘛来替他祷告，皱眉说道："大丈夫死则死耳，何必如此多事？"继而又想，当年抢舍利子时，自己也曾出过一把力，和那些大喇嘛也颇有交情，他们来替自己作死前祈祷，正好趁此机会请他们把血书带出。正思量间，两个黑影已一闪而入，为首的正是宗达完真。

成天挺按着双笔，欠身作礼，说时迟，那时快，宗达完真侧面的喇嘛，蓦然一跃而前，手指一戳，已把成天挺的穴道封闭，兜风一揭，露出面目，凌未风惊叫道："韩大哥你怎么变成了这个样子！"

成天挺在地上圆睁双眼，又气又怒，却是动弹不得。按说成天挺的武功比韩志邦高出许多，无奈他全无防备，而韩志邦又学成了达摩秘笈，怪招使出，连齐真君初遇时也要吃亏，更何况成天挺。

韩志邦将成天挺缚在椅上，仍面向着凌未风。拔出宝剑，把凌未风身上的镣铐全部斩断，低声说道："凌大侠，你随活佛出去吧！"

凌未风仔细一想，了然于心，摇摇头道：“韩大哥，谢谢你。枉费了你的心血了，我不能走出去！”韩志邦急道：“为什么？”凌未风道：“到处都有卫士把守，我不想连累你们！”韩志邦把黑毡兜风脱下，说道：“我留在这里，你出去，戴上兜风，他们不会知道你是谁的！”凌未风毅然说道：“不成，韩大哥，那不成！我岂能容你替我去死！”韩志邦道：“你比我有用得多，你该留着，让我去死！”凌未风怒道：“你要我做不义之人，自己苟活，却要朋友替死！”韩志邦咬着牙根，不发一言，忽然双指一戳，点了凌未风的哑穴，凌未风药力未解，浑身无力，绝顶武功也用不出来，只好任他摆布。韩志邦给凌未风披上大衣和兜风，将他交给宗达完真，俯首说道：“活佛，一切都拜托你了！”宗达完真弯腰吻了韩志邦的足跟，滴泪说道：“韩义士，你才是真正的活佛！”转过身躯，半拖半拉，把凌未风带出了迷宫。

韩志邦趺足坐在胡床之上，面对着成天挺，时不时有值班的武士经过密室，探头内望，韩志邦身材和凌未风差不多，面上又有刀痕，室内光线又很微弱，卫士们毫不在意地巡过便算，谁也没有发现。

韩志邦万念俱寂，在黑暗中静待最后的时辰，忽听得门外的值班武士说道：“楚统领，时辰还未到呀，你来得这样早！”门外楚昭南的声音说道：“我要他几时死便几时死，你管得着？”边说边推开了房门。楚昭南是想做最后一次的努力，迫凌未风说出拳经剑诀的下落。韩志邦双拳紧握，指头骨节，格格作响。

楚昭南推开房门，叫道：“成天挺，你出去！”成天挺不言不动，楚昭南跨进两步，正待发问，韩志邦身形骤起，拳风劈面，楚昭南陡然一缩，胸口已结结实实受了一拳，烛光摇曳中，楚昭南看出敌人不是凌未风，这一惊非同小可，喝道：“你是谁？凌未风哪里去了？”喝声未停，金刃劈风之声又自背后袭到，韩志邦身形奇快，拔剑进招换位，都只是一刹那间之事，楚昭南轻轻一闪，腰胁又给韩志邦双指戳了一下，一声怒吼，游龙剑铮然出手，听风辨器，反手一剑，暗室中火花蓬飞，韩志邦直给震到墙边，才煞得住身形。楚昭南旋过身来，看得真切，一声狞笑，扑上前道：

“哈，韩志邦，你也敢来找死！”游龙剑一摇，倏地直奔韩志邦咽喉刺去！

韩志邦仗着达摩怪招，打了楚昭南一拳，又点中他的穴道。无奈功力相差太远，楚昭南又是武林的大行家，入房之时，发觉迹象有异，已把全身穴道闭着，韩志邦一拳双指都如击败革，手腕反给震痛。这时见楚昭南狠狠刺来，心念一动，呼地从旁边抢出，宝剑斜挑，招数却不用老，楚昭南回剑封迫，他又抢到右首去了！

楚昭南何等机灵，知道韩志邦是想仗着怪异的身法来和自己游斗，心想：韩志邦只是癣疥之患，不必理他。看样子凌未风大约逃出未久，若给韩志邦缠着，岂不走了大敌？当下虚晃一剑，向门口奔去，大声叫道：“凌未风逃了，赶快搜捕！”韩志邦一声不响，刷的又是一剑，楚昭南突觉冷气森森，剑锋指到胁下，想起韩志邦使的也是宝剑，迫得回剑防守，剑锋一碰，又是一溜火花，两口宝剑，都没有伤损。

楚昭南勃然大怒，看来非把韩志邦杀死，就不能出去。游龙剑一翻一卷，展开了天山剑法中的精妙招数，狂风暴雨般地紧紧追迫，大声喝道：“韩志邦，你真的不要命了！”韩志邦傲然说道：“我就是不要命，你也别想再追着凌未风！”楚昭南剑走连环，点刺劈撩，真是翩如惊鸿、矫若游龙，韩志邦仗着怪招，在剑光中钻来钻去，楚昭南一时间却也奈何他不得！恶叫一声，运起内力，将剑一抖，剑风四荡，四边墙角的烛光全部熄灭，但剑花错落，光芒四射，暗室中剑气纵横，反比以前明亮，韩志邦只觉四面八方，都是楚昭南的影子，自知无法逃命，反而大声狂笑，持剑猛冲。楚昭南觅得破绽，一剑疾刺，自韩志邦前心直穿进去，韩志邦宝剑落地，血如泉喷，犹自狂笑道：“刘大姐，我对得住你了！”楚昭南宝剑抽出，飞脚把韩志邦尸身踢翻，跃出密室，忽听得轰隆一声，外面火光冲天，武士们纷纷向外三门涌出。

楚昭南奔出中门，火光中只见傅青主等挥剑杀入，众武士堵截不住，连连后退，楚昭南振臂叫道：“不要慌乱，困死他们！”退入角门，下令放箭！不料敌人竟似熟识迷宫道路，左穿右插，直追进来，楚昭南押着阵脚，亢声叫道：“大军就要到来，他们一个也走不掉，我们要拼命挡住！”傅青主纵声长笑，把手一招，内外健儿纷纷杀入，火箭乱飞，火头四起，楚昭南放眼望去，只见迷宫中到处都是敌人，也不知傅青主从何处调集得这么多勇士！

傅青主这次拼着作一死战，把拉萨城中的天地会党徒、哈萨克勇士等可以调集的人都调集起来，总计有三千多人，冒险杀入布达拉宫。他们不单单是想援救凌未风，而且想给允禵一个打击。黑夜中允禵不知敌人虚实，不敢接战，在卫士保护下逃出布达拉宫，传令大军，堵截四面城门，让楚昭南和他的一队禁卫军在宫中和敌人缠斗。

允禵逃出了宫，楚昭南却不知道。镇守布达拉宫的禁卫军只有二千，如何挡得住傅青主所率领的三千死士，厮杀了半个时辰，禁卫军死亡累累，布达拉宫烟雾弥漫，梁摧栋折，傅青主大声喝道："楚昭南，快把凌未风交出，不然叫你死无葬身之地！”楚昭南一听，暗道："原来凌未风不是他们救出的。”眼珠一转，接声叫道："你们先退出去，咱们好好商量。要不然我就先把凌未风杀了！”李思永怒道："你死在临头，还敢要挟！”扬手一枝蛇焰箭，蓬的一声，在楚昭南身侧炸裂开来。

楚昭南哈哈笑道："你真的不要凌未风了？”大声叫道："王栋、张材，进去把凌未风首级取来！”刘郁芳面色大变，对傅青主道："师叔，就把凌未风的命换他的命吧！”傅青主知道楚昭南诡计多端，诚恐先退出去，反中他的陷阱，一阵踌躇，楚昭南又大叫道："你们退至外三门，我就把凌未风放出，两边收兵。要不然，你们就只能见凌未风的人头了。好，现在我数三声，数到第三，你们还不答应，就莫怪我下毒手！一！二！……”刘郁芳大为着急，楚昭南略停了一停，“三”字尚未出口，忽然有几名喇嘛疾地从一座烧塌的房中冲出，为首的穿着大红僧袍，大声叫道："凌未风早已逃出迷宫了！”楚昭南大怒，把手一挥，乱箭如雨，那名喇嘛武功颇为了得，挥动禅杖，冲出箭雨，傅青主等急上前救应，楚昭南抢过一张五石强弓，嗖，嗖，嗖！连发三箭，那名喇嘛，打落一箭，避过一箭，却给第三箭射穿喉咙，冲到傅青主跟前，颓然倒下。

傅青主一看，原来就是以前和楚昭南同上五台山的红衣喇嘛，那时楚昭南初叛吴三桂，被红衣喇嘛识破，楚昭南一不做二不休，在五台山谷，要将红衣喇嘛击杀，幸好凌未风救了他的。不料他今天仍是丧在楚昭南箭下。红衣喇嘛在傅青主跟前倒下，犹自嘶声说道："凌大侠已脱险了。你们不要放过这个贼子！"把手指一指楚昭南，溘然长逝。

傅青主剑锋一指，桂仲明、易兰珠双剑飞舞，拼命杀上，武士们纷纷走避，楚昭南虚晃一剑，往后便逃，桂仲明奋力一跃，腾蛟宝剑刺到背后，楚昭南挥动游龙剑，往桂仲明的剑上一搭，用力一接，陡然翻了上来，桂仲明剑诀一领，叮当一声，冲开剑花，刷！刷！刷！一连三声，朝敌人猛刺。楚昭南吃惊于他的剑法精进如斯，但仗着火候老到，虽惊不乱，游龙剑猛然一绞，解了桂仲明攻势，轻飘飘飞身一窜，冲烟直上，登上一座正在燃烧的房子，拼命奔逃，火光中突然人影一闪，一道青光，冲开烟雾刺入，楚昭南回剑一格，跳过第二间屋面，尚未站定，背后冷气森森，一口宝剑又已堪堪袭到，楚昭南反手一剑，腾身涌起，跳落地面，那条人影也跟着下落，楚昭南一看，原来却是易兰珠！

楚昭南一见是她，心里稍宽，想道："这女娃子不是我的对手，但这个时候，倒不好和她缠斗。"用手一按壁上机括，两边墙壁裂开，中间现出暗门，楚昭南一闪而入，正想再按机括，蓦觉锐风劲扑，冷气袭人，未敢回头，先行斜跃，剑锋一转，将敌剑挂开，扬声骂道："易兰珠，你侥幸逃脱，还敢再来找死！"易兰珠粉面凝霜，口角噙着冷笑，一言不发，断玉剑扬空一闪，飞云掣电般，欺身直进，楚昭南双肩一纵，斜飘出去，左掌在墙上一抵，两边墙壁又再复合，脚尖用力一蹬，又斜跃出数丈，回头狞笑道："易兰珠，今日你休怪师叔手辣！"易兰珠蓦觉眼前一暗，楚昭南的宝剑已反劈过来，微微一晃，剑锋向外一展，把来势化开，趁势跃出三步，凝身待敌。

楚昭南避进的地方，乃是迷宫中的暗道，另一头直通宫外，这条暗道极少人知，楚昭南原是想借此逃命的，不料易兰珠身法奇快，竟紧随身后，追了进来。楚昭南心念一动，登时改变主意，想先把易兰珠生擒，作为人质，然后再逃出宫。易兰珠是刺杀多铎的凶手，擒着了她，则虽走脱凌未风，皇上怎么也不会怪责。他利禄熏心，在暗道中反向易兰珠进迫！

这时暗门已闭，甬道中黑黝黝的只觉人影幢幢。易兰珠从未试过在黑暗之中与人斗剑，虽说她也学过听风辨器的功夫，到底不及楚昭南经验丰富，连挡几剑，十分吃力，楚昭南一声狂笑，身形一晃，略走偏锋，剑光绕处，刷地便奔易兰珠左肩刺来，易兰珠躬腰一窜，一招“龙门鼓浪”，宝剑疾如风发，避招进招。楚昭南暗吃一惊，右腕倏翻，“金雕展翅”，反手一剑，便劈易兰珠右臂，两剑相交，银光激射，易兰珠短剑斜挥，一霎那间进了三招，楚昭南吸胸凹腹，随着剑风直晃出去，心里暗暗嘀咕。易兰珠终是火候稍欠，连环三剑，刺不着敌人，不敢冒进，短剑一圈，正待变招，楚昭南猛然翻身现剑，一招“玉带围腰”，截斩腰肋，易兰珠迫得将短剑一挡，银光激射中，蓦见楚昭南面带惧容，而易兰珠也给他震出几步，手腕酸痛。

楚昭南扬声叫道：“兰珠，说什么我都是你的尊长，你放下剑来，我断不会伤你！”易兰珠仍是一声不响，黑暗中只见她一双明如秋水的眼睛，发出冷冷的光芒。楚昭南凛然一惊，心想：不过一年，这妮子的剑术怎的竟有如此进展！莫非师父的拳经剑诀，已到了她的手中？正自沉吟，易兰珠脚尖一点，腾身掠起，忽然一招“飞鸟投林”，半空杀下，楚昭南挺腰一剑，截斩易兰珠双足，这招是天山剑法中的杀手，十分厉害，满以为易兰珠身子悬空，定躲不了，哪知易兰珠就在半空中，连人带剑转了个大圆圈，剑光闪处，“白虹贯日”，又向楚昭南刺来，楚昭南更是吃惊，料不到她把天山剑中追风剑法的绝招，使得出神入化，拔身一跳，堪堪避开，而易兰珠也已飘身落地，短剑一挥，又再狠杀起来。

这时易兰珠对黑暗已渐习惯，凭借着两把宝剑发出的光芒，认定敌人身形，狠狠攻击。她的剑使得迅捷无伦，楚昭南被迫得以快打快，两口宝剑，飞云掣电般在暗室中相斗，只见剑花错落，冷电精芒，随着吞吐进退的剑尖冲击，斗到急处，宛似千万条银蛇乱掣，和在白天相斗，竟差不了多少。楚昭南瞎了一眼，反给逼得眼花缭乱，看不清剑点，又急又怒，再扬声喝道：“你真的要拼命？”

易兰珠仍是一声不响，挥剑疾攻！楚昭南怒道："难道我会怕你！"剑招一变，使出天山剑中最深奥的须弥剑法，带守带攻，专找易兰珠的宝剑，斗了三十来招，易兰珠手腕一震，短剑又被楚昭南碰着。易兰珠的断玉剑和楚昭南的游龙剑同是晦明禅师采五金之精所炼，剑质一样，双剑碰击，两无损伤，可是易兰珠是个少女，气力却远逊楚昭南；楚昭南一招得手，长剑一抖，寒光闪闪，劈面刺来。易兰珠剑走轻灵，一个"拗膝搂步"，飘风般圈到楚昭南右侧，剑招倏变，断玉剑向上一撩，反挑敌人右臂，楚昭南好不狠毒，仗着招熟力沉，拿捏时候，待易兰珠剑锋刚沾衣裳之际，蓦然身子向前一扑，"弯弓射虎"，分开左右，右剑猛刺，左掌平伸，剑刺掌劈，同时攻到，易兰珠的剑招使到，叫声不好，蓦地使出白发魔女独门剑术，短剑卷空，猛然一振手腕，剑锋倒转，竟从反侧向楚昭南分心刺到，楚昭南不识这招，一剑搠空，急忙吸胸凹腹，晃身飘出。心里更为惊疑，易兰珠这招乃天山剑法所无，却又如此辛辣！

易兰珠喘息未定，楚昭南浓眉一竖，长剑挥了半个弧形，噼啪有声，仍用须弥剑中的精妙招数，狠狠杀入。要知须弥剑法攻守兼备，乃晦明禅师精心所创，专为对付和自己本领差不多的人用的。刚才楚昭南过于贪功，以致险而反遭败绩，这番再战，分外小心，易兰珠试几招白发魔女的辣招，分毫也攻不进，楚昭南扬声喝道："你是天山门下，本门剑法不加深究，反去学邪魔外道，好不知羞，还不弃剑投降！"眨眼之间，疾劈几剑，白发魔女的剑法，最适宜于奇兵突袭，若论到精微变化，却还不及天山剑法，易兰珠未及换招，断玉剑又给楚昭南的剑格了一下，登时再给震退数步，楚昭南大声喝道："乖侄女！你还不认输吗？"

易兰珠突然冷冷说道："叫你见识本门剑法的精妙！"把虔心苦练、妙悟通玄的剑法施展出来，忽虚忽实，忽徐忽疾，变化倏忽，不可捉摸。这时易兰珠已知道敌我双方优劣所在，而自己妙悟的本门剑法，也越使越熟，心定神闲，不怕楚昭南老奸巨猾，招熟力沉，一柄短剑使得出神入化，以剑法的精妙，抵消功力的不足，楚昭南无法震飞她的宝剑，迫得咬牙苦守。易兰珠剑招越展越快，攻如雷霆疾发，守如江海凝光，挥洒自如，真如流水行云，恰到好处。楚昭南倒吸一口凉气，连连退守，易兰珠喝道：“这才是本门的剑法，你懂得了吗?”楚昭南又气又怒，却不敢答话，只是紧紧封闭门户，想仗着功力深厚，和易兰珠对耗。易兰珠又是一声冷笑，于漫不经意之间，又杂以白发魔女的辛辣剑法，突施袭击，她把两种最上乘的剑法混合来用，除了功力稍低之外，和凌未风已差不多一样。楚昭南如何抵挡得了？心内暗想：“三十六着，走为上着！”游龙剑猛然一冲，明是进攻，实是走势！易兰珠突然一声清咤，短剑一旋，疾地倒卷上去，剑风震荡中，楚昭南一声大叫，连人带剑，向上一拔，窜起两丈多高，“云里翻身”，真似燕子一般，向前直掠出去。易兰珠把身一躬，也像弩箭般飞射而来，如影随形，紧接扑到，剑掌齐飞。楚昭南武功着实高强，虽受挫败，仍能反击，身未着地，已是反手一剑，将易兰珠短剑荡开。但虽然如此，右胁仍被易兰珠掌风扫中，易兰珠这掌是借着楚昭南去势，向前“顺水推舟”一送，和太极拳中的“借力打力”，有异曲同工之妙，楚昭南身不由已，腾云驾雾般地直飞出去，竟然“啪”的一声，摔倒地上，幸他功力深厚，跌下时候，四肢用力向上一提，“金蝉戏浪”直跳起来，易兰珠搂头一剑，又给他一剑格开。易兰珠给他连挡两剑，锋刃相交，却并不感到如前吃力，剑光飘瞥中，只见楚昭南襟上鲜血点点，原来他的右肩被刺伤，左手也给斩去两指，易兰珠自己却还未知道。

楚昭南负伤之后，又被穷追，反身再斗，以死相扑，剑挟劲风，招招狠辣，这一来易兰珠倒不敢过分进迫，楚昭南狂呼怒号，长剑挥劈，俨如一头受伤的狮子。易兰珠凝神静气，在黑暗中细辨敌人身形，进退趋避，辗转斗了五六十招，楚昭南恶气渐消，易兰珠乘机连使白发魔女独门辣招，左一剑，右一剑，上一剑，下一剑，转瞬之间，楚昭南又连受几处剑伤，怒吼声声，再拼死反扑，易兰珠捷似灵猫，十分溜滑，楚昭南扑到东，她躲向西，楚昭南扑到南，她躲向北，楚昭南又气又急，头脑昏乱，如何扑得着她。再过一会，楚昭南已是再衰三竭，易兰珠运剑如风，短剑倏翻，楚昭南狂叫一声，左臂已给斩断，游龙剑突然倒转，向心窝一插，厉声叫道：“大丈夫宁死不辱，你要杀我，那是休想！”楚昭南心高气傲，目空一世，不料却被自己的晚辈所败，自知必死，仍然死要面子，死不认输，自杀身亡，临死尚不悔悟；真是可笑可怜。易兰珠到底女孩子心软，叹口气道：“奸贼呀奸贼，你若早能辨清是非，何至如此！”把他的游龙剑拔出，插进剑鞘，佩在身上。侧耳一听，外面寂然无声，放眼一望，陡长的甬道，黑沉沉的不知通向何方。索性放步向前走去。

且说桂仲明被几个武士绊着，追不上楚昭南，大怒之下，腾蛟宝剑一阵乱挥，把几个武士全都杀死。傅青主率群雄追上，已不见了易兰珠。桂仲明道：“她单身追楚昭南去了！”傅青主十分担心，说道：“这妮子也真冒险！”桂仲明挥剑说道：“我们把清军武士杀尽，不愁找不着她！”傅青主忽然将他的手臂一拉，扬声叫道：“大家都是汉人，何苦为胡虏拼命，我们网开一面，你们快逃！”禁卫军武士见他们的首领楚昭南尚自逃逸无踪，而且布达拉宫大火熊熊，再不逃时，势必陷身火海，也就不再恋战，发一声喊，四散奔逃。傅青主道：“我们分批搜宫，趁火势尚未燎原，赶快把易兰珠寻出来。不论寻得与否，天明前都要至宫外会齐。”

刘郁芳虽然听得喇嘛传语，说是凌未风已平安脱离，但心中到底不无牵挂，得马方所绘的地图，与张华昭、周青等人一路按图索骥，迅速直扑迷宫中央。曲折迂回，走了一阵，周青忽地悄声说道：“这就是囚禁凌未风的密室，我们进去看看。”密室尚未着火，门户又是大开，刘郁芳随着周青闯进，室内有人问道：“凌未风捉回了吗？”刘郁芳挺剑一冲，脚下忽觉有物绊着，同时有劲风扑到，刘郁芳伸剑一挡，竟被震出几步。周张二人双上迎敌，刘郁芳腾身脱开，门窗外火照射进来，只见地上一摊浓血，血泊中躺着的竟是韩志邦！面上划有两道刀痕，胸口被剑刺穿一个大洞。刘郁芳魂飞魄散，想起韩志邦日前的话，心中了然。知道他以自己的性命换了凌未风的性命，霎时间剧痛攻心，欲哭无泪。但耳边听得金铁交鸣之声，却不由得她不霍然一省：“此刻还不是我悲伤的时候！”定睛看时，只见周青和张华昭已是给成天挺杀得只有招架之功，毫无还手之力。

原来成天挺被韩志邦点了穴道，仗着武功深湛，暗中运气行

易兰珠运剑如风，短剑倏翻，楚昭南狂叫一声，左臂已给斩断，游龙剑突然倒转，向心窝一插，厉声叫道：“大丈夫宁死不辱，你要杀我，那是休想！”

血，过了一个时辰，早已解开了。张华昭挥动凌未风赠他的降龙宝杖，硬接敌招，成天挺铁笔“横架金梁”，往上一托，张华昭虎口发痛，成天挺也觉对方兵器坚硬异常，怔了一怔，周青已是退而复上，刘郁芳亦已从侧面助攻。成天挺是清宫大内一等一的高手，力战三人，绰有裕余，但宫内火光冲天，杀声震地，他不知外间虚实，确是不敢恋战，双笔斜飞，冲开一条出路，拔足飞奔。三人中刘郁芳武功较高，不假思索，施展轻功，随后急追。张华昭叫道：“刘大姐，穷寇莫追！”刘郁芳只道韩志邦是成天挺杀的，满怀悲愤，竟毫不顾虑成天挺武功比她高出许多，一心只为良友报仇，对背后喊声充耳不闻。

跑了一阵，成天挺铁笔在墙上一点，暗门出现，刘郁芳不假思索，也跟着进去。成天挺哈哈大笑，随手转动机括，把暗门关上。他正是想诱刘郁芳进来，好擒着她作为人质。

黑暗中成天挺铁笔一冲，刘郁芳用无极剑中“乘龙引凤”的招数，把判官笔黏至外门，成天挺左笔一抬，双笔一夹，把刘郁芳的青钢剑夹住，喝声：“撒手！”刘郁芳虎口酸麻，青钢剑应声堕地！急急往前一跃，成天挺伸笔一探，黑暗中认穴点穴。刘郁芳突然反手一扬，一道蓝光在甬道上空嗤的一声爆炸开来，成天挺吓了一跳，急忙飘身闪过。刘郁芳的蛇焰箭是武林中一种独门暗器，含有硫毒，着物即燃，见伤即钻，深入皮肤，十分厉害。甬道狭窄，趋避艰难，成天挺武功虽高，也心存戒惧。两人在甬道中追逐，刘郁芳被迫到急时，就是一枝火箭，成天挺或展轻功避过，或运掌风打灭，仍是穷追不已。

两人在甬道中越进越深，蓦然间，刘郁芳发现蛇焰箭已经用完，心中大急，成天挺又已追至背后，她反手一扬，叫声：“看箭！”成天挺本能地往旁一闪，却不见火光飞出，哈哈笑道：“刘郁芳，你还有什么伎俩？还不赶快投降！”黑暗中蓦地有人接声叫道：“刘大姐，是你吗？”成天挺铁笔往外一穿，已到刘郁芳背后，忽然手腕一震，“叮当”一声，判官笔竟被荡开，来人持着一把寒光闪闪的宝剑，黑暗中星眸炯炯，似是一个少女。

刘郁芳大喜叫道：“你是兰珠妹妹？”成天挺武功深湛，黑暗中亦可辨物，这时也认出了轮廓，喝道：“你这女飞贼好大胆！你不怕再坐一次天牢?”一晃身，躬腰猱进，左手判官笔斜点面门，易兰珠微一侧脸，成天挺这招本是虚招，左手一撤，右手判官笔往外一穿，倏地横身，照易兰珠的中盘“云台穴”便下重手！易兰珠一闪闪开，短剑往下一沉，斜削肩臂，顺斩脉门，这是白发魔女的独门辣招之一，成天挺蓦觉冷气森森，大吃一惊，陡然往后一滑，抡双笔旋身盘打，好不容易才将这招化开。易兰珠一面发招，一面问道：“刘大姐，你没受伤吧?”刘郁芳道：“没有。这人是杀死你韩叔叔的凶手，不要放过！”易兰珠一记辣招把成天挺迫开，把游龙剑解下，掷给刘郁芳，道：“这是楚昭南的游龙剑，你拿去用！”

刘郁芳急忙问道：“楚昭南那贼子怎么了?”易兰珠淡然说道：“我把他杀掉了！”她说得甚为平静，好像并不是什么了不起的事情。成天挺听了，却如晴天霹雳！稍一定神，心里将信将疑，暗道：这女娃子剑法虽属不凡，却如何能把楚昭南杀掉?还抢了他的宝剑。易兰珠口中说话，手底却是丝毫不慢，骤然一个“鹞子翻身”，双臂“金雕展翅”，宝剑下斩敌人中盘，手法迅疾无伦。成天挺身经百战，微噫一声，双笔一分，左手判官笔抡下来，照短剑一划，就手往外一挂，横身进步，右手笔“仙人指路”，居然在黑暗之中，探穴位，寻穴道，直奔易兰珠的“华盖穴”。易兰珠捏剑诀一指敌人脉门，利刃挟风，以攻为守，断玉剑反击敌腕，成天挺老练巧滑，判官笔才发便收，蓦然变招，双点易兰珠两胁的“太乙穴”，这一招虚实莫测，狠毒异常。不料易兰珠剑法，更是神妙，脚下纹丝不动，身体陡缩尺余，恰恰把判官笔让开，未容他收招变招，道声：“着！”断玉剑寒光一闪，反展剑锋，虎口向外，疾如骇电，刷的一剑，刺到面门，成天挺双笔往上一崩，易兰珠腕子往里一合，短剑翻成阴把，青光再闪，锐风斜吹，从敌人右肩翻下来，截斩右肋。成天挺双笔已全封上去，急切间哪里撤得回来?迫得也走险招，仗着几十年功力，不退不闪，双笔一晃，以攻为守，猛扑易兰珠中盘，左点“期门穴”，右点“精白穴”，力猛招快，易兰珠不想两败俱伤，为势所迫，斜身侧步，避敌正锋，微一让身，成天挺借势收招，踊身一纵，斜窜出一丈以外，正想奔逃，猛然斜侧里青光一闪，成天挺举笔一迎，强弩之末，力量大减，只听得当的一声，火花蓬飞，笔尖已给削掉，而来人也给震跌尘埃。

易兰珠一掠而前，急忙叫道："刘大姐，待我来收拾这厮！"趁成天挺一怔之际，抢在两人中间，宝剑一挥，又封住了成天挺的去路！

刘郁芳那剑用了十成力量，不料仍给震跌，只好横剑观战。成天挺笔尖被削，认出了刘郁芳的宝剑正是楚昭南那把游龙剑，脑门轰的一声魂飞魄散。看来易兰珠所说非虚，楚昭南真的给她杀了！双笔飞舞，左右乱窜，急着觅路欲逃。他若不慌逃，还可与易兰珠缠斗许久，他这一想逃，心神分散，如何挡得住易兰珠妙悟通玄的天山剑法？再斗了二三十招，易兰珠又喝一声："着！"嗨的一声，成天挺肋下中剑，脚步踉跄，往旁连退，刘郁芳趁势一剑削来，成天挺双笔给易兰珠一剑封住，无法抵挡，竟给刘郁芳削断手臂，再加一剑，送了性命。

刘郁芳道："好，韩大哥的仇也报了，咱们觅路出去！"甬道漫长，黑黝黝的不知通向何方，两人走了许久，兀是找不到出路。

忽听得有人叫道："是成大人吗？快，快来！凌未风！"

"啊呀，不对！怎么是，是——"

这两个人是同时呼叫的，但也似乎是在同一时候被人击倒，跟着就是两声撕心裂肺的惨呼了！

原来在这甬道出口之处，楚昭南还设下埋伏，宗达完真已经中了暗箭。但当那两名守卫上前看之时，一个被凌未风打断腕骨，另一个发现竟然是新立的"活佛"之时，宗达完真趁他大惊之际，也将他击倒了。

刘郁芳与易兰珠早已向着声音来处飞奔，她们来得正是合时，把第三名跟着上来的尚未受伤的卫士杀了。周青随后来到，他为人谨慎，将那两名挣扎欲起的守卫各自补上一刀，全部了结。甬道里已经没有别的敌人，这才放下了心。

凌未风是被成天挺灌了麻药的，药力本来未解，刚才那一击，乃是出于求生的本能，他那深厚的武功底子发挥了奇迹般的潜能，但一击成功，他也好像"虚脱"一般，再也使不出半点气力了。

刘郁芳抱着他颤声叫道："未风，你怎么啦？"

凌未风好像不相信眼前的现实，双眸半启，哑声道："刘大姐，当真是你？我，我不是做梦？"刘郁芳道："当然是我，你咬咬指头，看痛不痛？"

但凌未风却是连抬起头的气力都没有了。不过，他也无须用咬指头来证明不是做梦了。

他看清楚了是刘郁芳，一口气松了下来，登时就晕了过去。

易兰珠大吃一惊道："叔叔怎么样了？"

好在刘郁芳经验老到，虽惊不乱，一探脉息，说道："他只是气力耗尽，慢慢会醒过来的。"

此时她们才想起了躺在凌未风旁边的宗达完真。

刘郁芳充满歉意，替他拔出利箭，易兰珠给他在伤口敷上金创药，说道："活佛，多谢你救了我的凌叔叔。"

宗达完真黯然说道："都是韩大侠的功劳，他才是真正的活佛。"

刘郁芳内疚于心，歉意更深，眼泪禁不住一颗颗而下。宗达完真道："你们赶快出去，再迟就来不及了。"

易兰珠道："你呢？"

宗达完真道："我留在这儿。"

刘郁芳抹掉眼泪，连忙说道："那怎么行？"

宗达完真没有回答，却忽地问道："楚昭南呢？"易兰珠道："已经给我杀了。"宗达完真再问："成天挺呢？"易兰珠道："也已给我们杀了。"宗达完真呼了口气，说道："那你们就不用替我们担忧了，这两个人死掉，就没人知道我在这里曾经做过些什么了。由我带凌大侠出去，这只是没办法中的办法，有你们代劳，不更好吗？我的伤并无大碍，他们也绝对不敢加害我的，你们大可放心，快快走吧！"要知宗达完真乃是清廷封赐的活佛，除非迫不得已，否则他当然还是想和清廷维持关系。

刘郁芳听他说得有理，而且在这样的情况底下，她也的确是很难兼顾，只好依从他了。

周青背起凌未风，带他们走出甬道。甬道出口处已是远离布达拉宫的一条街道。

可是还有一个难题出现在他们的面前。他们原来所住的地方是在市郊，最少还要走一个时辰。他们不知道宫中厮杀的结果如何，也不知道敌方还有没有援兵开到，他们既然不能回去与群雄会合，倘若要回到原来的住所，在这一个时辰之中，是什么意外的危险都有可能发生的。怎么办呢？

周青忽地想了起来，说道："刘大姐，马方昨天给你送信之后，是不是留在你们那儿？"

刘郁芳道："不，他惦记家人，我们给他敷药之后，傍晚时分，他就回家去了。"

周青喜道："那咱们就无须多冒风险了，马方的家就在附近！"

也不知过了多久，凌未风渐渐有了知觉，慢慢张开眼睛。他还未看清楚眼前景物，便听得一个熟悉的声音说道："谢谢天，穆哥，你终于得救了！"凌未风似是从恶梦中醒来，眼神呆滞，不言不语。

刘郁芳道："未风，你睁眼瞧瞧，站在你面前的是谁？"

凌未风睁大眼睛，颤声问道："韩大哥呢？"刘郁芳知道不能瞒他，黯然说道："死了！"凌未风慢慢站了起来，肌肉痉挛，好像受到了皮鞭抽打似的，刘郁芳吓着了，喜悦与哀伤的心情纠结着，像一团解不开的乱丝，她一阵昏眩，不知道该怎么说才好！

"凌叔叔，我们终于胜利了！"易兰珠跳嚷着进来。她本来是想让刘郁芳和凌未风叙叙衷情的，隔帘一看，神情不对，急急进来，紧握着凌未风的手道："叔叔，你还记得你给飞红巾和我说的话吗？是你，带我们走出了忧伤的深谷，我们一直都在感激着你。人总是要死的，我的爸爸死了，妈妈也死了，廿年来，我一直在忧郁中，可是，现在我不会忧郁了。我的爸爸死得很光荣，韩叔叔死得更光荣。他们临死的时候，都不用为他们的一生抱愧！我杀死了多铎，又杀死了楚昭南，我想爸爸在九泉之下，一定会说我是他的好女儿。你带引着哈萨克人打仗，你还会把武功传给后人，我想韩叔叔在九泉之下，也一定会说你是他最好的朋友！"

任何英雄，在他一生中，都会有过感情的波动，也会有过软弱的时刻，然而真正的英雄，很快就会坚强。凌未风也是这样。他跳起来道："兰珠，你说得真好！"转过身来把刘郁芳抱着，轻轻地道："琼姐，我们该上天山去看雪了！"这时窗外面布达拉宫那边的火光渐弱，天色已近黎明。

刘郁芳喃喃说道："看雪？啊，不错，这是咱们约好了的。咱们还要回钱塘江去看潮呢！唉，要是真能够这样的话，那可多美！"

不知怎的，两人都是同时感到了心在抽搐，凌未风放开了刘郁芳，颓然说道："是，我是想得太美了！"

易兰珠可没有发觉他们的声音异样，她还正在为着他们高兴呢！她转过身走出房门，笑道："此后你们想做什么就做什么，没有人可以阻拦你们了！"

当真没有了么？要是易兰珠知道他们在想什么，她一定笑不出来。

凌未风被迫服下的麻药乃是大内秘方制炼，饶是他功力深厚，也还未能恢复体力，只好在马方家里再住两天。

易兰珠记挂着张华昭，第三天一大清早，她因为睡不好，索性就起来了，她在院子里散步，看见凌未风的房间里还有灯光，就走过去敲窗问道："凌叔叔，你一晚都没睡觉吗？你是要和刘大姐上天山看雪的，怎能这样？"

凌未风打开房门，说道："没什么，我只不过是想写一封信，所以比你早起来罢了。"

易兰珠怔了一怔，说道："写信，寄给谁？"

凌未风道："信已经写好了，这封信我还请你给我送去呢，你进来吧！"

易兰珠恍然大悟，说道："是写给刘大姐的？"易兰珠嘻嘻一笑，说道："你们同住在一个地方，有话不好说吗？还要写信？"蓦地想起，男女之间，有些话的确是不便当面说的，心中暗笑凌叔叔脸皮太薄，便道："好，我懂了，我给你送给刘大姐就是。"

她像个顽皮的孩子，一推开刘郁芳的房门，便即笑道："大姐，我给你送情书来啦，你拿什么谢——"话未说完，忽地笑不下去了。

她睁大眼睛，房间里哪里还有刘郁芳？但桌上却有一封信，旁边也有一张字条："兰珠，我走了，这封信请你替我交给凌叔叔。"

易兰珠莫名其妙，只好拿起那封信，又再回去找凌未风。不料凌未风也不见了，见到的只是马方。马方扬着手中一张字条说道："这是怎么回事？凌大侠留字给我，说是甚为抱歉，他不能和我细说因由，竟然不辞而行了！"

易兰珠苦笑道："你问我，我问谁？唉，他们二人也不知是为什么要玩捉迷藏的游戏？"

马方道："捉迷藏？"

易兰珠扬起手中的字条，说道："你大概还未知道吧！刘大姐也已走了！"

两人相对黯然，半晌，马方说道："好在还有个好消息，清兵已经走了。"

易兰珠道："好，那我也应该走了。"她藏好两封信，走出马家，心中隐隐猜到几分，暗自想道："但愿昭郎不要躲避我才好。"正是：

心底创伤难复合，深情未变却寒盟。

欲知后事如何？请听下回分解。

第三十回　生死茫茫　侠骨柔情埋瀚海
恩仇了了　英雄儿女隐天山

回头再说那天晚上的事情。群雄分批搜宫，黎明之前，会合一起，不但易兰珠不见踪迹，连刘郁芳也失了踪。傅青主道："允禵大军环伺，黑夜之中他们不敢动手，我们必须在黎明之前冲出城去。我留下来接应，指挥脱难之责，只好偏劳李公子了。"桂仲明道："我也想留下来等候凌大侠。"傅青主摇摇头道："不行！你忘了我们与武当派掌门人玄真之约了吗？"张华昭道："那么我留下来陪伴师叔如何？"傅青主微微一笑，点点头道："你留下来还有道理。"当下与李思永挥手作别，与众人匿居一个小喇嘛寺中。

李思永当年曾指挥十万大军，自是大将之才，当下将三千健儿分为三队，一队佯攻东门，一队埋伏接应，一队殿后，待吸引清军主力转移后，突将后队改为前队，扑攻西门，清军追来，伏兵四起，黑夜之中，以少作多，更兼群雄个个武艺高强，清军不知虚实，又要分一队人去布达拉宫救火，竟给李思永率众安全撤出城外。

这支人马，人强马壮，脱险之后，疾驰数天，已到边境。时值黄昏，李思永登高一望，见炊烟稀薄，咦了一声道："清廷边境大军已撤，不知何故？"当下轻易冲过封锁，不到十天已回至喀尔沁草原，一路未遇敌军。问起来时，才知清军进驻了回疆几个大城之后，康熙因畏塞外苦寒，前几天已班师回朝。

桂仲明屈指一计，玄真道长天山之约将届。

于是和冒浣莲先回到南疆，去请示飞红巾，哪知飞红巾也在早两天单身上天山去了。冒浣莲道："我看这事有点蹊跷，飞红巾不迟不早，恰巧这个时候也上天山，必有缘故，我们不如留下书信，若凌大侠和兰珠妹妹回来，叫他们也上天山。"桂仲明一切都听冒浣莲的意见，自然照办。

过了半个多月，两人已到天山的骆驼峰下，冒浣莲道："你还记得在这里遇见辛龙子的事吗？不料今日重来，这位怪侠已撒手尘寰，峰顶只留下他师父的骸骨了。"桂仲明道："我也想不到竟成了卓大侠的隔世弟子，只不知掌门师叔肯不肯允我列入门墙？"话声未了，忽听得骆驼峰上传出怪啸之声，跟着是叱咤追逐之声，骇人心魄，刹那之间，磨盘大的雪块自山顶飞滚下来，站立之处，犹如地震！和当日初到骆驼峰遇辛龙子的情形颇为相似，只是比当日更为骇人。桂仲明道："难道上面还有一个辛龙子？"恃着艺高胆大，拖冒浣莲冲上山峰。

且说玄真为了宝典（指达摩秘笈）归宗，和迎葬前辈掌门人骸骨的大事，率领了师弟玄通、玄觉、师妹何绿华夫妇，以及后一辈中武功最高的七大弟子，登上骆驼峰，等见桂仲明。哪知桂仲明还未见到，却见了一件怪事。

玄真等刚上到峰顶，便听得一声怪啸，其声甚远，却入耳尖锐，玄真悚然一惊。怪啸一声接着一声，有的如空山猿啼，有的如小儿夜哭，有的如狼嗥狮吼，有的如夜鸦厉鸣，诸声杂作，显见来者不是一人，但眺望下去，却又不见影子。玄真骂道："这是何方妖孽？胆敢吓唬道爷？"仗着人多势众，径自扑入辛龙子昔日藏身的石窟。

石窟中嗤的一声冷笑，玄真拔剑在手，大喝一声，率众入内，何绿华亮起火折，忽然惊叫起来。石窟内有石块砌成平台，平台上一具骷髅，瘦骨嶙峋，头面完好，竟是大侠卓一航的尸体。但卓一航生前身高六尺，俊朗异常，而那具骷髅看来不到三尺，活像一个小孩子的尸骸。骷髅旁盘膝坐着一个白发老妇，分明是白发魔女！何绿华廿余年前，到回疆探卓一航，被白发魔女驱逐，至今想起，犹自胆寒！退后一步，横剑叫道："白发魔女，你我无冤无仇，卓大侠早已身死，今日我夫妇远来，与你井水不犯河水。"白发魔女垂手闭目，纹丝不动。玄真偶然抬头，只见峭壁上有三行大字，左面两行是："历劫了无生死念，经霜方显傲寒心！"正中一行是："谁敢移动我二人骸骨，不得生出此门！"个个大字入石数分，荒山峭壁，显然不是人工所凿，而是白发魔女用指头划出来的。玄真虽是武功深湛，也不禁吓了一跳。猛然间洞内一阵阴风，火摺熄灭，有人阴恻恻地冷笑道："你们真敢来此！"何绿华惊叫一声，托地后跳，玄真拉着两个师弟，大叫："急退！"反身跃出洞外。

白发魔女昔日武当斗剑，力挫四大长老，剑伤白石道人，武当派至今认为奇耻大辱，然而又为白发魔女声威震慑，阴风一起，个个心慌，跳出洞外，惊魂方定，只见洞中走出一个女人，虽然白发盈头，却是容颜艳丽，何绿华嘘口气道："飞红巾，原来是你！"

飞红巾左手持鞭，右手仗剑，扬声喝道："你们是何等样人？胆敢窥伺我师父金身！"原来白发魔女百岁大寿之日，得张华昭送匣传花，心感卓一航死生不渝之情，寻至骆驼峰石窟，掘出卓一航遗体。卓一航生前颇爱自己的容颜，因此死时命辛龙子用怪药炼过尸身，身体缩小，骨骼完整，栩栩如生。白发魔女恐自己死后，仇人来劫夺骸骨，因此才叫飞红巾上山，要徒弟将她和卓一航合葬。刚才那阵阴风，就是飞红巾做的手脚。

玄真见来人不是白发魔女，松了口气，长剑一指，朗声说道："我们武当派前来迎接前辈掌门人的骸骨回山，谁管你的什么师父！"飞红巾哼了一声，长鞭挥动，噼啪作响，冷然说道："不行！"

玄真怒道："我们武当派的家事，容你来管？"飞红巾冷笑道："家事，家事，你们武当的人少管闲事，卓大侠和我的师父也不至于这个样子，卓大侠远走天山，和你们武当派早已恩断义绝。遗书要和我师父合葬。你们胆敢动他的骸骨，先请吃我一鞭！"玄真勃然大怒，长剑一指，七大弟子个个争先，看看就要动手。忽然山下怪声大作，飞红巾变色道："你们要命的快走，这是西域三妖来了！"

"西域三妖"各有独门武功，大妖桑乾，练的是七绝诛魄剑，剑尖有毒，见血封喉；二妖桑弧，练的是大力金刚杵，外家功力，登峰造极；三妖桑仁，练的是阴阳劈风掌，中了掌力，五脏震裂。

三人昔日横行西域，因为所炼的功夫阴狠毒辣，所以被称为“三妖”。白发魔女到了天山之后，不许三妖在回疆立足，三妖不是她的对手，直被赶到西藏。三十年来，销声匿迹，如今探听得晦明禅师和卓一航都已去世，白发魔女也久已不见露面。因此率领徒众，先上北高峰，想偷晦明禅师和卓一航的拳经剑诀，然后再斗白发魔女。

玄真是一派掌门，深知西域三妖来历，面色大变，顾不得再斗飞红巾，急叫众弟子首尾相连，围成一圈，说时迟，那时快，怪声摇曳长空，倏地停止，西域三妖和他们的十多个党徒，已到山顶。见玄真等围成一圈，连声狞笑，不分皂白，凶神恶煞般地直杀过来！

玄真知道三妖无可理喻，屏气凝神，哪敢打话，长剑往外一封，将大妖的诛魄剑挡着，大妖喝声“来得好”，毒剑一振，双剑反弹出去，三妖桑仁阴恻恻地笑道：“卓一航哪里请来这批杂毛给他守尸！”双掌疾发，玄通大叫一声，方便铲竟给震飞，玄真身躯一沉，大妖桑乾的毒剑往下一扫，剑锋已自沾衣，飞红巾突地长鞭一卷，疾如闪电，缠向桑乾手腕，桑乾身躯霍地一翻，闪了开去。

玄真死里逃生，叫声“好险”！二妖的大力金刚杵，一招“横扫千军”，雪崩风起，七大弟子纷纷走避，摆好的圆阵，登时破了！何绿华轻功超卓，腰劲一提，身子凭空拔起一丈多高，凌空一剑，刷地向二妖肩头刺下，三妖赶来一抓，竟来硬抢何绿华的宝剑，飞红巾劈面一鞭，短剑直抢进来，三妖一抓抓空，大妖急忙过来挡住。

玄真、飞红巾、何绿华和三妖恶斗之际，七大弟子和玄真的两个师弟，也和三妖的党羽动起手来。骆驼峰上叱咤追逐，怪啸不绝。二妖桑弧的大力金刚杵左荡右决，武当派弟子一给碰着，无不虎口麻痛，两个功力稍低的，手中长剑已给震飞！

恶战中玄真、飞红巾、何绿华三人尚可抵挡，玄通、玄觉和七大弟子却险象环生，二妖桑弧，舞动金刚杵，打得雪崩石裂，凶猛异常。玄真虚晃一剑，让飞红巾填上空位，接战大妖桑乾，自己挺剑来斗桑弧，运足功力，堪堪抵挡得住。三妖桑仁猛发数掌，把何绿华迫退，虎吼一声，凌空一跃，忽然向玄真抓来，玄真身形急闪，桑弧的金刚杵，呼的一声，拦腰扫到，玄真武功再高，也挡不着两妖环击，闪避中长剑被桑仁一手抓去，玄真暗叫："我命休矣！"连连后退，竟给迫至岩边。

何绿华、玄觉见状大惊，双抢过来，把桑仁拦着，桑弧一杵向玄真头颅撞去，玄真不顾生死，凌空跃下，忽觉腰际被人用力一托，又给带上峰顶！

桑弧一杵将玄真迫下骆驼峰，正自得意，忽见一个黄衫少年带着玄真再跃上来，怪啸喝道："你这小子也来送死！"呼的一声，运大力金刚手法，又是一杵扫去。那黄衫少年舌绽春雷，猛然一声大喝，喝道："你敢欺我师叔！"双手握拳，脚尖点地，疾如飞箭，迎前上去，看看就要给杵撞上，黄衫少年猛然右手一抖，一道白光，电射而出，桑弧陡然一震，金刚杵竟然断了一截！这黄衫少年正是桂仲明，他的腾蛟宝剑至柔至刚，桑弧冷不及防，吃了大亏，气得将半截金刚杵丢在地上，用大力金刚手，空手硬抢桂仲明的宝剑。

这一来形势倏变，桂仲明宝剑在手，怪招浪涌，变化无方，桑弧合了几个党羽之力，才堪堪抵敌得住。玄真拾起长剑，再加入战团，和三妖打得十分激烈。

但饶是如此，还只算刚刚拉平，三妖党羽较多，又各有独门武功，若以单打独斗来论，飞红巾尚能稍占上风，玄真则仅能自保，玄通、玄觉和大弟子与三妖党混战，则有进有退，紧密互缠。

正剧斗间，山腰出现三条人影，捷似灵猿，攀登直上，为首的是个少女，扬声叫道："冒姐姐，别慌，我们来了！"这少女不是别人，正是易兰珠，跟在她后面的是傅青主和张华昭。原来她本是要回天山的，在找到张华昭之后，便即启程。傅青主与冒浣莲情如父女，他记挂冒浣莲，大事既了，遂也与他们一道，同上天山。

三妖见对方强援来到，发动猛攻，意欲抢先抓住对方一两个人作为人质。冒浣莲挥动天虹宝剑，与桂仲明并肩作战。桑弧看出她功力较低，蒲掌般的大手猛抓下去，桂仲明斜劈上剑，没有劈着，忽听得冒浣莲"哎哟"一声，宝剑竟给抓去。桂仲明大惊失色，身形一掠，迅如飙风，腾蛟剑刷地刺向敌人后心，尚未刺到，忽听得桑弧厉啸一声，倏地倒地，冒浣莲大喜叫道：“凌大侠来了！”桂仲明扭头一看，只见凌未风英风凛凛，现身峰顶，他虽然来迟一步，却反而抢在易傅等人的前头。

凌未风戟指桑乾骂道：“天山之上，岂容你等妖孽撒野？快快给我滚下山去！”桑乾喝道：“你是何人？胆敢发此大言！”凌未风道：“晦明禅师在日，外方剑客，无人敢带剑上山，你们知不知道？”桑乾道：“那么你是晦明禅师的弟子了？”凌未风道：“你们放下兵器，滚下山去，我可以饶你不死！”桑乾怒道：“你有何德何能，居然敢与晦明相比？”凌未风冷笑道：“你若不服，尽管来斗！”三妖桑仁抱起二妖桑弧的尸身，大哭叫道：“大哥，二哥已给这厮用天山神芒射死了！”桑乾仰天怒啸，喝道：“好！咱们与二弟报仇！”毒剑扬空一闪，连人带剑，直卷过来！桑仁放下桑弧尸身，双拳一拢，向下一沉，两掌左右伸开，走侧翼，抢边锋，也来助战。凌未风喝道：“好，我教你两人死而无怨！仲明、兰珠，你把那些人的兵器全缴下来，把他们逐下山去！”

桑仁恃着掌风厉害，后发先至，直抢过来，左掌斜劈胸前，右掌五指如钩，直抓胁下，这一招名叫“乌龙探爪”，掌力很重，一打出来，距离掌心七尺之内，坚如木石，也要洞穿，若是人身，不用打实，只吃掌风扫着，也要筋断骨折，端的非同小可。凌未风久经大敌，如何不晓？身形一低，“猛虎伏桩”，只一闪身，便抢到桑仁背后，平伸右掌，反向桑仁下三路扫去，这一掌暗藏铁琵琶掌力，就是金钟罩铁布衫，一击之下，也要拆散！桑仁一接掌风，知道厉害，吸胸凹腹，向后一退，桑乾的诛魄剑从中路直刺前胸，凌未风“吓”的一声，双指微搭剑身，左掌忽化掌为拳，呼的一拳捣去！桑乾也极老练矫捷，急急“霸王卸甲”，往下扑身，拳风掠顶而过，桑仁反手一掌，再度打来，凌未风挥臂一格，轰轰声响，掌风相撞，二臂交击，如击败革，桑仁虎吼一声，倒退出去！凌未风暗道：“这两个妖孽，居然还有两下！”天山掌法，呼呼展开，风雨不透！

凌未风对晦明禅师的拳经剑诀，已全部融会贯通，更加以下山以来，会尽各家各派，武功已到炉火纯青，出神入化之境！三人斗了五七十招，两妖只有招架之功，毫无还击之力。桑仁又慌又急，想用险招，败中求胜，左手掌心向臂上一搭，往凌未风左乳罩门穴猛撞，这一手名叫“金蛟剪尾”，双掌回环交错，平推出去，只要凌未风横掌一封，他便可以一连变化“乌龙穿塔”“银龙抖甲”“金龙归海”三个招式，快如闪电。凌未风哪会中计，右肩向后一甩，身形一闪，双臂一分，径用百步神拳力，直向桑仁右胯打去，砰砰两声，打个正着，桑仁的身子，竟是抛球一般，飞起三四丈高，在半空中一声惨叫，跌下骆驼峰！

桑乾毒剑也正反削过来，凌未风双臂一抖，硬将身形拔起，往下一落，抓着桑乾背心，喝道：“你也给我滚下山去！”往外一甩，桑乾也给抛球一般地抛下骆驼峰！

另一边，桂仲明和易兰珠两把宝剑，纵横驰骋，只见寒霜匝地，紫电飞空，两团电光，滚来滚去，宛如水银泻地，花雨缤纷，分不清剑影人影，到凌未风收拾了桑乾、桑仁二妖之后，桂仲明和易兰珠也倏然收剑，地上满是被折断的兵刃，三妖带来的党羽，手上没有一把完整的刀剑，惊魂未定，凌未风喝道：“首恶已诛，胁从不究，你们还不滚下山去！”三妖党羽，发一声喊，连爬带滚，都逃下骆驼峰。

玄真见桂仲明如此声势，叹一口气，说道：“我也不敢认你作师侄了，你得了达摩剑法，是你的缘分！我这武当派的掌门也不做了，让给你吧！”桂仲明嚷道：“喂，师叔，你慢点走，我哪里懂得做什么掌门？”玄真头也不回，和何绿华夫妇走下骆驼峰，回声对七大弟子道：“你们留在这里安葬卓祖师骸骨，要学达摩剑法，可跟你们的掌门师兄去学！”桂仲明要追，却给傅青主拉住。

易兰珠惊喜交集，说道：“凌叔叔，想不到在这里见着你。你知不知道，大姐——”

凌未风说道：“我是特地回来了却一桩心事的。”

易兰珠道：“心事？那你为何抛下了刘大姐不辞而行，你以为她会在这里等你？”

凌未风道：“我知道她不会。我回来是为我的师兄，你的爹爹立个衣冠冢，当年是他带我上天山的。嗯，你说起刘大姐，那封信——”

易兰珠道：“对不起，我没法给你交到刘大姐手上。”凌未风道：“为什么？”易兰珠道：“她和你一样，也是在那天早上，留下一封信给你，就离开马家了。我根本没见着她。现在两封信都在我这里，待会儿我找出来给你。”凌未风喃喃道：“我早知道她会这样的。她写些什么，我想我也能猜到几分。你别忙给我，办完正事再说。”

易兰珠道：“我真猜不透你们的心思，你们分明是一对有情人，却做出无情的事！”

凌未风叹道：“兰珠，你不懂的。道是无情却有情，情到深时情转薄……”

易兰珠道：“我是不懂，我也不想懂你念的什么诗词。我只知道你那天曾邀刘大姐去天山赏雪，如今却只是你一个在这里自怨自嗟，刘大姐不知哪里去了。”凌未风心中苦笑：“你还是不懂！我们也并不是只有自怨自嗟。”

傅青主道：“我知道她去哪儿！她是回转江南，重整鲁王的旧部。”

桂仲明道：“傅伯伯，我也没想到你会来此。”

傅青主笑道：“浣莲是跟我长大的，你也没了亲人，我不来，谁给你们主婚？”桂仲明傻兮兮地笑，冒浣莲则是脸都红了。

侠骨柔情埋瀚海，英雄儿女隐天山。他们在天山安顿下来，桂冒二人先行成婚，易兰珠因为要替父亲守孝一年，与张华昭的婚事暂且缓办。

傅青主给他们备办婚事很是周到，连一对龙凤烛都给他们预先买好了。

洞房红烛喜洋洋。桂仲明在烛光下看新娘，只觉冒浣莲比平时更加娇美。他不懂说调情的话儿，瞅看新娘，只是傻笑。冒浣莲也掩不住内心的喜悦，虽没笑出声，脸上的笑容也像花朵般绽开了。过了一会，桂仲明忽见她的笑容似乎正在收敛，吃了一惊，说道：“浣莲，你不高兴么？”

冒浣莲道："谁说我不高兴？"

桂仲明道："那么你是在想着什么心事？"

冒浣莲嗤嗤一笑，说道："我是在想你这傻小子，怎么就只知道傻笑？"

桂仲明此时倒不糊涂了，说道："傻人才有傻福呢，要不然怎讨得你这样天仙似的人儿。"一面笑一面把冒浣莲拥入怀中。

冒浣莲刚才的确是别有所思，不过，若说"心事"则嫌"严重"了些，她只是想起了一个人，想起了远在京华的纳兰容若。想起了那天晚上，在边城的帐幕里，她和纳兰容若也是对着烛光，品茗清谈，借新词而表心意。

"莫续京华旧梦，请看黄沙白草，碧血尚阴凝。惊鸿掠水过，波荡了无声。更休问绛珠移后，泪难浇，何处托孤茎，应珍重，琼楼来去，稳泛空溟。"她心中默然念那晚写的这几句词，想道："人生哪有十全十美，仲明纯真戆直，得婿如此，夫复何求！如今我已是孤儿有托，但愿纳兰公子也能够早日重续鸾胶。"她脸上的笑容重新绽开，与桂仲明同入罗帐。

万里之外，京城相府的白玉楼中，纳兰容若正在对月怀人。他当然不会知道这晚正是冒浣莲的洞房花烛夜，更不会知道冒浣莲也曾经想到了他。

他是因为日间听到了大军已经从回疆撤退的消息而为冒浣莲祝福的。"化干戈而为玉帛，虽然言之尚早，但最少她在回疆是可以有一段平安日子好过，我也可以放下一块石头了。唉，但又不知要待到何时，方始能够，沧桑换了，并辔数寒星？"

愁思难遣，他不知不觉又念起那首题为"塞上咏雪花"的《采桑子》来。这首词既是他的自陈抱负，也是为了思念冒浣莲而写的。自从与冒浣莲分手之后，他已不知念过多少次了。

"非关癖爱轻模样，冷处偏佳，别有根芽，不是人间富贵花。　谢娘别后谁能惜？漂泊天涯，寒月悲笳，万里西风瀚海沙。"

杨云骢的衣冠冢已经建好了，凌未风拜祭过师兄的衣冠冢后，就准备下山了，不过，此际他却并不是和易兰珠话别，而是捧着一封信出神。刘郁芳写给他的那封信是易兰珠刚刚交给他的，他写给刘郁芳那封信当然亦已回到他的手上。

“凌叔叔，你怎么啦？一会儿发笑，一会儿发呆，刘大姐的信上究竟说些什么？”

凌未风道：“她写的和我一样，不过，她说得比我更好。你瞧这几句，虽然是引用《庄子》，却胜于万语千言！”

易兰珠念道：“涸辙之鲋，相濡以沫，相呴以湿，曷若相忘于江湖。这是什么意思？”

凌未风道：“这是说我们要看到更广阔的天地，不要像困在涸辙的两条泥鳅一样，只能靠着彼此所吐的口沫滋润。其实这也正如那天你和我说过的那番话的意思一样，有许多事情等待我们去做，我们是不能愧对死者的。”

易兰珠道：“那天我说的话只是想劝你们走出忧伤的深谷，并非——”

凌未风道：“我知道，但相忘于江湖的境界岂不是更高一筹？”

易兰珠道：“难道相爱的人不可以同闯江湖吗？”

凌未风道：“或者将来可以，但不是目前。”易兰珠道：“为什么？”凌未风道：“新裂开的伤口，总得有一段时间才能够像旧伤口那样复合。各人遭遇不同，心境有别。对我来说，我觉得相忘于江湖的感情更厚更深。”易兰珠道：“这只是目前吧？”凌未风道：“以后的事情又怎能预先知道？”易兰珠懂得他的意思，心里想道：“韩志邦是为他而死，也难怪他有这样心情。”

两地相思，一样心情。刘郁芳在钱塘江边，听那拍岸的涛声，心里也在想道：“我是愿似潮而有信，只可惜钱塘潮水，也冲不淡韩大哥所流的鲜血。”什么时候才能冲淡些，她不知道。因此她和凌未风的“天山赏雪，钱塘观潮”之约，也只能像对待他的感情一样，最少在目前来说，是只能相忘于江湖了。

往后十年，桂仲明成了武当派北支的开山祖师，按卓一航遗命，张华昭也列入武当门下，学了达摩剑法，算桂仲明的师弟。凌未风传了晦明禅师的衣钵，光大天山剑派。飞红巾做了回疆各族挂名的盟主，在天山的时候少，在草原驰骋的时候多。有什么事情发生时，凌未风就会来到她的军中，帮她应付，事情完了，再回天山。李思永后来在川西战死，他的妻子武琼瑶本是白发魔女的关门弟子，遂也带了一双儿女，回到天山定居。武林中人，以前本有“天山五剑”之说，“五剑”是指杨云骢、飞红巾、楚昭南、辛龙子和凌未风。杨、楚、辛三人死后，江湖把“五剑”扩大而称“七剑”。天山七剑除了原有的飞红巾和凌未风之外，又再加上了桂仲明、冒浣莲、易兰珠、张华昭和武琼瑶五人。刘郁芳虽然不在天山，也被称为“天山之友”。“五剑”中有叛徒楚昭南和介于正邪之间的辛龙子，“七剑”加上“天山之友”的刘郁芳，则都是英雄儿女。“七剑”虽以天山为家，却并非不闻世事，而是常下天山的。他们的传奇故事，给编成了诗歌，在草原上到处歌唱。正是：

已惯江湖作浪游，且将恩怨说从头，如潮爱恨总难休。
瀚海云烟迷望眼，天山剑气荡寒秋，蛾眉绝塞有人愁。
——调寄《浣溪沙》

塞外奇侠传

一　师兄弟沙漠奇逢

“玫瑰花开像云霞，
果子比碗还要大，
依啦——
客人呀，你的口儿干了吧？
请下你的马，这里有甜甜的哈密瓜。”

歌声杂着驼铃，飘荡在黄沙漠漠的空际。几匹骆驼，拖着沉重的步伐，在塔克拉玛干的大沙漠上行走。一个哈萨克青年纵声高歌，歌声方歇，驼背上另一个青年笑着骂道：“伊士达，还没有把你渴死呀？唱这样的歌，我给你唱得喉咙都焦啦！”

伊士达也笑着答道：“亏你和我们住了这么多年，还不懂得我们哈萨克人！我们哈萨克人呀，在最苦的时候，也笑得出来！”另一个哈萨克青年插口说道：“伊士达，你说得好。只是，你唱这支歌未免太不对景啦！你看前面尽是大大小小的沙丘，找一根草都难，你呀，在这个鬼地方，却提起什么哈密瓜，你这不是存心怄人吗？”

伊士达忽然装出生气的样子，骂他道：“麦盖提，你居然敢骂我们的地方是鬼地方？你在草原上出生，在草原上长大，足迹遍天山南北，难道你还不知道我们草原上有多好多美的东西？你别尽瞧这里是沙漠，我给你数数看：那像孔雀翎一样翠蓝的孔雀河，河边两岸家家户户梨园里压弯了树枝的梨子，甜得像马奶一样的吐鲁番葡萄，阿克苏、喀什的桃和杏，还有一提起就引得你流涎的哈密瓜。哪一样不是好东西？哼，瓜果还算不了什么呢，我们还有白云似的羊群，拖着长辫子的大地上最美的姑娘。啊！麦盖提，走过这个沙漠，我陪你去找你那美丽可爱的牧羊姑娘。”

麦盖提昂头说道：“你别数啦，要数我们的好东西呀，一天也数不完。我们还有阿尔泰山在阳光闪耀下的金子，昆仑山流下的玉河，在岩石上就镶着石榴一样红和百合花一样白的宝石，使流水都变得斑斓。只是这些东西都快要给满洲鞑子拿去啦！”

开头责备伊士达的汉族青年接声说道：“所以我们要把他拿回来。麦盖提呀，你别笑我想得太怪，我还想总有一天，我们会把天山的雪水引到这个沙漠，那时呀，我们不但保有所有的好东西，我们还会添出许多新的好东西来！你的牧羊姑娘再也不怕黄沙吞下她的羊群，一定会笑得更美丽更可爱！”

伊士达一把跳到那个汉族青年的骆驼上，抱着他道：“杨大侠，你的心比我们最好的宝石还要好上万倍。你是汉人，可就像我们哈萨克族的兄弟一样，不，简直是比兄弟还要亲！你帮我们打了这么多年仗，现在还累你陪我们走这个大沙漠。呀，我真愿意亲亲你。”

被称做杨大侠的带笑斥责他道：“别胡闹！我是领队，我要下命令啦，大家不准多说话。现在越来越热，我们水囊里的水已不多啦。说得口干了，又要多喝水，那可不成呀！”伊士达伸伸舌头，跳回自己的骆驼，响动皮鞭，像一个顽皮的孩子似的，伏在驼峰上做鬼脸。

这位被哈萨克族人称为杨大侠的，名叫杨云骢，是天山上晦明禅师的大弟子。晦明禅师不知是什么时候从中土来的，他隐居天山之巅，精研剑法，采集了各家各派之长，独创了一百四十八手天山剑法，回环运用，奇妙无穷。杨云骢父亲是明代忠臣之后，为避“阉祸”（明熹宗时，太监魏忠贤专政，称为阉祸。）逃到新疆，得人指点，将儿子送给晦明禅师为徒。从八岁到十八岁，一共学了十年，已尽得天山剑法精髓。

十八岁那年，杨云骢开始下山，在天山南北路游侠仗义，抑暴锄强，和牧民们成为好友。那时正是顺治入关后的第七年，中原已定，清廷开始侵略西北，新疆各族纷起作战。杨云骢就加入哈萨克军中，帮助他们抵抗清兵。打了六年，终因众寡不敌，自新疆中部一直退至南疆，给迫进了塔克拉玛干大沙漠。哈萨克部分成了零星小股，四处逃散。杨云骢这一股只有八个人，合乘四匹骆驼。伊士达和麦盖提是哈萨克族两个出名的年轻勇士，也在这小股之中。这两人天性乐观，虽在危难之中，也坚信哈萨克族一定不会长远受人欺负。他们虽爱说笑，可也振奋起同行者疲乏的精神。

漠漠黄沙，无边无际。他们在大沙漠里行了多天，还是未见人家，水囊里的水也越来越少。阳光射在黄沙上，烫得骆驼也热得喘气。幸好到了傍晚，天气就渐渐凉快下来。杨云骢找到一道小沟，沟底已经龟裂。杨云骢用手往下插了几插，拨开浮沙，抓起一把泥土，看了一看，说道："今晚我们就宿营在这个地方。"

架好帐幕之后，大家喝了几口水，送下干粮。杨云骢道："这小沟的泥土虽然枯燥，但却可能是个水源。伊士达和麦盖提，今晚辛苦你们一趟，从这条小沟走下去，找找那里有没有水源。"在沙漠里找水源，可得有很丰富的经验，要不然到处乱掘，找不到水，那可是白费气力。伊士达和麦盖提熟悉沙漠，就如熟悉他们自己的家一样。叫他们去找水，杨云骢自然可以放心了。

沙漠气候变幻很大，中午酷热，晚上却寒冷起来。杨云骢等了许久，尚未见二人回来，猛然醒起，这两个人匆匆出去，身上还是穿着单衫，虽然他们有一身武功，也怕他们抵御不住。杨云骢拿起两件老羊皮袄，步出帐幕，正想叫唤，忽然听得伊士达口哨之声，急忙赶去。只见在寒星冷月之下，他们和一个汉族青年打得十分激烈。两人连连后退，显见不支，而那个汉族青年背后影影绰绰的好像还有十来个人。

杨云骢大吃一惊，这两人武功，在哈萨克族中数一数二，那和他对敌的一定是武林高手了。他未带兵器，一跃而前，两手抡开两件老羊皮袄，向那人当头罩下。那人剑法好不迅捷，一个回身拗步，剑锋已避过杨云骢的"铁布衫"招数，直刺过来。杨云骢"噫"了一声，两件皮袄左右一卷，疾似飙风，只听得"嗤"的一声，皮袄给撕破一块，而那人的剑也给夺出了手。杨云骢叫道："你是不是楚昭南师弟？"那人满面通红，在地上拾起宝剑，迈前一步，看清楚后，急忙行礼，说道："啊，怎么杨师兄来到此地？"

楚昭南是一个孤儿，后杨云骢三年上山，是晦明禅师的第二个徒弟。杨云骢下山之后的第三年，他也学满了十年，下山行侠，到现在也有三年了。

杨云骢六年未见师弟，此际忽在沙漠相逢，心中大喜，一把拉着楚昭南道："师弟，你几时下山的？也不告诉我一声。师弟，几年不见，你的武功大进了。居然能把我的老羊皮袄也撕破一块。哈，哈！"他却不知楚昭南使的是一把宝剑，名唤游龙剑，和自己所使的断玉剑一样，同是晦明禅师所传的宝物。楚昭南手使宝剑，只两招就被师兄夺出了手，非常尴尬。杨云骢热烈招呼，他却是有一句没一句。杨云骢道："你是不是和那些人一同来的，今晚和我们住在一起吧。"楚昭南道："我们有要紧事，要连夜赶路，往北边去，我们只是想要一点水。"杨云骢道："你们没水啦？"楚昭南点了点头。

伊士达上前拉着杨云骢，用哈萨克话说道："你这师弟好没道理，我们辛辛苦苦掘出了水源，他跑过来要独占。看你的面上，要不然我们真不给他。"杨云骢听后，很不自然，看了楚昭南一眼，心想："怎的他变成这样的人？"本想训他一顿，只是久别重逢，又兼和他同来的人也已上前，不想令他当众丢脸，说道："既然掘出了水源，就大家分吧。"他问伊士达道："水源在哪里？"伊士达一指，只见在沟边的石缝中，水一滴一滴地流下来。麦盖提这时正拿着一个大皮囊，在旁边盛水。

杨云骢过去，并指一戳，用"铁指禅"功夫把岩石插开，水像一条线般地射出来。饶是这样，也守到半夜才装满六个皮袋。再想装时，水已没有了。在装水时，帐幕中其他五个人也都出来，问长问短。杨云骢在这时间中，竟没有什么机会和师弟说话，就是和他说，他也是支吾以对，问不出什么来。他只是说在北疆混了一些时候，想找师兄，可没有找着。倒是杨云骢很健谈，告诉了他这几年的经历。楚昭南非常用心在听，而且还不时发问。

杨云骢一看水源已涸，微微笑道："总算不错，居然有六袋之多。好，师弟，你们那边有十二个人，但你们北去，路程也较短，就分给你们四袋吧，你看公不公平？"楚昭南连声道谢，叫同伴背起水袋，回到他们的帐幕，装上骆驼，连夜便走。杨云骢问他有什么要紧事，他总不肯说。杨云骢以为他的事和他同来的那些人有关，也不便再问。

杨云骢别过楚昭南后，又走了三天，尚未走出沙漠。伊士达道："幸好这么多天来都没有刮大风，要不然一场大风，就算人畜无恙，但沙丘改形，也会迷路。"话还未了，忽然一阵阵风从西方刮来，黄灰色的沙雾向东方飘去。杨云骢道："幸好是微风。"伊士达道："也不能不防备！"杨云骢正想找地方钉好帐幕，避过风头，忽然远处驼铃叮当，还有马嘶之声，杨云骢道："奇了，听来好像有几十个人，又不是买卖季节，哪里来的这么多客商？"等了一会，那群骆驼队已走了近来，前面有两匹蒙古马领着驼群。马上的人一个竟是自己的师弟楚昭南，另一个却是满人装束的汉子。驼背上那些人这时也都跳了下来，汉人满人都有，个个手里拿着兵器。

杨云骢蓦然一惊，上前喝道："师弟，你又走回来干吗？"楚昭南面色一沉，指着杨云骢对那个满人说道："他就是领着哈萨克叛乱的杨云骢！"那满人把手一招，几十个精壮汉子倏地冲了过来，把杨云骢等八个人围在垓心。

二　劫后忽逢奇女子

这刹那间，杨云骢又惊又怒。他惊恐的不是自己生命的危险，而是关心同行的哈萨克人。他自信以他精妙的剑术，闯出一百几十人的包围，尚非难事。何况他几年来出生入死，早已把生死置于度外了。可是他却不能不为同行的伙伴担心，他们都是哈萨克族最优秀的青年，敌众我寡，若然折损在这一望无际的大沙漠中，那可比损失一百个羊群还惨重。他惊恐，他更愤怒。他愤怒的是自己的师弟楚昭南，年纪轻轻，正是有为之年，心灵却像腐烂的苹果，他居然变节投降，给敌人作带路，要把自己的鲜血染红他的顶子。

然而这也是只一刹那间之事，惊恐与愤怒的情绪，像电光石火般在他脑子里一闪而过。时间不容许他思想，敌人的兵刃已经劈刺来了。就在这刹那间，他大吼一声，一柄短剑蓦然出手，“迎风扫尘”，展出天山剑法中的精妙招数，四面一荡，登时有几个敌人的兵刃给扫出了手。

杨云骢猛如怒狮，一口短剑精芒电闪，在敌人的包围圈子里左冲右突，不一会就碰着了自己的师弟楚昭南。楚昭南叫道：“师兄，你过我们这边来吧，何苦去帮那些哈萨克人？”杨云骢一剑刺去，喝道：“我没有你这样的师弟！”楚昭南连退三步，又道：“天命已定，满清已在北京坐稳龙廷，中原百万明军全部瓦解，回疆叛乱，也快敉平。你带着几个人，奔驰大漠，又成得了什么事？”杨云骢咬着牙齿，刷！刷！刷！连刺三剑，骂道：“无耻之徒，为虎作伥！”一剑紧似一剑，把楚昭南杀得手忙脚乱。

楚昭南在拼命招架中，忽地一声长啸，在旁边助战的清兵，像退潮般两边分下。杨云骢正在奇怪，只见一个满洲军官，策马上来，离他们还有七八丈的光景，蓦然在马背上腾空掠起，手持着一把奇形怪状的短兵器当头插下，就像苍鹰扑击一般。杨云骢大怒，双足一顿，也平地拔起，短剑“举火燎天”，往那人的兵刃上一搭一撩，只听得当的一声，那人的兵刃，已给震出了手。就在此际，杨云骢身子悬空，猛觉一股寒风，直射上来，他顾不了伤害敌人，以绝顶轻功“细胸巧翻云”之技，倒纵出去，轻飘飘落在地上。回头一看，只见楚昭南也刚落在地上，横剑四顾。刚才乘虚进袭，救出那个家伙的正是自己的师弟。

杨云骢目闪精光，重凝浩气，短剑倏翻，再和两人斗在一起。那满洲军官名叫纽祜卢，乃是长白山派风雷剑齐真君的门下，手使一把丧门锉，能当五行剑使，又可作点穴橛用，在八旗兵中，武功数一数二。满清的宗室年轻的将领多铎，论起辈分，还是他的师侄。他自入关以来，罕逢敌手，最近才给调到新疆，帮助伊犁将军纳兰秀吉，平定回部。他也是因自恃过甚，不知杨云骢天山剑法的神妙，所以一见面就凌空下击，想显一手给楚昭南看。哪料轻功纵跃之术，正是杨云骢所长，方一交锋，就几乎毙在杨云骢剑下。他不由得气焰全消，骄气尽敛，执起丧门锉，打点精神，施展平生所学，再和杨云骢缠斗。

这样一来，杨云骢倒不容易得手了。纽祜卢的丧门锉，飘来晃去，时而当刀剑劈下，时而当判官笔指来，所指的全是人身三十六道大穴。更加上精通天山剑法的楚昭南，一面在旁牵制，一口长剑，紧紧跟定杨云骢；一面随时提醒纽祜卢，叫他如何应付，就好像教练一般。楚昭南的功力虽浅，远不如杨云骢，但因他熟悉本门剑法，做教练指挥纽祜卢协同作战，却是甚为不错。两人这一配合缠斗，倒把杨云骢绊得很紧，不让他脱出身来，援救其他的哈萨克人。

这时大漠上已陷于混战之中，杨云骢只听得伊士达和麦盖提这两个哈萨克勇士呼喊叱咤之声，敌情已是打得十分激烈。他勃然大怒，剑法一变，凌厉无前，剑光闪闪，缤纷飞舞，盘旋进退，起落变化，不可名状，难以捉摸。楚昭南虽然知道这是天山剑法中的回旋连环剑法，但因为杨云骢越展越快，迅速之极，而且是把招数拆散来用，令他目不暇给，自顾不暇，哪里还能提醒纽祜卢。

杨云骢越战越勇，忽地楚昭南使了一招“极目沧波”，剑尖斜指，杨云骢轻轻一闪，短剑已乘虚直取中路。楚昭南回救不及，本来万难逃脱，不料杨云骢下手之际，忽见楚昭南满面恐惧之容，心中一软，剑尖在他胸前轻轻一点，只割破他的衣服，不伤他的皮肉，短剑迅又收回，叫道：“师弟，你还不悔过过来吗？”

杨云骢心地纯厚，他想起同在天山之际，楚昭南在技艺上有不明之处，常向自己请教。师兄弟感情本来就好，而且他又是个孤儿，先是为晦明禅师一个俗家师弟收养，后来才送上山的，杨云骢见他可怜，也就特别照管他。不料他下山三年，却变成这个样子。杨云骢想：他定是年少无知，给坏人诱叛，因此手下留情，仍想劝他改过。

不料这样缓得一缓，楚昭南分外留神，剑法乘势反击，更为紧密，而纽祜卢的丧门锉，所使的也尽是毒招。两人又连吹胡哨，叫来了十多个清兵再把杨云骢围在垓心。这时近处又传来哈萨克人惨叫之声，想是已有伤亡。杨云骢剑眉倒竖，怒极气极，天山剑法一紧，倏前倏后，立时剑光挥霍，酣战中好几个清兵中剑倒下。纽祜卢和楚昭南二人，也屡遇险招，只觉寒风缕缕就似在面前划来划去！

正打得十分火热、极度紧张之际，忽然间，大漠上黄沙四起，有人大叫：“狂风来了！”杨云骢吃了一惊，纽祜卢和楚昭南已收起兵刃，跳出圈外。霎那间，狂风刮地而来，一望无际的大沙漠上，尽是黄灰色的沙雾，像数十百重厚厚的黄幕，遮天蔽地，白日青天，顿成黑夜。沙雾中只见人影幢幢，四处奔逃，各自去抢骆驼，找帐幕，或寻觅掩蔽之地。

杨云骢高声大叫：“伊士达！麦盖提！你们在哪里？”但在狂风呼啸中，他的声音正如孤舟之淹没于海洋，哪里有人答应。就在此际，杨云骢又觉背后被砂石猛击，他这一惊非同小可，若是沙漠上的沙丘被风移动，任武功再高，也会被活埋生葬。

危急中他避过风头，发足狂奔。他虽在新疆多年，却未曾在大沙漠中过过日子。本来若碰到这样的大风，最好是掘地成沟，躲在

忽然间，大漠上黄沙四起，有人大叫“狂风来了！”杨云骢吃了一惊，纽祜卢和楚昭南已收起兵刃，跳出圈外。

其中。假如刚好碰着沙丘落下，那当然没命。但若不是这样凑巧，砂石在上面刮过，却是无伤。而且纵算砂土积有几尺厚，风过后也可以挖出来。杨云骢却没有抵御风沙的经验，只是狂奔。他的轻功虽然超卓绝伦，却怎样也不及狂风的迅疾。跑了许久，还是在狂风威胁之下，衣裳已被砂石刮破，神志也渐迷糊。这时忽闻有水声潺潺，杨云骢精神一振，心想：莫非是找到了沙漠中罕有的湖泊。他循着水声，奋力跑去。猛然间，风势骤大，狂风挟着大量的黄沙，似千军万马，疾涌而来，中间还有着几块大石头，落下时正正击中了他。杨云骢筋疲力倦，脑袋欲裂，大叫一声："我命休矣！"挣最后一口气，奋力一跃，只觉落足处软绵绵一片，人也立时晕了过去。

也不知过了多久，杨云骢才悠悠醒转。神志初复，便觉幽香缕缕，沁人心肺。杨云骢睁眼一看，发觉自己竟是躲在一个帐幕之中，帐幕四围堆着鲜花，中间竟是一位穿着猎装的少女，背向自己，捧着一卷书在阅读。

疑假疑真，如梦如幻，杨云骢几乎要叫了出来，但他久经战斗，处处小心。他双眼一瞌，假装未醒，细察动静。

那少女不知他已醒转，仍在低声吟哦。杨云骢细听，那少女正在念一首词。词道：

> 楚江空晚，怅离群万里，恍然惊散。自顾影欲下寒塘，正沙净草枯，水平天远。写不成书，只寄得相思一点。料因循误了，残毡拥雪，故人心眼。　谁怜旅愁荏苒，谩长门夜悄，锦筝弹怨。想伴侣犹宿芦花，也曾念春前，去程应转。暮雨相呼，怕蓦地玉关重见。未羞他双燕归来，画帘半卷！

杨云骢是忠臣之后，幼读诗书，在天山学艺，也未曾丢荒功课。一听就知是南宋词人张炎咏孤雁的一首词。他想：这少女处在塞外，想是寂寞极了，孤独极了，所以才念这一首词！

正思想间，帐幕外又走进一个少女，向猎装少女问道："小姐，那人醒了没有？你有什么吩咐吗？"猎装少女掩卷说道："还没有醒吧？你去看看，他还有没有出冷汗？头上的热退了没有？若有冷汗，你就给他换衣。"那进来的少女"哟！"了一声道："小姐，你专差遣我去服侍这个臭男人，我可不干。”杨云骢想：这走进来的少女大约是个丫环，猎装少女定必是富豪或官家的小姐，要不然就是部落酋长的女儿。

猎装少女“呸”了一声说道：“你几时学起汉族小姐的派头了？我们满洲女儿，从不讲究什么男女授受不亲这一套。你别瞧我喜欢读汉人诗书，我可不喜欢他们那些虚文俗礼。再说，你留心闻过他身上的气味吗？怎知他是个臭男子？”那个丫环掩嘴笑道：“小姐的口越来越厉害了，专拿我们做下人的来打趣。是啊！他一点也不臭，还是个美男子呢！”猎装少女板着脸道：“别胡说，我是见他所佩的短剑，乃是宝物，想他定有来历，这才救他，你知道什么？”那丫环又道：“是呀，我什么也不知道，只知道小姐还没有如意郎君！”猎装少女给她逗得笑了出来，笑骂道：“你再胡说，看我不撕破你的嘴。”

那个丫环向杨云骢缓缓行来，那猎装少女也转过了面。杨云骢微启眼皮，偷偷一看，只见她美艳绝伦，连那丫环，也是姿色不俗。那丫环忽然拍掌笑道：“小姐，他醒来了，偷偷在看你呢！”

三　仇人的女儿

猎装少女噗哧一笑，走近前来。杨云骢给丫环道破，只好睁开眼睛，欠身欲起。不料方一转动，只觉百骸欲散，筋骨酸痛异常。这才知道那一场大风沙，竟使自己受创甚重。急调好呼吸，不敢乱动。猎装少女盈盈笑道："你已经睡了一天一夜了，怎么样，很不舒服是吗？"

杨云骢低声道谢说道："多蒙小姐相救，请问这里是什么地方？小姐又是哪里的人？"猎装少女道："这里是扎木台，离伊犁不过四百多里。你不必管我是什么人，只顾在我这儿静养好了。你呢？你又是从哪里来的？为什么一个人在沙漠里乱闯？"

杨云骢大吃一惊，自己从新疆北部走入大戈壁，原拟通过沙漠，走入南疆，不料却走到西部来了。这里离伊犁既近，而伊犁正是清军集结之地，倒不能不分外小心。那丫环见他怔怔地望着，没有回答，又笑着道："小伙子，尽望我们的小姐做什么，你知道她是谁？哼，说出来要吓你一跳，她叫……"

话未说完，猎装少女急截着说道："别多口，我叫明慧，前几天带人到这里打猎，刚刚踏进沙漠，不料就遇到弥天卷地的大风沙，幸好这里有一座山峰，挡住了风沙的来势，我们的帐幕设备，又都坚固，这才侥幸躲过。"

小丫环又道："前天黄昏时候，风势稍缓，我们到布腾湖去取水，猛然间风沙又大起来，我们看见你没命飞奔，好像和风沙赛跑一般，跑到湖边，你也不知道。我们只见你似羚羊遇到老虎一样，突然跃起，扑通一声，就陷入湖边的泥沼去了。小姐叫我把你拉出来。哼，你满身都是污泥，我们叫马夫给你洗刷半个时辰，才弄干净，而你就像死人一样，什么也不知道！”

杨云骢又是感激，又是羞惭，但蓦然想起，这个叫做明慧的少女，既不肯告诉自己的名字和身世，而看她的气派，有丫环，有马夫，还亲自带人到这里打猎，这可不是普通人家的女儿。她到底是什么身份，杨云骢怎样也猜不透。

小丫环又道：“我们已经告诉你了，你却未回答我们小姐的问话呢！”杨云骢道：“我本来是和一大群驼马客商，从北疆来的，走了约十来天，半路碰到大风沙，一个人就闯到这儿来了。这并没什么奇怪呀！”

小丫环抿嘴笑道：“这才真奇怪呢！从北疆走了十来天，应该到了沙漠中部，从中部走到这里，少说也有五六百里，看来你的脚程真可以和羚羊比赛了！”

明慧小姐微微一笑，从衣底抽出一把精芒夺目的短剑，说道：“小丫头见识太少，不必理她。看你有这样一把宝剑，一天跑几百里也当不是难事。我看你的武功一定很好，待你气力恢复之后，教几手给我好吗？”小丫环插口道：“是呀，我们的小姐顶爱练武艺，许多教头都不够她打呢！”杨云骢听得“教头”二字又是皱了皱眉头。

这时外面又进来了两个婢女，捧进一大瓢酸马奶给杨云骢喝，杨云骢正感饥饿，也不客气地喝了。猎装少女道：“你刚刚醒转，还是不好说太多话，再静养两天吧，待你好后，我和你去玩。”

杨云骢静养两天，果然气力完全恢复。在这两天中，明慧和那个小丫环陪在他的身旁，与他聊天解闷。明慧既通武功，亦解文事。杨云骢与她谈得很是投机。只是一碰到谈及两人的来历时，大家都把话头绕了开去。

第三天，杨云骢已能走动如常了。明慧小姐带他步出帐幕。杨云骢只见帐幕附近果然有一个湖泊，想来就是她们所说的布腾湖。湖的东面，有一座山峰，太阳透过乳白色的云，照在山峰上，倒影泛在碧波荡漾的湖中，真是日丽风和，一点不像刮过大风沙的样子。湖上有成群的野鸭和水鸟在悠闲地游来游去，时而发出悦耳的鸣声。云团般的羊群在草地上啃着青草。湖边有二十多个猎装男女，挥着皮鞭高唱牧歌。他们见明慧小姐出来，都恭恭敬敬地行礼，对杨云骢更是十分注视。

杨云骢微微一震，问道："这些都是你带来的人吗?"明慧小姐点了点头，把话头绕开去道："你看这里真是沙漠中的绿洲，伊犁河畔，都没有这样好的风景!"

杨云骢叹口气道："这地方一片宁静安详的气氛，真像世外桃源，要是没有兵戈多好!"明慧道："你又在发什么感慨了?你不愿意有战火兵戈，为什么又要佩着宝剑，还练了那么一身武艺?"杨云骢道："假如没有人将战火带到新疆，我们也不会拿刀弄剑!"明慧小姐美目流盼，忽然盯着杨云骢道："你是哈萨克族还是维吾尔族?我看你好像是他们军中的。"杨云骢面色倏变，问道："假如我是你的敌人的话，你后悔救了我吗?"明慧笑道："我和你一样，也不愿意打仗，你可能是我们一族的敌人，但不会是我的敌人!"

正说话间，忽然山的那边，传来了马铃驼铃之声，明慧小姐道："如果有人来到，问起你时，你就说是迷了路的牧人，给我救起来的，记得吗?"杨云骢一看自己身上，穿的是一套牧民衣服，知道是明慧小姐给他换的，暗赞她想得周到，点了点头。明慧又把短剑递给他道："这把剑还给你，想你不会拿来与我为敌。"杨云骢低低说道："我永不会伤害你!"

这时山坳处转来一彪人马，为首的跨着高头大马，威风凛凛，竟是一位满洲将军。杨云骢一见，几乎叫出声来，此人非他，正是伊犁将军纳兰秀吉，他是带清兵侵入新疆的将领之一，杨云骢在领哈萨克人抵抗清兵的战斗中，就曾和他交过手。杨云骢低下头来，眼望别处。只听得纳兰秀吉叫道："明慧，你爸爸打了胜仗回来咯!路过这里，听说你在这里打猎，怎么样，猎得什么好东西送给爸爸?"

杨云骢这一惊更是非同小可，想不到这位救过自己性命的少女，竟是纳兰秀吉的女儿。猛然间，他好像觉得非常空虚又非常失望!但随即另一个念头升了上来：自己负着重大的使命，要重新聚集哈萨克人，战斗再战斗!自己不能给他们发现，假如发现了，立刻就得想法逃跑。他试试活动自己的筋骨，觉得力气充沛，他抚着短剑，充满了勇气！

这时纳兰秀吉已带领人马，走到湖边饮水，明慧的从人跳着笑着，唱着满洲的战歌迎接他们。杨云骢咬紧牙齿，但立即想到："何必恨这些人，他们也都是受欺骗而被驱策的啊！"他混入了人群之中，也假作唱歌舞蹈，希望避过他们的注视。

正在这个时候，忽然有两个清军军官，像喝醉酒一样，拥舞过来，在杨云骢肩头重重地撞了一下。杨云骢本能地运起内力往外一迫，那两个军官跌跌撞撞的直给碰出丈许，才收得住脚步，大声喝道："你是谁？"原来这两个军官看见他牧人打扮，杂在明慧小姐的从人中，觉得有点特别，故意来试他。

明慧小姐急忙拦上去道："他是维吾尔族的牧民，你们不要难为他！"这时纳兰秀吉带来的士兵和明慧小姐的从人都已静了下来，注视着这突然的事变！

杨云骢镇静得很，迎接着两个军官的注视，朗声说道："我是从库尔罕来的牧民，我的羊群和同伴，都给前几天刮的大风沙打散了。我是你们的格格救的。"明慧应声给他证实，两个军官兀是将信将疑。

纳兰秀吉目不转睛地盯着杨云骢，忽然右手一扬，一支袖箭向他射来，杨云骢略侧身躯就避过了。纳兰秀吉大叫："这是奸细，赶快拿下！"他身边的几个满洲武士，立刻四面跃出，准备合围，作势擒拿。原来纳兰秀吉和杨云骢的队伍作过战，在阵上见过一面。此时见他牧民打扮，觉得有点面熟，但又记不起来。后来试他一支袖箭，见他避暗器的身法，极为轻灵，绝非一个普通牧民可比，因此马上醒起，立刻下令要把他生擒！

杨云骢陡然大喝一声，迎着一个扑上来的满洲武士，一接一扭，咔嚓一声，把那个武士的手腕硬生生地折断下来。那个武士痛得杀猪般地大声叫号，杨云骢理也不理，"啪哒"一声，把他挞在地上，转了半个圆圈；又接着第二个武士攻来的拳头，轻轻一扯，把他活捉过来，又是大喝一声，将他抡了起来，一个旋风急舞，把那武士胖大的身躯，直向湖心掷去。只听得"扑通"一声，激起了一股浪花，吓得纳兰秀吉目定口呆。

这时清军武士已纷纷扑了上来。杨云骢身手何等敏捷，一看势头不对，短剑铮然出手，一掠数丈，反向纳兰秀吉扑去。附近几个上来拦阻的军官，给他举手投足之间，或受短剑所伤，或被点了穴道，哪里拦阻得住？霎眼之间，就给他扑到纳兰秀吉面前。

纳兰秀吉武功也着实了得，迎面就是一拳，杨云骢脖子一扭，他趁势就来夺杨云骢的短剑。杨云骢何等厉害，手腕一翻，短剑直刺出去。这时，耳际忽听得纳兰小姐的喊声："爸爸，爸爸！"杨云骢心中一软，略转手腕，剑锋在纳兰秀吉颈边斜刺出去。纳兰秀吉虽然身经百战，但这时只觉颈项凉飕飕的，冷气沁肌，也吓得失了三魂七魄，手脚酸软。杨云骢左手骈指如戟，在他腰际"涌泉穴"一点，立刻把他挟了起来，大声喝道："你若要性命，赶快让我出去！"清军士卒见主将被擒，哪敢拦阻。杨云骢一声长啸，飞奔而出，觑准一头骏马，猛然飞掠上去，左手手肘一撞，就把马上军官撞跌下去，右手仍然挟紧纳兰秀吉，策马奔驰。清兵投鼠忌器，不敢放箭，只得也用快马追赶！

杨云骢马跑得快，转瞬已把清兵抛在后面，只有一骑马紧紧跟在后面。杨云骢回头一看，只听得清脆如银铃的女声叫道："你已逃得性命，还挟持我的爸爸做什么？"这女的正是前几天救出自己性命的纳兰明慧小姐！

四 女侠飞红巾

杨云骢怔了一怔，看着纳兰明慧策马飞驰而来，声音颤抖，满面凄惶，顿时失掉了主意。这个敢在十万军中来去自如、勇敢果决的奇男子，如今竟给一个少女哀怜的目光所慑住，思想像一股浪潮冲击着另一股浪潮。他想起被无辜欺负凌虐的哈萨克人，而自己所挟住的正是哈萨克人的大对头；他又想起在帐幕中那温馨的几个晚上，想起自己的性命就是这个异族少女所救。他突然勒住了马，回过头来，一伸手，解开了纳兰秀吉的穴道，将他掷在地上，迎着纳兰明慧说道："小姐，你的父亲在这儿，他丝毫没有受伤，你可放心了吧！"

纳兰秀吉吁喘着气，望着女儿，不知道这是怎么回事。纳兰明慧将父亲扶上了马，冲着杨云骢说道："谢谢你。"杨云骢冷冷地道："用不着谢！你救了我的性命，我放还你的父亲，我们谁都不欠谁的恩情。"两腿用力一夹，骏马嘶风，头也不回，在草原上疾驰去了！

杨云骢口中说得那么斩钉截铁，心里却是充满怅惘。他感到生命的充实，又感到感情的空虚！他是一个英雄，但却不是一个超人，他驱逐不开心头的倩影，他不敢想起她是"仇人的女儿"，然而这却是一个残酷的事实：那样一个温柔明理的女子，却有着一个双手沾满着血腥的父亲。

杨云骢迷迷惘惘地策马飞奔，向南疆驰去，火红的日头渐渐西移，天边一抹晚霞，映照着大草原，发出霞辉丽彩。杨云骢喃喃自语道："白天就快过去，黑夜又要来了！"蓦然间他觉得又倦又饿，他今早在布腾湖畔夺命之时，抢了一个军官的马，却没有抢他的干粮。在心有所思、迷惘策马之际，饥饿像一个隐蔽的敌人，没有出来袭击；现在红日西移，“隐蔽的敌人”出来了！他感到饥饿的袭击了！

一阵晚风吹来，杨云骢依稀听得前面有马铃之声，心想：若碰到客商就好了。他伏在马背上，轻拍它的颈项，那马骤地放开四蹄，风驰电掣般追上前去。追了一会，见着前面有两匹白马，马上人骑术精绝，杨云骢人倦马疲，虽然拼命冲去，却总是追不上他们。

杨云骢正在大感失望，忽然前面那两骑马放慢了脚步，并辔而行。杨云骢大喜，催马赶上，只见一骑马上，是一个俊俏的姑娘，头上包着一条红巾，迎风飘荡；另一骑马上，则是一个年轻的小伙子。杨云骢正待开声相唤，忽听得晚风中断断续续飘来的话语：

“飞红巾，你为什么要催着马儿赶路呢？……让我多活一刻……你不也是没有幸福吗？……哎，飞红巾，你真的这样忍心吗？”

前面飘来了一声叹息，充满着女性的温柔，两匹马更慢下来了。

杨云骢心头一震：“飞红巾？难道前面的少女，就是草原上驰名的女英雄？”飞红巾是罗布族老英雄唐努的女儿，真名叫做哈玛雅，她骑术剑术两俱精妙，常驰骋于天山南北，像杨云骢一样，也是塞外的传奇人物，因她喜欢披着红巾，在马背奔驰，因此得了飞红巾这个绰号。杨云骢久闻她的声名，可是军旅匆匆，从未与她见过面。

杨云骢虽然饥饿，但也暂时忍住，放松了马，听听他们再说什么。过了一会，只见飞红巾将皮鞭一挥，叫道：“你再给我唱一首歌！”

那年轻的小伙子吹着一根芦笙，声音非常凄楚，又好像充满着惧怕和失望，吹了一阵，唱起来道：

“姑娘呀！
记得在那快乐的时辰，
你说你的爱情——比海还要深！
你怎能这么忍心？
要伤害你的爱人？

* * *

你称赞我的歌声，
说是草原上的夜莺，
它歌颂你的美丽和聪明，
这美妙的歌声，
你往哪里寻？
你怎能这样忍心？
把我赶上死亡的旅程！”

杨云骢感到一阵颤栗，他突然想起了纳兰明慧，他想：难道飞红巾和这个年轻小伙子，也像他和纳兰明慧一样？是爱人又是敌人？但看来又不似呀！正思疑间，那少年乘着飞红巾如醉如痴之际，突然一拉马缰，纵马飞驰。飞红巾柳眉倒竖，长鞭倏地一挥，叫声：“押不卢，你找死！”少年的马刚刚起步，飞红巾长鞭一卷，就把他卷了回来。杨云骢“啊呀”一声，叫了出来。飞红巾回头一望，问道：“你是谁？”杨云骢道：“我是一个赶路的旅人。”飞红巾道：“既然这样，你赶你的路吧，别多管闲事！”

杨云骢纵马上前，抱拳说道：“女英雄，恕我粗鲁坦率，我的干粮和水都没有啦！你若有多的话，能不能给我一点？”飞红巾望了杨云骢一眼，笑道：“你这个汉人很好，不会做作。”随手在皮袋里取出一包干粮，连同水壶抛过去道：“这包干粮给你，水你可不能喝完。”杨云骢喝了几口水，送下干粮，将水壶抛过去道：“谢谢姑娘！”飞红巾道：“好，你走吧！我不要和你一路。”杨云骢应了一声，策马斜刺冲出。过了一会，只见飞红巾和那少年又策马飞驰，霎忽赶过他的前头，飞红巾不断挥着皮鞭，似乎在威胁那个青年快走！

杨云骢满腹狐疑，十分不解。心想：这飞红巾在南疆大大有名，不管她是怎么回事，我都要探个究竟。要是得她合作，抵抗清兵，也多一臂之力。杨云骢也是骑术极精，暗暗蹑在飞红巾后面，保持着刚看得见的距离。走了不久，天色渐黑。飞红巾似乎很熟道路，径自策马走到一个古堡前面，将马系在路旁岩石上，和那少年携手进入堡垒去了。

杨云骢在外面兜了一个圈子，其地已脱出沙漠，草原上水泊并不难找。杨云骢找到了水，让马饱喝了一顿，自己也饮了几口水，送下剩余的干粮。养了一会神，将马系在水泊之滨，施展轻功，夜探古堡。

其时已是一钩新月渐近中天。杨云骢借着月光，看那古堡上面，刻有“烽火台”三字，杨云骢通晓历史，知道这是中国古代行军所筑，用木和黏土建成高高的金字塔形的东西。草原沙漠，道路易迷，古时的军队就筑此来表示各地间的距离，兼作“指路标”和“休息所”之用。有事之时，在上面的戍卒燃起烽火，又可互相救应。新疆的烽火台多建筑于唐时，北疆甚少，南疆较多，加以日久年深，大半坍圮，若非熟悉道路的人，很难算准宿头，利用“烽火台”歇息。

杨云骢双足一点，像大雁般掠上堡垒，这堡垒共有两层，上层露天，可供戍卒眺望，下层方是人马安歇之处。杨云骢到了上层，蹲了下来，短剑轻轻一插，穿了一个小洞，伏下偷看，只见飞红巾和那少年正在下面，他们取干草点起了一堆火，似乎谈兴很浓。

飞红巾见上面有些泥土簌簌落下，瞧了一瞧，并没发现什么，说道：“这堡垒也太古老了，风一吹泥土就剥落下来。”但她还不放心，随手一挥。杨云骢急闪过一边，用掌风一震，只见有几枚银针跌在露台之上，心想：“这飞红巾好厉害！她也提防到上面穿有小孔，有人偷看，所以放出飞针。若是我不避开，怕不瞎了双目。”

杨云骢震落银针，再伏下来。飞红巾见毫无动静，也不再起疑，杨云骢只听飞红巾喝道：“押不卢，你还有什么话说？”

那唤做押不卢的少年道：“飞红巾，你怎净听别人的说话，却不信我的说话？你是我最爱最爱的人，我怎能暗害你的父亲？唐努老英雄在阿克苏草原，骤遇清兵，受了包围，激战三日三夜，我都陪着他老人家。后来清兵人多，破了我们的阵形，冲到唐努老英雄的帐篷，把他杀死，我痛心之极！你怎能怪我？”飞红巾道：“胡说，我的父亲何等英雄，岂有同一帐篷，你能逃出，他却不能逃出？而且我听得长老说，他有凭有据，证实是你指引清兵夜袭，并将他暗害的！再说，如你不是做贼心虚，为什么远远逃避，不敢回到部落？”

押不卢忽然抽噎起来，带着哭声说道：“飞红巾呀，你怎能一点也不信我，你是明理的人，你想想看，你父亲是我们一族族长，清兵夜袭，当然先要捉他。我不和他一道死，是我不对，你骂我做懦夫，我也不敢反抗。但你要说我暗害他，那却是太冤枉了呀！你知道族里的几个长老都和我不和，他们陷害我，所以我不敢回来。但你来捉我，我不是亲自来见你了吗？飞红巾，你不要赶我去送死呀！”

这时飞红巾似乎有点意动了，声调也和缓了许多，低声说道：“押不卢，长老说，他们有凭有证呢！你和我回到部落去吧。若是他们误会的话，我请他们饶你便是了。”押不卢道：“长老有什么凭证，说我暗害族长？”飞红巾道：“你们受包围时，我正到帖马儿部去联络，我还未回到部落，就得到长老报信，要我先捉你了。”押不卢道：“那你也还未见过什么凭证，怎能轻信。飞红巾呀，你放我走吧！要不然我和你一道到草原漂泊去，我天天晚上，给你唱歌！”飞红巾说道：“咱们的长老是正直的人，说什么你也要回去和他们对质！”她话虽如此，可是声调已更柔和。押不卢又取出芦笙吹了起来，吹完一曲，轻轻说道：“飞红巾，你还爱我吗？”

杨云骢正听得出神，忽然堡垒外好像有脚步之声。杨云骢耳目何等聪敏，顾不得再听，站了起来往外一瞧，只见四条人影，已迫近堡垒。就在此际，下面飞红巾一声冷笑，喝道：“押不卢，你不许动。我看是什么人敢来袭击姑娘！”

五　古堡夜战

那四个夜行人正行近堡垒，忽见堡门倏地打开。夜色沉冥中一条红巾迎风飘拂，显得特别鲜艳夺目。飞红巾左手持着一条马鞭，右手拿着一柄宝剑，一声不响，站在门的正中，就如古代一个女神的石膏雕像。大漠之夜，寒星闪闪，衬着这个少女冷艳的容颜，令人不期然地感到一股寒意。杨云骢伏在堡垒上层，向下窥望，心想：先看看飞红巾的技艺如何。

那四个夜行人骤见飞红巾仗剑现身，反给慑住，一时不敢动手。飞红巾突地冷笑一声，左手马鞭刷的一响，一个夜行人竟给卷了过来，飞红巾向外一挥，把那个人抛出数丈开外，头破血流，这才骂道："先把你这奸细废掉！"原来这人是罗布族人，那另外三人则是清军武士，飞红巾一见就知他是带领清军武士来捉拿自己的。

飞红巾出手如电，那三个人全吓了一跳，兵刃急急出手，围了上来。飞红巾冷笑声中，左鞭右剑，盘旋飞舞，独战三名武士，毫无惧色。

这三名武士功夫委实不错，一个使单刀，一个使铁拐，另一个使的更是奇门兵刃虎头钩，施展开来，分进合击，声势也很是惊人。可是飞红巾比他们更厉害，近用剑挑，远用鞭击，左鞭右剑，全是进手的招数。杨云骢看得啧啧称奇，连连赞叹：飞红巾果真的是名不虚传，称得上大漠中绝无仅有的奇女子！

战了片刻，飞红巾攻势越发凌厉，一口剑寒光闪闪，护身进招；一条鞭响声呼呼，更如怪蟒毒龙，张牙舞爪，凌空飞舞。那三名武士，给她迫得团团乱转，用尽本领，也不能迫近八尺以内！

飞红巾正在占尽上风之际，忽然红巾一拂，扭头叫道："你出来做什么？”原来是她同行的那个少年押不卢，像小偷似的，静悄悄地溜了出来。飞红巾一个旋身绕步，长鞭倏地收回，回身反手打出，只听得“哎哟”一声，押不卢已给鞭梢扫中腿弯，跌倒地上！这还是飞红巾手下留情，只用了一二成力，只用鞭梢轻轻扫他一下，要不然他焉能活命？

飞红巾一鞭扫出，口中嚷道：“你赶快自己爬回去，要不然我可要再打你了！”押不卢呻吟嚷道：“飞红巾，你好狠啊！我是想出来帮你的忙啊！你怎的把好意当成坏心！”飞红巾不理不睬，宝剑划了半个弧形，一转身又挡住了三般兵器。

就在飞红巾回身对付押不卢之际，那三名武士以为有机可乘，使虎头钩的从侧面一跃扑进，一招“青龙出海”，就向飞红巾胸口扎去。飞红巾宝剑一格，只听得“咔嚓”一声，虎头钩上的月牙断了两齿。那使铁拐的和使单刀的这时也已双双从中路攻到。飞红巾宝剑划了半个弧形，挡过虎头钩，余势兀是未衰，把单刀铁拐也荡了开去。那使虎头钩的不知死活，兵刃一沉，照准飞红巾腰肋再扎。飞红巾勃然大怒，左手长鞭一个横扫，喝声“撒手”，那柄虎头钩已飞上半空，飞红巾猛地一掠而前，刷的一剑刺出，把那名武士搠了个透明窟窿，短剑自前心直透后心。

使虎头钩的武士，在三人中本领最强，近身厮拼，不过两招，就送了命。其他两人惊心动魄，哪敢争前，并肩一立，铁拐横敲，单刀侧击，且战且退，连打胡哨，似乎是在召唤救兵。

杨云骢在古堡上看得分明，只见古堡远处，两条黑影，飞驰而来，一看竟是“八步赶蝉”的上乘轻功，不禁大诧：怎的大漠之中，夜深时分，还有这样的高手前来，难道他们就是清军武士的帮手？但以自己所知，关外武士长于击剑骑射，轻功最好的，也不能达到这样的境界。这份轻功，显明是汉人中的内家高手，有这样功夫的人，又岂肯为虎作伥？

飞红巾也似乎瞧见这两条人影了，招数一紧，长鞭连挥，把那两人裹着，剑光鞭影中，只听得一声清叱，飞红巾猛地跃起，长剑一个“乌龙搅海”，那使单刀的武士，看也未看得清，胸口便中了一剑，扑地便倒！那使铁拐的乱扫一拐，便想奔逃，但哪里还来得

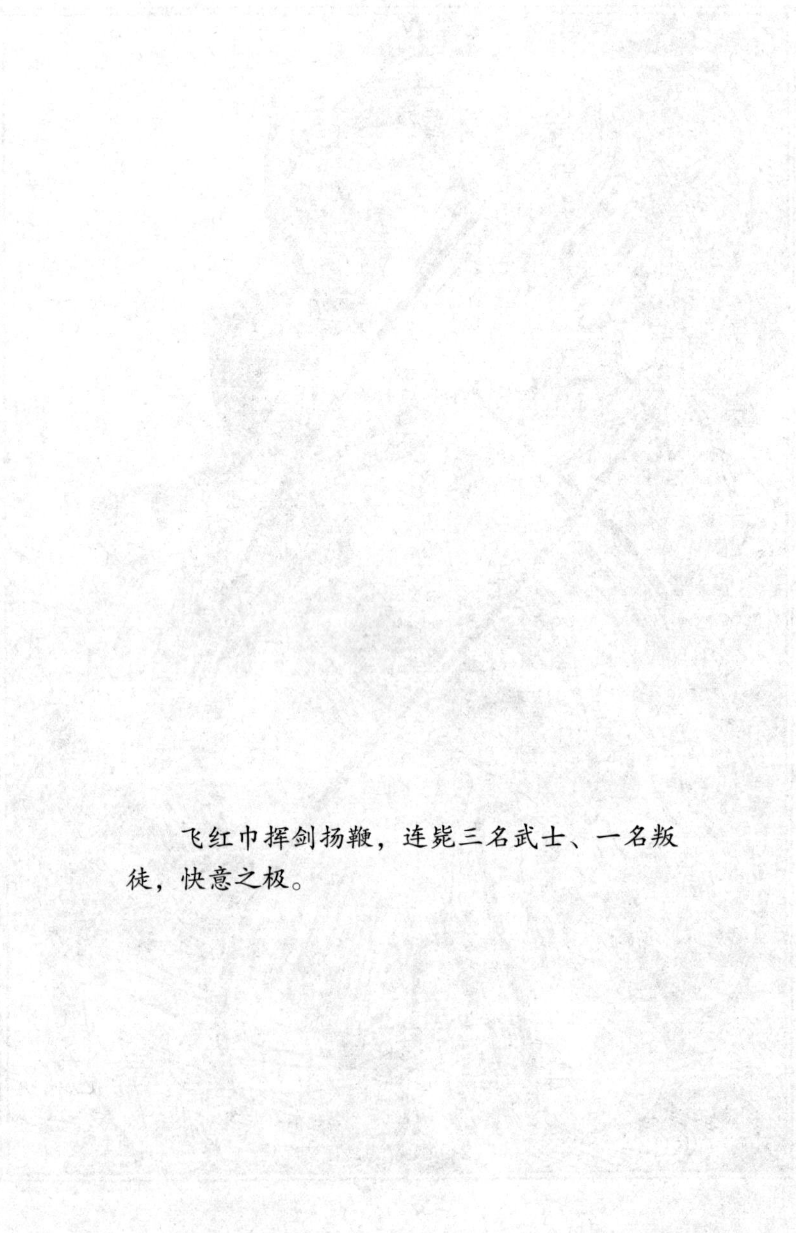

飞红巾挥剑扬鞭，连毙三名武士、一名叛徒，快意之极。

及。飞红巾长鞭一卷，又把他的铁拐夺出了手，反手一鞭，这名武士的天灵盖立被打裂，惨叫一声，脑浆流了满地！

这时那两条人影，一前一后，已赶到来。杨云骢大吃一惊，前面这人，竟是自己的师弟楚昭南。杨云骢心想：原来他在沙漠的大风沙中也逃出了性命，又到这里来打什么坏主意了。我倒要看看他和飞红巾又有什么过节。

飞红巾挥剑扬鞭，连毙三名武士、一名叛徒，快意之极。这时见楚昭南蓦地来到，面色倏变，扬鞭指道："楚昭南，原来是你！"楚昭南道："是呀，飞红巾姑娘，咱们不见面已快有三年了，难为你还记得起我。"飞红巾冷笑一声，说道："听说你投了满奴，在清军之中，很是得意。"楚昭南面上一红，强笑说道："飞红巾，你一直都不知我的心意，我还不是为了你？"飞红巾刷的一鞭打去，叱道："胡说八道，你既投了满奴，你就是我的敌人！"楚昭南反身一跃，避过长鞭，冷笑道："你所爱的那个歌手，比我更不如！他要投降过去，人家也只把他当作一个小脚色！"飞红巾气得柳眉倒竖，喝道："甘心作贼，休要多言！"刷！刷！刷！长鞭直扫，宝剑横挥。

杨云骢听得大为诧异，原来楚昭南竟是和飞红巾相识的，听这些话，似乎他们之间还有一段恩怨。大约是楚昭南有意于飞红巾，飞红巾却爱上了那名歌手。杨云骢不禁替飞红巾十分不值，以这样一位大漠女英雄，追求她的人和她所爱的人，却都是灵魂卑劣的东西。

楚昭南连避数招，飞红巾越打越急，楚昭南苦笑一声，游龙剑铮然出手，叫道："飞红巾，是你迫得我动手！"飞红巾一声不响，刷的又是一鞭扫去，楚昭南飘身一晃，宝剑上撩，鞭梢立刻给截去一段。飞红巾怒道："有宝剑也不怕你！"左鞭右剑，展开了轻灵的招数，竟然和楚昭南打了个平手。

楚昭南一声长啸，剑法一变，迅如闪电惊飙，在剑光鞭影中欺身直进。飞红巾也娇叱一声，长鞭挥舞，短剑盘旋，两般兵器，攻守相连，配合得妙到毫巅。楚昭南天山剑法虽然神妙异常，飞红巾的招数变化也极为繁复，大战数十回合，兀是未能得手。

杨云骢在上面看得极为惊奇。刚才见飞红巾打败三个武士，虽然佩服她的武功，还未觉得有什么特别之处。如今见她应付楚昭南神妙的剑法，仍是挥洒自如，这才知道她确有独到的技艺。她能左右两手使两种不同的兵器，丝毫不乱，只此一点，在第一流好手之中，已是难找！只是楚昭南功力较强，又有宝剑，久战下去，飞红巾只怕要抵挡不住。

飞红巾力战楚昭南，全神贯注，无暇旁顾。和楚昭南同来的那个人，竟然走进了古堡，把押不卢扶了出来。押不卢虽受了一鞭，却只是稍伤皮肉，并不碍事，出来之后，就和那人急急奔逃。飞红巾一见大怒，待去追赶，却又被楚昭南的剑光罩住，脱身不得。而且因为这一分心，楚昭南还抢了先手，剑招催动，有如长江大河，攻势绵绵不绝！飞红巾迫得凝神防御，那两人已在她的身边一掠而过。

正当此际，古堡上一条黑影，突地疾冲而下，就如半天飞下一头大鸟！押不卢正在奔逃，蓦觉肩头一紧，好像给五支铁钩钩住一样，痛彻心肺，刚叫得一声："罗大哥，快来救我！"胁下已给手指一戳，登时全身软麻，瘫在地上。

这冲下来的正是杨云骢，他把押不卢制服之后，双掌一错，就迎上了楚昭南的同伴。这人名唤罗大洪，是关内的独脚大盗，后来多尔衮带清兵入关，收罗满汉武士，把他延揽了去，纳兰秀吉进军新疆，又把他要去，在帐下当一名牙将，现在是楚昭南的副手。

罗大洪正领着押不卢奔逃，忽听背后叫声，回过头时，押不卢已是倒在地上。他又惊又怒，藤蛇棒连忙出手，打头顶上一个盘旋，棒挟劲风，呼的一声，向杨云骢拦腰扫去。杨云骢一扭身，藤蛇棒贴肋而过。说时迟，那时快，罗大洪棍棒还未收回，已给杨云骢扑入怀中。罗大洪急用棒头敲击，杨云骢大喝一声，双手抓去，一照面就用大擒拿手把他双腕拿住，手指用力一捏，罗大洪惨叫一声，浑身无力。杨云骢把他抓起，随手一抛，不再管他死活，径自去救飞红巾。

飞红巾正在吃紧，听得叫声喝声也无暇顾望。猛然间楚昭南忽然收招急退，飞红巾正自惊奇，忽听得一声大喝："站住！"睁眼看时，只见一个人疾如飞鸟，拦住了楚昭南的去路。

楚昭南见师兄双手空空，心里虽然惧怕，还希冀仗剑逃生，游龙剑狠狠刺来。杨云骢怒道："你还敢与我动手？"双掌飞扬，在剑光中直劈过去，霎忽之间，就拆了二三十招。飞红巾赶了过来，看得惊异不已：怎的这个人竟敢空手来斗楚昭南的宝剑？她想出手相助，只是这两人厮杀得极为激烈，身形迅疾之极，连帮手都插不进去。

楚昭南许多功夫都是杨云骢代师传授的，杨云骢就是闭着眼睛，也熟悉他的剑招变化，他还是仗着宝剑，才能拆到四五十招。时候稍久，就感抵挡不住，正想设法逃命。杨云骢手腕一翻，劈手夺了楚昭南的游龙剑，双指向上一戳，就点了他的"愈气穴"，回身笑道："姑娘，这个人交给你了！"飞红巾双目闪光，见杨云骢正是日间向自己讨水喝的人，翘起拇指道了一声"好"，就请杨云骢牵着楚昭南，她自己也拉着押不卢同进古堡。

飞红巾睁眼看着楚昭南，喝道："原来你这厮真是投了清军，现在还有何话可说？"楚昭南一声不响，眼光直盯着她。飞红巾双指向前一伸，喝道："先把你的招子废掉！"伸手就要挖楚昭南双目。

六　女侠与叛徒

飞红巾手腕一抬，伸出双指，正要挖楚昭南眼珠，忽觉胳膊酸麻，杨云骢轻轻伸手，将她手腕托住，飞红巾诧异道："你这是干吗？"杨云骢微微笑道："他是我的师弟！"飞红巾睁大眼睛，问道："你是……？"杨云骢道："我叫做杨云骢，我帮哈萨克人打仗，惭愧得很，打败了，现在我要到南疆去，纠集南疆的哈萨克人，再和清兵决个胜负！"飞红巾跳了起来，叫道："啊！原来你就是杨大侠，我的爸爸生前一直称赞你，只是没有机会和你见面！"杨云骢微微一笑，正想说道："我也久仰你的大名。"飞红巾又抢着说道："你想把他放了吗？"说罢，伸手向楚昭南指了一指。

杨云骢哈哈大笑，也指着押不卢道："姑娘，你肯把他放走吗？"飞红巾怒道："当然不肯！"杨云骢道："那你还问我干吗？你要押他回到部落，我也要押我这个不成材的师弟回到天山。"飞红巾面上一红，知道自己说错了话，怀疑杨云骢会徇情私放，给他反问回来，当下默然不语。

杨云骢面色一端，双眸炯炯，迫视着楚昭南，说道："昭南，你还记得在天山学艺的时候吗？师父和我是怎样对你？你是一个孤儿，我爱护你就如同爱护自己的弟弟一样。师父又是怎样教训你，他难道没有再三叫你记着自己是贫苦人家出身，要你技成之后，替草原上的牧民做一点事？难道他没有再三叫你记着，千万不要仗着自己的技艺，去替官府当差，欺压穷苦的人？"

楚昭南避开杨云骢迫视的眼光，默然不答。杨云骢沉声说道："师弟，我这是最后一声叫你，你若再不悔悟，你就是我的敌人！我不用把你押回天山，也可以惩罚你。你告诉我，是你自己甘心投靠胡虏，还是受了别人的引诱？投靠胡虏，欺凌自己的同胞，哼，这比替官府当差更可恶！”楚昭南低声答道：“两样都不是。”杨云骢怒道：“那你是怎样过去的？”楚昭南向飞红巾一指，说道：“你问她！”飞红巾勃然大怒，执起马鞭，一鞭扫去，骂道：“是我叫你投降胡虏的吗？问我？”杨云骢道：“姑娘，你别动气，你就告诉我他是怎样认识你的吧！”

飞红巾道：“三年前，我们的部落里来了一个小伙子，他说是晦明禅师的徒弟，我们就把他收容下来啦！他常常借故和我亲近，我也把他当成兄弟一般，哼，谁知他没安着好心眼！”杨云骢心里笑道：“如果只是他想向你追求，那还不算是坏心眼。”飞红巾哼了一声，继续往下说道：“那时我们正和清兵打仗，很需要人，像他那样武艺高强的小伙子，我们尤其看重。哪料不久我就看出来啦，他并不是诚心帮我们打仗来的！”楚昭南抗声说道：“那时在你们的部落里，我杀的清兵，不是比谁都多吗？”飞红巾冷笑道：“如果是编着你和我在一队，你就比谁都勇敢；如果不在一队，你就没精打采啦，你杀清兵好像只是杀给我看似的。”杨云骢眉头一皱，飞红巾继续说道：“你的剑法在我们那里，那是谁也比不上的。可是，一到危险之时，你的剑法就只晓得拿来保护自己。杨大侠，你领哈萨克人打过这么多年仗，你当然懂得，打仗的时候，不是靠一两个人，打起仗来，全军就是一个整体，要配合得十分适当！”杨云骢点点头道：“是的，姑娘，你很懂得打仗！”飞红巾又道：“可是你这个师弟啦，他只晓得自己！只晓得自己逞威风，很少去救援别人。有一天，他和我不是编在一队，而是和我的哥哥同在一队，忽然间中了清兵埋伏，被包围起来啦，形势十分危险。他急起来，一个人挺剑就冲出去，仗着他的剑法，居然给他冲出重围，可是我的哥哥却给围了三天三夜。为了救死扶伤，掩护同伴，我的哥哥受了七处箭伤，浴血死战。后来我们及时赶到，给他解了围，救出许多族人，但我的哥哥却已经救治不了，过两天就去世啦！”杨云骢大怒，骂道：“混蛋！”飞红巾道：“打那件事之后，我对他就有说不出的讨厌。可是我的爸爸却原谅他，说他到底是个客人，见到危险，自己逃出来也无可厚非，只要他继续帮我们打仗，我们也就不必责怪他啦！比如没有他帮忙又怎样？那次受围，你的哥哥还不是逃不了一死。我的爸爸很爱我们兄妹，他都原谅啦，我也就不再说了。只是我一走近他，就好像闻到一股臭味，我可以原谅他，但却实在不愿接近他了。”杨云骢道：“这样，过了不久，他就逃跑啦，是不是？”飞红巾点点头道：“正是这样！”

杨云骢又气又恼，抬头一看，见楚昭南眼中蕴着泪珠，心中又是一软。想道：楚昭南人很聪明，又是孤儿。因此，当在天山之时，师父和自己都对他特别宠爱。也许正因如此，就造成了他的任性和自恃。下山之后，更没人教导他，他品质中坏的一面，就慢慢暴露出来，终于走上了歧途。这，自己也应该负一部分责任。自己是他的师兄，知道了他下山，却不派人找寻他。虽说当时军旅匆匆，无暇及此，但终是一个遗憾，若他在自己身边，也许不会这样糟。杨云骢想了一会，蓦然说道：“昭南，按说我要把你杀掉，念在你是我的师弟，我给一个机会给你，你若能改过自新，我就把你放走！”飞红巾怒道：“只说说那可不行，谁敢担保他真能改过自新？”杨云骢继续说道：“你自己细想一会，然后告诉我们，你错在什么地方。投降清兵那是一个大错，但在这个大错之前，你已经有许多错了！比如说，你只是为着这位姑娘而打仗，虽然作战勇敢，也是错误。”杨云骢沉吟半晌，再道：“我不提示你啦，一个人的错误，要他自己去细想，自己去发掘出来。你投降胡虏这个大错，是许多错误的种因，你要把错误的根挖出来！”杨云骢面色十分庄严，飞红巾看着他明亮的眼光，听他这番话，其中似大有道理，本想反对，也转口说道：“就由他去想吧！”

这霎那间，楚昭南心中一阵激荡，师兄的话，似乎在他的心中响起警钟。猛然间，前尘往事，涌上心头。他想起刚下山之时，也曾仗着本领，做了几件侠义之事。后来听说飞红巾是大漠中第一美女，武艺又十分高强，不禁起了求偶之心，千里迢迢找到了她的部落。本以为以自己这样英雄少年，和飞红巾那可真是天作之合，不料飞红巾却越来越疏远自己，不久又发现她爱上了那个歌手，那个漂亮的但却是卑贱的歌手。他想到这里，不禁又抬起头来看看那押不卢，押不卢正在呼呼地打着鼾，睡得像个死猪。楚昭南轻蔑地笑了一笑，心里说道："这个人有哪点比得上我，飞红巾却爱上了他！"直到此际，他还不清楚飞红巾为什么不爱他，心中仍是有着一股愤愤不平之气。

现在都还这样，那个时候，更是可想而知！那时他恨不得把飞红巾和押不卢全要斩死，可是飞红巾的武艺和他不相上下，押不卢又经常和她在一起，他没有下手的机会。同时他又发现唐努老英雄也渐渐地疏远自己，虽然他对他还算客气，但重要的任务都不交给他，只把他当作一个普通的战士看待。那时，他不止一次地怨骂："哼，我楚昭南的剑法，谁比得上，你却把我如此轻视！"起初是在心中怨骂，后来就渐渐说出声来。有几个和他气味相投的"朋友"，听了他的怨骂，就劝他道："以你这样的英雄，何必在这里受气，若说是为了飞红巾，飞红巾这个小狐狸可又有了心上的人。"于是有一天，那几个人带他去见一个伪装驼马商人的清军军官，一说之下，就把他拉过去了。这几个人原来都是清军的奸细。那时楚昭南还这样地想：我一朝得志，要把你这飞红巾气死。他没想到从此就越陷越深，变成了替清兵屠杀草原上善良牧民的刽子手。

此际，楚昭南越想越乱，师兄威严的眼光直迫着他。他想起师父师兄对自己的爱护，心中也起了一阵悔意。但自己的错在什么地方呢？满洲人已坐稳了江山，要想建功立业，不替朝廷出力又替谁出力呢？在清军这两年中，他给灌输了一套"学成文武艺，卖与帝王家"的思想，师父师兄的话已渐渐抛在脑后了，甚至他还把当时追随唐努老英雄、抵抗清兵的事，看作是少年的冲动。

杨云骢见他久久不语，又迫他道："昭南，你想得通透没有？你知道不知道，你究竟错在什么地方？"楚昭南本想抗声说道："我没有错！"但他害怕师兄的目光，也害怕飞红巾手上的长鞭。他想："师兄还好，飞红巾这个野女郎，脾气可坏透啦，我和他们争辩，她真会把我打死！"于是他转口说道："师兄，待我再想一想！"杨云骢叹口气道："我的性子也是太急，一下叫你想通想透，那也真难。好吧，我索性给你两天工夫。我们先陪这位姑娘回到她的部落，然后我再带你走。那时你该想得有些眉目了！"杨云骢心想，楚昭南曾追随过唐努老英雄，那边有他当年的战友，带他去那里，让他见见旧时战友，听听唐努老英雄的壮烈事迹，可能会把他感动，帮助他发现自己的错误。可是楚昭南一听这话，却不由得害怕起来。他知道罗布族人，把清兵恨得刺骨。他们若知道自己是清兵的军官，一个人一块石头就会把自己打死。于是他暗暗盘算逃走之法。

这时已过三更，古堡外夜风低呼，杨云骢镇日奔驰，又挨了大半天的饿，大病新愈，不觉打了几个呵欠。飞红巾道："杨大侠，我和你轮流守着这厮吧，你先睡片刻，到五更时我唤醒你。我再去睡一个时辰，明天晚一点才赶路。"杨云骢道："还是我先轮值吧，你去睡。"飞红巾道："我生长草原，跑惯沙漠，我并不觉得疲倦。"杨云骢见她好胜，笑了一笑，伸手在楚昭南的"软麻穴"上重重点了一下，说道："不妨事了，你看着他，到五更时分叫醒我。"

在飞红巾轮值的时候，楚昭南想跟她说话，飞红巾总是不理不睬，有时还挥挥手上的皮鞭。楚昭南心中气极，暗自调好呼吸，运内力来解开自己被封闭的穴道。杨云骢也是过于托大，他只知道楚昭南在天山时还没有自解穴道的本领，不想楚昭南在这几年中，功力已经大进，虽未比得上他，可是运气解穴，却是不难。大约过了一个时辰，他已气达四梢，心中大喜，正想发难，忽听得杨云骢在地上叫了一声："师弟呀！"

七　歌手的死亡旅程

楚昭南猛然一惊，杨云骢叫了一声，翻了个身，又睡着了，原来是说梦话。飞红巾瞪了楚昭南一眼，恨恨说道："你的师兄在梦里还记得你，你却尽不向好！"楚昭南噤声不语，心想：怎的这样糊涂，把师兄都忘记了。幸好自己尚未发难，要不然纵打得赢飞红巾，给她一喊，师兄一定惊醒，自己即算逃得出古堡，也会给他擒回！这时他穴道已解，但仍装着不能转动自如的样子，低声嚷道："飞红巾，给我一点水。"飞红巾不理不睬，楚昭南又大声叫道："渴死啦！给我一点水！"飞红巾骂道："渴死活该！你这小子，成心要把你的师兄吵醒。"刷地一鞭横扫过去，楚昭南挣扎着趋避，"哎唷"一声，伏在地上，趁这时机，偷偷地从怀里掏出一小包东西。飞红巾毫不注意，皮鞭在空中挥动，噼啪作响，骂道："你赖死，还不起来！"

杨云骢给他们一阵吵闹，果然醒了过来，睡眼惺忪，在地上问道："飞红巾，出了什么事么？"飞红巾道："没有什么，你睡吧！"楚昭南又叫道："师兄，我要一点水喝！"杨云骢道："飞红巾，就给他一点吧。"飞红巾瞪了一眼，将水囊递过，说道："好，瞧你师兄的分上，给你水喝！"楚昭南用臂弯挟着水囊，作出转动艰难的样子，俯下头来，"嘟嘟"的喝了几口水，右手却偷偷一捏一弹，把那小包东西弹进了水囊。

杨云骢这时已然醒转，睡意消失，坐了起来，说道："飞红巾，轮到我当值了！"飞红巾道："尚未到五更哩！"杨云骢道："我睡不着了，何必要两个人都守着他。"飞红巾把皮鞭摔在地上，道："也好，你可要小心点儿！"取出一件披风，铺在地上便睡。杨云骢心里笑道："真是个率直的姑娘！"

过了一会，地上起了鼾声，杨云骢悄声说道："昭南，你不倦么？你也睡好啦。"楚昭南低声答道："我听师兄的教训，正在想呢！"杨云骢甚为喜慰，说道："也好，你就好好想吧。"楚昭南垂头闭目，状如老僧入定，杨云骢暗暗嗟叹。过了一会，杨云骢自己也感口渴，拔开了水囊的塞子，咕噜咕噜地喝了几口水。楚昭南偷偷开眼来瞧，又过了一会，杨云骢忽觉眼睛发黑，身子摇摇晃晃，楚昭南忽然大叫一声"倒也！"托地跳起，闪电般地将挂在墙上的游龙剑抢在手中，杨云骢骤出不意，睁眼看得清时，楚昭南已刷的一剑，分心刺到。

原来那小包东西乃是麻醉药。明末海禁初开，已有些西洋药品输入中国。外科用的麻醉药，尤为带兵的将官们所珍贵。楚昭南投了清军之后，屡建功劳，伊犁将军纳兰秀吉见他出生入死，为了笼络他，特别给了他几包药品，告诉他道："这是麻醉药，如果你中了箭伤，或中了喂毒的暗器，要刮骨疗毒，用这些药那是最好也不过了，一点也不会痛。"楚昭南当时还笑道："我虽然没有关公的勇武胆量，若真的要刮骨疗毒时，保管也不会皱眉头。"纳兰秀吉道："有备无患，带上一两包总有好处。"楚昭南细问用法，知道这种药品，若然进口，可要比江湖上用的蒙汗药还厉害，当时暗暗记在心里。

再说杨云骢蓦觉眼前发黑，神志昏迷，这一惊非同小可！他内功深湛，屡经大敌，知道受了楚昭南暗算，急忙一摄心神。刚看得清楚，楚昭南游龙剑微带啸声，分心刺到。杨云骢一声大喝，刷地腾起，双掌一翻，左掌直劈楚昭南的"华盖穴"，右掌一搭，便来抢他的宝剑。

楚昭南料不到师兄吃了麻醉药后还是这样勇猛，一个"盘龙绕步"，避过掌锋，夺路便走。杨云骢眼前一片模糊，强摄心神，听风声，辨方位，身形起处，疾如闪电般地封着了楚昭南去路，双掌翻翻滚滚，硬斗楚昭南的宝剑！楚昭南未曾试过这些药品，只道是药性不灵，暗暗叫道："苦也！这回若再被擒拿，师兄一定不会轻饶了。"

两人霎忽之间，已拼了许多凶恶的险招。飞红巾刚刚入睡，忽闻喊声，托地跳起，一抹眼睛，见杨云骢和楚昭南斗得非常激烈，大吃一惊，拾起皮鞭，拔出佩剑，骂道："好小子，居然还敢逃跑！"抢了上来，长鞭呼的一响，向楚昭南狠狠抽击！楚昭南冷汗沁肌，师兄一人他已不是敌手，更何况加上飞红巾！暗暗叹道："想不到我楚昭南年纪轻轻，就命丧此处！"

不料飞红巾不加入还好，一加入反累了杨云骢。原来此时药力发作，杨云骢双眼已看不清东西，只是强摄心神，辨声进击。飞红巾的长鞭刷刷作响，还易辨认，佩剑的击刺劈挡，发出的声响和带起的风声却和楚昭南的游龙剑一样。楚昭南为避师兄的掌力，已中了飞红巾一鞭，飞红巾正自大喜，猛地猱身急进，一剑刺去，宝剑从杨云骢身侧刺出。杨云骢忽然大喝一声，身子一翻，双指往剑身一搭，劈手就夺了飞红巾的宝剑。飞红巾大叫："你这是干吗？"楚昭南摸不着头脑，还以为师兄顾念旧情，又一次地救了自己。心中大喜，转身便逃出古堡。

飞红巾大怒，正想喝骂杨云骢，忽然杨云骢"咕咚"一声，跌在地上，叫道："飞红巾，我受了暗算了！"飞红巾大吃一惊，急忙看时，杨云骢已昏迷不省人事。飞红巾不知他受了什么暗算，只道是中了喂毒的暗器，但细细检视，衣服并未破烂，皮肉也未伤损，心中暗暗纳闷。

这时押不卢也已醒来，见这般情景，莫名其妙，拔开水囊塞子，也喝了几口水。飞红巾见他起来，正想喝他，忽见他也"咕咚"一声，倒在地上，心中大骇，只道那袋水已给楚昭南放下毒药，短剑一剑刺去，把水囊刺破，水流满地，霎忽就给地上的黄沙吸得干干净净！

飞红巾先摸摸杨云骢的心口，又摸摸押不卢的心口，只见两人的心都在跳动，面上也不见有什么黑气，只是呼呼的睡得很甜，松了口气，索性持鞭仗剑，守在两人的身边。

这一守直守到第二天的中午，杨云骢才悠悠醒转，第一句话就问道："楚昭南这厮逃跑了？"飞红巾点了点头，杨云骢叫声"惭愧！"跃起身来，活动筋骨，只觉一如平时，说道："这厮不知是什么时候把蒙汗药偷偷放进水囊，哎，这可怪我太过粗心，想不到他会自己解穴！”飞红巾想了一想，说道：“我比你更粗心，他喝水时，伏在地上，敢情就是那个时候做的手脚。哼，我们两人都粗心，因此都不要埋怨了。谅他也逃不到哪里去！”说罢哈哈一笑。

过了一会押不卢也醒了转来，见飞红巾和杨云骢谈笑甚欢，又妒又恨又是害怕，哀求道：“飞红巾，你放我走了吧！”飞红巾道：“为什么要放你走？你若没有做错，回到部落里去，又怕什么？”押不卢低声说道：“飞红巾，我们总算相好一场，你若另外有了喜欢的人，就让我去吧，我在天涯海角，也会给你们唱歌，求真神保佑你们！”飞红巾大怒，一鞭扫去，喝道：“胡说！你当我是什么人来了！这次回去，若你无罪，我会向你赔罪，但以你这样的人品，我不会再喜欢你；若你真是谋杀了我的父亲，哼，那我可要亲手宰你！你若现在要逃，那可更是找死！我会把你割碎！”押不卢吓得面无人色，战战抖抖，哪里还敢再说半句？

飞红巾押着押不卢上马，对杨云骢道：“你也到我们那里去，我们的族人一定很欢迎你！”

杨云骢道声“好！”跨上马背，就与他们同行。

快马行了两天，第三日走过南疆的铁门关，只见一排高山中间，劈开一条隙缝，一条急湍的河流，就从这隙缝中通过。飞红巾道：“这就是我们南疆有名的孔雀河了！”押不卢面色苍白，取出芦笙，又唱起哀伤的歌儿。飞红巾先是皱皱眉头，后来叹口气道：“唱吧！唱吧！让你唱一天，以后再不听你唱了！”押不卢又哀求道：“飞红巾，你不是很爱听我的歌吗？你愿意以后永远听不到这歌声吗？”飞红巾鞭子刷的一响，但却并不打他，只是作势说道：“你爱唱就唱！再多话，我就要打你了！”

走过了铁门关，前面是一大片草原，孔雀河在草原上蜿蜒如带，远处雪山隐现，云彩变幻，两岸垂杨丝丝飘拂，景色雄壮之中带着旖旎。杨云骢心胸开阔，弹剑长啸。飞红巾道：“快到了！”长鞭遥指，远处已隐隐现出炊烟。押不卢歌声骤止，面色益发苍白。

三骑马在草原上疾驰而过，不一会，只见帐幕林立，许多牧民迎了出来，妇女们小孩们跑在前头，又跳又笑，叫道：“我们的哈玛雅（飞红巾之名）回来啦！”有一队青年弹起东不拉唱道：

“我们的女英雄哈玛雅，
她在草原之上声名大，
孩子们看见她笑哈哈，
敌人们看见她就害怕！
白手巾四边上绣满了玫瑰花，
挥动巾儿歌唱我们的哈玛雅，
草原上的青年人人知道她！
依啦！你看她的马儿跑来啦！”

杨云骢低低说道：“飞红巾，这许多人的歌声要比一个人的歌声好听得多！”飞红巾眼角潮湿，也低低说道：“我知道！”一跃下马，牵着押不卢，带着杨云骢，缓缓地走进了人丛之中。押不卢身子微微颤抖，竭力装出不在乎的神情。

帐篷中最后走出三个老人，须发如银，对飞红巾弯腰作礼，飞红巾跪了下去，流泪说道：“我来得迟了！”老人扶起了她，问道：“押不卢已经捉回来了，这位又是谁呢？”飞红巾道：“这位就是杨云骢杨大侠！”

旁边的人一阵欢呼，青年们围拥上来，三个老人又弯腰作礼。杨云骢知道这三人定是族中长老，急忙答礼。老人道：“杨大侠来，好极了！”长老们把飞红巾引进帐中，把押不卢缚在帐外，带杨云骢去沐浴歇息。在草原上作客，主家请客沐浴，那是对最尊贵客人的待遇。

黄昏日落，草原上新月升起，晚饭之后，帐幕外的草地上烧起野火，罗布族的妇女们青年们弹着各种乐器，围着野火，高声唱歌。歌声苍凉悲壮，令人激愤。一个长老揭开帐幕进来请道：“杨大侠，今晚我们祀祭唐努老英雄！”杨云骢跳起来道：“借一扎香，我也要向老英雄致敬！”长老说道：“留待哈玛雅祭过再说吧。”杨云骢跟他走出帐幕，只见飞红巾和押不卢已站在草地上，飞红巾全身缟白，押不卢面如死灰，空气十分沉重。

八　草原夜祭

仲夏夜的草原，天空特别明净，满天星斗，像一粒粒的宝石嵌在蓝绒幕上，远处雪山冰峰，矗立在深蓝色的夜空中，像水晶一样闪闪发光。草原上，罗布族人围着野火，围着他们的女英雄飞红巾，也围着叛徒押不卢。草原上已搭起一座高台，台上放着一个三尺来高的瓷瓶，三个长老跪在瓷瓶之前，默默祈祷。台下鸦雀无声，空气十分肃穆。杨云骢用眼角偷瞟飞红巾，只见飞红巾垂下了头，眼角有晶莹的泪光。杨云骢为她一阵难过，心中暗叹在这样美丽的草原之夜，演出的却是这样沉重的悲剧。

三个长老祈祷完了，默默的站了起来。飞红巾带押不卢走上高台。首座长老伸开双手说道："押不卢，在唐努老英雄的骨灰之前，你知罪么?"押不卢面如死灰，默不作声。长老手掌一挥，叫道："带那名清军俘虏来!"台下一声应诺，两名罗布族勇士，押着俘虏上台。长老银须飘动，和颜悦色对俘虏道："你说实话，我们绝不害你!"

那俘虏回转身来，面对着台下众人，高声说道："我是清军蓝旗都统阿巴古的卫士，上月在阿克苏草原和你们打仗，激战了三日三夜，我们伤亡很重，还怕你们续有援军，都统本来准备在第二日就拔寨退军。那天晚上，中军进谒都统，说是已和你们那边的内应联络上了，随即交出一片竹简，竹简上画有地图，还刻有'第三座帐幕，援军难赶来'十个小字。都统问了一声：'那人可靠吗?'中军道：'绝对可靠，是楚昭南担保的。'都统唔了一声，第二晚就抄捷径去夜袭。后来我才知道，第三座帐幕就是你们族长的帐幕。我们打进了帐幕，唐努老英雄只有几个亲兵陪着他，可是他作战非常勇敢，我们的都统本想把他生擒的，给他一连斩杀我们十几名勇士，他自己也是血染战袍，受伤很重。都统见他受了重伤，还是恶战，亲自带领卫士上去围捉，不料他虎吼一声，忽然杀了出来，又斩了我们两名卫士。都统一刀刺进他的胸口，他的兵器也给我们打掉。哪料他和身扑上，抱着都统不放。卫士们乱刀把他斩死，拉了起来一看，我们的都统也已给他扼死了。我赶紧收拾都统的遗物，退出帐幕，想去报告副统领。哪料刚出帐篷，就碰到你们一队勇士，拼死来救唐努老英雄，我们一队卫士，只有我受伤被俘，其余全战死了！”

那俘虏讲完之后，台下起了一片啜泣声，首座长老合掌说道：“他的名字是我们罗布族的光荣，他的鲜血保存了我们的儿童和妇女，他不愧是真神阿拉的儿子，他不愧是我们的父亲。他的名字永垂不朽！”台下巨雷般地应道：“唐努老英雄永垂不朽！”杨云骢热血沸腾，心道：有这样英雄的父亲，怪不得有那样英雄的女儿！

长老颂赞完了，待众人静下，又问那名俘虏道：“都统的遗物是你收藏，那片竹简可在里面吗？”俘虏点了点头，从怀中掏出一片竹简，长老接了过来，转递给飞红巾道：“哈玛雅，你自己去看！”

飞红巾接过竹简，低头一看，面色大变。上面刻着的字，正是押不卢的笔迹。虽然她一路上已对押不卢起了很大的怀疑，可是心中有时还希望那是假的。这心情非常微妙，押不卢到底是她曾爱过的人，她实在不敢想像他是那样卑劣的汉子。

首座长老见飞红巾捧着竹简的双手微微战抖，走了过来，低声说道：“哈玛雅，我们的族人都看着你！你说该怎么办？”飞红巾蓦地秀眉一挑，面对族人，扬着竹简说道：“真凭实据已在这儿，害死我的父亲的，就是这个押不卢！”她一个旋身，将竹简掷在押不卢面前，喝道：“你敢说这个不是你刻的吗？”押不卢颤声说道：“是我刻的！”飞红巾凄厉长笑，叫道：“把他绑起来，我要取他的心肝祭奠！”

这时刻台下鸦雀无声，空气死寂。除了三个长老之外，其他的人，事先都不知道押不卢就是奸细。押不卢是许多姑娘心爱的歌手，谁都没有料到，歌声唱得那样美妙的人，心地竟是那么肮脏。青年们又全都知道押不卢是飞红巾的情人，这时除了为飞红巾难过之外，全都怀着又惊奇又战栗的心情，看着飞红巾。

飞红巾拔出短剑，跪在装着父亲骨灰的瓷瓶下面，哭道："父亲啊！女儿要替你复仇了！"在众人注视下，飞红巾倏地起身，揩干眼泪，短剑在夜空中闪闪发光，一步一步，走近押不卢！

押不卢忽然高声叫道："飞红巾，你准不准我说几句话？"长老道："若有冤屈，尽可辩解！"飞红巾倒提青锋，迫近一步，陡然停下，喝道："你说！"

押不卢哈哈狂笑，大声叫道："飞红巾，你的皮鞭呢？你把我一剑刺死吧，我再不用怕你的皮鞭了！

"我不想辩解，唐努老族长因我而死，这是我的错，但，飞红巾，难道你就没有错吗？

"我，押不卢，大家都说我是你的情人，但你动不动就用皮鞭威吓我，事无大小，一切都要听你的话。我哪里像你的情人，只是像一个卑微的仆人，而你就是我至高无上的主子！

"就是你表示爱我的时候，也总是把我当作不懂事的小孩子。'押不卢，乖乖的听话啊！''押不卢，做这样不要做那样啊！''押不卢，现在我有点烦闷啦，你赶快给我唱歌吧！''押不卢，在我的身边，你不用害怕呀！'你瞧，你哪里是将我当作同等的人看待？我像是什么本领都没有的人，全凭你的保护。青年们又把我当成'暴发户'，好像全是因为你飞红巾把我看上，我这才抖起来啦。在我们的民歌里，男的比作太阳，女的比作月亮。但在我们之间，你是太阳，我只是一颗黯淡的星星！好像我若是有一点点光辉，也全是沾你的恩泽！

"你是值得骄傲的，我们草原上的女英雄，你走到哪里，小伙子们就像众星拱月地围绕着你！可是难道我就没有半丝骄傲？难道当我的歌声在大草原飘荡的时候，吸引不着年轻姑娘的眼光？

"飞红巾，你是女英雄，可是我忍受不了！这个时候，楚昭南暗地来见我，叫我帮他的忙，将唐努老英雄捉去，然后向罗布族招降。他说：打了这么多年仗，人马都疲倦咯，不如投顺了清军，好好地过日子吧。你们这族，最坚决要打仗的是唐努父女，把老的捉住，小的就不敢强硬啦！打仗不打仗，我倒不在乎，但是我成心想气气飞红巾，我要做一桩惊人的事，令她有一天也要求我。现在我知道错啦，飞红巾，但我也不求你饶恕了，你把剑剖开我的胸膛，把你所爱过的人的心肝拿出来吧！”

飞红巾的手突然颤抖起来，她恨极押不卢，她对他的爱已完全消灭了，她不是举不起手杀他，完全不是！而是押不卢所说的话，是她以前完全没有想过的！

有一些年轻的姑娘们，本来就喜欢押不卢的歌，听了他这一番临死前的说话，忽然觉得这个人虽然该死，但也有些可怜，有些姑娘竟低下头来，不敢看台上的景象！

杨云骢站在台前，清清楚楚地看到飞红巾的短剑轻轻颤动，他也看到了飞红巾性格上的优点和缺点。这是一个复杂的问题，需要好好地和飞红巾讲。

青年们怒叫着，许多人想上台去驳斥押不卢，长老伸开双手，缓缓说道：

“如果为了我们一族的光荣，要你把牛羊都拿出来，你就说连我的母马也拿去吧！如果为了我们一族的光荣，要你去打仗，你就说连我刚长成的儿子也算上一份吧！如果你为大家做事，受了委屈，不要忙着申辩，把事情做好了再说吧！

“这是我们经书上说的话，在草原上流传了许多年，大家都知道的话，不是吗？押不卢？”

押不卢低下了头，长老声调高亢，越说越快，斥道：“我们罗布族人都懂得这些话的意思，在真主的名下，在正义这一边，为了大家的事情，我们的一切都可以奉献，难道不是这样吗，押不卢？

“现在，满洲的军队从关外打到关内，又打到我们的新疆。他们的战马在草原上肆意奔腾，他们的士兵焚烧我们的帐幕，劫掠我们的财物。他们要草原上的牧民像羔羊一样驯服，做他们的奴隶，受他们的鞭笞。除非是完全没有骨头的人，否则没有哪一个愿意这样做！

“押不卢，我们的族人在抗暴，在流血，他们为了罗布族的光荣，一切都奉献出来，而你却一点点委屈也受不住，而你却要和你心爱的人比赛骄傲！

“这有什么骄傲呢？害死我们尊敬的老英雄，害死你的兄弟和姊妹，替敌人做走狗，这是最最下贱的没有骨头的奴才，亏你还敢说飞红巾！

“飞红巾，你的父亲在天上看着你，你的族人在台下看着你！现在你是我们族长的继位人，你可以按照你的意思去做。飞红巾，你要怎样去做呢？”

飞红巾高声叫道：“拿酒来！”一个青年捧着一只牛耳大酒盅走来，里面有半盅烈酒。飞红巾左手接过酒盅，右手短剑闪电般地插进了押不卢的胸膛，霎时间，押不卢的鲜血飞射出来，飞红巾用酒盅一挡，装满了满满一盅血酒！

飞红巾短剑拔出，剑尖上刺着一颗鲜血淋漓的人心！一声凄厉长笑，脚尖起处，押不卢尸身滚落台下。

飞红巾提着短剑，捧着血酒，回过身来，缓缓地走到父亲的灵前，三个长老跟在背后，血酒倒在灵前，心肝钉在台上。飞红巾失声痛哭，叫道：“父亲啊！你可以瞑目了！”

大草原上沉默无声，所有的人都低下头去。忽然间，远远传来了一阵胡笳，马蹄声渐行渐近，东面冲来了一彪人马，为首的挥着一面大旗。把风的罗布族人叫道：“塔山族酋长到！”不一会，西面又冲来了一队马帮，把风的又通报道：“莎车五部落联盟代表到！”不到半个时辰，竟到三族酋长和十四个部落的人马，离高台数十步远，一字排开。高台上三个长老面色大变。

九　比武定盟

草原上夜风低啸，台下的野火烧得正旺，飞红巾提着短剑，旋过身来，对着下面的人马，茫然不知所措。长老低声说道："哈玛雅，先请叔伯们上来祭奠。"飞红巾把血酒一倾而尽，朗声说道："各位叔伯和朋友们，多谢你们从各处赶来，我的父亲虽死犹生。他的鲜血滴在草原上，叛徒的血和敌人的血，也滴在草原上。看到你们一大群一大群的到来，我敢相信，如果我们的血流成小溪，敌人的血就要流成大河，草原埋葬我们一个人，就要埋葬他们十个人！我父亲的骨灰在这台上，我父亲的灵魂在你们中间，他聆听着你们的说话，现在请你们上台来吧！"

杨云骢心里赞叹道："好一个飞红巾！这些人成群来到，看来并不只是参加祭奠。若果他们有什么企图，飞红巾这番话会令他们惭愧！对着唐努老英雄的骨灰，谁都会发誓要消灭敌人吧？"

各族酋长和各部落的代表鱼贯登台，飞红巾向杨云骢招招手，杨云骢默默地跟在后面。众人惊奇地看了他一眼，并不说话，一个个在唐努老英雄的灵前倾下血酒。最后轮到了杨云骢。塔山族的酋长忽然问道："他是谁？"飞红巾答道："他是杨云骢大侠！"众人陡然一惊，塔山族酋长又问道："他算是代表哈萨克人还是你们罗布族人？"杨云骢抗声说道："我是汉人，我又是哈萨克的战士和哈玛雅的朋友！我不代表谁，谁抵抗清兵，我就帮助谁！"酋长们和各部落的代表们轰然道："好！"塔山族的酋长缓缓地向三个长老问道："唐努老英雄死了，是不是他的女儿承继他的位子？"长老反问道："你难道以为我们的哈玛雅不配吗？"塔山族的酋长正色说道："飞红巾女英雄威震南疆，谁敢说她不配？可是你别忘记了，唐努老英雄不但是你们的族长，也是我们的盟主。”莎车族的代表接着说道：“我们来祭奠唐努老英雄，我们也想在今夜决定谁是新的盟主。我们不是不服飞红巾姑娘，可是按照我们的规矩，总得比试一番，那才能推定。”飞红巾急忙说道：“我年纪轻轻，盟主那是万不敢做，我不参加竞逐了，若选出新的盟主，我第一个听他调遣！”萨马儿族的酋长笑道：“那不行！飞红巾女英雄和罗布族的勇士们怎能不参加竞选？我们并不是争夺盟主，而是要公平选出一个大家心服的人，带领我们和敌人打仗！”杨云骢松了口气，心想：原来是这样，只要肯抵抗清兵就成！插口说道：“哈玛雅，大敌当前，谁也不要推让，按照你们的规矩办事吧！”飞红巾看了杨云骢一眼，点头答应。

竞赛开始了，虽然不是性命之争，但也极其惊心动魄。头一阵是摔跤，莎车族的勇士把萨马儿族的勇士摔到地上爬不起来，罗布族的勇士又把他摔脱两个门牙，塔山族的勇士又把罗布族的打败。飞红巾是个少女，不便参加，最后没人敢来敌对。正要算塔山族得胜，杨云骢忽然越众而出，说道：“我也算一份，赢了就算是哈玛雅姑娘的！”飞红巾低声说了句：“谢谢！”塔山族的勇士名叫阿盖，是南疆第一名摔跤好手，心中怒道：“怎见得就是你赢？”当下跑到杨云骢身边，说道：“杨大侠，请赐教吧！”

杨云骢微微一笑，双手紧贴膝旁，说道：“你先请！”摔跤是四臂相交，两人互抱，从没有双手下垂，双腿挺直的道理。阿盖奇道：“这样怎能算是摔跤？”杨云骢笑道：“你尽管发力就是，我给你摔跌了就算我输。”阿盖大怒，两腿微弯，膝盖向前一顶，双手扳着杨云骢的身躯便摔。杨云骢喝声：“去！”但不见他闪身动手，阿盖已飞仆出一丈开外。众人相顾骇然。阿盖打了个挺，企起身来，站稳马步，双手一搭杨云骢肩头，左手前推，右手五指如钩，向下一拉，这是摔跤中很厉害的一招，名为“推窗望月”。杨云骢又喝一声：“去！”阿盖庞大的身躯又直飞出去，跌了个四脚朝天！阿盖哇哇大叫：“妖术，妖术！”

飞红巾武功深湛，一见杨云骢纹丝不动，便将对方摔倒，脱口赞道：“好个沾衣十八跌的功夫！”这种绝技，非内家功夫已到炉火纯青之境，绝不能为。“沾衣十八跌”的道理正与太极拳的借力打力一样，都是用敌人自己发出的力量去打击敌人。只是“沾衣十八跌”还需要懂得运气反击的功夫，比单纯的借力打力还要难上许多。

阿盖虽然精于摔跤，却不懂得这种内家的上乘功夫，仍然不服，叫道：“你若不使妖术，依正摔跤规矩，把我摔倒，我就服了。”塔山族的酋长是个内家高手，笑骂道：“你不懂这种功夫就别胡说！”他自忖不是杨云骢对手，不敢出来替下阿盖，只是替阿盖认输，催他回去。阿盖却直挺挺地站在杨云骢面前，并不理会。

杨云骢知他不服，双腿微弯，伸出双手，道：“来吧！”阿盖一把扑去，捉着杨云骢的手腕便扭。杨云骢疾将手腕一沉，脚尖一勾，阿盖力发难收，重心不稳，身子前仆，给杨云骢轻轻一勾，便跌在地上。阿盖站了起来，翘起大拇指说声“好！”又道：“这才是摔跤绝技，我服了！”

杨云骢正想退下，塔山族的大力士德卡出来说道：“杨大侠，我们来比比拳。”此人身长六尺有余，两臂肌肉坟起，屈伸之间，骨骼格格作响。飞红巾突然一掠而前，说道：“杨大侠是客人，不好尽烦搅他，我来和你比拳。”飞红巾腰肢袅娜，玉立亭亭，比起那个巨无霸来，真是相映成趣。

杨云骢一笑而退，德卡道：“哈玛雅，你的剑术驰名南疆，拳脚相搏，可是取巧不得，我一拳可以打死一头骆驼，碰伤了你，那可不好意思。”说罢随手一拳打在一棵小树，那棵小树果然应声倒下！飞红巾瞥了一眼，若无其事，只是笑道：“树是死物，如何比得溜滑的人！你发拳吧，打死了我，我的族人也不会怪你。”德卡心想：“纵她再溜滑，只要被我拳风扫着一点，就会倒地。而且就算我打不着，她也不会打着我。她若只是躲闪，也算是我上风。”忽地一拳打出，飞红巾轻轻一闪，已到了他的背后，玉掌一扬，啪的一声打中他的背心。飞红巾用的是内家重手法，德卡痛得哇哇大叫。但他也好生了得，反手一捞，蒲扇般的大手朝飞红巾便抓。飞红巾轻轻一闪，伸手在他肩膀轻轻一推，德卡跄跄踉踉地倒退数步，虎吼一声，一稳身形，即便跃上，双拳齐发，直如巨锤击石，勇不可当。飞红巾身躯一旋，伸手抓着他的手腕一带，德卡这一击之力，何止千斤，而今给她借力一拉，只觉身子似腾云驾雾一般，向前直飞出去。杨云骢急展绝顶轻功，身形起处，如箭飞射，一把将德卡接着，放了下来。草原上掌声雷动。德卡是个爽直汉子，先向杨云骢拱手谢过相救之恩，跟着对飞红巾一揖到地说道："姑娘真好武功，俺德卡是心服口服了！"

飞红巾微微一笑，道声："承让！"堪恰部落队中突然飞出四骑骏马，马上人骑术精绝，在草原上跑了一圈，倏地停下，说道："我们想领教罗布族勇士的骑术鞭术！"飞红巾接声叫道："牵我的白马来！"四骑士齐声问道："飞红巾姑娘，你也参加比赛么？那么再选三名骑士就够了！"飞红巾的女伴牵出一骑白马，飞红巾飞身跨上马背，抽出软鞭，迎风扫动，噼啪有声，笑着说道："让我一个人领教你们四骑士的鞭术好了！"双脚一夹，白马腾开四蹄，在草原上飞驰而过。四骑士喝声"好！"四匹马齐向飞红巾冲来，倏地分开左右前后，一齐截击，四条长鞭，看看打到飞红巾身上。罗布族姑娘大叫起来，忽然马背上不见了飞红巾人影，飞红巾早已躲在马肚底下。那匹白马中了一鞭，长嘶一声，猛地向前冲去，前面那名骑士，提缰一闪，白马疾的擦身而过。飞红巾闪电般地翻上马背，长鞭一卷，那名骑士尚未看清，已给摔下马背。飞红巾更不放松，反手一鞭，又把一名骑士迫落马背。其他两名骑士都发了慌，策马躲闪，不消片刻，又给飞红巾一一摔倒地上！

塔山族的酋长按捺不住，飞步而出，拦着飞红巾的马头，问道："姑娘累么？"飞红巾跃下马背，拢袖一揖，说道："若得酋长赐教，岂敢推辞！"塔山族酋长名叫巴拉，深通西藏天龙掌法，算得是一名内家高手。当下说道："我想领教姑娘的掌法。"飞红巾道："那就请你进招吧！"巴拉刷地一窜，快似飙风，双臂箕张，向外一展，左掌掌击飞红巾额门，右掌打出一半，忽化为拳，猛击飞红巾前胸。飞红巾步法轻灵，倏然转身，一个"推手"化解了敌人攻势，双掌轻飘飘地拍去。巴拉肩头中了一掌，急忙沉肩缩腕，右掌向下一截，一招"金刃劈风"，猛切飞红巾脉门。这一招疾如电光石火，是天龙掌法中反守为攻的绝招，哪料飞红巾盈盈一转，身子竟似随着掌风直飘出去，直如舞蹈一般，十分美妙。杨云骢心念一动：“这掌法竟似在哪儿见过的。”细细一想，才想起自己在天山学技的第三年，那时楚昭南才刚刚上山，师父要自己代传掌法，有一日师兄弟正在喂招对掌，忽然面前出现一位老婆婆，笑道：“好掌法！”叫自己两师兄弟同时向她发掌，她轻飘飘地东转西转，片刻之间，自己就中了她几掌。幸而她毫不用力，并未觉痛。这时，师父已不知从什么时候走了出来，笑道：“白太婆，你怎的欺侮小孩子？”那老婆婆道：“晦明，你总不肯和我比试，我以为天山掌法天下无双，原来也不过如此！”师父给她激得没有法子，只好和她比掌，两个小孩子看得眼花缭乱，连人影也分不出来，忽然那个老婆婆倏地跳出圈子，一声不响，飞驰而去！师父叹道：“这老妪怎的如此好胜！”师兄弟再三请问，才知师父赢了一掌。

杨云骢一看飞红巾掌法，蓦地想起那老太婆来，不用再看，便知飞红巾一定获胜。果然不过片刻，忽听得巴拉大叫一声，跌出两三丈外！

十　内心的骄傲

飞红巾飞身一掠，疾如弩箭，伸手捉着了巴拉的皮鞋后跟，往后一拉，硬把巴拉拉了回来。巴拉适才与飞红巾比试时，天龙掌法的一百二十六式招数，已用了一半以上，兀是碰不着飞红巾，甚至连她随风飘动的衫裙也捞不着，又惊又急，一下子使出了天龙掌法的泼风盘打三绝招。头一招“乌龙绞柱”，双掌风车般地一转一绞，向飞红巾身影猛扑。飞红巾身子一仰，轻飘飘的随着掌风直荡出去。巴拉喝声“好！”身子一伏，猛地向前一窜，第二招“双龙出海”，双掌齐发，猛击飞红巾后心。飞红巾微微一闪，旋过身来。巴拉双掌打到中途，突然化掌为拳，第三招“登山跨虎”，左拳一封，右拳猛击出去，这一招变招奇速，快若流星，以为飞红巾定避不了。哪料飞红巾手掌一扬，托着了他的手肘一送，娇喝一声：“去！”巴拉水牛般的身躯，腾云驾雾般地直掼出去。草原上的人齐声惊呼，巴拉也是灵魂儿飞出七窍。不料飞红巾身法竟是如此之快，将他飞摔出去之后，又将他拉了回去。巴拉站稳之后，抹了抹汗，拱手说道：“姑娘神技，真是名不虚传！我和我的族人，愿诚心尊奉姑娘做我们的盟主！”草原上一阵欢呼，莎车族、萨马儿族和堪恰族的酋长们也纷纷围拥上来，同声道贺。

飞红巾连胜三阵：击败南疆著名的力士，鞭摔四名最强的骑士，又以掌法赢了塔山族的酋长巴拉。每一阵都显出深湛的武功、超凡的技艺。三族十四部落，没一个不心悦诚服，没一个不深庆得人。飞红巾还待谦让，哪还推让得掉？当下被各族酋长和各部落的代表拥上高台。杨云骢也跟了上去，在她的耳边低低说道：“飞红巾，你就答应他们，当了盟主吧！”飞红巾星眼流波，轻回盼睐，

“刁羊”是一种把“骑术”和“求爱”联在一起的游戏，青年男女骑上骏马，在草原上追逐，男的在前，女的在后，若男的给女的追上了，可得任由姑娘们鞭打。

也轻声地对杨云骢道："杨大侠，你可得留在南疆呀！"各族酋长又围拥着杨云骢道："是呀，杨大侠，你刚才代表罗布族出场，你可得扶助咱们的新盟主呀！"杨云骢笑道："凡是抵抗清兵的我都愿帮助。哈玛雅姑娘现在是南疆抗清的主帅，我若留在南疆，当然在她的帐下效力。"众人又是一阵欢呼。飞红巾再祭过父亲，于是和各族酋长及各部落代表，歃血为盟，就了盟主之位。

这一来，大草原上的气氛，顿从悲痛激愤变为兴高采烈，青年男女们围着野火，又唱起那首风行草原的、颂赞飞红巾的歌来。一时间，"我们的女英雄哈玛雅，她在草原之上声名大……"的歌声震荡了原野。

罗布族的长老们见大家兴致甚高，也是十分开心。当下宣布为了庆祝飞红巾当选新盟主，今晚要彻夜狂欢，并许可青年男女们玩"刁羊"的游戏。

"刁羊"是一种把"骑术"和"求爱"联在一起的游戏，青年男女骑上骏马，在草原上追逐，男的在前，女的在后，若男的给女的追上了，可得任由姑娘们鞭打。看来是女的占了"便宜"，但有些男子，想姑娘们鞭打也得不着。原来姑娘们也不是胡乱追逐男子鞭打的，她们追逐的只是自己心爱的人。有一首诗道："秋夜鸣芦管，歌声遍草原，姑娘骑骏马，长鞭打所欢。"就是歌唱这种风俗的。

杨云骢这时已退至台下，杂在人群之中，跟着他们跳舞歌唱，看着一对对的青年男女，骑着骏马，在草原上互相追逐，玩"刁羊"的游戏。一时间，鞭声噼啪，笑声格格，整个草原都好像充满了欢乐。杨云骢心旷神怡，忽然间他两旁的人群纷纷闪开，飞红巾不知什么时候下了高台，走了进来，含笑招呼他道："杨大侠，你不玩'刁羊'的游戏？"杨云骢一阵心跳，急忙说道："我的骑术不行，不懂得玩。"飞红巾爽朗笑道："你别慌，我不是想用鞭打你，他们年轻小伙子们借'刁羊'来求爱，我们借'刁羊'来练练骑术难道不行么？我最喜欢夜晚的草原，你陪我出去玩玩好吗？"杨云骢满面飞红，自觉多疑，正想答应，但看看周围的青年男女，含笑看着自己，心念一动，转口说道："那我们就在草原上走走吧，不必骑马了，我们的脚程大约不会输过小伙子们的骏马。”他到底还是避过和飞红巾同玩“刁羊”的游戏。

深夜的草原，夜风送来一阵阵青草的气息，星星像顽皮的孩子，眨着眼睛，好像具有一种诱人的魅力。两人越行越远，不知不觉间，离开了喧嚣的人群，跑到了开旷的原野。背后颂赞飞红巾的歌声还隐隐传来。飞红巾笑语盈盈，似乎开心极了。杨云骢蓦然想起了押不卢的话，轻轻地拉着飞红巾的手，说道：“哈玛雅，恭喜你当了盟主！”飞红巾愕然说道：“怎么你也跟我来这一套，我的本领可比你差得远呢！”

杨云骢微微一笑，忽然说道：“飞红巾，你既不喜欢客套，那么我就对你说一些不客气的话，你怪我吗？”飞红巾双眼闪闪放光，颇感奇怪，说道：“杨大侠，我有什么不对的地方你尽管说呀，我怎会怪你？”

杨云骢沉思了好一会，这才在飞红巾注视下开声道：“哈玛雅，草原上的青年男女歌颂你，你的本领也的确是巾帼罕见的女英雄。但你可想到，这些歌颂也可能是旋风扬起的风沙，会倒过头来把你埋掉吗？”

飞红巾嘟着小口说道：“又不是我叫他们歌唱的，你不高兴听，我以后就禁止他们唱好了！”

杨云骢大声笑道：“飞红巾，你不懂我的意思。我很喜欢听这些歌，因为我高兴看到你们南疆的牧民有他们衷心信奉的英雄。他们团结在他们所信奉的人的周围，会发生很大的力量。而你，飞红巾，也的确值得他们歌唱！

“我说的不是这个，而是，你可曾想过，这些歌颂，也可能给你带来伤害。飞红巾，你还记得押不卢临死前的话吗？”

飞红巾把手一摔，眼睛充满疑惑，问道：“杨大侠，难道你以为押不卢的话对吗？”

杨云骢正色说道：“飞红巾，押不卢是死有余辜，但他对你说的话，有一些却值得你自己仔细地想。他是你的情人，为什么他会背叛了你，反而去勾结敌人？”

飞红巾杏脸通红，说道：“这是他自甘下贱！”杨云骢道：“不错，他原是灵魂卑劣的东西。但他这样快的背叛，和你也有关系！”飞红巾道：“你是说我也有错？”

杨云骢紧握飞红巾的手，低声说道：“是的，飞红巾，你也有错！我和你相识不久，但在这几天里我觉察得出来。大家都在歌颂你，说你是女英雄，‘在草原之上声名大’，我觉察到，在你心里滋长着一种情绪，这就是内心的骄傲！”

飞红巾跳起来道：“你说我骄傲？你问问我的族人吧，我对他们不是挺和气吗？小孩子们也愿意和我交朋友！”

杨云骢笑道：“你的骄傲在表面上看不出来，所以甚至连你自己也不知道。

“内心的骄傲，常常会流露给自己至亲至近的人知道。押不卢曾经是你所亲近的人，他就深深地感受到你内心的骄傲！你并没有把他当成平等的对手看待，不是吗，飞红巾？

“押不卢的事还小，如果你任由自己的骄傲在心里滋长，甚至开花结果，那么，飞红巾，那个果子就会把你的心灵毒害了！

“飞红巾，你真实地告诉我，当你听到那些颂赞你的歌声时，你的感觉怎样？是引起你的高兴呢，还是引起你的戒惧？我猜，你是高兴的，就是表面上表现出不高兴听，其实心底里还是高兴的。是不是这样呢，飞红巾？”

飞红巾点点头道：“这是真的！杨大侠，我不骗你，的确是那样子！”她重复地说了之后，就沉默下来，牵着杨云骢的手，缓缓地在草原上漫步，许久，许久，才如梦初醒地吁口气道：“杨大侠，我谢谢你！”

杨云骢心上顿感轻松，仰望天空，月亮已过中天。他觉得飞红巾也如这月亮一样，非常皎洁。他愉快地吹着口哨，飞红巾也迅即为他欢乐的情绪所感染，低声地唱起草原上迷人的牧歌。杨云骢笑道：“正经的事谈完了，现在让我们好好地玩乐吧！”这时正好有一只羚羊在草原上飞快地奔跑，似乎是听到了人声而惊逃的。

飞红巾一声娇笑，指着羚羊道：“我们去追它，我们比赛一下轻功，你可不许说我骄傲！”杨云骢笑道：“这个与骄傲无关，好，你先追吧！”话刚说完，飞红巾已如疾风一样追上前去，又像一团白影在大草原上滚过，杨云骢赞道："好轻功！"当下也展开身形，疾忙追赶。

飞红巾跑得疾，杨云骢也赶得急，不久两人都已赶过了羚羊，但兴趣正浓，还是风驰电掣般地追逐！

两人各展绝顶轻功，越跑越快，杨云骢因为先让了飞红巾一段路，相距总有一二十步，飞红巾一面跑一面娇笑道："你赶得上我么？"杨云骢道："你瞧着！"一提气，展开"八步赶蝉"的功夫，几个起落，抢到了飞红巾前面，回过头来，双手一张，笑道："飞红巾，你的轻功真好，我追是追上了，额头却也冒汗了！"

飞红巾笑道："我不高兴听你故作谦虚的说话，你不如干脆说：'我赢了！'"两人笑了一会，飞红巾忽道："你看，我们也不知跑了多远，前面那座山叫马萨尔山，风景很好，我们的族人常常到那里游玩和打猎，从我们的部落到那里去，他们要走整整一天！"

杨云骢一时高兴，说道："我们就到山上玩玩，好吗？"飞红巾拍掌笑道："好呀，我们就玩到天明再回去。"说罢，又是一阵风似的跑在前头。

两人刚跑上山岗，飞红巾忽然回头说道："你听听，里面好像有人声！"杨云骢道："我们攀上那棵大树去看。"两人脚一点地，同时纵上了一棵大树，霎忽攀上了树顶，向下一望，只见山口的斜坡之上，有两个人打得很是激烈。一个是哈萨克人装束，手使一柄长剑，一个却是满洲旗人的样子，左手抡刀，右手使剑，招数非常古怪。杨云骢见了，几乎喊出声来！

十一　幽谷战双凶

使长剑的人正是伊士达，他是哈萨克的勇士，又是杨云骢的盟弟，一个月前，在横渡大沙漠、突遇大风沙时走散了的。那旗人装束的，杨云骢却不认得。

两人在月光下打得非常激烈，那旗人左手抡刀，右手使剑，招数繁复古怪，伊士达虽是有名的勇士，却兀是抵挡不住，给他迫得连连后退。但山麓上还有一条大汉，抖着一枝花枪，恰恰封着了伊士达的退路。那旗人边打边喊："你这回子还不把图交出来？"伊士达怒道："呸！你要恃强夺取，我偏偏不给！"那旗人冷笑一声，刀劈剑戮，连发几招怪招。伊士达长剑一格，忽然"呀"的一声，叫了出来，那柄长剑给敌人短刀一绞，长剑一撩，竟自脱手飞出。伊士达腾身一跃，夺路奔逃，一柄花枪，又迎面刺到。

那旗人装束的名唤邱东洛，是长白山派"风雷剑"齐真君的门下，排行第三。那使花枪的名叫柳西岩，是他的师弟，排行第五。齐真君是关外第一名武师，武功颇有独到之处，路数与关内不同，邱东洛在他门下本领最高，他左刀右剑的怪招，杨云骢看了也暗暗惊异。为了看清他的路数，因此并不立即出手。

柳西岩一枪刺出，邱东洛叫道："师弟，留活口！"话犹未了，忽觉头顶呼的一声，一条人影似大鸟般飞掠过去，尚未看清，又听得柳西岩大叫一声，他的那根花枪，已给来人劈手夺去！

杨云骢使出"鹰击长空"的轻功绝技，一手夺了敌人的兵器，一手拉着伊士达，并肩一站，喝道："你们为什么欺负我的朋友，说得有理，就放你走，若然无理，哼，哼，可要你们留点记号！"

邱东洛正想答话，忽然树顶又是一声娇笑，红巾飘飘，如飞鸟般落下地来。柳西岩惊叫道："飞红巾！飞红巾！"飞红巾冷笑道："你们也认得我？"长鞭刷地出手，短剑也拔了出来，对邱东洛一指道："原来你也会两手同使两般兵器，好，咱们比划比划！"杨云骢叫道："哈玛雅，别忙，听他们怎样说！"拉着伊士达过去和飞红巾见面，伊士达乐得什么似的，抱着杨云骢又叫又跳，频频说道："你是怎么逃出来的？还结识了这样一位女英雄！"

邱东洛自出师门，罕逢对手，杨云骢露出那手惊人的轻功虽令他大吃一惊，可是他还以为在刀剑的功夫上未必会输给对方。此刻见对方三人纵声谈笑，好像全不把他们放在眼内，勃然大怒，叫道："伊士达，不怕你有帮手，你们三人一齐上来我们也不怕，你的宝图还是要交出来！"

飞红巾挥动长鞭，跃跃欲出，杨云骢将她拉着，问伊士达道："什么宝图？是他们的吗？"伊士达道："说来话长，宝贝我不稀罕，不过，那图不是他们的，他们却一路来抢，我气不过，偏偏不给他！"

杨云骢听了之后，叫道："成了！我出去发放他们，飞红巾、伊士达，不准你们帮手。"飞红巾嘟着小嘴，很不高兴，伊士达却笑孜孜地看着他的盟兄。

杨云骢一掠而出，叫道："好，你们两个鞑子不服气是不是，都冲着我来！"邱东洛道："咱们一对一比比兵刃，你报上名来！"杨云骢哈哈笑道："你也值得我亮兵刃、报姓名？哼，接着！"他右手握着那根夺来的枪，轻轻一抛，向柳西岩掷去。柳西岩只觉锐风劲射，哪里敢接，往左一闪，那柄花枪"咔嚓"一声，直插入山石之中，激得火花四溅。柳西岩用尽吃奶的力气才拔得出来，面都青了！

杨云骢双臂一屈一伸，嘻嘻冷笑："怎么样？你们两人摆兵刃同上打我这空手的人，都不敢吗？哼，真是废物！"邱东洛见杨云骢又显了一手"李广射石"、掷枪没顶的功夫，心里也已发慌，但转念一想，自已的风雷刀剑，称雄关外，这人功力虽高，但双手空空，我却怕他作甚？他不知道杨云骢是谁，但他的师弟却认得飞红巾，喊了出来。飞红巾的名头他是知道的，心想："此人要用肉掌和俺比试，那我无论如何不会落败。只是久闻飞红巾乃是南疆第一位女英雄，若她出手，大约可和我打平，我师弟功夫较弱，只怕克此人不住。”正沉吟间，杨云骢又喝道：“怎么样？你们若不敢比划，就得向我的盟弟叩头赔罪！”邱东洛眼珠滴溜溜一转，说道：“话说在前头，咱们是明刀明枪，旁边的人可不准用暗青子，若要用暗青子，咱们也可划出道来另外比试！”杨云骢喝道：“你啰唆作甚，我的同伴绝不出手就是了，你们一齐上吧，省得麻烦。”

邱东洛突然一刀刺去，叫道：“这是你自己划的道儿，死别怨我！”杨云骢左掌一顿一搭，轻拨刀把，右掌疾展大擒拿手中的恶招“金雕抓兔”，硬抢邱东洛右手的长剑。邱东洛左刀一侧，右手长剑“乘龙引凤”，一招三式，刺咽喉，挂两肩，以攻为守，好不容易才将杨云骢的擒拿手拆开，叫道：“西岩，他要较量咱哥俩，你还不上来！”柳西岩心里发毛，给师兄一喝，只好挺着枪从旁闪击。

邱东洛的风雷刀剑古怪之极，柳西岩虽然较弱，也非庸手，一口刀，一把剑，一枝枪，紧紧裹着杨云骢。伊士达在旁边看得惊心动魄，手心淌汗，飞红巾却在他耳边轻轻笑道：“你的盟兄要赢了！”

原来天山剑法是晦明禅师综合各派之长，独创出来的。关外的风雷剑法，杨云骢虽未见过，但看了一阵之后，已揣摩出道理来。邱东洛的招数虽怪，仍脱不了一攻一守，互相配合的道理，若以短刀攻时，长剑便撤回防守；若以长剑攻时，短刀便撤回防守。这样战法沉稳异常。杨云骢看清之后，掌法一变，着着抢先，对方剑未刺出，他已缩掌闪身，对方收回，他又擒拿扑击，十数招一过，邱东洛攻守次序全被打乱。杨云骢长啸声中，掌法再变，紧紧盯着邱东洛，左掌横扫直劈，使的竟是刀剑路数，右手骈指如戟，竟在兵刃纷飞中，伸手去探敌人穴道。他虽然双手空空，却似捏着两般兵器，把邱东洛迫得满头大汗。

柳西岩见师兄连连后退，迭遇险招，虽然心里发慌，也只好挺枪来救，他花枪打了一个圈子，走偏锋，刺肩胛，刷的一枪朝杨云骢肩后刺来。杨云骢头也不回，忽地反手一捞，喝声“去！”，花枪已再被杨云骢夺在手中，而柳西岩也跌出三丈外。邱东洛急忙跳出圈子，叫道：“算了，我不是你的敌手，宝图我不要了。好汉，可肯留下名字？”杨云骢哈哈笑道：“现在告诉你不妨，我也不怕你报仇！”伊士达在旁边冷笑道：“连他你们也不认识，还充哪路好汉？仔细听着，他就是杨云骢大侠！”邱东洛打了个抖，暗道：怪不得这样厉害，这仇看来今世也不能报了。当下垂头丧气，拉着柳西岩就要走出山谷。杨云骢喝道：“且慢！”回过头问伊士达道：“他们是什么人？”伊士达道：“他们自称是关外风雷剑齐真君的门下，寻宝来的，强蛮得很。”

杨云骢记得师父说过，四十年前，关外的齐真君曾漫游新疆，上过天山来找他，并说这人在关外还算正派，武功也有独到之处。念在武林一脉，晦明禅师开关见他。两人在天山绝顶谈剑，齐真君不肯以后辈自居，颇为狂傲，两人话不投机，也就作罢。杨云骢想：这两人师父既和自己师父有一面之缘，虽然种族不同，若他们不是助清军与己为敌，也不妨网开一面。当下又喝道：“你们好好在那边站着，不许乱动，我问明后，再让你们走。”边说边用手拾起一块岩石，轻轻一搓，岩石裂为无数碎粒，其时适有一群飞鸟飞过，杨云骢把手一扬，飞鸟纷纷落下。杨云骢道：“你们若不听话，请看这群飞鸟。”邱东洛一看这手搓石成弹的功夫，心想：这手功夫，自己师父虽然也会，却是没有如此功力，哪里还敢违拗。

杨云骢把伊士达拉过一边，细问别后经过，才知那日沙漠风暴，伊士达伏地掘壕，藏在里面，也不知过了多久，风暴才止。伊士达拨开堆在身上的浮沙，起来四处察看，同行八人，除了杨云骢和麦盖提不见之外，其他五人和四匹骆驼，埋在沙堆之下，掘了出来，已全被沙压得窒息死了。伊士达大哭一场，在沙漠上把同伴草草埋葬。幸好水囊和干粮袋尚未压坏。伊士达背了两个水囊，一袋干粮，切下一大块驼峰，觅路南行。可是沙漠大风暴之后，地形全改，又没有指南针，根本无从辨别方向，伊士达在沙漠里走了几天，兀是漠漠黄沙，走不出大漠，而干粮和水，已吃掉一半了。

一日黄昏，伊士达看着沙漠上自己的足印，越看越害怕，忽然在沙漠又发现另一个人的足印，不禁狂喜，急忙循着足印找去。只见一个沙堆之上躺着一个老人，臂有剑伤，创痕未复，伊士达把水和干粮喂他，久久老人才说得出话。据他说也是在沙漠遇到仇人，中剑之后，拼命奔逃，不料又遇到沙漠的大风暴，像自己一样，躲过灾难，却找不到出路。

这老人力竭神枯，虽然喝水之后，精神稍振，自忖仍是走不出沙漠，当下就叫伊士达不必理他，自己求生。伊士达生就侠义心肠，不但不走，反留下来服侍他。老人非常感激，断断续续地和伊士达谈话，伊士达也不瞒他，将来历说了。老人知道他是哈萨克抗清的义士，叹口气道："我是维吾尔人，清兵入侵，我一点也未尽力，真是惭愧。只是我和你虽然路道不同，却都是想这草原上的人生活过得更好，你信我的话吗？"伊士达点点头，老人又道："我在草原流浪一生，为的是要找出一个宝藏，不，不止一个，可能是几十个，几百个！宝藏发现之后，草原上的人，个个都有好处。最近我已发现一个大宝藏，只要走到南疆，过了孔雀河，就可以找到了。"说罢，他深沉地看了伊士达一眼，说道："我知道我快要死了，现在就把宝图交给你。"说罢取出一小块羊皮，上面画有地图，还有文字。

伊士达说到这里，将羊皮取出给杨云骢看，杨云骢首先看到那文字是："若然找到黑泉水，草原遍地放光明！"奇道："这是什么意思呢？"

十二　黑泉水之谜

伊士达道："我也不知道呀！"杨云骢再看那张地图，只见草原上一座高山，半山处画有曲曲折折的道路，山峰环抱中，有一大片盆地，盆地上画有许多标志。杨云骢奇道："这上面画的，不就是我们现在的这座山吗？"伊士达道："是呀！要不我怎会到这里来呢？"

杨云骢问道："你是怎样碰到那两个家伙的？"伊士达道："那老人将地图交给我后，双腿一伸，就死去了，我在沙漠上草草挖了个坑，将他埋葬，心里充满了神秘之感：这老人是什么人呢？他一生所找寻的宝物又是什么呢？我猜想了一个整晚。第二天一早，正想赶路，这两个家伙来了，一到就问我有没有见着老人，我如实说了。他们拔出兵刃，要我交出这张地图。杨大侠，你知道我的脾气是吃软不吃硬的，何况那老人临死时说得这样郑重，甚至说和草原上的人都有关系，我又怎肯轻易地交给他们？结果自然是和他们动手，这两个家伙武艺着实不错，杨大侠，适才你也见到啦，我的确不是他们的对手。但他们没有水囊，又缺乏干粮，我看准了他们的弱点，就说：'你们若再迫我，我就把水囊刺破，把干粮抛掉，大家都活不成。'他们想了一会，说道：'也罢，我们知道道路，你有食水干粮。我们带你出沙漠，你将食水干粮供应我们。'我答应了，走了三天，出了沙漠，迎面就是这一座山。这时，他们可凶啦，又拿刀弄枪的迫我交出地图，一直追到山上。"

杨云骢道："好，我们进去看看！"押着邱东洛和柳西岩，一行五人，走过山腰，果然半山之上，群峰脚下，有一大片盆地，盆地中有一个小湖，湖边杂花生树，景色颇为幽美。飞红巾道："这个地方，以前我们常常来玩，在湖中还洗过澡，难道宝藏就在这儿？”飞红巾一马当前，跑到湖边一看，忽然“咦”的一声叫了出来，杨云骢跑上前去，只见湖水墨绿，好像上面铺了一层油腻腻的东西。杨云骢皱眉道：“这水怎这么脏？亏你们还敢在这里洗澡！”飞红巾道：“以前哪里是这样的！水清见底，明净沁凉，湖中还有莲花呢！”杨云骢在湖边走了一周，觉得脚下泥土松松散散，正惊异间，忽然距离湖滨不远之处，地面忽然喷出一股股的黑色水柱来！杨云骢等看得目瞪口呆，却不晓得这黑色水柱是什么“怪异”？杨云骢想道：“难道这就是可以使草原遍地放光明的‘黑泉水’？”

原来新疆石油藏量最富，只是几百年前，人们不懂勘探开采，大好富源，埋藏地底。那老人自小生长沙漠，遍游新疆，五十年前，有一次他偶然发现一股原油从地底喷上来，十分惊异。那时正是深秋时分，天气寒冷，他点火取暖，火星和原油接触，蓬的一声，烧了起来，那股原油只有极少量喷出地面，片刻烧尽。这人名叫阿达多，也是精通武艺，胸怀大志的异人，当下就立誓要在新疆各地，找寻这种“黑泉水”。

他找了几十年，也曾发现过几处小量的、自己喷射出来的油柱。那个时候，他当然不懂什么叫做钻探和炼油，只是想道：“假若能发现大量的‘黑泉水’，草原上一定大放光明。”有了几十年找寻“黑泉水”的经验，他已渐渐能够分别出有油矿的地方泥土分外不同。他找到了马萨尔山的盆地，隐隐觉得这儿的土质，好像和有“黑泉水”的地方相同，大喜之下，画了地图，想回去找族人开掘，看看地底下是否有“黑泉水”，不料在沙漠之中遇到仇人，身受重伤，又找不到道路，竟然命丧沙漠之中。

阿达多猜得不错，这盆地果然藏有丰富的油矿，只是油层较深，所以没有喷射出来。不料一个月前，沙漠起大风暴（亦即杨云骢遇到的那次），马萨尔山发生地震，地土松散，原油渐渐渗透出来。而那澄明如镜的小湖，也变了墨绿色了！

此刻，杨云骢和飞红巾正在看着“黑泉水”出神，没有留意邱东洛和柳西岩，这两人乘机挪后几步，邱东洛向柳西岩打个眼色，从百宝囊中取出火石，用力一擦，闪电般地向湖中心一掷，杨云骢喝道："你们捣什么鬼？"身形方动，正想回身擒拿，忽然湖面上"蓬"的一声，突然冲出一条火柱，霎忽间整个湖面化为火海，火蛇直向岸上卷来，来得迅速异常。杨云骢叫声"不好"，一手提起伊士达，身如弩箭般倒纵出去，站稳了时，只见浓烟布空，火光熊熊，浓烟中飞红巾跟着跑出，仅仅迟半步，手脚胸腹，已受火焰灼伤。杨云骢急急救治，哪里还顾得邱东洛和柳西岩。这两人竟已乘机跑了。

杨云骢随身携带有天山雪莲配成的碧灵丹，能治内伤，能消火毒，赶忙找出给飞红巾服下，问道："妨事么？"飞红巾强自支撑，说道："不要紧，歇一歇就没事啦！"飞红巾上衣烧破，露出晶莹的肌肤，杨云骢不敢迫视，急忙解下自己的上衣，给她披上。

杨云骢看着湖上火蛇飞舞，赞叹道："果然是遍地光明。"飞红巾躺在地上，抬头望天，空中尽是带有微臭的浓烟。飞红巾忽然惊跳起来，说道："糟了！糟了！"说罢，"哎哟"一声，又倒在地上，杨云骢顾不得避嫌，急忙将她扶起，问道："怎么啦？"

飞红巾道："我不妨事，我是担心我的族人。"杨云骢道："你们聚集的那个草原，离此谅有百里开外，哪会烧着他们？"飞红巾道："亏你打了这么多年仗，还想不起来吗？清军在大草原上建了许多烽火台，以烽火为号，聚集军队。我们南疆各族则在危急时便烧马粪，牧民一见浓烟蔽空，也会赶来。马粪的烟味是臭的，牧民们一闻便知道。你看这里火焰腾空，带着一股臭味，只怕清军和我们的人都会赶来，两方接触，便是一场大战。我们要赶快回去，赶快回去！"

杨云骢敲着脑袋道："你说得对，我真是愚钝！"其实他并非不知，只是为了专心替飞红巾治伤，所以没有想起。

杨云骢检视飞红巾伤势，知道不是重伤，却也不宜于运用轻功，踌躇一阵，说道："我背你回去吧！"飞红巾毫不忸怩，抱着杨云骢脖子，让他背出山谷。

杨云骢因为背着受伤的人，不敢像来时一样，和羚羊赛跑，脚程慢了许多，饶是这样，还是时时要停下来等伊士达。出了山谷，走了一会，天色已经大亮，忽见远处尘头大起，似是有军马杀来。

杨云骢又给飞红巾服下一颗碧灵丹，说道："我要跑快了，你小心点!"一手拉着伊士达，放开脚步疾跑。

又过了半个时辰，约摸已走了七八十里，后面马铃叮当，有十多骑马队追了上来，弩箭纷飞。杨云骢没法，将飞红巾放在地上，吩咐伊士达道："你守卫她，待我把这些追兵杀退。"飞身掠出，双手迎着弩箭疾抓，边接边发，将射来的箭反掷回去，霎忽伤了几人。那十几骑马，围了上来。杨云骢展开极其迅捷的身法，纵高跃低，掌劈剑戮，十几名骑士没消多久全被杀死！杨云骢一声长笑，抢了两张弓、两袋箭，牵了两匹马，大步走回。可是这十骑马乃大军的"斥堠"(即侦察兵)，杨云骢和他们厮杀完毕，又有百多骑先锋部队围上来了。

杨云骢和伊士达扶着飞红巾躲在一个土丘之后，清兵一近，便放冷箭，箭无虚发，冲来的十几个骑兵，都给射下马背，清兵只敢远远围着，乱飞羽箭。他们哪有杨云骢的神力，弓箭多半没有射到，便落在地上，射到的也失准头。杨云骢挥剑拨打，不时还和伊士达用强弓还射，虽然只是两人，却和那队骑兵，僵持了许久。

先锋部队到后，接着便是大军。杨云骢看着一大队一大队的人马，自远而近，一直冲来，看情势万难逃脱，而背后又是金鼓齐鸣，杀声震天，好像是两军追逐。

正在危急，四骑骏马忽然自斜刺里冲来，杨云骢发了两箭，想射为首的骑士，那人骑术极精，竟然一个"镫里藏身"，接着"横穿马腹"，两箭都没有射着。飞红巾道："自己人!"杨云骢定睛一看，这才认出就是昨晚和飞红巾比试的那堪恰族四骑士。

四骑士旋风般地冲到，叫道："我们给敌人突袭，你们赶快随我们突围。"为首的将飞红巾一把拉上马背，又冲出去。杨云骢和伊士达跨上刚才抢来的那两骑马，跟着冲出，可是已给清军隔断了。杨云骢看着那四骑士已追上他们的族人，约有二百多骑，虽然后有追军，可是脱险有望，倒放下了心，挥剑疾冲，和伊士达浴血死战。

没有多久，伊士达中箭倒地，给清军俘去；杨云骢肩上也受了箭伤，只听得四处杀声，各族的酋长，似乎都已带兵杀到，"哈玛雅，你在哪里?”的呼声，此起彼落，想是他们还不知道飞红巾已被四骑士救出，仍在到处寻找。塔山族的酋长巴拉，已远远望见杨云骢，可是却被清兵隔着，冲杀不进。

这时大草原上陷于混战，杨云骢见清军阵中，飘有纳兰将军的帅旗，心想：“这人也来了!”心念一动，左臂又中一刀，杨云骢运力反击，单掌劈死几人，短剑舞成一道银光，护着身体。

混战愈烈，杀声愈高，忽然间清军阵脚大乱，千军万马，如潮倒退。杨云骢虽是绝顶武功，也挡不住这股狂潮，给人群马队涌得跟着后退。这时清军只顾逃命，竟不理自己队中还陷有一个敌人，败兵像一个个的浪头打过来，反而没人围着杨云骢攻打了。

混战中，杨云骢的战马给冷箭射倒，杨云骢奋力跃起，用大摔碑手又摔飞了几名清军，可是仍无法脱围，仍是被如潮的败军涌着，身不由己地奔逃!

十三　爱恨难分还孽债

大草原上战马奔腾，两军追逐，杨云骢夹在满洲的败兵群中，纵有绝世武功，也挡不住那排山倒海般的狂潮，给败军涌迫，身不由己，一直奔逃。

忽然满清的败军中有人四处传呼，大声叫道："我们的援军就来了，不准后退，违令者斩！"但哪里呼喝得住，就是有些兵士，想停下脚步的，也给前头退下来的败军拥着倒退。杨云骢暗叫"苦也"，正奔逃间，忽见纳兰将军的帅旗在旁边飘动，杨云骢侧面一望，只见纳兰秀吉跨在一头骏马上，两边拥着亲兵，大声呼喝，在败军中呼叫，也不知他们喝的是什么。纳兰秀吉忽然看见杨云骢的面，大吃一惊，把马一提，疾冲过去，冲倒了几个士兵，手扬处，几支弩箭，闪电般射来。杨云骢被夹在人群之中，无可闪避，一扭腰左胁又中了一箭。杨云骢急聚气凝神，双掌抓起两名清兵，向纳兰秀吉掷去，纳兰秀吉的战马狂嘶几声，向侧面冲去。纳兰秀吉的亲兵紧傍着主帅奔逃，而杨云骢也给败军拥着直向后退，霎忽之间，那支帅旗又已离开他二三十丈了。

过了一阵，杨云骢忽觉得胁下发麻，心念一动，想道：莫非中了毒箭？百忙中，腾手取出天山雪莲配成的碧灵丹咽下，但仍是感到心头发闷，双腿也觉酸软。这时只要稍一松气，立刻就会给败兵挤到地上，践踏而死。杨云骢心内叫道："我不能死！哈萨克的兄弟们尚未找到，我不能死！"一种奇异的精神力量支持着他，又跑了一阵，周围的败兵已分成许多小股逃命，人潮的压力减了许多。杨云骢趁势脱了出来，专拣人少的地方奔逃。也不知跑了多少时候，忽见前面有一个山沟，里面似有人声马声，敢情也是藏有败军。但杨云骢这时已顾不得了，一飘身进了山沟，正想奋力跃上山坡，忽然双腿一酸，百骸欲散，刚跃起几尺就跌了下来。杨云骢神志未乱，知道是精神用得过度，支撑不住，更兼毒箭所伤，牵累肌肉麻痹。他急忙爬到几块山石围成的峦障之后，盘膝打坐，又咽下一粒碧灵丹，这碧灵丹善治内伤，兼能解毒，只是服下之后，就应静坐。杨云骢刚才奔跑逃命，本来非常危险，幸他仗着内功深湛，硬把毒气迫在胁下，不会发散，所以才得没事。现在精神耗尽，那是再也不能拼硬走动了。

杨云骢坐了下来，用短剑在胁下轻轻割开一道裂口，将手指按在周围，用手指一挤，黑色的脓血汩汩流出，约流了一大茶杯，血色才转淡红。杨云骢把底衫撕破，将伤口包扎起来，暗道："好毒！"

这时毒血虽已去尽，精神尚未恢复。杨云骢盘膝静坐，自己运用气功疗法治疗，心内暗自祷告："天可怜见，不要让人闯进来！"

杨云骢潜心默坐，运气活血，对周围一切，几于视而不见，听而不闻。也不知坐了多少时候，自觉气达四梢，小腹发热，知道已不碍事，这才站了起来。睁眼一看，已是子夜，风吹草动，远有笳声，山沟外一片静寂，渺无人影，两军追逐，不知已到何处。杨云骢试试活动筋骨，自觉除了气力稍减之外，已如平常，蓦然想起跃入山沟之时，似有马嘶人语之声，不知现在是否还在沟内，是友是敌，得看分明，于是拔出短剑跃上山坡。只见山沟内草长逾人，乱草堆中有一辆破烂的车子，杨云骢伏地聆听，忽听得有一个极熟的声音喊道："你别近我！"杨云骢大吃一惊，这可不正是纳兰明慧的声音！

杨云骢急忙跃出，只见那辆破车之旁，有两个彪形大汉，威吓着车上的少女。杨云骢心想："纳兰明慧的武功也非泛泛，如何会给别人威胁，莫非也像我一样受了重伤？"正疑惑间，又听前面的大汉叫道："你这小姑娘，真不识好坏，你已经是我们的俘虏了，得听我们处置，我们一不杀你，二不打你，你还叫嚷什么？"纳兰明慧叫道："谁过来，我就是一剑，你别瞧我不能走动，你敢近来，我不把你杀掉才怪！"两条大汉哈哈大笑，说道："真瞧不出，你这小姑娘口气好大!”

杨云骢一掠而前，叫声：“慢着!”两条大汉跃前数步，迎了上来，喝道：“你是谁?”杨云骢一看这两人血染战袍，竟是维人装束，急忙问道：“你们是哪个部落的？可认得飞红巾吗?”前面那条大汉看见杨云骢的装束，也似吃了一惊，问道：“你是飞红巾的部下吗?”杨云骢点了点头。那为首的大汉道：“我们是喀达尔部落的。我知道飞红巾做了南疆各部的盟主，只是前晚草原的聚集，我们的部落并没有参加。”杨云骢道：“既然你们都是南疆部落的战士，那么咱们是一家人，把这个姑娘放了吧!”

纳兰明慧这时也已看出是谁，不住地用汉语叫道：“杨大侠，杨大侠！给我把那两人赶跑!”这两条大汉听不懂她说什么，急问杨云骢道：“怎么样？你认识她？你和清军将官是朋友?”杨云骢摇摇头道：“我是飞红巾的朋友，也是这位姑娘的朋友。你们不能纠缠她!”

为首的大汉忽然冷笑起来，说道：“你拿飞红巾吓我？哼！你懂不懂规矩？她是我们两人的俘虏，就是飞红巾来，我们不放，她也没有办法！你是不是也瞧上她啦？老实告诉你，我已经要她做妻子啦！这位兄弟要她的车辆兵器。你是后头来的，没有你的份!”杨云骢怔了一怔，猛然想起，草原上的游牧民族，以前为了争牧场，争水源，时常互相斗殴，各部落的规矩，捉到了对方的人，就迫他做己方的奴隶，谁捉到的俘虏归谁处置。后来清兵打了进来，各部落比以前团结了许多，互相残杀的事情已是少之又少了！只是这种夺获俘虏、任由处置的规矩，还没有明白宣布废除，现在这两条大汉抬出草原上古老相传的规矩来，杨云骢一时间倒不知道如何作答了!

纳兰明慧又叫嚷道：“杨云骢！你为什么不帮我赶走他们？你要和他们一起算计我吗?”杨云骢大声应道：“有我在这里，他们不会伤害你的，你放心!”话还未了，那两条大汉已要向车辆扑去。杨云骢双手一伸，轻轻地将他们拉了过来，一条大汉反手一刀，骂道：“你干什么?”杨云骢伸指一拑，将刀背拑着，那大汉怎样用力也劈不过去。杨云骢道：“且慢！你就看我的面把她放了好不好?

我给你们每人十匹马。”另一条大汉喝道：“你是谁？为什么要看你的面？”杨云骢微微笑道：“我是从北疆来的，我叫做杨云骢，你们没有听说过吗？”杨云骢以为他们听了，总得给点面子。哪料这两条大汉吃了一惊，忽然哈哈大笑起来。一条大汉道：“你真是杨云骢？杨云骢替哈萨克人打了那么多年仗，更应该懂得规矩，若果赏罚不明，我们干吗还要打仗？”另一条大汉却道：“你冒充什么杨云骢？杨云骢怎会单身到这里来？哼，我看你和清军将官的女儿这样亲热，叽哩咕噜不知是讲汉话还是满洲话，分明是多年的朋友。哼，你一定是奸细！”

杨云骢又气又急，这草原部落处置俘虏的陋习，他很久以来就想帮助他们革除，可是一种习俗，不是短期之内就可改革的，兼且为了忙于抗清，所以一直没有提出，现在想说服他们两人，料想一时也说服不了。那两条大汉趁着杨云骢一愣，挣脱了手，又向纳兰明慧扑去。杨云骢没法，随手拾起两块泥土，向前一掷，两条大汉“哟唷”叫嚷，都给打中腿弯的穴道，跪了下去。杨云骢正待上前，忽然又听得两声惨呼，两条大汉滚在地上，鲜血染红了一大片泥土。原来是纳兰明慧见这两人跑了近来，杨云骢又不拦阻，又气又急，用力掷出两柄飞刀，那两人给杨云骢打中穴道，无法躲闪，都给扎进了心窝！

杨云骢走了上去，说道：“明慧，你怎么这样手辣？”纳兰明慧已哭得如带雨梨花，叫道：“原来你的心肠竟然这样，别人要把我抢去污辱，你也不理，还倒头来怪我！”杨云骢不觉心软，想道：“她为了保卫自己，也怪不得她出手毒辣。”走上车上，用衣袖轻轻给她揩泪。见她头发蓬松，满面血污，急忙问道：“你受伤了？”

纳兰明慧这时如遇亲人，身子忽然倒了下去，伏在杨云骢的臂弯上，说道：“嗯，是受伤了！我的肩头麻辣辣的，你赶快给我瞧瞧，是不是中了有毒的暗器？”

杨云骢处此境地，没法不顾，索性给她揩干了面上的血迹，一看到没有受着刀伤，那张面孔还是如美玉一般，俊俏动人，心念一动，问道：“你杀了人了？沾了那么多的血迹？”纳兰明慧道：“我要逃命嘛，不杀人，人就杀我了！怎么样，你还不给我看看肩头？

杨云骢定住她的肩头，用短剑轻轻把她的肉剜开，找着了针尖，运内力用指一拑，拑了出来，一连拔出三口银针……

我中了女魔头的有毒暗器啦!”杨云骢这时心乱如麻，纳兰明慧杀的人一定是南疆牧民的战士，她这岂不是自己的敌人？但她曾救过自己的命，而眼前的她，又是这样一片宛转可怜的样子，他又想起自己在乱军之中厮杀，也难保不会伤人，叹了口气，问道：“你帮你的父亲出来打仗么?”纳兰明慧摇了摇头，忽又叫道：“你先给我料理好不好？你一点也不疼我！毒气散开，我就要死啦!”

杨云骢俯下头去，看了一会，不见有血，将短剑把她的肩头衣服轻轻挑了一道口子，只见她肩头黑肿，叫道：“啊！你原来真的中了毒针了!”急忙摸出两颗碧灵丹给她吃下，问道：“你忍得住痛吗?”纳兰明慧道：“什么?”杨云骢道：“毒针要吸铁石才能吸得出来。这里没法去找，要救治只有把它拔出来!”纳兰明慧道：“你给我拔吧，我忍得住痛的!”杨云骢用左手定住她的肩头，俯首下去，只觉香气袭人，手指所按的肌肉如有磁力，这还是他第一次和女人这样亲近。心中一荡，急忙用短剑轻轻把她的肉剜开，找着了针尖，运内力用指一拑，拑了出来，一连拔出三口银针，并代她挤出毒血，又把内衣扯碎，撕成布条，替她扎好伤口，说道：“你躺下来休息吧，这可好了!”

杨云骢拔出三口银针，惊异不已。这种细小有毒的暗器，若非内功深湛，无法使用，她到底是碰到什么人了？正待问时，纳兰明慧已先自说道：“我本来是跟着父亲，随军移动，想回转伊犁的，中途看见烽火，父亲带兵赶来，我哪能不随着来呢！哪料一到这里，就碰着大混战，我撞着四名骑士，要抢我的车，我拔剑伤了两人，有一匹马上有一个女人，忽然把手一扬，我就受了伤啦!”杨云骢面色倏变，大声叫道：“飞红巾!”

十四　草原心盟

“飞红巾！”纳兰明慧也喊了出来，惊异地望着杨云骢，叫道：“你认得飞红巾么？大哥，你替我报仇。”她的头索性枕在杨云骢的膝上，称呼也由“大侠”改成大哥，一半撒娇一半真怒地叫着。杨云骢痛苦地嗯了一声，轻轻地将她扶起，说道：“明慧，这仇报不得哪！”纳兰明慧板着面孔问道：“为什么？唔，我知道了，大哥爱上了这草原上的女魔头啦！”

杨云骢忽然轻轻扳着她的肩头，两只眼睛如寒冰利剪一样对着她的眼睛，用一种急促的、沉重的声调问道：“明慧，咱们说正经的。你说，在你的眼中，飞红巾是什么人？她是女魔头？是你的敌人？如果不是她用毒针射伤了你，你也恨她？因为她和你的族人为敌？因为你的父亲经常地提起她，教你恨她，把她说成女魔，是吗？”杨云骢一口气说了这么多话，怀着愤激的感情，又怀着战栗的感情，期待着她的回答。纳兰明慧的样子是这样的爱娇，杨云骢在她的身旁，好像感到一股温暖；然而由她的话语所带的阴影，又使他感到寒冷。这时，他的心里已经有了个决定，如果她是站在她父亲那边，因为飞红巾是草原上的女英雄而恨她的话，那么她就是他的敌人，他要把她杀死！最少也不理她。正是这个念头，使他感到颤栗，语声也震抖了！

纳兰明慧奇异地看着杨云骢，她不知道杨云骢心里的念头，只是她感到气氛的沉重，她觉察到杨云骢的话，似乎已超出爱情之外了。他的话不是一种儿女之情，而好像是他已奉献给一种神圣的东西，飞红巾也是一样，所以他和飞红巾的情谊是牢不可破的了。纳兰明慧感到异样的悲哀，她低声地道：“你听我说，我厌恶战争，你也厌恶战争，你对我这样说过的，是吗？但是我们厌恶战争，战争却偏偏把我们卷进去了，如果有命运的话，这对我们就是一个命定的恶运。

“我不认识飞红巾，但自从我来到这儿，我就常听人提起她的名字。是的，你说得不错，我的父亲、我的族人都把她说成女魔，杀人如铲草的恶魔，我对她也感到害怕的。可是我也并不全信父亲的话，我知道我们打进来时，也杀了许多人的，这是战争嘛，我们杀他们，他们杀我们。我们把飞红巾称为魔头，焉知他们不将我的父亲称为魔头。

“我有时甚至这样想，一个像飞红巾那样的少女，跨着战马，在草原上飞驰，被她的族人尊崇，被我们的人咒骂。不管怎样，她都是一个英雄，老实说我也曾偷偷地羡慕过她哩！

“我不认识飞红巾，直到我受她毒针射伤的时候，我猜，这样精通武艺的女子，一定是飞红巾了。当针毒令我非常痛苦的时候，我恨她，恨她出手这样毒辣。另外，我还有恨她的，大哥，我不说了，我知道你一定是她的好朋友！”纳兰明慧忽然娇羞地低下了头，眼睛有着一种感人心魄的光彩！

杨云骢松了口气，是的，纳兰明慧还是恨飞红巾的，可是这种恨的性质比他所害怕的那种恨要轻得多，轻得多！她的恨跟她父亲的恨是完全不同的！她的说话里也有糊涂的地方，她把战争中的双方同一看待，“这是战争嘛！我们杀他们，他们杀我们！”好像这里面没有是非黑白，这是不对的，不对的！杨云骢在心里头重重地说道：“不对的！”杨云骢有许多话想对她说，想教她怎样分辨是非，可是他知道些这道理不是她一下子就能听进去的。而另一方面，他觉得在满洲人中，有这样的一个女子，已经是一个奇迹，他感到，他和她之间，心灵上也有互通的地方，这是一种奇异的感情，和仇人的女儿，在心灵上互相感应。

杨云骢抚着纳兰明慧的头发，轻轻地说道：“明慧，我一点也不怪你了，你也不要恨飞红巾了，你给她的毒针射伤，怪她手辣，可是你知道，我不是也给毒箭射伤，几乎丧命了吗？你叫我替你报仇，如果我也叫你替我报仇，你会怎样呢？”

纳兰明慧噘起嘴巴道："我的本领虽然比你差得多，但你又怎知我不能给你报仇呢？告诉我，谁拿毒箭射伤你？"杨云骢冷冷地说道："你的父亲！"

纳兰明慧好像给雷击着一样，面色一下子变得非常苍白，跳了起来，又颓然地倒下去。杨云骢扶着她问道："怎么啦？"纳兰明慧闭着眼睛痛苦地道："你一定恨死我啦！"杨云骢急忙说道："我为什么要恨你？你又不是你的父亲！"

可是纳兰明慧不能理解他的感情，她心里头翻腾汹涌的波浪。她自从见了杨云骢之后，就深深为他的英雄气概所吸引了，离开之后，她心里头好像多了一些什么东西，又好像少了一些什么东西。她在梦里曾好多次见过他，想不到现在就在他的身旁了，而且还枕在他的膝盖上。可是此刻，她深切地感受到，她和杨云骢距离得是这样近却又是这样远！"他是属于飞红巾的，不是我的！"这个思想像铁锤一样敲击着她的脑袋，像利针一样插刺着她的心，比飞红巾的毒针更令她痛苦！

杨云骢忽然看着她像凋谢的花一样枯萎下去，面色苍白，呼吸迫促，用手把她的脉搏，只觉跳动得快得出奇，他又瞧见她面上的肌肉在痉挛，心里奇怪道："怎么我将她中的毒针拔出来了，她反而忽然病得这样厉害？"幽谷里静寂无声，只有近处寒虫凄叫，远处山涧呜咽。杨云骢忽然感到一阵害怕，他再掏出两粒天山雪莲配成的碧灵丹给她咽下，说道："你好好休息，我会带你出去的！"

这一晚，纳兰明慧一夜发着恶梦，说着谵语。她不时从梦中哭醒过来，叫道："大哥，不要恨我！"杨云骢一再地对她说："我不恨你！"可是她还是这样的说着梦话！

黑夜过去了，白天又来了。草原上空又布满丽彩霞辉，朝阳普照。杨云骢折腾一晚，也感到身子疲软，可是有一个病人要他照料，一种责任感支持着他，他要带她出去。在这个幽谷里没有医药，没有粮食，只好听死。带她出去，假如碰着清军，就将她交给他们，自己逃跑；假如碰到牧民战士，凭自己的面子，也可以保全她。

杨云骢修好那辆破烂的马车，将她轻轻放好，推出山谷。草原上尽是尸骸，天空上有成群的大鹰，时不时扑下来食死人的尸首。有些大鹰，两翅展开竟有丈余宽，扑下来带着呼呼的风声，十分可怖。放眼四望，草原上一个活人都没有，只有几十匹失掉主人的战马，在草原上茫然地乱跑嘶鸣。杨云骢打了个寒噤，喃喃说道："战争，战争！几时才能没战争呢？"

杨云骢拉来了两匹战马，套上马车，又在战场上搜到一些粮食，放在车上，驱着马车，一路向南面走去。沿途都是尸首，一片荒凉，昨日厮杀的两军，已不知到什么地方去了。渐渐，尸首少了，但仍然找不到活人。

纳兰明慧的病，好像越来越沉重了，她发着高热，仍然不停地在说谵语，气息也越来越弱了。

草原无边无际，好像要远延至天边，昨晚那么多的人在草原的"青色的海洋"上消失了。杨云骢独自驱车，在大草原上驱驰，感到异样的荒凉。纳兰明慧的病更使他的心情特别沉重。太阳从东边升起，又快要从西边降落了！

纳兰明慧双颊火红，杨云骢的心也突突地跳，她的样子可爱极了，但也恐怕是"回光反照"，临死前的娇艳了。杨云骢这时再也不能顾什么男女之嫌，他轻轻地解开她的领子，解开她的衣钮，给她推血过宫。杨云骢学过针灸，可是手头上没有针，只好用手指在她的穴道骨节上揉捏。纳兰明慧悠悠地醒转过来，忽然问道："大哥，我知道我快要死了，你对我说一句真心话，一点也不许欺瞒我，行吗？"杨云骢道："你说吧，我一定会真心答你！"纳兰明慧面上飞霞，直红到脖子，低声说道："大哥，你说……你要真心地说，你欢喜我吗？"杨云骢的心跳得非常剧烈，对一个病得这样沉重的人，难道还能给她失望，而且，他实在也不能仔细地分析自己的感情了。他紧紧地抱着她，在她耳边低声说道："明慧，我真心的欢喜你！"

枯萎的花复苏了！杨云骢这句话比他的碧灵丹更有效，比一切仙丹灵药都有效。纳兰明慧只觉一股暖流流过五脏六腑。杨云骢感觉到她握着自己的双手忽然有力起来了，渐渐，她坐了起来，倒在杨云骢的怀中，口唇压在杨云骢的面上，一颗火热的少女的心，也熨在杨云骢的心上。草原的黄昏渐渐寒冷了，可是杨云骢的心，却感到异样的热，热，热！

杨云骢茫然地抱着她，情感像奔马，又如巨潮，混乱极了，也激动极了！不能说他没有一点点后悔之感，在这刹那间，他曾想起了飞红巾，飞红巾是那样的爽朗，笑声就像草原上的驼铃！他又想起草原夜祭之后，飞红巾和他在草原上的赛跑和夜话，是那样的淘气，而又是那样的豪迈！那一晚，飞红巾也曾向他表示过深沉的感情，但他的犹豫轻轻地将她的感情关在门外，他并没有为她打开心扉，虽然，他自见飞红巾第一面后，就把她当成自己最亲密的人，那份感情，应该说是远在他与纳兰明慧之上的！

但这种后悔的念头霎忽就过去了，杨云骢是一个英雄，他英雄的心命令他不许反悔，重视自己的诺言，已经成为他的习惯了，何况怀中的少女又是那么样真挚的爱他！他又觉得飞红巾是像他一样的人，应该经受得起任何挫折，包括情感的折磨在内！而纳兰明慧在他的眼中，却是一朵嫩弱的花，虽然她也懂得武艺。她是那样的纯真、无邪和温柔，就像小孩子一样，他需要爱护她，保卫她，将她慢慢引导到自己这面来。

杨云骢和纳兰明慧紧紧地拥抱着，陷在一种“混乱的陶醉”中，过了许久许久，才给一阵马铃之声所惊醒。杨云骢抬头一看，只见远方有几十匹马飞驰而来，霎忽到了近处，为首的人嘿嘿冷笑，大声叫道：“你就是杨云骢吗？你为什么抢了我的俘虏，又杀了我的人？”

十五　恶毒的诬蔑

杨云骢赶忙放开纳兰明慧，纵了出来，倚着车辕，只见为首的虬须大汉叫道：“杨云骢，你这反贼，吃我一刀！”杨云骢身子一侧，嚷道：“且慢，你是谁？我杨云骢是顶天立地的汉子，岂容你污言侮蔑？我几时反了？我哪一点对不住你们，你说不出来，我也要揪你去见飞红巾！”

那虬须汉子哼了一声道：“飞红巾，你就晓得拿飞红巾做你的护符！我问你，你杀害我们的战士，包庇敌人，抢走我们的俘虏，你还敢强硬？你不是反贼是什么？”杨云骢气得满面通红，喝道：“我几时杀了你们的战士又包庇敌人来了？我在北疆打了几年仗，现在又到南疆和你们一起打仗，我若要反叛，何必千辛万苦，横渡大沙漠，到你们这里才反叛？”

虬须汉子道：“我问你，你这马车上载的是谁？你们在山沟里杀的那两个人又是谁？人赃并获，难道是我赖了你了？”杨云骢愕然一惊，心想这误会可大了，正想辩解。那汉子又道：“你知道我是谁？我就是喀达尔族的酋长孟禄，你杀的那两个人是我手下最得力的战士，你车上载的是我的俘虏！”

原来前晚纳兰明慧用飞刀扎进了那两个人的心窝，其中一个一时尚未死去，临死前满怀愤怒，想把仇人的名字划在地上，但他又不知纳兰明慧的姓名，糊里糊涂，在临死时蘸血在地下就划了杨云骢三个大字。那时正当黑夜，杨云骢又忙着照顾纳兰明慧，竟没留意那个汉子在临死前留下最毒恶的诬蔑！

“喀达尔”是南疆草原上一个好勇斗狠的部落，他们有一个古老相传的风俗，若是和敌人争斗，力不能敌，被杀伤时，若认得敌人是谁，在临死前，就要用鲜血写下敌人的名字，希望能让族人看到，代为报仇。

那日草原大混战，起先是南疆各族占优势，后来满清的援军赶到（其时杨云骢已跃入山沟），南疆的各族战士反给包围，各族各部落，拼命突围，损失甚重。这也就是杨云骢行了一天，都碰不见活人的道理，清军已向南方的大城伊宁收兵，而各族战士又都在浩瀚无际的大草原上分散了。在那日的大混战中，喀达尔族的酋长孟禄和他的战士，被截在一角，大军追逐，反而无暇消灭他们，给他逃出性命，在战场上到处找寻族人，找到了山沟里，忽然发现两个战士的死尸，地下留有血字。孟禄大吃一惊，杨云骢在北疆虽鼎鼎有名，孟禄也听过他的名字，但他却不知杨云骢的为人，也不知杨云骢在北疆的威望，就如飞红巾在南疆一样。他只道杨云骢也像楚昭南一样，只是个“助拳”的人，仗着剑法高明，所以才有名气的。他又恍惚听人说过，杨云骢乃是楚昭南的师兄，当日楚昭南来投效唐努老英雄，捧的就是杨云骢的名头。楚昭南反叛之事他是知道的，他只以为杨云骢给他的师弟拉去，到南疆来暗害他们。因此带着三十多匹马，一路追踪觅迹，而杨云骢又因处处要照顾纳兰明慧，不能驱车疾走，竟然给他们追上！

杨云骢一阵愕然，纳兰明慧忽然揭开车帘，露出脸来，叫道：“你们不要赖他，那两个人是我杀的！”纳兰明慧得了爱情的滋润，虽在病后，却是眼如秋水，容光照人。她本是旗人中的第一位美女，在这草原上蓦然现出色相，颜容映着晚霞，孟禄只觉得一阵光彩迫人，眼花缭乱，急忙定下心神，再喝问道：“你说什么？”纳兰明慧冷笑道：“你听不清楚么？那两个人是本姑娘杀的！”

孟禄这时也注意到了车帘上绣着的“纳兰”两字，又惊又喜！他起初以为车上只是普通的清军将官的眷属，而今一见这个气派，蓦然想起久闻满清的伊犁将军纳兰秀吉，有一个美丽的女儿，文武双全，莫不是她？

孟禄皮鞭一指，笑道：“是你杀的也好，不是你杀的也好，你现在是我的俘虏了，随我回去再说！”纳兰明慧又是一声冷笑，说道：“你也想跟那两个人去见阎王吗？他们就是说要捉我做俘虏，才给我用飞刀扎死的!”

孟禄指挥手下，就想来捉。杨云骢大叫一声：“使不得!”孟禄一鞭打去，喝道：“怎么使不得?”杨云骢夹手将鞭夺过，折为两段，叫道：“你们为什么打仗?”孟禄见杨云骢双目圆睁，威风凛凛，一时倒不敢迫过来，反问道：“你到底是帮谁打仗?”杨云骢道：“我和清兵大小数百仗，从北疆打到南疆，可笑你们连为什么要打仗都还不知!”孟禄手下的一个战士怒道：“杨云骢，你以为帮我们打仗，就可以胡说八道吗?我们也打了这么多年，谁不知道打仗为的就是要把鞑子赶出去!”

杨云骢又叫道：“对呀！但为什么要把鞑子赶出去呢?难道不是为了满洲鞑子不把我们当人，抢掠我们的牛羊，侮辱我们的妇女，奴役我们的百姓吗?现在你们要捉这个女子做俘虏，不是也要侮辱她，不把她当人，要把她当奴隶吗?你们不许鞑子那样做，为何你们又要这样做?”孟禄手下三十多人都答不出来，这道理他们还是第一次听到，还没办法分出是非。孟禄又喝道：“她是我们的敌人呀！她还杀死了我们两个弟兄，为什么不能捉她做奴隶?”杨云骢道：“和你们打仗是满洲军队，不是她！在战场你们杀拿刀的鞑子，杀得越多越好！但在这里，你们要侮辱一个空手的少女，你们不害臊吗?她杀死那两个人，就是因为他们要欺负她，她才迫得自卫。我说，错的不是她，是你们!”

孟禄的手下都知道杨云骢是个抗清的英雄，虽然孟禄怀疑他反叛，率他们来追，可是在还没有得到确切证据之前，他们到底对杨云骢还有多少敬意。这时见杨云骢理直气壮的这么一说，又似乎颇有道理。但捉俘虏做奴隶之事，是部落民族几千年传下来的习惯，这习惯已深入人心，因此又似乎觉得杨云骢是在强辩。

孟禄是个心高气傲的人，他也曾有意于飞红巾，可是飞红巾不睬他。推选盟主那晚，他不参加，一来是有心病，二来也是因为不服飞红巾。杨云骢说完之后，他瞧了纳兰明慧一眼，大声喝道：“杨云骢，我问你为什么要保护她，你说你不是反贼，是大英雄，那么我们的大英雄为什么要替一个敌人的女儿驾车，做起马夫来啦！哈！哈!”杨云骢气得身子颤抖，孟禄又大声叫道：“弟兄们，你们看，这就是大英雄杨云骢的行径。你们知道这个女子是谁吗?她就是满清的伊犁将军纳兰秀吉的女儿，哼，杨云骢如不是早和他们有勾结，为何要处处回护她，甚至别人打仗，他却去替纳兰秀吉的女儿驾车。把他们两个都缚起来吧，弟兄们!”

孟禄一番话好像将油泼在火上，他的部下果然受了煽动，轰然嘈杂起来，刀枪齐举，竟围上来，纳兰明慧摸出飞刀，杨云骢急叫道:“使不得!”纳兰明慧的第一口飞刀已经出手，银光电射，对准孟禄的心窝飞去，杨云骢疾忙一展身形，将那口飞刀拑住，那时，飞刀离孟禄的心窝不到三寸！孟禄慌张中一刀劈下来，杨云骢一矮身躯，在他刀锋下钻过，叫道:“明慧，你躲进去!”纳兰明慧给他一喝，飞刀是不放了，可是却不肯躲进去，她要看杨云骢打架哩!

孟禄毫不领情，马刀又再斫到，他的手下也纷纷扑了上来，还分了七八个人去捉纳兰明慧，杨云骢暗叫“不好!”心想这事不能善休，猛然展开轻灵迅捷的身法，在刀枪缝中，钻来钻去，举手投足之间，把三十多条大汉都点了穴道。连孟禄也在内，或作势前扑，或举刀欲斫，却是个个动弹不得，好像着了定身法一样，定在那儿。纳兰明慧在车上纵声娇笑，杨云骢却有苦说不出来，这真是误会加上误会，不知如何才能收场!

猛然间，纳兰明慧高声叫道:“清兵来了!”杨云骢跳上车顶一看，果见远处尘头大起，杨云骢急忙跳下，高声叫道:“你们赶快走吧，清兵势大，让我在这里给你们抵挡一阵!”说罢又像穿花蝴蝶一般，在人丛中穿来插去，片刻之后，又给那些人解开了穴道。孟禄冷笑道:“我不领你的情。”跨上马背，带了队伍，径自驰去。

杨云骢拔出短剑，准备清兵一到，将纳兰小姐的身份说明，自己马上突围，去找飞红巾解释。正盘算间，那队清军已杀了到来。前头跑出两个人，杨云骢起初还以为是清军的军官，近处一看，始知不是，清军在后面放箭，这两个人挥剑拨打，时不时还回身厮杀一阵，又再奔逃。

清军越来越近，杨云骢已看得分明，这两人是一男一女，男的三十多岁，儒生打扮，武功极高，女的二十来岁，身手也是不弱。

杨云骢心中大喜，这女的自己不认得，男的却是自己师父的好友，武当派的名宿卓一航，据师父说，他也是因为中原糜烂，方万里投荒，隐身漠外的。师父还说，他内功精湛，年近六旬，看来还像三十余岁。杨云骢在天山时，曾屡次见过他，他并不以长辈自居，硬要杨云骢以兄弟相称，杨云骢当然不敢，后来才知道，他本来要拜晦明禅师之门的，晦明禅师因他早已是一派大师，不愿居为尊长。因此卓一航和晦明的交情是介乎师友之间，而卓一航和杨云骢的交情也是介乎师友之间。

杨云骢一见卓一航被清兵追赶，舞起短剑，便迎上去。卓一航这时也认出了杨云骢，大喜叫道："老弟，你和她敌住后头那四条兔崽。我去杀散清兵。"一回身，就向敌阵冲去。杨云骢抬头一看，只见那队清兵，由四名军官带领，为首那人竟是以前在沙漠中和楚昭南合斗自己的纽祜卢。这时忽然听得背后纳兰明慧叫了一声，纽祜卢面有异色，杨云骢无暇追问，龙形飞步，剑随身走，一缕青光，刷地向纽祜卢刺去！

十六　多铎说亲

纽祜卢举丧门铿一挡，杨云骢闪身直进，短剑疾如风卷，“咔嚓”一声，把纽祜卢一个同伴的兵器削掉，旋身一掌，又把另一名军官震出数丈以外，第三名军官手使丈二长枪，重七十二斤，奋力一挑，猛地搠来，杨云骢避开枪尖，左手疾伸，一把掳着枪杆，喝道：“倒！”不料那名军官是清军中出名的大力士，虽给杨云骢扯得跄跄踉踉，直跌过来，却并未倒下，犹在挣扎，尚想支撑。纽祜卢乘势疾窜过来，丧门铿一招“仙姑送子”，直扎杨云骢的“分水穴”，左掌更运足力气，猛劈杨云骢右肩。杨云骢大喝一声，长枪猛地往前一送，那名军官禁不住杨云骢的神力，惨叫一声，虎口流血，给自己的长枪撞出数丈以外，登时晕在地上。说时迟，那时快，杨云骢回身一剑把丧门铿撩上半天，反手一掌又迎个正着，纽祜卢在关外号称“铁掌”，竟吃不住杨云骢掌力，身子像断线风筝一般，震得腾起三丈多高，倒翻出去。幸他武功也有相当造诣，在半空中一个筋斗，落在乱军之中，抢路飞逃。

这时卓一航和那个少女仗剑扑入清军之中，双剑纵横挥霍，把清兵杀得鬼哭神嚎，如汤泼雪，死的死，伤的伤，逃的逃，一大队清兵霎忽消散，草原上又只剩下杨云骢等四名男女。

卓一航道：“云骢，想不到你功力如此精进！”杨云骢道：“还望师叔教诲。”卓一航望望车上的纳兰明慧，颇感惊讶，杨云骢生怕他滋生误会，急忙说道：“她单身一人，离群散失，流落大漠，我想把她送回去。”卓一航道：“应该！说来凑巧，你送人我也送人。”说罢替杨云骢介绍道：“这位姑娘是我故人的女儿，名唤何绿华。我要把她送回关内，日后你若见她，还托你多多照应。”说罢把手一举，与杨云骢匆匆道别，各自赶路。杨云骢看卓一航眉宇之间似有隐忧，而且以他和自己的两代交情，若在平日，一定不肯这样匆匆道别，纵算在百忙之中，也会一叙契阔，而现在他却连师父也不提起就走了，这可真是怪事。他想不透像卓一航武功那样高的人，还有什么忧惧。他却不知卓一航此次匆忙赶路，乃是怕白发魔女来找他晦气。

卓一航与白发魔女之事暂且不提，且说杨云骢与纳兰明慧再走了几日，到了伊犁城外。这时纳兰明慧已完全康复，轻掠云鬓，对杨云骢笑道："你入城不方便了，晚上我和你用夜行术回去吧。这辆马车，不要它了！"杨云骢心如辘轳，有卸下重担之感，也有骤伤离别之悲，半晌说道："你自己回去吧，我走了，你多多保重！"纳兰明慧一把将他拉住，娇笑道："你不要走，我不准你走，你一定要陪我回去。你不用害怕，我们的将军府很大，你不会见着我的爸爸的。我有一个奶妈，对我非常之好，她住在府里东边头的一个院子里，独自占有三间房子呢！委屈你一下，我带你见她，要她认你做远房侄子，你不要乱走动，包保没有人看破！"杨云骢摇摇头道："不行，我还要去找哈萨克人。"纳兰明慧沉着脸道："还有飞红巾是不是？"杨云骢正色说道："是的，我为什么不能找她？我要知道她们南疆各族打完仗后，现在在什么地方，是怎么个情景？"纳兰明慧又伸伸舌头笑道："大爷，一句话就把你招恼了是不是？谁说你不该去找飞红巾呢，只是大战之后，荒漠之中，是那么容易找吗？不如暂住在我这儿，我父亲的消息灵通，各地都有军书给他，他一定会知道南疆各族在什么地方的，我给你打探，把军情都告诉你。到你知道你的飞红巾下落时，再去找她也不为迟呀！"杨云骢呸了一声，但随即想到，她说得也有道理。就趁这个机会，探探敌人的情形也好。

那晚纳兰明慧果然带他悄悄进入府中，找到奶妈，一说之下，把奶妈吓得什么似的。但这个奶妈宠爱明慧，有逾亲生，禁不住她的苦苦哀求，终于答应了，但奶妈也有条件，要杨云骢只能在三间屋内走动，杨云骢也答应了。

第二天一早，纳兰明慧又悄悄溜出城外，驾着马车回来，她见了父亲之后，谎说是从乱军中逃出来的，纳兰秀吉一向知道他女儿的武功，果然不起疑心。

一晃又过了半月，纳兰明慧还没有探听出飞红巾和她族人的下落，另一件突如其来的事，却像大山一样压在她的心头，那重压又一次地使她陷入痛苦混乱之中，就像上一次自己怀疑杨云骢爱上了飞红巾那时候一样，这种心头的重压怎样也不能消除。

上一次在她心头造成重压的是飞红巾的影子，而这一次却是一位将军府中的贵客！

在她回来之后十多天，将军府中到了一位远方来的贵宾，这位贵宾叫做多铎，今年仅仅二十五岁，可是已被任为定远将军，官职比自己的父亲还大。而且，不单单是年少高官，他还是一位亲王的儿子，在皇帝跟前甚为得宠，那是纳兰秀吉远比不上的。但多铎之能够年少高官，却并不是全靠他父亲的力量，他乃是旗人中数一数二的好汉，自小就能拉强弓、御驽马，骑术剑术，在八旗兵中首屈一指。三年前他随皇帝西征，平定了准噶尔和大小金川，英名远播，满朝文武，谁都羡慕他。

他年纪轻轻，尚未定亲。贵族大臣，来王府说亲的，真是络绎不绝。可是他眼界很高，无一当意。他理想中的妻子是文武全才美如天仙的人，可是这样的人却哪里去找！

自十七八岁起，就有人给他说亲，转瞬之间已是二十五岁了。在清初的时候，男子二十五岁尚未定亲，做父母的可担心。他的父亲鄂亲王一打听，听说伊犁将军纳兰秀吉府有一个女儿，美艳聪慧，在旗人之中，堪夸第一，今年也快近二十，也是还未定亲。以前因为明慧还小，而纳兰秀吉又远处塞外，所以多铎的父亲并未注意及她，而今想起了她，觉得除了她，恐怕再难找适合的人了。

多铎的父母和他一说，多铎也素闻纳兰明慧之名，尤其多铎的一个师叔纽祜卢就在纳兰秀吉帐下，多铎在青海打准噶尔族时，纽祜卢曾从新疆来见他，说起纳兰明慧，纽祜卢把她夸得不得了。说她不但美若天仙，就是武功也远在八旗的一般勇士之上。他还笑道："将军，我看她的武功可能比你还好呢！"把多铎听得心痒痒的。

可是多铎未亲眼见过，总有点不大放心，父母跟他提起，他说："慢点提亲吧，待我到新疆去看看再说。"恰巧新疆各族，抗清甚为激烈。纳兰秀吉在伊犁统兵，虽然连打胜仗，可是仍无法把新疆牧民的抗清运动压平。多铎自请到新疆去巡阅一次，皇帝大喜，马上封他为钦差大臣，到新疆去视察军务。皇帝还说："你是咱们满人中的第一流将材，去看一次，替纳兰秀吉出出主意也好。"皇帝却不知道多铎到新疆去，另有深心。

多铎到了新疆伊犁之后，住在将军府中，他是纳兰秀吉的贵客，又是他的上司（他以钦差大臣的身份，在新疆期间，纳兰秀吉要听他调度），纳兰秀吉自然把他奉承得了不得。纽祜卢猜知他师侄的来意，悄悄地对纳兰秀吉道："将军，大喜呀！小王爷还未定亲，和明慧小姐可不恰是一对？"纳兰秀吉一颗心扑扑地跳，说道："我怎么高攀得上？"纽祜卢道："只要将军愿意，这事就成了十之八九，其他的包在我的身上，他虽然尊贵，说起来总还是我的师侄，我一说准成。"其实他早已料到多铎心意，这一个现成媒人，自不妨抢来做。纳兰秀吉又道："鄂亲王（多铎之父）远在北京，难道我们在这边塞之地，突然向他提亲？"纽祜卢道："也不用这样急，让他们先见见面，我担保我那师侄回京之后，老王爷一定派人来向你求亲。"

纳兰明慧虽然知道有个钦差大臣叫做多铎的前来巡阅，起初并不放在心上。一日，父亲叫她到后花园去玩，父女俩走到了园子里的练武场，纳兰秀吉笑道："女儿，我和你比比箭法。"明慧见父亲这样高兴，娇笑道："哎哟！爸爸要较量我了，好，好，比就比吧，如果我赢了，爸爸给我什么？"纳兰秀吉道："给你一件最好的东西，令你一世荣华富贵！"明慧道："爸爸你乱说，哪有这样的好东西，我也不稀罕哩！我赢了，你把猎得的那张犀牛皮送我吧！"秀吉道："一张犀牛皮算得什么？好，咱们射吧！"他张弓引箭，在百步之外，嗖！嗖！嗖！三箭连中红心，背过头来，接连三箭，又是连中红心，掷弓长笑，说道："女儿，你看你爸爸还未老吧！"

纳兰明慧笑道："爸爸当然不老，箭法好得很呢！可是女儿也不会丢你的脸，你看看我的吧！"她在地上拾起弓箭，嗖的一箭射上高空，跟着又是一箭，第一支箭刚刚落下，给第二支箭射个正着，两箭一碰，又再升高，然后飞落。纳兰明慧若不经意地手不停射，连射六箭，每一支都跟上一支碰个正着！

“真好箭法！”在纳兰明慧娇笑声中，花木丛中蓦地转出两个汉子，一个是纽祜卢，一个是多铎。纳兰明慧见了纽祜卢，想起那日自己和杨云骢同车给他撞着之事，虽然不知道他当时有否看清，可是面色已是大变。纳兰秀吉拉着她，正想介绍她见多铎，她已蓦然挣脱了手，一溜烟地跑了。秀吉顿足骂道：“真没有规矩。王爷请别见怪，女儿家不懂事，又怕羞，她不知你是王爷，不敢见生人哩！”其实纳兰明慧经常在草原游猎，她哪里会像汉人一样，讲究男女授受不亲，是秀吉故意把她说得像汉人的大家闺秀罢了。

这时，多铎魂魄已飞至九霄云外，他绝料不到世间真的有这样美若天仙的少女，还有这样高的武艺！他根本听不进纳兰秀吉说些什么。

再说纳兰明慧跑回去后，在奶妈屋中，悄悄地对杨云骢道：“我见着那个什么多铎了，他和你一样很年轻哩！”杨云骢咬牙切齿道：“这个混蛋，他来新疆干吗？敢情又是来屠杀牧民了。哼，我要把他刺个透明大窟窿！”

十七　生离死别

纳兰明慧伸伸舌头道："哎哟，这样狠！"杨云骢板着面孔，不作一声。纳兰明慧抱着他的身躯，摇了两摇，撒娇地说道："不提他了，别生气啦，给我讲个故事好不好？"杨云骢噗哧一声笑了出来，纳兰明慧乘机劝道："你单身在这里，危险得很，你还要做好多事情，犯不着和多铎去拼啊！十个多铎也比不上一个你，你听我说，不要去干傻事情！"

杨云骢的心甜甜的，感到一种少女的关怀。这样的关怀在飞红巾处领略不到，飞红巾缺乏少女的温柔本质，她还不懂得怎样表现自己纤细的感情。忽然间，一种幸福之感像电流似的通过了杨云骢的心头，他紧紧拥抱着明慧，用脸孔轻擦她的脸孔，喘着气，一句话也不说。他想："明慧说得对，我要纠集哈萨克人，把满清的军队驱逐出去。打仗不是靠刺杀敌人一两个将领就能成事的。"

第二天，纳兰明慧照常去给父亲请安。纳兰秀吉一见她，就堆满笑容，说道："女儿，你今年几岁啦？"明慧噘着嘴儿答道："好一个糊涂的爸爸，十九岁啦，爸爸连女儿的岁数还记不得？"纳兰秀吉纵声笑道："十九岁了哟！是呀！你的爸爸真糊涂，女儿十九岁了，还不给她找婆家！"明慧变色道："爸爸，我不准你拿我开玩笑。"纳兰秀吉抚着女儿的秀发，在她耳边悄悄地说道："明慧别害羞！爸爸真给你寻到了一个最好的婆家，你呀，做梦也没有想到！"明慧急得睁大眼睛，纳兰秀吉自顾自地说下去道："你猜是谁，就是多铎呀！你嫁过去就是个现成的王妃！"

纳兰秀吉喜孜孜地看着女儿，纳兰明慧忽然大声叫道："我不嫁！"眼泪线般地掉下来。纳兰秀吉大为奇异，大声问道："这样的人你不嫁，你还嫁谁？除了当朝太子，还有谁比得上他？你呀，别小孩子气啦！”纳兰明慧突然掩面痛哭，嘶哑着说道：“我不嫁就是不嫁，我也不稀罕什么王妃。”纳兰秀吉气得连连顿足，这时房外忽然传来纽祜卢的声音，禀报求见。纳兰秀吉挥挥手道：“你回去仔细想想，我叫你的妈妈和你说。”他一点也不知道杨云骢的事情，还以为是女儿故意诈娇。

自此一连数日，明慧的母亲都陪伴着女儿，左说右说，明慧只是流泪。最后她的母亲道：“你想想我吧，我和你爸就只有你一个女儿，晚年也得望有个依靠呀！你是旗人，多铎是鄂亲王的独生子，又是年纪轻轻就立了那么大的军功，你想在宗室子弟中，还找得出第二个？他又是你爸爸的上司，你不嫁给他，你爸爸也下不了台啊！你要气死我们吗？明慧，你素来孝顺，怎么这次这样刁蛮，爸爸妈妈又都是为你好！”明慧听了这一席话，犹如五雷轰顶，整个儿呆住了，久久说不出话。妈妈叹一口气，走了。

母亲去后，纳兰明慧的思想就似大海中的波浪，起伏不定。她极爱杨云骢，可是杨云骢是她爸爸的敌人，是满清的敌人，她和他痴恋下去，有什么结果？他们是绝不可能成为一对的啊，而且，就是像现在这样，把杨云骢藏在自己的身旁，也只能是暂时的啊。周围都是想伤害他的人，纵许有天大的本领，孤身陷在敌人之中，也是极大极大的危险。自己和杨云骢若想有好结果，除非跟着他逃出去，跟着他拿起刀枪，反抗自己的双亲，自己的族人！“这是不可能的啊！”她是父母的独生女儿，反抗父母，那是她连想也不敢想的事。她爱杨云骢，她也爱她的父母。她不知道要牺牲谁，她整整想了一天一晚。

杨云骢一连数天不见纳兰明慧来找他，正自奇讶，这日晚上他独坐房中纳闷，明慧忽然来了，数天不见，她竟然瘦了许多，眼睛肿得胡桃似的。杨云骢一见大惊，急忙问道：“你怎么啦？”明慧一下滚进他的怀中，疯狂般地吻他、揉他、紧抱他。杨云骢抚着她的秀发，爱怜地说道：“明慧，什么事情这样令你激动，和你最亲爱的人说说吧！不要这样！”纳兰明慧问道：“你真的喜欢我，生死不渝？”杨云骢道：“要不要我把心挖给你看？”明慧忽地叫道：“你

杨云骢正想推开纳兰明慧，但看着她满面泪光，手又软下来了。

爱我就离开我吧！”杨云骢骇道：“为什么？”明慧哭道：“一切苦难由我承当，我不愿意你在这里冒着生命的危险！”杨云骢道：“明慧你为什么要这样说？我要尽我的力卫护你，你以为我不能卫护你吗？要不，你和我一起走吧！草原这样广大，难道你还怕找不到容身的地方吗？”明慧轻轻地推开了他的手，说道：“我们绝不能成为夫妇的，绝不能！”杨云骢似吃了一鞭似的跳起来道：“为什么不能？”纳兰明慧道：“不必问了！你和我注定不能在一起的，谁教你是汉人！”杨云骢面色大变，想起她是敌人的女儿，内心的声音责备他道：“清醒过来吧，杨云骢！是啊！你怎么能迷恋敌人的女儿。”他不能理解纳兰明慧纤弱的感情，他听到她表示不愿跟他出走之后，心头如中利箭，他以为纳兰明慧始终还是站在她父亲的那一边。

杨云骢正想推开纳兰明慧，但看着她满面泪光，手又软下来了。纳兰明慧又紧紧抱着他，嘶声叫道：“在我们分手之前，我求你不要发怒，不要恼我！”杨云骢叹口气道：“明慧，我永远不会恼你！”明慧道：“我知道你在怀疑，我愿意解开你心上的结。我要把我的一切奉献给你，我们虽然不能成为夫妇，但我仍然还是你的妻子！”杨云骢挣扎道：“明慧不要这样！”但一霎那间，他的口已给纳兰明慧柔软的嘴唇压住，压得他透不过气来。渐渐，他感到一阵昏迷，在生命中第一次感受到强烈的刺激与痛苦！

到清醒过来时，纳兰明慧已经不见了，小房内只留下无边的黑暗与空虚，杨云骢叹口气道：“我该走了！”正待收拾行囊，忽然窗门倏地打开，跳进一条汉子，叫道：“杨云骢，你是该走了！”来的人乃是纽祜卢。

杨云骢蓦然跳起，低声喝道：“纽祜卢，你找死！”纽祜卢笑道：“我不是你的对手，我怕你杀我我就不来了！我早知道你在这儿，你爱我们的小姐是不是？”杨云骢怒道：“不要你管！”纽祜卢道：“你自命是英雄豪杰，我看你却没有一点英雄本色！”杨云骢圆睁双目斥道：“我有哪点不对，你说！”纽祜卢冷笑道：“你如真的喜爱明慧小姐，为什么你不替她想想。她已有了意中人了，不是今年就是明年，她就要出嫁了，她的丈夫比你好千倍万倍，你为什么要缠她，令她受苦?”杨云骢喝问道：“谁?”纽祜卢应声答道：“大将军多铎!”话刚说完，忽地咕咚一声倒在地上。杨云骢出手如电，一下子就点了他的软麻穴。

纽祜卢在草原上追逐卓一航时曾碰过杨云骢和纳兰明慧在一起，那时纳兰明慧虽然很快地躲进车中，但他已清清楚楚地瞧见了她的面容。这件事他一直藏在心里不敢说出。这几天来，他隐约听到纳兰小姐不愿嫁给多铎的事。他和纳兰秀吉闲谈，纳兰秀吉也唉声叹气。虽然没有讲明，但纽祜卢已料到其中定有缘故。他想来想去，想出个“釜底抽薪”之策，黑夜里单独来见杨云骢，想用说话把他激走。

再说杨云骢把纽祜卢点倒之后，心中又气又苦，他本来是准备走的了，经此一说，另一个念头忽然出现：“我且进将军府去看看！反正我也要探探敌人的情形。”他一飘身就出了窗户，在急怒攻心之下，他根本不理什么生命的危险了。

半个时辰之后，将军府中来了个不速之客，伏在大厅的屋檐上向下窥看！这人正是杨云骢，里面恰好坐着纳兰秀吉和多铎。杨云骢捏紧短剑，想道：“他们一定是谈明慧的婚事了。我且听听他们说什么？我拼着血洒黄沙，也要给多铎这贼子一剑。”正思想间，只听得纳兰秀吉开声道：“钦差大人，我们这就提那两个回子来审问好不好?”杨云骢心道：“咦，奇了，原来不是说婚事了，却要提什么回子来了!”

他不知道这婚事只是暗中进行，多铎的父亲远在京中，按他们亲王宗室的规矩，问聘一个王妃绝不是一件简单的事，绝不会由多铎亲自提出来的。他们这次聚会，办的倒真是公事，要审问哈萨克族的抗清英雄。

纳兰秀吉传令下去，片刻之后，卫兵带进一男一女。杨云骢一见热血沸腾，那个男的正是自己的结盟兄弟麦盖提，自那次大风沙中散失之后，他就一直没有见过麦盖提。在找黑泉水的时候，他和另一位盟弟伊士达相逢，伊士达也不知道麦盖提的生死，却不料会在将军府中遇见，而且在麦盖提身边还有一位漂亮的哈萨克姑娘!

麦盖提和那位姑娘都带着沉重的锁链。纳兰秀吉喝他们跪下，麦盖提和那位姑娘却都傲然不理。多铎翘起拇指道：“好汉子！你们哈萨克人聚集在什么地方，你和我说。我敬重你是个好汉，我答应让你去招降，一点也不会伤害你的族人！”麦盖提怒喝道：“谁信你们满洲鞑子的话！”纳兰秀吉怒道：“敬酒不吃吃罚酒，好，拉下去打！”话声未完，忽听得一声大喝，杨云骢自屋檐上一跃而下，短剑电闪，疾风般地向多铎刺去！

十八　麦盖提和曼铃娜

多铎骤见杨云骢在屋檐上飞纵下来，剑光如练，直刺面门，大叫一声，举起张椅子一挡，咔嚓一声，椅子已被劈成两半。多铎反手一掌打去，杨云骢哪会给他打着，腾起一脚，把他踢翻地上，刷的一剑，俯身刺下。忽见纳兰秀吉舍命抱着多铎，瞪着双怪眼，瞅着自己。“你不许伤害我的父亲！”纳兰明慧的话忽然在脑海中浮起，杨云骢略一迟疑，纳兰秀吉和多铎已滚出数丈开外！两旁的卫士纷纷围上，杨云骢舌绽春雷，霹雳般一声大喝：“挡我者死！”掌劈剑戮，霎眼之间，杀了五人！纵身一跃，短剑连挥，把麦盖提和那个哈萨克少女身上的铁链斩断，问道：“能上屋吗？”那少女点了点头，杨云骢单剑断后，叫声“走”，破门而出，跃上瓦面。下面弩箭雨点般射来。杨云骢脱了身上长衫，暗运内力，上下飞舞，弩箭给长衫一荡，四面激射开去。片刻之后三人已脱离险地，出了将军府了。杨云骢将长衫披上，麦盖提仔细一看，只见长衫上连一个小洞都没有，不禁赞道：“杨大侠真好功夫！”杨云骢微微一笑，带领他们抄小街陋巷，走出城外。

到了城外，麦盖提对那个少女道：“这就是我常常和你提起的杨大哥！杨云骢大侠！”少女施了一礼，麦盖提道：“她就是我和你说过的那位姑娘，她叫曼铃娜。”曼铃娜是他小时候的好友，两人常常一同出去打猎，后来她随她的部落转到南疆，音信隔绝。麦盖提却还惦记着她。伊士达常常爱拿他们开玩笑，所以杨云骢耳熟能详。麦盖提的故事很简单，他在那日大风暴之后，遇到一队到南疆去的驼马商人，其中恰巧就有曼铃娜的族人在内，麦盖提就和他们同行，找到了曼铃娜。那日他们的部落正举行“刁羊”大会，小伙子们都纷纷骑马和青年姑娘们互相追逐，有人邀曼铃娜去“刁羊”，曼铃娜总是不肯。正纠缠间，恰好麦盖提来到，曼铃娜一声欢呼，就叫哥哥给一匹马给他，也不知道别后情况，就和他双双“刁羊”去了。那些小伙子们一问，知道他们是久别重逢的情侣，都替他们高兴。杨云骢听他叙述之后，也赶忙向他们道贺。

麦盖提说起南疆哈萨克人集居之地，原来与飞红巾部落定居之所，相隔不过三百多里，只是草原各族，往来无定，大家互不知道。哈萨克族是新近迁去的，除了曼铃娜那一部落外，还有许多部落。

杨云骢问起麦盖提为什么被擒，麦盖提面色骤变，恨声说道：“杨大侠，你样样都好，就是有一样不好！”杨云骢奇道：“哪一样不好呢？”麦盖提道：“你有一个很坏的师弟，你为什么不管教他？”杨云骢点点头道：“这是我的不好！但我也是最近才知道他变坏的。怎么？楚昭南和你们又有什么关系？”麦盖提道：“就是他把我们捉着，从喀尔沁草原直送到伊犁城的。”杨云骢忙问道：“是他送你们来的吗？那么他现在在伊犁城？我回去把他抓来！”麦盖提道：“不是他亲自送来，他现在才忙呢！他和一个什么将军带领一队清兵驻防在喀尔沁草原三十里外的一个城堡，监视我们。他派人来要哈萨克族出人出粮，酋长把来人轰了出去。他突然半夜孤身来袭，把酋长的儿子捉去，当成人质要挟。酋长强硬不理，但爱子情深，暗中却叫我去探查。”杨云骢点点头道：“是了，你和伊士达是哈萨克最出名的两个勇士，你来到南疆，他自然要派你去了。我猜酋长要你暗中把儿子夺回，可是？”麦盖提道：“是呀！他不知道我的武功比楚昭南差得很远。我呢，我却不能推辞不去呀！我的武功虽然比不上楚昭南，可是你知道我们哈萨克人，从来就不怕比自己强大的敌人，我不能丢我们哈萨克族的脸，说我不敢去呀。而且我也的确不怕他，我想遇见了他，最多不过一死，那又算得什么？也教他知道知道，我们哈萨克族也有不怕死的勇士，他半夜袭我们，我们也会还敬！”杨云骢翘起拇指道：“好！你真不愧是我的兄弟！”他是衷心地称赞麦盖提，甚至自己暗暗觉得惭愧。麦盖提和曼铃娜是久别重逢的一对情侣，相聚不过数天，麦盖提就愿意去拼死争取哈萨克人的荣誉，讲得那样坚决，毫不犹疑，好像是天经地义一样。自己自信，若遇到必要之时，也定能视死如归，可是现在却割不断对敌人女儿的情感。

麦盖提又道："不瞒你做大哥的，我也有点舍不得曼铃娜呢，临行之前，我和她说，我此去九死一生，因为敌人比我厉害得多。我对她道：'我死之后，你好好保重，不要惦记我。我们哈萨克族有许多年轻的小伙子，你千万不要发傻，你要选一个好的结婚，把我的名字给你生下来的第一个孩子，我就心满意足了。'这傻姑娘忽然流下眼泪，又匆匆揩干，一定要和我同去，我不答应，她就要自刎在我的面前。她又说我看不起女人，说为什么男人去得，女人去不得。我道：'曼铃娜，我知道你也会武艺，但我要和你实说，我和你加起来，恐怕都不是敌人对手！'曼铃娜一点也不在乎，她只是淡淡说道：'要死就一同死好了，也教敌人知道，哈萨克族的姑娘也不是可欺负的英雄！'她说得那么自然，就好像陪我去死是连想也不用想就可以决定的事！"杨云骢噙着眼泪，笑道："曼铃娜姑娘，你真好！"他想起了纳兰明慧，明慧就不肯舍弃父亲，跟随自己。他对着曼铃娜，又是欢喜，又感辛酸。他是为麦盖提欢喜，而为自己辛酸。曼铃娜微微一笑道："杨大侠，你听他说呢！一点点不值一提的小事，他就那么大吹大擂，好像这应份做的事，是什么了不起的大事一样，真讨厌！"杨云骢拍拍麦盖提的肩膀，说道："好兄弟，你的故事很好听，说下去吧。曼铃娜明是骂你，实是欢喜你。她做的事情，的确是了不起，你一点也没有夸大。"曼铃娜道："哟，杨大侠，你替他撑腰，更把他纵坏咯！"

麦盖提接下去说道："我和曼铃娜姑娘夜探楚昭南所住的城堡，还没有找到酋长的儿子，就给楚昭南碰着了。楚昭南认得我，我们两人和他拼死恶战，他真损，把我们杀死也还罢了，他却用剑光把我们罩着。我们伤不了他，他的一柄宝剑，却在我们的面门闪来闪去，大声叫我们投降。我们气死啦，舍出性命向他的宝剑冲去，却不知怎的，一下子我们两人就全身麻软，倒在地上了。"杨云骢道："你们给他点中穴道了。"麦盖提道："我也曾听你说过点穴这门功夫，却不知如此厉害！他把我们捉着之后，说道：'好呀，麦盖提，我早就知道你是哈萨克族的勇士、杨云骢的臂膊，好，我得叫你吃点苦头。’曼铃娜也被人认出是哈萨克族中最勇敢的姑娘——敌人一向就是这样的叫她。于是楚昭南把我们每人打了二十鞭，把我们打得几乎不能动弹，然后叫人将我们押上伊犁，交给那个什么纳兰将军。我们到伊犁后，被监禁在将军府里面，那些人对我们倒很客气，天天有酒有肉，我想最多是死，乐得吃他的。曼铃娜看见我的食相，还替我担心，她说：‘麦盖提呀，你可得小心，不要上敌人的当呀！他们这样款待我们，一定是想用软功，把我们拉过去，要我们投降。你不要相信老虎的慈心、狐狸的微笑呀！’我大笑起来，悄悄对她说道：‘你和我虽分别多年，难道你还不知道我的性子？我从来不懂忧愁，有吃有喝你还客气作啥？做个饱鬼总好过做饿鬼吧。’我做鬼脸，把她逗得笑了，她后来吃得比我还凶。”曼铃娜啐道：“乱嚼舌头！杨大侠，我知道他是个好汉子，但时刻提醒他，总不是坏事，你说是吗？”杨云骢肃然说道：“麦盖提，你真好福气，你的姑娘是真正的关心你，比拥着你吻，还千百倍地爱你！”歇了一歇又道：“麦盖提，我一定替你出这口气，我要把楚昭南捉来交给你们，让你们每人把他打四十鞭！”

三人一路谈别后情形，走了五六天，已进入大草原，离开伊犁很远了。一日走至草原上的一个驿站（给马匹加草料和供人住宿的地方），驿站旁有小食店，有马肉和酒卖。

三人进去买酒，忽见有七八个清兵也在那里烤马肉。其中有人道：“纽祜卢自夸武功了得，是关外出名的武师，打起来却一点也不顶事，几百人给三个人就打得七零八落，我们没有什么本领，那还罢了，他不也是一交手就逃？”另一个道：“我们追那个卓一航，听说是什么武当派最强的剑客，后来那个青年，听说更是厉害，就是名震北疆的杨云骢！我们没有见过他，不知是不是？不过我倒相信纽祜卢的话，那日我亲眼看见那个姓杨的把几名统领抓起来就摔，好像兀鹰扑麻雀一样，想来不是杨云骢，别人也没那样本事！”说到这里，忽然瞧见杨云骢正在对面的角落蹲着喝酒，慌得大叫一声：“快走！快逃命呀！”其他的清兵愕然不知，杨云骢大口大口地呷酒，也不想理他们。清兵们见同伴慌张地叫嚷，又有几个瞧见了杨云骢，一时惊叫之声四起，纷纷夺门而出。

忽然驿站中扑出一个老婆婆，双臂一伸，就把几个清兵弹回店内，另外两个想从她胁下冲过，给她双手一抓，全都摔死。老婆婆喝道："不准走！你们快说，卓一航在哪里？你们追他干吗？"清兵们吓得魂不附体，大半说不出话，有几个抖抖索索地说道："他给杨云骢救走了，去哪里我们不知道。"老婆婆瞧见杨云骢在喝酒，哼道："好！你也在这里！那就不必问他们了！"随说随把清兵一个个抓起，向外乱摔，话说完时，七八个清兵都已给她摔死。曼铃娜悄声问道："这老婆婆是谁？这样凶？这些清兵又不是在战场上和我们打仗，何必要他们死得这样惨！"杨云骢也急忙悄声说道："她是白发魔女！你们千万别得罪她！"

白发魔女伸手来抓杨云骢，杨云骢轻轻一闪，在旁边给她行礼，说道："白老前辈，什么风把你吹到这里？"白发魔女道："我没有功夫和你多说，你快告诉我，卓一航去了哪里？他是不是和一个女人在一起？"杨云骢道："卓师叔是和一个姑娘在一起，他说他要送那位姑娘回关内去！"白发魔女冷笑道："哼！我才不信他的鬼话！我以前赶他们都不走，现在倒肯乖乖地走了？"杨云骢不知她说些什么，完全摸不着头脑。白发魔女迎面又是一抓抓来，叫道："杨云骢，你带我去找他们！"

十九　猜疑

杨云骢身形闪动，白发魔女一抓抓空。杨云骢道："白老前辈，弟子实在不知卓师叔去处。"白发魔女怔了一怔，怫然不悦，冷峭说道："你的武功已大有进境了，对后生晚辈，我一击不中，绝不再度出手。算你造化，你自去吧，没有你，我也一样能找着他。"

白发魔女飘然西去，杨云骢和麦盖提、曼铃娜三人也续向南行。一路上，麦盖提犹自愤愤不平，杨云骢道："白发魔女手底极辣，她的话不容别人不听，这次还算是好的了。"至于白发魔女为什么要找卓一航，杨云骢就不知道了。

杨云骢等三人行了七八天，到了喀尔沁草原，杨云骢兴奋异常，他所要找的哈萨克人终于找到了。他正自盘算如何重组抗清义军。麦盖提向前一指，欣然说道："转过这一个山丘，前面就是我们的部落了。"杨云骢一马当前，绕过山丘，果然见着大大小小无数帐幕。麦盖提和曼铃娜狂呼道："兄弟姊妹们，我们回来了！"帐幕里牧民纷纷涌出，欢声雷动。

人群中忽见一条红巾迎风飘拂，杨云骢吃了一惊，一个少女疾风般越群而出，高声叫道："杨云骢，怎么你也来了？"这少女正是飞红巾。这霎那间，杨云骢的心就如倒翻了五味架，又苦又甜又酸又辣，一时间竟说不出话来！

飞红巾抿嘴一笑，低声说道："你傻了么？为什么老是看我，却不说话？"这霎那间纳兰明慧的影子倏地泛上心头，杨云骢忽然有一种自疚之感，正待说话，一个虬须大汉突然自旁闪出，纵声笑道："杨云骢可并不傻，我们打生打死的时候，他却有美人同车，护送纳兰秀吉的女儿去伊犁呢！"杨云骢怒喝道："闭你的鸟口！"

飞红巾面色一变，随即镇静下来，把杨云骢和孟禄拉开，面向孟禄说道："有话今晚再说，哈萨克人正在欢迎他们族中的英雄，你却在这里吵嘴！"

南疆的哈萨克酋长，一听杨云骢到来，如同突然间从天上掉下一件宝贝。杨云骢这几年来帮助北疆的哈萨克人打仗，南疆的哈萨克人自然也耳熟能详。酋长高高兴兴地说道："杨大侠，我们日盼夜盼，终于把你盼来了。前几天哈玛雅女英雄到来，还提起你，你们两人原来是认识的，那真是太好了。我正和哈玛雅盟主商议加盟的事情，你来了，可要替我们多出点主意。"孟禄在旁边嘿嘿冷笑。杨云骢满肚皮闷气，强自忍着，一面与哈萨克的酋长倾谈，一面问飞红巾别后的遭遇。

原来那日在草原的大混战，起初是南疆各族占了上风，后来清兵大举增援，牧民们抵挡不住，四散奔逃。飞红巾在探"黑泉水"之时，身受灼伤，幸得堪恰族的四骑士保护，直逃出数百里外，这才找着了哈萨克人。至于孟禄，则是后来和南疆的各族酋长同来的。

这一晚，哈萨克族和南疆各族酋长款待杨云骢。正当哈萨克的酋长盛赞杨云骢之时，喀达尔族的酋长孟禄忽然站起来道："我们招子可要放亮一点，别把懦夫当成好汉，把奸细当成英雄！"哈萨克酋长瞪眼说道："什么话？"孟禄冷笑道："杨云骢在大战之时，私自逃脱，帮助纳兰秀吉的女儿，杀了我们喀达尔族的两名勇士，一路与敌人的女儿同车，在伊犁住了这么久才回来。我想请问哈玛雅盟主和各族的父老们，像杨云骢这样的行径，到底是奸细还是英雄？"飞红巾凛然对杨云骢道："有这样的事吗？"塔山族的酋长叫道："说杨云骢是奸细，我死也不信！"

杨云骢缓缓起立，面对着飞红巾道："纳兰秀吉的女儿是我救出来的！"飞红巾面色大变，全堂哗然。杨云骢道："但孟禄也是我救出来的。有一股清兵追来，是我和一位武林前辈挡住，他才能从容逃走的！"孟禄满面通红，大声叫道："我不领你的情，你先把我的穴道点了，然后又假仁假义地替我解开，和那班清兵厮杀。"飞红巾道："那么杨云骢替你挡住清兵的事是真的了？"孟禄不语，麦盖提却叫起来道："你不领他的情，我领他的情，我们两人都是他救出来的！我们全靠他杀退纳兰秀吉的卫士，伤了多铎，这才能逃脱出来！"飞红巾道："杨云骢，我也不信你是奸细，但你为什么要救护纳兰秀吉的女儿？"孟禄加上一句话道："还有你为什么要帮她杀掉我们的两名勇士？"

杨云骢面色庄严，大声问飞红巾道："哈玛雅，你是女人，我问你，假如你遭受别人的强暴，你抵抗不抵抗呢？纳兰秀吉是我们的敌人，但他的女儿却未与我们为敌！孟禄的手下要侵犯她，给她杀了，为什么要将责任压在我的头上？"孟禄道："她是我们的俘虏，为什么不可以随我们的意思处置？"杨云骢朗声道："我就反对不把俘虏当人的处置，满清鞑子捉到我们的人，随便奸淫奴役，难道你也要学他们的样子？"俘虏属于胜利者的制度，是部落民族几千年来的习惯，杨云骢的话一出，顿时引起窃窃私议。杨云骢又对孟禄冷笑道："何况她还没有成为你们的俘虏，你那两位手下，刚上前动手，就给她杀了。那时她还在重病之中！"

飞红巾面色沉暗，忽然拍掌叫大家静下，毅然说道："欺负病中的妇女，那是罪有应得。只是杨云骢，我倒要问你，你是怎样认识纳兰秀吉的女儿的？你为什么要保护她？"杨云骢低声说道："对不住，飞红巾，那是我的私事！只要她不是我们的敌人，我为什么不可以和她结交？"孟禄大声喝道："你分明心里有鬼，纳兰秀吉是我们的死对头，他的女儿就不是好人，岂有和他的女儿结交，却又和他为敌的道理。杨云骢，我揭穿了你吧，我看你是被他女儿的美色迷住了！给她招你做娇客了！"飞红巾心中阵阵刺痛，却不说话。众人又窃窃私议，在敌人阵营中把好人划分出来的观念，大多数的酋长们都还未有。

杨云骢眼睛横扫全场，朗声说道："我也知道这会犯疑，但怎样才能使你们不疑心呢？我倒想得一个办法，诸位看看行不行？"塔山族的酋长道："请说！"杨云骢道："我听说哈萨克族酋长的爱子给楚昭南掳去，现在还未放回，我愿意替他把爱子夺回，并将楚昭南活捉回来！"哈萨克族的酋长眼角潮湿，喃喃说道："杨云骢，我可没有疑心你啊，你是我们的擎天一柱，我可不愿你单骑冒险！"

孟禄冷笑道："谁不知道楚昭南是你的师弟，你哪里是什么单骑冒险，你分明是想和他勾结，让你去那是放虎归山！"杨云骢双瞳喷火，心中怒极，双掌一击，就要发作。飞红巾忽然拍掌说道："诸位总不会怀疑我也是奸细吧？我陪他去，捉不着楚昭南我们就不回来，我用人头担保杨云骢不是奸细！"飞红巾是南疆各族的盟主，此话一出，全堂肃然，没有人敢说第二句话。

第二天晚上，飞红巾和杨云骢换上夜行衣，同探几十里外楚昭南所驻的城堡。一路上飞红巾都是含嗔不语，杨云骢屡次想向她说明纳兰明慧的事情，飞红巾都板着面孔说道："这是你的私事，我管不着！何必说给我听！"杨云骢最后慨然说道："飞红巾，以你我的交情，为何这样见外？我不愿意对那些人讲，并不是不愿意对你讲呀！我把你当成至亲的姊妹，如果你不嫌弃，我也愿你把我当成至亲的兄弟！"飞红巾嫣然笑道："是吗？我自然愿意叫你做哥哥，只怕你见了姊姊就忘了妹妹！"杨云骢蹙眉说道："飞红巾，我要对你说我和纳兰明慧之间……"飞红巾截着说道："并没有什么苟且之事，是吗？你不要忙着解释，且先把楚昭南捉回再说吧！"杨云骢心如刀绞，为她难过。她还以为自己和明慧并没其他关系，想向她解释明白，谁知自己已和明慧成了夫妻。杨云骢见她这个样子，话到口边，又再留住。心想，一说出来，恐怕她抵受不住，岂不误了要活捉楚昭南之事？也罢，等事情办完之后再说也好。

两人轻功超卓，话未说完，楚昭南所住的城堡，已现在目前，两人约好暗号，一南一北，飘身登上城头。

二〇　活捉楚昭南

杨云骢和飞红巾两人都是轻功绝顶，进了城堡，沿着两边民房，兔伏蛇行，轻登巧纵，不消多时，已到城中的府衙。飞红巾正要跳上屋脊，冷不防呼一声急风飒然，一条硕长人影，带着一股劲风，直向飞红巾头顶飞扑下来。飞红巾出其不意，几乎被他斫着，不禁大吃一惊，来不及拔剑出鞘，急忙用个“细胸巧翻云”，托地向后一跳，方才避过凶锋。等到定睛看时，见袭击自己的竟然是一个高大番僧，手使一柄大砍刀。飞红巾一欠身，铮铮两响，短剑向刀背上一格，把番僧的大砍刀直撩出去。番僧一击不中，身似风车，倏然一转，刀光闪处，呼声风响，“怪蟒翻身”，又向飞红巾拦腰斩来。飞红巾勃然大怒，长鞭刷的一响，把番僧手腕缠住，趁势一拉，借力打力，把番僧水牛般的身躯，直扯过来。那番僧正要叫喊，忽然腰胁一麻，杨云骢快如闪电，伸指点了他的穴道，飞红巾一剑刺去，却给杨云骢托着，叫声“且慢！”宝剑架在番僧的颈后，问道：“你是不是天龙禅师的门下？”番僧怒道：“是又怎样？”杨云骢道：“五年前，我奉师父之命，去见天龙禅师，算来也是朋友，我不伤你的性命。你快说哈将军在哪一间房子？”

天龙禅师是西藏一个大喇嘛，武功卓绝，独创一百二十六式天龙掌法，刀剑路数，就从掌法变化而来，别具一格。天龙禅师在西藏广收门徒，闻得晦明禅师武功剑法独步海内，派人找他比试，那时杨云骢正投入哈萨克军中，有事要到西藏，联络藏民，共同抗清。晦明禅师懒得下山，就叫杨云骢顺道拜谒。杨云骢和天龙禅师论剑，知道天龙剑法虽然颇有独到之处，却是破绽颇多，他年少坦率，直说出来。天龙禅师怫然不悦，当下便叫大弟子和他比试，杨云骢不过数招，就把他的剑法破去，大弟子愤而比掌，又是不过数招，就给杨云骢封着掌力，发不出来。天龙禅师虽然妄自尊大，却是识货的人，一看就知杨云骢的功力还在自己之上，更不要说晦明禅师了。当下傲气尽消，反而折节论交，和杨云骢结了忘年之交。这事，天龙禅师门下多数知道。这个红衣番僧，那时不在天龙禅师跟前，听杨云骢说起，凛然一惊，忙问道："你是杨大侠吗？"杨云骢道："不敢，我正是杨云骢。"把剑拿了下来，解开他的穴道。番僧道："我是哈将军请来做护院的，不能将他的住处告诉你。你既是我师父的朋友，我不叫喊是了。你若不高兴，要杀尽管杀！"杨云骢见这个喇嘛倒是一条汉子，微笑道："好！就是这样。"和飞红巾使个"白鹤冲天"之势，飞上屋脊，直入内院。

飞红巾见院落深深，重门叠户，问道："似这样，如何去找？"杨云骢道："你别急，我有办法。"在百宝囊中取出硫磺弹，向马厩里一丢，登时烧将起来。群马狂嘶，破厩而出。将军衙中的卫卒，也不知来了多少敌人，乱成一片。杨云骢和飞红巾一身黑色夜行衣，纵上屋顶，看得分明，只见一个满洲大汉，穿着战袍，神态威严，指挥卫卒，镇住他们，不许慌乱，倒是井井有条。杨云骢道："闻得这个哈合图乃是多铎帐下一员大将，清廷在新疆的将领，除了纳兰秀吉，就数到他。看来也真有点将才。"扯一扯飞红巾，两人不约而同，飞掠下去，火光中看得分明，底下顿时哗叫起来。几名卫士如飞抢到，为首的手使一对八卦混元牌，才一照面，就用"独劈华山"招数，向飞红巾当头劈落。飞红巾正要扬鞭反击，哪知杨云骢出手，比她还快，剑光一闪，由斜刺里直削过来，寒光绕处，把这卫士斩为两截！飞红巾扬鞭急挥，把第二名卫士摔入火堆，短剑倏翻，将第三名卫士又刺了一个透明窟窿。这三名卫士乃是将军府中武功最高的三人，不过一个照面，全都丧命，其他的人发一声喊，四散奔逃，哈合图饶是如何镇定，也发了慌。说时迟，那时快，杨云骢如巨鸟般凌空扑下，哈合图一拳打出，顿觉全身软瘫，颈项给杨云骢左手夹着，捉小鸡似的提将起来。断玉剑冷气森森，在哈将军面门一晃，喝道："哈萨克酋长的儿子在哪里，快放出来！"

杨云骢夹手抢过了游龙剑，叫道：“跟我走。”三指一捏，扣着楚昭南的脉门，径自飞身上屋。

火光中闪出一人，哈哈笑道：“杨云骢，哈萨克酋长的儿子在这里，你有本事就来抢！”飞红巾骂道：“楚昭南，你这叛贼！”扬鞭一挥，楚昭南将哈萨克酋长的儿子向前一推，笑道：“你狠，你打好啦！”哈萨克酋长的儿子只是个十三四岁的少年，满面惊惶之色，飞红巾倏地将鞭收回。杨云骢喝道：“你将他放了，要不然我就把你的将军杀掉！”楚昭南嘻皮笑脸，说道：“师兄，你别生气，你先把哈将军放了，我再将这个孩子交回给你。”杨云骢心中愤极，忽然叫了一声：“好，你接着！”双手一推，把哈合图像皮球般直抛出去。楚昭南不禁双手来接。杨云骢忽地长啸一声，声到人到，一招“推窗望月”，把楚昭南迫过一边，左手将那个少年一带，飞红巾一跃而前，连忙接过。楚昭南把哈合图一放，游龙剑铮然出手，手起一剑“金针引线”，刷的一缕青光，向飞红巾背心便刺，杨云骢喝道：“你还敢逞凶？”身形霍地一转，剑光闪处，反向楚昭南肩背刺去。楚昭南忽然大叫一声：“天蒙禅师，快来助我！”力挡数剑。杨云骢叫道：“飞红巾，你先走，在城外等我，我将这叛贼擒了，马上就来！”楚昭南叫了数声，无人答应。杨云骢一招快似一招，楚昭南无法招架，挺身一跃，还未跳出圈子，杨云骢步似猿猱，身形一闪，已到楚昭南背后，左手往外一拂，击在楚昭南的“三里穴”上。楚昭南正待缩手，已来不及，虽没有给打正穴道，一条臂膊也麻木了。杨云骢夹手抢过了游龙剑，叫道：“跟我走。”三指一捏，扣着他的脉门，径自飞身上屋。卫士们惊魂未定，没有一个敢跃上去追赶！

片刻之后，杨云骢出了城堡，忽听得旷野之处，有叱咤厮杀之声，放眼看时，只见飞红巾右手拖着哈萨克酋长的儿子，只用左手长鞭，和一个和尚打得十分激烈。那和尚手使一柄长剑，步按八卦方位，把飞红巾迫得只有招架之功。楚昭南失声叫道：“天蒙禅师，杨云骢在这里！”

天蒙禅师是天龙禅师的师弟，剑法精妙，闻得杨云骢挫折天龙之事，心中不服，总想找杨云骢比试，因此给楚昭南拉来，哈合图待他甚为尊敬。杨云骢和飞红巾双双跃下之际，他本已到场，但他不认识杨云骢，见楚昭南挺剑和一个少年相斗，而一个少女却拖着人质往外飞逃，他想楚昭南武艺高强，对付一个少年必无问题，加上人声嘈杂，也听不清楚昭南叫些什么，不假思索，便去追飞红巾。飞红巾的独门轻功，本在天蒙之上，但因为多了个累赘，竟然被他赶上，斗了一百多招，飞红巾只得一只手使用，竟是堪堪落败。

天蒙见楚昭南被杨云骢像牵羊一样地牵着，大吃一惊，放开飞红巾，提剑过来。杨云骢用重手法点了楚昭南的晕眩穴，纵许他能自解穴道，也要过六个时辰。天蒙讶道："你不是楚昭南的师兄吗?"杨云骢道："楚昭南帮助清廷，欺凌新疆蒙藏的老百姓，你为什么要助纣为虐?"天蒙道："我出家人不管俗家事，我闻天龙师兄说，你妄敢议论我们的剑法，我倒要领教领教!"杨云骢道："那时是我年少无知，其实天龙禅师的掌法剑法，远非我等后学能窥堂奥。"天蒙冷笑道："居士不肯赐教，那就是太看贫僧不起了!"飞红巾气这和尚不过，也哼了一声，冷冷说道："你要他赐教，那不是自讨苦吃!"天蒙满面通红，勃然大怒，叫道："杨英雄留心接招。"话未说完，刷的一剑分心便刺。

杨云骢身随剑转，连闪三剑，天蒙喝道："你为何不拔出剑来?"杨云骢垂手贴膝，朗声说道："晚辈不敢在前辈面前动兵刃。"表面谦虚，实是不屑。天蒙暴跳如雷，连环数剑，迅疾异常，骂道："你敢瞧我不起?"杨云骢身随意转，天蒙的剑法虽然厉害，却伤他不得。飞红巾道："你和他客气做什么？清兵追来了，岂不麻烦。"杨云骢一想也是道理，蓦然间身形骤长，两指一伸，竟指向天蒙双目，天蒙大吃一惊，回剑挡时，给杨云骢左肘一撞，长剑登时落地。杨云骢道声："承让!"抱起楚昭南，与飞红巾疾驰而去。天蒙怀恨在心，自回西藏，按下不提。

且说哈萨克和各部落的酋长在杨云骢与飞红巾去后，点起大牛油烛，围坐帐幕之中。大多数的酋长都关心飞红巾和杨云骢，不肯去睡，只有孟禄，还窃窃私语，担心杨云骢一去不回。

各族酋长秉烛夜谈，不觉过了一个更次，堪恰族的酋长打了一个呵欠，塔山族的酋长笑道："怎么如此不济，今夜我们都不打算睡了，最少也要等到天亮。"哈萨克族的酋长忧形于色，说道："只怕天亮也不能回来。为了犬子，教杨大侠和哈玛雅去冒险，我实在过意不去！”孟禄冷笑道：“几千清兵聚在一个小城，更加上楚昭南那样的厉害人物，他们两人要去救人虏人，闯进闯出，要想得手，除非做梦。只怕杨云骢此时已和他的师弟联成一气，把我们的盟主扣留起来了！”塔山族的酋长横了他一眼，正想发话。忽然帐幕揭开，飞红巾笑吟吟纵步入来。将那少年向哈萨克族酋长一推，说道：“令郎回来了，毫发无伤，我们可以交差了！”孟禄急问道：“杨云骢呢？”帐篷外杨云骢应声走入，把楚昭南放在帐幕中心，哈哈笑道：“幸不辱命！这人就是你们所要的楚昭南！”

二一　不速之客

哈萨克族的酋长这一下惊喜交并，搂着自己的儿子，滴下泪来，连连向杨云骢道谢，塔山族的酋长翘起大拇指，大声道好，孟禄默然无声，飞红巾喜气洋洋。

杨云骢对哈萨克族的酋长道："叛贼楚昭南交给你了。"哈萨克族的酋长命人将楚昭南用铁索缚个结实，任他多好武功也挣不脱，准备在第二晚上，再召集各族酋长到来，举行复仇的仪式，将楚昭南活祭死难的战士。杨云骢和飞红巾累了一个晚上，饮了马奶之后，各自休息。分手前飞红巾对杨云骢盈盈一笑，低声说道："明儿见，咱们再细细谈。"杨云骢黯然点头，飞红巾又笑道："干么你还不开心？你有什么话儿，明天好好地说，你有什么要求，我都可以答应你的。"说罢，又回眸一笑。飞红巾满心以为明天杨云骢就会对自己表白相恋之情，这一晚做了好几个美梦。

第二天一早，杨云骢在帐篷里给人唤醒，报说外面有人找他，杨云骢披衣起视，哈萨克族的酋长带了一个中年汉子进来，杨云骢叫道："啊，辛龙子，原来是你，你怎么也找到这里来了？"

辛龙子是卓一航到新疆之后所收的弟子，他本是哈萨克族一个牧民的儿子，投师之后，虔心向学，不理外事，对本门拳剑已得真传。在天山之时，和杨云骢、楚昭南都时相往还，只是他脾气怪僻，和杨云骢倒并不怎样投合，反而和楚昭南很谈得来。三人时时讨论武功，都以兄弟相称。辛龙子和哈萨克族的酋长，本来相识，哈萨克族的酋长也很高兴，自己的族人中，有这样一个武当派名剑客的门徒。

辛龙子见了杨云骢，翻着怪眼问道："我的师父呢？你可知道他的去处？”杨云骢笑道：“怎么我这几天老是给人查问，白发魔女向我要你的师父，现在你又来问我了。”辛龙子道：“我就是碰见白发魔女这老妖怪，才来问你的。我向白发魔女问师父的下落，她把我踢了一个筋斗，连连冷笑道：‘你去问晦明禅师的弟子杨云骢去，我才懒得管你的师父呢！’哼，她不管，她把我的师父迫得在天山立不住足。如果她把我的师父害了，我虽然本领不济，苦练几十年，也要找她报仇。”杨云骢笑道：“白发魔女绝不会伤害你的师父的，你放心好了。你的师父，我见是见着了，可是一点也不知道他的下落。”

杨云骢把当日的情形细细说了。辛龙子红着眼睛道：“走遍草原，我也要把师父找到，我还有一两套剑法未学哩，就可惜没有一把好剑。”说罢，盯着杨云骢腰间的两把佩剑。杨云骢笑道：“可惜我这两把佩剑都是师父的宝物，要不然送一把给你也没有问题。”辛龙子道：“我就是觉得奇怪，怎么你佩着两把宝剑，我可没有想到要你的东西。”杨云骢道：“这两把剑你还不认识吗？一把是我的断玉剑，一把是楚昭南的游龙剑，在天山之时，你是见过了的。”辛龙子又翻着怪眼道：“怎么他的宝剑会到你的手中？”杨云骢黯然说道：“我这不成材的师弟，他投降了清军，甘心为虎作伥，是我把他拿下来了。”哈萨克族的酋长插口道：“是呀！今晚我们还要举行复仇仪式呢！你也留在这里瞧瞧热闹吧。”辛龙子啊了一声说道：“师兄活捉师弟，这也真是武林中的奇事！”杨云骢忽然想起一事，问辛龙子道：“你还要回天山去的，是不是？”辛龙子点点头道：“当然回去，我去找师父，找到了就和他一道回山，若找不着，我也要回去一转，拜别晦明师伯，再去找他。”杨云骢解下楚昭南的游龙剑，递给辛龙子道：“这是我们镇山的两剑之一，不能落在外人手中。我东飘西荡，出生入死，不知什么时候能回天山，更不知什么时候遭遇不幸。我拜托你把这剑交回给我的师父，同时请为我向他告罪，因为楚昭南犯了师门大戒，我来不及禀告他老人家，已先自把他处置了。”辛龙子接过宝剑，手指微微颤抖。

帐幕外又有人声禀告，这回来的是飞红巾的侍女，对杨云骢道：“哈玛雅小姐请杨大侠过去。”辛龙子也想告辞了，哈萨克族的酋长苦苦把他留着，说道："你离开部落已许多年了，好些事情，你都不清楚。我们的族人正给人欺负呢。你就多留一两天，和族人叙一叙吧。"辛龙子点头答应，杨云骢独自走过飞红巾的帐幕。辛龙子好奇问道："怎么杨云骢和一个什么小姐很有交情吗?"哈萨克族的酋长笑道："这位哈玛雅小姐就是南疆鼎鼎大名的飞红巾女英雄呀！他们真是天造地设的一对。怎么，龙子？你不知道飞红巾的大名吗?"辛龙子摇摇头道："我十二三岁上山，住在天山二十年了，怎会知道你们草原上出了个女英雄?"哈萨克族的酋长道："听说她就是白发魔女的徒弟呀!"辛龙子恨恨地道："白发魔女欺负我的师父，可是她从来未带过徒弟来，我怎会知道什么飞红巾飞白巾？哼，白发魔女的徒弟，想来也不会是什么好人。"哈萨克族的酋长皱着眉头道："你全心学艺，那是非常之好，可是对外面事情，一点不闻不问，那是会吃亏的呀。是非不分，黑白不明，当心会上当哩。飞红巾是南疆各族的盟主，她打仗打得非常之好，人人都称赞她，怎么会不是好人!"辛龙子给他教训一顿，很不高兴，但碍于他是老族长，未便发作。恰好有人来请族长，哈萨克族的酋长道："这两天事情非常之忙，反正你是我们自己人，你到各处去走一走看一看，和族中的兄弟姊妹们叙一叙吧，我不陪你了。"

再说杨云骢走到飞红巾的帐幕，飞红巾请他吃了早餐，拉他到草原散步。草原的清晨，朝阳普照，绿草凝珠，就宛如一个刚刚梳洗过的少女，展开她的笑脸，美丽极了，娇艳极了。飞红巾喜上眉梢，傍着杨云骢低声唱歌，杨云骢心中的思想如浪潮冲击，哪里听得进去？飞红巾唱完了几支草原小调，见杨云骢若有所思，拉着他的手道："云骢，有什么话你说呀，我们相处的日子很短，但却相处得很好，你说是吗？你昨晚说把我当成妹妹，那么哥哥的心事，妹妹应该知道呀。云骢，你不知道，在那次草原混战，失散了你之后，我是多么地惦记着你!"杨云骢咬着牙根，低声说道："哈玛雅，你是我的好妹子，我一生都把你当做好妹子。"飞红巾盈盈笑道："除了是好妹子之外，就不是其他的了吗?"杨云骢点点头道："是的，只是兄妹。"飞红巾见他非常庄重，面上流露着一种痛苦的奇怪的表情，蓦然吃了一惊，跳起来道："云骢，你说什么？是不是你另外有了人了?”杨云骢点点头道:“是的!在你之前，我碰着一位小姐，她就是……”飞红巾颤声插问:“她就是纳兰秀吉的女儿吗?”杨云骢又咬着牙根答道:“是的!”

飞红巾的面上突然变了颜色，有如明朗的天空，遮上乌云。她不发话，她忍着眼泪，坚强的性格与初恋少女柔软的心冲突起来，这霎那间，她完全混乱了，她从来没有试过这样的激动，最凶猛的敌人也不会像杨云骢那样令她震撼。卒之，她外表的坚强给内心的痛苦征服了，她掩着面道:“哈，孟禄他们说的话竟是真的，你真的爱上了敌人的女儿了!”杨云骢又点点头道:“是真的，她将是我今生的妻子!”飞红巾蓦然叫道:“杨云骢，你做错了!”杨云骢全身战抖，忽然纳兰明慧的影子泛上心头，是那样温柔、那样端淑、那样的令人爱怜，纳兰明慧像草原上的小草，需要他的保护。他抗声辩道:“飞红巾，她是一个好人，我想她将来会叫你做姊姊的。你也愿意把她当成妹妹吗?”飞红巾蓦然向回头路疾跑，她的眼泪已经滴出来了，她不愿让杨云骢看到她的眼泪，看到她感情上的弱点，虽然杨云骢是她最亲爱的人。

飞红巾这一突如其来的动作，令杨云骢手足无措，拉她不好，不拉她又不好，他定了定神，拔足追赶叫道:“飞红巾，我的好妹子，请等一等，等一等呀!”飞红巾流着泪飞跑，杨云骢的心完全乱了，惘然地跟着她跑，忽然迎面冲出几骑快马，大声叫道:“杨大侠，飞红巾，你们知道了吗?不用赶回来了，向西南追，赶快换马吧!追呀!追呀!楚昭南和辛龙子逃跑了!”

二二 负气出奔

杨云骢一听，大吃一惊，从情感的纷扰中陡然醒来，接了一骑马，猛的一鞭，如飞追去，在马背上高声叫道："哈玛雅，助我一臂之力，快追，快追，把那叛贼擒回！"飞红巾闷声不响，也接了一骑马，跟着追去。

草原上四骑马风驰电逐，霎那间把其他的人抛在背后，杨云骢和飞红巾并骑风驰，可是飞红巾连看也不看他。过了一会，辛龙子和楚昭南的两骑马已经在望。杨云骢双腿一夹马腹，疾风一样地冲去，回首对飞红巾道："等下你截着那个辛龙子，不要伤他的性命，我去捉楚昭南。"飞红巾仍是闷声不响，杨云骢的马已跑到前头，看看就要和前面两骑，衔尾相接。

陡然间，迎面又飞驰来两骑快马，杨云骢尚未看清，忽听得前面辛龙子大声叫道："师叔祖，替我挡一挡，他们要害我！"杨云骢陡然一勒马缰，那两骑马已冲到面前，马上人是两个道士，各使一把寒光闪闪的长剑。杨云骢正欲发话，背后飞红巾疾冲上来。年老的黄冠道士喝道："你是白发魔女的什么人？"飞红巾正自满肚闷气，刷的一鞭扫出，怒道："你们做什么拦阻我？你们还胆敢叫我师父的名字！"两个老道相互一望，叫道："哈，果然碰到，道爷且先把你们这两个小妖孽废了再去找你的师父。"一人一边，长剑一指，寒光电射，全是进手的招数。

杨云骢急忙喝道："喂，有话慢说！"道士喝道："谁耐烦和你说！"刷！刷！刷！连环三剑，迅捷异常，竟是武当派极上乘的剑法。杨云骢虽然料到他们来历，但武林高手对敌，生死存亡只是毫发之间，不能不凝心一志，细拆敌招。那老道剑剑辛辣，而且功力之高，竟是杨云骢平生未遇过的敌手。杨云骢无奈，把天山剑法中的“寒涛剑法”使将出来，短剑一抖，蓦然寒光点点，一柄剑就好像化了几十柄一样，使到急处，真如寒涛掠地，怒潮卷空，银光飞洒，千点万点，乱洒下来。那老道也端的厉害，一口剑使得不疾不徐，剑光缭绕，剑影如山，竟似在杨云骢之前，布了一个铜墙铁壁。杨云骢的剑尖指处，到处都碰着一股潜力，反击过来。寒涛剑法将要使完，兀是不能将他击退。百忙中偷看飞红巾，见她已战至披头散发，长鞭乱舞，短剑盘旋，看来已是不成章法。杨云骢大急，把天山剑法的精妙招数，尽量施展出来，攻如惊霆迅电，守如江海凝光。那老道微微噫了一声，仍是紧守门户，一口剑上下翻飞，暗运内力，时不时把杨云骢的剑黏出外门。杨云骢满头大汗，兀是不能脱出圈子。杨云骢的天山剑法本是天下无双，比那道人精妙许多，但若论功力，却远不如道人的深厚，因此竟是处在下风，而那一边飞红巾已是力竭筋疲，堪堪就要落败。杨云骢毫无办法，正想施展绝招，和老道拼命，忽然那老道托地跳出圈子，大叫：“住手！住手！”杨云骢短剑一收，横在胸前，看那边时，飞红巾也已气喘吁吁，跳出圈子。

和杨云骢对敌的老道招呼他的同伴道：“师弟，这两人有点来历！”与飞红巾对敌的道士道：“不错，是有点来历，她的独门武功，正是白发魔女的传授，她并没有瞒骗我们，他们既是白发魔女的孽徒，师兄为何罢手？”黄冠老道仰天长笑，朗声说道：“久闻天山剑法，天下无双，果然不错。咄，你是晦明禅师的什么人？”那老道以几十年功力，武当派的第一高手，竟给年纪轻轻的杨云骢拆了这么多招，额上也是微微沁汗，也是十分惊诧。

杨云骢恭声答道：“晦明禅师正是家师。不敢问老前辈法讳。”那边的道士喝道：“你既是晦明的弟子，为何颠倒起来，反给白发魔女的徒弟助拳？”杨云骢朗声说道：“我没门户之见。这位女英雄是南疆各族的盟主，驰名草原的女英雄飞红巾，我为什么不该帮她？”老道愕然道：“咳，原来这位女居士就是飞红巾，想不到她竟是白发魔女的徒弟！”飞红巾傲然道：“我是白发魔女的徒弟，塞外英豪，谁不知道？我的师父怎么？她是武林中第一位女剑客，有什么辱没武林之处？”那老道士词色已转温和，歉然说道：“女英雄，失敬了！说来话长，我不愿当面骂你的师父，但你年纪尚轻，许多事情都不知道。你去抗清兵，行侠义，我们只有助你，绝不阻挠，只是你若听你师父差使，去欺负我的师侄，那我们可就不能放过你了！”杨云骢惊问道：“这么说，两位是卓大侠的师叔了！”两个道士微一稽首，说道：“正是！”排起来，杨云骢要低两辈，急忙施礼。老道士又道：“我们和晦明都是几代交情，各交各的，我们和他是平辈相称，他因为尊重我们的师侄曾是一派掌门，所以他们也是平辈相称。你们既然按班辈叙礼，那你就称我师叔好了。”杨云骢道声：“得罪。”施礼之后，十分纳闷，却不敢动问。

这两个道士都是新近从四川来的，所以不知道飞红巾的来历。原来卓一航本是贵家公子，后来做了武当派掌门，他头上还有四个师叔，他的武功除了比二师叔黄叶道人（即和杨云骢对敌的这人）稍低外，比其他师叔还强。和飞红巾对敌的则是卓一航的四师叔，名唤白石道人。白发魔女原是川中大盗，卓一航与她相爱，已论婚嫁。他的师叔辈却认为武当派是武林正宗，卓一航是本门最杰出的人，又是初接掌门之位，不应和女强盗匹配。在那个时候，婚姻还是要听父母之命、尊长之言。卓一航已无父无母，那就该听师叔的话，他的师叔横加阻挠，令他非常苦恼。本来，这还不是不可挽回，偏生白发魔女性情极为暴躁，一怒之下，竟和卓一航的师叔对敌起来。当时黄叶道人和白石道人都不在场，卓一航的另外两个师叔红云道人和青蓑道人率领门下六大弟子围攻她。白发魔女独战武当派八名高手，竟把红云道人伤了，而她自己也中了青蓑道人一剑，两败俱伤。白发魔女既失意情场，又自知不能在川中立足，所以远遁塞外，独上天山。头发在一夜之间，全都变白！卓一航经过这场大变，也是心灰意冷，忽然撇下掌门不做，也跑到塞外。可是白发魔女和他之间，误会太多，对他又恨又爱，反不肯和他和解了。几十年来，两人就是这样的恩爱冤家，参商异路，无缘复合。最近白发魔女误会他与黄叶道人的俗家女弟子何绿华相恋，发怒起来，要把他们逐出新疆。卓一航知道白发魔女手底最辣，怕她伤害了何绿华，急忙把她送出关去。不料黄叶道人不知从何得讯，远远赶来。辛龙子少时见过黄叶一面，他们这一突然撞来，恰恰替辛龙子和楚昭南解了困厄。

再说飞红巾听了黄叶道人的话，大为生气，说道：“哼，你们还说帮助我抗清兵，你们却把清军的奸细放了！”黄叶道人大吃一惊，急忙问道：“怎么，辛龙子是奸细？不会吧！我虽然不在天山，但也素闻卓一航这个徒儿，十分虚心学艺，他怎会出来帮助清廷。”杨云骢道：“辛大哥或许不会，可是恕弟子直说，他为人一向糊涂，可能是受楚昭南甘言所骗，放他逃走了！”黄叶道人问道：“哪个楚昭南？”杨云骢道：“楚昭南就是弟子那个不成材的师弟，他背叛师门，投效清军，为虎作伥，昨晚为弟子所擒，今朝却给他逃跑了！”黄叶道人敲敲额角，连声说道：“是我老糊涂了！这样吧，我们找着卓一航，请他严惩辛龙子好了。至于楚昭南，他不是我本门中人，我们不便理他。”这时，辛龙子和楚昭南早已去远，要追也追不到了。杨云骢和飞红巾只好与黄叶、白石两位道人告别，回转哈萨克族的草原营地。

一路上杨云骢逗飞红巾说话，飞红巾都不理不睬。杨云骢不觉流下热泪，诚挚说道：“飞红巾，算我辜负你一番心意，但咱们还是要合力抗清呀！”谁知道这话一出，越发惹得飞红巾的恼怒，恨声说道：“杨云骢，谁对你有什么心意了！你就把我飞红巾看得这样下贱，非要跟定你不行！哼！”她连打几鞭，放马飞跑，杨云骢吓得再也不敢说话！

回到帐幕之后，杨云骢见了哈萨克族的酋长，告罪之后，细说经过。老酋长拈须笑道：“算了，给楚昭南逃脱虽然可惜，但有你和我们在一起，还怕不能再捉住他吗？正义必胜，真主保佑我们，敌人和叛贼一定不能得逞的。你去休息吧！”

杨云骢心头苦闷，回到帐幕，又不便去找飞红巾。第二天一早，哈萨克族的酋长忽然闯进，大声叫道：“这是怎么说的？飞红巾带她的人走了！”

二三　孕育着新的生命

杨云骢心头一震，忙问道："怎么她连夜走了？"哈萨克的老酋长递过一张羊皮，上面写满维文，原来是飞红巾留下来的。杨云骢读道："我们南疆各族，此次幸蒙收容，十分感激。现在流散的战士已重新聚集，大部回归营地。我们在此地的战士，决定回原地，重新经营牧场，生聚教训，同抗清兵。与贵族愿永结同盟，联万世之好。哈玛雅。"杨云骢沉吟说道："她回去安辑流亡，重建牧场，也是正事。他们南疆各族在此，原是作客，不能久留。可是这样快就走，却是出我意外。她应该等大计议定之后才走的。"哈萨克酋长默然无语，杨云骢更是神伤。

可是战情紧张，战云密布，楚昭南逃走之后，回到清军驻地，战机一触即发，杨云骢要帮忙哈萨克的酋长策划，他是再无暇去想自己的事情了。

杨云骢在喀尔沁草原的营帐中，心情十分紧张，千余里外，纳兰明慧在伊犁的将军府中，心情也是十分紧张。自杨云骢去后，她的身体发生了变化，总是感觉睡眠不足似的，清晨起来，过了一会，又是恹恹欲睡，胃也很不舒服，常常莫名其妙地呕吐起来，吃了东西就吐，而且有时空肚子也会吐出酸水。她美丽的颜容，也忽然起了一层黑晕，里面还生了一些斑点。吃东西也很奇怪，以前欢喜吃的现在反讨厌起来，以前不欢喜吃的，现在反而很想尝试，特别喜欢吃酸的东西，脾气也喜怒无常，和从前大大不同，连她自己也觉得奇怪极了。纳兰夫人并不常见到她，有一次见到她，怀疑她是生病，要请医生给她诊治。她可不知道自己有什么病，回到房间里，只觉非常焦躁，没来由地砰砰嘭嘭乱摔东西。奶妈推门入来，纳兰明慧发脾气道："妈妈要请医生给我看病哩，不知这是什么怪病，成天不舒服，却又说不出缘由来！"奶妈面色十分沉重，掩上房门，悄悄说道："小姐，本来我不该说的，我想过了好几天好几晚，觉得还是对小姐说了的好。现在情势更急，我更非说不可，小姐，你千万不能看医生！"纳兰明慧十分惊诧，"咦"了一声道："奶妈，你说什么？什么事情这样严重？为什么我又不能看医生？怎么你尽说怪话？"奶妈轻轻抚摸她的头发，在她的耳边说道："孩子，你有了身孕了！"

纳兰明慧惊愕得说不出话来，颓然倒在地上，不知是喜是悲，是苦是乐，眼泪不自觉地流出来。奶妈双手环抱着她，爱怜地叹息道："我可怜的孩子，不要哭了，我替你想想办法。夫人请的医生是万万不能让他看的。明天你到草原去散步，我见到夫人就说你只是精神稍坏，并没有什么事，现在已经好了。本来让夫人知道那是应该，只恐老爷知道，那就不得了了。多铎正派人向你父亲提亲哩。夫人一向又怕老爷，老爷知道了，不骂你也会骂她。"纳兰明慧道："那么将来我的孩子出世，怎能瞒过他们？"奶妈又叹了一声道："小姐，我再冒昧说一句话，把这孩子打掉了好不好？"纳兰明慧瞪眼说道："你是说让我打胎？"奶妈黯然点了点头。纳兰明慧不知从哪里得来的勇气，忽然跳了起来，用坚定的激动的声音喊道："不行，我不愿意！我要保存这个孩子，不管他是男是女，他都是我最亲爱的人！"这时，她心中忽然充满了喜悦，感到杨云骢的生命和她的生命已经联结在一起，只要孩子能够顺利诞生，那么杨云骢就将永远活在她的身边，一直到他们两人都死了之后，他们的生命仍会继续下去，在孩子的身上继续下去。她爱极了杨云骢，也爱极了这个未曾来到人间、不知是男是女的未成形的孩子！她突然叫出声道："我再不怕什么飞红巾了。他的生命已经活在我的体内了！"奶妈奇道："什么飞红巾呀？"

纳兰明慧含笑不答。奶妈焦急异常，心里暗道："真是个不懂事的孩子，还是这样的淘气！"她沉思了好一会，轻轻地推着纳兰明慧道："小姐，起来，我想出法子了，你看能不能行呀？"纳兰明慧如梦初醒，在自我陶醉中醒觉过来，含羞问道："奶妈，什么法子?”奶妈道:“小姐，你不是常常打猎吗?到五个月左右，你就带女兵去几百里外的草原打猎。我有一个寡嫂住在那儿，我的侄儿现在将军府做事，就是那个傻里傻气的愣小子，你也见过了的，就叫他陪你去。他人虽然傻，可是却最听我的话。”纳兰明慧喜得搂着奶妈道:“奶妈，你真想得周到。我说要去打猎，那一定行。我忘记告诉你，我第一次碰见他的父亲，就是在打猎的时候呀!”奶妈问道:“哪个他呀?”一问出口，就醒悟起“他”就是小姐肚中的孩子，不觉“格”的一声笑了出来。

转眼过了几月，纳兰明慧已有五个月的身孕了。恰巧纳兰秀吉出发到远方作战，纳兰明慧去“打猎”那就更方便了，只告诉母亲一声，就带了十多个心腹的女兵和那个傻小子到草原去了。

纳兰明慧躲在草原的帐幕里，等候孩子的诞生，不觉又过了四个多月。一日，忽然夫人差了几个女兵来见小姐，带来一件惊人的消息，三天之前，一个月黑风高的晚上，将军府里，忽然来了一个女飞贼，想找老爷找不到，却抓着了小姐的一个丫头，拷问小姐的消息。这个女飞贼本领十分高强，她闯进将军府后，直至捉着小丫头拷问之时，都没人发现她。到那小丫头被拷打喊出声后，将军府里的武师才纷纷赶来。可是这个女飞贼居然一点不怕，在众武师的围攻之下，竟毫发无伤，来去自如，临行前还用长鞭打伤了好几名教头。夫人十分害怕，叫小姐小心，还叫小姐最好回来给她壮胆。纳兰明慧躲在床上，听了女兵的说话，心知一定是飞红巾来找她，不禁恨恨地骂道:“好个毒心肠的女贼!”但她的武功远不及飞红巾，回去也没什么用，更何况她计算日期，临盆只是这十天半月的事情了，她又如何能回去呢?她只好叫奶妈的侄儿回去，拖它一拖，叫他告诉母亲，她要过几天才能回来!

纳兰明慧住的地方虽然隐秘，可是也很愁急，生怕飞红巾找来，她又不知那小丫头给飞红巾拷问，有没有透露消息。但她又旋即自己安慰自己的想道:“草原这样的大，就是她来到草原，也未必知道我在这儿。”她叫心腹女兵昼夜轮班防守，她自己虽然行动不便，也要一筒甩手箭放在床头，准备飞红巾来了，就和她死拼。

第三天晚上，又是一个月黑风高之夜。刚过了午夜，草原上忽然传来了一阵阵的马蹄声，十几个彪形大汉骑着快马奔来。奶妈的侄儿给反绑在马背上。女兵们在火把光中看得清清楚楚，但却并不见一个女人。纳兰明慧的四个贴身丫头交互望了一眼，说道："原来不是女飞贼!"立刻抡刀使剑，张弓飞箭，和那十几个彪形大汉大战起来!

二四　一个女孩子的诞生

这些女兵都是纳兰明慧亲手训练的，武艺也颇了得，尤其是那四个贴身丫头，箭法更是厉害，强盗还未攻到帐幕，已给射倒几个。原来这彪人马，乃是草原上的马贼，为首的叫做王大须子，半月之前，他听出有一群女子，在草原上打猎，他不知道是纳兰小姐，只道是草原上什么酋长的女儿，因此带了十多骑快马，从喀尔沁草原驰来行劫。半路上撞到奶妈的侄儿，顺手把他擒了，迫他带路。

一场混战，马贼并未占得便宜，王大须子急了，左手推着奶妈的侄儿，右手抡刀猛斫，女兵们投鼠忌器，居然给他冲进帐幕。纳兰明慧坐在锦垫上，一见王大须子冲进，扬手就是一把飞刀，准疾异常，把他的头皮削了一大片皮肉。王大须子狂嗥一声，手一松劲，奶妈的侄儿跌跌撞撞在地上翻滚。王大须子跨步上前，一刀向纳兰明慧斩去。纳兰明慧伏地一滚，扬手一柄飞刀，当的一声，王大须子的马刀竟给击飞出手，怔了一怔。忽然纳兰明慧“哟唷”连声，她用力过度，腹中阵痛，头晕眼花，四肢无力，呻吟叫道：“杨云骢呀杨云骢，你的孩子不能保全了！”

奶妈的侄儿这时已翻起身来，拼死和王大须子纠缠，不过几招，又给王大须子打倒。王大须子连声狞笑，跨上一步，一抓向纳兰明慧抓去，忽然帐幕外哗然大呼，王大须子未及回头，后心一阵剧痛，身子已给人悬空提起。纳兰明慧睁眼一看，只见飞红巾满面杀气，左手长鞭把王大须子卷着，右手指着纳兰明慧道：“哼，你就是纳兰明慧了？这样娇怯的样子，倒真是个小姐模样！”

飞红巾自从离开杨云骢之后，郁气难消，孤身一人，跑到伊犁将军府中大闹，虽然没抓着纳兰明慧，却捉着了她的丫头，逼问出纳兰明慧的消息，赶到草原，正好遇上这场混战。飞红巾不由分说，把马贼和女兵全部打得翻翻滚滚，撞入帐幕，只一招就把王大须子生擒。存心折磨纳兰明慧！

纳兰明慧抬头望着飞红巾，口角噙着冷笑，一双明如秋水的眼睛，盯得飞红巾打了个寒噤。飞红巾气得一鞭将王大须子摔到墙角，厉声骂道："你冷笑什么？有胆的就起身和我斗几个回合。我不愿杀毫无抵抗的人。"纳兰明慧小口微微开阖，语音虽弱，飞红巾听来却有如平地焦雷！纳兰明慧说道："你要杀我，我毫不躲闪，你且等我生了孩子再杀我行不行？"飞红巾喝道："什么，你有了孩子？谁的孩子？"纳兰明慧骄傲地笑道："我和杨大侠的孩子！"飞红巾一看，纳兰明慧果然是挺着大肚皮，不发一言，回身便走。

帐幕外马贼和女兵翻起身来又斗，王大须子也在墙角站起，俯身拾了那口马刀。飞红巾眉头一皱，再转过身来，喝问王大须子道："你是谁？你来这里做什么？"王大须子刚才看见飞红巾欲杀纳兰明慧，只道她也是线上的女匪，急忙答道："我是喀尔沁草原上的马帮刀客，姑娘你是哪条线的？这个臭婆娘既是孕妇，咱们按规矩不杀她好了。她看来是个酋长的女儿，油水可厚哩，咱们把她洗劫了来平分吧，姑娘，你独自要一份好了，我王大须子最讲义气。"飞红巾面皮一绷，喝道："哈，原来你是马贼！"王大须子"是"字还未出口，飞红巾出手如电，一鞭就把他的天灵盖打碎，走出帐幕，惨叫声随之而起。不过片刻，飞红巾满身浴血，走回帐幕，冷冷地对纳兰明慧说道："我把这帮马贼全都杀了，你好好地养孩子吧。"纳兰明慧定着双眼，不知说些什么才好。飞红巾收起长鞭，插回宝剑，忽凄然说道："我走了，你见着杨云骢时就告诉他，我永不会再找他了。"

纳兰明慧点了点头，正想说话，忽然腹中绞痛，急忙呼唤丫头，女兵们纷纷进来，把奶妈的侄儿推了出去。飞红巾本来想走，这时却呆呆地站着，忽然帐幕中响起了"呜哗"的哭声，杨云骢的孩子出生了，女兵们手忙脚乱，帮助纳兰明慧料理。贴身的大丫头把早已准备好的锦缎，将孩子全身包着。纳兰明慧面上充满喜悦的神情，躺在地上喘着气问道："是小子还是姑娘？"大丫头道："恭喜小姐，和你一样！"纳兰明慧道："呀，原来是个姑娘，也好！抱来给我瞧瞧。"丫头道："她可真像小姐呢！"纳兰明慧伸手轻拍婴儿，低声笑道："不！更像她的爸爸！你瞧，她的小口闭得可紧，长大了准像她爸爸那样倔强！"婴儿又"哗"的一声哭了起来，纳兰明慧笑道："苦命的小丫头，才赞你口闭得紧，你又哭起来了！"纳兰明慧全神调弄孩子，完全把飞红巾冷落了。

飞红巾黯然神伤站在旁边，也不知是什么滋味？这时忽然走了上来，伸手对纳兰明慧道："让我抱一抱？"纳兰明慧迟疑了一会，将孩子递过。飞红巾将女婴放在臂弯上仔细端详，果然很像杨云骢。不知怎的，她忽然觉得很喜爱这个婴儿，心中突然泛起一个念头，想把她抱走。旁边的丫头递上半温的开水，一口一口地喂她，有一个女兵笑道："小姐，你可要学养孩子了，养孩子可不比舞刀弄剑，麻烦多着哩！"飞红巾微微一震，暗笑自己刚才的思想，把孩子交回纳兰明慧，又摸出一串珍珠，递过去道："这是南海来的，就送给她做见面礼吧！"南海珍珠在草原上是极难得的东西，纳兰明慧看了一眼，她不是稀罕那串珍珠，而是稀罕飞红巾那种感情。她想不到在清军中所传说的草原上杀人不眨眼的魔王，会有这样细腻的感情。她接了珍珠，眼光充满谢意，低声说道："姊姊，我就把她取名做宝珠，谢谢你的好意！"飞红巾面色一沉，忽然又冷冷说道："谁是你的姊姊，我是你的敌人，过几年，我还要再找你见个高下，你好好等着吧！"女婴"哗"的一声又哭起来，飞红巾就在女兵们惊奇的注视下与孩子的哭声中走出去了！

再说，在喀尔沁草原之上，杨云骢也是兴奋非常，他帮助哈萨克的老酋长将楚昭南打得大败，把附近清军的城堡也占据了。这一天，他正和老酋长点数俘来的马匹，忽然一个士兵走来报告，说是捉到了一个陌生人。这人虽是牧民服饰，但问起游牧的事情，他却一窍不通，士兵们要打他，他才喊要找杨大侠。杨云骢叫士兵推那人上来，一看原来是个二十多岁的浑小子。杨云骢道："你是什么人？找我做什么？"那人周围望了一望，嗫嗫嚅嚅地说道："杨大侠，我是纳兰，纳兰……"旁边的士兵听了纳兰二字，全都愕然，

飞红巾将女婴放在臂弯上仔细端详，果然很像杨云骢。不知怎的，她忽然觉得很喜爱这婴儿，心中突然泛起一个念头，想把她抱走。

哈萨克的老酋长却从容笑道："杨大侠有事，我们不打扰了！"说罢率着士兵走开。杨云骢暗暗感激老酋长对自己的信任，再喝问那个人道："你是纳兰秀吉派来的奸细么？"那人答道："不，我是纳兰小姐派来的，纳兰小姐是我姑姑奶大的。"杨云骢哦了一声，问道："纳兰小姐叫你带话给我？"那人点了点头，从怀中掏出一张羊皮，一面递过去一面说道："小姐养了一个漂亮的小妞哩！"杨云骢大吃一惊，双手微微发抖，接过羊皮一看，果然是纳兰明慧亲笔写来，报道生了女孩的书信。信中还说因为孩子差十多天才足月，因此身体瘦弱，很为担心，末后并希望杨云骢偷偷地来看她一次。

这霎那间，杨云骢又惊又喜，但渐渐喜悦的感情大大超过了惊惶的感情。在此之前，他虽然很爱纳兰明慧，但总觉得那种感情，并不是怎么巩固的感情，而今，他觉得和明慧已是真正的联为一体了，对飞红巾负疚的感情也消失了。他莫名其妙地爱那个未曾见过面的孩子，他为她的瘦弱而担心，他幻想着她是怎样哭喊叫唤。收了羊皮信后，他心里迅速地作了一个决定，要冒险到千里外的草原去看自己的孩子！

二五　天龙剑阵

当杨云骢从喀尔沁草原赶向伊犁的时候，纳兰明慧已回到伊犁城。她是个练武的人，身体很好，生下孩子，满月之后，已如常人。那些女兵都是她的心腹，大家将孩子保护得好好的，谁也不会泄漏。她回到将军府，就将女婴交给奶妈，即算给夫人发现，也可推说是奶妈收养的孩子。

纳兰夫人见了女儿，又是欢喜，又是埋怨。她搂着明慧道："女儿呀，你怎么一去就去了半年多！打猎虽然好玩，也不该去这么久呀！你看家里闹成什么样子？你的爸爸又去边疆打仗，女飞贼一来，闹得人仰马翻，那么多人都擒她不住，真把我吓坏了！要是你在这儿，总可以给那女贼一点颜色！"明慧听了，蹙眉不语，她不敢告诉母亲，那女飞贼就是大名鼎鼎的飞红巾，更不敢告诉母亲，她对这个女飞贼其实却是又恨又爱。自从飞红巾在她匿居的草原大闹一场，杀尽马贼，赠珠给她的女婴之后，她对飞红巾的感情已有了微妙的变化。当然她还恨飞红巾，恨飞红巾在杨云骢心头占着一角，但她已经不把飞红巾当作敌人了。飞红巾在她的心中已经不是一个"女魔头"，而是一个颇有人情味的女英豪。

纳兰夫人见女儿沉思的样子，诧然问道："怎么啦，孩子，连你的爸爸也称赞你的武功行，难道你也害怕那个女飞贼。"纳兰明慧苦笑道："妈妈，我听了丫头的描述，那女飞贼的武功的确是世间罕见，只怕女儿真的不是她的对手。"纳兰夫人哈哈笑道："原来你害怕这个。前几天我还慌女飞贼会再来，现在却一点也不慌了。"纳兰明慧问道："怎么？父亲又请来了什么能人？"纳兰夫人道："不是你爸爸请来的，是纽祜卢邀请来的。不过纽祜卢早禀告过你的爸爸，所以你爸爸也捎有口信回来，叫那班人暂在将军府中居住。”明慧问道：“怎么？不止一个而是一班么？”纳兰夫人道：“听说是什么西藏天龙派的，为首的叫天蒙禅师，一共来了十八个哩，纽祜卢说天龙派的剑术西土第一，论当今剑法的大宗师，他的师父齐真君最高，晦明禅师第二，这个西藏天龙派的祖师也可坐第三把交椅哩！”纳兰明慧听了，心里暗暗好笑，好笑纽祜卢的胡乱吹牛。齐真君的剑术她没见过，但看纽祜卢那点技艺，他的师父无论如何不会超过晦明禅师。至于天龙派的祖师乃是天龙上人，她听杨云骢说过，单身入藏和天龙禅师论剑，折服天龙门下的故事。她想天龙禅师连杨云骢都比不上，如何能坐第三把交椅？纳兰夫人又继续说道：“天龙派的十八个高手，愿应纽祜卢的邀请，据说是因为和一个叫做杨云骢的有仇。我听你爸爸说过，那个什么杨云骢可是咱们满清的大对头哩。”纳兰明慧陡然一震，心想：“啊，原来他们是为报仇来的。这天蒙禅师乃是天龙禅师的师弟，他的武功不在师兄之下，大约是天龙不好意思出面，所以叫师弟出面了。杨云骢的武功虽然了得，单打独斗，绝不会失手，只是要独战十八个高手，恐怕不行。”她刚刚差遣了奶妈的侄儿，送信给杨云骢，要他偷偷到伊犁来看望自己，如今听了这个消息，却又暗暗盼望他不要来了！

可是杨云骢终于来了，喀尔沁草原暂时平静无事，他辞别了哈萨克的老酋长，披星戴月，终于赶来了。他想念纳兰明慧，也想念他从未见过面的女儿，他想这次把纳兰明慧母女都带出来。他不愿意他的女儿生长在一个满洲将军的家里。

这晚，又是一个月黑风高的晚上，他仗着绝顶轻功，偷偷进了伊犁城，摸入了将军府内。在飞身进去的时候，曾发现屋顶上有影绰绰的人影，但他自恃艺高胆大，疾如飞鸟，心想那些平庸的武师，就是自己从他们的身后掠过，他们也未必发现，因此毫不在意，循着熟路进了奶妈的屋中。

纳兰明慧这时正和奶妈闲话，蓦听得窗外有人轻敲，跳了起来，一看竟是她日思夜想的心上人，不觉惊喜交并，两人紧紧相拥，奶妈在旁边暗暗流泪。

纳兰明慧紧紧地抱了杨云骢一阵，倏又将他推开，叫道：“好，你终于来了，现在咱们总算见着了，你快走！”杨云骢愤然道：“你千里外将我召来，一见面又要赶我走，你这是什么意思？”纳兰明慧顿足道：“你听我话，快走！快走！这里有人等着要捉你！”杨云骢狂笑道：“什么人能够捉我？”纳兰明慧无暇多说，只是连声催他道：“以后咱们还可以见面，你不要再在这里逗留了！”

杨云骢顿然疑心大起，他怀着一股热情到来，不想却如碰着一盆冷水，迎头淋下！他怀疑纳兰明慧舍不得富贵荣华，不愿跟他在江湖漂泊，所以连声催他出走。他想：“我和她的父亲原是敌人，我的计划看来只是孩子的幻想了。”突然，他板着脸孔对纳兰明慧道：“我们的女儿呢？我总得见见女儿才能离开。”奶妈早进入内室，这时正抱着婴儿出来。杨云骢赶上去一看，只见婴儿睡得正酣，瘦削清秀的面庞，十足是个小纳兰明慧。杨云骢俯下了头，轻轻在女儿面上亲了一下。纳兰明慧又在后面吁气说道：“你快走吧。”杨云骢心头躁怒，想把婴孩夺了出走，但一想她还不过一个月大，尚未断奶，自己如何能够带她？正在此时，忽然瓦面有轻微的声音，杨云骢一听就知是有武林高手来到。他转过身躯，对纳兰小姐微一稽首，反身跃出窗外，随手使了一招“推窗望月”，只听得“哎哟”连声，两个暗袭的人，已给杨云骢运掌力弹了出去。

杨云骢跃上屋顶，只见瓦面上高高矮矮，站满了人，个个手上都有一把明晃晃的利剑。杨云骢认得为首的是天蒙禅师，冷冷发话道：“我与你们天龙派远日无冤，近日无仇，你们为什么前来暗算？”天蒙怒道：“杨云骢，你大言欺世，找上门来，奚落我们，把天龙剑法看得一钱不值，还说无冤无仇？”杨云骢哈哈笑道：“你们居然还是学武的人，心胸如此狭窄！各家剑法，各有长短，我好意与你们的祖师论剑，何曾奚落你们？”天蒙道：“你后生小辈，妄议宗师，这就是个大大的罪状。你在新疆作乱，啸聚牧民，反抗朝廷，这更是个天大的罪状！”杨云骢勃然变色，叱道：“我还道你们只是宗派之争，原来你们还要助纣为虐！”铮然一声，断玉剑倏地出手。天蒙禅师把手一招，十八个人在宽阔的瓦面上，竟排成了整齐的阵势。大家都是一身轻功，踏瓦无声。天蒙叫道：“杨云骢，你若过得天龙剑阵，我就饶你一命！”杨云骢冷笑道：“你瞧着吧！”天蒙往前一冲，杨云骢一剑削去，双剑相交，一阵断金戛玉之声，两方都无伤损。杨云骢暗道：“原来是一把宝剑！”待再进招之时，天蒙已自身旁掠过，另外两个喇嘛僧又从两翼袭来，杨云骢一招“龙门击浪”左右开弓，两人却都是虚刺一剑，一掠即过。霎那间，阵势发动，十八名天龙派的高手，源源而上，此去彼来，各按着一定的方位，配合得非常之好，四面八方都是天龙派的人，将杨云骢围得密不通风。

杨云骢暗暗点头道：“天龙剑阵也还有点道理！”他本意只守不攻，看看他们的伎俩，哪料天蒙禅师长剑一指，催紧攻势，十八名高手，绕着屋面左穿右插，十九口利剑（其中有一人名天华和尚，乃天蒙的师弟，左手长剑右手短剑）竟如狂风暴雨，杂乱无章地向杨云骢击来，但看似杂乱无章，其实却是按着八卦的方位，奇正相生，此呼彼应，剑剑都是直指要害。杨云骢勃然大怒，天山剑法骤地展开，急如掣电，剑花错落，宛如洒下了满天寒星！好几名喇嘛受了剑伤，失声呼痛。杨云骢心想：自己与天龙有过一面之缘，这些人也还是刚被清廷招揽，还是不要伤他们性命，反正天龙剑阵，自己也已摸熟。主意打定，宝剑归鞘，身法一变，竟用空手入白刃的功夫，在天龙剑阵中穿插自如，宛如一条水蛇，四处游走。那些喇嘛一个个的觉得手腕麻痛，群相惊呼，杨云骢连袭十八名高手，每人都不过一招半式，就将他们的利剑夺去，掷在地下。片刻之间，地下散了满地利剑。其中只有天蒙禅师挡了三招，也终于被杨云骢夺去手中的宝剑！

二六　独臂丐侠

将军府的卫兵在地下看上，只见无数黑影，一片剑光，在屋脊上纵横飞舞，乱作一团，其中却有一道匹练似的白光，闪电似的在无数黑影中穿来插去。白光所到，黑影如波分浪裂，四面乱窜，霎时间屋上的黑影被白光扫得一个不剩，似无数黑影，化成了一溜一溜黑烟，向屋角滚滚散去。卫兵们哪里见过如此阵仗，吓得目定口呆，手足酸软，刀斧手刀落尘埃，弓箭手弓垂地下。再看时，那白光倏地凝止不动，现出一个英气迫人的少年，大声喝道："天龙派的朋友们，这回只将你们的兵刃留下，下次再见，俺就不客气了！"这少年正是杨云骢，他穿了一身白衣，施展上乘的空手入白刃功夫，把天龙派十八名高手的兵刃全都夺了。

杨云骢旋过身来，把天蒙禅师那口宝剑挂在腰间，虎吼一声，一跃而下，卫士们纷纷逃避，杨云骢也不伤害他们，向将军府再闯，他还想再见一见纳兰明慧，问个明白。这时纽祜卢已率了一班弓箭手从内府走出，见杨云骢竟然闯过天龙剑阵和外面卫士的重围，大吃一惊，急忙下令放箭。杨云骢无暇纠缠，身形起处，如巨鹰斜飞，闪开正面，飞身越过几间屋脊，扑入了后花园。到了奶妈的屋中，破窗而入，四处张望，纳兰小姐踪迹不见，连奶妈也不知躲到哪里去了。杨云骢懊恼异常，他以前和纳兰小姐相会，总是借奶妈的屋子，纳兰小姐的闺房，他却从未到过，心想："偌大一个将军府，怎知她住在哪里？"又转念道："她这样躲我，显见是恩断义绝，不愿再跟我了。"又气又恼，反身再跃出屋子。正自决不定要不要再找。忽然树阴下转出一个人来，低声喊道："是杨大侠吗？"杨云骢一跃而前，揪着这人一看，见他围着白巾，竟是厨子装束，急忙问道："你是谁?"那人低声答道："小的是这府中的厨子，我是哈萨克人，你的好朋友伊士达今晨起解，听说是押向关内，你用快马去追，也许还追得上!"

伊士达就是在那次草原大战中，被清军俘虏去的，这厨子给他送饭，交成朋友，因此知道杨云骢是他朋友。适才杨云骢在外面大闹，将军府中个个惊惶，人人藏匿，他听人说来闹的是杨云骢，不顾危险，偷偷走出，果然碰个正着。

杨云骢目闪精光，问道："你这话可真?"那厨子道："小的岂敢骗你?"在围巾下摸出一块佩玉，乃是伊士达送给他的。杨云骢一看，点了点头，道声："多谢!"跑出将军府外，夺了一骑快马，如飞追去。他和伊士达的交情，胜于骨肉，纳兰明慧既避而不见，他自然不愿再留在将军府了。

铁蹄追风，快马踏月，杨云骢神思惘惘，不知歇息，饿了就吃干粮，片刻不停。追了一日一夜，第二天黄昏时分，在草原上果然遥见十几骑马，押着囚车。再追了一会，那群人已将入一个山麓，这座山乃是横亘草原的天山山脉的分支，并不怎样高峻，所以驿道能穿过山谷。这匹快马跑了一日一夜，直喘着气，幸它是新疆的名马，惯走长路，如换关内的马，早倒下来了。杨云骢嫌马走得慢，翻下马背，一阵风地直追上去。到了谷口，忽听得里面一阵金铁交鸣之声，有人哈哈笑道："罗铁臂，幸会幸会，今儿咱兄弟可要与你见个真章了。"杨云骢奇道："罗铁臂怎么会在这儿碰着仇家?难道押解囚车的人和他有过节?"囚车已驶入谷中，他想：囚车中若有伊士达在，自己总能把他救出，且先看看再说。一跃身，跳上了一块岩石，借草障身，登高下望。只见谷中远远立着一个奇丑的独臂老丐，面如瓜皮，发似枯草，鼻孔撩天，左臂自肩以下，截如刀削，右臂伸出鸟爪般的瘦指，握着一根叫化棒，正是罗铁臂那怪模样。

罗铁臂是塞外的游侠，和卓一航相识，因此杨云骢也认得他。此际只见他发出磔磔怪笑，尖声说道："焦蛮子，三十年不见，居然在这里幸会，好，这一刀之仇，咱们算算。"杨云骢再看这"焦蛮子"时，见是个五十多岁的老儿，两眼如火，身躯瘦小，半身赤露，背后结着大大小小的疙瘩，相貌也是极为丑陋。杨云骢心想：久闻罗铁臂颇有独门功夫，难得有此机会，且看看他的技艺。杨云骢满以为那焦蛮子和押囚车的人在一处，武功好极有限，谅他们比不上这位丐侠，所以按照江湖规矩，在别人寻仇报复之时，不下去打岔。他哪知这焦蛮子乃是关内的大盗，后来被清廷收罗去当了大内的一等卫士，着实有些功夫。连那押解囚车的，也非庸手。

焦蛮子真名叫焦化，纳兰秀吉因为连年征战，除了纽祜卢外，还想多添一两个武功高强的人，因此托多铎奏上皇上，派两个武艺高强的大内卫士来，这焦化就是其中之一。那押囚车的名叫甘天立，也是大内的卫士，武功比焦化稍低，和焦化同被派到纳兰秀吉帐下。这次纳兰秀吉差遣甘天立到伊犁去押解犯人，放心不下，又差遣焦化去接应。正是无巧不成书，焦化在谷中碰着了罗铁臂，甘天立押解的囚车又刚刚撞到，而杨云骢也已追到了身后。

罗铁臂等焦化叫完了阵，一声怪笑，一个箭步，纵将过来，单臂一扬，就是一个独劈华山的招数，向焦化当头砍下，掌风飒然，疾如奔雷，如果被他砍上，脑袋也要分家。焦化身体瘦小，武功却极深湛，一偏身，左腕虚勾，右拳疾吐，避实就虚，朝罗铁臂左肩穴击去。罗铁臂接招还招，一条手臂，真如铁铸一般，劈接捶拍，竟然运用自如。焦化大吼一声，伏身猱进，双拳嗖嗖，步走连环，手脚起处，全带劲风。杨云骢心想："瞧不出这名卫士居然还有两下，使的竟是北派正宗的伏虎拳招式！"再看时，只听得罗铁臂又是一声怪笑，臂随身转，指东击西，忽纵忽横，变化繁复，招数奇妙，果然与众不同，在掌法中独创一格，掌风所到，呼呼有声，远看去好像他身上竟长满手臂一般。杨云骢赞道："罗铁臂果然名不虚传，怪不得以卓师叔那样崖岸自高的人，也愿和他交成朋友。"

两人三臂，打了半个时辰，焦化渐处下风，激战中忽然惨叫一声，托地跳开丈余，罗铁臂独臂一抡，跟踪追上。甘天立忽然一抖手，飞出几点圆光，朝罗铁臂胸前撒去，罗铁臂一掌劈去，把暗器震落。但他却想不到甘天立的暗器非常歹毒，用的乃是喂毒蝴蝶镖，暗器虽小，内中却藏有机括，罗铁臂的掌风虽劲，却只能把它打沉落地，在地上机括一动，重又跃起。罗铁臂猝不及防，下盘竟给打中两枚，一声怒吼，单臂当头劈下。焦化拼命一拳，挡不住掌力，半边身子竟给劈开，而罗铁臂也已滚在地上，不能再起。

甘天立暗器奏功，正想补他一刀，半山腰处，杨云骢早如飞鸟般掠下。甘天立一抖手，又是几枚蝴蝶镖连翩飞出，杨云骢宝剑一抡，比罗铁臂的掌风厉害得多，几枚蝴蝶镖全部震得飞了回去，两名兵卒首当其冲，中镖倒地。杨云骢身随剑走，一缕青光，倏地迫到甘天立背后。甘天立暗器虽高，武功却在焦化之下，虽然不算庸手，但如何挡得住杨云骢的剑法？刚挡得一挡，右手五只指头，已全给剑锋削去。杨云骢顺手再补一剑，把他刺了个透明大窟窿，转过身来，一阵追逐，把十几个押囚车的清军全给了结。跳上了囚车，只见车中囚犯，正是他的盟弟伊士达，杨云骢无暇多说，嗖嗖嗖，一连几剑，劈开了他身上的镣铐，叫道："贤弟，你自己出来吧。我还要去看一位老前辈。"他跑到罗铁臂身边，叫声"罗叔叔"，罗铁臂睁目一看，依稀还认得是杨云骢，苦笑说道："我不中用了！"

二七　白发魔女

杨云骢见他面色瘀黑，知道所言不虚。武林豪侠，生死置之度外，也便不作儿女之态，躬腰问道："老前辈有什么话要留下么？"罗铁臂道："卓一航有封信托我交给白发魔女，你能代我送到么？"

原来罗铁臂当年是川中大盗，是白发魔女得力的助手，而卓一航则是贵家公子。白发魔女和卓一航情孽牵连（参见拙著《白发魔女传》），罗铁臂全都知道。白发魔女因卓一航的师叔们阻挠婚事，引起争执，把武当派的两个长老斫伤，逃到新疆，卓一航后来也放弃了武当派的掌门不做，追踪白发魔女。不料误会难消，风波迭起，又插上何绿华的事，白发魔女要找他们晦气，引得卓一航的两个师叔黄叶道人和白石道人远远赶来。那日在草原上和杨云骢相遇之后，两人知道威震南疆的女英雄飞红巾就是白发魔女的徒弟，对白发魔女这才稍有好感。二人继续寻找，不久就找到了卓一航。其时卓一航已将何绿华送回关内，又再折回新疆，在慕士塔格山隐居。辛龙子和楚昭南上山拜见，给他痛斥一顿。楚昭南在辛龙子手中取过了游龙宝剑，愤然自去。辛龙子则甘受师尊责罚，深山面壁，发誓在二十年内，不再出山。

黄叶和白石寻上门时，卓一航正是意兴萧索、漠漠寡欢的时候，婉转拒绝了师叔们要他重掌武当派的请求。黄叶和白石想继续去找白发魔女比剑，卓一航又跪下劝止。黄叶道人怒道："那女魔头不近人情，看你总有一天伤在她手上。"卓一航泣道："弟子罪孽深重，若遭横死，也不敢请师叔报仇。"白石道人叹了口气，知道情之所钟，无理可喻，拉了黄叶道人飘然自去。

卓一航送两个师叔去后，左思右想，觉得误会若不消除，心事终难了结，想来想去，想起了罗铁臂也许可作调人，因此写了一封信，叫罗铁臂去送给白发魔女。不料罗铁臂在途中遇到仇家，阴沟里翻船，竟给甘天立的喂毒蝴蝶镖伤了性命。

那焦化和甘天立原是四川的两个名捕头，二十余年前，罗铁臂在成都附近作案，给焦化追捕，争斗起来，寡不敌众，吃了一刀，那条胳膊就是这样给砍下来的。本来性命也难保住，幸得卓一航路过，把他救出。所以罗铁臂后来也到新疆，和卓一航时时来往。

杨云骢听罗铁臂说卓一航有信要交给白发魔女，他虽不喜欢白发魔女，却和卓一航有深厚的交情，何况又是罗铁臂临终所托，当下一口应承道："你请放心，卓师叔的事情我一定替他做到。"罗铁臂双眼一翻，含笑说道："恩仇了了，我可以安心去了！"单臂垂下，溘然长逝。

杨云骢掘了土坑，将罗铁臂草草埋了，对伊士达道："兄弟，我有事要到天山的南高峰，你自己回喀尔沁草原的哈萨克营地去吧。麦盖提和他的姑娘曼铃娜也在那里。此地离喀尔沁草原只有三日路程，附近的清兵又已给赶跑，想来不会有什么凶险的了。"伊士达听说盟弟生还，甚为高兴，对杨云骢道："你也快点回来呀，咱们三人重聚一起，又可大干一场了。"临别前杨云骢怕他遇到武功高强的敌人，又将夺自天蒙禅师的古剑送给他，道："这把剑乃是天龙派镇山之宝，你要好好保存。"伊士达接过宝剑，发誓说道："我一定不辜负这把宝剑，如果我死了，也要传给矢志抗清的人。"两人各自叮咛，握手道别。

伊士达自回营地，按下不表。且说杨云骢披星戴月，重上天山。天山横亘三千多里，晦明禅师住在北高峰，白发魔女住在南高峰，两峰相距，也有一千多里。杨云骢先上北高峰拜见自己的师父。晦明禅师对他道："你这些年来，干得轰轰烈烈，果然不负我的教诲。只是清兵势大，成败难于预测，但求尽力而为，虽然失败也无足憾。你的师弟楚昭南很聪明，你若能引他回头最好，若然不能，可以替我把他废掉。"杨云骢谢过师父教训，晦明禅师又道："你的卓师叔是性情中人，白发魔女虽然乖僻，也是性情中人，你不要拂逆她的意思，也许可以替他们两人调停和好。"

杨云骢和师父住了两天，再离开北高峰向南天山行进。南天山冰河很多，行了七八天，远远望去，冰河仿佛白皑皑的积雪在流动。行近了看，只见冰河表面，又形成了千万个高低起伏、大小不同的冰锥。这些冰锥有高达数十丈的，在阳光照射下，丽彩浮空，真是人间难见的奇景。杨云骢沿着冰山的边沿，一直行进，又过了两天，已接近峰顶缓缓流动下来的原始冰河，远望如白色的大海浪从深谷里流泻而下。行至近旁，才看清那些浪头都是高可五六丈的大冰柱，起伏层叠，有的似透明的宝塔，有的似巨人的手掌，形形色色，千奇万状。杨云骢沿着原始冰河上行，再过半天，走过一个好似瀑布状的冰坎，面前豁然开朗，现出一片高达千丈的大冰坂，冰坂尽头矗立着一座明亮的冰峰，独出于群峰之上。杨云骢施展绝顶轻功，攀到了冰峰之上，只见峰顶又有一间坚冰筑成的冰屋。白发魔女低眉合十，坐在当中，杨云骢施礼求见，良久良久，白发魔女才睁开眼睛，招招手道："你进来！"

杨云骢进了冰屋，白发魔女厉声说道："是你师父差遣你来的吗？"杨云骢道："不是，是卓师叔要我来的。"白发魔女面色倏变，说道："我虽在冰山，也已知道他的两个师叔从四川赶了到来。他叫你来，是不是要约我去和他们比剑？"杨云骢急忙说道："这是哪里话来。黄叶、白石两位道长已回四川去了。卓师叔有信问候你。"白发魔女面色稍缓，叫道："拿来！"杨云骢将书信呈上，白发魔女拆开一看，只见锦笺上写着一首七言律诗，诗道：

别后音书两不闻，预知谣诼必纷纭。
只缘海内存知己，始信天涯若比邻。
历劫了无生死念，经霜方显傲寒心。
冬风夜折花千树，尚有幽香放上林。

深情一片，表白真心。白发魔女一看，不觉滴下泪来。但几十年来误会横亘胸中，虽然一时感动，转念一想，又怫然怒道："他们武当门下，自命武林正宗，把我当成妖孽，我也高攀不上他们。你回去告诉卓一航吧，我以后不会再找他晦气，但要想和解，那却是万万不能。"杨云骢不知其中原委，但细味语气，白发魔女与卓一航之间，似乎颇有一段情孽，当下婉言说道："人生不过百年，何苦令本来亲爱的人受苦，自己也一样受苦?”白发魔女白发飘飘，变色说道：“卓一航告诉你了?”杨云骢道：“卓师叔从来不与弟子谈及私事。”白发魔女道：“那么这是你自作主张劝我来了?”杨云骢不敢置答。

白发魔女忽然“哼”了一声，指着杨云骢道：“飞红巾算不算得是你亲爱的人?”杨云骢陡然一震，凄然说道：“我与令徒情逾兄妹。”白发魔女厉声说道：“那就是了！你为何又令她受苦?”杨云骢如受利箭攒心，答不出话来。白发魔女满腔怒火，好像要向杨云骢发泄似的，说得又急又快，指着杨云骢道：“你们名师门下，都是自命不凡。你将飞红巾折磨成什么样子，你知不知道？你还来劝我？不是飞红巾一上山就为你求情，叫我不要插手，我早把你废了!”杨云骢急忙问道：“飞红巾在哪儿？她怎么样了?”白发魔女道：“就在这儿，可是她发誓不见你了!”杨云骢游目四顾，冰屋里空荡荡的哪有旁人。白发魔女向窗外一指，说道：“飞红巾在下面的山峰结庐独住，你还有面敢去求见她吗?”杨云骢叫了一声，转头便跑，连要向白发魔女告辞也忘记了。白发魔女纵声狂笑，忽又颓然地倒在冰上。杨云骢的背影已经不见了。

二八　杭州大婚

秋天的阳光，把雪山冰峰迫射起千万道霞辉丽彩，可是杨云骢已无心欣赏这人间难见的奇景了，他急着要去见飞红巾。“飞红巾会不会见我呢？”这一个问题迫使他像旋风一样地离开白发魔女。终于他在天山南高峰的山麓，找到了一间木屋，里面隐隐传出了梵呗之声。

“飞红巾，飞红巾，我来了啊！请你开门，开门！”杨云骢用力拍门，大声叫喊，可是里面的人毫无反应。杨云骢着急极了，拼着受飞红巾的责骂，飘身翻上屋檐，跳落屋内。屋内炉香缭绕，一个女人正趺坐蒲团之上，闭目念经，对外面的纷扰，竟是视而不见，听而不闻。杨云骢一眼望去，心灵如受风暴袭击，顿时呆得说不出话来！

这是飞红巾吗？这蒲团上的女人难道就是那个明朗豪迈的草原女英雄？杨云骢几乎不敢相信自己的眼睛了。蒲团上的女人白发飘飘，在背后看来，和年近古稀的白发魔女，竟是一模一样。难道一个二十来岁的少女，居然会白发满头？

“哦！可怜的飞红巾，太多的忧患使她变成了这个模样！”杨云骢一阵颤栗，这霎那间，飞红巾过去的形象蓦涌心头，草原上的并辔驱驰，古堡中的欢愉谈笑，这一些都过去了，不会再在目前的这位“白发少女”的身上出现了。杨云骢激动得几乎要跪上去抱着她，向她求恕。可是求她原谅什么？纳兰明慧的影子也涌现出来，自己和明慧也并没有错呀，感情上的负债，有时真是还不清的！

飞红巾仍然是在低声念经。杨云骢柔声说道：“飞红巾，草原上的兄弟们需要你，你和我下山吧！我们永远都是最好最好的朋

是飞红巾吗？这蒲团上的女人难道就是那个明朗豪迈的草原女英雄？蒲团上的女人白发飘飘，在背后看来，和年近古稀的白发魔女，竟是一模一样。

友！”飞红巾头也不抬，念经念得更起劲了。杨云骢隐隐约约地听得她念道：“世法如幻如梦，如响如光，如影如化。如水中泡，如镜中像，如热时炎，如水中月，是以诸法无常，一念在我。……摩诃般若波罗密。”这是大乘般若经的经文。杨云骢叫起来道：“飞红巾，你怎么啦？草原上铁马金戈，狼烟处处，你却说什么如幻如梦。难道在浴血死战的你的族人，在你的心目中，也是一团幻影？飞红巾，不要发傻了，跟我下山去吧！”飞红巾仍如不闻不见，趺坐蒲团之上，除了嘴皮微微开合之外，简直就像古代遗留下来的一尊石像。

杨云骢呆然立在飞红巾身边，不知如何是好。过了许久，忽然想起来道：“飞红巾孤身遁迹雪山，难道草原上的抗争，已经被清兵扑灭了？”这一想，不禁冷汗沁背，呼口气道：“飞红巾，我此刻不能在这里伴你了，我还要下山去看看我的弟兄。过些时候，我再来见你。”横起心肠，又越墙走了。飞红巾听得杨云骢已经走远，把佛经一抛，颓然叹道：“你永远不会再见我了！”

这个时候，纳兰明慧也正是黯然魂消，无限伤心。他的父亲纳兰秀吉被调任杭州总兵，听说这还是多铎的主意。

多铎新近升任两江提督，平定了前明鲁王的遗部，又承袭了鄂亲王的王位，真是喜事重重，十分得意。他不想到塞外完婚，也不想万里迎亲到京中圆娶，因此凭着自己的职位，便索性把纳兰秀吉调到杭州来，当自己的下属。在江南桂子飘香之日完婚，那可是人生一大乐事。纳兰秀吉既是宗室，又在新疆积有战功，调任总兵，那也是顺理成章之事。

可是纳兰明慧却是柔肠寸断，她爱上了新疆的草原，因为草原上有她所爱的人。那晚杨云骢在将军府内大闹之后，她一直等着他再来，可是杨云骢却不见再来了。她怀疑杨云骢恨她恼她，不愿再见她了。“难道你就一点也不能体会我的苦心？”纳兰明慧在低低地埋怨了。可是杨云骢仍不见来。倒是她的父亲突然从边疆回来，跟着便是举家南返了。

杨云骢下了天山，草原上的景象已与以前大大不同了。清军的营帐随处可见，各族的战士们却已流散四方，或藏起刀枪，销声匿迹了。原来就在他天山来去的一个月中，南疆草原上的抗清武装，受到了极大的打击。北疆的清兵在统治巩固之后，调兵南来，而多铎也请准皇上，把青海驻屯军的骑兵都调到新疆。而另一方面，喀尔沁草原上，自飞红巾率部离去后，实力也较前单薄，竟给清军各个击破了。

杨云骢千辛万苦，在草原上找到了他的两个盟兄弟伊士达和麦盖提，问清情况，吁了口气，说道："今后的事，全靠你们了。我要离开新疆一趟。"他飘然潜入伊犁，想和纳兰明慧见最后一面，问她愿不愿意和自己出奔，他打算不论纳兰明慧肯不肯和自己同行，他都要进入关内了。关内有他的老家，而且听说在浙江南部，还有明朝皇室鲁王的旧部，在湖北还有李闯王儿子李锦的大军。到了江南，也许还可做一番事业。

可是他来得迟，纳兰明慧已经走了好多天了。他到了伊犁，才知伊犁将军已换了人。他偷入将军府看看有没有以前的熟人，一连去了三晚，才发现那个奶妈的侄儿还留在将军府里当差。夜深人静之后，他偷偷将这个傻小子唤醒，查问他小姐的下落。这傻小子倒不害怕，还鼓着嘴骂他道："我们的小姐要到南边完婚了，你还找她做什么？我的姑姑临走前吩咐我，如果我碰到你，就要我说给你知道，劝你千万别再缠我们的小姐了！"杨云骢一听，如晴天霹雳，急忙问道："小姐到哪里完婚？"傻小子道："杭州！"杨云骢狂笑一声，转身便跑了。

这晚他彻夜未眠，情思潮涌，不觉提起笔来，填了一首词道：

> 笑江湖浪迹十年游，空负少年头。对铜驼巷陌，吟情渺渺，心事悠悠。酒冷诗残梦断，南国正清秋。把剑凄然望，无处招归舟。　　明日天涯路远，问谁留楚珮，弄影中州？数英雄儿女，俯仰古今愁。难消受灯昏罗帐，怅昙花一现恨难休！飘零惯，金戈铁马，拼葬荒丘！
>
> ——调寄《八声甘州》

词成酒冷，天已黎明，他跨上骏马，绝尘而去。自此草原上不再见杨云骢的踪影，只有他的英雄故事，被草原的歌手编成诗歌，永远留在民间。

一个月后，他到了杭州，那时正是中秋方过，钱塘江大潮就要来的时候。杭州城内，人山人海，热闹异常。这些人有些是来看潮的，有些是来看鄂亲王多铎成婚大典的。多铎和纳兰明慧的婚期已定了在八月十八举行，杨云骢正好在他们的婚前三天赶到。

正是：万里归来人未老，香车却欲入侯门。

欲知杨云骢是否甘心让纳兰明慧出嫁，请看拙作《七剑下天山》。